KB151664

조선문학강독

②

조선문학강좌 편

Ⓢ 한국문화사

조선 문학 강독

(2)

대 학 용

조선 민주주의 인민 공화국 교육성 비준

초 판

교육 도서 출판사

1955 ── 평 양

차 례

☆

☆   ☆

洪 吉 童 傳.

〔解 說〕

(一) 《洪 吉童傳》의 作者와 許 筠.

《洪 吉童傳》은 17~18 世紀 小說의 大部分이 作者 未詳의 것으로 남아 있는데 反하여, 그 作者가 알려진 作品이란 點에서도 特別한 意義를 가진다.

勿論 《洪 吉童傳》의 作者에 關하여 異論이 없는 바 아니나, 傳해오는 말로 許筠(註)이 中國 《水滸傳》을 百讀하고서 《洪 吉童傳》을 썼다는 巷談은 너무도 有名하다.

그러나 文獻上으로 明示된 것은 李 植의 《澤堂雜著》에
《許筠作洪吉童傳 以擬水滸》
라고 하였을뿐만 아니라, 《松泉筆譚》에는
《許筠作洪傳 以擬水滸 與其徒 躬蹈其行 一村藍粉》
이라고 하여 《洪吉童傳》의 內容과 許筠의 行狀을 關聯시켜서까지 이야기 하고 있다.

許筠(1569~1618)은 草堂 許曄의 세째 아들로서 그의 두 兄 筬과 篈, 그리고 弟妹인 蘭雪軒과 더불어 文名이 높은 兩班 家庭에서 태여 났다. 그리하여 明나라 錢牧齋가 편찬한 《列朝詩集》에도 《許筠 與其兄筬篈 以父鳴東海……景樊其妹也》라고 하였다.

許筠의 行狀에 對하여는 그가 叛逆罪로 李王朝에 依하여 處斷될 만큼 여러 文面에 쓰인 것이 모두 좋게 이야기한 것이 없다. 그러나 一代의 叛逆兒로 生涯를 마친 그에게 그와 같은 誹謗이 加하여진 것은 無理가 아니며 오히려 거기에서 그의 進步的 立場을 찾아 볼 수 있다. 이제 그의 生涯를 一瞥한다면 許筠은 12 歲에 父親을 여의고 어머니 밑에서 豪放하게 자라나 庶孽 詩人으로 高名한 李 達(蓀谷)의 門下에서 詩文을 배워 文章이 《一世獨步》의 感이 있었다. 25 歲에 文科 及第하였으나 크게 登用되지 못하였고, 書狀官으로 明나라에 간 적이 있다. 그는 儒家的 虛飾에 빠져 있을 수 없어 中國의 새로운 文化를 널리 攝取하고 天主敎의 影響까지 받아 벌써 當世의 《士論》에서 容納될 수 없는 人物로 되였다. 그리하여 《士類》에게서 버민을 받자 《下僚》들과 追從하여 드디어 光海主의 亂政을 顚覆할 計劃을 進行하였다. 特히 當時의 庶孽黨인 朴應犀, 徐羊甲, 沈友英 等과 聯繫를 가지고 顚覆 工作을 進捗하다가 事前에 綻露되어, 1618年 10月 12日(光海 10年 陰 8月 24日) 朴應犀 等과 함께 磔刑을 當하고 말았다.

許筠의 著述로서 (洪吉童傳) 外에 《識小錄》, 《惺叟詩話》. 《閑情錄》, 《屠門大嚼》 其他가 있으며. 그의 詩評과 함께 中國 小說에 對한 批評이 有名하다.

(註) 許筠의 筠字音은 原音이 《윤》이며 (균)은 그俗音이다.

(二) 《洪吉童傳》에 對하여.

《洪吉童傳》은 처음 漢文으로 씌여졌으며 中國 《水滸志》의 形式을 따라 章回 小說 体裁로 되였던 것이나 原典이 아직도 發見되지 않고 있으며, 다만 그의 譯本인 國文 小說이 傳한다. 그리하여 原典이 몇 回分으로 된 것을 알 수 없다. 現傳하는 國文 小說은 그의 抄譯本으로 推測된다.

主人公인 洪吉童은 許筠의 創作이라기 보다도 오히려 傳奇的인 實在 人物이라고 생각된다.

李瀷의 《星湖僿說》에는

《自古西道 多劇賊 有洪吉童 世遠不知幾何》

라고 하였으며, 또한 巷間에 傳하는 말에도 《活貧黨》에는 (홍길동 패)와 《남감영 패》가 있었다고 한다.

따라서 傳奇的인 人物을 作者가 끌어 왔는지 作品《洪吉童傳》이 大衆化되면서 洪吉童이가 더욱 普遍化되였는지 這間의 事情은 明確하지 않으나, 또한 到處에 洪吉童의 史蹟이 傳하고 있는 것도 事實이다.

《洪吉童傳에 나온 《賊窟》이나 《盜賊》은 所謂 《義賊》으로 불리던 당시 土地를 잃은 農民群인 것이다. 따라서 《活貧黨》의 活動은 當時의 農民 蜂起를 反映한 것이며, 이 點에 있어서 《洪吉童傳》은 中世紀 小說로서 特別한 意義를 가진다.

또한 《洪吉童傳》에 나온 《硉島國》은 許筠의 假想島인 것이며, 이 같은 理想 王國은 亦是 當時의 農民들의 理想을 말하고 있다. 《芒碭山》은 中國에 있는 山名(一漢 高祖가 出世하기 前에 숨어 있었다는 山)을 빌려온 것이며, 그의 妖怪篇은 《剪燈新話》의 《申陽洞記》나 《述異記》의 尿國》을 彷彿하게 한다.

홍 길 동 전.

(상 편)

　　화설, 조선국 세종 시절에 한 재상이 있으되 성은 홍이요 명은 모라. 대대 명문 거족으로 소년 등과하야 벼살이 리조 판서에 이르매 물망이 조야에 으뜸이요, 충효 겸비하기로 일홈이 일국에 진동하더라. 일즉 두 아달이 있으니 장자의 일홈은 인형이니 정실 류 씨의 소생이요. 차자의 일홈은 길동이니 시비 춘섬의 소생이라. 선시에 공이 길동을 낳을 때에 일몽을 얻으니 문득 천상으로서 뢰성벽력이 진동하며, 청룡이 수염을 거사리고 공에게 향하야 달아들거늘, 놀라 깨달으니 남가일몽이라. 공이 심중에 대회하야 생각하되 이제 룡몽을 얻었으니 반다시 귀자를 낳으리라 하고 즉시 내당에 들어가니 부인 류 씨 일어 맞거늘 공이 흔연히 그 옥수를 잡고 정히 친압하고자 한대, 부인이 정색 왈

　　《상공이 체중하시거늘 소년 경박자의 비루함을 행하고자 하시니 첩은 봉행하지 못하리로소이다.》

하고 연파에 손을 떨치거늘 공이 가장 무류하야 외당에 나와 부인의 지식 없음을 심히 한탄하더라. 마참 시비 춘섬이 차를 올리거늘 공이 그 고음을 보고 인하야 춘섬을 이끌고 협실로 들어가 친압하니 이때 춘섬의 나히 십 팔이라. 한 번 몸을 허한 후 문에 나지 아니하고 타인을 취할 뜻이 없거늘 공이 기특이 여겨 인하야 잉첩을 삼았더니 그 달부터 태기 있어 십 삭만에 일 개 옥동을 생하니 기골이 비범하야 짐짓 영웅 호걸이라. 공이 일변 기꺼하나 부인에게 낳지 못함을 한하더라.

　　길동이 점점 자라 팔 세 되매 총명이 과인하야 하나를 들으면 백을 통하니 더욱 애중하나 근본 천인이라 길동이 매양 호부 호형하면 문득 구짖어 못하게 하니 길동

8

이십 세 넘도록 감히 부형을 부르지 못하고 비복 등이 천대함을 각별 통한하야 심사를 정하지 못하더니 추구월 망간을 당하였는지라 명월은 조요하고 청풍은 소슬하야 사람의 심회를 돕는지라. 길동이 서당에서 글을 읽다가 문득 서안을 밀치고 탄 왈

《대장부 세상에 나서 공맹을 본받지 못하매 차라리 병법을 배와 대장인을 요하에 비껴 차고 동정 서벌하야 국가에 대공을 세우고 일홈을 만세에 빛냄이 대장부의 쾌사라. 나는 어찌하야 일신이 적막하고 부형이 있으되 호부호형을 못하니 심장이 터질지라. 어찌 통한하지 아니리오》

말을 마치며 뜰에 나려 검술을 공부하더니 마참 공이 월색을 구경하다가 길동의 배회함을 보고 즉시 불러 문 왈

《네 무삼 흥이 있어 야심하도록 잠을 자지 아니하는다.》

길동이 공경 대 왈

《소인이 마참 월색을 사랑하였사오며 대개 하날이 만물을 내시매 사람이 귀한지라 소인에게 이르러는 귀하옴이 없사오니 어찌 사람이라 하오리까.》

공이 그 말을 짐작하나 짐짓 책 왈

《네 무삼 말인고.》

길동이 고 왈

《소인이 평생 설은 바는 대감의 혈육으로 당당하온 남자 되였사오니 부생모육지은이 깊삽거늘 그 부친을 부친이라 못하옵고 형을 형이라 못하오니 어찌 사람이라 하오리까.》

하며 눈물을 흘려 단삼을 적시거늘 공이 청파에 측은하나, 만일 그 뜻을 위로하면 방자할까 저어하야 크게 구짖어 왈

《재상가 천생이 비단 너뿐 아니라. 네 어찌 방자함이 이 같으뇨, 차후 다시 이런 말이 있으면 안전에 용납지 못하리라.》

하니 길동이 감히 일언도 고하지 못하고 다만 류체할 따름이라. 공이 명하야 물러가라 하거늘 길동이 침소로 돌아와 슬퍼함을 마지 아니하더라.

4

길동이 본대 재기 파인하고 도량이 활달한지라 마암을 진정ㅎ지 못하야 밤이면 잠을 이루지 못하더니 일일은 길동이 어미 침소에 가 울며 고 왈

《소자 모친으로 전생 연분이 중하와 금세에 모자 되오니 은혜 망극하온지라, 그러나 소자의 팔자 기박하와 천한 몸이 되오니 품은 한이 깊사온지라 소자 자연 기운을 억제ㅎ지 못하와 모친 슬하를 떠나려 하오니 복망 모친은 소자를 념려ㅎ지 말으시고 귀체를 보중하소서.》

어미 청파에 대경왈

《재상가 천생이 너뿐 아니여든 어찌 편협한 말을 발하야 어미 간장을 사로나뇨》

길동이 대 왈

《옛날 장충의 아달 길산은 비록 천생이로되 그 어미를 리별하고 운봉산에 들어가 도를 닦아 아름다온 일홈이 후세에 유전하였으니 소자도 그를 효측하야 세상을 벗어나려 하오니 모친은 안심하사 후일을 기다리소서. 근간 곡산모의 행색을 보니 상공의 총애가 더하와 우리 모자를 해하려 하야 원쑤 같이 아옵는지라, 큰 화를 입을까 하옵나니 모친은 소자 나아감을 념려ㅎ지 말으소서.》
하니 그 어미 또한 슬허하더라.

원래 곡산모는 곡산 기생으로 상공의 총첩이 되였으니 일홈은 초란이라. 위인이 교만 방자하야 제게 불합한 자 있으면 공에게 참소하야 가중에 폐단이 무수하니 비복 등이라도 다 원망하더라.

원래 초란은 아달이 없고 춘섬은 길동을 낳아 상공이 매양 귀히 여김을 심중에 앙앙하야 길동 없애기를 도모하리라 하고, 일일은 무녀를 청하야 왈

《나의 일신을 평안ㅎ게 함은 길동을 없애기에 있는지라, 만일 나의 소원을 이루면 그 은혜를 후히 갚으리라》

무녀 듣고 대 왈

《지금 흥인문 밖에 일등 관상녀 있으되 사람의 상을 한번 보면 전후 길흉을 판단하나니 이 사람을 청하야

소원을 자세히 이른 후 상공께 천거하야 전후사를 본 듯
이 고하면 상공이 필연 대혹하사 그 아해를 없애고저
하시리니 그 때를 타 여차여차 하면 어찌 묘계 아니리오.》

초란이 대회하야 먼저 은자 오십 량을 상주녀 청하야
오라 하니 무녀 기뻐하야 가니라. 이튿날 공이 내당에 들
어가 부인으로 더불어 길동이 비범함을 일컬으며 다만 천
생임을 한탄하고 정히 말삼하더니, 문득 한 녀자 들어
와 당하에 문안하거늘 공이 고히 여겨 문 왈

《그대는 어떤 녀자 완대 무삼 일로 왔는다.》

그 녀자 대 왈

《소녀 관상하기를 일삼더니 마참 상공 문하에 이르
렀나이다.》

공이 듣고 길동의 래두사를 알고자 하야 즉시 불러
뵈니 상녀 이윽히 보다가 놀라며 왈

《공자의 상을 보니 천고 영웅이요, 일대 호걸이로대
지체 부족하오니 다른 념려는 없을까 하나이다.》

하고 말을 하고자 하다가 주저하거늘 공이 가장 고히 여
겨 물어 가라대

《무삼 말이든지 바른 대로 이르라.》

상녀 마지 못하야 좌우를 치우고 고 왈

《공자의 상을 보니 흉중에 조화 무궁하고 미간에 산
천 정기 령룡하오니 짐짓 왕후의 기상이라. 장성하면 장
차 멸문지화를 당하오리니 상공은 살피소서.》

공이 청파에 경아하야 묵묵 반향에 마암을 정하고 왈

《사람의 팔자는 도망하기 어렵거니와 이런 말을 루설하지
말라.》

하고 약간 은자를 주어 보내니라.

차후로 공이 길동을 산정에 머물고 일동 일정을 엄숙
히 살피니 더욱 설음을 이기지 못하나 할일없어 륙도 삼략과
천문 지리를 공부하더니 공이 일일은 알고 크게 근심하야 왈

《이 놈이 본대 재조 있으매 만일 범람한 의사를 두면
상녀의 말과 같으리니 이를 장차 어찌 하리오.》

6

하더라.

초란이 무녀를 교통하야 공의 마암을 놀랍게 하고 길동을 없이하고저 하야 천금을 바려 자객을 구하니 일홈은 특재라 하는 자 있어 전후사를 자세히 이르고 초란이 공께 고 왈

《일전에 상녀 아는 것이 귀신 같으매 길동의 일을어찌 처치하시나이까. 일즉이 저를 없이함만 같지 못하도소이다.》

공이 청파에 눈섭을 찡기고 왈

《이 일은 내 장중에 있으니 번거이 구지 말아.》

하고 물리치나 심사 자연 산란하야 밤이면 잠을 이루지 못하고 인하야 병이된지라. 부인과 좌랑 인형이 크게 근심하야 주야 초민하더니 초란이 곁에 있다가 고 왈

《상공 환후 위중하심은 길동을 두신연괴라. 천하온 소견은 길동을 죽여 없이하면 상공의 병환도 쾌차하실뿐더러 문호를 보존하오리니 어찌 이를 생각지 아니하시나이까.》

부인 왈

《아모리 그러나 인륜이 지중하니 참아 어찌 행하리오.》

초란 왈

《들자오니 특재라 하는 자객이 있어 사람 죽임을 낭중 취물 같이 한다 하오니 천금을 주어 밤에 들어가 해하오면 상공이 알으시나 할일없사오리니 부인은 재삼 생각하소서.》

부인과 좌랑이 눈물을 흘려 왈

《이는 참아 못할 배로대 첫째는 나라를 위함이요 둘째는 상공을 위함이요 셋째는 홍문을 보존함이니 녀의 계교대로 행하라.》

초란이 대회하야 다시 특재를 불러 이말을 자세히 이르고 금야에 급히 행하라하니 특재 응락하고 밤들기를 기다리더라.

차설, 길동이 그 천대에 원통한 일을 생각하매 시각을 머물지 못할 일이로대 상공의 엄명이 지중하므로 할일없어 밤이면 잠을 이루지 못하더니, 차야에 촉을 밝히고 주역을 잠심하다가 문득 들으니 가마귀 세 번을 울고 가거늘 길동이 고히 여겨 혼자'말로 이로대

《이 즘생은 본대 밤을 그리거늘 이제 울고 가니 심히

7

불길하도다.》

하고 잠간 팔괘를 버려 보고 대경하야 서안을 물리치고 둔갑법을 행하야 그 동정을 살피더니 삼경은 하야 한 사람이 비수를 들고 완완히 방문을 열고 들어오는지라. 길동이 급히 몸을 감초고 진언을 념하니 홀연 일진 음풍이 일어나며 집은 간 대 없고 청청한 산 중에 풍경이 거룩한지라. 특재 대경하야 길동의 조화 신기함을 알고 비수를 감초와 피하고저 하더니 문득 길이 끈쳐지고 충암 절벽이 가리웠으니 진퇴유곡이라. 사면으로 방황하더니 문득 옥저 소래 들리거늘 정신을 차려 살펴보니 일위 소동이 나귀를 타고 오며 저 불기를 그치고 꾸짖어 왈

《네 무삼 일로 나를 죽이려 하는다. 무죄한 사람을 해하면 어찌 천앙이 없으리오.》

하고 진언을 념하더니 일진 흑운이 일어나며 큰 비 담아 붓 듯이 오고 사석이 날리거늘, 특재 정신을 수습하야 살펴보니 길동이라. 비록 그 재조를 신기히 여기나 어찌 나를 대적하리오 하고 달아들며 대호 왈

《너는 죽어도 나를 원망치 말라. 초란이 무녀와 상 녀로 하여금 상공과 의논하고 너를 죽이려 함이니 어찌 나를 원망하리오.》

하고 칼을 들고 달아들거늘 길동이 분기를 참지 못하야 요술을 베풀어 특재의 칼을 앗아 들고 대매 왈

《네 재물을 탐하야 사람 죽임을 좋이 여기니 너 같은 무도한 놈은 죽여 후환을 없이하리라.》

하고 한 번 칼을 드니 특재의 머리 방중에 나려지는지라. 길동이 분기를 이기지 못하야 이 밤에 바로 상녀와 무녀를 잡아다가 특재 죽은 방중에 들이치고 꾸짖어 왈

《네 날로 너불어 무삼 원수 있관대 초란과 한가지로 나를 죽이려 하였나냐》

하고 버히니 어찌 가련치 아니하리오.

이 때 길동이 삼인을 죽이고 천상을 살펴보니 은하수는 서으로 기울어지고 월색은 회미하고 삭풍은 소슬하야

8

정히 사람의 수회를 돕는지라. 분기를 참지 못하야 초란을
또 죽이고저 하다가 상공의 사랑하심을 깨닫고 칼을 던지
며 망명도생함을 생각하고 바로 상공 침소에 나아가 하직
을 고하고저 하더니 이때 공이 창외에 인적이 있음을 고
히 여기여 창을 열고 보니 이 곧 길동이라. 인견 왈

《밤이 깊었거늘 네 어찌 자지 아니하고 이리 방황하는다.》
길동이 복지 대 왈

《소인이 일즉이 부생 모육지은을 만분지 일이나 갚을까
하였삽더니 불의지인이 있사와 상공께 참소하고 소인을
죽이려 하오매, 겨오 목숨을 보전하였사오나 상공을 오래
뫼실 길이 없삽기로 금일 상공께 하직을 고하나이다.》
하거늘 공이 대경 왈

《네 무삼 변괴 있관대 어린 아해 집을 바리고 어대로
가려 하는다.》

길동이 대 왈

《날이 밝으면 자연 알으시려니와 소인의 신세는 부운
과 같사오니 상공의 바린 자식이 어찌 참소를 두리리이꼬.》
하며 쌍루 종횡하야 말을 이루지 못하거늘 공이 그 형상
을 보고 측은이 여겨 개유 왈

《내 너의 품은 한을 짐작하나니 금일로부터 호부 호
형을 하여라.》

길동이 재배 왈

《소자 일편지한을 야야 풀어 주시니 이제 죽어도
한이 없도소이다. 복원 야야는 만수무강하옵소서.》
하고 재배후 작별하니 공이 붙드지 못하고 다만 무사함을 당부
하더라.

길동이 어미 침소에 가 리별을 고하야 왈

《소자 지금 슬하를 떠나오매 다시 뫼실 날이 있사오
니 모친은 그 사이 귀체를 보중하소서.》

춘랑이 이 말을 들으매 무삼 변괴 있음을 짐작하고
아자의 하직함을 보고 집수 통곡 왈

《네 어대로 향하고자 하는다. 한 집에 있으되 처소

초원하야 매양 련련하더니 이제 너를 정처없이 보내고 생각하는 마음을 어찌 견대리오. 너는 수히 돌아와 모자 서로 상봉함을 바라노라.》

길동이 재배 하직하고 문을 나매 운산은 첩첩하야 지향없이 향하니 어찌 가련치 아니리오.

차설, 초란이 특재의 소식이 없음을 십분 의아하야 사람으로 하여금 탐지하니 길동은 간 데 없고 특재와 두 계집 주검이 방중에 있다 하거늘 초란이 혼비 백산하야 급히 부인께 고 왈

《길동은 간 데 없고 세 주검이 있나니다.》

부인이 또한 대경 실색하야 좌랑을 불러 이 일을 이르며 공께 고하니 공이 대경 왈

《길동이 밤에 와 슬피 하직함을 가장 고히 여겼더니 이런 일이 있도다.》

좌랑이 감히 은휘하지 못하야 초란의 실상을 고한대 공이 더욱 분노하야 일변 초란을 내치고 가만이 그 시체를 없이하며 노복 등을 불러 이런 말을 내지 말라 당부하야 신칙하더라.

각설, 길동이 부모를 리별하고 문을 나매 일신이 표백하야 정처없이 행하더니 한곳에 다달으니 경개 절승한지라. 인가를 찾아 점점 들어가니 큰 바위 밑에 석문이 닫혔거늘 길동이 가만이 그 문을 열고 들어가니 평원 광야에 수백 호가 즐비하고 여러 사람들이 모도여 잔채하며 질기니 이곳은 도적의 굴혈이라. 문득 길동을 보고 그 위인이 록록지 않음을 보고 반겨 문 왈

《그대는 어떤 사람이완대 이 곳에 왔나뇨. 이곳은 영웅이 모도였으나 아즉 괴수를 정하지 못하였으니 그대 만일 용력이 있어 참례하고저 할진대 저 돌을 들어 보라.》 하니 길동이 이 말을 듣고 다행하야 재배 왈

《나는 경성 홍 판서의 천첩 소생 길동이러니 가중 천대를 받지 않으려 하야 사해 팔방으로 정처없이 다니더니 우연히 이 곳에 들어와 모든 호걸의 류뭡을 이르시니

불승감사하거니와 대장부 어찌 저만 돌을 들기를 근심하리오.》

하고 그 돌을 들어 수십 보를 행하다가 더지니 그 돌 무게 천 근이라. 제적이 일시에 칭찬 왈

《과연 장사라. 우리 수천 명 중에 이 돌 들 자 없더니 오늘날 하날이 도으사 장군을 주심이로다.》

하고 길동을 상좌에 앉히고 술을 차례로 권하며 백마를 잡아 맹세하며 언약을 굳게 하니 중인이 일시에 응락하고 종일토록 질기더라.

이후로 길동이 제인으로 더불어 무예를 련습하야 수월지내 군법이 정제한지라. 일일은 제인이 이로대

《아동이 발써 합천 해인사를 치고 그 재물을 탈취하고자 하나, 지략이 부족하야 거조를 발하지 못하였더니 이제 장군의 의향이 어떠하시니꾜.》

길동이 소 왈

《내 장차 발군하리니 그대 등은 지휘 대로 하라.》

하고 청포 흑대에 나귀를 타고 종자 수인을 다리고 나가며 왈

《내 그 절에 가 동정을 보고 오리라.》

하고 가니 완연한 재상가 자제러라. 그 절에 들어가 몬저 주승을 불러 이르되

《나는 경성 홍 판서댁 자제라 이 절에 와 글'공부하라 왔거니와 명일에 백미 이십 석을 보낼 것이니 음식을 정히 차리면 너의들도 한가지 먹으리라.》

하고 사중을 두로 살펴보며 후일을 기약하고 동구를 나오니 제승이 기꺼하더라.

길동이 돌아와 백미 수십 석을 보내고 중인을 불러 왈

《내 아모 날은 그 절에 가 이리 이리 하리니 그대 등은 뒤를 좇아와 이리 이리 하라.》

하고 그 날을 기다려 종자 수십 인을 다리고 해인사에 이르니 제승이 맞아 들이거늘 길동이 로승을 불러 문 왈

《내 보낸 쌀로 음식이 부족지 아니하더뇨.》

로승 왈

《어찌 부족하리이까. 너무 황감하여이다.》

11

길동이 상좌에 앉고 제승을 일제히 청하야 각기 상을
받게 하고 몬저 술을 마시며 차례로 권하니 모든 중이 황
감하여 하더라. 길동이 상을 받고 먹으며 문득 모래를 가
만이 입에 넣고 깨무니 소래 가장 큰지라. 제승이 듣고 놀
라 사죄하거늘 길동이 거즛 대노하야 꾸짖어 왈

《너희 등이 어찌 음식을 이대지 부정히 하였는다. 이
는 반다시 나를 릉멸함이라.》

하고 종자에게 분부하야 모든 중을 한줄에 결박하야 앉히니,
사중이 황겁하야 아모리 할 줄을 모르는지라. 이윽고 대적
수백여 명이 일시에 달아들어 모든 재물을 다 제것 가
저가듯 하니 제승이 보고 입으로 소래만 지를 따름이라.

이때 불목한이 마참 나아갔다가 이런 일을 보고 즉시
관가에 보하니 합천 원이 듣고 관군을 조발하야 그 도적
을 잡으라 하니, 수백 장교 도적의 뒤를 쫓일새 문득 보
니 한 중이 송락을 쓰고 또 장삼을 입고 뫼에 올라 외여 왈

《도적이 저 북편 소로로 가니 빨리 가서 잡으소서.》

하거늘 관군이 그 절의 중이 가라치는 줄로 알고 풍우
같이 북편으로 찾아 나가다가 날이 점점 저문 후 잡지
못하고 돌아가니라. 길동이 제적을 남편 대로로 보내고 제
홀로 중의 복색으로 관군을 속인 후 무사히 굴혈로 돌아
오니 모든 사람이 발써 재물을 수탐하야 왔는지라. 일시에
나와 사례하거늘 길동이 소 왈

《대장부 이만 재조 없으면 어찌 중인의 괴수 되리오.》

하더라.

이후로 길동이 자호 활빈당이라 하야 조선 팔도로 다니
며 각읍 수령의 불의의 재물이 있으면 탈취하고 혹 집이
빈한한 재 있으면 구제하며 백성을 일호도 범하지 아니
하고 나라에 속한 물재는 추호도 범하지 아니하니 이러므
로 제적이 그 의기를 탄복하더라.

일일은 길동이 제인을 모으고 왈

《이제 함경 감사 탐관 오리로 준민고택하야 백성
이 도탄에 든지라. 우리 등이 그저 두지 못하리니

그대 등은 내 지휘대로 하라.》

하고 하나씩 흘려 들어가 아모 날 밤에 기약을 정하고 남문 밖에 불을 지르니 감사 대경하야 그 불을 구하라하니 관속이며 백성들이 일시에 내달아 그 불을 구할새 길동의 수백 명 적당이 일시에 성중에 달아들어 창고를 열고 전곡과 군기를 수탐하야 북문으로 달아나니 성중이 요란하야 물 끓 듯 하는지라. 감사 불의지변을 당하야 아모리 할 줄 모로더니 날이 밝은 후 살펴보니 창고의 군기와 전곡이 다 뷔였거늘 감사 대경 실색하야 그 도적 잡기를 힘쓰더니, 홀연 북문에 방을 붙였으되

《아모 날에 전곡 도적한 자는 활빈당 행수 홍길동이라.》

하였거늘 감사 발군하야 그 도적을 잡으라 하더라.

차설, 길동이 제적과 한가지로 전곡을 많이 도적하였으니 행여 길에서 잡힐까 념려하야 둔갑법을 행하야 처소에 돌아오니 날이 새고자 하였더라.

일일은 길동이 제인을 모으고 의논 왈

《이제 우리가 합천 해인사에 가 재물을 탈취하고 또 함경 감사에 가 전곡을 도적하야 소문이 파다하려니와 나의 성명을 써서 감영에 붙였으니 오래지 아니하야 잡히기 쉬울지라. 그대등은 나의 재조를 보라.》

하고 즉시 초인 일곱을 맨들어 진언을 념하고 혼백을 붙이니 일곱 길동이 일시에 팔을 뽑내며 크게 소래하고 한 곳에 모다 란만히 수작하니 어나 것이 정작 길동인지 아지 못할러라. 팔도에 하나씩 흘어지되 각각 사람 수백 여 명씩 거나리고 다니니 그중에 정 길동이 어나 곳에 있는 줄은 아지 못할러라. 여딿 길동이 팔도에 다니며 호풍 환우하는 술법을 행하며 각읍 창곡을 일야간에 종적없이 가져 가며 서울 오는 봉물을 의심없이 탈취하니 팔도 각읍이 소요하야 밤에 능히 잠을 자지 못하고 도로에 행인이 끈쳤으니 이러므로 팔도 요란한지라. 감사 이 일로 장계하니, 그 글에 하였으되,

《난데없는 홍 길동이란 대적이 있어 능히 풍운을 짓고 각읍의 재물을 탈취하오매 봉송하는 물종이 올라 가지 못하고 작란

이 무수하오니 그 도적을 잡지 못하면 장차 어나 지경에 이를 줄을 아지 못하오니 복망 성상은 좌우 포청으로 잡게 하소서.》 하였더라.

상이 보시고 대경하사 포장을 명초하실새 련하야 팔도 장계를 올리는지라. 련하야 떼여 보니 도적의 일홈이 다 홍길동이라 하였고 전곡 잃은 일자를 보시니 팔도가 다 한 날 한시라. 상이 크게 놀라 가라사대

《이 도적의 용맹과 술법은 예'날 치우라도 당하지 못하리로다. 아모리 신기한 놈인들 어찌 한 몸이 팔도에 있어 한 날 한시에 도적질을 하리오. 이는 심상한 도적이 아니라. 잡기 여려우리라. 좌우 포장은 발군하야 그 도적을 잡으라.》 하시니 이에 우포장 리 흡이 주 왈

《신이 비록 재조 없사오나 그 도적을 잡아 올리리니 전하는 근심 말으소서. 조고마한 도적으로 인하야 이제 어찌 좌우 포장이 다 발군하오리까.》

상이 옳이 여기사 급히 발행함을 재촉하시니 리 흡이 하직하고 허다 관졸을 거나리고 발행할새, 각각 흩어져 아모 날 문경으로 모도임을 약속하고 리 흡이 약간 포졸 수삼 인을 다리고 변복하야 다니더니 일일은 날이 저물매 주점을 찾아 쉬일새 문득 일위 소년이 나귀를 타고 들어와 뵈거늘 포장이 답례한대, 그 소년이 문득 한숨을 지으며 왈

《보천지하 막비왕토요, 솔토지민이 막비왕신이라 하니 소생이 비록 향곡에 있으나 국가를 위하야 근심이로소이다.》
포장이 거즛 놀라며 왈

《이 어찌 이름이뇨.》

소년 왈

《이제 홍 길동이란 도적이 팔도로 다니며 작란하오매 민심이 소동하거늘 이 놈을 잡아 없이하지 못하니 어찌 분하지 아니리오.》

포장이 이 말을 듣고 왈

《그대 기골이 장대하고 언어 충직하니 날과 한가지로 그 도적을 잡음이 어떠하뇨.》

14

소년 왈

《내 발써 잡고자 하나 용력 있는 사람을 얻지 못하였더니 이제 그대를 만났으니 어찌 만행이 아니리오마는 그대 재조를 아지 못하니 그윽한 곳에 가 시험하자.》

하고 한가지로 행하더니 한 곳에 이르러 높은 바회 우에 올라 앉으며 이로되

《그대 힘을 다하야 두 발로 나를 차 나리치라.》

하고 바회 끝에 앉거늘, 포장이 생각하되 제 아모리 용력이 있은들 한 번 차면 제 어찌 아니 떨어지리오 하고 평생 힘을 다하야 두 발로 매우 차니 그 소년이 문득 돌아앉으며 왈

《그대 짐짓 장사로다. 내 여러 사람을 시험하되 나를 요동하는 자 없더니 그대에게 차이어 오장이 울린 듯하도다. 그대 나를 따라 오면 길동을 잡으리라.》

하고 첩첩한 산곡으로 들어가거늘 포장이 생각하되 나는 힘을 자랑할 만하더니 오늘 저 소년의 힘을 보니 어찌 놀랍지 아니리오. 그러나 이곳까지 왔으나 혈마 저 소년 혼자라도 길동 잡기를 근심하리오 하고 따라 가더니 그 소년이 문득 돌쳐 서며 왈

《이 곳이 길동의 굴혈이라. 내 몬저 들어가 탐지할 것이니 그대는 여기 있어 기다리라.》

포장이 마음에 의심되나 빨리 잡아 옴을 당부하고 앉았더니 이윽고 홀연 산곡으로 좇아 수십 군졸이 요란히 소래지르며 나려오는지라. 포장이 대경하야 피하고자 하더니 점점 가까이 와 포장을 결박하며 꾸짖어 왈

《네 토포 대장 리흡인다. 우리 등이 지부 왕의 명을 받어 너를 잡으러 왔다.》

하고 철색으로 몸을 풍우 같이 몰아 가니 포장이 혼불부신하야 아모란 줄 모르는지라. 한 곳에 다달어 소래지르며 꿇려앉히거늘 포장이 정신을 가다듬어 머리를 들어 보니 궁궐이 광대한대 무수한 황건 력사 좌우에 라렬하고 전상에 일위 군왕이 좌탑에 앉아 려성 왈

《네 요만 필부로 어찌 홍 장군을 잡으려 하는고. 이

너를 잡아 풍도 지옥에 가도리라.》

포장이 겨오 정신을 차려 왈

《소인은 인간에 한미한 사람이라. 무죄히 잡혀 왔으니
살려 보냄을 바라나이다.》

하고 심히 애걸하거늘 전상에서 웃음 소래 나며 꾸짖어 왈

《이 사람아 나를 자세히 보라. 나는 곧 활빈당 행수
홍 길동이라. 그대 나를 잡으려 하매 그 용력과 뜻을
알고자 하야 작일에 내 청포 소년으로 그대를 인도하야
이 곳에 와 나의 위엄을 뵈게 함이라.》

하고, 언파에 좌우를 명하야 맨 것을 글러 당상에 앉히
고 술을 나와 권하며 왈

《그대는 부질없이 다니지 말고 빨리 돌아가되 나를
보았다 하면 반다시 죄책이 있을 것이니 부대 이런 말
을 내지 말라.》

하고 다시 술을 부어 권하며 좌우를 명하야 내여보내라
하니, 포장이 생각하되 이것이 꿈인가 생시인가 어찌하야
이리 왔으뇨, 길동의 조화 신기하도다 하며 일어 가자 하
더니, 홀연 사지를 요동하지 못하겠는지라. 고히 여겨 정신
을 진정하야 살펴보니 가죽부대 속에 들었거늘 간신이 나
와 본즉 부대 세히 낡에 걸렸거늘 차래로 끌러 자세히 보
니 처음 떠날 때 다리고 왔던 하인이라. 서로 이로대

《이것이 어찐 일인고, 우리 떠날 때에 문경으로 모히
자 하더니 어찌 이 곳에 왔든고.》

하며, 두루 살펴보니 곧 장안성 북악이라. 사인이 어이없어
장안을 굽어보다가 포장이 하인다려 물어 왈

《너는 어찌 이곳에 왔는다.》

삼인이 고 왈

《소인 등은 주점에서 자옵더니 비몽사몽간에 홀연 풍
우에 싸이여 정신이 없이 이리로 왔사오니 무삼 연고인
지 아지 못하나이다.》

포장 왈

《이 일이 가장 맹랑하니 타인에게 전설하지 말라.

그러나 길동의 재조 불측하야 신출 귀몰하니 어찌 인력으로써 잡으리오. 우리 그저 돌아가면 필경 죄를 면하지 못하리니 아직 수월을 기다려 들어가자.》

하고 나려오더라.

차시 상이 조선 팔도에 행관하사 길동을 잡아들이라 하시되 그 술법에 변화 불측하야 혹 초헌도 타고 왕래하며 혹 각읍에 로문 놓고 쌍교도 타고 왕래하며 어사의 모양으로 역졸을 다리고 각읍 수령 중에 탐관 오리하는 자를 문득 선참 후계하되 가어사 홍 길동의 계문이라 하거늘, 상이 더욱 진노하사 왈

《이 놈이 각도에 다니며 작란이 무쌍하되 아모도 잡지 못하니 이 일을 장차 어찌 하리오.》

하시고 제신으로 더불어 의논하시더니 련하야 장계를 올리되 팔도에 홍 길동 작란하는 장계라. 상이 차례로 보시고 크게 근심하사 좌우를 돌아보시며 문 왈

《이 놈이 아마도 사람은 아니요 귀신의 작폐니 조신 중에 뉘 능히 근본을 짐작하리오.》

하신대 반렬 중의 일인이 출반 주 왈

《홍 길동은 전임 리조 판서 홍 모의 서자요 병조 좌랑 홍 인형의 서제오니 이제 그 부자를 부르사 친문하시면 자연 알으시리다.》

상이 익노 왈

《이런 말을 어찌 이제야 하는다.》

하시고 즉시 홍모는 금부에 나수하고 인형은 먼저 잡아들여 친히 국문하시니 성명이 어찌 된고 하회를 보아 분해하라.

(하 편)

차설, 홍모는 금부로 나수하고 먼저 인형을 잡아 들여 친국하실새 천위 진노하사 서안을 쳐 가로사대

《길동이란 도적이 너의 서제라 하니 어찌 금단하지 아니하고 그저 두어 국가의 대환이 되게 하나뇨. 네 만일

잡아 들이지 아니하면 너의 부자의 **충효**를 돌아보지 아니하리니 **빨리** 잡아 들여 나의 근심을 풀라.》
하시니 인형이 황공하야 면관 돈수 왈

《신의 천한 아오 있어 일쯕 사람을 죽이고 망명 도주하온지 수년이 지나오되 그 존망을 아지 못하와 신의 늙은 아비 일로 인하야 신병이 위중하와 명재조석이온 중 길동이 무도 불측하므로 성상께 근심을 끼치오니 신의 죄 만사무석이오나 복망 전하는 자비지택을 드리옵소서. 신의 아비 **죄**를 사하사 집에 돌아가 조병하게 하시면 신이 죽기로써 길동을 잡아 신의 부자의 죄를 속하올까 하나이다.》

상이 청파에 천심이 감동하사 즉시 홍모를 사하시고 인형으로 경상 감사를 제수하사 왈

《경이 만일 감사의 기구 없으면 길동을 잡지 못할 것이요. 일년 한을 정하야 주나니 수히 잡아 들이라.》
하시니 인형이 **백배** 사은하고 인하야 하직하며 즉일 발행하야 감영에 도임하고 각읍에 방을 붙이니 이는 길동을 달래는 방이라. 그 글에 하였으되

《사람이 세상에 나매 오륜이 으뜸이요. 오륜이 있으매 인의례지 분명하거늘 이를 아지 못하고 군부의 명을 거역하야 불충 불효되면 어찌 세상에 용납하리오. 우리 아오 길동은 이런 일을 알 것이니 스사로 형을 찾아와 사로잡히라. 우리 부친이 널로 말매암아 병입골수하시고 성상이 크게 근심하시니 네 죄악이 **관영**한지라. 이러므로 날로 특별히 도백을 제수하사 너를 잡아들이라 하시니 만일 잡지 못하면 우리 홍문의 루대 청덕이 일조에 멸하리니 어찌 슬프지 아니하리오. 바라나니 아오 길동은 이를 생각하야 일측 자현하면 너의 죄도 **덜릴** 것이요 일문을 보전하리니 아지 못게라 너는 만 번 생각하야 자현하라.》
하였더라.

감사 이 방을 각읍에 붙이고 공사를 전폐하고 길동이 자현하기만 기다리더니 일일은 **한** 소년이 나귀를 타고 하

인 수십을 기다리고 원문 밖에 와서 뵈옴을 청한다 하거늘, 감사 들어오라 하니 소년이 당상에 올라 배알하거늘 감사 눈을 들어 자세히 보니 매르 기다리던 길동이라. 대경대희하야 좌우를 물리치고 그 손을 잡아 오열 류체 왈

《길동아 네 한 번 문을 나매 사생 존망을 아지 못하야 부친께서 병입고황하시거늘 너는 갈사록 불효를 끼칠 뿐 아니라 국가의 큰 근심이 되게 하니, 네 무삼 마음으로 불충 불효를 행하며, 또한 도적이 되여 세상에 피흉지 못할 죄를 짓나뇨. 이러므로 성상이 진노하사 날로 하야금 너를 잡아 들이라 하시니 이는 세상에 피흉지 못할 죄라. 너는 일즉 경사에 나아가 천명을 순수하라.》

하고 말을 마치며 눈물이 비 오듯 하거늘 길동이 머리를 숙이고 왈

《천생 길동이 이에 이름은 부형의 위태함을 구하고자 함이니 어찌 다른 말이 있으리오. 대저 대감께서 당초에 천한 길동을 위하야 부친을 부친이라하고, 형을 형이라 하였던들 어찌 이에 이르리꼬. 왕사는 일러 쓸대없거니와 이 소제를 결박하야 경사를 올려 보내소서.》

하고 다시 말이 없거늘 감사 이 말을 듣고 일변 슬허하며 일변 장계를 써 길동을 항쇄 족쇄하고 함거에 실어 건장한 장교 십여 인을 빼여 압령하게 하고 주야 배도하야 경성으로 보내니 각읍 백성들이 길동의 재조를 들었는지라 잡아 옴을 듣고 길이 메여 구경하더라.

차시 팔도에서 길동을 잡아 올리니 조정과 장안 인민이 망지소조하야 능히 알리 없더라. 상이 놀라샤 만조를 모으시고 친국하실새 여덟 길동을 잡아 올리니 저의 서로 다토아 이로대 네가 정 길동이요 나는 아니라 하며 서로 싸호니 어나 것이 정 길동인지 분간하지 못할러라. 상이 고히 여기사 즉시 홍 모를 명초하사 왈

《지자는 막여부라 하니 저 여덟 중에 경의 아달을 찾아내라.》

홍 공이 황공하야 돈수 청죄 왈

《신의 천생 길동은 좌편 다리에 붉은 혈점이 있사오

너 일로 좇아 앓이로소이다.》

하고 여답 길동을 구짖어 왈

《네 지척에 인군이 계시고 아래로 네 아비 있거늘 이렇
듯 천고에 없는 죄를 지였으니 죽기를 아끼지 말라.》

하고 피를 토하며 엎더져 기절하니 상이 대경하사 약원으
로 구하라 하시되 차도 없는지라. 여답 길동이 이 경
상을 보고 일시에 눈물을 흘리며 낭중으로 좇아 환약 일
개씩 내여 입에 드리더니 홍 공이 반향 후에 정신을 차
리지는라. 길동등이 상께 주 왈

《신의 아비 국은을 많이 입었사오니 신이 어찌 감히
불측한 행사를 하오리까마는, 신은 본대 천비 소생이라,
그 아비를 아비라 못하옵고 그 형을 형이라 임의로 못하
오니 평생에 일편지한이 복중에 맺혔삽기로 집을 바리고
적당 충중에 참례하오나 백성은 추호 불법하옵고 각읍의
수령이 준민고택하는 재물을 탈취하얐사오니 이제 십년을
지내오면 떠나갈 곳이 있사오니 복망 성상은 근심하지
말으시고 신을 잡으시는 판자를 거두시압소서.》

하고 여답 길동이 일시에 넘어지거늘 자세 보니 다 초인이라.
상이 더욱 놀라시며 정 길동 잡기를 다시 행관하야 팔도
에 나리시니라.

차설, 길동이 초인을 없이하고 두루 다니다가 사대문에
방을 붙였으되

《요신 홍 길동은 아모리 하야도 잡지 못하리니 병조
판서 교지를 나리시면 잡히리아다.》

하였거늘 상이 그 방문을 보시고 조신을 모아 의논하시니 제신 왈

《이제 그 도적을 잡으려 하다가 잡지 못하압고 도로
혀 병조 판서를 제수하심은 불가하여이다.》

상이 옳이 여기사 다만 경상 감사에게 길동 잡기를
재촉하시더라.

이때 경상 감사 엄지를 보고 황공 황송하야 어찌할
줄 모르더니 일일은 길동이 공중으로 나려와 절하고 왈

《소제 지금은 정작 길동이오니 형장은 아모 념려 말

20

으시고 결박하야 경사로 보내소서.》

감사 이 말을 듣고 접수 류체 왈

《이 무지한 아해야, 너도 날과 동기여날 부형의 교훈을 듣지 아니하고 일국을 소동호게 하니 어찌 애석호지 아니하리오. 네 이제 정작 몸이 와 나를 보고 잡혀 가기를 자원 하니 도로혀 기특한 아우로다.》

하고 급히 길동의 좌편 다리를 보니 과연 홍점이 있거늘 즉시 사지를 각별 결박하고 함거에 실어 건장한 장교 수십을 가리여 철통 같이 싸고 풍우 같이 몰아 가되 길동이 안색이 조금도 변호지 아니하더라.

여러 날만에 경성에 다달으니 궐문에 이르러난 길동이 몸을 한 번 요동하매 철삭이 끊어지고 함거 깨여져 마치 배암이 허물 벗 듯 공중으로 오르며 표연히 운무에 묻혀 가니 장교와 제군이 어이없어 공중만 바라보고 다만 넋을 잃을 따름이라, 할 수 없어 이 연유로 상달하온대 상이 들으시고 《천고 이런 일이 어대 있으리오》 하시고 근심하시니 제신 중 일인이 주 왈

《길동의 소원이 병조 판서를 한 번 지내면 조선을 떠나리라 하오니 한 번 그원을 풀면 제 스사로 사은할지라. 이때를 타 부르면 좋을까 하나이다.》

상이 옳이 여기사 즉시 홍 길동으로 병조 판서를 제수하시고 사문에 방을 붙이니라.

이때 길동이 이 말을 듣고 즉시 사모 관대에 서띠를 띠고 높은 초헌을 헌거롭게 높이 타고 대로 상에 완연히 들어오매 이에 홍 판서 사은하러 온다 하니 병조 하속이 맞아 호위하야 궐내에 들어갈새 백관이 의논하되 길동이 오늘 사은하고 나올 것이니 도부수를 매복하였다가 나오거든 일시에 내달아 쳐 죽이라고 약속을 정하였더니 길동이 궐내에 들어가 숙배하고 주 왈

《소신의 죄악이 지중하옵거늘 도로혀 천은을 입사와 평생 한을 푸압고 돌아 가오매 영결전하이오니 복망 성상은 만수 무강하압소서.》

하고 말을 마치며 몸을 공중에 솟오와 구름에 싸히여 가니 그 가난 바를 아지 못할러라. 상이 보시고 도로혀 차탄 왈

《길동의 신기한 재조는 고금에 회한하도다. 제 지금 조선을 떠나노라 하였으니 다시는 작폐할 길 없을 것이요. 비록 수상하나 일단 장부의 쾌한 마음이 있는지라 족히 념려없을 것이라.》

하시고 팔도에 사문을 나리와 길동 잡는 공사를 거두시니라.

각설, 길동이 제 곳에 돌아와 제적에게 분부하되

《내 다녀올 곳이 있으니 여 등은 아모대 출입 말고 나 돌아오기를 기다리라.》

하고 즉시 몸을 솟오와 남경으로 향하야 가다가 한 곳에 다달으니 이는 소위 률도국이라. 사면을 살펴보니 산천이 청수하고 인물이 번성하야 가히 안신할 곳이라 하고 남경에 들어가 구경하며 또 제도라 하는 섬중에 들어가 두루 다니며 산천도 구경하고 인심도 살피며 다니더니 오봉산에 이르러난 짐짓 제일 강산이라. 주회 칠백리요 옥야 전답이 가득하야 사람 살기에 정히 적당한지라. 내심에 헤오대 《내 이미 조선을 하직하였으니 이곳에 와 아직 은거하였다가 대사를 도모하리라》하고 표연히 본곳에 돌아와 제인다려 일러 왈

《그대 등이 아모날 양천강변에 가 배를 많이 지여 모월 모일에 경성 한강에 대령하라. 내 인군께 간청하야 정조 일천석을 구득하야 올 것이니 기약을 어기지 말라.》

하더라.

각설, 홍 공이 길동의 작란 없으므로 신병이 쾌차하고 상이 또한 근심 없이 지내시더니 차시 추구월 망간에 상이 월색을 띠고 후원에 배회하실새 문득 일진 청풍이 일어나며 공중으로서 옥저소래 청아한 가온대 한 소년이 나려와 상께 복지하거늘 상이 경문 왈

《선동이 어찌 인간에 강굴하며 무삼 일을 이르고저 하나뇨.》

소년이 복지 주 왈

《신은 전임 병조 판서 홍 길동이로소이다.》

상이 경문 왈

《네 어찌 섬야에 온다.》

길동이 대 왈

《신이 전하를 받들어 만세를 픠시울까 하오나 천비 소생이라 문과를 하오나 옥당에 참례하지 못할 것이요, 무과를 하오나 선전에 막힐지라. 이러므로 사방에 오유하와 무뢰지당으로 관부에 작폐하옵고 조정을 요란하게 하옴은 일홈을 성상이 알으시게 하옴이러니 신의 소원을 풀어 주옵시니 전하를 하직하고 조선을 떠나 한없은 길을 가오니, 정조 일천 석을 서강으로 내여 주옵시면 전하 덕택으로 수천 명이 보전할까 하나이다.》

상이 즉시 허락하시고 왈

《전에 경의 얼골을 자세 못보았더니 금일 비록 월하나 얼골을 들어 나를 보라.》

하신대 길동이 비로소 얼골을 드나 눈을 뜨지 아니하거늘 상이 가라사대

《어찌하야 눈을 뜨지 않나뇨.》

길동이 대 왈

《신이 눈을 뜨면 전하 놀라실까 하나이다.》

상이 이 말을 들으시고 과연 범인이 아님을 짐작하시고 위로하시니 길동이 천은을 돈수 사례하고 도로 공중에 솟오와 가거늘 상이 그 신기함을 일캇고 익일에 선혜 당상에게 전지하사 정조 일천석을 서강으로 수운하라 하시니 혜당이 아모란 줄 모로고 거행하였더니 문득 여러 사람이 큰 배에 싣고 가며 왈

《전임 병조 판서 홍 길동이 천은을 입사와 정조 천석을 얻어 가노라.》

하거늘 이 연유로 상달하온대 상이 소 왈

《내 길동을 사급한 것이라.》

하시더라.

길동이 정조 천 석을 얻고 삼천 적당을 거나려 대해에 떠 남경 따 제도섬으로 들어가 수천호 집을 짓고 농업을 힘쓰고 재조를 배와 무기를 지으며 군법을 련습하니

병정 량족하더라.

본래 그곳이 그윽한지라 알리없고, 재산이 부요한지라. 일일은 길동이 제인을 불러

《내 망탕산에 들어가 살촉에 바를 약을 얻어 올 것이니 여등은 그 사이 애구를 잘 지키라.》

하고 즉시 발선하야 망탕산으로 들어갈새 수일만에 락천 따에 이르르는 그곳에 만석 부자 있으니 성명은 백룡이라. 일측 한 딸을 두었으되 인물과 재질이 비상하고 겸하야 백가서를 달통하며 검술이 초등하니 그 부모 극히 사랑하야 천하 영웅이 곧 아니면 사위를 삼지 아니려 하야 두로 구혼하더니 일일은 풍운이 대작하고 천지 아득하더니 백룡의 딸이 간데 없는지라. 백룡 부부 슬허하야 천금을 흩어 사면으로 찾으되 마침내 그 종적이 없는지라. 백룡 부부 주야 통곡하야 거리로 다니며 왈

《아모라도 내 딸을 찾아 주면 만금을 줄뿐 아니라 마땅히 사위를 삼으리라.》

하더라.

차시에 홍 길동이 지나다가 이 말을 듣고 심중에 측은히 여겨 망탕산으로 향하야 약을 캐며 점점 들어가더니 날이 이미 저문지라. 정히 주저하더니 문득 사람의 소래가 나며 등촉이 조요하거늘 심중에 다행하야 그곳을 찾아 가니 무수한 요괴 무리 앉어 서로 짖어 괴거늘 가만히 엿보니 비록 사람의 형상이나 필경 즘생의 무리라. 원래 이 즘생은 울동이란 즘생이 여러 해를 묵어 변화 무궁하더라. 길동이 생각하되 《내 두루 다녔으나 이 같은 것은 본 배 처음이라, 이제 저것을 잡아 없애리라.》 하고 몸을 감초아 활로 쏘니 그중 어떤 놈이 맞은지라 그것이 소래를 지르고 달아나거늘 길동이 쫓아 가고자 하다가 생각하되 《밤이 이미 깊었고 산이 험하니 어찌 잡으리오》 하고 큰 나무를 의지하야 밤을 지내고 궁시를 감초와 없이하고 두루 다니며 약을 캐더니 문득 괴물 수삼 명이 길동을 보고 문 왈

《이곳은 아모도 다니지 못하거늘 무삼 일로 이곳에 이

24

르렸나뇨.》

길동이 답 왈

《나는 조선 사람으로 의술을 알더니 이곳에 선약이 있
단 말을 듣고 찾어 왔더니 우연히 그대를 만나니 다행
하도다.》

그것이 듣고 대회하야 길동을 자세 보며 왈

《나는 이 산중에 있은지 오래더니 우리 대왕이 부인을
새로 정하시고 작야에 잔채하시다가 불행하야 천살을 맞
아 만분 위중한지라 그대는 선약으로써 우리 왕을 살리
시면 은혜를 중히 갚사오리니 함께 감을 청하나이다.》

길동이 이 말을 듣고 혜오대 《이 놈이 작야에 살에
상한 놈이로다》 하고 한가지로 가며 보니 몸에 피 흘려
그 문외까지 이르렀더라. 길동을 문에서 기다리라 하고 들
어가더니 이윽고 나와 청하거늘 길동이 들어가 보니 화각
이 굉장한 가온대 흉악한 요괴 좌탑에 누워 신음하다가
길동이 이름을 보고 겨우 기동하야 왈

《복이 우연히 천살을 맞아 죽기에 이르렀으니 그대는
재조를 아끼지 말고 복을 살리면 은혜를 중히 갚으리라.》

길동이 사례하고 속히여 이르대

《상처를 보매 중상하지 아니하였으니 먼저 내치할 약을
쓰고 후에 발근할 약을 쓰면 쾌차하리니 생각하소서.》

그 요괴 곧이 듣고 대회하는지라. 길동이 본대 온갖
환약을 가지고 다니는지라. 모든 요괴 대회하거늘 길동이
약낭에서 독약을 내여 급히 온수에 화하야 먹이니 한 시
경은 하야 배를 두다리며 눈을 실룩이며 한 소래 지르더
니 두어번 뛰놀다 죽는지라. 모든 요괴 등이 이 형상을
보고 길동에게 달아들어 칼로 찌르며 왈

《너 같은 흉적을 버혀 우리 대왕의 원쑤를 갚으리라.》
하고 일시에 달아드니 길동이 몸을 솟오와 공중에 오르며
풍백을 부려 큰 바람을 이루고 활을 무수히 쏘니 요괴
아모리 조화 있으나 길동의 신기한 술법을 어찌 당하리오.
한참 싸홈에 모든 요괴를 소멸하고 도로 들어가 살펴보니

한 돌문 속에 두 소년 녀자 있어 서로 죽으려 하거늘 길동이 보고 계집 요괴라 하고 마저 죽이려 한대 그 계집이 울며 애걸 왈

《첩 등은 요괴가 아니오. 인간 사람으로 이곳 요괴에게 잡혀 죽으려 하더니 천행으로 장군이 들어와 요괴를 멸하시니 첩 등의 잔명을 보존하야 고향에 돌아가게 하심을 바라압나이다.》

하고 울며 애걸하니 길동이 그 잔잉함을 보고 자세 보니 짐짓 경국지색이라. 인하야 거주를 물으니 하나는 락천현 백룡의 딸이요, 하나는 조 철의 딸이라, 길동이 내심에 희한히 여겨 즉시 두 녀자를 인도하야 락천현에 가 백룡을 찾아 보고 전후를 이르며 그 자를 뵈니 백룡 부부 잃었던 녀아를 보고 여취 여광하야 서로 붙들고 울며 조 철도 또한 녀아를 보매 죽었든 자식을 만난 듯이 기쁨을 측량하지 못하더라.

이때 백룡이 조 철과 의논하고 즉시 친척을 모와 대연을 배설하고 홍 생 길동을 맞아 사위를 삼으니 첫째 안해는 백 소저요 지차 안해는 조 소저라. 길동이 나이 이십이 넘도록 원앙의 자미를 모르더니 일조에 량처를 얻으매 량가로 락을 보니 그 견권지정을 비할대 없더라.

이러구러 날이 오래매 처소를 생각하고 제도섬으로 두 집 가산과 친척을 거나리고 가니 모든 사람이 반기며 부인 처소를 별로히 정하고 세월을 보내더니 이때는 칠월 망간이라. 길동이 일일은 마음이 자연 슬허하더니 문득 천문을 살피고 눈물을 흘리거늘 백 소저 문 왈

《무삼 일로 슬허 하시나이꼬.》

길동이 대 왈

《나는 천지간 용납지 못할 불효라 내 본대 이곳 사람이 아니오 조선국 홍 판서의 천첩 소생으로 사람 지위에 참례하지 못하매 평생 한이 맺힌지라. 장부 심사 편하지 못하므로 부모를 하직하고 이곳에 와 의지하였으나 부모의 안부를 천상 성신으로 살피더니 아까 건상을 살펴보니 부

26

친께서 병환이 위중하사 오래지 아니하야 세상을 바리실지니 내 몸이 만리 밖에 있어 미처 득달ㅎ지 못하겠기로 일로 인하야 슬허하노라.》

백 소저 그제야 근본을 알고 비감하야 하더라.

이튿날 길동이 월봉산에 올라가 일장대지를 얻고 그날부터 역군을 얻어 산역을 시작하되 석물 범절이 국릉에 비할러라. 중인을 불러 큰 배를 준비하되 조선국 서강 강변에 대후하라 하고 즉시 머리를 깎아 대사의 모양으로 적은 배를 타고 조선국으로 향하니라.

각설, 홍 공이 길동이 멀리 간 후로 반점 수심이 없이 지내더니 년기 팔순에 홀연 득병하야 점점 침중한지라 부인과 인형을 불러 왈

《나의 나히 팔십이라. 죽으나 무한이로되 다만 길동의 사생을 아지 못하고 죽으니 눈을 감지 못할지라. 제 죽지 않았으면 반다시 찾아 올 것이니 부대 적서를 가리지 말고 저의 어미도 잘 대접하라.》

하고 인하야 명이 진하니 일가 망극하야 초종 범절을 극진히 지내나 다만 산지를 얻지 못하야 정히 민망하더니 일일은 하인이 들어와 보하되

《문 밖에 어떤 중이 와서 상공 령위에 조문하려 하나이다.》

하거늘 고히 여겨 들어오라 하니 그 중이 들어와 방성대곡하니 제인이 이로대

《상공 전에 친한 중이 없더니 어떤 중이완대 저대지 애통하는고,》

하더라.

반향 후 길동이 려막에 나아가 상인에게 또 일장 통곡하다가 왈

《형장이 어찌 소제를 모로시느이까.》

하거늘 상인이 그제야 자세히 보니 아오 길동이라, 붙들고 통곡 왈

《이 무지한 아해야 그 사이 어대로 갔더뇨, 부친 생시에 너를 생각하시고 림종에 유연하사 너를 위하야 눈을 감지 못한다 하였으니 어찌 인자에 차마 외람히 견멸

27

바리오.》

하고 그 손을 이끌어 내당에 들어가 모부인께 뵈이고 또 춘랑을 불러 보게하니 모자 붙들고 통곡하다가 정신을 차려 길동의 모양을 보고 왈

《네 어찌 중이 되였는다.》

길동이 대 왈

《소자 처음에 마음을 그릇 먹고 작란하기를 일삼더니 부형이 화를 보실까 두려워하야 조선을 떠나오매 삭발위승하고 지술을 배와 생도를 삼더니 이제 부친이 기세하심을 짐작하고 왔사오니 모친은 과히 슬허 마옵소서.》

부인과 춘랑이 이 말을 듣고 눈물을 거두며 왈

《네 지술을 배왔으면 천하에 유명하리니 너는 부공을 위하야 산지를 얻어 보라.》

길동이 대 왈

《소자 과연 산지는 얻었사오나 천리밖에 있사오니 행상하기 어렵사와 일로 근심하나이다.》

상인이 듣고 대희 왈

《네 재조와 효행을 아나니 다만 길지만 얻었으면 어찌 원로를 근심하리오.》

길동 대 왈

《형장 말쌈이 이러하시면 명일 상구를 발행하소서, 소제는 벌써 산역을 시작하옵고 안장 택일을 정하였사오니 형장은 념려 말으소서.》

하고 제 모친 춘랑을 다려 가기를 청하니 부인과 춘랑이 마지 못하야 허락하더라.

차시 길동이 상구를 뫼시고 따르며 모친과 한가지로 서강 강변에 이르니 길동의 지휘한 배 일시에 대후한지라, 모다 배에 올라 행선하니 망망 대해에 순풍이 일어나매 배 빠르기 살 같은지라 한 곳에 다달으니 제인이 수십 선척을 띄우고 길동을 기다리다가 보고 반기며 좌우로 호위하야 가니 위의 거룩하더라. 인형이 의아하야 문 왈

《이 어찐 연고뇨.》

길동이 그제야 전후사를 고하며 왈

《소제 거한 바 옥야 천리요, 창곡이 루거만이요, 두 처가에 재산이 유여하니 이만 기구 없사오리이까.》

산상으로 올라가니 봉만이 청수하야 산세 거룩한지라. 한 곳에 다달아 정한 곳을 가라치거늘 인형이 살펴보니 산맥이 아름답고 치산 범절이 국릉 같은지라. 대경 문 왈

《이 어쩐 일인고.》

길동 왈

《형장은 놀라지 말으소서.》

하고 시를 기다려 하관 후 최복을 갖초고 새로이 애통하다가 좌랑과 모친을 뫼셔 처소에 돌아오니 백, 조, 량 소저 중당에 나와 존고와 시숙을 뫼셔 비로소 례하니 좌랑이 맞아 반기며 길동의 신기함을 탄복하더라.

이러구러 여러 날이 되매 길동이 그 형다려 일러 왈

《이제 친산을 대지에 뫼셨으니 대대 장상이 끈치지 아니 할지라. 형장은 바삐 고국에 돌아가 존당 문안을 살피소서. 형장은 야야 생시에 많이 뫼셨으니 소제는 야야 령구를 뫼셔 향화를 극진히 하올지라. 조금도 념려 말으시고 일후 만날 때 있사오니 바삐 행하야 큰어머님의 기다리심이 없게 하소서.》

한대 좌랑이 그 말을 듣고 그러히 여겨 인하야 친모에 하직하고 오니 발셔 제장에게 분부하야 행중 범절을 준비하였더라. 행한지 여러 날만에 본국에 득달하야 모부인께 길동의 전후사와 대지 쓴 연유를 고하니 부인이 신기히 여기더라.

각설, 길동이 부친 산소를 제도 따에 뫼시고 조석 제전을 정성으로 지내니 제인이 탄복하더라. 세월이 여류하야 삼상을 마치고 다시 모든 영웅을 모와 무예를 련습하며 농업을 힘쓰니 수년지내에 병정 량족한지라. 차시를 당하야 률도국이란 나라이 있으니 지방이 수천리요 사면이 막히여 짐짓 금성천리요 천부지국이라. 길동이 매양 그곳을 류의하야 왕위를 앗고저 하더니 일일은 길동이 제인을 불러 왈

《내 당초에 사방으로 다닐 제 률도국을 류의하고 이

29

곳에 머무더니 이제 마음이 자연 발하니 운수 열림을 가히 알지라. 그대 등은 나를 위하야 일군을 조발하면 족히 대사를 도모하리라.》

하고 택일 출사하니 이때는 갑자 추구월이라, 대군을 휘동하야 률도국 철봉산하에 다달으니 철봉 태수 김 현충이 난데없는 군마를 보고 대경하야 일변 왕에게 보고하고 일군을 거나려 싸홀새 길동을 모르고 달려들어 수합이 못하야 대패하야 본진에 돌아와 전벽불출하거늘 길동이 제장을 모와 의론 왈

《우리 이곳에 들어와 량초 부족하니 만일 날이 오래면 대사를 이루지 못하리니 계교를 써 철봉 태수를 잡고, 그 량초를 앗아 도성을 치면 어찌 계교 아니리오. 장수를 사처에 매복하고 마 숙으로 정병 오천을 거나려 여차 여차 하라.》

하니, 마 숙이 청령하고 군사를 거나려 나와 싸홈을 돋오니 현충이 뒤를 따르는지라. 길동이 공중을 향하야 진연을 념하니 이윽고 오방 신장이 대군을 거나려 일시에 에워 싸니 동은 청제 장군이요, 남은 적제 장군이요, 서는 백제 장군이요, 북은 흑제 장군이요, 중앙은 길동이라. 황금 투구에 대도를 들고 짓쳐 들어가니 반합이 못하야 현충의 탄 말을 질러 엎지르고 대질 왈

《네 죽기를 아끼거든 빨리 항복하라.》

현충이 애걸 왈

《소장이 이미 잡히였으니 잔명을 살려주소서.》

길동이 항복함을 보고 그 맨 것을 그르고 위로하며 인하야 철봉을 지키라 하고 군사를 몰아 도성을 칠새 격서를 써 률도왕에게 보내니 하였으되,

《의병장 홍 길동은 률도왕께 굴월을 보내나니 대저 인군은 한 사람의 인군이 아니요 천하 사람 인군이라. 이러므로 탕이 벌걸하시고 무왕이 벌주하시니, 천도 자연한 일이라. 내 먼저 기병하야 철봉을 항복받고 들어 오매 지나는 바에 망풍 귀순하니 이제 싸호고저 하거든 싸호고,

30

그렇지 아니면 일즉이 항복하라.》
하였더라.

　왕이 람필에 대경 왈

　《아국이 전혀 철봉을 믿거늘 이제 철봉을 잃었으니 장차
어찌 하리오.》

하고 인하야 자결하니 세자 왕비 또한 자결하는지라. 길동이
성중에 들어가 백성을 안무하고 우양을 잡아 제장 군졸을
호궤하고 길동이 왕위에 나가니 을축 정월 초구일이라. 제
장을 다 봉작할새 마 숙으로 좌승상을 삼고 김 자로 우
승상을 삼고, 그 남은 사람은 다 벼슬을 돋오고 최 철로
순무 안찰사를 하야 류도 삼백 구섭 주를 순행하게 하니
만조 백관이 천세를 부르고 하례하며, 원근 백성이 송덕하
더라. 왕이 인하야 부인 백 씨와 조 씨로 다 왕비를 봉
하고 부친을 추존하야 현덕왕을 봉하고 모친을 대비를 봉
하고 백 룡과 조 철로 부원군을 봉하야 궁실을 사급하고
부친 릉호를 선릉이라 하야 릉소에 올라가 제문을 지어
제사 할새 모부인 류 씨로 현덕왕비를 봉하고 환자와 시신
을 보내여 대비와 왕비를 영접하야 오니라.

　왕이 즉위 삼년에 국태 민안하고 사방이 일이 없으니
왕의 덕택이 성탕에 비할러라.

　일일은 대연을 배설하고 만조를 모와 즐길새 대비를
뫼셔 석사를 생각하고 탄식 왈

　《소자 집에 있을 때에 자객에게 죽었든들 어찌 오날
날 이에 이르리이까.》

하며 눈물을 흘려 룡포를 적시거늘 대비와 두 왕비 추연
하더라.

　왕이 조회를 파하고 백 룡을 인견하야 왈

　《과인이 이제 왕위에 거하나 본대 조선 사람으로 우연
히 이리 되였으니 과극한지라. 조선 성상이 과인을 위하
야 정조 천석을 사급하시니 그 덕택이 하해 같은지라.
어찌 그 성덕을 잊으리오. 이제 경을 보내여 사례하고
자 하나니 경은 수고를 아끼지 말고 수천리 원로에 평

안히 단녀옴을 바라노라.》

하고 즉시 표를 올려 홍문에 전할 서간과 함께 주고, 정조 천 석을 배에 실어 관군으로 하야금 운전흐게 하니 백 룡이 봉명 퇴조하야 즉일 발행하니라.

각설, 상이 길동의 구청하는 정조를 주어 보낸 후로 십년이 가까오되 소식이 없음을 고히 여기시더니 일일은 문득 률도왕 표문이라 하고 울리거날 상이 놀라시며 떼여 보시니 하얐으되

《전임 병조 판서 률도왕 신 홍 길동은 돈수 백배 상언우 조선 성상 탑하하옵나니, 신이 본대 천생으로 마음이 편협하와 성상의 천심을 산란흐게 하오니 이만 불충이 없압고 또 신의 아비 천한 자식으로 신병이 되오니 이런 불효 없압거날 전하 이런 죄를 사하시고 버살을 더하시며 정조 천 석을 사급하시니 이 천은을 갚을 길이 없사오며 그 사이 사방으로 류리하옵다가 자연 군사를 모와 률도국에 들어가 한 번 북 처 나라를 얻고 외람히 왕위에 거하니 장차 한이 없사오나, 매양 성상대덕을 앙모하와 정조 천 석을 환송하오니, 복망 성상은 신의 외람한 죄를 사하시고 만수 무강하소서.》

하얐더라.

상이 표문을 보시고 대경 대찬하사 즉시 홍 인형을 명초하사 률도왕의 표문을 븨시며 회한함을 일칼으시니, 이 때 인형의 버살이 참판에 거한지라. 마참 길동의 서찰을 보고 놀라던 차에 더욱 황감하야 놀라 복지 주 왈

《신의 아오 길동이 타국에 가서 비록 귀히 되엿으나 실로 성상의 대덕이오니 아뢸 말쌈 없거니와 신의 망부 산소를 저로 인하야 률도 근처에 썼사오니 복원 견하는 신의 정사를 살피샤 일년 말미를 주시면 다녀올까 하나이다.》

상이 의윤하야 인형으로 률도국 위유사를 하이시니 인형이 하직하고 집에 돌아와 모 부인께 탑전 설화를 고하니 모 부인이 가라대

《길동의 글월을 보니 날다려 다녀 감을 일렀으니 너와

같이 가리라.》

하니 참판이 만류하지 못하야 부인을 뫼시고 삼삭만에 제
도에 이르니 왕이 먼저 나와 지영하며 두 왕비 나와 맞
으니 위의 거룩하더라.

이러구러 오래매 모 부인 류 씨 홀연 득병하야 백약
이 무효하니 부인이 탄 왈

《몸이 타국에 와 죽으니 한심하나 너의 부친 산소를
한 번 보니 무한이라.》

하고 명이 진하니 인형 형제 례로써 선릉에 합장하고 수
월이 지난 후 인형이 왕다려 왈

《우형이 온지 루삭이라. 불행하야 모친이 기세하시니
망극함은 형제 일반이라, 오래지 아니하야 본국에 돌아가
리니 심히 결연하도다. 현재는 보중하라.》

하고 발행하야 여러 날만에 조선에 득달하야 연유를 상
달하온대 상이 또한 그 모상 당함을 비감히 여기시고 삼
년 후 즉시 입조하라 하시더라.

차시 률도왕이 형장을 보낸 후 모친 대비 득병하야 훙
하니 왕과 왕비 애통함을 측량하지 못할러라. 례로써 선릉
에 안장하고 엄연히 삼년을 지내니 강구에 격양가는 요순에
비할러라.

왕이 삼자 이녀를 두었으되 장자의 명은 현이니 백
씨 소생이요. 차자의 명은 창이요 삼자의 명은 열이니 조
씨 소생이요. 이녀는 궁인 소생이니 부품모습하야 다 기
남 숙녀러라. 장자는 세자를 봉하고 기차는 각각 봉
군하며 이녀는 부마를 간택하니 그 거룩함이 과분양을
비할러라.

왕이 등극 삼십년에 년기 칠순이라. 일일은 왕이 후원
영락전에 왼갖 풍악을 갖초고 노래를 지여 부르니 하였으되

《세상사를 생각하니 풀 끝에 이슬 같도다. 백년을 산다
하나 이 또한 부운 같도다. 귀천이 때 있음이여 다시 보
기 어렵도다. 소년이 어제러니 백발될 줄 어이 알리.》

하며 두 왕비와 열락하더니 문득 오색구름이 전각을 두르

33

며 일위 로옹이 청려장을 짚고 속발관을 쓰고 학창의를
입고 전상에 오르며 왈

《그대 인간 자미 어떠하뇨. 이제 우리 모뙤리라.》
하더니 문득 왕과 왕비 간대 없는지라. 삼자와 모든
시녀 이를 보고 망극하야 일장 통곡하다가 거짓 관곽을
갖초와 례로써 선릉에 안장하니 릉호를 현릉이라 하고 세
자 즉시 대위에 오르니 만조 신하 옹위하야 천세를 부
르며 각읍에 자문을 나리와 백성을 안무하며 섭년 부세를
특감하니 만성 인민이 덕을 일컫더라. 왕이 친히 제문을
지어 선릉을 치제하고 정사를 어질게 다사리니 조야 송
덕하고 년년이 풍년들매 일하에 격양가를 부르더라. 세월이
여류하야 왕이 또한 삼자를 두었으니 총명이 과인하고 계
계 승승하야 왕업을 누리니 만고에 희한한 일이더라.

田　禹治傳

〔解　說〕

田　禹治傳은 그 作者가 밝혀져 있지 않으나 道術을 많이 부리는 內容을 가진 點에서 《洪吉童傳》,《徐 花潭傳》等과 함께 같은 系列의 作品으로 公認되고 있으며, 特히 그 思想的 內容에 있어서는 《洪吉童傳》과 共通的인 데가 많다.

그러나 《田 禹治傳》은 《洪 吉童傳》과 같은 作品 構成이 째지 못하고, 人物 性格도 드러나 있지 않다. 따라서 《田　禹治傳》은 아직도 話說의 領域을 벗어나지 못한 그러한 傳奇的 作品이다.

그럼에도 不拘하고 《田禹治傳》은 當時 人民의 利害 關係와 思想 感情을 가장 鮮明하게 反映한 作品으로 그의 豊富한 思想的 內容은 많은 認識的 敎養的 意義를 가진다.

主人公 田　禹治는 實在아였던 人物로서 《芝峰類說》에

《田禹治術士　洛中賊儒　善幻多技》

라고 한 것을 비롯하여,《於于野談》에는 《方技之士》라 하고 《海東異蹟》에는 《田禹治　潭陽人　嘗得妖狐幻書　善幻》이라고 하여 이를 綜合하여 보면 그는 16 世紀頃의 不過한 知識人으로서 立身 出世의 길에 나서지 못하고 숨어서 生涯를 보냈으며, 幻術에 能하였다는 것을 알 수 있다. 그리하여 許筠의 《惺叟詩話》에도

《羽士田禹治　言仙去　其詩甚淸越》

이라고 하여 田 禹治가 道術家이며 詩人이였다고 썼다.

《田　禹治傳》의 版本에도 異本이 있어 그 緖頭가 若干 다르다. 即 그 하나는 高麗末이라 하고 다른 하나는 朝鮮 初로 되여 있다. 그리하여 朝鮮 初로 된 冊에는 田 禹治가 대숲에서 울고 있는 處女에게서 九尾狐의 狐精을 빼낸 이야기가 빠져 있으나, 그 內容에는 亦是 高麗國이 나오고 있다.

그리하여 여기에는 朝鮮 初에 된 冊子를 轉載하였는바, 이 冊에는 또한 黃色本으로 印刷될 때 大倧敎의 宣傳을 짜 넣었으므로 여기에는 이를 削除하였다.

35

전 우 치 전

조선 초에 송경 숭인문 안에 한 선배 있으니 성은 전이오 이름은 우치라. 일즉 높은 스승을 좇아 신선의 도를 배호되 본래 재질이 표일하고 겸하야 정성이 지극하므로 마침내 오묘한 리치를 통하고 신기한 재조를 얻었으나 소래를 숨기고 자취를 감초아 지내므로 비록 가까이 노는 이도 알리 없더라.

이때 남방 해변 여러 고을이 여러 해 바다 도적의 로략을 입은 나머지에 엎친데 덮쳐 무서운 흉년을 만나니 그곳 백성의 참혹한 형상은 이로 붓으로 그리지 못할지라. 그러나 조정에 벼살하는 이들은 권세를 다토기에만 눈이 붉고 가삼이 탈뿐이오 백성의 질고는 모르는 듯이 바려두니 뜻있는 이의 골을 뽑내여 통분함이 이를 길 없더니 우치 또한 참다 못하야 그윽히 뜻을 결단하고 집을 바리며 세간을 헤치고 천하로써 집을 삼고, 백성으로써 몸을 삼으랴 하더라.

하로는 몸을 변하야 선관이 되여 머리에 쌍봉 금관을 쓰고, 몸에 홍포를 입고, 허리에 백옥대를 띠고, 손에 옥홀을 쥐고, 청의 동자 한 쌍을 다리고, 구름을 타고, 안개를 멍에하야, 바로 대궐 우에 이르러 공중에 머무러 섰으니, 이때는 춘 정월 초 이일이라. 상이 문무 백관의 진하를 받으시더니, 문득 오색 채운이 만천하고 향풍이 촉비하더니 공중에서 말하여 왈

《국왕은 옥황의 칙지를 받으라》

하거늘, 상이 놀라서 급히 백관을 거나리시고 전에 나리사 분향 첨망하니, 선관이 오운 중에서 일오대,

《이제 옥제 천하에 구차한 중 죽은 령혼을 위로하실 양으로 태화궁을 창전하실새 인간 각국에 황금 들'보 하나식을 만들어 올리되 장이 오 척이오 광은 칠 척이니, 춘삼월 망일에 올려가게 하라》

하고 언흘게 하날로 올라 가거늘, 상이 신기이 녀기시

며 전에 오르사, 문무를 모아 의론하실새 간의태위 주왈

《이제 팔도에 반포하야 금을 모아 천명을 받듦이 옳으리이다.》

상이 옳히 녀기사 팔도에 금을 모아 바치라하고, 공인을 불러 일변 금을 불녀 장광 척수를 맞초아 지어내니 왕공 경사의 집안에 있는 것은 말도 말고 팔도에 금이 진하고 심지어 비녀에 올린 금까지 벗겨 올리니 상이 기고사 삼일 재게하시고 그날을 기다려 포진하고 등대하더니 전시 는하야 상운이 궐내에 자욱하고 향취 옹비하며, 오운 가운데 선관이 청의 동자를 좌우에 세우고 구름에 싸였으니, 그 형용이 극히 황홀하더라

상이 백관을 거나리시고 부복하신대 그 선관이 전지를 나리와 갈아대

《고려 왕이 힘을 다하야 천명을 순종하니 정성이 지극한지라, 고려국이 우순 풍조하고 국태 민안하야 복지무량 하리니 상천을 공경하야 덕을 닦고 지내라.》

말을 마치며 두 편으로 쌍동자 학을 타고 내려와 요구에 황금 들'보를 걸어올려 채운에 싸여 남따으로 행하니, 무지개 하날에 뻗치고, 풍우 소래 진동하며 오색 채운이 각각 동서로 흩어지거늘, 상과 제신이 무수히 사례하고 륙궁 비빈이 따에 엎대여 감히 우러러 보지 못하더라.

상이 어전에 오르사 백관을 조회 받으실새 만세를 부른후 대연을 배설하야 질기시더라.

이때 우치 그 들'보를 가져다가 이나라 안에서는 처치하기가 난편한지라 그길로 구름을 멍에하야 서공 지방으로 향하야 몬져 들'보 절반을 버혀 헤쳐 팔아 쌀 십만 석을 사고, 다시 선척을 마련하야 난와 실녀 순풍으로 가져다 십만 빈호에 알맞초 분급하야 당장 주려 죽음을 전지고 다시 이듬해 농량과 종자를 하게 하니 백성들은 희출망외하야 다만 손들을 마조 잡고 여천대덕을 칭사할 뿐이오, 관장들도 또한 기가 막히고 어리둥절하야 어찌한 곡절을 몰라 하더라.

우치 이리한 뒤에 한장 방을 써서 동구에 붙였으니 그 글에 하였으되,

《이번에 곡식을 나노므로 혹 나를 칭송하나 이는 마땅 ㅎ지 아니한지라, 대개 나라는 백성을 뿌리삼고 부자는 빈 민이 만들어 줌이어늘 이제 녀이들이 량순한 백성과 충실 한 인군으로 이렇듯 참혹한 지경에 이르렀건마는 벼슬한 이가 길을 트지 아니하고 감열한 이가 힘을 내고자 아니 할새 과연 천리에 어그러져 신인이 공분하는 바이기로 내 하날을 대신하야 이러 저러한 방법으로 이리 저리 하였음 이니 녀이들은 모름지기 이 뜻을 깨닯아 잠시 남에게 마 졌던 것이 돌아온 줄로만 알고, 남의 힘을 입은 줄은 아 지 말겨어다. 더욱 자청하야 심바람한 내가 무삼 공이 있 나 하리오. 이리 말하는 나는 처사 전 우치로다. 》

하였더라.

이때 이 소문이 나라에 들리매 비로소 전후 사연을 알고 인군을 속이고 나라를 소란히 하였으니, 그 죄를 사하지 못하리라 하야 널리 그 종적을 수탐하거늘, 우치 더욱 괘씸히 알고 스사로써하되 약한 자를 붙을었다 허물함은 군센 자의 저인 체하는 례사라, 내 저의 군센 것이 얼마 밖에 못됨을 실상으로 알리라 하고 계교를 생각하야 들'보 한머리를 버혀 가지고 서울 가 팔려 하니 보는 사람마다 의심 아니할 이 없 녀라. 마참 토포관이 보고 크게 고히 녀겨 우치다려 문왈

《이 금이 어대서 났으며, 값은 얼마라 하나뇨》

우치 답왈

《이 금이 난곳이 있거니와 값인즉 얼마가 될지 달어 팔지 니 오백 량을 주거든 팔려 하노라.》

토포관이 우 문왈

《그대 집이 어대이뇨. 내 명일에 반다시 돈을 가지고 찾어 가리라.》

우치 왈

《내 집은 남선부중이요, 성명은 전 우치로라.》

토포관이 서로 리별하고 고을에 들어가 태수에게 고 하니 태수 대경왈

《지금 본국에는 황금이 없거늘 이 반다시 연괴 있도다.》

38

하고 관리를 압령하야 발차하려 하다가 다시 생각하되,
이는 자세하지 못한 일이니 은자 오백 량을 주고 사다가
진위를 알리라 하고 은자 오백 량을 주며 사서 오라 하
니 토포관이 리를 다리고 남선부로 찾아 가니 우치 맞아
례 필에 토포관 왈

《금을 사라 왔노라.》

한대 우치 응락하고 오백 량을 받은 후 금을 내여 주
니, 토포관이 받아 가지고 돌아와 태수께 드리니 태수 보
고 대경 왈

《이 금이 들'보 머리 버인 것이 분명하니 필경 우치 로다.》
하고 일변 이놈을 잡아 진위를 안 연후에 장계함이 늦지
않다 하고 즉시 섭여 명을 분부하야 빨리 잡아 오라 하
니, 관리 청령하고 바삐 남선부에 가 우치를 잡아 내니, 우
치 좋은 음식을 내여 관리를 대접하야 왈

《그대들이 수고로이 오도다. 나는 죄 없으매 결단코 가
지 아니하리니 그대 등은 돌아가 태수께 고하기를 우치
는 잡혀 오지 아니하고 왈 태수의 힘으로는 못 잡으리니
나라에 고하야 군명이 있은 후에야 잡혀 가리라.》

하며, 조곰도 요동하지 아니하니 관리 할일없어 돌아가
태수께 이대로 고하니라.

태수 이 말을 듣고 대경하야 즉시 토병 오백을 점고 하야 남선
부에 가 우치의 집을 에워 싸고 일변 이뜻으로 나라에 장계하니,
상이 대경 대로하사 백관을 모아 의론을 정하시고 포청으로 나래
하라 하시고 친국하실 기구를 차리시고 잡아 오기를 기다리더라.

이때 금부 라졸이 군명을 받자와 남선부에 가 우치의
집을 에워 싸고 잡으려 하니 우치 냉소 왈

《너이 백만군이 와도 내 잡혀 가지 아니하리니 너이
마암대로 나를 철색으로 단단이 얽어가라.》

하거늘 모든 라졸이 일시에 다라들어 철색으로 동여매
고, 전후 좌우로 옹위하야 갈새, 우치 또 외여 왈

《나를 잡아 가지 않고 무엇을 매여 가는다.》

토포관이 대경하야 보니, 한날 잡나무를 매였거늘 좌

우 라졸이 기가 막혀 아모말을 못하더니. 우치 왈

《녀이 나를 잡아 가고자 하거든 한낱 병을 주리니 그
병을 잡아 가라.》

하고 병 하나를 내여 따에 놓거늘 여러 라졸이 다라들
어 잡으려 하니 우치 그 병으로 들어 가거늘 라졸이
병을 잡아 드니 무겁기가 천근 같고, 병속에서 일으되

《내 이제는 잡혔으니 올가나 가리라》.

하는지라, 라졸이 또 잃을가 겁하야 병부리를 단단히 막아
질머 지고 와 바치니, 상이 갈아 사대

《우치 요술을 한들 어찌 능히 병속에 들었으리오》

하시더니, 문득 병속으로 소래하야 왈

《답답하니 병마개를 빼여 달라. 》

하거늘 상이 그제야 병속게 든 줄 알으시고, 제신다려
처치함을 무르시니, 제신이 주왈

《그 놈의 요술이 능하오니 가마에 기름을 끓이고 병
을 넣게 하소서.》

상이 옳이 녀기사 기름을 끓이라 하시고, 병을 잡아
넣으나 병속에서 외여 왈

《신의 집이 빈한하야 치워 견딜 수 없삽더니 천은이
망극하사 떨던몸을 녹여 주시니 황감하여이다. 》

하거늘 상이 진로하사 그 병을 깨쳐 여러 조각에 나되 아
모 것도 없고 병 조각이 뛰여 어전에 나아가 주 왈

《신이 전 우치 어니와 원하건대 군신간 신의 최를
다사릴 정신으로 백성이나 편안하게 함이 옳을가 하나니다.》

하고 조각마다 한갈 같이 하거늘 상이 녀욱 진로하사
도부수로 하야금 병 조각을 바아 가루를 만들어 다시 기
름에 끓이라 하시고, 전 우치의 집을 불지르고 그 터에 련
못을 만드시고 제신으로 우치 잡기를 의론하실새 제신이 주 왈

《요적 전 우치를 위엄으로 잡을 수 없사오니 마땅히
사대문에 방을 붙여 우치 자현하면 최를 사하고, 벼살을
주리라 하야 만일 자현하거든 죽여 후환을 없이 함이 가
할가 하나이다.》

40

상이 좇이사 즉시 사대문에 방을 붙이니 그 방에 왈

《전 우치 비록 나라에 득죄하였으나 그 재조 능하고 도법이 높으되 알리지 못함은 유사의 책망이오, 짐이 불명하므로 이 같은 영걸을 죽이고자 하였으니, 어찌 차탄치 않으리오. 이제 짐이 전사를 뉘우쳐 특별히 우치에게 벼슬을 주어 국정을 다사리고 백성을 편안코자 하나니 전 우치는 자현하라.》

하였더라.

이때 전 우치 구름을 타고 사처로 다니며 더욱 어진 일을 행하더니, 한 곳에 이르러 보니 백발 로옹이 슬피 울거늘 우치 구름에 나려 그 우는 연고를 들으니, 그 로옹이 울음을 그치고 답 왈

《내 나이 칠십 삼 세에, 다만 한낱 자식이 있더니 애매한 일로 살인 죄수로 잡혀 죽게 되었으므로 설어 우노라.》

우치 왈

《무삼 애매한 일이 있나뇨.》

로옹 왈

《왕가라 하는 사람이 있는데, 자식아 친하야 다니더니 그 계집의 인물이 아름다오나 음란하야 조가라 하는 사람을 통간하야 다니다가 왕가에게 들리여 량인이 싸와 랑자히 구라하더니, 자식이 마침 갔다가 그 거동을 보고 말리여 조가를 제집으로 보낸 후, 돌아 왔더니 왕가 인하야 죽으매, 그 외사촌이 있어 고장하야 취옥하매 조가는 형조 판서 양 문덕의 문객이라, 알음 있어 빠져 나오고 내 자식은 살인정범으로 문서를 만들어 옥중에 가두니, 이러하므로 설어 우노라.》

우치 이말을 듣고 왈

《여차할진대 조가가 원범이라.》

하고 또 문 왈

《양 문덕의 집이 어데뇨. 》

로옹이 자세히 가르치거늘 우치 로인을 리별하고 몸을 흔들어 변하야 일진 청풍이 되여 그 집에 이르니, 차시

양 문덕이 홀로 당상에 앉었거늘 우치 동정을 보더니 양 문덕이 거울을 대하야 얼굴을 보거늘, 우치 변하야 왕가 되여 면경 앞에 앉었거늘 양 문덕이 고히 녀겨 거울을 살펴보니, 아모 것도 없는지라. 생각 왈 요얼이 백주에 나를 회롱하는가 하고 다시 거울을 살펴보니 아까 앉었든 사람이 그저 서서 왈

《나는 이번 조가에게 맞어 죽은 왕생이러니 원혼이 되여 원쑤 갚기를 바랐더니 상공이 그릇 리가를 가두고 조가를 놓으니 이 일이 애매한지라, 지금으로 조가를 가두고 리가를 방송하라. 불연즉 명부에 가 송사하리라.》

하고 홀연 간 데 없거늘, 양 문덕이 대경하야 즉시 조가를 올려 매고 엄문하니 조가 애매하다 하고 발명할 제, 문득 왕가 고성 질왈

《이 몹쓸놈 조가야, 어찌 내 처를 겁탈하고 또 나를 처 죽이니, 어찌 구천의 원혼이 없으리오. 만일 너를 죽여 원쑤를 갚지 못하면 명부에 송사하야 너와 양 문덕을 잡아다가 지옥에 가두고 나지 못하게 하리라.》

하고, 인하야 소리 없는지라. 조가 머리를 들지 못하고 양 문덕이 놀라 아모리 한 줄 모르다가, 이윽고 정신을 진정하야 조가를 엄문하니, 조가 능히 견디지 못하야, 개개 복초하거늘, 인하야 리가를 놓고 조가를 엄수하고 즉시 조정에 상달하야 조가를 복법하니, 이때 리가 집에 돌아가 아비를 보고 왕가의 혼이 와서 여차 여차이 하야 놓임을 말하니, 로옹이 기쁨을 이기지 못하야 하더라.

이때 우치 리가를 구하야 보내고 얼마 쯤 가다가 홀연 보니, 저자 거리에 사람들이 돌이 머리 다섯을 가지고 다토거늘, 우치 구름에 나려, 그 연고를 물은데, 한 사람이 일으대

《저도 쓸 데 있어 사 가려니 이 관리놈이 앗아 가랴 하기로 다토노라.》

하거늘 우치 관리를 속이려 하야, 진언을 념하니 그 저 두 입을 벌이고 달아들어 관리의 등을 물려 하거늘 관리와 구경하던 사람이 일시에 헤여져 다라나는지라.

42

우치 또 한곳에 이르니 풍악이 랑자하고 가성이 요란하거늘, 즉시 여러 사람 좌중에 들어가 례하고 왈

《소생은 지나 가든 객이러니 제형이 모여 즐기실새, 감히 들어와 말석에서 구경하고저 하나이다.》

제인이 답례 후 서로 성명을 통하고 앉임에, 우치 눈을 들어 보니, 여러 좌객 중에 운 생과 설 생이란 자 거만야하, 우치를 보고 냉소하며 제생으로 더불어 수작하거늘 우치 괘씸함을 이기지 못하더니 이윽고 주반이 나오는 지라, 우치 왈

《제형의 사랑하심을 입어 진수 성찬을 맛보니 만행이로소이다.》

설생이 소왈

《우티 비록 빈한하나 명기와 진찬이 많으니 전공은 처음 본듯하리로다.》

우치 소왈

《그러하나 없는 것이 많도다.》

설생 왈

《팔진 성찬에 빠진 것이 없거늘 무엇이 미비타 하나뇨.》

우치 왈

《우선 선득선득한 수박도 없고, 시금시금한 포도도 없고, 시금시금한 승도도 없어 빠진 것이 무수하거늘 어찌 다 있다 하나뇨.》

제생이 박장대소 왈

《이때가 계춘이라 여이 이런 실과 있으리오.》

우치 왈

《내 오다가 본즉 한곳에 나무 하나이 있는데 각색 과실이 열리지 아니한 것이 없더라.》

운, 설 량인 왈

《연즉 형이 이제 능히 따 올소냐.》

우치 왈

《만일 따올진대 어찌하랴나뇨.》

랑생이 갈아되

《형이 만일 따오면 아등이 납부편배하고, 만일 따오지
못하면 형이 만좌중 불기 세개를 맞이리라.》

우치 왈

《라다.》

하고 즉시 한 동산에 가니 도화이 만발하야 금수장을
드리온 듯하거늘 우치 두로 완상하다가 꽃 한녈기를 훑이
천연을 념하니 개개이 변하야 각색 실과되거늘 인하야
소매게 넣고 돌아와 좌상에 던지니, 향기 촉비하며 승도,
포도, 수박이 낱낱이 헤여지거늘 제생이 일변 놀라며 일변
기꺼하야 저마다 다토아 집어 구경하며 칭찬 왈

《전 형의 재조는 보던바 처음이라.》

하고 창기를 명하야 술을 가득 부어 권하거늘, 우치 술을
받아 들고 운, 설 량인을 돌아보며 우어 왈

《이제도 사람을 업수이 녀길소냐, 그러하나 형등이 이미 사람
을 강모한 죄로 천벌을 입었을지라, 내 또한 말함이 불가하다.》

하거늘 운, 설 량인이 입으로는 비록 손사하는 채 하나,
속으로는 종시 믿지 아니하더니, 운생이 마참 소피하랴고 옷
을 글르고 본즉 하문이 편편하야 아모 것도 없거늘, 대경하야 왈

《이 어이한 연고로 졸지에 하문이 떨어졌는고.》

하며 어찌할 줄 모르거늘 모다 놀라 본즉 과연 민숭민숭
한지라. 대경 왈

《연즉 소변을 어대로 보리오.》

할 지음에 설 생이 또한 자기의 하문을 만져보니 역시
그러한지라. 량인이 경완하야 서로 의론 왈

《전 형이 아까 아등을 기롱하더니 이러한 변괴 났도다.
이를 장차 어찌하리오.》

할 지음에 창기 중 제일 고은 계집의 소문이 간데없고 문
득 배우에 궁기 났거늘 망극하야 아모리할 줄 모르더라.

그중에 오 생이란 자이 총명이 비상하야 지감이 있더
니 문득 깨달아 우치에게 빌어 왈

《아등이 눈이 있으나 망울이 없어 선생께 득죄 하았아

44

오니, 바라건대 용서하소서.》

우치 웃고 진언을 념하더니 문득 하날로서 실 한끝이 나려와 따에 드리거늘, 우치 대호 왈

《청의 동자 어디 있나뇨.》

말이 마치지 못하여 일쌍 동자이 표연이 나려오는지라. 우치 분부왈

《네 이 실을 타고 하날에 올라가 반도 열개를 따오라. 불연즉 죄를 당하리라.》

우치 말을 마치매 동자이 수명하고 줄을 타고 공중에 오르니 제인이 신기히 녀겨 하날을 우러러 보니 동자이 나는 닷이 올라가더니, 이윽고 도엽이 분분이 떨어지며 사발 만한 붉은 천도 열 개 내려지되 상흐지 아니하였거늘, 제생이 일시에 다라들어 주어 가지고 서로 사랑하는지라. 우치 제생을 난화 주고 왈

《제형과 창기 등이 아까 연은 병이 이 선과를 먹으면 쾌히 낳으리라.》

한대 제생과 창기 등이 하나식 먹은 후 저마다 만져보니 여전한지라. 모다 사례 왈

《천선이 하강하심을 모르고 아등이 무례하여 하마 병신이 될 번 하였도다.》

하며 지극히 공경하니 우치 가장 존중한 체 하다가 구름에 올라 동으로 가다가 또 한곳에 이르러보니. 무어 사람이 서로 일아대

《차인이 어진 일을 많이 하더니 필경 이지경에 이르니 참 불상하도다.》

하고 눈물을 나리거늘 우치 구름에 나려 량인을 향하야 문 왈

《그대는 무삼 비창한 일이 있어 저리 슬퍼하나뇨》

량인이 왈

《이곳 호조 고직이 장 세창이라 하는 사람이 효성이 지극하고, 심히 어질어 빈곤한 사람도 많이 구제하더니 호조 문서를 그릇하여 쓰지 아니한 은자 이천 량 무면지매 법관이 사형에 처하여 오시에 행형하겠기로 자연 비창함을

금치못하노라.》

우치 말을 듣고 잠간 눈을 들어 본즉 파연 한 소년 을 수래에 싣고 행형차로 나아가고 그뒤에 젊은 계집이 따라 나오며 우는지라. 우치 문왈

《저 녀인은 뉘뇨.》

답 왈

《죄인의 부인이라.》

하더니 이윽고 옥졸이 죄인을 수래에 내려 제구를 차 리며 시각을 기다리거늘 우치 즉시 몸을 흔들어 일진 청 풍이 되여 장세창과 녀자를 거두어 가지고 하날로 올라 가거늘, 중인이 일시에 말하대

《하날이 어진 사람을 구하시는도다》

하고 기꺼하더라.

이때 형관이 대경하야 급히 이 연유를 상달하니 상과 백관이 다 놀라나시고 의심하시더라.

차설, 우치 집으로 돌아와 본즉 량인의 기식이 엄엄하 거늘 급히 약을 흘려 넣은대, 이윽고 깨여나 정신이 황홀 하여 진정능지 못하는지라. 우치 전후 수말을 일으니 장 세창 부부 고두 사례 왈

《대인의 은혜 태산 같으니 차생에 어찌 다 갚으리잇가.》

우치 손사하고 집에 두니라.

일일은 우치 한가함을 타 명승지지를 두루 구경하다가 한곳에 이르러는, 사람의 슬피 우는 소래 들리거늘 나아가 우는 연고를 물으니 기인이 공손 대왈

《나의 성명은 한 자경이러니, 부친의 상사를 당하야 장 사 지낼 길이 없고, 또한 겸하야 일한이 여차하온대 칠십 모친을 봉양할 도리 없어 우노라.》

우치 가장 불상이 녀겨 소매로서 한 족자를 내여 주며 왈

《이 족자를 집에 걸고 고직아 부르면 대답할 것이니 은자 백량만 내라하면, 그 족자 소래를 응하야 즉시 줄 것이니 일로써 장사 지내고 그 후부터는 매일 한량식만 드리라하야 자친을 봉양하라. 만일 더 달라하면 큰 화이

있으리니 욕심내지 말고 부대 조심하라.》

기인이 믿지 아니하나 받은 후 사례 왈

《대인의 존성을 알아지이다.》

하거늘 우치 왈

《나는 남선부 사람 전 우치로라.》

기인이 백배 사례하고 집에 돌아와 족자를 걸고보니 아모것도 없이 큰집 하나를 그리고 집 속에 열쇠 가진 동자를 그렸거늘 시험하여 보리라하고

《고직아》

부르니 그 동자 대답하고 나오는지라. 가장 신기히 녀겨

《은자 일백 량을 드리라》

하니 말이 맞지못하여 동자 은자 일백 량을 앞에 놓거늘, 한 자경이 대경 대희하여 그 은을 팔아 부친의 장사를 지내고, 매일 은자 한 량식 드리라하여 일용에 쓰니 가산이 풍족하여 로모를 봉양하며 은혜를 잊지 못하더라.

일일은 쓸 곳이 있어 헤오대 은자 일백 량을 닥아쓰면 관게 있으랴 하고 고직을 부르니 동자 대답하거늘 자경 왈

《내 마참 은을 쓸 곳이 있나니 은자 일백 량만 몬저 쓰게 함이 어떠하뇨.》

고직이 듣지 아니하는지라 재삼 간청하니 고직이 문을 열거늘 따라 들어가 은자 백량을 가지고 나오려 하니 발써 문이 잠겼는지라, 대경하여 고직을 부르니 대답이 없는지라. 대로하여 문을 박차더니 이때 호조 판서 마을에 좌기할새 고직이 고 왈

《돈 넣은 곳에서 사람이 소래 나니 가장 기이하더이다.》

호판이 의심하여 추종을 모으고 문을 열고 보니 한사람이 은을 가지고 섰거늘 고직이 대경하여 급히 문 왈

《너는 어떤 놈이완대 감히 이곳에 들어와 은을 도적하여 가려 하는다》

한 자경이 대로 왈

《너이는 어떤 놈이완대 남의 내실에 들어와 무례히

47

구는다.》

바삐 나가라 재촉하니 고직이 미친놈으로 알고, 잡아다가 고하니 호판이 분부하대

《이 도적놈을 꿀리라.》

하고 치죄할새, 한 자경이 그제야 정신을 차려 자세히 보니 제집은 아니오 호조어늘 대경 왈

《내 어찌하야 이곳을 왔년고, 이 아니 꿈인가.》

하더니 호판이 문 왈

《너는 어떠한 놈이완대 감히 어고에 들어와 도적질 하니 죽기를 면하지 못할지라. 네 동류를 자세이 아뢰라.》

한 자경 왈

《소인이 집에 걸린 족자 속에 들어가 은을 가지고 나오랴 하더니 이런 변을 당하오니 소인도 생각지 못하리로소이다.》

호판이 의혹하야 족자 출처를 물으니 자경 전후 수말을 고한대, 호판이 대경 문 왈

《네 어느 때에 전 우치를 본다.》

대 왈

《본지 오삭이나 되였나이다.》

호판이 한가를 엄수하고 각고를 조사할새 은궤를 열어본즉 은은 없고 청개고리 가득하고 또 돈고를 연즉 돈은 없고 누른 배암이 가득하거늘 호판이 이를 보고 대경하여 이 연유를 상달하니 상이 대경하사 제신을 모아 의논하시더니, 각 창고 관원이 아뢰되,

《창고의 쌀이 변하야 버러지뿐이오, 쌀은 한 섭도 없나이다.》

또 각영 장신이 보하되,

《고의 군기가 변하야 나무가 되였나이다.》

또 궁녀이 보하되,

《내전에 범이 들어와 궁인을 해하나이다.》

하거늘 상이 대경하사 급히 궁노수를 발하야 내전에 들어가 보니 궁녀마다 범 하나식 탔는지라, 궁노를 발하지 못하고, 이 연유를 상주하니 상이 더욱 대경하사,

《궁녀 암질러 쏘라.》

하시니 궁노수 하교를 듣고 일시에 쏘니 흑운이 일며 법 탄 궁녀이 구름에 싸이여 하날로 올라 호호탕탕이 헤여지는지라. 상이 차경을 보시고 왈

《이는 다 우치의 술법이니 이 놈을 잡아야 국가이 태평하리라.》

하시고 차탄하시더니, 호판이 주 왈

《이 고에 은도적을 수엄하였압더니 이놈이 우치의 당류라 하오니 죽이사이다.》

상이 윤허 하시매 이 한가를 행형할새 문득 광풍이 대작하며 한 자경이 간 대 없으니 이는 전 우치의 구합이라.

행형관이 이대로 상달하니라.

차시에, 우치 자경을 구하야 제집으로 보내 왈

《여, 내 그대다러 무엇이라 당부하더뇨. 그대를 불상이 녀겨 그 그림을 주었거늘 그대 내 말을 듣지 아니하고 하마 죽을 번 하얐으니, 이제 누를 원하며 누를 한하리오.》

하고 제집으로 보내니라.

우치 두루 돌아다녀 한곳에 다달어 보니 사문에 방을 붙였거늘 내심에 랭소하고 궐문에 나아가 크게 외여 왈

《전 우치 자현하나이다.》

정원에서 연유를 상달한대 상이 갈아사대

《이놈의 죄를 사하고 벼살을 시켰다가 만일 작난함이 또 있거든 죽이리라.》

하시고 즉시 입시하라 하시니 우치 들어와 복지 사은 한대 상이 갈아사대

《네 죄를 아는다.》

우치 복지 사례 왈

《신의 죄 만사무석이로소이다.》

상 왈

《내 네 재조를 보니 과연 신기한지라, 중죄를 사하고 벼살을 주노니 너는 진충 보국하라.》

하시고 선전관에 동자관 겸 사복 내승을 하이시니, 우치

49

사은 숙배하고 하처를 정하고 궐내에 입직할새 행수 선전
관이 조사 보채기를 심히 괴롭게 하는지라, 우치 갚으
려 하더니 일일은 선전이 퇴질을 차례로 할새 우치 조사
차례를 당하매 가만이 망두석을 빼여다가 퇴를 마치니 선
전들이 손'바닥이 마치여 아파 능히 치지 못하고 그치더라.

이러구려 수삭이 되매 선전들이 모다 하인을 꾸짖어
허참을 재촉하라하니 하인들이 연유를 보한대 우치 왈

《나는 거를 옮겼기더 민망하니 명일 백사장으로 제진하게 하라.》

서원이 품하되,

《자고로 허참을 적게 하랴도 수백 금이 드오니 사오 일
을 숙설하와야 치르리이다.》

우치 왈

《내 발써 준비함이 있으니 너는 잔말 말고 개문 엽시
하여 하인 등을 대령하라.》

서원과 하인이 물러나와 서로 의논 왈

《우치 비록 능하나 이일 새에는 밫지 못하리라.》

하고 각처에 지휘하여 명일 평명에 백사장으로 제인하게
하니라. 이튿날 모든 하인이 백사장에 모이니 구름 차일은
반공에 솟아 있고 포진과 수석 금병이 눈에 휘황 찬란하며, 풍
악이 진천하야 수십 간 뜸집을 짓고 일등 숙수 이십 명이 앞에
안반을 놓고 음식을 장만하니 그 풍비함은 금세에 없을러라.

날이 밝으매, 선전관 사오인이 일시에 준총을 타고 나
오니 포진이 극히 화려한지라. 차례로 좌정하매 오음 륙률
을 갖초아 풍악을 진주하니, 맑은 소래 반공에 어리였더라.

각각 상을 드리고 잔을 날려 술이 반감에 우치 고 왈

《조새 일즉 호협 방탕하여 주사 청무에 다녀 아는 창
기 많으니 오날 놀이에 계집이 없어 가장 무미하니, 조새
나아가 계집을 대려 오리이다.》

차시에 제인이 모다 반취하였는지라, 저마다 기꺼 왈

《전 조새 이렇듯 호기 있는 줄 몰랐더니, 오날 보건덴
가이 오입장이로다.》

우치 하인을 다리고 나는 듯이 남문으로 들어가더니
오래지 아니하여 무수한 계집을 다려다가 장 밖에 두고

큰 상을 물리고 또 상을 드리니, 수륙 진찬이 성비하며 풍악이 진천한 중 우치 고 왈

《이제 계집을 다려 왔으니 각각 하나식 수청하여 흥을 도음이 가하니이다.》

한대 제인이 가장 기꺼하니 우치 한 계집을 불러 먼저 행수 앞에 앉히고 왈

《녀는 떠나지 말고 수청을 잘하라.》

하고 차례로 하나식 불러 앉히는대 제인이 각각 계집을 앉히고 보니 다 제인의 안해 러라. 놀랍고 분하나 서로 알가 저어하며 아모 말도 못하고 대로하여 모다 상을 물리고 각기 말을 타고 집으로 돌아와 보니 노복이 혹 발상하고 통곡하며 집안이 소요함도 있어 경괴하야 문 . 왈

《부인이 어나 때에 기세하셨나뇨.》

시비 대 왈

《오래지 아니하다.》

하거늘 제인이 경아하여 그중 김 선전이란 자는 집에 돌아오니 노복이 발상하고 울거늘 문고자 하더니 모든 노복이 주인을 반겨 왈

《부인이 의복을 마르시더니 관격되여 기세하였더니 지금 회생하였나이다.》

하거늘 김 선전이 대로 왈

《내 아까보니 백사장 놀음에 참여하려 왔기로 내 분하여 빨리 돌아옴이여늘 어찌 나를 속이려 하는다.》

하고 분기를 참지 못하여 왈

《이 몹슬 처자 량가 문호를 돌아보지 않고 이런 해참한 일을 하되 전혀 몰랐으니 어찌 통해하지 아니하리오.》

하며 분기 등등하여 죽어 모르려 하다가, 진위를 알려 하여 들어가 본즉 부인이 과연 죽었다가 깨였거늘, 부인이 일어나 비로소 김 선전을 보고 왈

《내 한 꿈을 꾸니 한 곳에 간즉 대연을 배설하고 모든 선전관이 별좌하고 날 같은 로소 부인이 모였는대 한 사람이 가라대 《기생을 다려왔다》 하니 하나식 앞에 앉여

수청하게 하는데 나는 가군의 앞에 앉았기로 묵연이 앉았더니 좌중 제객이 다 불호하야 로색을 띄웠더니 가군이 몬저 일어나며 제인이 또 각각 흩어지는 바람에 꿈을 깨였노라.》 하거늘 김 선전이 부인의 말을 듣고 할 말이 없는 중 가장 의혹하여 익일에 동관으로 더불어 즉일 백사장 놀음의 창기 말과 각각 부인의 혼질하든 일을 전하여 왈

《이는 반다시 전 우치의 요술로 우리 등에게 욕뵈임이라》

하더라.

차시 함경도 가달산에 한 도적이 있어 재물을 노략하며, 인민을 살해함에 본읍 원이 관군을 발하야 잡으려 하되 능히 잡지 못하고 나라에 장게한대, 상이 크게 근심하사 조정에 전지하사 과적지계를 의논하라 하시니, 우치 주 왈

《도적의 형세 심히 크다 하오니 신이 홀로 나아가 적세를 보온 후 잡을 묘책을 정하리이다.》

상이 대회하사 어주를 주시며 인검을 주사 왈

《적세 호대하거던 이 칼로 사졸을 호령하라.》

하시니, 우치 사은하고 물러나와 즉시 말에 올라 장졸을 거나리고, 여러 날만에 가달산 근처에 다달어 보니 큰 산이 하늘에 닿는 듯하고, 수목이 총잡하야 기암 괴석이 중중하니 가장 험악한지라. 우치 군사를 산하에 머므르고 스사로 하사하신 인검을 가지고 몸을 흔들어 변하야 솔개되여 가달산을 바라고 가니라.

원래 가달산 중 수천 명 적당 중에 한 괴수 있으니 성은 엄이오 명은 준이라. 용맹이 절륜하고, 무예 출중하더라.

이때 우치 공중에서 두루 살피더니, 엄 준이 엄연히 홍일산을 받고, 천리 백총마를 타고, 채의 홍상한 시녀를 좌우에 벌이니, 종자 백여 인을 거나리고. 바야흐로 사냥을 하거늘, 우치 자세히 살펴보니 기골이 장대하고 신장이 팔척이오 낯빛이 붉고, 눈이 방울 같으며, 수염은 비눌을 묶어 세운 듯하니 곧 일대 절물이러라.

엄 준이 추종들을 거나리고 이골 저골로 한바탕 사냥

하다가 분부하되,

《오날은 각처 갔던 장수들이 다 올 것이니 마땅히 열 필만 잡고 잔채하라.》

하는 소래 쇠북을 울림 같더라.

차시 우치 일계를 생각하고 나무'잎을 훑어 신병을 만들어 창검을 들리고 기치를 벌려 진을 이루고 머리에 쌍룡구를 쓰고 몸에 황금 쇄자갑에 황라 전포를 접쳐 입고, 천리 오추말을 타고 손에 청사 량인도를 들고 짓쳐 들어가니 성문을 굳게 닫거늘, 우치 문열리는 진언을 넘하니 문이 절로 열리는지라, 들어가며 좌우를 살펴보니, 장려한 집이 두루 벌렸고, 사처 창고에 미곡이 가득하며, 차차 전진하야 한곳에 이르니 전각이 굉장하여 주란 화동이 반공에 솟았거늘, 우치 이윽히 보다가 몸을 변하야 솔개되여 날아 들어가 보니 으뜸 도적이 황금 교자에 높이 앉고 좌우에 제장을 차례로 앉히고 크게 잔채하며, 그 뒤에 대청이 있으니 미녀 수 백인이 렬좌하야 상을 받았거늘, 우치 하는양을 보려하고 진언을 넘하니 무수한 수리 나려와 모든 장수의 상을 거두쳐 가지고 중천에 높이 떠 오르며 광풍이 대작하야 눈을 뜨지 못하고 그러한 운문 차일과 수놓은 병풍이 무어저 공중으로 날아 가니 엄 준이 정신을 진정ᄒ지 못하여 뜰 아래 나무 등결을 붙들고 모든 군사 차반을 들고 표풍하야 구을더라.

우치 한바탕 속이고 이에 바람을 거두며 앗아 온 음식을 가지고 산하에 나려와 장졸을 나놔 먹이고 그곳에서 자니라.

이때 바람이 끌이매 엄 준과 제장이 비로소 정신을 차려서 보니 그런 많은 음식이 하나도 없거늘 엄 준이 가장 괴이히 녀기더라.

익일 평명에 우치 다시 산중에 들어가 갑주를 가초고 문전에 이르러 대호 왈

《반적은 바삐 나와 내 칼을 받으라.》

하니 수문한 군사 급히 보한대, 엄 준이 대경하여 급히 장졸을 거나리고 문밖에 나와 진을 벌리고 엄 준이

휘검출마 왈

《너는 어떠한 장수완대 감히 와 싸오고자 하는다.》

우치 왈

《나는 전교를 받자와 너이를 잡으러 왔으니, 내 성명은 전 우치로라.》

엄 준 왈

《나는 엄 준이라, 네 능히 나를 저당할가.》

하며 다다드니 우치 맞아 싸울새 량인의 재조 신기하야 맹호 밥을 다토는 듯, 청황룡이 여의주를 다토는 듯 량인의 정신이 싹싹하야 진시로부터 사시에 이르도록 승부 없으매 량진에서 쟁을 쳐 군을 거두고 제장이 엄 준을 보고 치하 왈

《작일 천변을 만나 마암이 놀랬으되 오날 범 같은 장수를 능적하시니 하날이 도으심이라. 그러나 적장의 용맹이 절뮨하니 가히 경적지 못하리이다.》

엄 준이 소 왈

《적장이 비록 용맹하나 내 어찌 저를 두두리오. 명일은 결단코 우치를 버히고 바로 경성으로 향하리라.》

하고 익일에 진문을 대개하고 엄 준이 대호 왈

《전 우치는 빨리 나와 내 칼을 받으라. 오날은 맹서하고 너를 버히리라.》

하고 장검 출마하여, 좌우 치빙하니, 우치 대로하여 말을 내 몰아 칼춤 추며 즉취 엄 준하야 교봉 삼십여 합에 적장의 창이 번개 같은지라 우치 무예로 이기지 못할줄 알고 몸을 흔들어 변하야 제몸은 공중에 오르고 거짓몸이 엄 준을 대적할새, 문득 대매 왈

《내 평생에 살생을 아니하려 하다가 이제 너를 죽이리라.》

하더니, 다시 생각 왈

《이 놈을 생금하야 만일 순종하면 죄를 사하야 량민을 만들고 불연즉 죽여 후환을 없이 하리라.》

하고 공중에 칼을 번듯이며 대호 왈

《적장 엄 준은 나의 재조를 보라.》

하니 엄 준이 대경하야 하날을 치어다보니, 한떼 구름 속에 우치의 검광이 번개 같거늘 대경 실색하야 급히 본 진으로 돌아오더니, 앞으로 우치 칼을 들어 길을 막고 또 뒤으로 우치 따르고 좌우로 칼을 들어 짓쳐 오고 또 머리 우으로 우치 말을 타고 춤추며 엄 준을 범함이 급한지라. 엄 준이 정신이 아득하야 말게 떠려지니 우치 그제야 구름에서 나려 거짓 우치를 거두고 군사를 호령하야 엄 준을 결박하야 본진으로 보내고, 적장을 엄살하니 적진 장졸이 잡혀감을 보고 싸울 뜻이 없어 손을 묶어 살거지라 하거늘 우치 일인도 상하지 아니하고 꾸짖어 왈

《여등이 도적을 쫓아 각읍을 노략하고 백성을 살해하니, 그 죄 비경한 죄라 특별이 죄를 사하노니 여등은 각각 고향에 돌아가 농업을 힘쓰고 가산을 다사려 량민이 되라.》

한대 모든 장졸이 고두사은하고 행장을 수습하야 일시에 흩어지니라.

우치 엄 준의 내실에 들어가니, 록의 홍상한 시녀와 가인이 수백 명이라. 각각 제집으로 보내고 본진에 돌아와 장대에 높이 앉고 좌우를 호령하여 엄 준을 게하에 꿀리고 려성 대매 왈

《네 재조와 용맹이 있거든 마땅히 진충 보국하여 후세에 이름을 전함이 옳거늘 감히 역심을 품고 산적이 되여 재물을 노략하야 인민을 살해하니 마땅이 삼족을 멸할지라. 어찌 잠시나 용대하리오.》

하고 무사를 호령하여 원문 밖에 참하라 하니 엄 준이 슬피 빌어 왈

《소장의 죄상은 만사무석이오나 장군의 하해 같은 신덕으로 잔명을 살리시면 마땅히 허물을 고치고 장군의 휘하에 좇이리이다.》

하며, 뉘우치는 눈물이 비오 듯하야 진정이 표면에 드러나거늘 우치 침음 반향에 왈

《네 실로 회과 천선하면 죄를 사하리라.》

하고 무사를 분부하여 매인 것을 글르고 위로 한 후 신병을 파하고 첩서를 닦아 올린 후 산채를 불지르고 죽시 발행할새, 엄준이 이미 산채를 불지르고 또 우익이 없고 우치의 재조를 항복하야 은혜를 사례하고 고향에 돌아가 량민이 되니라.

· 우치 궐하에 나아가 복지한대 상이 인견하시고 파적한 설화를 들으시고 칭찬하시며 상을 후이 주시니 우치 천은을 감축하여 집에 돌아와 모친을 뵈옵고 상사하신 물건을 드리니 부인이 감축하여 하더라.

우치 경성에 돌아온 후 조정 백관이 다 우치를 보고 성공함을 치하하되, 선전관은 한사람도 온자 없으니 이는 전일 놀이에 부인들을 욕보인 허물이러라. 우치 짐작하고 다시 속이려 하더니 일일은 월색이 조요함을 타 모운을 타고 황건 력사와 리매 망량을 다 모으고 신장을 명하여 모든 선전관을 잡아 오라하니 오래지 아니하여 잡아 왔거늘, 우치 구름 교의에 높이 앉고 좌우에 신장이 벌려 서서 등촉이 휘황한대, 황건 력사 리매망량이 각각 일인식 잡아 드리거늘, 모든 선전관이 떨며 따에 업대여 쳐여다 보니, 우치 구름 교의에 단좌하고 좌우에 신장이 라열하였고, 등촉이 휘황한 중 위풍이 름름하더라. 문득 우치 대갈 왈

《내 녀이들의 교만한 버릇을 증게하려 하야 전일 여등의 부인을 잠간 욕되게 하였으나, 극한 죄 없거늘 어찌 이렇듯 함혐하여 아즉도 산체하니 내 녀이를 다 잡아 풍도로 보내리라. 내 밤이면 천상 벼살에 다사하고, 낮이면 국가에 중임이 있어 지금껏 천연하더니 이제 녀이를 잡아 옴은 지옥에 보내여 만모한 죄를 속하려 함이로라.》

하고, 력사로하여 곧 몰아내라 하니 모다 청령하고 다라들거늘, 우치 다시 분부 왈

《녀이는 이 죄인을 압령하여 냉옥에 가두고 법왕께 주하여 이 죄인들을 지옥에 가두고 팔만 겁이 지내거던 업축을 만들어 보내라.》

하는지라. 모든 선전관이 경황한 중 차언을 들으니 혼비

56

백산하여 빌어 왈

《아둥이 암매하여 그릇 대죄를 범하였사오니 바라건대 죄를 사하시면 다시 허물을 고치리이다.》

우치 양구에 왈

《내 너이를 풍도로 보내고 루천년이 지내도록 인세에 나지 못하게 하옵더니 전일 안면을 고렴하여 아즉 노아 보내나니, 후일 다시 보아 처치하리라.》

하고 모다 내치거늘, 이때 선전관이 다 깨다르니 한 꿈이라. 정신을 진정하지 못하여 땀이 흐르고 심혼이 요요하더라.

일일은 선전관이 모다 전일 몽사를 말하니 다 한갈같은지라. 이러므로 그후로는 우치 대접하기를 각별이 하더라.

이때 상이 호판에게 물어 갈아사대 전일 호조의 은이 변하였다 하더니 어찌된고, 대왈

《지금껏 변하야 있나이다.》

상이 또 창고를 무르시니

《다 변한대로 있나이다.》

하거늘 상이 근심하시더니 우치 주왈

《신이 원흐건대 창고와 어고를 가 보옵고 오리이다.》

한대 상이 허하시니 우치 호판을 따라 호조에 이르러 문을 열고 보니 은이 녜와 같거늘 호판이 대경 왈

《내가 작일에도 보고 아까도 변함을 보았거늘 지금은 은으로 보이니 가장 괴이하도다.》

하고 창고에 가 문을 열고 보니 쌀이 여전하고 창고 기계 다 여전하야 조금도 변한대 없으니, 모다 놀라고 신기히 녀기더라.

우치 두루 살펴 보고 궐내에 들어가 이대로 상달하니 상이 들으시고 기꺼 하시더라.

차시간에 태위 상주 왈

《호서 따에 사오십 명이 둔취하야 찬역할 일을 의논하여 불구에 기병하리라 하고 사자 문서를 가지고 신에게 있사오니 그자를 가두고 사연을 주하나이다.》

상이 탄왈

57

《과인이 박덕하야 처처에 도적이 일어나니 어찌 한심치 아니리오.》

하시며, 금부와 포청으로 잡으라 하시니, 불구에 적당을 잡았거늘 상이 친국하실새 그중 한 놈이 주 왈

《선전관 전 우치 재조 과인하기로 신 등이 우치로 임군을 삼아 만민을 평안하려 하더니 명천이 불우하사 발각하였사오니 죄사무석이로소이다.》

이때 우치 문사랑청으로 시위하였더니 불의에 이름이 역도의 초사에 나는지라. 상이 대로하사 왈

《우치 모역함을 짐작하되 나종을 보려 하였더니 이제 발각하였으니 빨리 잡아오라.》

하시니 라졸이 수명하고 일시에 달아들어 관대를 벗기고 옥계 하에 꿀리니 상이 진노하사 형틀에 울려 매고 수죄하사 왈

《네 전일 나라를 속이고 도처마다 작란함도 용서하지 못할배어늘 이제 또 역률에 들었으니 발명하나, 어찌 면하리오.》

하시고 라졸을 호령하사,

《한매에 죽이라.》

하시니 집장과 라졸이 힘껏 치나 능히 또 매를 드지 못하고 팔이 아파 치지 못하거늘 우치 알외대

《신의 전일 죄상은 죽어 마땅하오나 금일 일은 만만 애매하오니 용서하옵소서.》

하고 심중에 헤오되 주상이 필경 용서치 아니시리라하고 다시 주 왈

《신이 이제 죽사올진대 평생에 배운 재조를 세상에 전하지 못하올지라. 지하에 돌아가오나 원혼이 되리니 복원 성상은 원을 풀게 하옵소서.》

상이 헤아리시대 이놈이 재조 능하다 하니 시험하야 보리라 하시고 갈아사대

《네 무삼 능함이 있건대 이리 보채나뇨.》

우치 주 왈

《신이 본시 그림 그리기를 잘하니 낡을 그리면 낡이

58

점점자라고, 즘생을 그리면 즘생이 기여 가고 산을 그리면 초목이 나서 자라움이 이러므로 명화라 하오니 이런 그림을 전하지 못하옵고 죽사오면 어찌 원통하지 아니릿고.》

상이 가만이 생각하시대 이놈을 죽이면 원혼이 되여 괴로움이 있을가하야 즉시 맨 것을 글러 주시고 지필을 나리사 원을 풀라하시니 우치 지필을 받자와 산수를 그리니 천봉 만학과 만장 폭포 산상으로 좇아 산밖으로 흐르게 그리고, 시내'가에 버들을 그려 가지 늘어지게 그리고, 밑에 안장 지은 나귀를 그리고 붓을 던진 후 사은한대, 상이 문 왈

《너는 방금 죽일놈이라 사은함은 무삼뜻이뇨.》

우치 주 왈

《신이 이제 폐하를 하직하옵고 산림을 들어 여년을 마치고자 하와 주하나이다.》

하고 나귀 등에 올라 산 동구에 들어가더니 이윽고 간 데 없거늘 상이 대경하사 왈

《내 이놈의 꾀에 또 속았으니 이를 어찌 하리오.》

하시고 그 죄인들은 내여 버이라 하시고 친국을 파하시니라.

차설, 우치 조정에 있을 때에 매양 리부상서 왕 연희 자기를 시기하여 해하고자 하더니 차일 친국시에 상께 참소하여 죽이려 하거늘 몸을 변하여 왕 연희되여 추종을 거나리고 바로 왕 연희 집에가니 연히 궐내에서 나오지 않았거늘 이에 내당에 들어가 있더니 일모헐때 왕 공이 돌아오매, 부인과 시비 등이 막지기고하거늘 우치 왈

《이는 천년된 여호이 변하야 내 얼골이 되여 왔으니 이는 변괴로다.》

하니 왕 연희 왈

《어떤 놈이 내 얼골이 되여 내집에 있는다.》

하고 소래를 벽력같이 지르거늘, 우치 즉시 하리를 명하야 랭수 일 기와 개피 한 사발을 가저오라 하니 즉시 가저 왔거늘, 우치 연회를 향하야 한 번 뿜고 진언을 념하니 왕 연회 문득 변하야 꾀리 아홉 가진 여호 되는지라, 노복

등이 그제야 칼과 몽치를 가지고 다라들거늘, 우치 만류 왈

《이 일은 우리집 큰 변괴니 궐내에 들어가 아뢰고 처치하리라.》

하고

《아즉 단단이 묶어 방중에 가두라.》

하니 노복이 청령하고 네굽을 동여 방에 가두고 수직하더라.

왕 공이 불이지변을 만나 말을 하려하여도 여호 소래처럼 되고 정신이 아득하야 기운이 시진하니, 그 아모리할 줄 모르고 눈물만 흘리더니 우치 생각하되, 사오일 만 속이면 목숨이 끊질가하야 차야에 우치 왕 공 가둔 방에 이르러 보니 사지를 동여 굴어졌거늘 우치 왈

《연회야, 네 날과 평일에 원수없거늘 구타여 나를 해하려 하나 하날이 죽이려 하시면 죽으려니와 그렇지 아니하면 죽지 아니하리니 네 미혹하야 나라에 참소하고 득총하려 하기로 내 너를 칼로 죽여 한을 설할 것이로대 내 평생에 살생 아니하기로 너를 용서하나니 일후 만일 어전에서 나를 향하야 무삼 말삼하시거든 일 없게하라.》

하고 진언을 념하니 왕 연회를 구한지라.

연회 발써 우치인 줄 알고 황겁하야 재배 왈

《전 공의 재조는 세상에 없는지라, 내 삼가 교훈을 불망하리이다.》

하고 무수히 사례하더라. 우치 왈

《내 그대를 구하고 가나니 내 돌아간후 집안이 소요하리니 여차 여차하고 있으라.》

하고 구름에 올라 남따으로 가니라.

차설, 왕 공이 헤오되 우치의 술법이 세상에 회한하니 짐짓 사람을 회롱함이오 살해는 아니하도다 하고 즉시 노복을 불러 요정을 수색하라 하니 노복 등이 방에 가서 보니 간대 없거늘 대경하야 이대로 고한대 공이 양노 왈

《여등이 소홀하야 잃도다.》

하고 꾸짖어 물리치니라.

이적에 우치 집에 돌아와 한가히 돌아다니더니 한곳에 이르러 보니 소년들이 한 족자를 가지고 다토아 보며 칭찬 왈
《이 족자 그림은 천하에 짝없는 명화라》
하거늘, 우치 그림을 보니 미인도 그리고 아해도 있어 희롱하는 모양이 로대 입으로 말은 못하나 눈으로 보는 듯하니, 생기 유동한지라. 모든 소년이 보고 흠앙함을 마지 아니하거늘, 우치 일계를 생각하고 우어 왈
《그대네 눈이 높아 그려하거니와 물색을 모르는도다.》
《이 족자 그림이 사람을 보고 웃는 듯하니 이런 명화이 이 천하에 없을가 하노라.》
우치 대소 왈
《이 족자 값이 얼마나하뇨.》
답 왈
《값인즉 은자 오십 량이니 그림 값은 그림 분수보담 적다》
하거늘 우치 왈
《내게도 족자 하나이 있으니 그대들은 구경하라.》
하고 소매로서 족자 하나를 내어놓으니 모다 보건대 역시 한낱 미인도라. 인물이 가장 아름답고 록의 홍상을 정제하얐으니 옥모 화용이 진짓 경국지색이라, 기 미인이 유리병을 들었으니 가장 신기롭고 묘하더라. 제인이 보고 칭찬하여 왈
《이 족자가 더욱 좋으니 우리 족자보담 낫도다.》
하는지라. 우치 왈
《내 족자의 화려함도 사람의 이목을 놀래려니와, 이 중에 한층 더 묘한 것을 구경하게 하리라.》
하고 가만이 부르되
《주선랑은 어디 있나뇨.》
하더니 문득 족자 속의 미인이 대답하고 나아 오거늘 우치 왈
《미랑은 모든 상공께 술을 부어 드리라.》
선랑이 응락하고 벽옥배에 청주를 가득 부어 드리니 우치 몬저 받아 마시매, 동자 마침 상을 올리거늘 안주를 먹은 후에 연하야 차례로 드리니, 제인이 받아 먹은즉 맛

이 가장 청렬한지라.

제인이 각각 일배주를 파한 후 주선랑이 동자를 다리고 상과 술'병을 거두어 가지고, 족자 그림이 도로되니 제인이 대경 왈

《이는 신선이오. 조화 아니라. 이 희한한 그림은 천고에 듣지도 못하고 보던 바 처음이라.》

하고 기리기를 마지 않더니, 그 중에 오 생이란자 갈아대

《내 아모러나 한 번 시험하여 보리라.》

하고 우치에게 청하여 왈

《아등이 술이 나쁘니 주선랑을 다시 청하야 한 잔식 먹게함이 어떠하뇨.》

우치 허락하거늘 오 생이 가만이 부르되,

《주선랑아 아등이 술이 나쁘니 더 먹기를 청하노라.》

하니 문득 선랑이 술'병을 들고 나오고 동자는 상을 가지고 나오니, 제인이 자서히 보니 그림이 화하야 사람이되여 병을 기울여 잔에 가득 부어 드리거늘 받아 마신즉 향기 입에 가득하고 맛이 기이한지라. 제인이 또 한잔식 마시니 술이 가장 취한지라. 제생이 사례 왈

《아등이 오날날 존공을 만나 선주를 먹으니 다행하거니와 또한 묘한 일을 많이 보오니 신통함이야 어찌 측량하리오》

우치 왈

《그림의 술을 먹고 어찌 사례하리오.》

오 생 왈

《그 족자를 내 가지고자 하나니 팔고자 하는다.》

우치 왈

《내 가진지 오랜지라, 그러나 정히 욕심을 내는 자 있으면 팔려하노라.》

오 생 왈

《연즉 값이 얼마나 되나뇨.》

우치 왈

《술병이 천상의 주천을 응하얐기로 술이 일지도 없지아냐 유주 영준하니 이러므로 극한 보배라, 은자 일천 량을

62

받고자하나, 오히려 헐하다 하노라.》

오 생 왈

《내게 루만금이 있으나 이런 보배는 처음 보는바라, 원하건대 형은 내집에 가 수일만 머므르면 일천 금을 주리라.》

우치 족자를 거두어 가지고 오 생의 집으로 가니 제인이 대취하야 각각 흩어지니라.

우치 족자를 오 생에게 전하고 왈

《내 명일 돌아올 것이니 값을 준비하야 두라.》

하고 가니라.

오생이 술이 대취하야 족자를 가지고 내당에 들어가 다시 시험하려 하고 족자를 벽상에 걸어 보니 선랑이 병을 들고 섰거늘 생이 가만이 선랑을 불러 술을 청하니 선랑과 동자 나와 술을 처 권하거늘 생이 그 고은 태도를 보고 사랑하야 이에 옥수를 이끌어 무릎 우에 앉히고 술을 받어 마신 후 춘정을 이기지 못하야 침석에 나아가고자 하더니 문득 문을 열고 급히 들어오는 녀자 있으니 이는 생의 처 민씨라, 위인이 투기에는 선봉이오, 새암에는 대장이라, 생이 어거하지 못하더니 금일 생이 선랑을 안고 있음을 보고 대로하야 급히 다라드니, 선랑이 일어 족자로 들어가거늘 민씨 더욱 대로하야 다라들어 족자를 갈갈이 찢어 바리니 생이 대경하야 민씨를 꾸짖일 지음에 우치와 부르거늘 오 생이 나와 맞어 례필 후 전후 수말을 자세히 고하니 우치 즉시 흔들어 거짓몸은 오 생과 수작하고 정몸은 곧 안으로 들어가 민씨를 향하야 진언을 염하니 문득 민씨 변하야 대망이 되야 방이 가득하게 하고 가만이 나와 거짓몸을 거두고 정몸을 현출하야 오 생다려 왈

《이제 형의 부인이 나의 족자를 없앴으니 값을 어찌 하랴 하나뇨.》

오 생 왈

《이는 나의 죄라 어찌 값을 아니 내리오. 마땅이 한을 하야 주시면 진시 갚으리이다.》

우치 왈

《그러나 그대 집에 큰 변괴있으니 들어가 보라.》

오 생이 경아하야 안'방에 들어와 보니 문득 금빛 같은 대망이 두눈을 끔적이며 상 밑에 업더였거늘 생이 대경 실색하야 급히 내달아 우치를 보고 왈

《방 중에 흉악한 즘생이 있으매 쳐 죽이려 하노라》

우치 왈

《그 요괴를 죽이면 못하리라. 만일 죽이면 큰화를 당할 것이니 내게 한 부작이 있으니 그 부작을 허리에 붙이면 금야에 자연 슬어 지리라.》

하고 소매로서 부작을 내여 가지고 안'방에 들어가 대망에 부치고 나아와 오 생다려 왈

《이곳에 경문 외는 자 있나뇨》

생이 대왈

《이곳에는 없나이다.》

우치 왈

《그러면 방문을 열고 보지 말라》

당부하고 즉시 거짓민씨 하나를 만들어 내당에 두고 돌아가니라

생이 우치를 보내고 내당에 들어오니 민씨 금금에 싸여 누웠거늘 생·왈

《우리집에 여러 천년묵은 요괴 그대 얼굴이 되여 외당에 나와 신선의 족자를 찢어바림으로 아까 그 신선이 대망이 스사로 녹을 부작을 허리에 매고 갔으니 족자값을 어찌하리요.》

하고 근심하더라.

익일 우치 돌아와 방문을 열고 보니 민씨 그저 대망으로 있거늘 우치 대망을 꾸짖어 왈

《네 가군을 업수히 녀겨 요약을 힘써 남의 족자를 찢고 또 나를 수욕한 죄로 금사망을 씌워 여러 해 고초를 겪게 하였더니, 이제 만일 전과를 고쳐 회과 천선할진대 이 허물을 버끼려니와 불연즉 그저두리라.》

민씨 고두 사죄하거늘 우치 진언을 념하니 금사망이

절로 벗어지거늘 민씨 절하야 왈

《선관의 가라치심을 들어 회과 하오리다.》

우치 내당에 있는 민씨를 거두고 구름에 올라 돌아 오니라.

일일은 양 봉환이란 선배 있어 어려서 한가지로 글을 배왔더니 우치 찾아 가니 병들어 누웠거늘 우치 경문왈

《그대 병이 이렇 듯 중한대 어찌 늦게야 알았나뇨.》

양 생 왈

《때로 심룡이 아푸고 정신이 혼미하야 식음을 전폐한지 오래니 사지 못할가 하노라.》

우치 진맥 왈

《이 병세 사람을 생각하야 났도다.》

양 생 왈

《파연 그려하니라.》

우치 왈

《어떤 가인을 생각하나뇨. 나는 년장 삼십에 녀색에 뜻이 없노라.》

양 생 왈

《남문 안 현동 사는 정씨라 하는 녀자 있으니 일직 과거하야 다만 시모를 모서 사는데, 인물이 절색이라. 마참 그집 문 사이로 보고 돌아온 후 상사하야 병이 되매 아마도 살어나지 못할가 하노라.》

우치 왈

《말잘하는 매파를 보내여 통혼하라.》

양 생 왈

《그 녀자 절개 송죽 같으니 마참내 성사하지 못하고 쇽절없이 은자 수백 량만 허비 하였노라.》

우치 왈

《내 형장을 위하야 그 녀자를 다려 오리라.》

양 생 왈

《형의 제조 유여하나 부질없는 헷 수고만 하리로다.》

우치 왈

65

《그 녀자 춘광이 얼마나 되나뇨.》

양 생 왈

《이십 삼세로다.》

우치 왈

《형은 방심하고 나의 돌아오기만 기다리라.》

하고 구름을 타고 나아가니라.

차설, 정 씨 일직 과거하고 홀로 세월을 보내며 슬픈 심회를 생각하고 죽고자 하나 임의흥지 못하고 우흐로 노모를 뫼시고 다른 동기없어 모녀 서로 의지하야 세월을 보내더니 일일은 정 씨 심신이 산란하야 방중에서 배회하더니 구름 속으로 일위 선관이 나려와 랑성을 불러 왈

《주인 정 씨는 빨리나와 남두성의 명을 받으라.》

정 씨 차언을 듣고 모친께 고하니 부인이 또한 놀라와 뜰에 나려 복지하고 정 씨 역시 복지한대 선관이 갈아대

《선랑은 천명을 순수하야 천상 요지 반도연에 참여하라.》

정 씨 대경 왈

《첩은 인간 더러운 몸이오, 또한 죄인이라. 어찌 천상에 올라가 옥제 좌하에 참예하리이꼬.》

선관 왈

《채 선랑은 인간에 더러운 몸을 먹어 천상 일을 잊었도다.》

하고 소매로서 호도를 내여 향온을 가득 부어 동자로 하야곰 권하니 정 씨 받아 마시매 정신이 혼미하야 인사를 모르거늘 선관이 정 씨를 한 번 가라치매 문득 채운으로 오르는지라.

이때 강림 도령이 모든 거지를 다리고 저자 거리로 단니며 량식을 빌더니 홀연 채운이 동남으로 지나며 향취 옹비하거늘 강림이 치밀어보니 한 번 구름을 가라치니 운문이 열리며 일위 미인이 따에 떠러지거늘 우치 대경하야 급히 좌우를 살펴보니 아모도 법술을 행하는 자 없거늘, 우치 괴이히 녀겨 다시 행술하려 하더니, 문득 한 거지 내다라 꾸짖어 왈

66

《필부 전 우치는 들으라. 네 요술로 나라를 속이니 그 죄 크되 다만 착한일 하는 방편을 행하므로 무사함을 얻었거니와 이제 흉악한 심장으로 절부를 훼절하고자하니 어찌 명천이 바려 두시리오. 이러므로 하날이 나를 내이사 녀 같은 요물을 없이하게 하심이니라.》

우치 대로하야 보검을 빠혀 치려 하더니 그 칼이 변하여 큰 범이 되야 도로혀 저를 해하려 하거늘, 우치 몸을 피하고자 하더니 문득 발이 따에 붙어 움직이지 못할지라. 급히 변신하고자 하나 법술이 행하지 못하거늘 대경하야 그 아해를 보니 비록 의복은 람루하나 도법이 높은 줄 알고 몸을 굴하야 빌어 왈

《소생이 눈이 있으나 망울이 없어 선생을 몰라 본 죄 만사무석이오나 고당에 로모 계시되, 권세 잡고 감열 있는 자 너무 백성을 못 살게 굴기로 부득이 나라를 속임이오. 또 정 씨를 훼절하려 함이니 원하건대 선생은 죄를 사하시고 선순을 가라쳐 주소서.》

강림 왈

《그대 이르지 아니해도 내 발써 아나니 국운이 불행하야 그대 같은 요술이 세상에 작란하니 소당은 그대를 죽여 후폐를 없이 하겠으나 그대의 로모를 위하야 특별히 일명을 살리노니 이제 정 씨를 다려다가 빨리 제집에 두고, 병든 양가에게는 정 씨 대신으로 할 사람이 있으니 이는 조실부모하고 혈혈무의하나 마암이 어질고 성품이 유순할 뿐더러 또한 성이 정 씨요 년기 이십 삼세라. 만일 내말을 어기면 그대의 몸이 대화를 면하지 못하리라.》

우치 사례 왈

《선생의 고성 대명을 알고자 하노라.》

기인 왈

《나는 강림 도령이라, 세상을 희롱하고저 하야 거리로 빌어먹어 단니노라.》

우치 왈

《선생의 가라치심을 삼가 봉행하리이다.》

67

강림이 요술 내던 법을 풀어내니 우치 백배사례하고 정 씨를 구름에 싸 가지고 본집에 가 공중에서 그 시모를 불러 왈

《아까 옥경에 올라가니 옥제 갈아사대 〈채선랑의 죄 아즉 남았으니 도로 인간에 내보내여 여액을 다 겪은 후 다려오라〉하시매 도로 다려 왔노라》

하고 소매로서 향온을 내여 정 씨의 입에 넣으니 이윽고 깨여 정신 차리거늘 시모 정 씨다려 선관이 하든 말을 이르고 신기히 녀기더라.

차시 우치 강림 도령에게 돌아와 그 녀자 있는 곳을 물으니 강림이 낭중으로 환형단을 내여 주며 그 집을 가르치거늘 우치 하직하고 정 씨를 찾어 가니 그 집이 일간초옥이오 풍우를 가리지 못하더라.

이에 들어가 보니 한 녀자 시름을 띄고 홀로 앉었거늘 우치 나아가 달래 왈

《랑자의 고단하신 말쌈은 내 이미 알았거니와 이제 청춘이 삼칠을 지낸지 오래되 취혼하지 못하고 외로운 형상이 가긍한지라. 내 랑자를 위하야 중매하리라.》

하고 환형단을 먹인 후 진언을 념하니 정 과부의 모양과 일호 차착 없이 되는지라. 우치 왈

《양 생이란 사람이 있는데 인물이 가장 아름답고 가산도 부요하나 정 과부의 자색을 사모하야 병이 들었으니 랑자 한번가 이리이리 하라.》

하고 즉시 보를 씌워 구름 치고 양 생의 집에 이르러 우치 거짓 정 씨를 외당에 두고 내당에 들어가 양 생을 보니 생이 문왈

《정 씨의 일이 어찌된고》

우치 왈

《정 씨의 행실이 빙설 같기로 일언을 못하고 왔노라.》

생 왈

《이제는 속절없이 죽을 따름이로다.》

하고 탄식함을 마지아니하니 우치 각가지로 조롱하야 왈

68

《내 이제 가서 정 씨보담 백배 나은 녀자를 다려왔으니 보라.》

한대 양생 왈

《내 미인을 많이 보았으되 정 씨같은 쌍은 없나니 형은 롱담말라.》

우치 왈

《내 어찌 희롱하리오. 지금 외당에 있으니 보라.》

양생이 겨우 몸을 일어 외당에 나와 보니 적실한 정 씨어늘 반가움을 측량하지 못한대 우치 왈

《내 진심 갈력하야 당자를 다려왔으니 가사를 선치하고 잘 살라.》

양생이 백배 사례 하더라.

우치 양생을 리별하고 돌아가다. 선시에 야개 산 중에 도사 있으니 도학이 높고 마암이 청정하야 세상 명리를 구하지 아니며, 다만 박전 다섯 이랑과 화원 섭 간으로 세월을 보내니 이 곧 지상선이라. 성호는 서 화담이니 나이 오십 세에 얼굴이 련화 같고 량안은 추수 같고 정새는 돌올하더라.

우치 서 화담의 도학이 높음을 알고 찾어가니 화담이 맞어 왈

《내 한번 찾고자 하더니 루사에 왕림하시니 만행이로다.》

우치 일어 칭사하고 한담하더니 문득 보니 일위 선생이 들어와 갈아대

《좌상에 존객이 뉘시뇨.》

화담 왈

《전 공이라.》

하고 우치다려 왈

《이는 내 아오 롱담이로라.》

우치 롱담을 보니 미목이 청수하고 꼴격이 비상한지라. 롱담이 우치다려 왈

《선생의 높은 술법을 들은지 오래더니 오날날 만나 보니 행이어니와 청컨대 술법을 한 번 구경하고자 하노니 아끼지 말라.》

하고 구구이 간청하거늘 우치 한 번 시험하고저 하야 진언을 념하니 룡담의 쓴 관이 변하야 쇠머리 되거늘 룡담이로하야 또 진언을 념하니 우치의 쓴 관이 변하야 범의 머리 되는지라. 우치 또 진언을 념하니 룡담의 관이 변하야 백룡 되야 공중에 올라 안개를 피우거늘 룡담이 또 진언을 념하니 우치 관이 변하야 청룡이 되여 구름을 헤치고 안개를 발하야 쌍룡이 서로 싸와 청룡이 백룡을 이기지 못하고 동남으로 다라나거늘 화담이 비로소 웃고 왈

《전 공이 내집에 오셨다가 이렇 듯하니 내 어찌 무례하지 아니리오.》

하고 책상에 없인 연적을 한 번 공중 더지니 연적이 변하야 일도 금광이 되여 하늘에 퍼지니 량룡이 문득 본 관이 되여 따에 떠러지는지라 량인이 각각 거두어 쓰고 우치 화담을 향하야 사례하고 인하야 구름 타고 돌아오니라.

화담이 우치를 보내고 룡담을 꾸짖어 왈

《너는 청룡을 내고 저는 백룡을 내니 청은 목이오 백은 금이니 오행에 금극목이라 목이 어찌 금을 이기리오. 또 내집에 온 손이라 부질없이 해하고자 하나뇨.》

룡담이 다만 청사하고 가장 로하야 우치를 미워하는 뜻이 있더라.

우치 집에 돌아온지 삼일만에 또 화담을 찾어가니 화담이 갈아대

《그대에게 청할 말이 있으니 질기여 좇일 소냐.》

우치 왈

《듣기를 원하나이다.》

화담 왈

《남해 중에 큰 산이 있으니 이름은 화산이오. 그 산 중에 도인이 있으되 도호는 운수 선생이라. 내 젊어서 글을 배웠더니 그 선생이 여러 번 서신으로 물었으나 회서를 못하였더니 전 공을 마침 만났으니 그대 한 번 단녀 옴이 어떠하뇨.》

우치 허락하거늘 화담 왈

《화산은 해중에 있는 산이라, 수히 다녀오지 못할가 하노라.》

우치 왈

《소생이 비록 재조 없사오나 순식간에 단녀오리이다.》

화담이 믿지 아니하거늘 우치 내심에 업수이 녀기는가 하야 로왈

《생이 만일 못 단녀 오면 이곳서 죽고 산을 나지 아니리라.》

화담 왈

《연즉 가려니와 행여 실수할가 하노라.》

하며 즉시 글을 닦아 주거늘 우치 즉시 받아 가지고 해동청 보라매 되여 공중에 올라 화산으로 가더니 해중에 이르러는 난데없는 그물이 앞을 가리였거늘 우치 높이 떠 넘고자 하니 그물이 따라 높이 막았는지라, 또 넘으려 한대 그물이 하날에 닿았고 아래로 해중을 련하야 좌우로 하날을 펴 있으니 갈길이 없어 십여일 애쓰다가 할수없어 돌아와 화담을 보고 소왈

《화산을 거의 다가서 그물이 하날에 련하야 갈길이 없삽기로 모기되여 그물 틈으로 나가려 한즉 거미줄이 첩첩하야 나가지 못하고 왔나이다.》

화담이 소왈

《그리 큰 말을 하고 가더니 단녀오지 못하얐으니 이제는 산문을 나지 못하리로다.》

우치 황겁하야 닫고저 하더니 화담이 발쎄 알고 속이려 하는지라. 우치 착급하야 해동청이 되여 다라나니 화담이 수리되여 따르매 우치 또 변하야 갈범이 되여 닫더니, 화담이 변하야 청사재되여 물어 업지르고 가라쳐 갈아대

《비 여러 가지 술'법을 가지고 반다시 옳은 일을 위하야 행하니 기특하나 사특함은 마침내 정대함이 아니오, 재조는 반다시 우'긘이 있나니 오래 일로써 세상에 다니면 필경 과칙한 화를 입을지라. 일즉 광명한 세상에 돌아와 정대한 도리를 궁구함이 옳지아니하뇨. 내 이제 래

백산에 진리를 밝히려 하노니 그대 또한 나를 좇임이 좋을가 하노라.》

우치 왈

《가라치시는 대로 하리이다.》

화담이 인하야 각각 집에 돌아와 약간 가사를 분별한 후 우치 화담을 뫼시고 태백산 밑에 정사를 얽고 큰 리치를 궁구하야 보배로운 글을 많이 지여 석실에 감초니 그후 일은 세상사람이 아지 못하나 일즉 강원도 사는 양 봉래라하는 사람이 태백산에 들어갔다가 화담과 우치 두 분을 보고 돌아올새 두 분이 이라되

《우리는 이리이리하야 이곳에 들어와 있거니와 그대를 보니 잠시 연행이 또한 유심한 산한인 줄 알지라. 내 전할것이 있노니 삼가 받들라.》

하고 비서 몇 권을 주니 봉래 받아가지고 나와 정성으로 공부하야 그 오묘한 뜻을 통하고 가만한 가운데 도통을 전하니 한두 가지 드러나는 일이 있으나 세상이 다만 신선의 도로 알고 봉래 또한 밝은 빛이 드러날 때를 기다릴 뿐이오. 화담과 우치 두 분이 태백 산중에서 도 닦으시는 일만 세상에 전하니라.

☆

☆   ☆

72

壬 辰 錄.

〔解 說〕

《壬辰錄》은 壬辰 祖國 戰爭의 戰蹟을 記錄한 作品이다. 그의 體裁는 異本이 많으므로 一律的으로 말하기 困難하나 漢文本은 比較的 歷史 記錄에 치우치고 國文本은 보다 小說的인 叙述을 보여 주고 있는 것이 特徵이다.

漢文本이나 國文本이 모두 寫本으로 傳하여 온만큼 그의 原典을 상고할 길이 없으며, 어느 것이 앞서 나왔는지 前後 關係를 밝히기도 困難하다.

다만 漢文本 《壬辰錄》은 壬辰 祖國 戰爭 後에 續出한 倡義錄을 集大成한 것으로 볼 수 있으며, 國文本 《壬辰錄》도 當時 盛行한 軍談 또는 將帥 傳記에 影響되여 일찍부터 流布된 것으로 보인다. 그리하여 《壬辰錄》은 壬辰 祖國 戰爭 時期에 活躍한 愛國的 英雄들의 活動을 줄거리로 하여 《三國志 演義》 形式으로 엮어졌으나 壬辰 祖國 戰爭의 始作으로부터 終末까지 當時 人民들의 英雄的 祖國 防衛를 가장 完全하게 描寫한 一大 民族 叙事詩篇을 이루고 있다.

《壬辰錄》은 다른 作品과 달리 이제까지 筆寫本으로 밖에 傳하여진 것이 없다. 同時에 筆寫本들 사이에도 적지 않게 出入이 있는 것이나 여기에 收錄한 것은 入手할 수 있는 範圍內에서 가장 內容이 充實하다고 생각된 것을 轉載하였다. 勿論 人名, 地名, 史實에는 差錯이 많으나 이는 口傳과 傳寫 過程에서 不可避的인 것으로서 이를 史料에 依하여 손질하는데는 많은 努力과 時日이 要하리라고 본다. 그리하여 여기에는 若干의 部分만 손대고서 그대로 두었다는 것을 附記한다.

임 진 록.

(권 지 상).

각설, 아동 조선 강원도 금강산은 천하 명산이라. 그러므로 사람마다 봉래산이라 칭하더라. 강원도 일맥은 금강산이 되였고 금강산 일맥이 통천 총석 땅이 되고, 총석정 남은 맥이 해중으로 들어 동남으로 삼천리를 이어 일본국이 되였으니, 일본은 조선 여맥일시 분명하야 진시황 시절에 방사 서서 동남 동녀를 배에 얹고 불사약을 구하러 영주 삼신산을 찾아 가다가 이 섬을 얻어 인하여 웅거하게 되니 일본은 종일시 분명하더라. 점점 번성하여 나라이 되매 국호를 왜국이라 하

고 처음으로 조선을 침범하여 조선은 왜환을 만내였더니,
그후에 의차왕이 장수 석휘로 왜난에 접하게 하였으나
구려왕이 왜로 더불어 통혼하였더니, 아조에 이르매 일본이
라하고, 세조대왕 시절에 서포를 침범하고 명종 대왕 시
절에 자조 령남을 침범하니, 조선이 이로부터 련하여 왜난
을 만내니 백성이 일시라도 편안ᄒᆞᆫ지 못ᄒᆞ더라. 대명 황제
가정달에 왜국이 남경을 침노하매 항주 사람 박세명은
박국지의 후예로서 왜난을 만내 죽으니 세명의 처 신 씨
는 천하 절색이라 왜국에 잡히여가 살마주 따의 평신의
계집이 되였더니 신 씨 평신에게 수태한지 삼 삭이요. 평
신의 가인이 된지 십 삭만에 일남을 탄생하니 합이 십삼
삭이러라. 신 씨 잉태할 때에 한 꿈을 얻으니 황룡이 가
슴에 걸치거늘 놀래여 깨나니 련하여 몸이 불평하여 예
없던 향내 방중에 가득하더니 문득 아들을 낳으니 얼골
이 비범하여 룡의 상이요 범의 머리에 잰내비 팔이며 제
비 탁이니, 진실로 귀골이러라. 인하여 이름을 수길이라 하고
성은 평이라 하다. 삼 세에 이르매 체골이 장대하고 소리
요음이라. 배우지 아니한 글을 능히 알며 오 세에 지략이
과인하고 병법이 정통하니 보는 사람이 칭찬 아닐 이 없
더라. 수길의 나이 십 세를 넘으니 일본 륙십여 주를 구
경ᄒᆞ고저 집을 떠나더니 날이 더우매 한 주점을 찾아 술
을 먹더니 살마주 관원이 지내가다가 수길의 상을 보고
기특히 여겨 수길을 불러 왈

《네 어데 있으며 성명은 뉘라 하난다.》

수길이 대 왈

《살마주 평신의 자식이로소이다.》

관원이 장래에 귀히 될 줄을 알고 달래여 왈

《내 무자식하기로 후사를 전할 곳이 없더니 네 내 양자
되면 관백 벼슬을 하여 병권을 쥐고 일국을 총독하여
지기를 펼 것이니 네 소견이 어떠하뇨.》

수길이 재배 사례 왈

《미천한 아해를 거두려 하오니 은혜 난망이로소이다.》

74

관원이 대회하여 즉시 수길을 다리고 군중에 들어가 시절을 의논한즉 모르난 일이 없고 공사를 대쪽 가르 듯하난지라. 관원이 기특히 여겨 전위장군을 하이니 수길 총군합이 귀신 같은지라. 영웅 준걸이 춘산에 안개 모이 듯하더라. 일본 륙십여 주를 차지하여 해중 제국을 다 쳐 항복받고 이름이 진동하매 뜻이 교만하여 일본왕을 폐하여 산성군을 삼고 스스로 황제 되여 위를 고쳐 문공이라 하다. 이때는 아조 선조 대왕 시절이니 조선이 수백 년 태평이라. 인물이 극성하여 상하 인민이 벼슬만 탐하고 군정은 닦지 아니하니 군민이 홍진비래를 아지 못하고 장수가 다 기치 방색을 아지 못하더라. 만일 불의의 변을 당하면 나라에 믿을 사람이 없더라.

각설 이때는 대명 신종 황제 만력 륙 년 춘삼월이라. 장간이 여짜오되

《요사이에 천문을 보오니 장성이 동으로부터 서로 가르친지 수월이로소이다.》

상이 들으시고 크게 근심하사 무삼 변이 있을까 시름하시더니 백관이 여짜오되

《중국이 무사하옵고 황제 아조를 중히 생각하시오니 무삼 근심이 있사오리까.》

하더라. 기묘년부터 태백성이 하늘에 가로지고 백홍이 관일하니 유식 군자는 크게 근심하더라. 경신 년에 경상 도 영주 과은강이 마르고 동해의 어군이 서해로 모이고 영평 바다의 청어가 료동으로 가니 백성이 다 황황하여 하더라. 임오년에 백호가 평양 성중으로 들어 사람을 살해하고 또 도성에 흑운이 칠일을 두루고 무인년에 한강수가 피빛이 되고 삼일을 끓으니 어산이 무수히 죽어 뜨고 림회수가 자조 탕일하니 이때에 례조 좌랑 조 형이 천문과 상서를 익히 아는지라, 또 천문을 보고 재변이 자조 있으매 크게 근심하여 상소하되

《소신이 천문을 보니 태백성이 동서북을 가르치고 재변 많은 가온데 인심과 세도가 극히 되와 형제 서로 몰라보오니

75

의심하건댄 병란이 있을 것이오니 복원 전하난 각도 각읍에 행관하여 일변 병기를 수습하오며 군사를 조련하옵소서.》

형조 판서 윤홍이 아뢰되

《이런 태평 성대에 요망한 말로써 인심을 소요하게 하오니 마땅히 조형을 국법으로써 원찬하여 백성을 안접하게 하옵소서.》

상이 옳이 여겨 갑산으로 정배하니라.

각설 이때에 평 수길이 해중 제국을 다 쳐 항복받으니 뜻이 오활하여 스스로 이르되

《내 어찌 해중 조고만 나라를 지켜 정저와 같이 있으리요. 한번 나라를 떨쳐 구주 강산을 술하에 두고 오뜸 임군이 되리라.》

하고 제국 무사를 모아 의논 왈

《내 이제 대병을 들어 조선을 쳐 멸하고 인하여 대명과 연경을 쳐 멸하고 천하를 취하고저하니 제장은 각자 심중 소회를 이르라.》

한대 한 장수 출반 주 왈

《조선은 례의지방이요 현인 군자 많사오니 바래옵전대 경성을 치고 연경을 멸하고저 할진댄 지략이 겸전하고 재조 많은 군사를 조출하여 먼저 조선에 보내여 산천 형세와 강약 허실을 자세히 살펴 온 후에 기병함이 옳을가 하나이다.》

이난 종산 태수 청백대라. 수길이 왈

《선하다.》

하고 즉시 대연을 배설하고 크게 의논할새 수길이 친히 잔을 잡고 좌우를 돌아보아 왈

《뉘 능히 나를 위하여 조선에 들어가 형세를 살펴 오리요.》

말이 맺지 못하여 팔원 대장이 일시에 내달아 자원하거늘 모다 보니 제 일에는 평오요, 제 이에는 평조신이요, 제 삼에는 평조강이요, 제 사에는 안국사요, 제 오에는 석각정이요, 제 륙에는 평의지요, 제 칠에는 정감이요, 제 팔에는 평수정이러라. 수길이 대희하여 친히 술을 부어 전하여 왈

《장군은 힘을 다하여 동정을 알아 오라, 만일 조선을 얻으면 조선 봉작을 돌리리라.》

하고 각각 은자 천 량씩 주어 보내니라.

팔장이 하직하고 즉시 배를 타고 조선으로 향할새 부산 지경에 이르러 각각 변복하여 혹 중도 되며 혹 거사도 되여 각각 한 도씩 맡아 팔 도로 흩어질새 《삼 년 기약을 두어 다시 부산으로 돌아 들어가리라.》 하더라. 조선은 이런 줄을 모르고 백관은 벼슬만 다토고 백성은 재물만 탐하니 어찌 한심하지 아니하리요. 태평문에 돌이 절로 늘어서고, 통진'골에 누웠던 낡이 절로 일어서고. 장수산 하에 신선이 있어 란이 났다 위여 이르되 련 삼일씩 하니, 이러므로 민간이 소동하여 유식자들이 미리 피난하더라.

각설 왜장 팔인이 조선을 편답하여 출입 형세와 용병 요해처를 살핀 후에 일본에 돌아가 수길에게 보이고 각각 조선 지도를 드린대 수길이 대희하여 각각 중상하고 우선 조선 허실을 알아 먼저 사신을 정하여 조선으로 보내니라. 차시는 기축년 오월이라. 일본 사신 귤강광이 수길의 글을 받들어 조선 왕께 드리니 그 글에 하였으되

《조선이 일본으로 더불어 린국이라, 어찌 사신을 통하여 한 번 문안이 없으니 가장 무례하고 또한 중국에 사신을 통하고저하나 조선이 길을 허하지 아니하기로 일본 사신이 왕래하지 못하니 종시 길을 허하지 아니하면 대환이 먼저 조선에 미칠지니 거역지말라.》

하였더라. 조선 왕이 크게 근심하사 백관을 모아 의논한대 백관이 아뢰되

《일본에 사신을 보내여 화친함이 마땅할까 하나이다.》

상이 즉시 사신을 보낼새 병조 판서 황 윤길로 상사를 정하고 한성 판윤 김 성일로 부사를 정하고 승지 허 성으로 서장관을 정하여 보내니라. 차시는 경인 춘삼월이라. 사신이 부산에서 배를 타고 일본에 들어가니 수길이 화친서를 보고 대노 왈

《조선 왕이 친히 들어와 내게 조회하고 일본 사신이

중국 갈 길을 허하여 주마 한즉 무사하려니와, 그렇지
않으면 대환이 미치리라.》
하고 사신을 박대하여 탁주 삼배 뿐이러라. 회정에 삼백
량을 주고 답서하되 태만함이 비할데 없더라.

　　신묘년에 왜장 평의지 부산 동평관에 배를 대고
우어 이르되
　　《조선이 일본 사신을 인도하여 압록강을 건네여 연경에
들어가게 하며 또한 대명까지 들어가게 하면 피차 무사하
려니와 그렇지 않으면 무죄한 백성을 다 죽이리라.》
하고 조선 왕의 회보를 기다리더니 십여 일이 되도록
회보 없거늘, 평의지 대노하여 돌아가 평 수길에게 고하되
수길이 노하여 제장을 모아 기병할새, 형백 세현책이 왈
　　《이제 조선을 치고 길이 중원으로 향하고저 할진댄 먼
저 사장(四將)을 보내여 북해를 건너 부산 지경에 이르
러 량장은 륙로로 보내여 전라 경상 충청 삼도를 쳐 들어
가면 조선 왕이 반다시 평안도로 좇어 갈 것이니 량장은
수로로 행선하여 바로 장산'골을 지내여 각처에 둔병하옵
고 일지군을 압록강으로 보내여 중원가는 길을 막으면
조선 청병 사신이 중국게 들어가지 못하고 우리 대군이
전후로 껴 치면 조선 왕을 가히 생금하올지니 조선을
얻은 후게 먼저 평안 도에 웅거하고 조선 군사를 조발
하여 먼저 료동을 얻은 후에 일본 군사로 중원을 엄살
하오면 천하 얻기는 반수게 있는지라.》
한대 수길이 대회하여 옳이 여겨 해중 제국에 청병하여 백만
대병을 정제한 후에 대장 평행장, 청정 두 장수를 불러 왈
　　《그대 등은 각각 사십만군썩 거느려 먼저 부산을 치고
륙로로 들어 하 삼남을 쳐 앗으면 조선 왕이 반드시 평
양으로 갈 것이니 일지군은 도성에 웅거하고 일로군은
조선 왕의 뒤를 엄살하여 수륙 량군이 접응하게 하라.》
　　또 마다시 십안도 두 장수를 불러 왈
　　《그대 등은 각각 사십만군을 거느려 조선 서해로 향하
여 장산'골을 지나 바로 압록 강을 막으면 조선 왕이 다시

78

갈 곳이 없을 것이니 남으로 향하여 청정 평행장과 한가지로 치면 조선 왕이 가운데서 잡힐지니 삼가 명을 어기지 말라.》 하고 각각 아장 십팔원씩 분급한대 사장이 하직하고 대병을 거느려 일시에 행선하니라.

각설 차시는 임진년 사월 십사 일이더니 부산 첨사 정 발이 군졸을 다리고 절영도에 가 사냥하더니 문득 각색 즘생이 바다에 덮여 날아 건너오거늘 바라보니 왜병이 남해를 덮었난대 기치 검극이 하늘에 닿았난대 호통 취각이 벽해를 흔드난 듯한지라. 정 발이 창망 대경하여 부산으로 돌아오더니 미처 산영에 드지 못하여서 벌써 왜적 선봉이 부산에 들어와 인마 살벌하난 소리 천지 진동하난지라. 정 발과 관속이 다 잡히여 죽고 인하여 왜적 후군이 산야를 덮어 들어오난지라. 인하여 부산이 함몰하고 또 왜적 선봉이 평서동을 함몰하고 대택포로 들어오니 첨사 윤 흥신이 황망히 갑주를 입고 창을 들고 진졸을 호령하여 겨우 백여 군을 거느리고 죽을 힘을 다하여 싸우더니 적병을 당할 수 없어 한 모를 헤치고 닫더니 왜장 평조익이 칼을 들어 윤 흥신을 버이니 군사 다 죽은지라. 왜장 평조익이 대군을 재촉하여 동래로 향할새 백성들이 부로 휴유하며 피난하는 소리에 곡성이 천지에 가득하여 미처 피흉지 못하여서 서로 밟히여 죽는 자 부지기수라. 피난 인민이 실혼이라. 좌수사 박 홍이 바라보고 질색하여 수성을 바리고 도망하니라. 좌병사 리 각이 겨우 산졸 백여 명을 거느리고 동래로 향하여 가다가 적병이 동래로 향함을 보고 군사를 물려 소산 역에 진치고 동래부사 송 상현은 미처 군을 모으지 못하고 성문게 올라 죽을 힘을 다하여 싸우더니, 적병이 사면으로 둘러싸고 급히 치니 그 형세를 당흥지 못하여 좌우를 돌아보니 군사 다 죽고 다만 군관 김 상이와 노자 십여 명이 깄었거늘 상현이 할 일없어 조복을 입고 앙천 통곡 왈

《신 등이 불충하와 이런 란시에 변방을 지켰다가 도적을 막지 못하고 오늘날 도적의 손에 죽사오니 창천백일

은 하감하옵소서.》

하고 무명지를 깨물어 피를 내어 쥐었던 선자에 서 왈

《불효자 상현은 나라를 위하여 변방을 지켰다가 왜적을 만나 부모를 다시 보지 못하옵고 오늘날 영결하오니 천지 망극하여이다. 바래옵건대 부모님은 만세 무양하옵소서. 임진 사월 십오 일에 불효자 상현은 영결하노이다.》

하며 선자를 봉하여 노자 영남을 주어 왈

《너는 부모를 모시고 깊은 산중에 들어가 피난하라.》

영남이 망극하여 차마 리별하지 못하더니 왜장 평조익이 장창을 두르며 군사를 헤치고 들어와 상현에게 배례 왈

《나는 전에 병조 벼슬하던 사람이옵더니 이에 왔나이다.》

상현이 왈

《네 조선을 소기고 또 나를 마자 해하고저 하난다.》

평조익이 왈

《비록 왜군이 되였으나 그대로 더불어 평생 정의를 잊지 못하나니 어찌 해하리요. 구원하고저 왔으매 내 옷을 벗어 줄 것이니 바삐 입고 도망하라.》

상현이 대즐 왈

《내 너의 간사한 피에 속으면 도로혀 나라에 불충이어늘 내 어찌 네게 살기를 도모하리요. 빨리 나를 죽이라.》

하고 조금도 동하지 아니하고 노기 등등한대 조익이 민망하여 재삼 재촉하되 상현이 왈

《내 네에게 청할 일이 있으니 인제 본가에 통기할 길이 막혔으니 내 하인을 너의 진 밖에 지내여 주면 다행일까 하노라.》

평조익이 허락하고 노자 영남을 데리고 진 밖에 나와 금패를 주어 보내니라. 슬프다, 그 사이에 벌써 다른 왜장이 상현을 죽였더라. 상현의 군관 김 상이 상현 죽음을 보고 대성 통곡하며 장창을 들어 왜군을 무수히 질러 죽이더니 창날이 부러지거늘 기와집에 올라 기와를 베껴 왜병을 무수히 쳐 죽이고 힘을 다하여 싸우더니 문득 왜장의 철환을 맞아 죽으니 동래성이 함몰하니라.

밀양 부사 박 진이 일즉 지략이 있더니 약간한 군사를 거느리고 험처를 지켰더니 적병이 급히 작원을 향하난지라. 박 진이 적병을 바라보고 황겁하더니 군사 사면으로 헤여지거늘 박진이 장창을 들고 도망하는 군사를 호령하되 령을 쫓지 아니하고 도망하거늘 박 진이 할일 없어 또한 말을 달려 산중으로 도망하니라. 이적에 청정 평행장 등이 동래를 함몰하고 각각 장수를 노나 경상 도 칠십 일 관을 항복받으니 백성의 주검이 산야에 가득하고 곡성이 철천하더라. 좌병사 리 각은 소산 역에 진을 쳤더니 적세를 당치 못하여 애첩을 말 태우고 도망하니라. 경상 감사는 적세를 보고 황겁하여 도적 막기난새로 전령하여 백성을 다 피난하라 하니 혹 모아오던 군사도 전령을 보고 각각 처자를 다리고 유벽 산곡으로 도망하더라. 김해 부사 서 례원은 도망하고 초계 군수 리 유겸은 더욱 황겁하여 피난하매 이러므로 경상 일도가 공허하여 막을 자 없더라. 왜적이 더욱 승승하여 무인지경 들어오 듯하더라.

각설 아조선은 이런 줄을 전혀 모르고 있더니 문득 정탐이 보하되 왜병이 무수히 건너와 동래 부산을 함몰하니 수령과 백성이 다 도망하매 도적이 승세하여 벌써 상주를 지내 뮤로로 올라오고 일지군은 수로로 전라 도 서현을 엄습하매 각 읍 수령이 미쳐 수미를 도리우지 못하여 혹 죽으며 혹 도망한다 하거늘 상이 대경하사 만조 백관을 모아 의논 왈

《뉘가 대장이 되여 도적을 막으리요, 경 등은 바삐 량장을 택하여 급마로 보내여 도적을 막게 하라.》
하신대 백관이 여짜오되

《훈련 대장 리 일이 지용이 겸전하오니 대장을 정하여 보내옵소서.》

상이 즉시 리 일로 경상 도 수병사를 정하시고 바삐 급마로 가라 하시다. 리 일이 사은하고 천리마에 보신갑을 입고 령남으로 내려갈새 먼저 수병사에게 전령하되 각영 군마를 다 대구 군영으로 모으라 하다. 또 포도 대장 신

81

럽으로 충청 수병사를 정하여 리 일과 한가지로 도적을 막으라 하시다. 이때 경상 감사 김 슈 수병사의 전령을 보고 급히 각 영에 전령하여 수령 등이 각각 군을 거느리고 대구로 모이라 하였더니 시운이 불리하여 대우가 련일오매 군사의 의복과 군갑이 다 젖은 가운데 적병은 점점 가까와 오며 리 일이가 미처 오지 못하였난지라. 이러므로 먼저 모였던 군사 다 도망하니 수령이 또한 할일이 없어 서로 의논 왈

《적병은 쾌히 오고 우리는 한 명 군사도 거느리지 못하여 있다가는 우선 수병사가 목을 베여 죽이리라.》

하고 다 도망하니라. 이적에 말을 달려 충청 도 지경에 다달으니 백성들이 부로 휴유하고 서로 부르짖으며 피난하난 것이 골이 메였더라. 경상도 지경에 이르니 려염이 다 비이고 인민이 없으니 길을 묻지 못하고 또한 기갈하되 요기할 곳이 없난지라 즉시 말을 채쳐 문경 고을도 들어가니 한사람도 없난지라. 거민의 고방에서 쌀을 내여 밥을 지어 하졸을 먹인 후에 말을 몰아 대구 영으로 가니 군사는새로 수령이 하나도 등대한 자 없더라. 할수없어 그중 장수골이 근읍이어늘 하졸을 재촉하여 장수성에 들어가 문관 권 길을 잡아내여 죽이려한대 권 길이 애걸 왈

《군사를 모두리라》

하거늘 리 일 왈

《그리하라》

하고 인하여 창고를 열고 기민을 진휼한대 백성들이 진휼을 먹으려 하고 무수히 오난지라. 권 길이 창검을 들고 산중에 든 피난'군을 모으니 겨우 삼백 여 명이라. 그중에 병인과 로약이 많아 하나도 쓸 것이 없고 또 진휼 먹으려 온 백성을 모으니 수백여 명이라. 리 일이 큰칼을 들고 호령 왈

《너희도 조선 인민이라. 비록 군사는 아니나 이런 란세를 당하여 이나라 곡식을 먹고 무단히 살기만 도모하리요. 너희 중에 내 군사 되여 한번 싸와 나라 은혜를 갚으라》

한대 백성들이 울며 왈

《장군 말씀이 진실로 옳사이다. 령대로 좇아지이다.》

하거늘 인하여 항오에 세우고 상주 고을에 들여 모우고 종자 방 유정과 판관 권 길이 찰방 김 조모로 좌우 익장을 삼고 비장 조 관자를 불러 적병 기미를 탐지하라 하더라. 조 관자 말을 달려 영유 지경을 지내더니 도적이 수풀에 복병하였다가 일시에 고함하고 내달으니 조 관자 대경하여 말을 달려오더니 문득 방포 소리 나며 일지병이 내달아 조 관자의 머리를 버이고 좌우 복병과 왜장 서평의 만군이 일시에 산야를 덮어 들어오거늘 리 일이 군사를 호령하여 일시에 왜병을 쏘라 한대, 군사는 다 오합지졸이라 활이 익지 못하여 살이 중간에 떨어지고 적지에 밋지 못하매 적병이 더욱 승세하여 크게 즐욕하며 일시에 제발하니 한 철환에 두서이씩 맞아 죽난지라. 왜장이 길을 둘러 리 일의 진을 겹겹이 싸고 급히 치니 군사 락엽 같더라. 순식간에 다 맞아 죽으니 리 일이 독무가 되어 할 일이 없어 한 모를 얻어 말을 달려 북으로 닫더니 왜장 선수 등이 장창을 비껴 들고 급히 따르난지라. 리 일의 말이 절로 꺼꾸러지거늘 할수 없어 갑주를 벗고 말을 버리고 창을 끌고 다라나니 그 빠름이 말에서 더하더라. 왜장 소섭이 바라보고 우어 왈

《이난 진실로 우리 장수 궁곤한 도적을 따르지 말라.》 하더라. 리 일이 그제야 숨을 쉬고 창을 잡아 산중으로 들어가니 한 바위 아래 암자 있거늘 나아가 보니 비였난지라. 기갈이 비록 자심하나 할일이 없어 잠간 전문에 다리를 걸고 누웠더니 문득 한 범이 와 다리를 물어 당기거늘 놀래 보니 대호라. 리 일이 노하여 일어서며 뛰어 차니 범이 소리를 벽력 같이 하고 수장이나 올랐다가 떨어져 죽난지라. 리 일이 창을 들고 충청 도 신 립의 진으로 찾아가너라.

(중 략)

각설 조선국 삼도 통제사 수군 대장 리 순신의 자는 여해니 아시 쩍부터 어력이 과인하고 위국 충성이 지극하더

니 순신의 마음에 왜란 있을 줄을 알고 도임 후에 전선 사십여 척을 지으되 배 위는 거북의 형상이오 전 쇠로 입히고 굼을 두어 무수히 버리집 모양으로 만들고 수군 장졸을 모아 련일 조련하며 상벌을 분명히 하니 장졸이 마음이 락락하여 수전을 익히더니 차시에 마다시 십안도익 수군 팔십 만 대병이 수로로 들어 서해로 돌아가 의주 압록강을 춫츠고저 하여 전라도 십여 읍을 지내 먼저 좌수 영을 범한대 좌수사 리억기와 우수사 원 '균 등이 대경하여 일변 수로 대장 리 순신에게 적세를 보하여 일변 전선을 타고 나아가니 왜병이 대해에 덮였는지라 막을 묘책이 묘연하더니 순신이 군관 리광영을 불러 보내여 리억기와 원 균에게 약속하되 이곳은 푸등이 많아 가장 험하오니 수전하염즉 아니하오매 대해로 나가 싸울지라. 내 도적으로 더불어 싸우다가 도적을 유인하여 대해로 나갈 것이니 그대 등은 차차 내 뒤를 따르라 하고 순신이 먼저 도적으로 더불어 싸우다가 거즛 패하여 배를 재촉하여 남해로 달아나더니 원 균 리억기 등이 또한 패하난 체하여 배를 돌리여 가니 왜장이 바라보고 웃어 왈

《저이 어찌 우리를 당하리요》

하고 인하여 고각 함성하고 급히 따르더니 리 순신이 배를 돌리며 군사를 호령하여 도적을 쏘라 하더니 리 역기의 전선은 좌편으로 들어오고 원 균의 전선은 우편으로 들어오니 두 사이는 불과 십여 보라. 일시에 껴치니 화전과 철환이 비'발 드리우 듯하고 뇌고함성이 벽을 흔드난 듯하더라. 리 순신의 판옥선 사십여 척이 적진 중으로 들어가며 화포를 노으니 전선에 불이 곳곳이 일어 연염이 충천하니 창천을 분별흐지 못할레라. 왜병이 연염에 기맥혀 죽은 자 부지기수요. 또 대한고를 맞아 전선을 파하니 물에 빠져 죽난 것이 수만명이라. 왜장 마다시 대패하여 동으로 달아나거늘 순신이 회주를 재촉하여 급히 따르며 화포를 노으니 마다시 화포를 맞으며 그만 죽으니라. 남은 군사 다 사면으로 도주하거늘 순신이 전선을 거두어 로랑도

로 들어와 진을 치고 장졸을 크게 호상한 후에 수일 류
하더니 마다시의 아우 마덕서 제 형 죽음을 보고 분기를
이기지 못하여 형의 원쑤를 갚고저 하여 전선 백여 척에
수십 만 군을 거느리고 리 순신의 진을 접취하고저 하더
니 순신이 도적 올 줄을 미리 알고 대한고 백여 척을
등대하고 군중에 호령 왈

《오날밤 삼경에 적병이 올 것이니 장졸은 볼수이 바
다에 대하여 대적할지라》

하더니 과연 마덕서의 내병이 일시에 들어오며 크게 엄살하
거늘 순신이 또한 응포하고 대한고를 일시에 도발하니 도적
이 다 불에 상하여 죽고 다만 마덕서 한배만 남았난지라.
마덕서 대패하여 제갈 량이 살아 온가 크게 의심하여 달
아 나거늘 순신이 승전하매 리 억기 원 균으로 더불어 사
창에 진을 치고 군사를 호상하더니 문득 동남풍이 일거늘
순신이 제장을 모아 의논 왈

《도적이 또 오날' 밤에 순풍을 맞내 들어와 우리를 접
책할 것이니 창졸에 대기하여 있으라.》

하고 전선 이백척에 초인을 무수히 만들어 세우고 또 방
패와 청룡기를 앞에 세우고 리 억기를 불러 왈

《그대는 전선 십여 척을 거느리고 조근도 사이 수풀에
복병하였다가 왜선이 외양포로 들거든 급히 치라.》

또 원 균을 불러 왈

《그대는 수군 삼천을 거느리고 동도섬 사이 수풀에 숨
었다가 적선 지냄을 탐지하여 일시에 내달아 치라. 나는
남으로 나아가 칠 것이니 제장은 령을 어기지 말라.》

하고 각각 분발하니라. 리 순신이 갑주를 입고 배를 저
어 나가 요해처에 매복하였더니 적장 마덕서 동남풍 일어
남을 보고 이때에 순풍을 좇아 치면 원쑤를 갚으리라 하
고 즉시 전선 십여 척에 조덕고시를 싣고 염초와 화약을
갖춘 후에 일시에 행선하여 순신이 진에 나아가 급히 불
을 놓고 껴치니 순신의 군사 일정 요동하지 아니하난지라.
고이히 여겨 자세히 보니 빈 배에 초인만 세웠거늘 마덕

시 대경하여 배를 돌려 가고저 하더니 문득 함성이 크게 일어나며 순신의 복병이 내달아 화포를 놓으며 편전과 류엽전으로 어즈러이 쏘니 왜병이 맞아 죽난지라. 비록 대적 하고저 하나 살과 철환이 이미 초인 실은 배게 허비하였 난지라 능히 대적지 못하여 군사를 다 죽이고 겨우 백여명을 거느리고 남해로 달아나더니 문득 수상으로서 무수한 전선이 급히 따르며 크게 우여 왈

《적장은 이제 하날로 오르며 따으로 든다》

하난 소리 벽해를 흔들더라. 바라보니 큰 기에 썼으되 《수군 대장 리 순신이라》하였거늘 대경하여 피하고저 하나 피할 곳이 없난지라. 배를 한데 모으고 민망하여 하더니 또 리억기 원 균의 수군이 따라와 좌우로 들어오거늘 도적이 능히 동서를 분별치 못하여 황망 전도히 도망하더니 순신이 승세하여 몸을 공중에 날려 왜선에 뛰어 올라 왜병을 무수히 버이더니 왜장 하나이 배에 숨었다가 총으로 순신을 쏘니 순신이 어깨를 맞았난지라. 대경하여 본진으로 돌아올새 피가 흘러 갑주에 사모찼더라. 제장이 대경하여 갑주를 벗기고 보니 철환이 두어치나 들어갔난지라. 제장이 한심하여 어무리할 줄을 모르고 황망하여 하더니 순신이 안색을 불변하고 천연히 앉으며 의술로 하여곰 칼로 살을 버여 철환을 빼여내라 하니 장졸이 너욱 실색하더라. 철환을 빼여 낸 후에 약을 발라 싸매고 누워 조리할려 하다가 생각하고 이때를 당하여 대장이 눕고 일지 아니하면 군정이 분운할까 의심하여 소 답 왈

《대장부 요맛 상처에 어찌 누워 조리하리요》

하고 즉시 전선을 거느려 한산도로 돌아가 물게 진을 치고 장졸을 호상한 후에 상처를 조리하더라.

각설 차시난 임진년 추구월 망일이라. 월색이 명랑하고 추풍이 소슬한지라, 장졸이 다 마음을 놓고 잠을 자더니 순신이 꿈에 한 로인이 와 이르되

《장군은 바삐 일어나소서. 시방 도적이 급히 쳐 들어오 나이다.》

하거늘 순신이 급히 일어나서 원근을 살펴보니 월색이 령
롱하여 밝기 낮 같은지라. 제장이 다 잠을 깊이 들었거늘
처량한 회포를 이기지 못하여 잠간 서안에 의지하였더니 국
사를 생각하고 하날을 우러러 길이 탄식하며 제장을 깨와 왈

《몽사 고이하니 아마도 도적이 급박한 듯 싶우니 궁
시와 기계를 정제하라.》

한대 장졸이 비록 믿지 못하나 장령을 거역지 못하여
기계를 정제하더니 과연 삼경시에 왜적이 가만이 배를 저
어 들어오거늘 순신이 급히 방포를 놓고 천아성을 울리
니 도적이 또한 응포하고 시석으로 치난지라. 순신이 제장
을 호령하여 좌우로 내몰아 치니 왜병이 대패하여 진을
풀어 남으로 달아나거늘 원 균의 비장 리 영남이 따라
와 왜선 일척을 파하고 왜병 오십명을 결박하여 순신에게
드린대 순신이 높이 앉고 호령 왈

《너희 중에 응당 조선 군사 있을 것이니 뉘냐. 》

한 군사 왈

《소인은 거제 따에 사난 김 대룡이옵더니 왜적에게 잡
히워 군사되였읍다가 오날날 장군을 만내오니 변시 보모
를 만낸듯 반갑도소이다.》

순신이 왈

《네 조선 따에 있노라, 하니 도적의 기미를 낱낱이 아뢰라.》

김 대룡이 대 왈

《시방 왜선 사백 척은 당항포에 숨어 있고 오백 척
은 왜장 심안도가 거느리고 안끌포에 있아와 서해로
돌아가고저 하오되 장군님이 이에 게시기로 지내지 못하여
아직 군막을 고성에 칫삽고 대사하였아오니 장군은 급히 처
대공을 세우옵소서.》

하거늘 순신이 왜적은 다 내어 버이고 즉시 전선 오백 척을
도발하여 당안포로 향하여 갈새 먼저 정병 백여 기를 보내
여 약속하되 우리 전선이 당항포에 들거든 불을 놓고 급히
치라 하더니 문득 절도로서 급한 불이 일어나며 살벌지성
이 랑자한지라. 왜병이 배를 타고 당항포를 지나 안끌포로

향하려 하거늘 순신이 전선을 재촉하여 따라 급히 치난대 왜적이 갈 곳이 없어 혹 물에도 빠지며 혹 불에도 타지 난 것이 부지기수라. 왜병이 당하지 못하여 사면으로 헤여지 거늘 순신이 전선을 재촉하여 안골포로 들어가니 당항포의 적선이 다 파하고 안골포로 들어온다함을 듣고 대경하여 즉시 군사를 재촉하여 안골포를 떠나 멀리 남해로 달아나 니라. 리 순신이 안골포로 들어가니 왜병이 갈 곳이 없거늘 역기 원 균으로 더불어 한산도에 들어가 군사를 호상하고 승전장문을 의주로 보내니라.

각설 전라 감사 리 광과 충청 감사 윤 국형과 경상 감사 김 수 등이 각각 오만을 거느리고 한데 모여 경성 을 향하여 가더니 룡인 골에 다달아늬 왜병이 둔취하였거 늘 선봉장 백 광언이 갑주를 갖초고 말을 달려 싸움을 돋 을새 왜장 안국사 맞아 싸우더니 수합이 못하여서 백 광 언이 안국사의 창을 맞아 죽으니 삼도 감사 일시에 바라 보고 다 실색하여 도망하더라. 총융사 김 성원이 갑병 천 여 기를 거느리고 경성으로 향하더니 부평 따에 이르러 왜장을 만내니 신장이 팔척이요 금관대를 쓰고 우수에 룡 천검을 들고 춤추며 크게 우여 왈

《네 어데로 갈다.》

하거늘 장졸이 황겁하여 사면으로 도망하거늘 김 성원 비 장 조 빈을 불러 왈

《내 상시에 천하에 적수 없다 하였더니 어찌 오날날 조고만 도적을 보고 도망흐고저 하난다.》

조 빈이 이말을 듣고 즉시 활을 쥐고 성원의 앞게서 편 전으로 적병 백여 명을 죽이고 성원이 또한 백여 명을 죽 이니 왜적이 대경하여 군사를 거느리고 남으로 도망하니라.

각설 함경도 북평사 정 문부와 갑산 부사 리 유일과 호 성 첨사 고 경언 등이 백두산 중에 숨어 피난하더니 왜장 청 정이 함경 일도를 차지하여 각읍 수령을 임의로 차출한 다 함을 듣고 불승분기하여 도적을 치고저 피난하난 중에 의견있난 자로 더불어 한가지로 백두산 중을 찾아 다

88

니며 의병을 도모하여 한곳에 다달으니 피난군 백여 명
이 모여 주육을 란만히 갖초와 열락하거늘 정 문부 문왈
《시방 나라이 란시를 만내 종묘와 사직 위태함이 조
모에 있거늘 그대들도 나라 백성이라, 무삼 흥기로 이렇
듯 즐기느냐. 나난 북병사 정 문부러니 이제 왜적을 치고
저 하되 우익이 없어 상게 나가지 못하였더니 그대 등은
생각하여 보라. 우리 조선이 일조에 왜국이 되였으니 그
대 등인들 어찌 비감하지 아니하리요.》
그중 고 경언이 자칭 별장하고 백성을 모와 다리고 열락하
다가 정 문부의 말을 듣고 크게 무류하여 고개를 숙이고 능히
대답지 못하거늘 정 문부 고 경언의 곁에 나아가 달래여 왈
《네' 춘추 전국 시절에 제민왕이 일조에 칠섭여 성을 연
나라에 잃고 위국으로 더불어 돌아갔더니 전단이라 하난
사람이 홀로 강개하여 처첩을 항오에 세우고 승전하여
마침내 제'나라이 회복하였나니 시방 이나라이 네'날 제
민왕 시절 같아니 우리 등이 어찌 한 전단만 같지 못
하리요. 원컨대 그대 등은 날과 한가지로 도적을 치다가
설혹 죽을지라도 조선국의 옳은 귀신이 될 것이니 다시
금 생각하여 보라.》
한대 고 경언이 일시에 사례 왈
《장군 말삼이 진실로 감격하온지라. 죽어도 한가지로 도
적을 치서이다.》
《정 문부 매회하여 고 경언 등을 대리고 각각 피난
군을 모으니 또한 백여 명이라. 단을 높이 뭇고 도티를
잡아 하늘께 제사하고 서로 죽기를 맹세한 후에 부윤 집
다익의 집으로 가 명주 륙십 필을 연어 기치를 만들어
큰 기에 썼으되 《의병장 정 문부》라 하고 군사의 건립에
충성충 자를 써 붙이고 먼저 회령으로 나아가니 회령 관
속들이 반겨 왈
《이제 의병이 이르러 왜적을 칠까 바래기를 대한 칠
년에 운우 바래 듯하였더니 인제야 의병이 왔도소이다.》
하고 적장 경감노를 속여 왈

89

《적병이 성외에 이르렀다.》

한대 경감노 대경하여 미쳐 군장을 채리지 **못하고** 필마로 나가더니 관속이 경감노를 쏘아 죽이고 정 문부를 맞아 들이거늘 정 문부 성에 들어가 류진하고 각관에 전령하되

《북평사 정 문부난 이제 의병을 일우어 왜적을 치고 한 번 장검으로 조선 **강산을** 건져내고저하니 각읍 수령이나 백성등이나 충절 가진 사람이 있거든 향응하여 한 가지로 도적을 파하고 사직을 회복하게 하라》

하였더라. 정 문부 또 창묵을 내여 기민을 진휼하니 경원, 경흥, 온성, 종성, 회령, 부령, 명천, 길주, 단천, 리원, 북청 군사와 예기 있난 백성이 구름 모이 듯하더라. 회계 첨사고 경언이 군사를 거느리고 정 문부를 향하여 회령으로 돌아 경원에 들어가 국경인을 참하고 갑산부사 리 유일이 또한 군사 천여 명을 **거느리고** 왜장 청정을 치려하고 함흥으로 갈새 정 문부 고 경언으로 녀불어 서로 기회하고 홍원으로 도회하니라. 정 문부 군사 삼만을 거느리고 **함흥** 덕산 역앞에 류진하고 고 경언을 불러 왈

《그대난 삼천 군을 거느리고 선봉이 되여 함흥 동문을 치라. 나는 후군이 되여 남문을 치면 적장이 반다시 서문으로 달아날 것이니 **한가지로** 모아 치면 응당 패자령으로 달아날 것이니 뉘 나가 그곳을 지키리요.》

기하여 한 장수 뛰여 내달아 크게 우여 왈

《소장이 가리이다.》

하거늘 모다 보니 갑산 부사 리 유일일러라. 즉시 정병 삼천을 주어 보내고 그날'밤 삼경에 군사를 호궤하고 사경에 행군하여 함흥성에 이르러 일시에 거화를 밝히고 크게 함성하며 먼저 동문에 들어 즛치니 왜장 청정이 불의지변이 있음을 만내 급히 장창을 들고 말을 달려 동문을 막고저 하더라. 또 남문에서 급한 불이 일어나며 또 한 군사 보하되

《남문에 적병이 이르러 우리를 무수히 죽이나이다.》

청정이 대경하여 또 남문을 구하고저 하더니 함흥 관속이 왜장의 군사기를 불지르고 문 지킨 군사를 죽인 후

에 문을 열어 의병을 맞으니 고 경인이 장창을 들고 들어가 왜병 백여 명을 죽이고 또 정 문부의 군사 남문을 소화하고 일시에 들어가 치니 미쳐 막지 못하여 군사를 거느리고 서문으로 도망하여 패자령으로 달아나더니 문득 령상에서 호통소리 일어나며 크게 우어 왈

《의병장 리 유일이 도적을 기다리고 이곳에 와 류한지 수일이 되였더니 인제 너희 어데로 갈다.》

하고 군사를 거느리고 일시에 내달아 활로 쏘니 왜병이 태반이나 죽었난지라. 청정이 한 모를 헤치고 군사를 거느리고 안협으로 들어가 웅거하나라.

각설 왜장 김갑산이 강원도 금강산 유점사에 들어가 중을 호령하여 왈

《너희들에 있난 기물을 모두 내여놓으라.》

하더라. 만일 거역하면 죽이리라 한 대 중이 대경하여 절 재물을 모두 내여놓으려 하더라. 문득 한 로승이 밖으로 들어와 불당 법전에 배례하고 왜장을 향하여 읍하거늘 김갑산이 큰 칼을 쥐고 보니 범승이 아니라. 왜병이 좌우에 둘러 쌌으되 조곰도 굴한 빛이 없거늘 왜장이 그제야 범승이 아닌 줄을 알고 몸을 일으워 답례한대 로승이 왈

《소승은 이 절에 있난 중이옵더니 장군이 루사에 왔으되 나아가 맞지 못하였사오니 죄 많하여이다.》

하고 소매로서 은병을 내여 차를 표자에 부어 마시고 다시 부어 왜장에게 전하여 왈

《산중이 무색하와 다만 종자뿐이오니 장군은 허물ㅎ지 마옵소서. 소승이 행장에 다맛 표자 일날 뿐이옵고 절에 있난 기물은 산상 백운과 석간수 뿐이오니 가져가고 싶은대로 가져가시오. 산승을 너무 곤욕ㅎ지 마옵소서.》

한대 왜장이 그 천연함을 보고 왈

《내 이 절 기물을 가져갈려 하였더니 로사를 보아 두고 가나니 로사난 날과 한가지로 가사이다.》

하거늘 유정이 사양ㅎ지 아니하고 왜장을 따라 안변으로 가니 김갑산이 청정께 보이고 유정의 말씀을 아뢴대

《이 중이 비록 차토에 있사오나 무이생물이오니 각별 대접하옵소서.》

청정이 례로 맞은 후에 고금을 의논하니 그 소견이 유약창해라. 청정이 녀욱 공경하여 담화하더니 일일은 로사 돌아가기를 청하거늘 허락한대 로사 왈

《일본이 조선으로 더불어 린국이어늘 어찌 이닷 심하니이꼬.》

청정 왈

《조선이 스스로 허물을 깨닫지 못하여 이 지경에 이르렀으니 인제라도 조선이 우리를 위하여 선봉이 되어 내명을 치고 조선 왕이 인하여 우리 나라에 조공하면 조선이 무사할려니와 그렇지 아니면 무사하지 못하리라.》

한대 유정이 변색 왈

《조선은 례의지국이라. 일본에 비하면 천자지국이요. 일본 관백은 미천한 사람이라. 아비가 둘이요. 하물며 조선 여맥이 흘러 일본국이 되였나니 소국이 대국에 조공함이 옳으냐, 대국이 소국에 조공함이 옳냐.》

한대 청정이 대노하여 유정을 내여 버이라 한대 유정이 소 왈

《내 인제 장군의 천심을 가히 알리로다. 하날이 높으로라 아니하여도 사람이 절로 높은 줄을 아옵나니, 인제 일본 관백이 자칭 존위한들 사람이 어찌 모를 일이요. 진시황이 실은 녀 씨요, 평 수길이 실은 박 씬줄을 모르리요. 녜날 하 우 씨난 광인하여도 사람이 다 천자로 섬기고 진시황이 자칭 천자로 화하여도 천하다 우자라 하였사오니 장군은 내말을 노하지 말고 안서하옵소서.》

하고 천연히 원문을 열고 나가고저 하거늘 청정이 도로혀 송구하여 나아가 손을 잡고 당중에 들어와 사죄 왈

《로사난 내의 경합을 허물흐지 말라》

하고 녀욱 관대하더라. 익일에 유정이 청정다려 왈

《내 들으니 석각정이 조선으로 왔다 하더니 반다시 섬대를 죽일 것이니 섬대난 내의 평생 호간이라.》

청정이 왈

《그대 어찌 석각정이 섬대 죽일 줄을 아나냐.》

유정이 소 왈

《대장부 세상에 처하여 어찌 요마지사를 모르리요. 장군은 사람을 너무 업수이 여기지 마옵소서.》

하더니 이윽고 수문 장졸이 글'봉지를 드리거늘 받아보니 과연 석각정이 심내 죽인 글이라. 청정이 대회하여 유정을 청하여 치하 왈

《그대난 과연 세상 범승이 아니오니 산간으로 들어가 편안히 지내옵소서.》

한대. 유정이 즉시 절에 들어가 제승을 불러 왈

《우리 조선은 자고로 례의지국이더니 일조에 왜국이 되였으니 내 한번 나라를 위하여 왜적을 치고저 하나니 그대 난 내 령을 어기지 말라.》

제승이 일시에 응답한대 인하여 큰 기를 만들어 대자로 쓰되 《조선국 승군 대장 유정》이라 하고, 일변 강원도 각읍 각사에 전령하여 승군을 모으니 일천여 명이라. 즉시 그 골에 들어가 군기를 내여 가지고 고산부로부터 양덕, 맹산을 지내 의주로 들어가니라.

각설 금제 군수 정담과 회람 현관 변 응덕이 군사 백여 기를 거느리고 한데 모여 왜적을 당하더니 이 때에 왜장 평정성이 만여 기를 거느리고 려주로 가더니 중로에서 정담의 군사를 만내 서로 접전할새 선사자 백여 명을 앞세우고 방포를 놓으며 일시에 쏘니 왜병 삼 쓸어 지듯 하난지라, 정성이 웅천 골을 버리고 남으로 달아거거늘 왜장 안국사 사십 만 대병을 거느리고 오난지라. 평정성이 대회하여 안국사로 더불어 한가지로 웅천으로 향하니라. 정담 변 응덕이 맞아 싸울새 군사 죽은 것이 부지기수라. 정담이 좌수에 장검을 들고 우수에 철퇴를 잡아 좌충 우돌하여 들어가더니 검날이 부러지거늘 줌여리로 치다가 기운이 진하여 죽고, 변 응덕이 또한 즉치다가 기운이 진하여 입으로 토혈하고 죽으니 남은 군사 밤이 새도록 싸우다 죽으니, 익일에 평정성이 그 신체를 한데 모으고 크게 성분한 후에 패를 써 세우되 《조선 충신 정담 변 응덕지묘》라 하

다. 이튿날 평정성이 안국사로 더불어 미주를 치고저 나아가더니 군사 성꿀개 단에 올라 화전 화포를 놓으며 방어하난지라. 왜적이 웅천 싸움에 군사를 많이 죽였난지라, 이러므로 황겁하여 밤으로 가니라.

각설 도방장 원 후와 리천 부사 변 홍정이 군사 오천을 거느리고 려주로 나아가더니 왜장 평 수정이 류만 군을 거느리고 양주 룡인 간으로 왕래하여 노략하거늘 원 후 정병 삼 천을 거느리고 려주 구미도 간에 복병하고 왜병을 대하더니 왜장 길인걸이 대군을 거느리고 구미도를 건네거늘 원후 급히 내달아 치니 왜병이 물에도 빠지며 살도 맞아 죽난 자 부지기수라. 길인걸이 군사를 다 죽이고 도망하니라. 또 리천 부사 변 홍정이 삼백 군을 거느리고 전선을 타고 려주 망연운암으로 나가다가 왜놈을 만내 활로 쏘아 죽이니 그후난 왜군이 려주에 왕래하지 못하더라. 원 후 오천 군을 거느리고 충청도로 나아가더니 군사들이 기갈이 심하여 하거늘 여염에 들어가 밥을 짓더니 왜장 석각정이 급히 엄살하거늘 원 후 미쳐 군장을 차리지 못하고 군사 사면으로 헤여지니 원 후 할일 없이 다맛 군관 칠 인만 데리고 한 언덕을 의지하였더니 왜병의 총을 맞아 죽고 군관도 또한 다 죽으니라.

각설 경상도 의녕 사람 곽 재우난 곽 월의 아들이니 젎어서부터 지략이 과인하고 글이 문장이더니 의외의 왜난을 만내매 백면 서생으로서 한 번 강산을 건지고저 하여 의병 수백 명을 거느리고 초계 꼴에 들어가 군기를 내여 가지고 강령 첩사 정 흥남을 달래여 군관을 삼고 진주 전세 미 일천 석을 내여 군량을 하고 또한 기민을 진휼하니 군사의 기운이 점점 뢰락하더라. 기계를 정제한 후에 적세를 탐지하더니 왜장 안국사 군사 팔 만을 거느리고 야반에 정지 강을 건너 의녕 꼴을 치고저 할새 정지 강이 깊은 줄을 알고 낮에 미리 군사를 보내여 여울 목을 표하고 가거늘 곽 재우 그윽히 군사를 보내여 그 표목을 옮겨 깊은 곳에 박고 좌우에 복병하였더니 과연 안국사

94

밤에 건너가다가 군사 다 깊은 물에 빠지거늘 곽 재우 흥의 백마에 큰 칼을 들고 내달아 크게 엄살하니 안국사 대패하여 물러가니라. 곽 재우 군중에 호령 왈 왜적이 비록 패하여 갔으나 명일 반다시 올 것이니 용장 이십 여 인을 차출하여 좌편 산곡에 매복하고 기다리라너니 이튿날 안국사 과연 바로 곽 재우의 진으로 향하여 오거늘 곽 재우 문을 닫고 조곰도 요동ㅎ지 아니하되, 안국사 군사로 하여곰 무수히 즐욕하거늘 곽 재우 석양에 비로서 진문을 열고 흥의 백마를 내몰아 싸우다가 거즛 패하여 닫거늘 안국사 급히 따르더니 곽 재우 돌아서며 싸우다가 또 패하여 달아나니 안국사 이어 따를새 이렇듯하기를 십여 차에 이르니 자연 오십 리라. 문득 수풀 사이로서 함성이 일어나며 복병이 내달아 급히 치난지라. 안국사 대패하여 좇어가니라. 곽 재우 정지 강에 홍백기를 세우고 손이를 무수히 틀어 강'가에 세우고 주 은남으로 선봉을 삼고, 정 진으로 군량 차비를 삼고, 권 원으로 군기 차비를 삼고, 정 비로 독군장을 삼고 윤 택으로 롱인을 지키고, 신 기로 전선을 거느려 정지 강 여울에 매고 수군 삼천을 주어 락동강 편진사에 복병하고 련하여 탐지군을 보내여 탐지하더니 왜병이 감히 의현 근처에 왕래ㅎ지 못하더라.

각설 광주 유생 김 덕령이 어려서부터 용력이 과인하고 지각이 겸전하더니 성장 후 우연히 간하도에 들어가 한 도사를 만내 한가지로 석간수를 먹으매 용맹이 점점 더하더니 힘이 능히 구정이 경하고 용맹은 태산이 낮은지라. 진실로 당시에난 없은 장수더라. 삼년을 도사로 더불어 노닐며 창검 쓰기를 일삼더니, 의외에 왜난을 만내매 한 번 장한 려력을 시험하여 승란굴기ㅎ고저하여 도사께 하직한대 도사 왈

《네 재조가 아직 미달하였으니 어찌 즐겨 풍진에 나아가고저 하난다.》

덕령이 대 왈

《내 재조가 적수 없사울지니 어찌 미달하다 하시나이까.》

도사 소 왈

《네 재조 적수 없노라 하니 날과 비교하여 볼라느냐.》

덕령 이 왈

《그리하셔이다》

한대 도사 반석을 주어 왈

《이 북을 저 산상에서 내려 굴리며 또 한 발로 북을 쳐 련하여 소리내며 한 손으로 돌을 굴리며 또 한 손으로 큰 칼을 잡아 좌우 초목을 버이며 저 굴 밖에까지 내려갔다가 또 치쳐오되 저 루수 끊지 않어서 올라올다.》

덕령이 응답하고 칼을 들며 반석을 두 다리 사이에 끼고 모으로 굴리며 한발로 치려하니 반석 삐져 먼저 내려가 혹은 더지난지라, 미처 손을 들어 돌을 굴리지 못하고, 또 북소리 잘 나지 아니하나 능히 한 발로 굴리며 한 발로 치며 한 손으로 돌을 굴리며 또 한 손으로 초목을 버여 올라오니 루수가 이미 다 진하고 반이나 너 두었너라. 덕령이 왈

《선생이 시기난대로난 못하거니와 또 선생의 재조를 구경하셔이다.》

도사 즉시 루수를 드리우라 하고 한 발로 북 소래를 내고 반석을 끼고 또 한 발로 련하여 굴리며 한 손으로 돌을 팔매치며 또 한 손으로 초목을 츳처 내려가니 북소래 완연하여 뢰고를 쏘난 듯 돌을 굴리며 칼로 좌우 초목을 츳치니 부러지난 형상이 비컨대 구시월 광풍에 락엽 같더라. 덕령이 항복 왈

《선생은 진질로 천신이라. 어찌 세상 사람에게 비하리요. 소자의 재조 비록 선생만 못하오나 대장부 이때를 당하여 한 번 나가 재조를 시험하지 못하면 어찌 다시 어느 때를 바래리이까.》

도사 탄 왈

《벌써 네 뜻이 그러하니 내 만류하지 못하거니와 부대 조심하여 매사를 경히 알지말라.》

하시니 덕령이 즉시 하직하고 집에 돌아와 사당을 모셔다가 산중에 두고 인하여 장전군 삼백과 마상립군 백여

명과 무사 수백 명을 모득하여 군사를 삼고 호남 호서으로 왕래하여 왜병을 곧 만내면 혹 병기를 잡아 평지에 몸을 뒤치며 혹 마상립에 꺼꾸루 춤추며 왜병을 수없이 죽이니 왜병이 능히 당하지 못하여 서로 이르되

《이난 신병이니 싸우지 못하리라》

하고 만일 덕령의 군사를 만내면 다 도망하더라. 이때 경흥 좌수 장시진이 의병을 일위여 왜적 칠백 명을 죽이고 충청도 장흥사 승군을 일위여 청주에 웅거하여 왜장 길인걸을 죽이고 또 적병 천여 명을 죽이니라. 금노군사 조 흥이 적병을 죽이고 또 진사 리룡천이 왜병 오십여 명을 죽이고 충신 홍 계남이 왜병 백여 명을 죽이고 종실 리 철이 신계에 웅거하여 왜병을 피하고 도통사 리 덕함이 연안사에 들어가 왜적 석각정을 파하니라. 왜병이 거의 다 조선을 얼으매 백성이 의병이 되어 도적을 치니 왜병이 점패하여 가니 팔도에 흩어졌던 것이 역만수러라. ………

리 여송이 대장단에 높이 앉고 류 성룡과 리 항복을 불러 왈

《우리난 구원병으로 왔으니 후군이 되여 칠 것이니 너히 조선은 선봉이 되려니와 내 인제 조선 장졸의 상을 보아 선봉하염즉한 사람을 엿어 선봉을 정할 것이니 내게 들어보이라.》

한대 즉시 백관과 장졸이 차례로 들어 보일새 마츰내 선봉 하염즉한 사람이 없다하여 탄식 왈

《그러한들 조선 일국에 선봉할 사람이 없으리요》

하며 하날을 우러러 보다가 다시 문 왈

《내 천기를 보니 선봉할 사람이 있다마는 어찌 숨기고 내게 보이지 아니하난다. 비록 남의 종이라도 숨기지말고 바삐 채려보이라. 》

한대 장졸이 다 들어 보이고 오직 서산 대사 모양이 다르기로 들어 보이지 못하였더니 항복이 여짜오되

《조선 신민이 하나도 없이 다 들어와 보였사오되 오직 서산 대사라 하난 중이 모색이 다르기로 감히 들어 보

이지 못하였나이다.》

리 여송이 우어 왈

《중도 조선 사람이어든 어찌 들어 보이지 아니 하리요. 바삐 들어오라.》

한대 서산이 황망히 군복을 얻어 입으니 기상이 웅장하여 맞는 군복이 없어 무릎 위에 오르난 군복을 입고 들어가더니 여송이 바라보고 낯빛이 흔연하여 급히 평상에 내려 서산 대사의 손을 잡고 칭찬 왈

《조선이 이런 생불을 두고 어찌 대국에 청병하였난다.》

서산이 대 왈

《장군이 어찌 로승을 이에 비하시나이까. 장군은 힘을 다하여 왜국을 파하옵고 조선 만민을 구제하옵소서.》

여송이 답 왈

《로사의 기상을 보니 흉중에 천지 조화와 결승천리지재를 가졌으니 가히 왜국을 억제하려든 어찌 힘을 비난다. 우리 황상이 가히 나를 청병 대장으로 보내였으니 힘써 왜적을 치려니와 그대난 선봉이되여 한가지로 도적을 파하게 하라.》

서산이 대 왈

《선봉 대장은 용력이 있사와야 당할 소임일뿐 아니라 조선에 아무리 사람이 없다하오나 늙은 중이 어찌 선봉을 하오리까. 소승은 불도만 숭상하옵고 공성야전은 아지 못하오니 원흥건대 장군은 용장 력사를 얻어 선봉을 정하옵소서.》

도독이 답 왈

《그러하면 로사 선봉할 사람을 거천하라.》

하며 한가지로 당중에 류하더니 도독이 바삐 나가 천문을 보고 서산을 청하여 한 장성을 가르쳐 왈

《저 장성이 조선 장성이라. 조선에 선봉할 사람이 있으되 아직 숨고 나지 아니하였으니 저 별 지킨 사람을 찾아 선봉을 하이면 가히 대사를 정하여만 하되 내 타국에서 왔기로 조선 지명을 아지 못하오니 로사난 응당 알 것이니 저 별이 어느 지경에 비치였으며 성명은 뉘라 이름

하리요.》

서산이 우러러 보고 이르되

《저 별이 룡의 상서를 띠고 서방 숙살지기를 가졌으니 반다시 평안도 룡강 따의 김 응서라 하나이다. 장군은 자서히 보옵소서.》

도독이 대회하여 답 왈

《나 대제 김 경서로 알았더니 이제 김 응서라 하난 말이 옳다.》

하고 즉시 조선 왕을 보고 왈

《국왕은 바삐 명패하여 김 응서를 부르소서.》

한대 상이 즉시 승전을 명하여 발마로 룡강으로 보내니라.

각설 룡강 따에 김 응서라 하난 사람이 있으되 어려서부터 지략이 과인하고 젊어서 백호 촌중에 와 도티를 물고 가거늘 응서 마츰 굽 높은 적자를 신고 범을 한 손으로 꼬리를 잡아 둘러치니 범이 인하여 죽으니라. 일로부터 응서의 장한 이름이 원근에 랑자하더라. 일쯕 평양 수평 장교하에 다닐새 평양 일등 기생 패 강월을 첩을 삼아 다니더니 이때 친상을 만나 상중에 들었기로 집상하고 출입지 아니하더니 이에 이르러 왜난을 만내 나라이 의주로 피난하시고 왜병이 평양성에 든단 말을 듣고 불승 분기하여 주야로 손을 들며 한 번 재조를 발명코고저 하나 몸이 상중에 있기로 무가내라 하여 다만 하날을 우러러 탄식할 따름이더니, 이때에 승전이 발마를 타고 응서의 집에 이르러 명패를 보여 왈

《시방 나라이 의주에 계옵서 장군을 바삐 부르시니 길을 채려 가셔이다.》

응서 복지 수명 왈

《차시에 나라이 나를 부르섬은 당당히 도적 칠 의논을 하시려 불러 계시거니와 내 시방 상인이 되였으니 어찌 명궤를 떠나 전장으로 향하리요, 비록 왕명이 지중하나 그리 못하게 되였으니 돌아가 응서의 상인된 말씀을 아뢰

99

이라.》

한대 승전이 답 왈

《장군이 어찌 이런 말씀을 하시나이까. 나라이 편안하오
야 않어서 집상할 것이오니 시방 사직이 위태함이 조모
에 있거늘 어느 겨를에 례의를 차리오며 국사를 의논하
고저 부르시난대 상인이라 칭탈하고 가지 아니하시리이까.
불수다언하옵고 바삐 가셔이다.》

응서 할일이 없어 노자 충남을 불러 말께 안장하라 하
고 령연에 들어가 몽백을 벗어 걸고 고사하직한 후에 군
복을 입고 청포검을 들고 노자 충남을 데리고 나올새 충
남의 용맹은 응서나 다름이 없난지라 편시에 의주로 들어
가 전하께 보이고 또한 리 도독에게 보인대 도독이 응서의
골격을 보고 대희하여 선봉 대장을 정한 후에 의주를 떠
나 평양으로 갈새 상이 응서를 매일 한 말 밥과 황육
닷근과 화소주 한 말썩 먹이더라. 응서 안주에 이르러 상께
여짜오되 소장이 먼저 평양성에 필마로 들어가 도적의 허
질을 알아오리이다. 상이 왈

《위태한 호혈에 어찌 혼자 가리오. 군사를 거느리고 가라.》
하신대 응서 왈

《비밀이 들어가와 적세를 탐지하옵고 올 것이오니 어찌
군사를 거느리고 갈리이까.》

이때 리 여송이 응서의 상을 보니 량안에 살기 등등
하였난지라, 성공할 줄을 알고 허락 왈

《장군이 금번 길에 공을 세울 듯하오니 부대 조심하
여 대공을 세우라. 우리 대군이 아직 이곳에 류하여 장
군 돌아오기를 기다려 행군하리라.》
한대 응서 하직하고 군관 이인과 노자 충남을 다리고
가니라.

각설 이적에 왜장 평행장과 소섭이 평양성에 웅거하여
마다시 심안도의 수군이 서해로 돌아감을 기다리더니 이때
에 선봉 대장 김 응서 평양성에 들어가더니 마츰 밤이
초경이라. 성문 밖에 다달아 말을 부리워 충남을 주어 왈

《내 성중에 들어가 적세를 탐지하고 나올 것이니 너난 이곳을 떠나지 말고 있으라.》

충남이 대왈

《위태중지에 어찌 홀로 가시려 하나이까. 만일 위급한 일이 있사올지라도 소인이 한가지로 따라가고저 하나이다.》

응서 답왈

《도적을 모르게 비밀이 다녀올 것이니 여러 사람이 번거히 왕래하지 못할지라. 너난 념려하지 말고 이곳에 등대하여 있으라.》

하며 하날을 우러러 한 장성을 가르쳐 왈

《만일 계삼명하도록 나오지 아니하고 저 별이 색이 변하거던 나를 도적에게 죽은 줄로 알고 집으로 돌아가라.》

하고 군복을 정제한 후에 청포검을 비껴 쥐고 성을 넘어 가더니 왜놈이 조선을 업수이 여겨 교병이 되였기로 순라군도 폐하고 장졸이 다 군막에 들어 잠을 깊이 들었거늘 응서 몸을 삼가 종적이 없이 군막을 지나 바로 왜장의 류하난 장막을 찾아 가고저하나 일정 어느 곳에 류하난지 아지 못하여 잘못 다니다가는 도로혀 도적의 해를 입을까 의심하여 잠간 칼을 집고 주저하다가 문득 생각하되 패강월이 일쯕 날과 좋은 터이라. 비록 란시나 제 만일 죽지 않었으면 응당 반겨할 것이니 패강월의 집을 찾아가 적장의 거처와 동정을 물은 후에 결단하리라 하고 인하여 패강월의 집을 찾아가니 이때에 밤이 정히 삼경이라. 대문을 굳이 닫고 인적이 료료하거늘 몸을 솟아 담장을 넘어 방문 밑에 들어가 문을 두다리며 주인이 자느냐 두세번 부르니 창모 잠을 깊이 들었다가 놀래 문왈

《뉘시관대 이 깊은 밤에 전 문을 열고 들어와 주인을 찾난다, 이때를 당하여 주인 찾을 사람이 없거늘 구태여 구구히 들어와 찾나이까. 젊은 주인은 왜장의 수청을 들어가고 로주인만 있사오니 아무나 부질 없이 들어오지 말고 바로 가라.》

한대 응서 답왈

《나난 룡강 사람이더니 구태여 젊은 주인만 위하여 온 길이 아니라. 로주인을 찾아보고 가려 왔으니 바삐 문을 열라.》

한대 창모 그제야 김 응선 줄을 알고 대경하여 전도히 나와 문을 열고 등잔에 화촉을 밝히며 문 왈

《장군이 이런 호혈에 어찌할로 찾아 와 계시니이고. 만일 종적이 탄로하오면 우리 등 죽기난 고사하고 장군의 중한 몸이 그릇될 것이오니 바래옵건대 타인이 아지 않어서 바삐 돌아 가옵소서.》

응서 정색 대 왈

《로주인이 어찌 내의 평생 대의를 아지 못하노다. 오날'밤 오기난 사생을 결단하려 왔으니 청컨대 로주인은 나를 위하여 주인아이를 보게 하라.》

한대 창모 더욱 질색하여 왈

《패강월은 시방 왜장 소섭의 수청을 들어 침석을 한가지로 하옵고 집에 나오난 날이 없사오니 이 깊은 밤에 무삼 핑게하옵고 대려오리까. 죽기는 쉽사오나 이 말씀을 능히 듣지 못하겠나이다.》

응서 답 왈

《우리 나라 흥망이 도시 오날'밤 패 강월 보기 못보기에 달렸으니 로주인도 조선 사람이라. 이때를 당하여 어찌 국은을 저바리리요. 패 강월을 맞내 내가 와서 찾난다 하면 응당 나올 것이니 아무커나 내 기별을 자세히 전하고 나오라.》

한대 창모 마지못하여 허락하고 들어가고저 하더니 문득 대문을 두다리며 문을 열라 하난 소리 급히 들리거늘 그 소리를 자세히 들으니 이난 곧 패강월이라. 창모 대경 대회하여 전도히 나아가 문을 열어 주며 왈

《내 시방 너를 찾아가고저 하더니 마침 나오난다.》

패강월이 답 왈

《무삼 일로 찾아오려 하나이까》

창모 왈

102

《시방 룡강 김 초판이 와 너를 내려오라 배앗기로 마지못하여 가려 하던 차이로다.》

패강월이 이말을 듣고 대경하여 바삐 들어와 응서의 손을 잡으며 왈

《장군이 어찌 이런 위지를 들어 와 계시나이까.》

하며 치를 떨거늘 응서 답 왈

《내 너를 다시 보지 못하고 갈까 하였더니 인제 이리 오기난 과연 천우 신조로다. 내 심중에 위하여 온 일은 인제야 득달하리로다.》

패강월이 답 왈

《내 여러날 집에 나오지 못할뿐 아니와 입은 옷이 더럽삽기로 옷을 갈아입고 들어가려 왔습더니 마츰 장군을 만났사오니 정의난 반갑거니와 장군은 무삼 뜻으로 이닷 위지에 들어와 나를 찾으시나이까.》

응서 정색 답 왈

《시방 오래지 않아서 금계세배를 배앗게 되였으니 지연할 것이 아니라 네 비록 기생이나 너도 조선 사람이니 어찌 국사를 의논하지 아니하며 또한 우리 녯 정리를 생각지 아니하랴.》

패강월이 이말을 듣고 더욱 치를 떨며 왈

《장군이 소섭의 소문도 자세히 듣지 못하옵고 이곳에 와 계시나이까. 장군이 력발산하난 용력을 가졌사오나 능히 소섭을 당하지 못하려든 하물며 무삼 재조로 목을 버여 갈려 와 계시나이까. 소섭은 용맹이 금세에 비할분 아니와 이놈의 전신에 쇠 같은 비늘이 입혔사오니 숨을 내여 쉬면 비늘이 자고 들여 쉬면 비늘이 거슬려 서오니 칼로도 능히 버이지 못할 것이요 창으로도 찌르지 못할지라. 무삼 재조로 버이리까. 이러하온 중에 더욱 관내 사면에 몽그당을 두루옵고 귀마당 방울을 달았사오니 조곰 다쳐도 소리 진동하여 자난 잠을 깨고 또 방안에 층당을 두루고 층당 안에 대병풍을 두루고 그 안에 소병풍을 치옵고 머리말에 청룡검을 세우고 발칙에는 비수검을 세

우고 잠을 자되 삼경에는 귀로 듣고 눈으로 보며 오경 후에난 눈으로 듣고 귀로 보며 그후난 눈을 부릅뜨고 그 제야 잠을 깊이 드오니 장군이 이어찌 이런 곳을 능히 출납하오리까. 만일 실수하오면 대패할 것이오니 그런 망설을 마옵고 수이 돌아가옵소서. 장군은 불과 일일에 한말 밥과 고기 닷근을 먹삽거니와 매일 삼시로 말밥에 황육 열근과 화소주 서말을 능식하오니 이로 보아도 장군의 적수 아니오니 장군은 중한 몸을 돌아보사 범의 입에 손을 넣지 말으시고 무사히 돌아가시게 하옵소서.》

응서 답 왈

《내 오늘날 이리로 올제 사생을 결단하였나니 대장부 이 때를 타 국사를 힘쓰다가 설혹 힘이 부족하여 도적의 손에 죽은들 무삼 한이리요. 너난 념려 말고 만저 소섭 잠들기를 기다려 솜으로 방울 입을 막아 방울이 우지 못하게 하고 바삐 나와 통기하라. 내 청허관 뒤에 들어가 몸을 숨겨 너 나오기를 고대할 것이니 너난 죽기로써 국사를 도모하라. 만일 일 잘되면 너도 살며 나도 살려니와 만일 실수하면 우리 둘이 다 죽으리라.》

한대 패강월이 앉었다가 탄식 왈

《장군이 이미 대의를 정하여 계시니 죽어도 할일이 없사오니 첩이 정성껏 하오려니와 소섭의 발척에 세운 검은 신기하와 다른 사람이 문을 연즉 절로 나와 그 사람을 지르려하오니 그 검이 만일 마조 나오거든 검에 춤을 발으면 도로 들어가 제자리에 설 것이니 장군의 검을 바리고 그 비수를 가져 버이오되 비늘이 다 거슬리거든 일어난 짬을 타 버이게 하옵소서. 만일 비늘이 잔 후에난 능히 버이지 못하리이다.》

응서 왈

《이난 내의 수단에 있으니 념려하지 말고 내응만 잘하라.》

한대 패강월이 즉시 일어나 만저 들어갈새 다시금 당부 왈

《부대 조심하라.》

하더라. 응서 패강월을 만저 보내고 이윽하여 청룡검을 들고 몸을 일이워 청허관에 나아가니 수문 장졸이 창검을 좌우에 세우고 잠을 깊이 들었거늘 행여 발소래 날까하여 수혜자를 벗고 버선발로 지내가더니 적장 하나이 몸을 도리우며 눈을 떠보거늘 인하여 검을 들어 군사 이인을 일시에 버이고 문을 지내 관중에 들어가니 물색이 령롱하고 밤이 고요하여 정히 삼경 말이나 되였난지라. 가만이 객사에 나아가 되 붙인 후 벽에 붙어 패강월을 기다리더니 이적에 패강월이 먼저 청허관에 들어가니 소섭이 상에 누어 자려하더니 문 왈

《네 어찌 오래 있더냐.》

패강월이 답 왈

《어미가 마츰 근처에 가고 없삽기로 찾아다가 의롱의 쇠를 열고 의복을 내여 입고 오노라니 자연 지연하였나이다.》

소섭이 이미 패강월에게 혹하였난지라 의심하지 아니하고 인하여 술을 부으라 하거늘 패강월이 이전에서 더 많이 부어드릴새 소섭이 술을 받아 마시고 이윽히 희롱하다가 잠을 깊이 들거늘 패강월이 가만이 일어나 솜으로 방울 입을 다 막은 후에 바삐 나와 후정에 들어가니 응서 바람에 붙어 섰거늘 패강월이 손으로 우여 들어오라 하거늘 응서 대희하여 몸을 추창하여 패강월의 뒤를 좇아 들어갈새 방문을 여니 과연 비수검이 마조 나오난지라. 패강월이 몸으로써 응서를 가리워 춤을 받으니 도로 들어가 제 자리에 서더라. 응서 패강월의 몸 뒤에 의지하여 몽구당을 들고 들어가니 소섭이 코를 울리며 잠을 자거늘 인하여 손에 춤을 받아 비수를 쥐고 일정 정신을 가다듬아 비늘 거슨 잠을 타 비수를 높이 들어 한 번 치니 쇠와 돌이라도 어찌 갈라지지 아니하리요. 검광 촉영 빛나며 문득 소섭의 머리 상하에 떨어지며 목 없은 몸이 급히 일어나거늘 응서 혼불부신하여 패강월을 옆에 끼고 몸을 솟아 련광정

105

대들보에 올라앉으니 소섭이 발칙에 비수검을 잡으려 한즉 검이 없는지라. 돌아서서 머리 밑의 청룡검을 들어 대들보를 치니 응서의 군복자락이 맞아 떨어지며 보이 반이나 부어지니라. 응서 정신이 아득하여 소섭을 버이지 못하였난가 의심하더니 문득 소섭이 방문을 열고 나가려 하다가 도로 들어와 천연히 상애 앉거늘 응서 자세히 보니 목 없은 놈이 칼을 들고 앉았난지라. 반다시 죽은 줄을 알으되 마음이 경황하여 능히 내려오지 못하더니 이윽고 쥐였던 칼이 절로 내려지거늘 그제야 숨이 없은 줄을 알고 뛰여 내려오며 발로 차니 신체 꺼꾸러지난지라. 응서 인하여 목을 들고 나온대 패강월이 응서를 부처 들고 울며 왈

《장군이 어찌 이 첩을 호혈에 바리고 홀로 가시려 하나이까.》

한대 차마 바려지 못하여 대리고 나오더니 관사 장원을 넘다가 몽구당이 발에 채우니 방울이 일시에 크게 우난지라. 수군이 그 소리에 대경하여 일시에 일어나며 고각 합성이 진동하며 홰'불이 사면으로 일어나거늘 응서 황망 전도하여 패강월을 업고 전대로 그 허리를 동이고 당부하여 왈

《죽어도 손을 놓지말라.》

하고 좌수에 청포검을 들어 왜적을 즉치며 칠성문 밑에 다달으니 왜병이 겹겹이 둘러 막거늘 응서 평생 기력을 다하여 청룡검을 두루며 즉처 나오니 한 칼 끝에 왜적의 머리 두서이씩 내려지난지라. 한 모을 헤치고 성을 뛰여 넘어 노자 충남 있난 곳을 찾으러 가니 충남과 군관 이 이인이 다 간 곳이 없난지라. 뒤에 적병이 급히 따르고 앞에난 구원병이 하나도 없어 정히 민망하여 좌우를 살펴보며 충남을 찾더니 이때 충남이 응서를 성중에 드려보내고 련하여 별만 바라보며 고대하더니 계삼명이 되도록 소식이 망연하고 또한 장성이 몸을 떨고 빛이 변하여 쓰러지거늘 일이 그릇된 줄로 알고 충남과 군관이 대성 통곡하며 말을 이끌고 돌아오다가 강동 다리 밑에

106

이르러 다시 하날을 우러러보니 장성이 다시 빛이 회생하여 밝은 빛이 전에서 십 배나 녀하거늘 충남과 군관이 대회하여 《하날이 우리를 쇠겼도다. 이제 저 장성이 빛이 전에서 더욱 교교하니 반다시 장군이 득시하였도다. 바삐 돌아가 보리라》하고 말을 달려 머무던 곳에 다달으니 응서 바야흐로 충남을 찾지 못하여 사면으로 달리며 찾다가 충남을 보고 대회하여 왈

《네 진지를 떠나 어데로 갔더냐.》

하며 급히 말을 탈 즈음에 충남이 살펴보니 한 손에 적장의 머리를 들고 또한 당김을 들렀으되 등에 한 사람을 부쳤거늘 말을 잡고 문 왈

《이제 장군이 적장의 목을 버여 왔난가 싶으오니 큰 공을 세웠삽거니와 등에 엎인 사람은 뉘라 하나이까.》

응서 답 왈

《이난 내 평생에 사랑하던바 패강월이요, 오날 적장을 죽이고 대공을 세우기난 다 이 사람의 덕이라, 이리므로 차마 호혈에 바리지 못하고 다려 왔노라.》

한대 충남이 말혁을 잡고 복저 간 왈

《장군이 어찌 이런 망녕도인 말삼을 하시나이까, 이재 적장을 죽이기난 다 저 사람의 공이라 하시니 장군은 저 계집의 사환만 하였나이다. 패강월이 적장의 계집이 되였삽다가 도리여 남편을 죽였사오니 일후 만일 이신전도하오면 장군이 또한 적장과 같이 되울 것이니 이난 네 삼국적 최선 같은 계집이라. 원하건댄 장군은 관운장의 대의를 본받아 일시 사정을 생각지 마읍고 이 계집을 죽이고 가셔이다. 만일 장군이 종내 다려 갈려 하시면 소인이 먼저 이곳에서 죽으리라.》

하여 말을 잡고 가지 아니하거늘 응서 민망하여 충남에게 빌어 왈

《네 어찌 인정이 없나냐. 나를 살리고 국가에 대공을 세운 사람을 죽이고 가려 하나냐. 참아 바리지 못하리로다.》

충남이 통곡 왈

《장군이 오늘 소인을 전에만침 생각지 아니하오니 이 곳에 영결 하직하나이다.》

인하여 찼던 칼을 빼여 자결하려 하거늘 응서 할일 없어 크게 탄식하고 패강월을 돌아보아 왈

《목 곧은 충남이 이렇 듯 고집하니 다시 할일 없다.》 하고 동인 전대를 풀어 놓으니 패강월이 이미 혼이 나가 절로 말게 떨어지난지라. 이러할 즈음에 왜병의 장군을 좇아 성문으로 초리새 밀리여 나오듯 하난지라, 화광이 충천하고 함성이 진동한대 왜장 수명이 큰 칼을 두루며 김 장군에게 달아들거늘 응서와 충남이 일시에 소리하고 달아들어 수명을 버이니 다른 장수난 감히 달아들지 못하더라. 충남이 장군의 말경미를 들고 채를 던지니 말이 또한 룡마라, 크게 소리하며 사족을 일시에 모아 뛰어갈새 말발과 충남의 발이 한가지로 어울어 공중에 떴으니 변시 소록이 죽지 돋힌 듯하난지라. 뉘 능히 따르리요. 패강월과 군관 이인은 다 왜병에게 죽으니라. 충남이 나난 말게 종내 정매를 놓지 아니하고 순안, 숙천을 순식에 지내 안주 먹고개에 다달으니 날이 정히 동방이 새난지라. 련하여 채를 쳐 새남강을 지내올새 영풍이 등등하여 귀에서 희파람 소리 나고 마상에 앉은 거동은 생매 돌우에 앉어 장천을 바라보고 날고저 하난 듯하더라. 룡마 밀성을 바라보고 또한 사람의 뜻을 맞초아 새로이 기운을 내여 창창히 소리하여 제비 나난 듯 들어오니 그 반가움을 어찌 다 측량하리요. 일성 군민이 응서를 기다리다가, 룡마 소리에 놀래 모다 보니 이난 곧 룡강에 있난 사람 아국 선봉 대장 김 응서니라. (이후난 어찌되였난지 하권을 보시오

☆

☆　　☆

朴 氏 夫人傳.

〔解 說〕

(一) 박씨 부인전에 대하여.

《박 씨 부인전》은 또한 《박 씨전》으로도 불린다. 1736 年 丙子 戰爭을 背景으로 한 이 作品은 一種의 傳記 小說로서 거기에 나오는 李 時白 林 慶業 等은 모두 實在하였던 人物이다.

그러나 李 時白의 夫人에 이러한 史實이 있었다고 確証할 아무런 資料도 없다. 《東廂記纂》에는

《李 時白 奉事尹軫之婿 軫之妻賢 且有奴彦立有名》

이라고 하여 李 時白의 夫人은 朴 氏가 아니고 尹 氏이며, 그의 丈母가 어질었다고 하였으니 或時 尹 軫의 妻에게나 그런 逸事가 있었는지 알 수 없다.

그러나 이와 類似한 逸話는 오히려 文谷 金 壽恒의 夫人 羅 氏가 얼굴이 醜하여 醮禮하는 날 밤에 金 壽恒이 돌아왔다는 이야기가 있으며, 또한 羅 氏의 行狀記에는 丙子 戰爭 時期에 羅 氏 夫人이 戰災民 救濟와 軍糧 調達, 戰傷者 治療 等에 많은 功勞를 세웠다고 傳한다.

또한 《錦溪筆談》에는 壬辰 祖國 戰爭 時期의 義兵將 金 沔의 夫人이 얼굴이 醜하였으나 知鑑이 있어 壬辰 戰爭의 倭賊 擊退에 큰 戰功을 세웠다고 쓰고있다.

그리하여 朴 氏 夫人과 같은 愛國的 女性이 傳說의 範圍를 넘어서 小說의 主人公으로 出現한 것은 偶然한 일이 아니며, 그 것은 壬辰 祖國 戰爭 以後 昻揚된 愛國主義 思想의 發顯이라 할 수 있다.

(二) 《朴 氏 夫人傳》의 梗槪.

李朝 仁祖때 서울 安國坊에 李 得春이란 名門 巨族이 있었는데 아들이 없어 걱정하던 차에 夫人 康氏와 議論하고 金剛山 明月庵에 들어가 7日 祈禱를 올리고 한 貴子를 얻으니 이름이 時白이라 時白의 나히 16 歲 때에 李 得春은 江原 監司가 되여 갔을 제 金剛山에 있는 處士 朴 顯玉이가 찾아와 請婚을 하였다. 朴 顯玉은 道學에 精通하여 楡岾寺 近處에 翡翠亭을 짓고 歲月을 보내므로 모두 그를 翡翠 先生이라 불렀는데 그에게는 두

딸이 있어 아우는 일찌기 出嫁시켰으나 長女는 얼굴이 醜하여 17歲가 되도록 집에 그대로 있었다. 그러나 朴小姐는 얼굴은 비록 醜할지라도 賢淑한 데다가 道術에 能하여 모르는 일이 없었다. 李得春은 朴處士의 請婚을 快히 承諾하여 다음 해에 李時白과 朴小姐는 成禮를 하게 되었다. 그러나 醮禮 지낸 날 밤에 李時白은 新婦의 얼굴이 너무도 醜한데 놀래여 新婦房에서 뛰여 나왔다. 父親의 嚴敎에 못 이기여 다시 들어간 李時白은 朴氏夫人을 서울로 데려왔다. 그러나 朴氏夫人은 姿色이 醜한 탓으로 男便 뿐만 아니라 媤母에게까지도 疏隔되여 다만 媤父의 配慮를 입어 自願하여 後苑에다 避禍堂을 짓고 홀로 歲月을 보내게 되였다.

그럼에도 不拘하고 道學에 精通하고 智謀가 深遠한 朴氏夫人은 三百兩으로 三萬八千兩짜리의 駿馬를 사고 碧玉의 硯滴을 郞君에게 주어 科擧에 壯元 及第를 시키는 等 그의 非凡한 才幹을 보여 주었다. 그러던中 朴處士가 와서 하루' 밤에 朴氏夫人의 醜한 허물을 벗게 하니 天下 一色의 美人이 되여 內外 琴瑟도 和合하게 되였다.

이때 胡王이 朝鮮을 侵攻하려 하나 朝鮮에 神人 朴氏와 名將 林慶業이 있음을 두려워 하여 胡王의 公主를 먼저 刺客으로 들여 보내니 朴氏夫人은 道術로써 이를 斥却시켰으며, 그 後 胡王이 侵攻하자 夫人은 사람들을 避禍堂에 難을 避하게 한 다음 道術로서 敵將 龍忽大와 싸와 그를 죽이고 그의 兄 龍骨大를 물리쳤다. 그러나 天運을 막을 수 없어 仁祖로 하여금 胡王과 和親하게 하고 세 世子를 볼모로 보내여 三年 后에 돌아오게 하였다. 또한 林慶業은 金自點의 嫉妬를 입어 冤死하게 되고 李時白은 그 后 丞相이 되여 夫婦가 一世의 榮華를 누렸다.

박 씨 부인전.

　이때 명나라 남경이 요란하야 가달 등이 변경을 침노하매 분분한 소문이 탑전에 이르니 상이 깊이 근심하사 리시백으로 상사를 제수하시고 가로사되

　《경의 가합한 사람으로 군관을 정하야 택일 발정하라.》하시니 시백이 림 경업으로 정함을 아뢰니 원래 림 경업은 충주 사람으로 여력이 무리에 뛰여나고 지략이 광원

한지라. 일쯔기 무과에 장원을 하매 벼슬이 마침 천마산 중군으로 있더니 상이 림 경업으로 상사 군관을 삼아 한 가지로 남경에 이르니 이때 명 천자 조선 사신이 이름을 듣고 황 자명으로 접빈사를 삼아 영접하는지라. 상사 경 엽으로 더불어 접빈사를 따라 궐내에 들어가 탑전에 사배 하고 표문을 올리니 천자 보시고 좌우를 명하야 조선 사 신을 다리고 례부에 나아가 연향하라 하더니 마침 북방 호국 사신이 이르러 표문을 올리거늘 상이보시니 대강 하였스되,

《가달이 강성하야 호국지경을 침노하매 군사 강하야 거 의 패망지경을 당한고로 상국에 급함을 고하오니 급히 인 마를 조발하사 일국의 생령을 구하야 주옵소서.》

하였거늘 천자 깊이 근심하야 호국에 보낼 장사를 택호고 자 하시니 접빈사 황 자명이 아뢰여 가로되

《조선 상사 군관 림 경업의 상을 보오니 비록 외국 인물이오나 용맹과 지략이 겸비하와 가히 가달을 물리칠 만하오니 이사람으로 청병 대장을 정함이 마땅할가 하나 이다.》

천자 들으시고 리 시백을 가까이 인견하고 경업의 위 인을 물으시니 시백이 아뢰되

《경업이 약간 장략이 있사오나 이런 중임을 당호지 못할가 하나이다.》

명 천자 시백의 겸양함을 일컬으사 림 경업으로 수군 병마 대원수를 하이시고 상방참마검을 주사 령을 어기는자 어든 선참후게하라 하시며 삼만군을 조발하여 주니 원수 사은하고 물러 군중에 나와 장졸을 연습하고 대군을 거느 려 여러날만에 호국에 이르니 국왕이 경업의 인물이 웅장 함을 보고 크게 기꺼하야 바삐 맞아 전상에 올려 상빈례 로 대접하고 가달의 강성함을 이르니 경업이 가로되

《대왕은 근심 말라. 내 비록 재조 없으나 가달을 한 번에 파하리라.》

하고 대군을 거느려 전군과 싸와 삼십여 합에 이르되 승 부를 모르더니 림 원수 대갈일성에 원비를 느려 가달을 사

로 잡아 본진에 돌아오니 호왕이 문무 제신을 거느려 림 원수를 맞아 상좌에 앉히고 대연을 배설하야 즐길새 림 원수 장대에 높이 앉아 군사를 호령하야 가달을 잡아 들여 뜰 아래 꿀리고 수죄하야 가로되

《네 비록 무지한 오랑캐인들 군사의 강함만 믿고 남의 지경을 범하는다.》

가달이 땅에 업디어 사죄하야 가로되

《소방이 천의를 모르고 호국을 침범하와 장군께 죽을 죄를 지었사오니 잔명을 살오시면 다시는 이심을 먹지 아니하고 호국을 상국으로 복종하오리니 장군은 용서하심을 바라나이다.》

원수 좌우를 명하야 그 맨 것을 풀고 장대에 올려 잔을 주어 위로하야 가로되

《그대의 말을 들으니 전사를 후회한 듯한고로 모든 죄를 사하나니 다시는 망녕된 마음을 먹지 말며 천도를 어기지 말고 일국의 부귀를 누리라.》

하거늘 가달이 사례하야 가로되

《죽을 죄를 사하고 이렇 듯 관대하시니 은혜는 백골 난망이로소이다.》

하고 원수를 향하야 백배 사례하고 호왕과 하직하매 장군을 이끌어 본국으로 돌아가니라.

호왕이 원수를 향하야 크게 칭찬하야 가로되

《조선에 이런 명장이 있음을 과인이 몰랐도다.》

하고 경업의 출중함을 사랑하야 부마 삼을 뜻이 있는고로 내전에 들어가 왕비와 의논하고 공주를 불러 경업의 영결한 풍도가 있음을 이르며

《부마로 간택하고자 하나니 네 뜻에 어떠하뇨》

공주 옥안을 숙이고 부끄러움을 머금고 대답하야 가로되

《부왕의 명교 마땅하시니 녀자의 백년 의탁을 범연히 못하오리니 소녀 비록 식견이 없사오나 친히 보아 정하리이다.》

호왕이 가로되

《그리하라.》

112

하고 이튿날 외전에 나가 림 원수를 보고 가로되

《과인이 장군을 사랑하야 청할 일이 있으니 장군은 용납할가.》

경업이 가로되

《무슨 말씀을 하고자 하시느뇨》

호왕이 가로되

《과인이 한 날 공주 있기로 장군으로 과인의 부마를 삼고자 하야 공주에게 물은즉 제 대답이 제 눈으로 보아야 정하겠다 하니 의향이 어떠하뇨.》

원수 가로되

《삼가 봉행하오리다.》

하니 호왕이 크게 기꺼 내전으로 들어가 이말을 이르고 높은 루각에 주렴을 드리우고 공주를 그곳에 올려 보내니 원수 발써 공주의 상법을 짐작하였든지라, 목화 속에 세치 포를 돋우고 기다렸더니 이윽고 들어오라 하거늘 경업이 들어갔더니 공주 이윽히 보다가 가로되

《키 세치 더하니 앞으로 보면 천일지표요 뒤으로 보면 룡봉의 형상이니 영웅은 영웅이로되 와석종신을 못할 것이오니 가히 아깝도다.》

하거늘 호왕이 부마 삼저 못함을 애달아 하나 할일 없어 원수다려 밖으로 나가라 하고 호왕이 외당으로 나가 공주의 말을 이르고 놀라나 부득이 원수를 리별할새 금은 보화를 들여 상사하니 경업이 받아 여러 장수를 나노아 준대 여러 장수 하례하야 가로되

《소장 등이 한사람도 상합이 없사와 원수의 덕택이 하해 같삽거늘 이제 또 이렇듯 관대하시니 은혜 백골난망이로소이다.》

하고 무수히 사례하니 원수 호왕을 작별하고 대군을 거느려 여러 날만에 남경에 득달하야 천자께 북경한대 천자 칭사하야 가로되

《조선에 이런 명장이 있음을 과연 몰랐노라. 이제 경업이 이름이 삼국에 진동하리니 가히 아름다운 일이라.》

하시고 금은을 많이 상사하니 리 시백과 림 경업이 사은
하고 즉시 떠나 여러 날만에 서울에 득달하야 궐하에 나
아가 탑전에 재배하고 경업의 이름을 아뢰였더니 상이 크.
게 기꺼 가로사대

《경업이 남경에 갔다가 이런 대공을 이루어 이름을 삼
국세 진동하게 하니 이는 과인의 고굉지신이로다.》
하사 벼슬을 돋오시니 경업이 머리를 조아 사례하더라.

차설 호왕이 리 시백과 림 경업을 보내고 한탄하야
가로되

《내 조선을 쳐 황복 받아 우리 나라의 위엄을 빛내
고자 하더니 불의에 가달로 인연하야 림 경업을 보니 그
위세 장엄한지라. 감히 조선을 경홀이 범하지 못하리로다.》
말을 마치매 심히 즐겨 아니하니 공주곁에 있다가 여
짜오되

《부왕은 념려 말으소서. 신이 마땅히 조선에 들어가
리 시백과 림 경업을 없새고 오리이다.》

호왕이 기꺼 가로되

《녀의 지략이 과인하고 만부부당의 용맹이 있음을 아는
바이니 어찌 한 시백을 근심하리오.》
하고 일습 남복을 입히고 삼척 비수를 주니 공주 왕께
하직하고 길을 떠날새 모후 가로되

《너는 .모로미 조선지경을 당하야 의주 평양 여러 곳
의 말 소리를 배오며 조선 사람의 행동 거지를 배온 후
에 한양 성중애 들어가 리 시백의 집을 찾아 동정을
비밀이하야 부대 남이 모르게 시백을 죽이고 나오는 길
에 의주에 이르러 림 경업을 마자 없이하고 돌아오되 부
대 행사를 진중이하야 대공을 이루라.》

공주 명을 받들고 바로 길을 떠나 조선을 향하야 들어
올새 평안도 의주에 이르러 여러 날 류숙하며 조선 말과
절차를 날날이 배온 후에 바로 떠나 여러 날만에 한양에
이르러 리 시백의 집을 찾아오니라.

이때 박 소저 하로는 정당에 저녁 문안을 마치고 침실

에 들어왔더니 시백이 밤이 깊어 들어오거늘 소저 판서를 맞아 좌정하니 판서 아들을 무릎에 앉혀 희롱하며 소저로 더불어 설화하더니 밤이 이슥하야 계화 침금을 포설하고 물러가거늘 소저 비로소 판서를 향하야 가로되

《명일 황혼 후 강원도 원주 창기 설중매라 일컫고 상공 서헌으로 올라오리니 만일 그 계집의 색모를 탐하야 상공의 침실에 가까이 하신즉 야간에 큰 화를 당할 것이니 그 계집다려 여차여차 이르시고 첩의 침소로 들여 보내시면 첩이 마땅이 여차하리니 상공은 첩의 말을 허수이 듣지 말으사 대사를 그르치지 마옵소서.》

하거늘 판서 웃어 가로되

《부인의 말씀이 우습도다. 장부 어찌 한 조고만 계집의 손에 몸을 바치리오.》

소저 아미를 찡기고 가로되

《상공이 첩의 말을 믿지 아니하거든 그 계집을 후원으로 들여 보내시고. 상공이 그 뒤를 좇아 후원으로 들어오사 그 계집이 말하는 동정을 살펴보면 그 진위를 알으시리이다.》

판서 응락하고 소저와 같이 밤을 지내고 명일 정당에 문안하고 조정에 들어가 공사를 처결하고 날이 늦은 후에 돌아오니 손들이 모였거늘 이에 술을 난와 즐기다가 날이 저물매 손이 각각 돌아가거늘 판서 석반을 마치고 서헌에 한가히 앉었더니 과연 밤이 깊은 후에 한 녀자 문을 열고 완연히 들어와 재배하거늘 판서 눈을 들어 보니 그 계집이 년기 이십은 되였고 용색이 백옥 같으니 요요작작한 절대 가인이라. 놀라 물어 가로되

《너는 어떠한 계집인고.》

그 녀자 가로되

《소녀는 원주 사는 설중매옵더니 상공의 위풍이 향곡까지 유명하기로 소녀 평생에 상공의 풍신을 사모하와 한 번 첩실에 모시고자 하와 험로를 불게하고 올라왔사오니 바라옵건대 상공은 어여삐 여기심을 비옵나이다.》

관서 가로되

《녀의 말이 기특하나 서헌에 외객이 번다하니 후원 부인의 곳에 들어가 있으면 밤이 깊은 후 손이 모다 흩어 지거든 녀를 부르리라.》

하고 내당 시녀를 불러 후원으로 인도하야 보내니 설중매 부인 처소에 들어가 박 씨께 뵈오니 박 씨 웃으며 가로되

《너는 바삐 올라오라.》

하니 설중매 사양하지 아니하고 들어오거늘 소저 명하야 좌를 주고 계화로 하여금 주효를 가져오라 하야 산호배에 부운주를 가득 부어 주니 설중매 가로되

《첩이 본대 술을 먹지 못하오나 부인이 주심을 어찌 사양하리이꼬.》

받아 마시기를 련하야 사오 배 하니 취안이 몽롱하야 주력을 이기지 못하야 침석에 구러져 자거늘 소저 그 녀자의 자는 거동을 보니 얼굴에 살기 은은하야 흉독한 기운이 사람에게 쏘이거늘 가만이 행장을 뒤지니 삼척 비수를 얻었는지라. 소저 그 칼을 집으려 하니 그 칼이 변화 무궁하야 사람에게 달려들거늘 놀라 급히 피하고 진언을 외여 칼을 제어하고 잠깨기를 기다리더니 날이 밝은 후 정신을 진정하야 일어 앉거늘 박 씨 가로되

《너는 모로미 바삐 너의 나라에 돌아가라.》

설중매 가로되,

《첩은 강원도 원주 사는 계집으로서 부모를 모다 여이고 의지할 곳이 없사와 가무를 배웠삽거늘 어찌 본국으로 가라 하시나이까, 소저의 높은 이름을 듣고 왔나이다.》

박 씨 소리를 높여 꾸짖어 가로되

《네 종시 나를 업수이 여겨 이렇듯 기망하니 어찌 통분하지 아니리오. 네 호왕의 공주 기용대가 아닌다.》

기용대 혼비백산하야 만만 사죄하야 가로되

《부인이 신명하사 첩의 행색을 알으시니 조곰이나 기이오리이까, 첩은 과연 호왕의 공주로 부왕의 명을 받아 귀택에 들어옴이니 부인의 너그러우신 덕택을 입어 잔명을

116

사하시면 본국에 돌아가 다시는 녀공을 힘써 평생을 마칠가 하나이다.≫

소저 가로되

≪네 본색을 바로 고하기로 사하나니 이걸로 바로 녀의 나라에 가 국왕다려 이르라. 조선에 들어갔더니 리 판서의 부인 박씨를 만나 행색이 들어나 성사를 못하고 박씨의 말이 네 잠시라도 지체하면 대화를 만나리니 빨리 흩어져 가고 화를 자취하지 말라 하라.≫

기용대 정신이 산란하야 업대여 죄를 청하야 가로되

≪바라건대 부인은 첩의 죄를 용서하사 무사히 고국에 돌아가게 하옵심을 업대여 바라나이다.≫

소저 가로되

≪녀의 국왕이 참람한 뜻을 내여 조선을 범하고자 하니 이는 도시 조선 운수 불길함이나 녀의 병력이 아모리 강성할지라도 조선을 간대로 침노하지 못하리니 너는 바삐 나가 자세히 이르라.≫

하고 다시 술을 권하야 먹이고 나가기를 재촉하니 기용대 머리를 조아 만만 사최한 후 하직하고 나와 길을 찾지 못하고 방황하야 사면으로 돌아다니기를 밤이 새도록하되 나갈 길이 없는지라, 기용대 하늘을 우러러 탄식하야 가로되

≪호국 공주 기용대가 조선 리 시백의 집에 이르러 죽을 줄 어찌 알았으리오.≫

하고 탄식하기를 마지 아니한대 박 씨 가로되

≪네 어찌 가지 아니하고 날이 새도록 그저 있느뇨≫

기용대 따에 업대여 가로되

≪첩이 부인 덕택을 입어 돌아가려 하오나 사면이 층암절벽이라, 갈 바를 모르오니 바라건대 부인은 길을 인도하야 주읍소서.≫

소저 가로되

≪너를 그저 보내면 필연 림 장군을 해하고 갈 듯한고로 널로 하여금 나의 수단을 알게 함이라≫

하더라.

각설 박 소저 기용대에게 수단을 알게함이라 이르고
이에 공중을 향하야 진언을 외오니 홀연 뢰성 벽력이 진
동하며 풍우 크게 일어나더니 기용대의 몸이 절로 날려
순식간에 호국 성중에 이르러 궁중에 놓이니 호왕이 크게
놀라 가로되

《우리 아이 어찌 공중으로서 나려오느뇨.》

기용대 한 시경은 지난 후에 겨우 정신을 차려 머리
를 흔들며 가로되

《소녀 하마트면 부왕을 다시 뵈옵지 못할 번하였나이다.》

호왕이 급히 물어 가로되

《녀아의 말이 어찐 말이뇨.》

기용대 조선에 들어와 지내든 일의 자초지종을 일일히
고하니 왕이 놀라 탄식하야 가로되

《놀랍고 기이하도다. 리 시백의 영웅지재를 칭찬하였
더니 그 부인이 이렇듯 기특한 재조 있으니 조선이 비
록 적으나 유명한 사람이 하나 둘 아님을 가히 알리로다.》
하고 칭찬하기를 마지 아니하고 이에 만조를 모아 의논하
야 가로되

《과인이 조선을 쳐 항복 받으려 하나니 뉘 능히 선봉
이 되여 대공을 이룰고.》

말이 채 맞지 못하야 뜰아래 두 장수 아뢰여 가로되

《신등이 비록 무재하오나 한 떼의 군사를 주시면 조선
을 쳐 항복 받으리이다.》

왕이 보니 이는 대장군 룡골대와 룡홀대라. 왕이 크게
기꺼하야 이에 만조 백관을 모으고 스사로 황제위에 나아간
후 년호를 고쳐 순치 원년이라 하고 룡골대 룡홀대로 좌
우 선봉을 삼고 정병 삼 만을 주며 가로되

《이리로 동으로 돌아 병자 십이월 이십 팔일에 한양 도
성에 득달하되 부대 약속을 어기오지 말라.》
하거늘 룡골대 형제 명을 듣고 군사를 교련하야 행군하니라.

각설 박 부인이 공을 청하야 가로되

《기용대 돌아간 후 호국 병세 점점 강성하야 군사를

118

이끌어 조선에 들어와 림 경업을 죽이고 우으로 전하를 항복 받고자 하야 룡골대 형제로 좌우 선봉을 삼아 북으로 돌아 납월 이십 팔일에 동대문을 깨치고 물밀 듯 들어오리니 부대 그날을 여기오지 마시고 상을 모셔 광주 산성으로 급히 피하사 급한 화를 면하옵소서. 그뉘'일은 소첩이 이곳에서 다 방비하리이다.》

공의 부자 본대 박 씨의 말을 신명히 아는지라, 이에 응락하고 그때를 기다리더니 섭이월 이십 사일에 이르러 시백이 상게 아뢰여 가로되

《신의 처 박 씨의 말이 금월 이섭 팔일 밤에 호국이 북으로 돌아 동대문을 깨치고 들어오리니 대전과 왕대비전과 세자 대군 삼 형제를 모셔 광주 성중으로 피화하시게 하라 하오매 신이 저의 신명하옴을 아는고로 전하께 아뢰옵나이다.》

상이 놀라사 산성으로 피란하려 하시니 령의정 김 자점이며 좌의정 박 운학이 아뢰여 가로되

《도승지 리 시백이 태평 성대에 이런 패악한 말을하야 성섭으로 요동케 하오니 바삐 리 시백을 사직하사 후일을 정계하옵소서.》

상이 유예 미결하시더니 홀연 공중으로서 한 낱 선녀 옆애 비수를 끼고 선연히 나려와 뜰 아래 배알하거늘 상이 놀라 물어 가로사대

《선녀는 무슨 일로 이런 루지에 왕굴하느뇨.》

그 선녀 다시 재배하야 가로되

《신첩은 리 시백의 부인 박 씨의 시비 계화옵더니 박 부인이 신첩다려 이르되 지금 성상이 간신 김 자점의 참소를 들으시고 유예 미결하시리니 네 급히 들어가 나의 말을 아뢰여 산성으로 동가하시게 하라 하더이다.》

하고 일어나 칼을 집에 꽂고 앞에 망두석을 들어 김 자점 박 운학을 겨누며 꾸짖어 가로되

《김 자점 박 운학은 들어 보라, 녀의 버슬이 일품에 이르러 일인지하의 만인지상이 되였으되 국은 가품은 생

각지 아니 하고 나라 직간하는 충신을 참소하야 도로혀 모해하려 하니 너 같은 간신을 어찌 용납하리오마는 너의 죽을 기한이 아직 멀었기로 우리 부인 말씀이 죽이지는 말고 저이 등의 죄과만 수죄하고 또 조선의 국운이 장원하니 불칙한 뜻을 품지 못하게 하라 하시더라.》
하고 무수히 질욕하니 김 자점 등이 낯을 싸고 무류히 물러나더라.

계화 다시 따에 업대여 아뢰여 가로되
《만일 이밤을 지체하시면 대화 당두하리니 신첩의 부인의 말을 어기지 마옵소서.》
하고 표연히 몸을 일어 돌아가거늘 상이 섬히 신기히 여기사 이에 리 시백으로 리조 판서 광주 류수를 하시사 내견과 세자 대군을 거느려 리 시백으로 호위하라 하시고 산성으로 가려하시더라. 원래 망두석은 태조 대왕 즉위시에 일등 석수를 불러 만들어 세운 것이니 그 무게 천근이라, 세상에 드는 사람이 없더니 조고마한 삼척 녀자 드는 것을 보고 만조 공경이 다 놀라 헤오되 박 씨의 시비 저려하니 그 상전의 도량과 용략을 어이 칙량하리오 하니 김 자점 등 간신이 다 퇴조하여 나가고 그남은 백관은 어가를 호위하야 산성으로 나가더니 과연 백성의 전언을 들으니 호병이 도성에 들어와 백성을 살해하며 궐내에 들어가 수직하는 관원을 버히고 재산과 부녀를 탈취하니 만성 인민이 병화를 피하야 도로에 메였거늘 상이 들으시고 크게 놀라 창황하신 중에 박 부인의 지감과 충성을 기특히 여기사 시백을 불러 무수히 찬양 하시더라.

이때 룡골대 대병을 거느려 도성에 이르러 보니 국왕이 광주로 피란하였거늘 분함을 참지 못하야 룡홀대로 도성을 지키고 스사로 철기 오천을 거느려 물밀 듯 나가 송파를 건너 평원 광야에 진지를 이루고 이에 산성 남문을 에워 싸고 크게 외여 가로되
《죽기를 두리거든 빨리 문을 열어 항복하라.》
하거늘 수문장이 황망이 들어가 상께 아뢰여 가로되

120

《호장 룡골대 남문에 이르러 문을 열라 하니 전하는 바삐 군졸을 내여 도적을 방비하소서.》

상이 놀라 가로사대

《이는 하늘이 망함이로다. 삼백년 왕업을 과인에게 이르러 망할 줄 어찌 뜻 하였으리오.》

하시고 룡루를 흘려 소매를 적시거늘 리 시백이 아뢰여 가로되

《전하는 과히 근심 말으소서, 이는 다 천수라, 인력으로 어이하오리까, 제 아모리 강성하여도 산성 사문이 견고하니 간대로 범하지 못하오리이다.》

하고 백관이 호위하야 성심으로 위로하더니 문득 방포 소래 천지 진동하며 무수한 철기 사면으로 철통 같이 에워 싸고 사다리를 놓고 일시에 올라 성중으로 향하야 총을 놓으니 철환이 비오 듯하거늘 만성 인민이 자상천답하야 달아나며 호곡하는 소래 성중을 들레는지라. 상이 경황하사 아모리 할 줄 모르시더니 홀연 공중으로서 크게 외여 가로되

《성상은 과히 근심하지 말으시고 적군과 화친하소서. 룡골대 필연 세자 대군 삼형제분을 볼모잡아 가오리니 비록 망극하오나 사직의 위태함을 면하게 하소서, 국운이 불길하와 호국의 침해를 받사음은 다 운수라, 면할수 없나이다. 신첩은 다른 사람 아니오라 광주 류수 리 시백의 처로소이다. 신첩이 한 번 나아가 칼을 들면 룡골대의 머리와 호병 삼만을 풀버이 듯할 것이로되 천의를 어기지 못함이오니, 신첩의 죄를 사하옵소서.》

상이 신기히 여기사 뜰에 나려 공중을 향하야 무수히 칭사하시고 적군과 화친을 청하니 룡골대 화친을 하고 세자 대군과 왕대비전을 다려 광주를 떠나가니라.

이때 박 부인은 모든 친척과 충신 렬사의 집에 통기하야 피화정으로 피신하게 하니라.

차설 룡골대의 아우 룡홀대 후원에 들어가 풍경을 두루 구경하다가 한편을 바라보니 담 밖에 수목이 무성한 곳에 수십간 초당이 정결하고 당 우에 한 기인의 홍상 채의를 선명히 입고 아미에 시름이 가득하야 수삼세 된 아

이를 좌우에 앉히고 희롱하거늘 룡홀대 한번 보매 정신이 황홀하야 생각하되 《장부 세상에 났다가 저런 미인을 사랑 하지 못하면 어찌 원통하지 아니리오.》 하고 몸을 일어 수 백 철기를 거느려 그곳에 이르러 보니 수목이 일시에 변 하야 철기 되여 기치 창검이 벌일 듯하는지라, 점점 나아 가 보니 장중에 한 낱 영채를 세우고 진문 밖에 한 미인 이 앞을 향하야 크게 꾸짖어 가로되

《네 호국 장사 룡골대의 아우 룡홀대 아니다. 네 본대 오랑캐로 천의를 모르고 남의 나라를 침범하고 또 감히 사부간의 규문을 당돌히 범하니 너 같은 놈은 죽여 후 일을 경계하리라.》

하고 완완히 걸어 달아들며 이로되

《네 나를 아는다. 나는 다른 사람이 아니라 광주 류수 리 공의 부인 박 씨의 시비 계화로소니 네 선봉이 되 였다가 날 같은 녀자의 손에 목없는 귀신이 될 터이니 어 찌 불상하고 잔잉하지 아니리오.》

하며 내 칼을 받으라 하는 소래 옥반에 진주를 구을리는 듯한지라. 룡홀대 바라보니 그 미인이 머리에 태화관을 쓰 고 몸에 금사 화의를 입고 허리에 측금사만대를 두르고 손 에 룡문자화검을 들고 완연히 섰으니 나는 제비 같은지라 룡홀대 정신이 어쩔하나 분기를 참지 못하야 다시 정신을 차려 꾸짖어 가로되

《조고마한 녀자 연연히 장부를 꾸짖는다. 내 너를 잡 지 못하면 어찌 세상에 서리오.》

하고 달아들거늘 계화 룡홀대를 보니 머리에 룡봉 쌍학 투 구를 쓰고 몸에 황금사 문갑을 입고 허리에 진홍 보호대 를 두르고 손에 삼백 근 금강도를 들었거늘 서로 싸와 사 십여 합에 승부를 모르더니 계화의 칼이 번듯하며 룡홀대의 머리 검광을 좇아 마하에 나려지니 계화 그 머리를 칼 끝 에 꿰여 들고 좌우 충돌하야 사방으로 달리니 모든 장졸 이 혼비백산하야 일시에 항복하니 계화 룡홀대의 머리를 박 부인께 드리니 부인이

《그놈의 머리를 높은 남에 달아 두라. 룡골대 제 아우의 머리를 보면 낙담 상혼하리라.》

하니 계화 령을 듣고 후원 전남에 높이 달아두니라.

그후 여러 날만에 룡골대 인마를 거느리고 호기있게 승전고를 울리며 왕십리를 지나 동대문을 돌어오다가 제 아우 룡홀대 박 씨의 시비 계화에게 죽음을 듣고 분기 대발하야 즉시 박 씨 있는 곳을 찾어 가 소래를 벽력 같이 질러 가로되

《박 씨는 어떠한 녀자완대 감히 대장을 죽이고 또 그 머리를 저 전남에 달았으니 어찌 당돌하지 아니리오. 바삐 나와 내 칼을 받으라.》

하고 달아드니 박 씨 분기를 참지 못하야 계화를 불러 가로되

《네 가서 죽이지 말고 이리이리하야 간담이 서늘하게 하라.》

계화 응락하고 나올새 일월구화관을 쓰고 몸에 홍금수라 오색 채화의를 입고 손에 삼척 비수를 들고 문밖에 내달아 룡골대의 거동을 보니 얼굴은 무른 대초빛 같고 눈은 번개 같아 보기에 흉악한지라, 계화 목청을 가다듬으며 구짖어 가로되

《룡골대야 네 대장으로 조선에 와 날 같은 조고마한 녀자에게 욕을 보고 돌아가려 하니 어찌 애닯지 아니리오.》

룡골대 눈을 부릅뜨고 소래를 우뢰 같이 질러 가로되

《네 한 날 천한 계집이 감히 대장부를 수욕하기를 능사로 하는다. 너를 죽여 내 아우의 원쑤를 갚으리라.》

하고 달아들거늘 계화 맞아 싸와 십여합에 이르러 룡골대 계화의 신력을 당하지 못할 줄 알고 다시 구짖어 가로되

《네 내 아우의 머리를 내여 주면 이길로 돌아가려니와 그렇지 아니면 저 피화정을 짓밟아 쑥 밭을 만들리라.》

계화 크게 웃어 가로되

《네 아모리 용맹하여도 나는 당하지 못하리라. 나라이 운수 불길하야 너이 오랑캐에게 욕을 보았거니와 너의 아우 하나는 우리 부인의 신명한 법으로 목을 버혀 나라

123

의 위엄을 빛내였나니 어찌 그 머리를 줄가보냐. 너는 들
으라. 옛'날의 조양자 지백을 죽여 그 머리로 오줌 그릇
을 만들었으니 우리 부인도 네 아우의 머리로 그릇을
만들어 성상께 진상하야 위엄을 빛내고저 하시나니 너는
망령된 말을 다시 말고 빨리 돌아가 네 아우와 죽지 말
이 마땅하니라. 네 세자 대군을 모셔감은 나라의 운수라.
부득이 하거니와 왕대비 전하는 못모셔 가리니 빨리 피
화정으로 모시게 하되 만일 순종ㅎ지 아니한즉 목숨을 보
존ㅎ지 못하리라.》

룡골대 분노하야 삼백 근 철퇴를 들고 달아들거늘 계
화 거짓 패하야 화계를 헤치고 달아나니 룡골대 승승장구
하야 따르며 꾸짖어 가로되

《네 달아나면 능히 철퇴 아래 죽음을 면할소냐.》

거의 잡히게 되였더니 문득 천지를 분변ㅎ지 못하게 어
두어지더니 계화 쥐였든 칼을 공중에 지치며 진언을 외오
매 모래와 돌이 날리고 사면으로 어두귀면지졸이 에워싸 들
어오고 눈비 크게 나려 잠시간에 물이 길이 넘는지라. 룡
골대 아모리 용맹한들 박 부인의 도술을 어찌 당하리오.
수족을 놀리지 못하고 혼비백산하야 이에 애걸하야 가로되

《소장이 눈이 있어도 망울이 없어 존위를 범하와 죽
을 죄를 범하였사오니 측은히 여기사 잔명을 살오시면
이 길로 본국으로 돌아가고자 하나이다.》

계화 가로되

《네 그리할진대 왕대비 전하를 이곳으로 모시라.》

룡골대 황망히 군사를 불러 왕대비 전하를 바삐 피화
정으로 모셔 오라 하니 군사 령을 듣고 급히 나아가 왕
대비 전께 피화정으로 가심을 고하니 왕대비 전하 군사의
말을 들으시고 세자 대군 삼 형제를 불드시고 락루하야
가로사되

《삼 위는 부대 몸을 조심하야 무사히 환국함을 바라노라.》

세자 대군 삼 형제 부복하야 눈물을 먹음고 인하야
하직하거늘 왕대비 전하 군졸의 인도함을 따라 피화정에

124

일으시니 박 부인이 급히 땅에 나려 복지 롱꼴하야 국가
의 불행함을 아뢰고 계화를 명하야 룡꼴대를 놓아 돌아가
게 하라 하니 계화 나와 부인의 명을 전하고 가로되
　《네 돌아가다가 의주에 이른즉 림 장군에게 죽기를 면
하지 못하리니 이글을 드리면 할일 없어 너를 놓아 보내리라.》
　룡꼴대 머리를 조아 사례하고 인마를 거느려 의주에
득달하니, 의주 부윤 림 경업이 룡꼴대 동으로 들어와 인
민을 살륙하고 세자 대군 다려감을 보고 대로하야 필마 단창으
로 나는 듯이 내달아 소래를 벽력 같이 질러 가로되
　《오랑캐는 빨리 목을 늘여 내 칼을 받으라.》
하거늘 룡꼴대 황망히 말께 나려 따에 업대여 가로되
　《장군은 노염을 그치시고 이글을 보소서.》
하고 두손으로 글을 받드려 올리거늘 림 경업이 칼끝으로
받아 보니 그글에 하였으되
　《리조 판서 광주 류수 리 시백의 처 박 씨는 림 장
군 좌하에 한 장 글월을 부치나니 이제 나라의 운수
불길하야 이런 망극한 변을 당하였으나 이는 다 하늘의
정한 수라, 룡꼴대 세자 대군을 모셔 돌아가는 것이니 장
군은 분심을 진정하고 룡꼴대를 무사히 돌아 가게 하야
삼년 후에 세자 대군을 평안히 환국하시게 함이 상책이
오니, 장군은 부대 박 씨의 말을 신청하기 바라옵나이다.》
하였더라.
　림 장군이 보기를 다하매 분기를 참고 말께 나려 세
자 대군을 뵈옵고 피눈물을 뿌리며 머리를 조아 가로되
　《바라옵건대 전하는 망극함을 참으시고 삼년만 계시면
신이 죽기로써 호국에 가 모셔오리니 전하는 신의 말을
헛되이 생각지 마옵소서.》
　세자 대군이 할입 없어 경업을 리별하고 떠나시니라.
　화설 상이 세자 대군을 호국에 보내시고 성심이 망극
하사 침식이 불안하시더니 하로는 공중으로서 한 선녀 머
리에 일월국화관을 쓰고 몸에 오색 운무 채화의를 입고 완
연히 나려와 따에 업대거늘 상이 놀라서 급히 물으시되

125

《션녀는 뉘시완대 과인의 곳에 이르렀느뇨.》

박 씨 다시 일어 재배하야 가로되

《신쳡은 광주 류수 리 시백의 쳐 박 씨로소이다.》

샹이 놀라 가로사되

《경의 지략을 매양 탄복하더니 이제 경의 션형을 구경하니 과인의 마음을 위로하리로다.》

하시고 리 시백을 돌아보아 가로사되

《경의 츙의 쌍젼하기로 져런 부인을 두었으니 어찌 기특지 아니리오.》

류수의 벼슬을 돋오와 셰자사를 하이시고 그 부인 박 씨로 졍경 부인 직쳡을 나리시고 시백의 부친 득츈으로 보국 숭록 대부 봉조하를 하이시고, 그 부인 강 씨로 졍경 부인을 봉하시니 시백이 머리를 조아 가로되

《신이 촌공이 없삽거늘 외람한 관작을 주시니 황공 무지 하여이다.》

샹이 다시 가로사되

《경이 위난지시를 당하야 과인을 호위하야 츙셩을 다하고 경의 부인이 여러 번 과인의 급합을 구하고 룡골대의 방자함을 꾸짖고 왕대비젼을 경의 집에 편히 모셨으니 이는 과인의 뼈에 사모치는 은혜여늘 조고마한 관작으로 어찌 갚기를 바라리오.》

하시고 이에 환궁하실새 거리 거리 백성이 어가를 호위하야 영접하더라.

샹이 인하야 궐내에 드시니 왕대비젼이 또한 환궁하시고 이튿날 백관의 진하를 받으시고 법사의 죄수를 모다 놓으시니라.

왕대비젼이 조용한 때를 타 박 씨의 은덕으로 피화정에 있다가 돌아오심을 세세히 말씀하시니 샹이 박 씨의 일을 아름다이 여기사 례부에 젼지하사 츙신문을 세우시고 피화정 옆에 한 당을 세우되 이름을 일가졍이라 하시고 샹이 매년 일차씩 츈삼월에 행행하사 화류를 완상하시더라.

그후 리 시백의 공덕을 아름다이 여기사 시백으로 의졍부 우의졍에 대광 보국을 하이시고 부인 박 씨로 츙렬

126

정경 부인을 봉하시고 시백과 박 씨를 못내 탄복하시더니 이러구러 세자 호국에 간지 삼년이 되였는지라, 왕대비전과 상이 소식을 몰라 주야 근심하시더니 한 신하 나아와 아뢰여 가로되

《신이 비록 무재하오나 호국에 가 세자 대군 삼 형제를 모시고 올가 하나이다.》

상이 보시니 전임 의주 부윤 림 경업이라. 상이 기꺼하사 림 경업으로 병조 판서 훈련 대장을 겸임하시고 상사를 하이사 즉일 발행하라 하시니 경업이 재배 사은하야 어전에 하직하고 위의를 거느려 수월만에 호국에 득달하야 황문 시관게게 통하니 황문이 탑하게 들어가 조선국 사신이 왔음을 아뢴대 호왕이 바삐 들어오라 하거늘 경업이 들어가 재배하니 호왕이 기꺼 가로되

《경이 수천리 험한 길에 옴은 어쩜이뇨.》

경업이 가로되

《신이 옴은 다름 아니오라 조선 왕이 례물을 갖초아 드리고 세자궁 삼 형제 돌아보내시기를 바라나이다.》

하고 금은 보배의 갖은 재물과 표문을 올리니 호왕이 표문을 보니 말씨 온공하고 례물이 육섬에 족한지라, 이에 기꺼웃어 가로되

《조선 왕이 가히 례를 아는 임금이로다.》

이에 세자 대군 삼 형제를 불러 가로되

《너이 나라 사신이 와 너이 등을 다려가려하니 무슨 소원이 있거든 각기 말하라.》

하니 세자 가로되

《신은 아무 것도 싫고 부왕이 기다리시니 인자된 마음에 일각이 삼추 같은지라, 바삐 돌아가기를 원하나이다. 》

둘째 대군은 가로되

《신은 여러 해만에 본국으로 돌아가매 혼자만 감이 불가하오니 이미 수백 명 본국 인민이 와 있사온즉 그를 주시면 다려가려 하나이다.》

세째 대군은 가로되

《신은 일등 미녀를 한 사람 주시면 다려가 부왕께 뵈오려 하나이다.》

호왕이 각각 소원을 이루어 주니 경업이 즉시 호왕을 하직하고 세자 대군 삼형제를 모셔 여러 날만에 한양에 득달하야 사은한대 상이 원로에 무사이 환국함을 기꺼하시고 세자 대군 삼 형제를 불러 호국게 가 수년 간 고생함을 묻고 또 가로사되

《경 등이 올 때에 호제 무슨 말을 묻드뇨.》

세자 먼저 아뢰되

《신은 일각이 삼추 같으니 바삐 본국에 돌아가 부왕을 뵈겠노라 하였나이다.》

둘째 대군은 가로되

《신은 본국 인물을 호지에 두기 분한고로 다려감을 청하였나이다.》

세째 대군은 가로되

《신은 일색 미녀를 주면 다려다 부왕께 뵈옵겠다 하였나이다.》

상이 둘째 대군을 칭찬하야 가로사대

《경은 가히 일국 생명을 거느릴 도량이로다.》

하시고 세째 대군을 꾸짖어 가로되

《너는 미녀를 다려다 나를 주면 무엇이 유족하뇨. 가히 무식한 위인이로다.》

하시고 벼루를 들어 치시니 왼 편 다리를 맞어 절각이 되니 다리를 절고 다니더라.

화설 전 령의정 김 자점이 리 시백과 림 경업을 시기하야 해하고자할새 먼저 경업을 해하리라 하고 거짓 어명이라 일컫고 경업을 형벌을 중히하야 전옥에 가두고 장차 죽이기를 꾀하니 세자 경업이 자점의 해를 당할 줄 아시고 참연히 여기사 전옥으로 가려하사 전지를 나리오니 전옥 문앞에 홍살문을 중수하야 세우고 거동하기를 대령하였더니 만조 간하야 가로되

《조정 신하를 보시려 전옥에 친행하심이 없사오니 바라옵건대 전하는 깊이 살피소서.》

세자 그러히 여기사 중지하시니 이때 경업은 형벌을
별로히 더하야 기묘 삼월 이십 륙일에 명이 다하니 나이
삼십이 세라. 하로는 상이 침석에 의지하야 계시더니 비몽
사몽간에 경업이 일신에 피를 흘리며 걸어 오며 고하야 가로되
《신이 생전에 지성으로 성상을 섬기고저 하였더니 시운
이 불길하야 김 자점의 해를 만나 일신이 성한 곳이 없
시 중상을 입어 몸을 망하오니 어찌 룡분(痛憤)치 아니하리이
꼬. 바라옵건대 성상은 신의 일신을 애휼하사 역적 김 자
점을 죽여 원쑤를 갚아 주옵시면 신은 죽은 혼백이라도 충
성을 다할가 하나이다.》
하고 울며 가거늘 상이 놀라 다시 묻고자 하시다가 범더
쳐 깨치시니 남가일몽이라. 상이 몽사를 의심하야 리 시백
을 명초하사 경업의 일을 물으시니 시백이 복지하야 눈물
을 흘리며 자점이 음흉하야 경업을 따려 전옥에 가두매
장독이 나 원통히 죽음을 아뢰니 상이 크게 노하사 자점
을 금부로 나려 엄중히 문초하시매 전후 죄상이 드러나는
지라, 상이 더욱 노하사
《자점을 군기신전에 처참하야 머리를 각읍에 돌리고 경
업의 가족에게 자점의 일신을 내여 주어 임의로 복수하
게 하며 처자를 교하고 가장 즙물 적몰하라.》
하시니 가히 원통하다 자점이 일국의 령의정으로 부귀가
죡하거늘 흉모를 꾀하다가 몸을 온전히 못하니 혼백인들 어
데 가 용납하리오.
이때 리 시백이 전교를 받자와 자점의 죄목을 나타내
고 일신을 결박하야 군기신전에 세우고 먼저 목을 버히고
몸을 찢으니 경업의 권솔이 달아들어 자점의 살을 씹으며
간을 내여다가 령위에 제사하야 설원하니라. 이때 상이 경
업의 죽음을 애연히 여기사 례부에 전지하야 충신문을 세
우라 하시고 벼슬을 추정하야 대광 보국 의정부 령의정
세자사를 하시고 시호를 충민공이라 하고 국구의 례로 장
사하라 하시며 그 자식에게 벼슬을 주어 기복출사하게 하
시고 제문을 친필로 지으사 례관을 보내여 치제 하시며 죽은

후 십년까지 령의정의 록을 누리게 하시니 성덕이 하해 같더라.

이때 어후 미녕하사 추구월 초순에 승하하시니 재위 삼십 이년이라. 만조 상사를 발하고 세자 즉위하시니 시년이 십구세라. 세상이 태평하야 길에 빠진 것을 줏지 않고 산에 도적이 없고 밤에 문을 닫지 아니하며 거리 거리 격양가를 부르더라.

시백이 이러한 태평 시절에 일국 재상이 되여 음양을 다스려 사시를 순하게하며 백성을 인의로 인도하니 공의 이름이 일국에 진동하고 그 아들 희인 형제 다 급제하야 하나는 평안 감사를 하고 하나는 송도 류수를 하매 량인의 정사 청백하고 자손이 각각 십여인이되 개개 옥수기린 같아 여 로 승상 안전에 있어 재롱으로 세상을 보내더니 로 승상이 우연히 병을 얻어 일지 못하고 인하야 별세하니 승상부부 호천망극하야 주야로 애통함을 마지아니 하더니 태부인이 이어 별세하니 시년이 팔십삼세라. 공의 부부 일시에 천붕지통을 당하매 더욱 애통하야 혼도하였다가 겨우 음식을 나와 기운을 진하고 장일이 다다르매 례로써 선산에 장사하니라.

상이 드르시고 비감함을 마지 아니사 례관을 보내어 치제하시고 인하야 공을 편전으로 부르사 용모 쇠도함을 보시고 심히 근심하사 위로하시니 승상이 천은을 황공하야 부복 사은하니 상이 공의 너무 비창하야 함을 보시고 가로사되

《경의 피로운 직책을 갈아 봉조하를 하이나니 조회에 참례하지 말고 고당에 한가히 있어 자손의 영효를 받으라.》

하시고 희인의 버슬을 돋오와 리조 판서를 하시고 희기로 도승지 형조 참관을 하이사

《불일 상경하야 과인의 바람을 저바리지 말라.》

하시니 량공이 궐하에 나아가 사은하온대 상이 가로사되

《경 등은 충성으로 직책을 다하라.》

하신대 량공이 즉시 퇴조하야 집에 돌아와 공의 부부께 뵈옵고 일가 친척을 청하야 여러해 그리든 정회를 펴니라.

이때 리 공 부자 나라에 충성을 다하고 자손을 교훈하

130

야 부귀를 누리더니 이러구러 공의 나이 팔십이지나되 기운이 강건하야 강장한 소년을 당하더니 추구월 망간에 이르러 월색이 명랑하니 공이 부인으로 더불어 완월대에 올라 남녀 자손을 좌우에 앉히고 수작을 열어 즐길새 공이 스스로 잔을 잡아 두 아들을 주어 가로되

《내 소년 적 일이 어제 같더니 어느 사이 팔십이 지나니 세상사 일장 춘몽이라. 어찌 한심하지 아니리오. 우리 부부 세상 연분이 다하매 장차 너이들을 영결하고자 하나니 너이 두 사람은 조곰도 설어말고 자손을 거느려 길이 영화 부귀를 누리라.》

두 아들이 망극한 말을 받자오매 황황망조하야 슬픈 눈물이 앞을 가리오니 잔을 받아 마시려 하나 가슴이 막혀 잔을놓고 울기를 마지 아니하거늘 공의 부부 정색하고 꾸짖어 가로되

《사람이 세상에 나매 일생 일사는 면하지 못할 일이오, 네 아비 나이 팔십이 지내고 관록이 일품에 이르고 자손이 번성하야 문호를 빛내니 지금 죽은들 무엇이 원통하리오. 너이 등은 무익한 슬픔을 일으켜 자손의 민망한 정지를 돌아보지 아니하느뇨.》

말을 마치매 안색이 심히 좋지 않거늘 두 아들이 황공하야 안색을 고쳐 사죄하고 다시 모시니 공이 모든 손자를 면면히 이 같이하고 인하야 상을 물리라 하고 부부 량인이 침석을 바루고 세상을 바리니 리 판서 형제 발상하야 애롱함을 마지 아니하고 슬픈 기운이 온 집에 진동하더라.

상이 들으시고 또한 비감하사 례관을 보내여 치제하고 부의를 두터이 하시며 시호를 문충공이라 하시고 박 씨 부인으로 충렬비를 봉하야 추정하시더라.

계화도 이에 죽으니 리 판서 형제 더욱 설어하나 상례를 차려 입관 성복하고 길일을 가려 선산에 안장하고 판서 형제 주야로 여막에 거하야 효성으로 삼년을 지낸 후에 상이 그 충효를 아름다이 여기사 다시 리조 판서의 중임을 맡기시니 공의 형제 기특한 충성으로 임금을 섬겨 벼슬이 일품에 오르고 자손이 대대로 충효를 다하더라.

謝 氏 南征記.

〔解 說〕

(一) 《謝 氏 南征記》의 作者와 金萬重.

《謝 氏 南征記》의 作者에 對하여 異說들이 있는바 于先 現傳하는 《謝 氏 南征記》에는 漢文本과 國文本의 두 種類가 있다는 것을 밝힐 必要가 있다. 그리하여 漢文本 《謝 氏 南征記》에는 그의 作者를 北軒 金 春澤으로 밝혀 있다. 그리고 李 圭景의 《五洲衍文》에도

《南征記 北軒 爲肅朝仁顯王后閔氏巽位欲悟聖心而製者云》

이라고 하여 西浦 金 萬重의 從孫인 金 春澤의 作品으로 말하고 있다.

그러나 金 春澤 自身이 지은 《北軒雜說》에는 그가 金 萬重의 《謝 氏 南征記》를 漢譯하였다는 事實을 밝히고 있으니 即

《西浦 多以俗言 爲小說 其中 所謂南征記者 有非等閑之比 余故飜以文學 而其引辭曰 言語文字以敎人 自六經然爾… 稗官小說 非荒誕則浮靡 其可以敦民彝稗世敎者 唯南征記乎》

라고 쓰고 있다.

그러므로 西浦 金 萬重이가 國文으로 創作한 《謝 氏 南征記》를 北軒 金 春澤이가 漢譯한 것으로 認定된다.

金 萬重(1637～1692)은 兩班 貴族 出身으로 號를 西浦라고 하며 肅宗朝의 保社 功臣인 金 萬基의 아우이며 北軒 金 春澤의 從祖다. 그는 遺腹子로 태여나 母親 尹 氏의 訓育으로 文名을 一世에 떨치게 되였으며 벼슬이 判書 大提學에 이르렀다. 그러나 黨爭이 劇甚하였던 肅宗 時代에 그의 與黨인 西人 一派의 浮況에 따라 黜陟이 많았으며 적지 않은 期間을 流配 生活로 보냈다.

그의 著書로 《西浦集》이 있으며 國文 小說로는 《謝 氏 南征記》와 함께 《九雲夢》이 傳한다.

特히 金 萬重은 國文 文學에 깊은 關心을 가졌으며 朝鮮 樂曲에도 精通하여 鄭 澈의 《松江 歌辭》 가운데 關東 別曲과 前後美人曲을 높이 評價하였다.

더우기 그의 《西浦 漫筆》에는 우리 國文 詩歌와 小說에 對

한 先進的이며 卓越한 見解를 披瀝하였는바 이 같이 國文 文學에 理解가 깊은 金 萬重이가 直接 國文 小說 創作에 손을 댔다는 것이 偶然한 일이 아니며 그는 國文 小說을 創作한 그것만으로써도 固陋한 一般 儒學者들과는 嚴格히 區別되여야 할 것이다.

(三) 《謝 氏 南征記》에 對하여.

《謝 氏 南征記》를 쓰게 된 直接的 動機에 對하여 아래와 같이 알려지고 있다.

即 肅宗(1675~1720)이 仁顯 王后 閔妃를 廢하고 庶人 張禧嬪을 后宮으로 들여 세우게 되였는바, 거기에는 當時 《西人》과 《南人》의 黨爭이 얽혀져 西人 一派는 閔妃를 擁護하여 나섰고 張 禧嬪은 또한 南人 一派에 依支하였다. 여기에 金 萬重도 西人의 要人들과 힘께 閔妃의 廢位를 反對하다가 遠竄되였다.

그리하여 肅宗의 閔妃에 對한 措處를 諷諫하기 위하여 《謝 氏 南征記》를 執筆하였다고 傳하며 實地로 《謝 氏 南征記》가 나온 뒤 肅宗은 閔妃를 復位시키고 張 氏를 處斷하였다.

따라서 《謝 氏 南征記》는 一種의 모델 小說이라고 할 수 있는바 그의 梗槪는 아래와 같다.

劉 宰相의 아들 延壽는 15歲에 壯元 及第하여 翰林이 되고 賢淑하기로 이름 높은 故 謝 給事의 딸 晶玉에게 장가 들었다. 그러나 結婚 後 10年이 되도록 子女가 없으매 謝 夫人은 自薦하여 劉 翰林에게 喬 彩鸞이란 妾을 맞이하게 하였다. 喬女는 絶色이였으나 妖婦로서 아들 掌珠를 낳게 되자 더욱 放恣하여 劉 翰林의 書生인 董淸과 私通하였다. 마침 謝 夫人에게서 늦게야 아들 麟兒를 낳게 되매 謝 夫人을 더욱 妬忌하여 그의 情夫인 董淸과 여러 가지 凶謀를 꾸미여 掌珠의 病을 謝 夫人의 呪詛로 돌리기 위한 証據品을 捏造하였으며 劉 翰林이 山東 地方에 按撫 次로 떠나고 謝 夫人이 親親간 틈을 타서 玉指環을 훔쳐 내여 謝 夫人에게 不貞의 陋名을 씌웠을뿐만 아니라 마침내 掌珠를 죽이고서 이를 謝 夫人의 所行으로 꾸미여 謝 夫人을 逐黜하고 主婦의 자리에 들어서게 되였다.

쫓겨난 謝 夫人은 劉 氏 先塋의 村落에 머물러 있었으나 喬女와 董淸의 毒手는 繼續 뒤따랐다. 董淸은 그의 心腹인 冷振을 시켜 謝 夫人을 劫奪하게 하였으나 죽은 舅姑의 現夢으로 危機를 벗어나 劉 翰林의 叔母이며 謝 夫人을 두호하여 추던 杜 夫人을 찾아서 長沙로 떠났다. 그러나 杜 夫人은 成都로 옮겨간 뒤라 謝 夫人은 갖은 苦楚를 겪은 끝에 洞庭湖에 몸을 던지려고 하다가 黃陵廟에 案內되어 일찍기 그의 結婚을 仲媒한 女僧 妙惠를 만나 그 庵子에 依托하게 되였다.

한便으로 喬女와 董淸은 謝 夫人을 내쫓고도 滿足할 수 없어 劉 翰林을 嚴 丞相에게 誣告하여 南方 幸州로 遠竄한 後에 董淸이 陳留 縣令이 되여 喬女를 데리고 갈 제 劉 翰林의 財寶를 깡그리 奪取하고 麟兒는 途中에 버리게 하였다. 劉 翰林은 水土가 사나운 南方에서 거의 죽을 번하다가 救를 입어 귀양살이에서 풀리였다. 돌아오는 길에 桂林 太守가 되여 가는 董淸의 行次를 만나 雪香이란 종에게서 謝 夫人과 麟兒의 前后 始末을 듣고 모든 것을 깨닫게 되였으나 이제 와 뉘우쳐도 미칠 길이 없었다. 그리하여 洞庭湖에 이르러 죽은 줄로만 안 謝 夫人을 祭지내고자 할 때 또다시 董淸의 追跡을 받아 몸을 물에 던지니 白瀕洲에 待機하고 있던 妙惠의 배에 救出되어 뜻밖에 謝 夫人과 再會하게 되였다. 劉 翰林은 謝 夫人에게 前過를 謝하고 새로운 生活을 設計하게 될 제 또한 朝廷에서는 嚴 丞相의 奸惡한 罪狀이 드러나 그를 下獄하고 冷振의 告發로 董淸도 斷罪되였다. 冷振은 喬女와 더불어 私通하여 온 터이라 함께 山東으로 도망하다가 하루'밤에 모든 財寶를 도적맞고 喬女는 娼女로 淪落되였다.

한편 劉 翰林은 江西伯으로 登用되여 謝 夫人과 새로운 生活을 꾸미게 되였으나 麟兒의 死生을 몰라 憂患이던 中 謝 夫人이 漂泊할 때 신세를 진 林 小姐(一妙惠의 任女)를 第二 夫人으로 맞아 들일 제 林 小姐는 대金에서 주워 기른 麟兒까지 데리고 왔다. 다시 禮部 尙書로 昇職하게 된 劉 延壽는 서울로 가는 途中 娼妓로 있는 喬女를 發見하고 데리고 가서 斷罪하였다.

그 後 麟兒와 함께 林 夫人의 所出 三男과 함께 모두 登科하여 出世하고 謝 夫人은 《女訓》 12 篇과 《續烈女傳》 3 卷을 著述하였다.

사 씨 남정기.

이때 교 씨 사 부인을 시기하야 한림에게 여러 번 참소하나 모르는 듯하니 교 씨 크게 근심하야 이에 십랑을 청하야 이말을 하고 사 부인 해할 계교를 물으니 십랑이 한참 동안 생각하다가 이에 교녀의 귀에다 입을 대고 여차여차하면 어찌 사 씨를 제어하기를 근심하리오. 교 씨 가로되

《시기가 바쁘니 빨리 행하라.》

십랑이 곧 요매한 물건을 만들어 사면에 두로묻고 교 씨의 심복한 시비 납매를 불러 이리이리하라 하니 가중상하에 교 씨와 십랑과 납매밖에는 이일을 알사람이 없더라.

하로는 한림이 입번하였다가 여러 날만에 집으로 돌아오니 가중상하가 창황하야 장주의 병이 대단하다 하거늘 한림이 또한 놀라 백자당에 이르니 교녀 한림을 보고 울며 가로되

《장주가 홀연이 병이 발하야 대통하오니 이는 심상하지 아니한 일이라. 병세를 보니 체증과 감기 따위가 아니라 필연 가중에 누가 방자를 하여 귀신의 장난인가 하나니다.》

한림이 교 씨를 위로하고 장주의 병세를 살펴보니 과연 헛소리를 하고 정신을 잃어 대단 위태하거늘 크게 념녀하야 약을 지어 납매를 불러 급히 다려 먹이라 하고 동정을 자세히 보니 조곰도 차도가 없는지라. 한림이 크게 우려하고 교 씨는 울기를 말지 아니하더라. 한림의 총명이 점점 감하매 미혹이 만단하여 마음을 정하지 못하니, 아깝도다 사 부인의 성덕이 고인을 부러워할 바 아니어늘 교 씨 같은 요인이 들어 와 가중을 어지러이 하니 어찌 가석지 아니하랴.

이때 교녀 동청으로 더불어 가만이 사통하니 점짓 한 쌍 요물이 상합함이라. 백자당이 외당과 다만 담 한 겹이 막히고 화원 문의 열쇠를 교녀가 가진지라. 한림이 내당에서 자는 날은 교녀 동청을 청하여 동침하되 일이 극히 비밀하야 시비 납매 외에는 아모도 알이 없더라. 이때 한림이 장

주의 병이 심상중지 아님을 보고 념려하더니 교녀 또한
병을 칭탁하고 음식을 폐하고 밤이면 더욱 슬퍼하니 한림
이 또한 근심하더니, 일일은 남매 부엌에서 소쇄하다가 한
봉 고이한 물건을 얻으니 한림이 교녀로 더불어 같이 보
고 낯빛이 흙과 같아여 말을 못하고 앉었더니 교녀 울며 가로되

《첩이 십륙 세에 귀 댁에 들어와 일절 원쑤를 맺인
곳이 없더니 어떤 사람이 우리 모자를 이렇듯 모해하는고.》
하니 한림이 다시 보고 묵연 부답하거늘 교녀 가로되

《상공이 이 일을 어찌 처치하고저 하시나이까.》
한림이 한 동안 잠자코 있다가 가로되

《일이 비록 간악하나 집안에 잡인이 없으니 누를 지목하리
오. 그런 요괴한 물건을 불에 살어 없앰이 옳을가하노라.》
교녀 생각하는 듯하다가 고하야 가로되

《상공 말씀이 옳으시니이다.》
하니 한림이 남매를 명하야 불을 가져오라 하야 뜰앞에서
태워 버리고 이 말을 삼가 루설하지 말라 하니라. 한림이
나간 후 남매 교녀다려 물어 가로되

《랑자 어찌 상공의 의심을 돋우지 아니하고 일을 그
르치나이까.》
교녀 가로되

《다만 상공을 의심하게할 따름이라. 너무 급거이 서둘
다가는 도로혀 해로울지라, 상공의 마음이 이미 동하였으
니 여차여차 하리라.》
하더라. 원래 그 방자한 물건에 쓴 글씨는 교녀 동청으로
하여금 사 부인의 필적을 본떠서 맨든 것이므로 한림이 보
고 이 부인의 필적이 분명한지라, 그 근본을 캐여내면 자
연 난처한 사정이 있을 듯하여 즉시 불에 살라 버리고 말
았으나 내심에 생각하되

《저즘게 교 씨 부인의 루기하는 말을 이르나 오히려
믿지 아니하였더니 이런 짓을 할 줄이야 어찌 뜻하였으
리오. 당초에 자식이 없으므로써 부인이 주선하야 교 씨
를 얻었더니 이제 스사로 자식을 얻으매 독한 계교를 지

136

어내니 이는 밖으로 인의를 베풀고 안으로 간악함이라.》
하고 부인 대접이 전일과 다르더라. 이적에 사 급사 부중
에서 급사 부인의 **환후** 침중하매 녀아를 보고저 하야 **현**
지하였거늘 사 부인이 크게 놀라 한림께 고하야 가로되
　　《모친의 병환이 위중하시다니 만일 지금 뵈옵지 못하면
평생에 종천지한이 될지라, 상공의 허하심을 바라나니다.》
　　한림이 가로되
　　《장모님의 환후가 위중하시면 일즉 가서 뵈오심이 옳을
것이어늘 어찌 만류하리요. 나도 또한 틈을 타서 한 번
가서 문안하리이다.》
　　부인이 사례하고 교 씨를 불러 가사를 부탁하고 즉시 **치**
행하야 린아를 다리고 신성현 본부에 이르러 모녀 오래 떠
났다가 서로 맞나니 모녀 기뻐하였으나 부인이 모친의 **환**
후가 자못 위태하심을 보고 본부에 머물어 모친의 **병환**을
구호하매 수이 돌아오지 못하고 자연 수월이 되였더라.
　　한림의 버슬이 본대 한가한지라. 때를 타서 신성현 사
부에 왕래가 빈빈하더니 이적에 산동과 산서와 하남 지방
에 흉년이 들어 백성들이 사방으로 류리하는지라 천자 들
으시고 크게 근심하사 조정에 명망이 있는 신하 세 사람을
빼여 세 길로 나누어 보내여 백성의 질고를 살피라 하시
니, 이때 한림이 그 중에 뽑히여 산동으로 나아갈새 미처
부인을 보지 못하고 떠나니라. 이에 한림이 집을 떠난 후로
교 씨 더욱 방자하야 동청으로 더불어 기탄함이 없어 엄
연이 부부 같이 지내더니, 일일은 교 씨 동청다려 말하기를
　　《이제 상공이 멀리 나아가고 사 씨 오래 집을 떠났으
니 정히 계교를 베풀 때라. 장차 어찌하면 사 씨를 **없**
이할고.》
동청이 가로되
　　《내게 한 묘계가 있으니 족히 사 씨로 하여곰 가중에
있지 못하게 하리라.》
하고 인하야 가만이 말하되 **이러이러함이 어떠하뇨. 교 씨**
크게 **기뻐하야 가로되**

《랑군의 계교는 진실로 귀신이라도 측량하지 못하리로다. 그러나 어떠한 사람이 능히 행하랴.》

동청이 가로되

《나의 심복한 친구가 있으니 이름은 냉진이라. 이 사람이 재주가 민첩하고 눈치가 빠르니 마땅이 성사하려니와 부대 사 씨의 사랑하는 보물을 얻어야 되리니 이 일이 쉽지 아니리로다.》

교 씨 생각다 가로되

《사 씨의 시비 설매는 납매의 동생이라. 그 년을 달래여 얻어 내리라.》

하고 이에 납매로 하여곰 종용한 때를 타서 설매를 불러 후히 대접하고 금은 패물을 주어 달래며 계교를 이르니 설매 가로되

《부인의 패물을 넣은 그릇은 방 중에 있으되 열'쇠를 가져야 할 것이오. 다만 아지못게라, 무엇을 쓰려하느뇨.》

납매 가로되

《쓸 데를 구태여 묻지 말고 삼가 남다려 이르지 말라. 만일 루설하면 우리 량인이 살지 못하리라.》

하고 열'쇠 여럿을 내여주며

《이중에 맞는대로 열고 상공도 평일에 늘 보시고 사랑하시든 물건을 얻고저 하노라.》

설매 즉시 열'쇠를 감초고 들어가 가만이 상자를 열고 옥지환을 도적하야 낸 후 상자를 전과 같이 덮은 후 직시 나와 교 씨에게 드려 가로되

《이 물건은 유 씨 댁 세전지물로 가장 중히 여기더니다.》

하니 교 씨 크게 기꺼하야 중상을 주고 이에 동청으로 더불어 꾀를 행하랴 하더니, 마침 사 씨를 뫼시고 갔든 하인이 신성현으로 좇아 와서 급사 부인의 별세하심을 전하고 가로되

《사 공자 나히 어리고 다른 강근지친이 없으니 부인이 손수 치상하야 장사를 지내시고 사 공자에게 가사를 착실이 살피라 하시더이다.》

교 씨 남매를 보내어 극진이 위문하고 일변 동청은 재촉하야 빨리 꾀를 행하라 하니라.

이때 한림이 산동 지방에 이르러 주점에 들어 주식을 사 먹으려 하더니 문득 한 소년이 들어와 한림을 보고 읍하거늘 한림이 답례하고 좌정하고 바라보매 그 사람의 풍채 훌륭한지라. 한림이 성명을 물으니 답하야 가로되

《소생은 남방 사람이오 랭진이어니와, 문잡나니 존사의 고성 대명을 듣고저 하나니다.》

한림이 바로 이르지 않고 다른 성명으로 대답하고 인하야 민간 물정을 물으니 대답이 선명하거늘 한림이 기뻐 내심에 생각하되, 이 사람이 가장 아름답다 하고 인하야 물어가로되

《그대 이제 어대로 나아가려 하느냐. 그대 비록 남방 사람이라하나 음성이 서울 사람 같도다.》

랭진이 가로되

《소제는 본대 외로운 자취로 뜬 구름 같이 동서로 표박하야 정처없이 다니는지라, 수년을 서울에 있었더니 금춘에 신성현이라하는 곳에서 반년을 지내고 이제 고향으로 가더니 수일 동행합을 얻으니 다행하도다.》

한림이 가로되

《나도 심사 울적한 사람이라, 정히 형을 맞나니 다행하도다.》

하고 인하야 술을 권하야 서로 먹고 한가지로 행하야 객점에 들어 쉬고 이튿날 새벽에 떠날새 한림이 보니 그 사람의 속옷 고름에 옥지환이 매였거늘 한림이 가장 고이히 여겨 자서이 보니 아마도 눈에 익은지라. 의심하야 이르되

《내 마침 서역 사람을 만나 옥 분변하는 법을 알었는데 지금 형의 가진 옥지환이 예사 옥이 아닌가 싶으니 한 번 구경하고저 하노라.》

그 사람이 뵈인 것을 뉘우치고 머뭇거리다가 글러 주거늘 받아 보니 옥 빛과 물형 사긴 제도가 완연히 사 씨의 옥지환과 같은지라. 의심하여 다시 보니 또한 푸른털로 동

심결을 맺었거늘 심중에 더욱 의심하야 소년다려 물어 가로되

《과연 좋은 보배로다. 형이 이것을 어데서 얻어 가졌느냐.》

그 사람이 거짓 슬픈 빛을 띠고 대답지 않고 도로 거두어 고름에 차거늘 한림이 꼭 알고저 하야 다시 물어 가로되

《형의 옥지환이 반드시 까닭이 있는 일이어늘 나에게 이야기한들 무슨 방해됨이 있으리요.》

소년이 한참 있다가 가로되

《북방에 있을 때에 마침 아는 사람의 준바라. 형이 알아 무엇하며 무슨 티새 있으리오.》

한림이 생각하되 제 말이 가장 의심되도다. 옥지환도 분명한 사 씨의 것이고 또 신성현으로부터 오노라하니 혹시 비복의 무리가 도적하야 이 사람에게 판 것이나 아닌가 하야 생각이 이에 미쳐는 그 근맥을 자서히 알고저 하야 짐짓 여러날 동행하니 정의가 자연히 친근한지라. 인하야 물어 가로되

《형의 옥지환에 동심결 맺인 것을 말하지 아니하니 어찌 친구의 정의라 하리오.》

소년이 주저하다가 가로되

《형으로 더불어 정이 깊으니 이야기를 하여도 해롭지 아니하되 이 다만 정의 있는 사람의 일이니 소제를 웃지 말으소서.》

한림이 가로되

《그와 같치 유정한 사람이 있으면 어찌 함께 살지 않고 남방으로 나아가느뇨.》

소년이 가로되

《좋은 일이 마가 많고 조물이 시기하야 아름다운 인연이 두 번 오지 아니하는지라. 예'글에 이르되 〈궁문에 들어가기가 깊은 바다에 들어감과 같은데 이로 좇아 소랑은 행인과 같이 되었다〉 하니 정히 소제를 두고 이름이라. 어찌 탄식하지 아니하리오.》

하고 인하야 슬픈 빛을 보이거늘 한림이 가로되

《형은 참 다정한 사람이로다.》

140

하고 이에 두 사람이 종일토록 술을 마시고 질기며 놀다가 이튿날에 각각 길을 나누어 떠나가니라. 아지못게라 그 사람의 근본이 어떠한 사람이며 사 씨의 액운이 필경 어찌 될고.

이때 한림이 길을 떠나 산동으로 향하야 갈새 옥지환을 한 번 보고 그 근본을 자서히 아지 못한지라. 크게 의심하야 생각하되

《세상에 알 수 없는 일이 많도다. 혹시 비복 등이 도적하야 낸 것인가.》

천사 만념으로 섬사가 늘 수란하더니 반년만에 나라일을 다 마치고 서울로 돌아오니 사 부인이 집으로 돌아온 지 오랜지라. 한림이 부인으로 더불어 서로 눈물을 흘리고 조상한 후 교 씨와 다만 두 아이를 보고 무애하더니 홀연 소년 랭진의 옥지환 일을 생각하고 낯빛을 변하야 사 씨다려 물어 가로되

《부인이 전일 선인의 주신 옥지환을 어대 두었느뇨.》

부인이 가로되

《저 상자 속에 있거니와 어이 물으시느뇨.》

한림이 가로되

《고이한 일이 있으니 내여 보고저하노라.》

부인이 또한 고이하야 시비로 하야금 상자를 가져오라 하야 열어보니 다른 것은 다 그대로 있으되 옥지환이 없는지라. 사 씨 크게 놀라 가로되

《내 분명히 여기 두었더니 어이 없는고.》

한림이 안색을 변하고 말을 아니하니 사 씨 가로되

《옥 지환의 간 곳을 상공이 알으시나이까.》

한림이 성내 가로되

《그대 남을 주고 날다려 물음은 어찜이뇨.》

사 씨 이 말을 듣고 부끄럽고 분하야 말을 못하더니 홀연 시비 고하되

《두 부인이 오셨나이다.》

한림이 황망히 맞어들여 절하고 무사히 다녀옴을 기뻐하더니 한림이 두 부인을 대하야 가로되

《가중에 큰 변이 있어 장차 숙모께 품하려 하였나니다.》

부인이 놀라며 의심하여 가로되

《무슨 일이뇨.》

한림이 소년 랭진의 말을 이르고

《그 일이 심히 고이하기로 집에 돌아와 옥지환을 찾은즉 과연 없으니 문호에 큰 불행이라. 이를 장차 어찌 처치하리이까.》

사 씨 이말을 듣고 혼비백산하야 눈물을 흘리고 가로되

《첩이 평일 행사 무상하와 상공이 이같이 추한 행질을 의심하시니 첩이 무슨 면목으로 사람을 대하리오. 첩의 생사를 상공은 임의로 하소서. 예'날에 이르기를 〈어진 군자는 참언을 믿지 말고 참소하는 사람을 시호에게 더지라〉 하였으니 원컨대 상공은 깊이 살피사 원통함이 없게 하소서.》

두 부인이 듣기를 다하매 크게 성을 내여 가로되

《너의 총명이 선소사와 어떠하뇨.》

한림이 대하야 가로되

《소질이 어찌 감히 선대인을 따르리이꼬.》

부인이 가로되

《선형이 본대 지감이 있고 또 천하 일을 모를 것이 없이 지내였으니 매양 사 씨를 칭찬하되 나의 자부는 천하의 기특한 며부라 하고 너로써 내게 부탁하되, 연수가 나히 어리니 만사를 가르쳐 그른곳에 빠지지 말게 하라 하시고 자부에게 당하야는 아모 경계할 것이 없다 하셨으니 이는 사 씨의 선행 숙덕을 알으심이라. 그렇지 않드라도 너의 총명으로도 짐작할 것이어늘 하물며 선형의 지감과 사 씨의 절행으로 이같은 루명을 입게 하야 옥 같은 안해를 의심하느뇨. 이는 반드시 가중에 악인이 있어 사 씨를 모해함이 아니면 시비 중에 간악한 년이 있어 도적함이니 어찌 엄중히 행사하지 아니하고 이 같이 불명한 말을 하느뇨.》

한림이 가로되

《숙모의 가르치시는 말씀이 당연하여이다.》

하고 즉시 형장 기구를 갖추고 시비 등을 엄형 문초하니 애매한 시비는 죽어도 모르노라 하고 그 중에 설매는 바로 고하면 죽을가 겁내어 한갈 같이 항복하지 아니 하니 마침내 종적을 알지 못할지라. 두 부인이 또한 할일 없어 돌아가고 사 씨는 루명을 설원하지 못하였으매 죄인으로 자처하니 한림은 전후 참언을 많이 들었으므로 의심을 풀지 못하니 교 씨 가만히 기뻐하더라. 한림이 교 씨로 더불어 사 씨의 일을 의논하니 교 씨 가로되

《두 부인의 말씀이 옳은 듯하나 또한 공번되지 아니하야 사 부인만 너머 포장하시고 상공을 과히 협박하시니 체면이 없사오며, 또 예'날 성인도 속은 일이 많사오니 선로야 비록 고명하시나 사 부인이 들어오신 뒤 오래지 아니하야 별세하셨으니 어찌 부인의 마음을 잘 알으셨으리오. 임종 시에 유언하심은 상공을 경계하고 부인을 권장하심이어늘 두 부인이 이 말씀을 빙자하야 상공으로 하야금 일마다 부인께 문의하라 하시니 어찌 편벽되지 아니 하리오.》

한림이 가로되

《사 씨 평일에 행실이 착하니 나도 또한 그런 일이 없으리라 하였더니 한갖 의심난 일을 본고로 지금 의혹함이라. 전일에 장주가 병이 났을 때에 방자한 글씨가 사 씨의 필적 같으매 그때에 내가 참언이 있는가 하야 즉시 불에 살아 없이하고 너다려도 말하지 아니 하였더니 이 일로써 볼진대 어찌 믿으리오.》

교 씨 가로되

《그러면 부인을 어찌 처치하시려 하나있가.》

한림이 가로되

《이제 명백한 징거가 없고 어찌 다스리며 또한 선 상공이 사랑하시든 바요 숙모 힘써 말하시니 가장 어려운 일이라. 어찌 하리오.》

한대 교 씨 묵연 부답하더라. 이때에 교녀 잉태하였더니 십삭이 차매 한 남자를 낳으니 한림이 기뻐하야 이름을 봉

추라 하고 두 아이를 사랑함이 장중 보옥 같더라. 하로는
교녀 한림의 없는 때를 타서 동청으로 더불어 꾀를 의논
하더니 교녀 가로되

《전일에 쓴 꾀가 참으로 용하나 한림의 말씀이 여차여
차하니 예'말에 〈풀을 버히매 뿌리를 없이하라〉 하였으니 장
차 어찌하며 사 씨가 두 부인으로 더불어 옥지환 근맥
을 찾는다 하니 만일 일이 루설되면 화가 적지 아니하
리로다.》

동청이 가로되

《두 부인이 반드시 극력하야 일을 주선하리니 방자는
모로미 숙질간 참소를 지어 서로 화목지 못하게 하라.》

교 씨 가로되

《나도 이뜻이 있어 그리하고저 하나 상공이 평일에 두
부인 섬기기를 부모 같이 하야 매양 그 뜻을 거스리지
못하고 일일이 순종하니 이꾀를 행하기는 어려울가 하노라.》

동청이 가로되

《그러면 묘한 꾀를 급히 생각지 못할 것이니 날호여
의논하리라.》

이때 두 부인이 사 씨를 위하야 사람을 놓아 옥지환
출처를 듣보되 마침내 찾지 못하고 심중에 헤오되, 아모래도
교녀의 간게인 듯하나 당처를 잡지 못하고 마음이 답답하
야 잠을 이루지 못하더니, 아들 두역이 장사부 추관을 하
니 두 부인이 아들을 따라 장사로 가게 되였는지라. 마음
에 비록 기쁘나 사 씨의 외로움을 념려하야 마음이 놓이
지 않는지라. 택일하야 장차 부임하려 하니 류 한림이 두
부인 모자를 청하야 잔치를 배설하고 전송할새 좌상에 사
씨가 참예하지 아니한지라. 두 부인이 자못 불쾌하야 한림
다려 일러 가로되

《선형이 별세하신 후 현질로 더불어 서로 의지하야 지
내더니 이제 뜻밖에 만리에 리별을 당하니 어찌 섭섭지 않으
리오. 내 현질에게 부탁할 말이 있나니 네 능히 들을소냐.》

한림이 황망히 꿇어 앉어 가로되

《소질이 비록 무상하오나 어찌 숙모의 말씀을 거역하오리까, 무슨 말씀인지 듣잡고저 하나니다.》

부인이 가로되

《다름이 아니라, 사 씨의 부덕은 일월 같이 밝은 바라. 녀의 총명으로 깊이 깨닫지 못함이 한되도다. 내 만일 집에 없은 뒤 또 무슨 일이 있어도 참언를 신청하지 말고 미혹에 빠지지 말지어다. 만일 불미한 일이 있거든 한 장 글월을 내게 붙이고 과히 처치하지 말아서 뒤에 뉘우침이 없게하라.》

한림이 가로되

《숙모의 말씀을 삼가 본받아 행하리이다.》

두 부인이 시녀를 불러 물어 가로되

《사 부인이 지금 어대 계시뇨. 나를 잠간 인도하라.》

시비 부인을 모셔 사 씨의 있는 곳에 가니 사 씨 머리를 헐으리고 옥안이 초췌하야 연연 약질이 외복을 이기지 못하는지라. 두 부인이 이 거동을 보고 마음이 칼로 베는 듯 애처러운지라. 사 씨 두 부인의 오심을 보고 반기며 날호여 가로되

《숙숙은 영귀하사 부인께서 좋은 행차를 하시니 죄첩이 마땅히 존하에 나아가 하례하오련마는 몸이 만고에 큰 누명을 무릅써서 나아가 뵈옵지 못하오매 무궁한 한이 되옵더니 천만 의외에 이 같이 왕림하시니 불승죄송하여이다.》

두 부인이 눈물을 흘려 가로되

《선형이 림종 시에 유언하사 한림으로써 내게 부탁하노라 하시든 말씀이 오히려 귀에 머물어 있으되 내 질아를 잘 인도하지 못하야 그대로 하여금 이 지경에 이르게 하였으니 이는 다 로모의 허물이라. 다른 날 무슨 면목으로 지하에 돌아가 선소사 량위를 뵈오리오. 그러나 그대는 과도히 심사를 상우지 말라. 필경은 좋은 때를 만나 루명을 신설하게 되리라. 예로부터 영웅 렬사와 절부 렬녀들이 시운을 만나지 못하면 일시 곤액을 당한지라. 현질은 널리 생각하야 마음을 상하지 말라. 류 씨는 본시 충효

145

가문으로 소인에게 힘을 잃은지라. 그러므로 해를 많이 당하였으니 가중이 한결 같이 맑더니 이제 선소사 별세하신 뒤으로 이렇듯 고이한 변괴 있으니 이는 가중에 요괴로운 시첩이 있어 질아의 총명을 흐리움이라. 요사이 질아의 거동을 보니 전일의 맑은 기운이 한 날도 없고 나에게 가중사를 의논함이 적어 숙질지간에 의가 감하였으니 내 그 동정을 보매 근심하기를 마지 않나니 이는 질부의 자작지얼이라. 누를 한하고 원망하리오. 그러나 이것은 도모지 천정한 운수라. 과도히 슬허하지 말라.》

하고 시비로 하여금 한림을 불러 정당에 이르니 두 부인이 정색 추연하여 가로되

《요사이 네 행사를 보매 본심을 잃은 사람 같으니 내 심히 염려하노라. 슬프다. 선소사 기세하실 때에 가중 대소사를 내게 부탁하신 말씀이 지금껏 귀에 머물어 있거늘 그대 용렬하야 사 씨의 빙옥 같은 행실로 시운이 불리하여 루명을 무릅씀을 보니 어찌 한심하지 아니 하리오. 우숙이 멀리 떠나매 마음을 놓지 못하는지라. 이에 네게 한 말을 부탁하노니 이 뒤에 가중에서 사 씨를 잡아 말하는 자가 있어 흉한 일을 눈으로 보았을지라도 소루히 사 씨를 저바리지 말고 나의 돌아옴을 기다려 처치하라. 사 씨는 절부 정녀이니 결단코 그른 곳에 나아가지 아니하리라. 이제 사 씨의 신세가 위태함을 보고, 멀리 떠나매 내 발'걸이 돌아서지 아니 하나니 현질은 부대 조심하야 요망한 말을 신청하지 말라.》

한림이 미우를 쩡기고 고개를 숙여 들을 따름이어늘 부인이 추연 탄식하고 사 씨를 당부하야 재삼 보중함을 이르고 돌아가니, 사 부인이 두 부인의 멀리 떠나심을 더욱 슬어하야 마음을 놓지 못하더라.

이때 교녀 두 부인을 꺼려하다가 이제 떠남을 보매 심중에 가만히 기뻐하야 이에 동청을 청하야 가로되

《전일에 꺼리든 바는 두 부인이러니 이제 아들을 따라 멀리 가시니 이때에 폐를 행하야 사 씨를 없애 버리

146

는 것이 좋을가 하노라.》

동청이 가로되

《사 씨로 하여금 당장 천지간에 용납지 못하게 할 묘한 꾀가 있으되 다만 저허하건대 낭자가 듣지 않을가 하노라.》

교녀 가로되

《정말로 묘한 꾀일진대 내 어찌 듣지 아니리오.》

동청이 책 한권을 내여 보이며 가로되

《꾀가 이 속에 있으니 시험해 보려느냐.》

교녀 가로되

《무슨 꾀인지 듣고저 하노라.》

동청이 가로되

《이 책은 당나라 사기라. 거기 쓰인 글을 볼것 같으면 예전에 당고종이 무소의를 총애하고 무소의 왕황후를 참소하고저 하나 적당한 시기를 얻지 못하였더니 소의 마침 딸을 낳으매 얼굴이 심히 아름다운지라. 고종이 몹시 사랑하고 황후도 역시 귀히 여겨서 때때로 와서 보더니, 하로는 황후가 전과 같이 무릎 우에 놓고 어르다가 나간 뒤에 소의 즉시 그 딸을 눌러 죽이고 소리를 질러 통곡왈 누가 내 딸을 죽엿도다 하니 고종이 궁인을 모조리 국문하매 여출일구로 외인은 아무도 침전에 출입한 자가 없고 다만 황후께서 막 오셨다가 갔다 하야 황후 마침내 변명함을 얻지 못한지라. 고종이 드디여 왕황후를 폐하고 무소의로 황후를 봉했으니 이가 천고 유명한 칙천무후라. 예로부터 큰 일을 하는 이는 조그만 일에 거리끼지 않나니 이제 낭자 칙천무후의 남은 꾀를 써서 사 씨에게 가화시기면 사 씨 비록 임사의 행실과 소장의 구변이 있드래도 제 한마디 변명함을 얻지 못하고 스스로 물러나리다.》

교녀 듣기를 마치매 손으로 동청의 등을 치며 가로되

《범과 같은 미물로도 오히려 제새끼 사랑할줄을 일거든 하물며 사람이 되여서 어찌 차마 제 자식을 해하리오.》

청이 가로되

147

《낭자의 시방 위급한 형세가 함정에 든 범과 같으니 내 꾀를 쓰지 않다가는 장차 후회하여도 소용이 없으리라.》

교녀 가로되

《아모리 하여도 이것은 차마 할 수 없으니 그 다음 좋은 꾀를 생각해보라.》

하고 한창 의논할 판에 한림이 조당으로부터 돌아옴을 듣고 놀라 각각 돌아가니라.

동청이 가만히 납매를 불러 일러 가로되

《랑자의 위인이 차마 하지 못하야 나의 묘한 꾀를 쓰지 못하니 이런즉 너이도 위태하리라. 네가 모로미 적당한 시기를 보아서 이러이리 하라.》

하니 납매 그 말을 듣고 틈을 타서 하수하고저 하더니, 하로는 장주가 마루 우에서 혼자 자는데 유모는 마침 옆에 없고 사 부인의 시비 춘방 설매 두 사람이 란간 밑을 지나는지라. 납매 문득 동청의 말을 생각하고 둘이 멀리 가기를 기다려 곧 장주를 눌려 죽이고 가만히 납매에게 가서 말하되

《네가 옥지환 도적해 낸 것이 아직은 탈로되지 않았으나 부인이 알아내려고 백방으로 조사하고 계시니 일이 만약 루설되면 네가 먼저 죽을 것이니 이 일을 어떻게 하면 좋단말이냐. 나 시기는 대로 이리이리만 하면 대화를 면할 뿐아니라 가히 중상을 얻으리라.》

납매 가로되

《그리 하마.》

하더라. 장주의 유모가 장주의 오래 일어나지 않음을 보고 고이히 여겨 나아가 본즉 입과 코로 피를 많이 흘리고 죽은지 이미 오래어늘 크게 놀라 통곡하니, 교녀 창황히 달아와 구하고저하나 무가내하라. 이 분명 동청의 소위인 줄 알고 그 꾀를 질행하고저 하야 급히 한림께 고하니 한림이 와서 보매 몸이 떨리고 뼈가 서늘하야 말을 내지 못하는지라. 교녀 가슴을 치며 크게 울어 가로되

《작년에 방자하든자가 내 아이를 죽였도다. 상공은 엇찌

148

빨리 가중 비복을 문초하야 죄인을 사실해 내지 않나이까.》

한림이 즉시 가중 비복등을 잡아내서 형장을 엄히 할 새 유모는 말하기를

《소비 아기를 안고 마루에 앉었다가 아기가 곤히 자므로 잠시 밖에 나갔다가 채 돌아오지 안해서 변이 창졸에 일어났으니 아기 옆을 떠난 죄는 만사무석이오나 어떻게 된 사유는 전연 알지 못하도소이다.》

하고, 남매는 가로되

《소비 마침 문앞을 지내다가 우연히 바라본즉 춘방과 설매가 란간 밖에서 무엇인지 손짓을 하더니만 곧 돌아가는 것을 보았아오니 이것들을 불러 물으시면 가히 짐작하실 듯 하여이다.》

한림이 곧 두 사람을 잡아들여서 먼저 춘방에게 물을 새 비록 뼈가 부서지고 살이 헤여져도 종시 거짓말하지 않어 가로되

《소비 설매와 잠시 지내갔을뿐인즉 무슨 알음이 있사오리이까.》

또 설매를 국문하매 처음에는 춘방의 말과 다름이 없었으나 매질하기를 십여 차에 불과하여 설매 고함질러 가로되

《소비 장차 죽으리로소이다. 이미 죽을바에야 무슨 말을 못하오리까. 부인이 소비들에게 이르시기를, 린아와 장수를 해하는 자면 중상을 주리라 하시옵기로 소비 등이 여러 날을 두고 틈을 엿보든차 마침 공자 마루 우에서 자고 옆에 사람이 없기로 이때를 놓쳐서는 안되겠다 하고 춘방과 하수코저 하매 소비는 간이 서늘하고 손이 떨려서 감히 앞장서지 못하였거니와 실상 공자를 눌러 죽이기는 춘방이로소이다.》

한림이 크게 노하야 엄형으로 춘방을 국문하매 춘방이 설매를 꾸짖어 가로되

《비 우으로 부인을 팔고 동무를 무합하야 죽음을 면하고저 하니 녀와 같은 년은 개 도야지에 지지않도다.》

하고 종시 무합엣 말을 하지않고 죽으니라.

교녀 한림께 고자질하여 가로되

《설매는 실상 하수한 일이 없고 또 바로 대였으니 죄 없고 공이 있는지라. 물을 것이 없고 춘방이 이미 죽었은즉 원수는 조곰 갚었다 할 수 있으나 남의 주촉을 받아 한 일인즉 실상 춘방도 원통하다 하리로다.》

하고 이에 아우성쳐서 장주를 부르며 또 발을 구르고 하늘을 부르짖어 가로되

《장주 장주야, 내가 네 원수를 갚지 않으면 살아서 무엇하리오. 내 너를 따라 죽으리라.》

하고 바삐 방으로 들어가서 띠를 끌러 목을 매니 시비 급히 끌러 놓으매 교녀 통곡하여 소리를 그치지 않고 한림께 달려들어 격동시기니 한림이 머리를 숙이고 말이 없는지라. 교녀 가로되

《루기하는 계집이 처음 우리 모자를 죽이고저 하다가 일이 루설되매 후회하지 않고 못된 종년들과 부동하야 이 무지한 유아에게 독수를 놀렸으니 오늘로 장주를 죽이고 내일은 나를 죽일지라. 내 원수의 손에 죽느니보다 차라리 자처함이 낫도다. 녀이들은 무엇 때문에 나를 끌러 놓았느냐. 상공이 저 루기하는 계집과 해로하고저 하시거든 먼저 첩을 죽여서 저 계집의 마음을 쾌하게 하소서 첩의 죽음은 조곰도 아깝지 않거니와 다만 념려되는 바는 저 계집이 이미 간부 있아오니 상공도 또한 위태할가 하노이다.》

하고 다시 들어가 목을 매니 한림이 급히 만류하고 크게 성내여 소리질러 가로되

《몹쓸 계집 같으니. 가중에 방자한 일은 심상한 변괴 아니로되 다만 부부간 은의를 생각하여 치지불문하였고 옥지환을 주고 의인과 사통함은 당연히 출거를 시길 것이로되 문호에 욕됨을 두려워서 고만두었더니 이제 조곰도 반성하지 않고 간악한 종년과 부동하야 천륜을 상하니 그 죄를 돌아보건대 천지 간에 용납할 수 없는지라. 이 계집을 집안에 두다가는 류 씨의 종사가 장차 끊어

지리로다.》

하며 일변 교녀를 위로해 가로되

《오늘은 날이 이미 저무렸으니 내일은 마땅히 종족을 모아 가묘에 고하야 음부를 영영 내치고 너로써 부인을 삼아서 선인의 제사를 받들게 하리니 너는 너무 슬어하지 말고 관심하라.》

교녀 눈물을 걷우며 사례해 가로되

《주부의 청호는 천첩이 감히 바라는 바 아니오나 원수와 같이 한 집에 있지만 않으면 첩의 원역한 마음이 조금 풀릴가 하노이다.》

한림이 비복을 명하여 종족을 모다 사당으로 모으라 하는지라. 시비 등이 모두 울면서 이 사연을 사 부인께 고하니 부인이 안색을 변하지않고 천연히 가로되

《내 이 일이 있을 줄 안지가 오래로라.》

하더라.

☆

☆   ☆

로 끼 전.

〔解 說〕

소설 《토끼전》은 우리들의 代表的인 民族的 說話인 《토끼와 거북》의 이야기를 小說化한 作品이다.

《토끼와 거북》의 이야기는 아주 오랜 說話로서 《三國史記》列傳 金 庾信條에 이미 記寫된 것을 볼 수 있다. 即

《子亦嘗聞龜兎之說乎 昔東海龍女病心 醫言得兎肝合藥則可療也 然海中無兎 不奈之何 有一龜白龍王言 吾能得之 遂登陸見兎 言海中有一島 淸泉白石 茂林佳巢 寒暑不能到 鷹隼不能侵 爾若得至 可以安居無患 因負兎背上 游行二三里許 龜顧謂兎曰 今龍女被病 須兎肝爲藥 故不憚勞 負爾來耳 兎曰 噫吾神明之後 能出五臟 洗而納之 日者少覺心煩 遂出肝心洗之 暫置岩石之底 聞爾甘言徑來 肝尙在彼 何不廻歸取 肝則汝得所求 吾雖無肝尙活 豈不兩相宜哉 龜信之而還纔上岸 兎脫入草中謂龜曰 愚哉汝也 豈有無肝而生者乎 龜憫默而退》라고 하여 金 庾信과 相約하고서 高句麗에 들어간 金 春秋가 사로잡혔을 때 그를 救援하기 위하여 高句麗 先進解가 金 春秋에게 한 이야기로서 引用되고 있다.

그리하여 《토끼와 거북》의 이야기가 小說化되고 唱劇化되면서 《토끼전》을 비롯하여 《鼈主簿傳》, 《兎의 肝》, 《不老草》, 《兎鼈山水錄》等 其他의 이름으로 各種의 作品들이 퍼지게 되였다.

여기에 特記할 것은 古代의 說話가 小說化 過程에 있어서 擬人化의 手法을 通하여 擬人的 寓話 小說로 되였으며, 그에 따라서 時代的 配色을 强하게 띄게 되였다. 即 鼈主簿나 兎生員의 名稱에서도 表示된바와 같이 封建國家의 官職名을 그대로 動物에 붙이고 있을뿐만아니라 龍王이 主宰하는 水宮은 완연한 封建 王國의 制度를 그대로 옮겨다 놓았다.

그리하여 《토끼전》의 內容도 처음에는 토끼의 輕妄이나 奇智 거북의 忠直 等 單純한 敎訓的 說話 內容이 主된 것이였으나, 小說化 過程에 있어서 토끼는 抑壓받고 搾取받는 人民의 處地를 形象化한 것으로 되였으며 거북은 자라 即 鼈主簿로 바꿔여져 封建 君主에의 忠僕으로 形象化되였다.

또한 《토끼전》의 形式은 많은 歌詞들이 引入된 것이 特徵的

이나 唱劇化의 過程에서 《토끼 打鈴》 《鼈主簿歌》等으로 完全히 律文的 文体를 가지게 되였다.

以上과 같은 《토끼전》의 産生 過程은 그 出現 年代를 明確히 할 수 없으며 그 作者도 밝힐 수 없게 되나 大體로 그것이 完成된 것은 18 世紀 後半으로 推定된다.

토 끼 전.

천하에 큰 바다이 넷이 있으니 동해와 서해와 남해와 북해라. 이 네 바다에는 각각 룡왕이 있으되 동해에는 광연왕이요, 남해에는 광리왕이요, 서해에는 광덕왕이요, 북해에는 광택왕이라. 사해 룡왕 중 다른 세 룡왕은 무사하되 오직 남해 광리왕이 우연히 병을 얻어 백약무효하며 거의 사경에 이른지라, 하로는 왕이 모든 신하를 모으고 의논하여 가로되

《가련하도다 과인의 한 몸이 죽어지면 북망산 깊은 곳에 백골이 진토되여 세상의 영화와 부귀가 다 허사로구나. 이전에 륙국을 통일하든 진시왕도 삼신산에 불사약을 구하려고 동남 동녀 오백인을 보내였으나 소식이 망연하고 위엄이 사해에 떨치든 한 무제도 백량대를 높이 무으고 승로반에 이슬을 받았으며 려산의 새벽 달과 무릉의 가을 바람 속절없는 일부토가 되였거든 하물며 날같은 조고만 임금이야 일러무엇하리. 대대로 상전하든 왕가의 기업을 영결하고 죽을 일이 망연하도다. 고명한 의원이나 널리 구하여 자세히 집맥하고 약을 씀이 마땅하도다.》
하고 인하여 하교하여 이르되

《과인의 병세 이렇듯 위중하니 경 등은 충성을 다하여 명의를 광구하여 과인을 살려 써 군신이 동락하게 하라.》
하니 한 신하 출반하여 아뢰되

《신은 듣사오매 월나라 범상국이며 당나라 장장사군이며 초'나라 륙처사는 오'나라와 초'나라 지경에 사는 세 호걸이오니 이 세 사람을 청하여 문의하옵시면 좋은 도리 있

153

을까 하나이다.》

하거늘 모다 보니 선조로부터 충성이 극진하돈 수천년 묵은 잉어라. 왕이 들으시고 옳이 여기사 즉시 사신을 명하야 례단을 갖초아 삼인을 청하라 하시니 수일 후 모다 이르렀거늘 왕이 수정궁에 전좌하고 삼인을 인견하실새 옥탑에 비겨 삼인에 사례하여 가로되

《제위 선생이 과인을 위하여 천리를 멀다 아니하시고 루지에 왕림하시니 감사함을 마지 않노라.》

삼인이 공경 대답하여 가로되

《생 등은 진세의 부생으로 청운과 홍진을 하직하고 강상 풍경을 사랑하와 오초 강산 궁벽한 따에 임의로 왕래하며 무정한 세월을 헛되이 보내옵더니 천만 의외에 대왕의 명초하심을 듣삽고 외람히 룡안을 대하오니 황공 감격하오이다.》

왕이 크게 기꺼 가로되

《과인이 신수 불길하와 우연히 병을 얻은지 이미 수년에 병이 골수에 잠겨 많은 약을 쓰되 일분의 효험이 없사와 살 길이 망연하오니 바라건대 선생 등은 대덕을 베푸사 죽게 된 목숨을 살우시면 하늘 같은 은덕의 만분지 일이라도 갚을까 하나이다.》

삼인이 듣기를 다하고 묵연 량구에 가로되

《대저 술은 사람의 마음을 미치게 하는 광약이요, 색은 사람의 수명을 주리는 근본이어늘 이제 대왕이 주색을 과도히 하사 이 지경에 일으심이니 이는 스스로 지으신 죄열이라 수원수우하시오리까, 혹은 이르되 사람이 년소한 시절에 례사라 하오나 이렇듯 중한 병이 한 번 드오면 화타와 변작이 다시 오드라도 용수할 길이 바이 없사옵고 금광초 불사약이 뫼 같이 쌓였으되 특효할 수 없사옵고 인삼과 록용을 주야로 장복할지라도 아무 유익 없사옵고 재물이 루거만인들 대속할 수 없사옵고 용력이 절인한들 제어할 수 없사오니 이리 저리 아모리 생각하여도 국운이 불행하고 천명이 궁진 하심인지 대왕의 병

154

환은 평복되시기 과연 어렵소이다.》

왕이 듣기를 마치고 크게 놀라 가로되

《그러하면 어이할꼬, 슬프다 과인이 한번 이 세상을 하직하고 적막 강산 돌아가면 할일없이 다시 올꼬. 춘삼월 도리 화개, 사오월 록음 방초, 팔구월 황국 단풍, 동지섣달 설중매며, 삼천 궁녀 아미분대 헌 신 같이 다 바리고 황천 객이 되량이면 그아니 슬픔손가, 아모커나 제위 선생은 신통한 재조를 다하여 비록 효험이 없을지라도 약명이나 가르쳐 주웁시면 죽어도 한이 없을까 하나이다.》하며 눈물이 비 오 듯하는지라. 이때에 삼인이 룡왕의 말씀을 듣고 미미히 웃으며 가로되

《대왕의 병환은 심상치 아니한 증세라. 대저 온갖 병에 대증투제로 말씀하오면 상한에는 시호탕이요, 음허화동에는 보음익전이요, 열병에는 승마갈근탕이요, 원기 부족증에는 류미 지황탕이요, 체증에는 양위탕이요, 각통에는 우슬탕이요, 안질에는 청간 명목탕이요, 풍증에는 방풍 통선산이라. 이러한 약들이 대왕의 병환에는 하나도 당치 아니하오되 신효한 것이 한 가지 있사오니 토끼 생간이라. 그 간을 열어 더운 김에 진어하시면 효험을 보시리이다.》

왕이 가로되

《토끼의 간이 어찌하여 과인의 병에 좋다 하시나이까.》

삼인이 대답하여 가로되

《토끼라 하는 것은 천지 개벽 후에 음양 조화로 된 짐승이라 병은 오행의 상극으로도 고치고 상생으로도 고치는 법이라 산은 양이요 물은 음이올뿐더러 그중에 간이라 하는 것은 너욱 목기로 된 것이온즉 만일 대왕이 토끼의 생간을 열어 쓰실진대 음양이 서로 화합함이라. 그러함으로 신효하시리이다.》

하고 말을 마치매 하직하여 가로되

《우리는 록수 청산 벗님네와 무릉 도원 화류차로 언약이 있삽기로 무궁한 회포를 다 못 펴옵고 총총히 하직하옵나니 바라옵건대 대왕은 옥체를 천만 보중하옵소서.》

하고 섬돌에 나리더니 백운산을 향하여 문득 간 대 없녀라.

　　이때 룡왕이 세 사람을 보내고 즉시 만조를 모아 하교하여 가로사되

　　《과인의 병에는 아무러한 령약이 다 소용없으되 오직 로끼의 생간이 신효하다 하니 뉘 능히 인간에 나가 로끼를 사로잡아 올꼬.》

　　문득 한 대장이 출반하여 아뢰되

　　《신이 비록 재주 없사오나 한 번 인간에 나가 로끼를 사로잡아 오리이다.》

하거늘 모다 보니 머리는 두루주머니 같고 꼬리는 여덟 갈래로 갈라진 수천년 묵은 문어라. 왕이 대희하여 가로되

　　《경의 용맹은 과인이 아는 바라, 경은 충성을 다하여 급히 인간에 나가 로끼를 사로잡아 오면 그 공을 크게 갚으리라.》

하고 장차 문성 장군을 봉하려 할 지음에 문득 한 장수 뛰여 내달으며 크게 외여 문어를 꾸짖어 가로되

　　《문어야, 아모리 기골이 장대하고 위풍이 약간 있다 하나 연변이 없고 의사 부족하니 네 무슨 공을 이루겠다 하며, 또한 인간 사람들이 너를 보면 영락없이 잡아다가 요리조리 오려내여 국화송이 매화송이 형형 색색 아루새겨 혼인 잔치며 환갑 잔치에 큰상의 어물 접시 웃기로 긴요하고, 재자 가인의 놀음상과 명문 거족 주물상과 어린 아회 거둘과 남서 한량 술안주에 구하느니 네 고기라. 무섭고 두렵지 아니하냐. 나는 세상에 나아가면 칠종칠금 하든 제갈 량 같이 신출귀몰한 꾀로 로끼를 사로잡아 오기 여반장이라.》

하거늘 모다 보니 이는 수천 년 묵은 자라니 별호는 별주부라. 문어 자라의 말을 듣고 분기 충천하여 두 눈을 부릅뜨고 다리를 엉버리고 검붉은 대가리를 설설 흔들면서 벽력 같이 소래를 질러 꾸짖어 가로되

　　《요마한 별주부야, 네 내 말을 들으라. 강보에 싸인 아회 감히 어른을 룡멸하니 이는 이른바 범 모르는 하로

개아지로다. 네 죄를 의논하면 태산이 오히려 가비압고 하해 진실로 옅을지라. 또 네 모양을 볼작시면 괴괴망측 가소롭도다. 사면이 넙적하여 나무 접시 모양이라. 저대도록 적은 속에 무슨 의사 들였으랴. 세상 사람들이 너를 보면 두 손으로 움켜다가 끓는 물에 솟구쳐 끓여내니 자라탕이 별미로다. 세가 자제 즐기나니 네 무삼 수로 살아 올꼬.》

자라 가로되

《너는 움물안 개고리라. 오직 하나만 알고 둘은 모르는도다. 서자의 겹인지 용도 검광에 죽어 있고 초패왕의 기개세도 해하성에 패하였나니 우직한 네 용맹이 내 지혜를 당할소냐. 나의 재조 들어보라. 만경 창파 깊은 물에 청천에 구름 뜨 듯 광풍에 락엽 뜨 듯 기엄둥실 떠올라서 사족을 파토끼고 긴목을 뒤움치고 넙주기 엎디며는 둥글 둥글 수박 같고 편편 넙적 솔뚜게라. 나무 베는 초동이며 고기 낚는 어옹 들이 무엇인지 몰라 보니 장구하기 태산이요 평안하기 반석이라. 남모르게 변화 무궁 륙지에 당도하여 토끼를 만나 보면 잡을 묘계 신통하다. 광무군 리 좌거의 초패왕을 유인하든 수단으로 간사한 저 토끼를 잡아 올이 나뿐이라, 네 어이 나의 지모 묘략을 따를소냐.》

문어 그 말을 들으니 언즉시야라. 할일 없어 뒤퉁수물 룩룩 치며 흔들흔들 물러나니 룡왕이 별주부의 손을 잡고 술을 부어 권하여 가로되

《경의 지모와 언변은 진실로 놀랍도다. 경은 충성을 다하여 공을 이루어 수이 돌아오면 부귀 영화를 대대로 유전하리라.》

자라 다시 아뢰여 가로되

《소신은 룡궁에 있삽고 토끼는 산중에 있사온즉 그 형상을 알 길이 없사온지라. 바라옵건대 성상은 화공을 패초하사 토끼의 형상을 그리여 주옵소서.》

룡왕이 옳이 여겨 즉시 도화서에 하교하여 토끼 화상을

그려 들이라 하니 여러 화공들이 모였는데 인물에는 모연
수외 산수에는 오도자와 룡 그리든 리장군과 여러 화공
둘러 앉어 토끼 화상을 그리려고 문방 사우 차려놓제 금수
추파 거북연과 람포청석 룡연이며, 마간연과 도홍연과 한림
풍월 부용당과 수양 매월 룡제먹과 황모무심 양호필과 강
엄의 화필이며 반고의 사필이며, 린각필 산호필과 백릉설한
대장지며 전주의 죽청지와 순창의 선자지며 청풍의 청간지
와 당주지 분주지며 화전지 옥판지와 설도의 채전지를 벌
여 놓고 각색 물'감 녀욱 좋다. 잇 다홍 낭주홍과 당청화
이청이며 땅갈매 양록이며 취월이며 석자황과 도황 황단석
간주녀 도화분 진분이며 금박 은박 류탄이라. 여러 화공이
둘러 앉어 토끼 화상을 그리는데 각기 한 가지썩 맡아
그리되 천하 명산 승지간에 경개 보든 눈그리고, 두견 앵
무 지저귈 제 소리 듣든 귀 그리고, 란초 지초 온갖 향
초 꽃다먹든 입그리고 동지섣달 설한풍에 방풍하든 털
그리고, 만학 천봉 구름 속에 펄펄 뛰든 발 그리니 두눈
은 도리도리 앞다리는 잘막 뒷다리는 길쭉 두귀는 쫑긋하
어 완연한 산 토끼라. 왕이 보고 크게 기꺼 여러 화공을
금백으로 상급하고 그 화본을 자라에게 하사하고 왕이 친
히 천일주를 옥배에 가득 부어 거듭 삼배를 권하며 가로되
《과인이 이제 경을 원로에 보내매 군신지간에 련련한
정을 이기지 못하여 병중에 정신을 강작하여 한수의 글
을 지어 경을 전별하노니 경은 과인의 이 뜻을 살필지
어다.》
하고 한 폭 집에 어필로 그 글을 써 주니 글에 하였으되
《이날에 그대 감은 날로 해 재촉하니
규화는 작작히 술가에 피이도다.
흰 구름 흐르는 물 먼 먼 길에
모로미 청산 령약을 얻어 가오소.》
자라 황공하여 쌍수로 받자와 돈수하고 즉시 그 운을
화답하여 또한 한 수의 글을 지어 룡탑아래 올리니 그 글
에 하였으되

158

《붉은 글이 나는 듯 나려 사신 걸을 재촉할 새
무수 그릇에 다하고 새벽 빛이 열리도다.
이 가는 외로운 신하의 그지없은 뜻은
령약을 못가지면 돌아오지 아니리라.》

룡왕이 자라의 글을 받아 보고 희색이 만면하여 크게
칭찬하여 가로되

《경의 붉은 충성이 시중에 나타나 있으니 요만한 토끼
를 얻어 돌아옴을 어이 근심하리오.》

하고 자라의 글을 여러 신하를 주어 보라 하니 모든 신하
보고 책책히 칭찬하더라.

자라 왕께 하직하고 토끼 화상을 이리 첩첩 저리 첩첩하
여 등에다 지자 하니 수침하기 첩경이라. 이윽히 생각다가
오므렸든 목을 길게 늘여 한편에 접어넣고 도로 옴츠리니
아모 념려 없는지라. 집으로 돌아와 처자를 리별할새 그
안해 눈물짓고 당부하는 말이

《인간은 위태한 따이라. 부대 조심하여 큰 공을 세워가
지고 무사히 돌아와 기꺼이 상면하기를 천만 축수하나이다.》

자라 대답하되

《수요 장단과 화복 길흉이 하늘에 달렸으니 임의로 못
할바라, 다녀올 동안에 늙으신 부모와 어린 자식들을 잘
보호하여 안심하라.》

당부하고 행장을 수습하여 만경 창파 깊은 물에 허위 둥
실 떠올라서 바람 부는대로 물결 치는대는 지향없이 흐르
다가 기엄기엄 기어올라 벽계 산간 들어가니 이때는
춘삼월 호시절이라. 초복 군생들이 제마다 즐기는데 작작한
두견화는 향기를 띄여 있고 쌍쌍한 범나비는 춘흥을 못이기
여 이리 저리 날아 들고 하늘하늘한 버들가지는 시내'가
에 휘늘여지고 황금 같은 꾀꼬리는 고운 소래 벗을 불러
구십 춘광을 희롱하고, 꽃 사이 잠든 학은 자최 소래
자로 날고, 가지 우에 두견새는 불여귀를 화답하니 별유천
지 비인간이라. 소상강 기러기는 가노라 하직하고 강남서 나
온 제비는 왔노라 현신하고, 조팝남에 피죽새 울고, 함박꽃

에 뒤웅벌이요, 방울새 떨렁, 물레새 짜꺽, 접동새 접동, 뻐꾹새 뻐꾹, 가마귀 골각, 비둘기 꾹꾹 즐끼우니 근들 아니 경일소냐. 천산 만학에 홍장이 찬란하고 앞'시내와 뒤'시내에 흰 깁을 펼쳤는 듯, 푸른 대 푸른 솔은 천고의 절개이오, 복숭아 꽃 살구 꽃은 순식간의 봄이로다. 기이한 바위들은 좌우에 층층한데 절벽 사이 폭포수는 이골물 저골물 합수하여 와당탕 퉁탕 흘러 가니 경개 무진 좋을시고, 자라 산천의 무한경을 사랑하고 벽계를 따라 올라가며 토끼 자취를 살피더니 한곳을 바라보니 온갖 짐승 나려온다. 발발 떠는 다람쥐며, 노루, 사슴, 일희, 승냥, 곰, 도야지, 너구리, 고슴도치, 범, 주지, 원숭이, 코끼리, 여호, 담비, 좌우로 오는 중에 토끼 자취 없어 옴친 몸을 길게 늘여 이리 저리 살피더니 후면으로 한 짐승이 나려오는데 화본과 방불한지라. 짐승 보고 그림 보니 영락없는 네로구나. 자라 혼자 마음에 기쁨을 못이기여 그 진가를 알려할 제 저 짐승 거동 보소. 혹 풀'잎도 뒤저기며 싸리 순도 뜯어 보고 층암 질벽 사이에 이리 저리 뛰며 팽팽 돌며 할금할금 강동강동 뛰놀거늘 자라 음성을 가다듬어 점잖히 불러 가로되

《고봉 준령에 신수도 좋다, 저 친구, 그대가 토 선생이 아니 신가. 나는 본시 수중 호걸이러니 양계의 좋은 벗을 얻고저 광구하더니 오늘이야 산중 호걸 만났도다. 기쁜 마음 그지없어 청하노니 선생은 아모커나 허락함을 아끼지 말으소서.》

하니 토끼 저물 대접하여 청함을 듣고 가장 점잖은 체하며 대답하되

《그 뉘라서 날 찾는고. 산이 높고 골이 깊어 경개 좋은 이 강산에 날 찾는 이 그 뉘신고. 수양산 백이 숙제 고사리 캐자 날찾는가 소부 허유 영천수에 귀씻자고 날 찾는가. 부춘산 엄 자릉이 밭갈자고 날 찾는가. 먼산의 불탄 잔디 개사추가 날 찾는가. 한천자의 스승 장 자방이 퉁소 불자 날 찾는가. 상산 사호 벗님네가 바둑 두자 날 찾는가. 굴원이 물에 빠져 건져달라 날 찾는가. 시중

천자 리 태백이 글 짓자고 날 찾는가. 주덕송 류 명이
술 먹자고 날 찾는가. 렴락관민 현인들이 풍월 짓자 날 찾
는가. 서가여래 아미타불 설법하자 날 찾는가. 안기생 적송
자가 약캐자고 날 찾는가. 남양 초당 제갈 선생 해공하
자 날 찾는가. 한종실 류 황숙이 모사없어 날 찾는가. 저
벽강 소 동파가 선유하자 날 찾는가. 취옹정 구 양수가
잔치하자 날 찾는가, 그뉘시오.》

두귀를 쫑그리고 사족을 자로 놀려 가만히 와서 보니
둥글 넙적 거무 편편하거늘 고이히 여겨 주저할 지음에 자
라 련하여 가까이 오라 부르거늘 아무커나 그리하라 대답
하고 곁에 가서 서로 절하고 좌정 후에 대객한 초인사로
당수복 백통대와 양초일초 금강초와 금패밀화 옥물'부리는
다 녀져두고 도토리통 싸리순이 제격이라. 자라 먼저 말을 내되
《토공의 성화는 들은지 오란지라, 평생에 한 번 보기
를 원하였더니 오늘이야 호걸을 상봉하니 어찌 서로 봄
이 이다지 늦으뇨.》

한대 토끼 대답하되

《내 세상에 나서 사해를 편답하며 인물 구경도 많이
하였으되 그대 같은 박색은 보든 바 처음이로다. 담구멍
을 뚫다가 학치뼈가 빠졌는지 발은 어이 몽뚝하며, 량반
보고 욕하다가 상토를 잡혔든지 목은 어이 기다라며, 기
생'방에 다니다가 한량패에 밟혔든가 등은 어이 넙적한가.
사면으로 돌아보니 나무접시 모양이라, 그러나 성함은 뉘
댁이라 하시오. 아까 한말은 다 롱담이니 노여 듣지 말
으시오.》

자라 그 말을 듣고 마음에 불쾌하기 그지없으나 마음
을 눙쳐 참고 대답하여 가로되

《내 성은 별이요, 호는 주부로다. 등이 넓기는 물에 떠다
녀도 가라앉지 아님이요, 발이 짤은 것은 륙지에 걸어도 넘
어지지 아님이요, 목이 긴 것은 먼대를 살펴봄이요, 몸이 둥근
것은 행세를 둥글게 함이라. 그러하므로 수중의 영웅이요 수
족의 어른이라. 세상에 문무겸전은 아마도 나뿐인가 하노라.》

161

로끼가 가로되

《내 세상에 나서 만고 풍상을 다 겪었으되 그대 같은 호걸은 이제 처음 보는도다.》

자라 가로되

《그대 년세가 얼마나 되관대 그다지 경력이 많다 하느뇨.》

토끼 대답하되

《내 년기를 알량이면 류갑이 몇 번이 지났는지 모를 터이오 소년 시절에 월궁에 가 계수나무 밑에서 약방아 찧다가 유궁 후예의 부인이 불로초를 얻으려 왔기로 내 얻어 주었으니 일로 보면 삼천 갑자 동방삭이 나에게 시생이요. 팽조의 많은 나히 나에게 대면 구생유췌라. 이러한즉 내 그대에 대면 진실로 부집존장이 아니신가.》

자라 가로되

《그대의 말이 차소위 자칭 천자로다. 아모커나 나의 왕사를 대강 이를 것이니 들어보라. 모르면 모르거니와 아마 놀라기 십상팔구 될 것이라. 반고 씨 생신날에 산과 진상 내가 하고, 천황 씨 등국 할 제 술 안주 어물 진상 내가 하고, 지황 씨 화덕왕과 인황 씨 구주를 마련하든 그 사적을 어제 같이 기억하며, 유소 씨 나무 얽어 깃들임과 수인 씨 불을 내여 음식 익혀 먹는 일을 날과 함께 지내였고 복희 씨의 그은 팔괘로 룡마 등에 하도서를 날과 함께 풀어내고 공공 씨 싸호다가 하늘이 무너져서 녀와 씨 오색 돌로 하늘을 기울 적에 석수편수 내가 하고, 신농 씨 장기 내고 온갖 풀을 맛보아서 의약을 마련할 제 내가 역시 참견하고, 헌원 씨 배 지을제 목방패장 내가 하고, 탁록들에 치우가 싸홀 적에 돌기를 내가 천거하여, 치우를 잡게 하고 금천 씨 봉조서와 전욱 씨 제신하는 술볍을 내가 훈수하고, 고신 씨 자인기명하든 것을 내 귀로 들어 있고, 요'임금의 강구 노래 지금까지 흥락하고 순'임금의 남풍가는 어제론 듯 즐거워라. 우'임금 구년 홍수 다스릴 제 그 공덕을 내가 칭송하고 탕임금 상림들에 비 빌든 일이며, 주나라 문왕 무왕과 주공의 찬란하든 례악 문물이 다 눈에 력력하고, 서해 바다 유람 갔다 굴원이 멱라수에 빠질 적에 구하지 못한 것이 지금까지 유한이라. 일로 헤아려보면 나는 그대에게 몇 백 갑절 왕존장이 아니신가. 그러나 저러나 재담은 그만두고 세상 자미나 서로 이야기하여 보세.》

로끼 가로되

《인간 자미를 말할진대 그대 자미가 나서 오줌을 줄줄 쌀 것이니 저 둥글넙적한 몸이 오줌에 빠져서 선유하느라고 헤여나지 못할 것이니 그아니 불상한가.》

자라 가로되

《헛된 자랑만 말고 아무케나 대강 말하라.》

토끼 가로되

《삼산 풍경 좋은 곳에 산봉오리는 칼날 같이 하늘에 꽂혔는데 배산림수하여 앞에는 춘수 만사택이요 뒤에는 하운이 다기봉이라. 명당에 터를 닦고 초당 한 간 지어내니 반 간은 청풍이요 반 간은 명월이라. 흙섬'돌에 대사립이 정쇄하기 다시없고 학은 울고 봉은 나는도다. 뒤'뫼에 약을 캐고 앞내에 고기 낚아 입에 맞고 배부르니 이아니 즐거운가. 청천에 밝은 달이 조요한대 만학 천봉에 홀로 문을 닫었도다. 한가한 구름이 그림자를 회롱하니 별유천지 비인간이라 몸이 구름과 같아 세상 시비 없고 보니 내 종적을 그 뉘 알랴. 치위가 지내가고 더위가 돌아오니 사시를 짐작하고 날이 가고 달이 오니 광음을 나 몰래라. 록수 청산 깊은 곳에 만화 방초 우거지고 란봉과 공작새 서로 불러 화답하니 이봉 저봉 풍악이요. 앵무 두견 깨꼬리가 고이 울어 지저귀니 이골 저골 노래로다. 석양에 취한 흥을 반쯤 띠고 강산 풍경 구경하며 곤륜산 상상봉에 흰 구름을 쓰르치고 지세를 굽어보니 태산은 청룡이요 화산은 백호로다. 상산은 현무 되고 형산은 주작이라. 소상강과 팽려택으로 못을 삼고 황하수와 양자강으로 띠를삼아 적벽강의 무한경을 풍월로 수작하고 아미산 반달 빛을 취중에 회롱하며 삼신산 불모초를 임의로 뜯어 먹고, 동정호에 목욕다가 산중으로 돌아드니 층암은 집이 되고 락화는 자리삼아 한가히 누웠으니 수풀 사이 밝은 달은 은근한 친구 같고 솔나무에 바람소리 은은한 거문고라. 돌벼개를 도두 베고 취흥에 잠이 드니 어디서 학의 소래 잠든 나를 깨울세라. 이윽고, 일어나 한산 석경 비낀 길에 청려장을 의지하고 이리 저리 배회하니 흰 구름은 천리. 만리 피여있고 밝은 달은 앞내 뒤'내 인쳤더라. 산이 첩첩하니 삼산은 청천 밖에 떨어지고. 물이 잔잔하니 이수는 백로주에 갈리도다. 도도한 이내 몸을 산수 간에 두었으니 무한한 경개는 정승 주어 바꿀소냐. 동편 두던에 올라 수파람 부니 한가하기 그지없고 앞시내를 굽어보아 글지으니 흥미가 무궁하다. 오동 밝은 달은 가슴에 비초이고, 양류 맑은 바람 얼굴에 불어 있다. 청풍 명월이 그 아니 내벗인가. 병없는 이내 몸이 희환 세계에 한가한 백성 되였으니 이 진짓 명지의 신선이라, 강산 풍경을 임의로 희롱한들 그 뉘라서 시비하랴. 리화 도화 만발하고 푸른 버들 드리운데 동서남북 미인들은 시내'가에 늘어 앉어 섬섬 옥수 넌짓 들어 한가로이 빨래할 제 물 한줌 덤뻑 쥐어다가 연적 같은 젖퉁이를 슬근 슬적 씻는 양은 요지연과 방불하고, 오월이라 단오일에 록음 방초 우거진데 록의 홍상 미인들이 버들'가지 그네 매고 짝을 지어 추천하는 양은 광한루가 완연하다. 풍류 호걸 이내몸이 저러한 절대 가인을 구경하니 아마도 세상 자미는 나뿐인가 하노라.》

자라 이르되

《허허 우습도다, 그대의 말은 모도다 헛된 과장이라. 뉘 끝이 들으리오, 내 그대 신세를 생각하건대 여덟 가지 어려움이 있으니 두귀를 기울여 자세히 들으라. 동지섣달 엄동절에 백설은 흘날리고 층암 절벽 빙판되여 만학 천봉막혔으니 어대가 접족할까. 이것이 첫째로 어려움이요. 북풍이 름렬한데 돌구멍 찬자리에 먹을 것 전혀 없어 코'구멍을 할올 적에 일신에 한전나고 사지가 끊아져서 꼴

자라 절로나니 이것이 둘째로 어려움이요, 춘풍이 화
창한데 여간 꽃송이 풀'잎새나 뜯어먹자 산간으로 들어
가니 무심중 저 독수리 두죽지를 옆에 끼고 살대 같이 달
려들 제 두눈에 불이나고 작은 몸이 송구라져 바위 틈
으로 기어들 제 혼비백산 기련하다. 이것이 세째로 어려
움이요, 오류월 삼복중 산과 들에 불이 나고 시내물이 끓
을 적에 살에서는 기름나고 털끝마다 누린내라. 짜른 혀
를 길게 빼고 급한 숨을 헐덕이며 샘'가으로 달려가니
그 정상이 오죽한가. 이것이 네째로 어려움이요. 단풍이
붉어지고 산국이 만발한데 과실개나 얻어 먹자 조용한
곳 찾아 가니 매받은 수할치는 고봉에 높이 앉고, 근력
좋은 몰이'군과 내 잘 맡는 사냥'개는 그대 자취 밟
아 올제 발톱이 뭉그러지며 진땀이 바짝 나서 천방지축
달아나니 이것이 다섯째로 어려움이요, 천행으로 목숨을
도망하야 죽을 고비를 벗어나니 총 잘 놓는 사냥 포수
일자총을 둘어메고 이목 저목 질러앉어 잔철 탄환 재약하
야 염통 줄기 겨냥하고 방아쇠를 그릴 적에 꼬리를 살에
끼고 간장이 말라지며 간신히 도망하야 숨을 곳을 찾아
가니 죽을 번택 그아닌가. 이것이 여섯째로 어려움이요,
알뜰히 고생하고 산림으로 달아드니 엄숭덜숭 천근대호
천사 같이 모진 수염 위엄있게 거스리고 웅그리고 가는
거동 에그 참말 무섭도다. 소래는 우뢰 같고 대구리는
왕산덩이 만하며 허리는 반달 같고 터럭은 불빛이라. 칼
같은 꼬리를 이리 저리 두르면서 주홍 같은 입을 열고
쓰레같은 이'발을 따따이며 번개 같이 날랜 몸을 동서
남북 번쩍이여 좌우로 충돌하야 이꿀 저꿀 편답하며 돌
도 툭툭 받어 보며 나무도 뚝뚝 꺾어 보니 위풍이 름
름하고 풍채도 썩썩하야 당당한 산군이라. 제용맹을 버럭
써서 홰'불 같은 두 눈깔을 번개 같이 후두르며 톱날
같은 앞발톱을 엉버리고 숨을 한번 썩하고 쉬면 수목이
왔다갔다하고 소리를 한번 웅하고 지르면 산악이 움즉움
즉할 제 첨지가 캄캄하고 정신이 아득하니 이것이 일곱

제로 어려움이요. 죽을 것을 겨우 면하고 잔명을 보전하야 평원 광야 내달으니 나무 베는 초동이며 소먹이는 이회들이 창과 몽치 들어메고 제잡담 달려드니 목구멍에 춤이 말라 지향없이 도망하니 이것이 여덟째로 어려움이라. 그대 이렇듯 곤궁할 제 무슨 경황에 경개를 구경하며 어느 여가에 삼산에 불로초를 먹고 동정호에 목욕할꼬. 그나마 다른 고생도 그지없음을 내 짐작하되 그대 듣기에 좋지 못한 말을 구태여 다하지 아니하노라. ≫

토끼 듣기를 다한 후에 할말이 없어 하는 말이

≪소진 장의 구변인지 말씀도 잘도 하고 소장절의 추수인지 알기도 령검하다. 남의 단처 너무 이르지 마소. 듣는 이도 소견있네. 만고 대성 공부자도 진채지액 만나시고 천하 장사 초 패왕도 대택중에 빠졌으니 화복이 하늘에 매여 있고 궁달이 명수에 달렸나니 힘과 지혜로 못할지라, 일러 무익하거니와 그대의 수궁자미는 과연 어떠한가 한번 듣고저 하노라.≫

자라 청을 가다듬어 이르되

≪우리 수궁 이야기를 들어보소. 오색 구름 깊은 곳에 주궁 패궐 높은 집이 반공에 솟았는데 백옥으로 층계하고 호박으로 주초하며 산호 기둥 대모 란간 황금으로 기와하고 유리창과 수정렴에 야광주 초롱이며 칠보로 방방이 깔았으니 광채 날빛을 가리오고 서기 공중에 서렸는지라. 날마다 잔치하고 잔치마다 풍류로다. 부용 같은 미녀들이 쌍쌍이 춤을 추며 포도주와 벽룡주와 천일주를 노자작 앵무배에 가득이 부어 있고 호박반 유리상에 금광초 옥찬지 불사약을 소복이 담아다가 앞앞이 권할 적에 정신이 쇄락하고 심신이 황홀하다. 아미산 반륜월과 적벽강 무한 경개 방장봉래 영주산을 력력히 구경하고 선유하며 돌아올 제 채석강 소상강 동정호 팽려택을 임의로 왕래하니 흰 이슬은 강우에 비껴 있고, 물빛은 하늘을 접하였도다. 지는 노을은 따오기와 함께 날고 가을물은 긴 하늘과 한빛인제 오'나라와 초'나라는 동남으로 터져 있고,

166

하늘과 따흔 밤낮으로 떠 있고나. 평사에 기러기 나려 앉고 흰 갈매기 잠들 때라, 구슬픈 통소 소래 어부사를 화답하니 깊은 굴형에 잠긴 교룡 춤을 추고 외로운 배에 있는 과부 울음을 우는도다. 달이 밝고 별은 드믄드믄한네 가막가치 남쪽으로 날아간다. 이적에 순임금의 두 안해 아황 녀영의 비파 소래는 울적함을 소창하고 강건너 장사하는 간나회의 부르는 후정화는 이내 회포 자아낸다. 야반에 은은한 쇠북 소래 한산절이 어드매뇨. 바람'결에 력력한 방망이 소래는 강촌이 저기로다. 초강에 고기잡는 어부들은 애내곡을 화답하고 금못과 옥섬에서 련캐는 계집들은 상사곡을 노래하니 그 흥미 어떠하리. 아마도 별건곤은 수궁 뿐이로다.》

토끼 적이 의혹하야 가로되

《그대는 진실로 다복한 친구로다. 나는 본대 팔자 기박하야 산림 처사로 산간에 묻혀 있나니 부질없이 남의 호강을 부려할 바 아니로다.》

자라 가로되

《나는 친구를 위하여 좋은 도리를 권하려 함이니 그대는 조금이라도 어찌 생각지 말라. 예'글에 하였으되 〈위태한 방위에 드지 말고 어지러운 나라에 처하지 말라.〉하였나니 그대는 어찌 하야 이처럼 분요한 세상에 처하느뇨. 이제 나를 만남은 이 또한 우연함이 아니로다. 그대 만일 이풍진을 하직하고 나를 따라 수궁에 들어갈진대 선궁에 놀아 천도 반도 불사약과 천일주 감홍로를 매일 장취 할 것이요, 구중 궁궐 높은 집에 무산 선녀 벗이 되어 순임금의 오현금과 왕태욱의 옥통소와 춘면곡 양양가를 시시로 화답하며 악양루 경개도 구경하고 등왕각에 잔치하며 황학루에 글도 짓고 봉황대에 술도 먹어 태평건곤 노닐 적에 세상 고락 꿈 속에 부쳐두고 조금이나 생각할까.》

토끼 그 말을 듣고 수상히 여겨 고개를 흔들면서 가로되

《그대의 말은 비록 좋으나 아마도 위태하다. 속담에 이르기를 〈노루를 피하여 범을 만난다.〉하고 〈팔자 도망

은 독안에 들여도 못한다.〉하였으니 뭍지에 살던자 공
연히 수궁에 들어 가리오. 수궁 고생이 뭍지 고생보다
더하지 말라는데 어대 있으며 첫째 호흡을 통하지 못할
터이니 세상 만물이 숨 못 쉬고 어이 살며, 또 사지는 멀
정하여도 헤엄칠 줄 모르거니 만정 창파 깊은 물을 무슨
수로 건너갈꼬. 팔자에 없는 남의 호강 부질없이 욕심내
어 이 세상을 하직하고 그대를 따라 수궁에 들어가다가는
믿엾코 칠성 구멍에 물이들어 할수 없이 죽을 것이니 이
내 목숨 속절없이 고기 배에 장사하면 임자없는 내 혼
백이 창파 중에 고혼되여 어화로 벗을 삼고 굴 삼려로
젖을 지어 속절없이 되게 되면 일가 친척 자손 중에 그
뉘라서 날찾을까. 천만 가지로 생각하여도 십에 팔구분은 위
태하도다. 콩으로 메주를 쑤고 소금으로 장을 담는다 하
여도 도모지 곧이 들리지 아니하니 그 따위 말은 다시
권하지 말라.〉

자라 웃으며 가로되

〈그대가 고루하기 심하도다. 한 가지만 알고 두 가지
는 알지 못하는도다. 에' 글에 하였으되 〈긴 강을 한 날
갈' 대로 건너다.〉하였으니 이러하므로 조주사인 여선문
은 광모 중에 들어가서 상량문 지어 주고 천하 문장 리
태백은 고래를 타고 달 건지러 들어가고 삼강 법사는
약수 삼천리를 건너기서 대장경을 내여오고 한나라 사신
장전이는 떼를 타고 은하수에 올라가서 직녀의 지기석을
주어오고 서방 세계 아난 존자는 련' 잎에 거북을 타고 만
경 창파를 임의로 헤쳤으니 저의 목숨이 하늘게 달렸
거든 공연히 죽을손가. 대장부로 태여나서 이대도록 잔약
할까. 대저 군자는 사람을 몹쓸 곳에 천거하지 아니 하
나니 어찌 그대를 몹쓸 곳에 지시하리오. 맹자 가로사대
〈군자는 가기이방이라〉하고 또 〈어지러운 나라에 있지
아닐 것이라.〉하였으니 점잖은 체모에 부모의 혈육을
가지고 반점이나 턱없는 거짓말을 이르까보냐. 천금상에
만호후를 봉하고 밥 우에 떡을 얹어 준다 할지라도 아

168

니하려든 하물며 아모 리해없는 일에 억하심장으로 친구를 위태한 지경에 넣으리오.》

자라 또 말을 이어 가로되

《내 그대의 상을 보니 모색이 누릇누릇 해뜩해뜩하야 금빛을 띠었으니 이른바 금생려수라, 물과 상생되어 조금도 념려없고 목이 길게 빼여났으니 고향을 바라보고 타향살이 할 기상이요 하관이 뾰죽하니 우흐로 구하면 역리가 되어 매사가 극난하되 아래로 구하면 순리가 되여 만사가 크게 길할 것이요, 두 귀가 희고 준수하니 남의 말을 길들어 부귀를 할 것이요, 미간이 탁틔여 화려하니 룡문에 올라 일홈을 빛낼 것이요, 음성이 화평하니 평생에 험한 일이 없을 것이라. 그대의 상격이 이와 같이 가지 가지 구격하니 일후에 영화 부귀가 무궁하야 향락으로는 당 명황의 양 귀비며 한 무제의 승로반이요, 팔자로는 백자 천손 곽 자의요, 부자로는 석숭이요, 풍악으로는 우' 임금의 대황곡과 순임금의 봉조곡과 장 자방의 옥퉁소가 자재하고 유시로 사마 상여 거문고에 탁 문군이 담을 넘어 올 것이요, 또는 룡락 수단으로 말하고 보면 언변에는 륙국 종횡하든 소진 장의게 양두할 것 전혀없고 경륜에는 팔진도로 지휘하든 제갈 량이 바로 적수에 지나지못할 것이니 이러한 기골 풍채와 경영 배포가 천고에 제일이요, 당시에 독보할 경천위지의 영웅 호걸이니 그대가 마치 팔팔 뛰는 버릇이 있으므로 본토에만 묻혀 있어서는 이후에 여러 가지 복락을 결단하고 한 가지도 누리지 못하고 도리여 전일과 같이 곤난한 재앙만 올 것이요, 본토를 떠나 외처로 뛰여 가야만 분명하고 만사 여의 할 것이니 내말을 일호라도 의심하지 말고 좋은 계제에 나와 한 가지 수궁으로 들어가기를 한말에 결단하라. 매가 두 번 오지 아니하는 것이요, 하늘이 주는 복을 받지 아니하면 도리여 재앙을 받느니라.》

토끼 가로되

《나의 기상도 출중하거니와 그대의 관상법도 신통하도다.

그러나 수요궁달은 반드시 상설대로만 되는 일이 없나니 치부할 상이라고 삼각산 상상봉 백운대에 누었어도 석숭의 재물이 절로와서 부자되며, 장수할 상이라고 걸주의 포락하는 형벌을 당하여도 살아날수 있겠는가. 뉘든지 제 상만 믿고 행신하다가는 패가 망신이 십상팔구 되느니라.》

자라 가로되

《그대는 종시 무식한 말만 하는도다. 자기 상대로 되는 것이 확실한 경험이 있나니 룡준룡안 한 태조는 사상정장으로 창업주가 되오시고, 룡자일표 당 태종은 서생으로 나라를 얻어 있고, 백면대이 송 태조는 필부로서 천자되고, 금반대 채택이는 범수를 대신하야 정승이 되여 있고, 기외에 영·웅 호걸들이 무비 다 상대로 되였으니 왕후와 장상이 어찌 씨가 있을소냐. 예'말에 일렀으되 〈범의 굴에 들지아니면 어찌 범의 새끼를 얻으리오.〉하였으니 대장부 세상에 나서 일신 사업을 경륜할진대 마땅히 두말에 결단할 바이어늘 어찌 조고마한 의심을 품어 뜻을 정하지 못하고 초야에 묻혀 초목으로 더불어 썩기를 즐기느뇨. 그대부는 촐장부로다. 자고로 유예 미결하는 자는 매사 불성하였나니 예'날의 한신이 괴철의 말을 듣지 않다가 팽구에 화를 당하였고 대부종이 범려의 말을 들었든들 사금의 환이 없었으리라. 어찌 전의 일을 경험하야 후의 일을 도모하지 아니리오. 그대도 이제 내 말을 듣지 아니타가 뒤에 후회하나 밎지 못하리란.》

로끼 이 말을 들으매 든든하기 반석 같은지라, 마음이 출깃하야 웃음을 쌍긋 웃고 가로되

《내 그대를 보매 시속 사람은 아니로다. 도량이 넓고 선심이 거룩하야 위인이 관후하니 평생에 남을 속일손가. 날 같은 부생을 좋은 곳에 천거하니 감격하기 측량없으나 내 수궁에 들어가 벼슬이야 쉬울소냐.》

자라 이 말을 듣고 웃으며 속으로 헤오되

《요놈 이제는 내 술중에 들었도다.》

하고 흔연히 대답하여 가로되

170

《그대가 오히려 경력이 적은 말이로다. 역산에 밭 갈기시든 순임금도 당요의 천자위를 받으시고 위수에 고기 낚든 강태공도 주문왕의 스승되고, 신야에 밭 갈든 이윤이도 탕임금의 아형되고, 부암에 담 쌓든 부열이도 은 고종의 량필되고, 소 먹이든 백 리해도 진 목공의 정승 되고, 표모에게 밥빌든 한 신이도 한 태조의 대장이 되었으니 수부나 인간이나 발천하기는 일반이라. 이런고로 밝은 임금은 신하를 가리고 어진 신하는 십금을 가리나니 우리 대왕께서는 성신문무하사 어진 선비를 광구하시므로 한 가지 능과 한 가지 재주가 있는 자라도 모다 높이 쓰시는지라, 이러하기로 날 같은 재주없는 인물로도 벼슬이 외람히 주부에 일르렀거든 하물며 그대 같이 고명한 자질과 뛰여난 문필이야 가기만 곧가면 공명을 구하지 아닐지라도 부귀 스스로 이를지라, 지금 수부에서 사기를 닦지 못하야 태사관 될 인재를 구하되 합당한 인물이 없어 근심한지 오래니 그대의 문필이 이 소임에 십분 적당한지라, 그대 만일 춘서군의 예' 붓대를 잡아 동호의 의리를 밝힌측 비단 우리 수부의 다행 뿐 아니라 그대의 높은 일홈이 사해에 진동하리니, 어찌 아름답지 아니리오. 내 그대와 들어가면 곧 우리 대왕께 단망으로 천거하리라.》

토끼 웃으며 가로되

《그대의 말이 방불하나 어제' 밤의 내몽사 불길하기로 마음에 저기 꺼림하노라.》

자라 가로되

《내 젊어서 약간 해몽법을 배왔으니 아모커나 그대의 몽사를 듣고저 하노라.》

토끼 가로되

《칼을 빠혀 배에 닿이고 몸에 피칠하여 보이니 아마도 좋지 못한 경상을 당할까 넘려하노라.》

자라 책망하여 가로되

《너무 길한 몽사를 가지고 공연히 사념하는도다. 배에 칼을 닿였으니 칼은 금이라, 금머를 띨 것이요, 몸에 피칠을 하였으니 홍포를 입을 징조로다. 물망이 일국에 무거우며 명성이 팔방에 떨칠지니 이 어찌 공명할 길몽이 아니며 부귀할 대몽이 아니라오. 공자의 주공을 봄은 성인의 꿈이요, 장주의 나비된 꿈은 달관의 꿈이요, 공명의 초당 꿈은 선각의 꿈이요, 그외 누구 누구의 여간 꿈이란 것은 무비 관몽이요, 개시 허몽이로되 오직 그대의 꿈은 몽사중 제일갈 꿈이니 그대 수부에 들어가면 만인 우에 거할지라. 그 아니 좋을손가.》

토끼 점점 꼴이 들고 조곰조곰 달아들며 장상의 인끈을 지금 당장 차는 듯이 희색이 만면하야 가로되

《그대의 해몽하는 법은 진짓 귀신이요 사람은 아니로다. 소강절 리 순풍이 다시 살아온들 이에서 너할손가. 아름다운 몽조가 이미 나타났으니 내 부귀는 갈대 없거니와 그러나 만경 창파를 어찌 득달하리오.》

자라 대회하야 가로되

《그대는 조곰도 념려 말라. 내 등에만 오르면 아모리 한 풍랑이라도 파선될 념려 없고 순식간에 득달할 터이니 무엇을 근심하리오.》

토끼 심중에 기꺼하야 거짓 체모를 차려 가로되

《그대 친구를 위하야 이렇듯 수고를 아끼지 아니려 하니 이는 친구를 사괴는 도리에 마땅함이나, 내 그대의 등에 오름이 어찌 마음에 미안치 아니리오.》

자라 크게 웃어 가로되

《그대 오히려 솔직하도다. 위수에 고기낚든 여상이는 주문왕과 수레를 한가지로 탔고, 이문에 문지키든 후영이는 신릉군 상좌에 앉았으며, 부춘산에 밭갈든 엄자룡은 한 광무와 한벼개에 누웠으니 저기를 위하는 자리에 존귀와 귀천이 무슨 아랑곳가. 우리 이제 한 가지로 들어가면 일생 영욕과 백년 고락을 한 가지로 할 것이니 무슨 미안함이 있으리오.》

토끼 크게 기꺼 가로되

《그대의 높은 은혜는 진실로 백골난망 이로다. 내 이 제

상에 살매 못 당할 일이 한 두가지 아닌 중 저 몹쓸
사람들이 일자총을 둘어메고 암상스러이 보칠 적에 송편
으로 목을 따고 접시물에 빠져죽고 싶은 적이 한두 번
아니였나니 나의 큰아들놈은 나무 베는 아희에게 무죄히
잡혀 가서 구무밥을 먹어 가며 간힌지 이미 칠팔년에 놓
일 가망 바이 없고 둘째 아들놈은 사냥'개에게 물려가
서 가막가치 밥이 된지 지금 수년이라, 그 일을 생각하면
절치부심하야 어찌하면 이 원쑤의 세상을 떠날고 하며 주
사야탁하든 차에 천만 의외로 그대 같은 군자를 만나 밝
은 세상을 보게 되니 이는 하늘이 지시하고 귀신이 도
우심이라. 성인이라야 능히 성인을 안다 하더니 날 같은
영웅을 그대 같은 영웅이 아니면 그 뉘라서 능히 알리
오. 하늘에서 내신 영웅이 그대 곧 아니든들 헛되이 산
중에서 늙을 번하였고 내 곧 아니든들 수중 백성들이 어
진 관원을 만나지 못할 번하였도다.》
하고 의기 양양하야 자라 등에 오르려 할 지음에 문득
바위 밑으로 한 짐승이 내달아 토끼를 불러 가로되
　　《내 너의들의 수작을 처음부터 대강 들었거니와 이 우
매한 로끼야 내 말을 자세히 들으라. 대저 부귀 공명이
란 본대 뜬 구름과 같은 것이요, 또 명수가 있는 바이
어늘 네 이제 허탄한 자라의 말을 듣고 죽을 때에 가
려하니 그 아니 가련한가. 그리고 속담에 이르기를 〈고향을
떠나면 천하다.〉하였으니 네 설혹 수궁에 들어간들 무슨
부귀를 일조에 얻을소냐. 너는 허욕도 내지 말고 망상도
내지 말고 나의 충고를 들을지어다.》
하거늘 로끼 그 말을 듣고 두 귀를 쫑긋하며 발을 법추
고 자저하는 빛이 외면에 나타나는지라, 자라 그 말하는 짐
승을 바라보니 너구리라. 크게 분을 내어 생각하되 《내 이
놈을 천방 백계로 달래여서 거의 가게 되였거늘 저 원쑤
놈이 무슨 일로 이렇듯 저회하노. 그러나 내 만일 사색을
조끔이라도 들어내면 간사한 토끼놈이 의심을 낼 것이니 내
먼저 저놈의 말을 타박하야 로끼로 하여금 스사로 깨달게

하리라》하고 이어 웃으며 너구리를 가르쳐 가로되

《그대는 누구인지 모르거니와 어이 그리 무식한고, 조주 사인 여선문은 일개 한사로되 우리 수궁에 들어와서 영덕전 상량문을 지었기로 우리 대왕께서 야광주 열개와 통천서각 한 쌍으로 윤필지자를 삼았나니 이 소문이 세상에 전파되여 모르는 사람이 없거늘 그대는 귀가 있어도 듣지 못하였는가 더구나 태사관은 국가의 소중한 벼슬이라, 내 토 선생의 문장과 필법을 아껴 함께 가자 함이어늘, 그대 무단히 남을 의심하야 마치 친구를 죽을 때에 인도하는 것 같이 여기니 무슨 도리 이러하뇨. 내 남의 의심을 입어가며 구태여 토 선생과 동행을 원하는 바 아니로다.》

하고 다시 토끼를 돌아보아 가로되

《내 그대로 더불어 왕일에 아무 혐의가 없는 터이라, 어찌 그대에게 일호라도 해될 일을 권할소냐. 그대는 나와 불과 하로 아침의 교분이 있을뿐인즉 어찌 예' 친구의 충고를 저바릴 수 있으리오. 나는 본대 우리 대왕의 명을 받자와 동해에 사신 갔다 오는 길이라. 오래 지체하지 못할지니 이에 고별하노라. 그대는 길이 보중하라.》

하고 인하야 소매를 떨치고 수변으로 나려가니 너구리는 무안하야 얼굴이 붉어 다시 한 마디도 말을 못하고 한편으로 서는지라. 토끼 자라가 너구리를 꾸짖고 랭락하게 떨쳐 돌아감을 보고 크게 노하야 너구리를 꾸짖어 가로되

《네 무슨 일로 남의 전정을 저희하는도다.》

하야 너구리를 꾸짖으며 일변으로 급히 자라를 좇아가며 크게 소래하야 가로되

《별주부 그대는 거기 잠간 머물어 나의 말을 듣고 가라.》

하니 자라 짐짓 두어 걸음을 더 가다가 비로소 돌아보아 가로되

《그대는 무슨 일로 나를 좇아 오느뇨.》

토끼 가로되

《그대는 어이 그다지 용물하는 도량이 넓지 못하뇨.

174

내 아모리 우매하나 어찌 무식한 자의 부질없은 말을 곧이 들으며 또 그대의 나를 사랑하는 정을 깊이 알지 못하리오. 그대는 나의 잠간 주저함을 혐의하지 말고 바삐 가사이다.》

하거늘 자라 심중에 크게 기뻐 이에 토끼를 다리고 수변으로 나아가 토끼를 등에 업고 창파에 뛰여들어 남해를 바라보며 돌아오니 대저 자라의 충성이 지극함을 신명이 굽어 살피사 저 간사한 토끼를 주심이니 어찌 기이한 일이 아니리오.

이때에 토끼 자라 등에 높이 앉아 사면을 돌아보니 소상강 깊은 물은 눈 앞에 고요하고 동정호 너른 빛은 그 갓을 모를 레라. 심중에 헤아리되 《내 천우신조로 자라를 만나 세상 풍진과 산중 고초를 다 벗어 버리고 수궁에 들어가 부귀를 누릴지니 어찌 질겁지 아니리오》하며 의기 양양하야 이에 한 곡조 노래를 부르니 하였으되

《홍진을 하직하고 길이 떠남이여
물나라히 청산보다 크도다.
자라 등에 올라가고 또 감이여
흰구름의 오고감을 웃는도다.
내 장차 사기의 붓대를 잡음이며
삼천 수족 무릎을 꿇리로다.
부귀에 맑고 한가함을 겸함이여.
백년의 편안함을 기약하리로다.》

토끼 노래를 마치고 크게 웃거늘 자라 일변 웃으며 생각하되 《이놈이 너무도 교만한 놈이로다.》하고 또한 노래로 화답하니 하였으되

《한 조각 붉은 마음을 품음이여
얼마나 분주히 청산에 다녔든고.
이몸이 수고를 아끼지 아님이여
창랑을 박차고 갔다 돌아오도다.
간사한 토끼를 얻어 공을 이룸이여
한갓 룡안의 기쁜 빛을 뵈오리로다.

우리 대왕의 병환이 쾌차하심이여,
종묘 사직의 편안함을 하례하리로다.》

토끼 자라의 노래를 듣고 심중에 크게 의혹하야 자라다
려 물어 가로되

《그대의 노래 속에 무슨 깊은 뜻이 있는 것 같으니
그 어인 곡절고.》

자라 가로되

《내 우연히 부름이니 무슨 뜻이 있으리오.》

토끼 그래도 의혹이 아니 풀려 가로되

《간사한 토끼를 얻어 공을 이루었다 함과 우리 대왕
의 병환이 쾌차하다 함은 무슨 말이뇨.》

자라 토끼의 말을 듣고 심중에 헤아리되 《비 이미 여
기에 이르렀으니 비록 나를 의심할지라도 무익하리라. 》
하고 이에 그말은 대답지 아니하고 바삐 행하야 순식간
에 남해 수궁에 득달하야 토끼를 나려 놓으며 가로되

《그대는 부질없이 나를 의심ㅎ지 말고 빨리 객관으로
가사이다.》

하거늘 토끼 눈을 들어 살펴보니 천지 광활하고 일월이 명
랑한데 주궁 패궐이 반공에 솟아 있고 문과 창게 서기 어
리었는지라, 토끼 일변 기꺼운 마음이 다시 동하야 자라를
따라 객관에 이르니 자라 토끼다려 가로되

《그대는 여기 잠간 머물라, 내 입궐하야 우리 대왕께
그대와 같이 옴을 아뢰리라.》

하고 총총히 나가거늘 토끼 그 거동을 보고 심중에 다시
의심하되 《제 나를 위선 제 집으로 인도하야 멀리 온 터
에 술 한 잔도 대접지 아니하고 황망히 궁중으로 들어가니
그 어인 일꼬》. 또다시 생각하되 《아마 나의 높은 일홈을
수국 군신이 다 들었으매 제가 먼저 들어가 저의 임금에
게 말씀하야 급히 홍문관 대제학을 제수하야 불일내로 여
러해 두었든 사기를 닦으려 하기에 골돌하야 사소한 접대
는 미처 생각지 못함이로다.》하고 생각하고 무료히 혼자
앉었더라.

이때 자라 급히 궁중으로 들어가니 궁중에 근시하였든 신하들이 자라를 보고 일변 반기며 일변으로 룡왕께 고하니 왕이 바삐 자라를 입시하야 룡상 아래 가까이 앉으라 하며 무사히 다녀옴을 반기며 토끼의 소식을 물은대 자라 머리를 조아 아뢰여 가로되

《신이 왕명을 받자와 오호와 삼강을 무사히 지내여 동해 가에 득달하와 충산에 들어가 늙은 토끼 하나를 백 가지로 꾀오며 천 가지로 달래여 간신히 업고 지금이야 돌아와 로끼를 객관에 머무르고 신이 급히 들어왔사오나 이사이 옥체 미령하심이 어떠하옵신지 하정에 황송하여이다.》

하고 인하야 토끼 달래든 말씀을 일일히 아뢰였더니 룡왕이 듣기를 다하고 크게 기꺼 무릎을 치며 칭찬하야 가로되

《경의 충성과 구변은 가히 남해 일국에 하나이니 하늘이 과인을 도으사 경 같은 신하를 내심이로다.》

하고 이네 백관에게 하교하니 하였으되

《과인이 상제의 명을 받자와 삼천 수족의 어른이 되여 수국을 다스리되 덕화가 만물에 미치지 못하매 항상 두려운 생각이 맞지 않더니 일조에 병을 얻어 치료할 방법이 망연하든 중 세 호결의 가르침을 힘입고 별주부의 지극한 충성으로 인간에 나아가 토끼를 얻어오니 이제 장차 그 간을 시험하면 과인의 병이 족히 나을지니 이는 일국의 막대한 경사라, 이러하므로 특별히 하교하노니 제신은 영덕전에 대령할지어다. 별주부는 특별히 벼슬을 돌아 자헌 대부 약방 제조 겸 충훈부 당상을 하이노라.

남해국 수덕만세 륙십 사년 류월 초 일일.》

이라 하였더라.

이때에 여러 신하들이 이 하교를 보고 모다 즐겨하야 서로 치하하며 일제히 궁중으로 들어가니 백관들의 좌석 차례는 이러하더라.

령의정 겸 약방 도제조 종묘서 도제조의 거북이요, 좌의정 겸 훈련 도감 도제조의 고래요, 우의정의 악어요, 리조판서 잉어요, 호조 판서의 민어요, 례조판서의 가제미

요, 병조 판서의 농어요, 형조 판서의 준치요, 공조 판서의 방어요, 한성 판윤의 위어요, 규장각 대제학 겸 홍문관 대제학, 예문관 대제학의 붕어요, 부제학의 문어요, 직제학의 녑치요, 승정원 도승지의 조기요, 성균관 대사성의 가물치요, 규장각 직각의 도미요, 규장각 대교의 청어요, 홍문관 교리의 은어요, 예문관 검열의 숭어요, 주서의 오징어요, 사헌부 대사헌의 병어요, 사간원 대사간의 자가사리요, 정언의 모래무지요, 상의원 도제조의 상어요, 훈련대장의 대구요, 궁위 대장의, 홍어요, 어영 대장의 미어기요, 총융사의 장어요, 금군 별장의 고등어요, 포도 대장의 칼치요, 별군직의 상어요, 선전관의 전어요, 사복 내승의 남성이요, 금부 도사의 명태요, 원접사의 인어요, 그외에 금군의 조개요, 오영문 군졸의 새우 총사리라.

이러한 차례로 모다 모였는데 만세를 불러 하례를 마친후 왕이 하교하야 토끼를 바삐 잡아들이라 하니 금부 도사가 라졸을 거느려 객관에 이르니 이때 토끼 홀로 앉어 자라의 돌아오기를 기다리더니 불의에 금부 도사가 이르러 어명을 전하고 라졸이 좌우로 달아들어 결박하야 풍우 같이 몰아다가 영덕전 섬'돌 아래 꿇리거늘, 토끼 겨우 정신을 수습하야 전상을 우러러 보니 룡왕이 머리에 통천관을 쓰고, 몸에 강사포를 입고 손에 백옥홀을 쥐었으며, 만조 백관이 좌우에 옹위하였으니, 그 거동이 엄숙하고 위의가 놀랍더라. 룡왕이 선전관 전어로 하여금 토끼에게 하교하야 가로되

《과인은 수국의 천승 임금이요, 너는 산중의 조고마한 짐승이라. 과인이 우연히 병을 얻어 신음한지 오랜지라, 네 간이 약이 된다 함을 듣고 특별히 별 주부를 보내여 너를 다려왔노니 너는 죽음을 한중지 말라. 너 죽은 후에 너를 비단으로 몸을 싸고 백옥과 호박으로 관곽을 만들어 명당 대지에 장사할 것이요, 만일 과인의 병이 하린즉 마땅히 사당을 세워 네 공을 표하리니, 네 산중에 있다가 호표의 밥이 되거나 사냥'군에게 잡히여 죽느니보다 어

178

찌 영화롭지 아니하리오. 파인이 결단코 거짓말을 아니하리
니 너는 죽은 혼이라도 조꼼도 파인을 원망치 말지어다.》
하고 말을 마치자 좌우를 호령하야 빨리 토끼의 배를 가
르고 간을 가져오라하니, 이때에 뜰 아래 섰든 군사들이 일
시에 달려들어 서리 같은 칼을 번득이며 토끼의 배를 찌르
려 하니 토끼 무단히 허욕을 내여 자라를 좇아왔다가 수국
원혼이 되게 되니 이는 모다 자취한 화라. 누구를 원망하며
누구를 한하리오. 세상에 터없이 명리를 탐하는 자는 가히
이것을 보아 경계할지로다.

　이때에 토끼 이말을 들으매 청천 벽력이 머리를 깨치
는 듯, 정신이 아득하야 아모런 줄 모르다가 겨우 놀란 마
음을 진정하야 생각하되《내 부질없이 영화 부귀를 탐내여
고향을 바리고 오매, 어찌 의외의 변이 없을소냐. 이제 나
래가 있어도 능히 우흐로 날지 못할 것이요, 또 축지하는 술
법이 있을지라도 능히 이 따를 벗어나지 못하리니 어찌하리
오.》또 생각하되《옛말에 이르기를 죽을 따에 빠진 후에
산다하였으니 어찌 죽기만 생각하고 살아날 방책을 헤아리지
아니리오.》하더니 문득 한 꾀를 생각하고 이에 얼굴 빛을
조꼼도 변치 아니하고 머리를 들어 전상을 우러러 보며
가로되

　《소토 비록 죽을지라도 한 말씀을 아뢰리이다. 대왕은
천승의 임금이시요 소토는 산중의 조고마한 짐승이라. 만
일 소토의 간으로 대왕의 환후 섭분 하리실진대 소토 어
찌 감히 사양하오며 또 소토 죽은 후에 후장하오며 심
지어 사당까지 세워 주리라 하옵시니 이 은혜는 하늘과
같이 코신지라, 소토 죽어도 한이 없사오나 다만 애닯은
바는 소토는 비록 짐승이오나 심상한 짐승과 다르와 본대
방성정기를 타고 세상에 나려와 날마다 아침이면 옥 같은
이슬을 받아 마시며 주야로 기화 요초를 뜯어 먹으매
그 간이 진실로 령약이 되는지라. 이러하므로 세상 사람이
모다 알고 매양 소토를 만난즉 간을 달라 하와 보챔이
심하옵기로 그 피로움을 견디지 못하와 염통과 함께 꺼

179

내여 청산 록수 맑은 물에 여러 번 씻사와 고봉 준령 깊은 곳에 감초아 두읍고 다니읍다가 우연히 자라를 만나 왔사오니 만일 대왕의 환후 이러하온줄 알았든들 어찌 가져오지 아니하였으리이꼬.》

하며 또 자라를 꾸짖어 가로되

《네 임금을 위하는 정성이 있을진대 어이 이러한 사정을 일언 반사도 날다려 하지 아니 하였느뇨.》

하거늘 룡왕이 이 말을 듣고 크게 노하야 꾸짖어 가로되

《네 진실로 간사한 놈이로다. 천지 간에 온갖 짐승이 어이 간을 출입할 리치가 있으리오. 네 얕은 피로 과인을 속여 살기를 도모하나 과인이 어이 근리치 아닌 말에 속으리오. 네 과인을 기망한 죄 더욱 큰지라. 빨리 녀의 간을 내여 일변 과인의 병을 고치며 일변 과인을 속이는 죄를 다스리리라.》

토끼 이 말을 듣고 또한 어이없고 정신이 산란하며 간장이 녹는 듯하고 땀이 흐르며 사지에 맥이 없고 가슴이 막히여 심중에 생각하되 속절없이 죽으리로다 하다가 다시 웃으며 가로되

《대왕은 소토의 말씀을 다시 자세히 들으시고 굽어 살피옵소서. 이제 만일 소토의 배를 갈라 간이 없사오면 대왕의 환후도 고치지 못하옵고 소토만 부질없이 죽을 따름이니 다시 누구게게 간을 구하오려 하시나이까. 그제는 후회막급하실 터이오니 바라건대 대왕은 세 번 생각하옵소서.》

룡왕이 토끼의 말을 듣고 또 그 기색이 태연함을 보고 심중에 심히 의아하야 가로되

《네 말과 같을진대 무슨 간을 출입하는 표적이 있는다.》

토끼 이 말을 듣고 크게 기꺼 생각하되 이제는 내 살아날 도리 쾌히 있도다 하고 여짜오되

《세상의 날'짐승 길'짐승 가운데 소토는 홀로 하체에 굼이 셋이 있사오니 하나는 대변을 통하옵고 하나는 소변을 통하옵고 하나는 특별히 간을 출입하는 곳이오니이다.》

왕이 그 말을 듣고 더욱 노하야 꾸짖어 가로되

《네 말이 녀욱 간사한 말이로다. 날'짐승 길'짐승을 물론하고 어이 하체에 굵이 셋 되는 것이 있으리오.》

로끼 다시 여짜오되

《소토의 굵이 셋이 있는 래력을 말씀하오리니 대저 하늘이 자시에 열려 하늘이 되옵고, 따히 축시에 열려 따히 되옵고, 사람이 인시에 생겨 사람이 나옵고, 만물이 묘시에 나와 짐승이 되였사오니, 묘라는 글자는 곧 소토의 별명이니 날'짐승 길'짐승의 근본을 궁구하오면 소토는 곧 금수의 으뜸이 되나니 생초를 밟지 아니하는 저 기린도 소토의 아래옵고 주리되 좁쌀을 먹지 아니하는 저 봉황도 소토만 못하옵기로 특별히 품부하와 일월 성신 삼광을 응하와 하체에 세 굵이 있사오니 대왕이 만일 이 말씀을 믿으시지 아니하실진대 말으시려니와 그렇지 아니하오시면 소토의 하체를 적간하옵소서.》

롱왕이 이 말을 듣고 이상히 여겨 라졸을 명하야 자세히 보라 하니 과연 세 굵이 분명한지라, 롱왕이 아직 의혹하야 가로되

《세 말이 네 간을 굵으로 능히 낸다하니 도로 넣을 제도 그리로 넣는다.》

로끼 속으로 해오되 《이제는 내 계교가 거의 맞어 간다.》 하고 여짜오되

《소토는 다른 짐승과 특별히 같지 아니하온 일이 많사오니 만일 잉태하오려면, 보름'달을 바라보아 수태하오며, 새끼를 낳을 때에는 입으로 낳으옵나니, 예'글을 보아도 가히 알 것이요, 이러하므로 간을 넣을 때에도 입으로 넣나이다.》

롱왕이 녀욱 의심하야 가로되

《세 이미 간을 출입한다 하니 네 혹 잊음이 있어 네 배 속에 간이 있는지 깨닫지 못할 듯하니 급히 내여 나의 병을 고침이 어떠하뇨.》

로끼 다시 여짜오되

《소토 비록 간을 능히 출입하오나 또한 정한 때 있사

181

오니 날마다 초 일일부터 십 오일까지는 배'속에 넣어 일
월 정기를 호흡하야 음양지기를 온전히 받사웁고 십 륙일
부터 삼십일까지는 줄기 아울러 꺼내여 옥계 청류에 정
히 씻어 창송 록죽 우거진 정한 바위틈에 아모도 아지 못
하게 감초아 두는고로 세상 사람이 령약이라 하는지라.
금일은 하류월 초순이오니 자라를 만날 때에는 곧 오월
하순이라. 만일 자라 대왕의 병세 이러하심을 말하였든
들 수일 지체하야 가져 왔을지니 이는 다 자라의 무상함이
로소이다.》

　대저 룡왕은 본성이 충후한지라. 토끼의 말을 듣고 묵
묵히 말이 없으며 속으로 헤아리되《만일 제 말 같을진대
공연한 배만 갈라 간이 없으면 저만 죽을 따름이요, 다시
누구다려 물으리오. 차라리 저를 달래여 간을 가져 오게 함
이 옳도다.》하고 이에 좌우를 명하야 토끼의 맨 것을 그
르고 맞어 전상에 오르라 하니 토끼 여러 번 사양하다가
전상에 올라 황공함을 이기지 못하거늘 룡왕이 가로되
　《토 처사는 나의 아까 질례함을 허물하지 말라.》
하고 이에 백옥배에 천일주를 가득 부어 권하며 놀람을
진정하라 재삼 위로하니 토끼 공손히 받들어 마신 후 황
송함을 말씀하더니 홀연 한 신하 나아와 아뢰여 가로되
　《신이 듣사오니 토끼는 본대 간사한 종류요 또 예'말
에 일렀으되《군자는 가기이방이라》하였사오니 바라옵건대
전하는 그 말을 곧이 듣지 말으시고 바삐 그 간을 내
여 옥체를 보중하옵소서.》
　모다 보니 이는 대사간 자가사리라. 왕이 기꺼하지 않
어 가로되
　《토 처사는 산중 은사라, 어찌 거짓말로 과인을 속이리
오. 경은 물러 있으라.》
하니 자가사리 분함을 못이기나 할일없어 물러나니 룡왕이
이에 크게 잔치를 베풀고 토끼를 대접할새 금광초 불로초
는 백옥반에 벌어 있고, 옥액 경장은 잔마다 가득하고, 선
악을 아뢰며 미녀 수십인이 쌍쌍이 춤추며 능파사를 노래

하니 이때 토끼 술이 반취하야 속으로 헤오되 《내 간을 줄지라도 죽지 아니할 것 같으면 이곳에서 늙으리라.》 하더라.

룡왕이 이에 토끼다려 가로되

《과인은 수국에 처하고 그대는 산중에 있어 수토가 격원하더니 오늘 상봉함은 이 또한 천재에 기이한 인연이니 그대는 과인을 위하야 간을 가져오면 과인이 어찌 그대의 두터운 은혜를 저바리리오. 비단 후히 갚을뿐 아니라 마땅히 부귀를 같이 누릴지니 그대는 깊이 생각할지어다.》

토끼 웃음을 참지 못하나 조곰도 사색을 드러내지 아니하고 흔연히 대답하야 가로되

《대왕은 너무 념려하지 말으소서. 소로 외람히 대왕의 너그러우신 덕을 입사와 잔명을 사로시니 그 은혜를 어찌 만분지일이나 갚사옴을 생각지 아니하오며 하물며 소로는 간이 없을지라도 사생에는 관계하지 아니하오니 어찌 이것을 아끼리이꼬.》

하니 룡왕이 크게 기꺼하더라.

잔치를 파한 후 룡왕이 근시를 명하야 토끼를 인도하야 별전에 가서 쉬게하니 토끼 근시를 따라 한곳에 이른즉 그림과 단청이 찬란한 집에 창호에 수를 놓았으니 광채 령롱하고 운모 병풍과 진주 발을 사면에 드리웠는데 석반을 올리거늘 살펴보니 진수성찬이 모다 인간에서는 보지 못한 바라. 그러나 토끼는 마치 바늘 방석에 앉은 듯하매 생각하되 《내 비록 일시 속임 수로 룡왕을 달래였으나 이 따에 가히 오래 머물지 못하리라.》 하고 밤이 새도록 잠을 이루지 못하고 이튿날 다시 룡왕을 보아 가로되

《대왕의 병세 미령하오신지 이미 오랜지라, 소로 빨리 산중에 가 간을 가져오고저 하오니 바라옵건대 소로의 작은 정성을 살피옵소서.》

룡왕이 크게 기꺼 즉시 자라를 불러 이르되

《경은 수고를 아끼지 말고 다시 토 처사와 함께 인간에 나가라.》

하니 자라 머리를 조아 명을 받드는지라. 룡왕이 다시 토

끼를 대하야 당부하야 가로되

《그대는 속히 돌아오라.》

하고 진주 이백 개를 주어 가로되

《이것이 비록 사소하나 위선 과인의 정을 표하노라.》

하니 토끼 공손히 받은 후 룡왕께 하직하고 궐문 밖에 나오매 백관이 다 나와 전별하며 수이 간을 가져 돌아옴을 부탁하되 홀로 자가사리 오지 아니하였더라.

이때 토끼 자라 등에 다시 올라 만경 창파를 건너 바다'가에 이르러 자라 토끼를 나려놓으니 토끼 기꺼움을 뭇이겨 스스로 생각하되 《이는 진실로 그물을 벗어난 새요, 함정에 뛰여난 범이로다. 만일 나의 지혜 아니면, 어찌 고향 산천을 다시 보리오.》하며 사면으로 뛰노는지라, 자라 토끼의 모양을 보고 가로되

《우리의 길이 총망하니 그대는 속히 돌아감을 생각하라.》

토끼 크게 웃어 가로되

《이 미련한 자라야 대저 오장 륙부에 붙은 간을 어이 출납하리오. 이는 잠시 내 기특한 피로 너의 수국 군신을 속임이라. 또 녀의 룡왕의 병이 날과 무슨 관계 있느뇨. 진소위 풍마우 불상급이로다. 또 네 무단히 산중에 한가로이 지내는 나를 유인하야 네 공을 나타내려 하니 내 수국에 들어가 놀래든 일을 생각하면 모골이 송연한지라, 너를 곧 없이하야 분을 풀 것이로되 네 나를 업고 만리 창파에 왕래하든 수고를 생각지 아니하지 못하야 잔명을 살려 보내노니 빨리 돌아가 저 늙은 룡왕다려 이르되, 〈사생이 다 명이 있으니 다시는 부질없이 망녕된 생각을 내지 말라.〉하여라》.

하고 또 크게 웃어 가로되

《녀의 일국 군신이 모다 나의 묘계에 속으니 가위 국중이 허무하다 하리로다.》

하고 인하야 깊은 송림 사이로 들어가 자취가 살아지는지라. 자라 토끼의 가는 모양을 하욤없이 바라보고 길이 탄식하야 가로되

《내 충성이 부족하야 토끼에 속은 바 되였으니 이를 장차 어찌하리오.》

또 탄식하야 가로되

《우리 수국 신민이 복이 없어 룡이 장차 날리로다. 내 토끼의 간을 얻지 못하고 무슨 면목으로 돌아가 우리 임금과 만조 동료를 대하리오. 차라리 이 따에서 죽음만 같지 못하도다.》

하고 머리를 바위'돌을 향하야 부딪치려 하더니 홀연 누가 크게 불러 가로되

《별 주부는 로부의 말을 들으라.》

하거늘 자라 놀라 머리를 돌이켜 보니 한 도인이 머리에 절각건을 쓰고 몸에 자하의를 입고 표연히 자라 앞에 와 웃어 가로되

《네 정성이 지극하기로 내 천명을 받자와 한 개의 선단을 주노니 너는 빨리 돌아가 룡왕의 병을 고치게 하라.》

하고 말을 마치더니 소매 안으로 약을 내여 주거늘 자라 크게 기꺼 두번 절하고 받아 보니 크기 산사 만하고 광채 휘황하며 향취 진동하는지라 다시 절하고 사례하야 가로되

《선생의 큰 은혜는 우리 일국 군신이 감격하려니와 감히 묻잡나니 선생의 존성 대명을 알고자 하나이다.》

도인이 가로되

《나는 패국 사람 화타로다.》

하고 표연히 가더라.

☆
☆　☆

장 끼 전.

〔解 說〕

소설 《장끼전》은 傳來의 說話를 小說化한 作品으로서 《토끼전》과 함께 우리들의 代表的인 擬人的 寓話 小說이다.

따라서 《장끼전》도 人民 創作에 基礎한 다른 作品들과 같이 그의 作家와 創作 年代를 밝힐 수 없는 作品으로 남아 있다.

大體로 傳來의 口碑 說話들이 小說化된 過程은 相當히 오랜 期間으로 推定되나, 그것이 書寫된 作品으로 出現하기는 小說 文學의 急速한 普及을 보게된 17 世紀 末葉으로부터 18 世紀 中葉에 이르는 期間이였으며, 그것이 韻文的인 唱劇本 形式으로 完成된 것은 그보다 더 뒤늦어 19 世紀 初葉이라고 보는 것이 一般的인 見解다.

그리하여 《장끼전》도 그 內容과 形式으로 보아 上述한 歷史的 過程을 밟았다고 보아지며, 特히 18 世紀 庶民 階層의 反封建的 批判的 精神의 昂揚의 産物로 된다.

即 《장끼전》은 比較的 짧은 作品이나 動物 世界를 擬人化의 手法으로써 當時의 人情 世態를 捕捉하여 辛辣한 諧謔과 諷喩를 加하고 있다.

人情 世態에 對한 諷喩와 諧謔은 勿論 當時의 一般 庶民 階層의 文學이 志向하고 있는 性格的인 一面이라고 할 것이나 動物 世界를 通하여 當時의 時代相을 大膽하게 暴露 批判한 것은 이 作品의 가장 特徵的인 것으로서, 그 諷喩도 多方面的이다. 即 장끼의 죽음을 通하여 物慾이 너무 過하면 一身을 亡친다는 것으로서 當時의 貪官 汚吏들의 運命을 諷喩하는 한편 男便이라고 하여 너무 固執 不通이고 婦女子를 蔑視하게 되면 敗家亡身 한다는 것으로서 一種 女權을·擁護하고 있다. 또한 까토리를 通하여서도 男便이 죽은 뒤 婦女子의 守節 終身을 反對할 뿐만 아니라 寡婦의 守節이란 것이 걸으로의 體面 뿐이며 形式的이란 것을 諷喩하고 있다. 이밖에도 《장끼전》에는 《類類相從》이라든가 其他의 批判的 見解가 들어 있다.

또한 《장끼전》은 그의 藝術的 形象性으로도 特出하여 歌詞에도 引入된 것을 볼 수 있다.

장끼전.

　건곤이 배판할 제 만물이 번성하여 귀할손 인생이오 천할손 짐승이라. 날'짐승도 삼백이오 길'짐승도 삼백이라. 꿩의 화상 볼작시면 의관은 오색이오 별호는 화충이라. 산금 야수 천성으로 사람을 멀리하여 운림 벽계 상게 락락장송 정자 삼고 상하 평전 들 가운대 퍼진 곡식 주어 먹어 임자없이 생긴 몸이 궁포수와 사냥'개에 걸렷하면 잡혀가서 삼태 육경 수령 방백 다방'골 제갈 동지 싫도록 장복하고, 좋은깃 골라내여 사령 기의 살대치레와 전'방의 먼지채며 온가지로 두루 쓰니 공덕인들 적을소냐. 평생 숨은 자취 좋은 경치 보려 하고 백운 상상봉에 허위허위 올라가니 몸 가벼운 보라매는 에서 떨렁 제서 떨렁 몽치 든 몰이'군은 예서 위여 제서 위여, 냄새 잘 맡는 사냥'개는 이리 꿀꿀 저리 꿀꿀 억새 포기 떡갈'잎을 뒤적뒤적 찾어 드니 살아날 길 바이 없네. 사이'길로 가자 하니 부지기수 포수들이 총을 메고 둘러섰네. 엄동 설한 주린 몸이 어데로 가잔말가. 종일 청산 너운 벌에 상하 평전 너른 들에 콩낱 혹시 있겠으니 주으러 가자세라.

　이때 장끼 치장 볼작시면, 다홍 대단 곁마기에 초록 궁초 깃을 달어 백릉 동정 스쳐 입고 주먹 벼슬 옥관자에 열두 장목 만신 풍채 장부 기상 좋을시고. 까토리 치장 볼작시면 잔누비 속저고리 폭폭이 잘게 누벼 상하 의복 갖춰 입고 아홉 아들 열두 딸년, 앞세우고 뒤세우고 어서가자 바삐가자, 평원 광야 너른 들에 줄줄이 퍼져 가며, 널랑 저골 줏고 우릴랑 이골 줏자, 알알이 두태를 주을세면 사람의 공양은 부뤄 무엇하리. 천생 만물 제마다 록이있으니 일포식도 재수라고, 점점주어 들어갈 제 난대 없는 붉은콩 한 낱 덩그렇게 놓였거늘 장끼란 놈하는말이,

　《어화 그 콩 소담하다. 하늘이 주신 복을 내 어이 마다하리. 내 복이니 먹어보자.》

까토리 하는 말이

《아직 그 콩 먹지 마소. 설상에 사람 자최 수상도 하여지라. 다시금 살펴보니 입으로 훌훌 불고 비로 싹싹쓴 자최 심히 고이하매 제발덕분 그 콩 먹지마쇼.》

장끼란 놈 하는말이

《네 말이 미련하다. 이때를 의론ㅎ건대 동지 섣달 설한이라, 첩첩이 쌓인 눈이 곳곳이 덮였으니 천산에 나는 새 그쳐 있고 만경에 발길이 막혔거늘 사람 자최 있을소냐.》

까토리 하는말이

《시기는 그러할 듯하나 간밤에 꿈을 꾸니 대불길하온지라. 자랑 처사하옵시오.》

장끼란 놈 하는 말이

《내 간밤에 일몽을 연으니 황학을 비껴타고 하늘에 올라가 옥황께 문안하니 나를 산림 처사 봉하시고 만석고의 콩 한섬을 상급하셨으니 오늘 이콩 하나 그 아니 반가울가. 예'글에 이르기를 《주린 자 달게 먹고 목 마른 자 수이 마신다 하였으니, 주린 량을 채여보자.》

까토리 이른말이

《그대 꿈 그러하오나 이내 꿈 해몽하면, 무비 다 흉몽이라. 어제밤 이경 초에 첫잠 들어 꿈을 꾸니 북망산 음지짝에 궂인 비 뿌리며 청천에 쌍무지게 홀지에 칼이 되여 그대 머리 멩겅 베여 나리치니 그대 죽을 흉몽이라. 제발 그 콩 먹지 마소.》

장끼란 놈 하는 말이

《그 꿈 념려 말아. 춘당대 알성과에 문관장원 참례하여 어사화 두가지를 머리 우에 수겨 꽂고 장안 대도상에 왕래할 꿈이로다. 과거나 힘쩌 보세.》

까토리 또한 말이

《삼경야에 꿈을 꾸니 천근들이 무쇠 가마 그대 머리 흠뻑 쓰고 만경 창파 깊은 물에 아조 풍덩 빠졌거늘, 나 혼자 그 물'가에서 대성 통곡하여 뵈니, 그대 죽을 흉몽이라. 부대 그 콩 먹지 마소.》

188

장끼란 놈 이른 말이

《그 꿈은 더욱좋다. 대명이 중흥할 제 구원병 청하거든 이내 몸이 대장되어 머리 우에 투구 쓰고 압록강 건너 가서 중원을 평정하고 승전 대장 되올 꿈이로다.》

까토리 하는말이

《그는 그렇다 하려니와, 사경에 꿈을 꾸니 로인 당상하고 소년이 잔치할 제 스물두폭 구름 차일 받쳤든 서발 장대 우지끈 뚝딱 부러지며 우리들의 머리에 아조 흠뻑 덮여 보이니 답답한 일 볼 꿈이요. 오경 초에 꿈을 꾸니 락락 장송 만정한데 삼태성 태을성이 은하수를 둘렀는데 그 일점 성이 뚝 떨어져 그대 앞에 나려져 뵈니 그대 장성 그리 된 듯 삼국적 제갈 무후 오장원에 운명할 제 장성이 떨어졌다 하더이다.》

장끼란 놈 하는 말이

《그꿈 념려 말아. 차일 덮어 보인 것은 일모 청산 오늘'밤에 화초 병풍 잔디 장판 등걸로 벼개 삼고 칡'잎으로 요를 깔고 갈'잎으로 이불 삼아 너와 나와 추켜 덮고 이리저리 궁글 꿈이요. 별 떨어져 보인 것은 예'날 헌원찌 대부인이 북두 칠성 정기 타서 제일 생남하야 있고, 견우 직녀성은 칠월 칠석 상봉이라. 네 몸에 태기 있어 귀자 낳을 꿈이로다. 그런 꿈만 많이 꾸어라.》

까토리 하는 말이

《계명시에 꿈을 꾸니 색저고리 색치마를 이내 몸에 단장하고 청산 록수 노니다가 난데 없는 청삽사리 입살을 악물고 와락 뛰여 달려 들어 발톱으로 허위치니 경황 실색 갈데 없어 삽발으로 다라날 제 긴 삽'대 쓰러지고, 굵은삽'대 춤을 추며 자른 허리 가는 몸에 휘휘 칭칭 감겨 뵈니 이내 몸 과부되여 상복 입을 꿈이오니 제발덕분 먹지 마소. 부대 그 콩 먹지 마소.》

장끼란 놈 대로하야 두발로 이리 차고 저리 차며 하는 말이

《화용 월태 저 간나위년 기둥 서방 마다하고 타인》

남자 질기다가 참바 올바 주황사로 뒤'죽지 결박하야 이
거리 저거리 종로 네거리로 북치며 조리 돌리고 삼모
장과 치도곤으로 난장 맞을 꿈이로다. 그런 꿈 말 다
시 말아. 앞정갱이 꺾어 놓타.》

까토리 하는 말이

《기러기 북국에 울어 엘 제 갈'대를 물어넓은 장부의
조심이오. 봉이 천 길을 며 오르되 좁쌀을 찍어 먹지
아니함은 군자의 렴치로다. 그대 비록 미물이나 군자의
본을 받아 렴치를 알 것이니 백이 숙제 충렬 렴치
주속을 아니 먹고, 장 자방의 지혜 렴치 사병 벽곡
하였으니, 그대도 이런 것을 본을 받아 조심을 하려 하
면 부대 그 콩 먹지 마소.》

장끼란 놈 이른 말이

《네 말이 무식하다. 례절을 모르거든 렴치를 내 알소냐.
안자님. 도학 렴치로도 삼십 밖에 더 못 살고, 백이 숙제
의 충절렴치로도 수양산에 굶어 죽고 장량의 사병 벽곡
으로도 적송자를 따랐으니 렴치도 부질업고 먹는 것이
으뜸이라. 호타하 보리밥을 문숙이 달게 먹고 중흥 천자
되여있고 표모의 식은 밥을 한신이 달게 먹고, 한국 대
장 되였으니, 나도 이 콩 먹고 크게 될 줄 뉘 알소냐.》

까토리 하는 말이

《그 콩 먹고 잘 된단 말은 내 먼저 말하오리다. 잔디
찰방 수망으로 황천 부사 제수하야 청산은 영리별하오리
니, 내 원망은 부대 마소. 고서를 불양이면 고집 불통
과하다가 패가 망신 몇몇인고. 천고 진 시황의 몸을 고
집 부소의 말 듣지 않고 민심 소동 사십 년에 이세
때에 실국하고 초패왕의 어린 고집 범증의 말 듣지 않
다가 팔천 자제 다 죽이고 무면 도강동하야 자문이
사하야 있고 굴 삼려의 옳은 말도 고집 불청하다가 진
무관에 군이 가쳐 가련 공산 삼혼 되여 강상에 우는
새 어복 충혼 부그럽다. 그대 고집 과하다가 오신명하
오리다.》

190

장끼란 놈 하는 말이

《콩 먹고 다 죽을가. 고서를 볼작시면 콩태 자 든 이마다 오래 살고 귀이 되나라. 태고 적 천황 씨는 일만 팔천 세를 살아 있고, 태호 복희 씨는 풍성이 상승하야 십오 대를 전해 있고 한 태조 당태종은 풍진세계 창업지주 되였으니, 오곡 백곡 잡곡 중에 콩태 자가 제일이라. 궁 팔십 강태공은 달 팔십 살아 있고 시중 천자 리태백은 기경 상천하여 있고 북방의 태을성은 별 중의 으뜸이라. 나도 이콩 달게 먹고 태공 같이 오래 살고, 태백 같이 상천하야 태을 선관 되오리라.》

까토리 홀로 경황 없이 물러서니 장끼란 놈 거동 보소. 콩 먹으러 들어갈 제 열 두 장목 펼쳐 들고 꾸벅꾸벅 고개 조아, 조촘조촘 들어가서, 반달 같은 혀뿌리로 드립더 꽉 찍으니 두 고패 둥그러지며, 머리 우에 치는 소리 박랑사 중에 저격 시황하다가 버금 수레 마치는 듯 와지끈 뚝따 푸드득 변통없이 치였구나.

까토리 하는 말이

《저런 광경 당할 줄 몰랐든가. 남자 되여 녀자의 말 잘 들어도 패가하고 계집의 말 안 들어도 망신하네.》

까토리 거동 볼작시면 상하 평전 자갈 밭에 자락머리 풀어 놓고 당굴당굴 궁굴면서 가슴치고 일어 앉어 잔디 풀을 쥐여 뜯어 애통하며 두 발로 땅만 구르면서, 붕성지통 극진하니 아홉 아들 열 두 딸과 친구 벗님네도 불상하다 의론하며, 조문 애곡하니 가련 공산 락목천에 울음 소리 뿐이로다. 까토리 슬픈 중에 하는 말이

《공산 야월 두견성은 슬픈 회포 더욱 섧다. 통감에 이르기를 〈독한 약이 입에는 쓰나 병에는 리하고, 옳은 말이 귀에는 거슬려도 행실에는 리하다〉 하였으니, 그대도 내 말 들었으면 저런 변 당할손가. 답답 하고 불상하다. 우리 량주 좋은 금실 눌더러 말할소냐. 슬피 서서 통곡하니 눈물은 못이 되고 한숨은 풍우 된다. 가슴에 불이 붙네. 이내 평생 어이할고.》

장끼 거동 볼작시면 차위 밑에 엎대여서,

《예라, 이년 요란하다. 호환을 미리 알면 산에 갈이 뉘 있으리. 선미련 후질기라. 죽는 놈이 탈없이 죽으랴. 사람도 죽기 살기를 맥으로 안다하니 나도 죽지 않겠나 맥이나 짚어 보소. 》

까토리 대답하고 이른 말이,

《비위 맥은 끊어지고 간 맥은 서늘하고 태중 맥은 거더 가고, 명 맥은 떨어지네. 애고 이게 웬 일이오. 원쑤로다 원쑤로다, 고집 불통 원쑤로다. 》

장끼란 놈 하는말이

《맥은 그러하나 눈청을 살펴 보소. 동자부처 온전한가. 》

까토리 한숨 쉬고 살펴 보며 하는 말이

《인제는 속절없네. 저편 눈에 동자부처 첫새벽에 떠나 가고 이편 눈에 동자부처 지금에 떠나려고 파랑 보에 보'짐 싸고 곰방대 붙여 물고 질목 버선 감발하네. 애고 애고 이내팔자 이다지 기박한가. 상부도 자주한다. 첫째 랑군 얻었다가 보라매에 채여 가고, 둘째 랑군 얻었다가 사냥'개에 물려 가고, 셋째 랑군 얻었다가 살림도 채 못 하고 포수에게 맞어 죽고, 이번 랑군 얻어서는 금실도 좋거니와 아홉 아들 열 두 딸을 낳아 놓고 남혼 녀가 채 못 하야 구복이 원쑤로 콩하나 먹으려다 저 차위에 덜컥 치였으니, 속절없이 영리별하겠고나. 도화 살을 가졌는가 상부 살을 가졌는가. 이내 팔자 험악하다. 불상하도다 우리 랑군, 나이 많아 죽었는가, 병이들어 죽었는가, 망신 살을 가졌든가, 고집 살을 가졌든가. 어찌 하면 살려 낼고. 앞뒤에 섰는 자녀 뉘라서 혼취하며, 복중에 든 유복자는 해산 구완 뉘라할까. 운림 초당 너른 뜰에 백년초를 심어 두고 백년 해로 하잣더니 단 삼년이 못 지나서 영결 종천 리별초가 되였구나. 저렇듯이 좋은 풍신 언제 다시 맞나 볼까. 명사십리 해당화야, 꽃 진다 한을 말아. 녀는 명년 봄이 되면 또다시 피려니와 우리 랑군 한 번 가면 다시 오기 어려워라.

미망일세 미망일세, 이몸이 미망일세.》

한참 통곡하니 장끼란 놈 반눈 뜨고

《자네 너무 설어 마소. 상부 잦인 네 가문에 장가
가기 내 실수라. 이말 저말 잔말 말아, 사자는 불가부생
이라. 다시 보기 어려우니 나를 굳이 보랴거든 명일 조
반 일즉 먹고 차위 임자 따라가면 김천 장에 걸렸거나 전
주 장에 걸렸거나 청주 장에 걸렸거나 그렇지 아니하면 감영
도나 병영 도나 수령 도의 관청고에 걸렸든지, 봉물'집
에 얹었든지 사'도밥상 오르든지 그렇지 아니하면 혼인 집
폐백 전치 되리로다. 내 얼굴 못 보아 슬허 말고 자네
몸 수절하야 정렬 부인 되옵소서. 불상하다 불상하다 이내
신세 불상하다. 우지 말아, 내 까토리 우지말아. 장부 간
장 다 녹는다. 네 아모리 슬허하나 죽는 나만 불상하다.》

장끼란 놈 기를 쓴다. 아래 고패 벗드리고 위 고패
당기면서 버럭버럭 기를 쓰나 살길이 전혀없고 털만 쑥
쑥 다 빠지네.

이때 차위 임자 탁 첨지는 망보다가 만선두리 서피
휘양 우그려 쓰고 지팡 막대 걷어 짚고 허위허위 달려들
어 장끼를 빼여 들고 희희 락락 춤을 추며,

《지아자 좋을시고. 안 남산 벽계수에 물먹으려 네 왔
더냐. 밖 남산 작작 도화 꽃놀이에 네 왔더냐. 탐식몰
신 모르고서 식욕이 과하기로 콩하나 먹으려다가 록수
청산 놀든 너를 내손으로 잡었구나. 산신께 치성하야 네
구족을 다 잡으리라.》

장끼의 빗문 혀를 빼내여 바위 우에 얹어 놓고 두
손으로 합장하야 비는 말이

《아까 놓은 저 차위에 까토리마저 치이옵소서, 나무아
미타불 관세음보살.》

구벅구벅 절하고 탁 첨지 나려간다.

까토리 뒤미처 밟어 가서 바위에 얹힌 털을 울며 불
며 찾어다가 츩'잎으로 소렴하고, 댕댕이로 대렴하고, 원추리
로 명정써서 애송목에 걸어 놓고, 발머리 사태 난 데

198

금정없이 산악하야 하관하고 산신제와 불신제 지내고 제물을 차릴 적에 가랑'잎에 이슬 받아 도토리 잔 삼아 담아 놓고, 속세'대로 수저 삼아 칭가 유무 형세대로 그령저령 차려 놓고 호상 소임으로 집사를 분정하니 누구누구 들었든고. 의관좋은 두루미는 초헌관이 되여있고, 몸 가벼운 제비새는 접빈객 되여있고, 말 잘하는 앵무새는 진설을 맡았구나. 따오기 꿇어 앉어 축문을 랑독하니, 그 축문에 하였으되,

《유세차 모년 모월 모일 미망 까토리 김소고우, 현벽 잡끼 학생부군 혼귀둔석 신발설당 신주기성 북유존령 사구종신 시빙시의.》
라 하였더라.

이때 쳡상 할 듯 말 듯 주저할 제 소리개 하나 떠오다가 주린 중에 굽어 보고, 어느놈이 만상제냐. 내 한 놈 데려가리라. 하고 주루룩 달려들어 두발로 꿩 새끼 하나 툭 차 가지고 공중에 높이 떠서 층암절벽 상상봉에 너울 덤벅 올라 앉어, 이리 뒤적 저리 뒤적하는 말이

《감기로 불평하여 연섭일 주리기로 구미가 떨어졌더니 오늘이야 인간 제일미를 얻었구나. 문어 전북 해삼탕은 재상의 제일미요, 전초 자반 송엽주는 수자 중의 제일미요, 십년 일경 해궁도는 서왕모의 제일미요, 일년 장춘 약산주는 상산 사호 제일미요, 절로 죽은 강아지와 꽁지안난 병아리는 연장군의 제일미라. 굵으나 자나 꿩의 새끼 하나 생겼으니 주린 검에 먹어보자.》
하며 너울너울 춤추다가 아차하고 돌아보니 바위아래 떨어져서 자최없이 숨었구나. 속절없이 물러 앉어 허회 탄식하는 말이

《삼국 명장 관운장도 화용도 좁은 길에 잡은 조조 놓았으니 이는 대의를 생각함이요. 첨악한 연장군도 꿩의 새끼 놓았으니 그도 또한 선심이라. 자손 창성 하리로다.》
태백산 갈'가마귀 북악을 구경하고 도중에 허기 맞나 요기 차로 까토리께 조상하고 과실 노나 먹은 후에 탄식하야 이른말이

194

《그 친구 풍신 좋고 심덕 좋아 장수할 줄 알았더니 붉은 콩 하나 못 참어서 비명횡사 하단말가. 가련하고 불상하다. 우리야 그런 콩 보기로 먹을소냐. 여보 까토리 마누라님, 들어보소. 오늘 이 말씀이 체면은 틀리오나 고담에 이르기를 〈장사나면 룡마나고, 문장나면 명필난다〉 하 였으니, 그대 상부하자 내 오늘 여기와서 삼물조합 맞 였으니 꽃본 나비 불을 세아리며 물 본 기려기 어웅을 두려할가. 그 성세와 그 가문 내 알고 내 형세와 내 가문 그대 알 터이니 우리 둘이 자수 성가할 셈 잡 고 백년 동락 어며한가. 》

하니 까토리 한숨 짓고 하는 말이

《아무리 미물인들 삼년상도 못 마치고 개가하야 가는 법은 뉘 예문에 보았는가. 고담에 이른 말이 〈운종룡하고 풍종호라〉하며 〈여필종부라〉 하였으니 임마다 따를소냐.》

가마귀 대로하야 왈,

《네 말이 가소롭다. 시전 개풍 장에 이르기를 〈유자 칠인호대 막위모심이라〉 하였으니 사람도 일곱 아들 두 고 개가하야 갈제 탄식한 말이라. 하물며 너 같은 미물 이 수절이 당한말가. 자고로 까토리 별녀 정문 못 보았네.》

이때 부엉이 들어와 조문 후에 가마귀를 돌아보고 이 른 말이

《몸뚱이도 겸거니와 부리도 고이하다. 어른이 을작시면 기거도 아니하고 언연히 앉었느냐. 》

가마귀 노하야 왈

《완만한 부엉아. 눈은 우묵하고 귀가 쫑곳하면 어른이 냐. 내 몸 겸다 웃지마라. 거죽은 검으려니와 속조차 검 을소냐. 우연 비파산음하다가 이내 몸 거겄노라. 나의 부 리 웃지마라. 월왕 구천이도 내 입과 방불하나 십년을 칼갈 아 부악을 돌아 들어 제후왕 되였세라. 예' 글을 몰랐으니 어른은 무슨 어른이냐. 저놈을 그저 못 두리라. 명일 식 후에 통문 놓아 대동회 벌부치고 양안에 제명하리로다.》

하며 한참 이리 다툴 적에 청천에 외기러기 운간에 떠

울다가 우연히 나려와서 목을 걸게 느리고서 좌우를 대책하여 왈

《너 이 무슨 어른이뇨. 한 나라 소자경이 북해 상에 십구 년을 가쳤을 때 고국 소식 모르기로 일장 서간 말어다가 한 천자께 내손으로 바쳤으니, 이런 일을 보량이면 내가 먼저 어른이라. 너 이 무슨 어른이냐.》

앞 련당 물오리란 놈 일곱 번 상처하고 남녀간 혈육없어 후처를 구하더니 까토리 상부한 소식을 듣고 롱혼도 아니하고 혼인'길을 차릴 져에 웅웅명안 기려기로 안부장을 삼아 두고, 관관저구 진경으로 함진아비 사마두고, 키활 좋은 황새로 후행을 삼아 두고, 소리 큰 왜가리 길잡이를 삼아 두고, 맵시있는 호반새로 전갈 하인 삼았구나. 이날 호반새 들어 와서 이른 말이

《까토리 신부 계신가, 오리 신랑 들어가네.》

까토리 울다 하는 말이

《아무리 과부가 만만한들 궁합도 아니보고 역혼을 하려하오.》

오리 하는말이

《과부 홀아비 만나는데 례절 보고 사주 불가. 신부 신랑 둘이 자면 궁합되나니라. 택일이나 하여보자. 일상 생기 이중천의 삼하절체 사중유혼 오상화해 육중복덕일이오, 천덕 일덕이 합하였으니 오늘'밤이 으뜸이라. 이성지합은 백복지원이니 잔말말고 지금자세.》

까토리 웃고 대답하되

《자네는 남자라고 음흉한 말 제법 하네.》

오리란 놈 하는 말이,

《이내 호강 들어 보소. 영주 봉래 청강수에 모든 신선 배를 타고 완월장취 하는 양을 력력히 구경하고, 소상 동정 너른 물에 홍료 백빈 집을 삼아 오락가락 노닐면서 은린 옥척 좋은 생선 식량대로 장복하니 천지 간에 좋은 생애 물 밖에 또 있는가.》

까토리 하는 말이

《물 생애 좋다한들 륙지 생애 같을소냐. 우리 생애 들어 보소. 평원 광야 너른 들에 오락 가락 노닐다가 층암 절벽 높은 봉에 허위허위 올라가서 사해팔방 구경하고 춘삼월 늦인 봄 객사 청청 유색신할제 황금 같은 꾀꼬리는 양류 간에 왕래하고 춘풍 도리 화개 야에 촉혼조 슬피 울어 불여귀 하는 소리 초목 금수라도 심회 산란하니 그도 또한 경이로다. 추팔월 황국 시절 만산 실과 주어다가 앞뒤로 로적하고 치장군의 좋은 복록 춘치 자명 우는 소리 고금에 무쌍이라. 수중 생애 좋다한들 륙지 생애 당할소냐. 》

하니 오리 묵묵히 앉었으니 그결에 조상 왔든 장끼란 놈 썩 나서며 하는말이

《이내 몸 환거한지 삼년이 되였으되 마땅한 혼처 없더니 오늘 그대 과부 되자 내 조상 와서 천정 배필을 천우 신조하얐으니 우리들이 짝을 지어 유자생녀하고 남혼녀가시기여 백년 해로 하리로다. 》

까토리 하는 말이

《죽은 랑군 생각하면 개가하기 절박하나 내 나을 꼽아 보면 불로 불소 중늙은이라. 수맛 알고 살림할 나이로다. 오늘 그대 풍신보니 수절 마음 전혀 없고 음란지심 발동하네. 허다한 홀아비가 예서 제서 통혼하나 왕손만이 각지러니 예' 말에 이르기를 〈류류상종이라〉 하였으니 까토리가 장끼 신랑 따라감이 의당당한 상사로다. 아뭏거나 살아보세. 》

장끼란 놈 껴껴 푸드득하더니 벌서 이성지합 되였으니 통혼하든 가마귀, 부엉이, 물오리, 무안에 취하여 훨훨 날아갈제 각색 소임 다 날라간다. 감정새 호루룩, 방울새 땉랑, 앵무, 공작, 기러기, 왜가리, 황새, 뱁새 다 돌아가느라.

이때 까토리 새 랑군 앞세우고 아홉 아들 열두 딸 뒤세우고 백설풍 무릅쓰고 운림 벽계로 돌아가서 명년 삼월 봄이 봄에 남혼 녀가 다 여의고 자웅이 쌍을 지어 명산 대천 노닐다가 시월이라 십오일에 양주 부처 내외 자웅 가시벗이 큰물에 들어가 조개 되였으니 《치입대수 위합》이라 세상사람들이 이르나니라.

薔花 紅蓮傳.

〔解 說〕

《薔花 紅蓮傳》은 口碑 傳說에 源泉을 둔 繼母 小說의 하나이다.

《薔花 紅蓮傳》의 漢文本은 朴 慶壽의 作으로 《長花 紅蓮傳》으로 되였으며 18 世紀에 나온 것이나, 그의 原本은 그에 앞서 孝宗代의 武官인 全 東屹의 《嘉齋集》 속에 들어 있다.

全 東屹은 鎭安 出生으로 孝宗의 北伐 計劃에 參與하였던 武將의 한 사람이다. 當時 平安道 鐵山府에 冤鬼 公廳 出現으로 말미암아 到任하는 府使마다 죽는 怪事件이 생겼을 때 鐵山府 事件 解決의 命을 받고 간 府使가 다름 아닌 全 東屹이였다. 그는 冤魂의 申訴를 듣고 冤死한 長花 紅蓮을 伸冤하여 줌으로써 이 事件을 無事히 解決하였다는 것이다.

勿論 이것은 中世紀的인 傳奇的 說話에 不過하나 當時에 이 같은 型의 冤鬼 公廳 出現의 說話가 많았든 것이 事實이다. 그리하여 《薔花紅蓮傳》도 所謂 《公案類》의 作品에 屬한다.

朴 慶壽의 《長花 紅蓮傳》은 全 東屹의 그와 같은 行狀을 記錄하는데 重點을 둔 것이다. 그러나 國文本 《薔花 紅蓮傳》은 이를 潤色하여 푸로르를 繼母 虐待 밑에 薔花 紅蓮의 成長으로부터 始作하야 封建的 家庭內의 葛藤을 暴露하였다.

勿論 끝에 가서 裴 座首가 다시 後室 尹氏 夫人을 맞이하여 薔花 紅蓮의 後身인 雙女를 낳아 그와 同年 同月 同日에 낳은 平壤 李 演浩의 雙寶과 結婚시키는 大團圓을 지은 것은 一種의 勸善 懲惡的 試圖인 것이나, 또한 冤死한 薔花 紅蓮을 그대로 둘수 없는 人民들의 깊은 同情의 表現인 것이다.

장화 홍련전.

화설, 해동 조선국 세종 대왕 시절에 평안도 철산군에 한 사람이 있으니 성은 배요 일홈은 무용이니, 본대 향반으로 좌수를 지내였으매 성품이 순후하고 가산이 유여하야 그럴것이 없으되 다만 슬하에 일점 혈육이 없으므로 부부

198

매양 슬허하더니 하로는 부인 장 씨 금이 곤하야 침석을
의지하고 조을새 문득 한 선관이 하늘로서 나려와 꽃 한
송이를 주거늘 부인이 받으려 할 때에 홀연 광풍이 일어
나며 그 꽃이 변하야 한 선녀가 되여 완연히 부인의 품
속으로 들어오는지라, 부인이 놀라 깨달으니 남가일몽이라.
부인이 좌수를 청하야 몽사를 이야기하고 고이히 여기거늘
좌수 이말을 듣고 가로되

《우리의 무자함을 하늘이 불상히 여기사 귀자를 점지
하심이라.》

하며 서로 기뻐하더니 과연 그달부터 태기있어 십삭이 차
매 하로는 밤'중에 향기 진동하며 순산하야 옥녀를 낳으
니 용모와 기질이 특이하야 좌수 부부 크게 사랑하며 일
홈을 장화라 하고 장중 보옥같이 여기더라.

장화 두어살이 되매 장 씨 또한 태기있어 십삭이 되
여가니 좌수 부부는 주야로 아들 낳기를 바라다가 역시
딸을 낳으매 마음에 서운하나 할일없어 일홈을 홍련이라 하
였더니 장화의 형제 점점 자라매 얼굴이 화려하고 기질이
기묘할뿐더러 효행이 특출하니 좌수 부처 형제의 자라감을
보고 사랑함이 비할 데 없는중 너무 숙성함을 매우 념려
하더니 시운이 불행하야 장 씨 홀연히 병을 얻어 자리에
누으니 좌수와 장화 정성을 다하야 주야로 약을 쓰되 증
세 날로 위중할뿐이요, 조곰도 효험이 없는지라, 장화 초조
하야 하늘께 축수하야 모친의 회춘하기를 바라더니 이때
장 씨 자기의 병이 회춘증지 못할 줄을 짐작하고 녀아
형제의 손을 잡고 좌수를 청하야 슬퍼하야 가로되

《첩이 전생에 죄가 많아 아마 이 세상에 오래지 못하
리니 죽기는 섧지 아니하나 장화 형제를 기를 사람이
없아오니 지하에 갈지라도 눈을 감지 못할지라. 슬프다,
이제 골수에 맺힌 한을 가슴에 품고 돌아가거니와 외로
운 혼백이라도 바라는 바는 다름이 아니라 첩이 죽은
후 다시 취처하실진대 랑군의 마음이 자연 변하기 쉬울
것이매 그를 두리는지라, 랑군은 첩의 유언을 저버리지

199

말으사 전일의 정의를 생각하시고 이 두 딸을 어여삐
여겨 장성한 후 같은 가문에 배필을 얻어 봉황의 짝을
지어 주신다 하면 첩이 비록 명명한 가운데라도 랑군의
은택을 감축하야 결초보은하리이다.》
하고 길이 탄식한 후 인하야 명이 진하거늘 장화 동생을
안고 하늘을 우러러 통곡하니 그 가련한 정경은 철석 간
장이라도 슬허할레라. 그러구려 장일이 다달어 선산에 안장
하고 장화 효심을 다하야 조석으로 상식을 받들며 주야
과상하더니 세월이 여류하야 홀홀히 삼상이 지나매 장화
형제의 망극함은 더욱 새롭더라.

　이때 좌수 비록 망처의 유언을 생각하나 후사를 아니
돌아볼 수 없는지라, 이에 혼처를 두로 구하되 원하는 자
없으매 부득이하야 허 씨를 장가드니 그 용모를 의론할진
대 두 볼은 한 자히 넘고 눈은 통방울 같고 코는 질병
같고 입은 미여기 같고 머리털은 도야지털 같고 키는 장
승 만하고 소리는 일히 소리 같고 허리는 두 아람이나
되는 것이 게다가 곰배팔이오, 수중다리에 쌍언청이를 겸하
였고, 그 주둥이를 썰어내면 열 사발은 되겠고, 얽기는 콩
멍석 같으니 그 형용은 차마 바로보기 어려운 중에 그
심사가 더욱 부량하야 남의 못할 노릇은 골라가며 행하니
집에 두기 일시가 난감하되, 그래도 그것이 계집이라고 그
달부터 태기 있어 련하야 아들 삼 형제를 낳으매 좌수
그로 말미암아 적이 부지하나 매양 녀아로 더불어 장부인
을 생각하며 일시라도 두딸을 못보면 삼추 같이 여기고
들어 오면 먼저 딸의 침소로 들어가 손을 잡고 눈물을
흘리며 가로되
　《녀이 형제 깊이 규중에 있어 어미 그리워함을 로
　부도 매양 슬허하노라.》
하며 애연히 여기는지라, 허 씨이려하므로 시기하는 마음이 대
발하야 장화 홍련을 모해하고자 꾀를 생각하더니 좌수 허 씨
의 시기함을 짐작하고 허 씨를 불러 크게 꾸짖어 가로되
　《우리 본대 빈곤히 지내더니 전처의 재물이 많으므로

200

지금 풍부히 살며 그대의 먹는 것이 다 전처의 재물이
라. 그 은혜를 생각하면 크게 감동할 바어늘 저 녀아
들을 심히 괴롭게 하니 무슨 도리뇨, 다시 그리말라.》
하고 조용히 개유하나 시랑 같은 그 마음이 어찌 회과함
이 있으리오. 그후로는 더욱 불칙하야 장화 형제 죽일 뜻
을 주야로 생각하더라.

하로는 좌수 외당으로 들어와 딸의 형제 손을 서로
잡고 슬픔을 머금어 눈물을 흘려 옷깃을 적시거늘 좌수
이것을 보고 매우 잔잉히 여겨 탄식하야 가로되

《이는 반드시 녀이 죽은 모친을 생각하고 슬허함이로다.》
하고 역시 눈물을 흘리며 위로하야 이르되

《녀이 이렇듯 장성하였으니 녀이 모친이 있었든들 오
즉 기쁘랴마는 팔자 기구하야 허 씨를 만나 구박이 자
심하니 녀이들의 슬허함을 짐작할지라. 이후에 이런 연고
또 있으면 내 처치하야 녀이의 마음을 편케하리라.》
하고 나왔더니 이때에 흉녀 창 틈으로 이 광경을 엿보고
더욱 분노하야 흉계를 생각하다가 문득 깨닫고 제 자식
장쇠를 시켜 큰 쥐를 한 마리 잡아오라 하야 가만히 튀
하야 피를 바르고, 락태한 모양으로 만들어 장화 자는 방
에 들어가 이불 밑에 넣고 나와 좌수 들어오기를 기다려
이것을 보이려 하더니 마침 좌수가 외당에서 들어오거늘
허 씨 좌수를 보고 정색하며 혀를 차는지라, 좌수 고이히
여겨 그 연고를 물은데 허 씨 가로되

《가중에 불칙한 변이 있으나 랑군이 반드시 첩의 모
해라 하실 듯하기로 처음에 감히 발설흥지 못하였거니와
랑군은 친 어버이라 나면 이르고 들면 반기는 정을 자
식들은 전혀 모르고 부정한 일이 많으나 내 또한 친 어
미 아닌고로 짐작만하고 잠잠하더니 오늘은 늦도록 기동
흥지 아니하기로 몸이 불편한가 하야 들어가 본즉 과연
락태하고 누었다가 첩을 보고 미쳐 수습지 못하야 황망
하기로 첩의 마음에 놀라움이 크나 저와 나만 알고 있
거니와 우리는 대대 량반이라, 이런 일이 루설되면 무슨

면목으로 세상에 서리오.》

하고 가장 분분한지라. 좌수 크게 놀라 이에 부인의 손을 이끌고 녀아의 방으로 들어가 이불을 들치고 보니 이때 장화 형제는 잠이 깊이 들었는지라, 허 찌 그 피묻은 쥐를 가지고 여러 가지로 비양하거늘 용렬한 좌수는 그 흉계를 모르고 가장 놀라며 이르되

《이 일을 장차 어찌 하리오.》

하며 애를 쓰거늘 이때 흉녀 가로되

《이 일이 가장 중난하니 이일을 남이 모르게 죽여 흔적을 없이하면 남은 이런줄은 모르고 첩이 심하야 애매한 전실 자식을 모해하야 죽였다 할것이오 남이 이일을 알면 부끄러움을 면치 못하리니 차라리 첩이 먼저 죽어 모름이 나을까 하나이다.》

하고 거짓 자결하는 체하니 저 미련한 좌수는 그 흉계를 모르고 곧 내드려 급히 붙잡고 빌어 가로되

《그대의 진중한 덕은 내 이미 아는 바이니 빨리 방법을 가르치면 저를 처치하리라.》

하며 울거늘 흉녀 이말을 듣고

《이제는 원을 이룰 때가 왔다.》

하고 마음에 기꺼하야 겉으로는 탄식하야 가로되

《내 죽어 모르고자 하였더니 랑군이 이다지 과렴하시매 부득이 참거니와 저를 죽이지 아니하면 문호에 화를 면하지 못하리니 기세 랑난이나 빨리 처치하야 이일이 탄로하지 않게 하소서.》

한대 좌수 망처의 유언을 생각하고 망극하나 일변 분노하야 처치할 묘책을 의론하니 흉녀 기뻐하야 가로되

《장화를 불러 거짓말로 속여 저이 외삼촌 집에 다녀오라 하고 장쇠를 시켜 같이 가다가 뒤 련못에 밀쳐넣어 죽이는 것이 상책일가 하나이다.》

좌수 듣고 옳이 여겨 장쇠를 불러 이리이리 하라 하고 계교를 가르치더라.

이때 두 소저는 망모를 생각하고 슬픔을 금하지 못하

다가 잠을 깊이 들었으니 어찌 흉녀의 이런 불칙함을 알았으리오. 장화 잠을 깨여 심신이 울울하므로 십분 고이히 여겨 다시 잠을 이루지 못하고 일어 앉었더니 부친이 부르시거늘 장화 놀라며 즉시 나아가니 좌수 가로되

《너이 외삼촌 집이 여기서 멀지 아니하니 잠간 다녀오라.》

하거늘 장화 너무도 의외의 령을 들으매 일변 놀라우며 일변 슬허 눈물을 머금고 대답하야 가로되

《소녀 오늘까지 지게를 나지 아니하야 외인을 대한 일이 없삽거늘 부친은 어찌 하야 이 심야에 아지 못하는 길을 가라 하시나이까.》

좌수 가로되

《네 오라비 장쇠를 다리고 가라 하였거늘 무슨 잔말을 하야 아비의 령을 거역하느냐.》

하거늘 장화 이 말을 듣고 방성 대곡하야 가로되

《부친께서 죽으라 하신들 어찌 령을 거역 하리이까마는 야심하였압기로 어린 생각에 사정을 고함이오. 분부 이러 하시니 황송하오나 다만 바라옵기는 밤이나 새거든 가게 하옵소서.》

하였더니 좌수 비록 용렬하나 자식의 정을 생각하고 망서리거늘 흉녀 이렇듯 수작함을 듣고 문득 문을 발'길로 박차며 꾸짖어 가로되

《너는 아비의 령을 순히 좇을 것이어늘 무슨 말을 하야 부명을 어기느냐.》

호령하거늘 장화 이를 보매 더욱 설으나 할일 없어 울며 가로되

《아버님 분부 이러하시니 다시 여쭐 말씀이 없아오며 분부대로 하오리다.》

하고 침방으로 들어가 홍련을 불러 손을 잡고 울어 가로되

《부친의 의향을 아지 못하거니와 무슨 연고 있는지 이 심야에 외가에 다녀오라 하시매 마지 못하야 가거니와 이길이 아모리하여도 불길하니 시급하야 사정을 못다 하거니와 가장 망극한지라. 다만 슬픈 마음은 우리 형제

모친을 여의고 서로 의지하야 세월을 보내되 일각이라도 떠남이 없이 지내더니 천만 의외에 이걸을 당하야 너를 적적한 빈방에 혼자 두고 갈 일을 생각하면 흉격이 터지고 간장이 타는 이 심사는 청천일장지로도 다 기록지 못할지라. 아모케나 잘 있으라. 내 길이 좋지 못할 듯하나 만일 순하면 속히 돌아오리니, 그사이 그리운 생각이 있을지라도 참고 기다리라. 옷이나 갈아입고 가리라.≫

하고 옷을 갈아 입은 후 형제 다시 손을 잡고 울며 아우를 경계하야 가로되

≪너는 부친과 계모를 극진히 섬겨 득죄함이 없게 하고 나의 돌아오기를 기다리면 내 가서 오래 있지 않고 수삼일에 곧 오려니와 그동안 그리워 어찌하며 너를 두고 가는 형의 마음 측량없나니 너는 슬허 말고 부대 잘 있거라.≫

말을 마치매 대성 통곡하며 다만 손을 부잡고 서로 난호지 못하니 슬프다. 생시에 그지 없이 사랑하든 그 모친은 어찌 이런 때를 당하야 저 형제의 형상을 굽어 살피지 못하는고. 홍련이 무망 중에 형의 일장 설화를 들으매 간담이 미여지는 듯하야 서로 부잡고 통곡하니 그 가련한 정상은 일필난기러라.

이에 흉녀 밖에서 장화의 이렇 듯함을 듣고 들어와 시랑 같은 소리를 지르며 꾸짖어 가로되

≪네 어찌 이렇 듯 요란히 구느뇨.≫

하고 장쇠를 불러 이르되

≪네 누이를 다리고 속히 외가에 다녀오라.≫

하거늘 개도야지 같은 장쇠는 바로 염라왕의 분부나 메인 듯이 소리를 벽력 같이 질러 어깨춤을 추며 삼간 마루를 떼구르며 가로되

≪누님은 바삐 나오소서. 부명을 거역하야 공연히 나를 꾸지람 들리니 이 아니 원통한가.≫

하며 재촉이 성화 같은지라, 장화 할일 없어 홍련의 손을 떨치고 나오려한즉 홍련이 형의 옷자락을 잡고 울며 가로되

《우리 형제 일시도 떠남이 없더니 갑자기 오늘은 나를 버리고 어대로 가려 하시느뇨.》

하며 쫓아나오니 장화 홍련의 잔잉한 형상을 보며 간장이 촌촌이 끊어지는듯하나 할일없어 홍련을 달래여 가로되

《내 잠간 다녀오리니 우지말고 잘있으라.》

하는 소리 설음에 잠겨 말을 이루지 못하노니 노복들도 이 정상을 보고 눈물을 머금더라. 홍련이 형의 치마를 굳이 잡고 놓지 아니하거늘 흉녀 드리달아 홍련의 손을 뿌리치며 가로되

《네 형이 외가에 가거늘 네 어찌 이처럼 요괴로이 구느냐.》

하며 구짖으매 홍련이 할일 없어 물러서니 흉녀 장쇠에게 년지시 눈주며 장쇠의 재촉이 성화 같으니 장화 마지 못하야 홍련을 리별하고 부친께 하직하고 말게올라 통곡하며 가니라.

장쇠 말을 급히 몰아 산곡 중으로 들어가 한곳에 다다르니 산은 첩첩 천봉이오 물은 잔잔 백곡이라. 초목이 무성하고 송백이 자욱하야 인적이 적막한데 달빛만 회양청 밝아 있고 구슬픈 두견소리 일촌 간장 다끊는다. 장화 굽어보니 송림 중에 한 못이 있으되 크기가 사십여리오, 그 깊이는 아지 못할레라. 한 번 보매 정신이 아득한 중 물소리만 처량할지라 장쇠 말을 잡고 나리라 하거늘 장화 크게 놀라 가로되

《이곳에 나리라 함은 어쩐 말이냐.》

하니 장쇠 대답하야 가로되

《누이의 죄를 알 것이니 어찌 묻느뇨. 그대를 외가에 가라 함이 정말이 아니라, 그대 실행함이 많으되 계모 착하신고로 모르는 체하시더니 이미 락태한 일이 나타난고로 날로 하여금 남이 모르게 이못에 넣고 오라 하기로 이에 왔으니 속히 물에 들라.》

하며 잡아 나리는지라. 장화 이 말을 들으매 청천 백일에 벽력이 나리는 듯 넋을 잃고 소리를 외여 가로되

《하늘도 야속하오 이 일이 웬 일이오. 무슨 일로 장화를 내시고 또 천고에 없는 루명을 싣고 이 깊은 못에 빠져죽어 속절없이 원혼이 되게 하시는고. 하늘은 굽어 살피소서. 장화는 세상에 난 후로 문밖을 모르거늘 오늘날 애매한 루명을 얻사오니 전생 죄악이 이 같이 중하든지 우리 모친은 어찌 세상을 버리시고 슬픈 인생을 끼쳤다가 간악한 사람의 모해를 입어 단 불에 나비 죽 듯 죽는 것은 섧지 않거니와 원통한 이 루명은 어느제나 설원하며 외로운 저 동생은 장차 어찌 할고.》
하며 통곡하야 기절하니 그 정상은 목석 간장이라도 섧어하련마는 저 불칙하고 무정한 장쇠 놈은 서서 다만 재촉하야 가로되
《이 적막한 산중에 밤이 이미 깊었는데 아무려도 죽을 인생, 발악하나 무익하니 바삐 물에 들라.》
하거늘 장화 정신을 진정하고 가로되
《나의 망극한 정지를 들으라. 우리 비록 이복이나 아비 골육은 한가지라. 전에 우리 우애하든 정을 생각하야 영영 황천으로 돌아가는 인명을 가련히 여겨 일시 말미를 주면 삼촌 집에 가 망모의 묘하에 하직이나 하고 외로운 홍련을 부탁하야 위로하고자 하나니 이는 결단하고 내 목숨을 보존하고자 함이 아니라 발명한즉 계모의 시기 있을 것이오 살고자 한즉 부명을 거역함이니 일정한 명대로 하려니와 바라건대 잠간 말미를 얻어 다녀와 죽음을 청하노라.》
하며 비는 소리 애원 칙은하건마는 목석 같은 장쇠 놈은 조곰도 칙은한 빛이 없어 마침내 듣지 않고 재촉이 성화 같으니 장화 더욱 망극하야 앙천 통곡하야 가로되
《명천은 이 지원한 사정을 살피소서. 장화의 팔자 기박하야 칠세에 모친을 여의옵고 형제 서로 의지하야 서산에 지는 해와 동령에 돋는 달을 대할 제면 간장이 슬퍼지고, 후원에 피는 꽃과 옥계에 나는 풀을 볼 적이면 비감하야 눈물이 비오는 듯 지내옵더니, 삼년 후 계모를

206

얻으매 성품이 불칙하야 **구박**이 자심하온지라, 설은 **간장** 슬픈 맘을 이기지 못하오나 낮이면 부친을 바라고 밤이 면 **망모**를 생각하며 형제 서르 손을 잡고 **장장** 하일과 긴긴 추야를 장우난탄으로 보내옵더니 궁흉거악한 계모의 **독수**를 벗어나지 못하옵고 오늘날 물에 빠져 죽사오니 이 장화의 천만 애매함을 천지 일월 성신은 질정하소서. 홍련의 잔잉한 인생을 어여삐 여기사 날 같은 인생을 본받게 마옵소서.》

하고 장쇠를 돌아보아 가로되

《나는 이미 루명을 실어 죽거니와 저 외로운 **홍련**을 어여삐 여겨 잘 인도하야 부모에 득죄함이 **없게 하고** 부모를 모셔 백세 무량함을 바라노라.》

하며 좌수로 홍상을 잡고 우수로 월귀탄을 벗어 들고 **신** 발을 벗어 못에 놓고 발을 구르며 눈물을 비오 듯 흘 리고 오는 길을 향하야 설성 통곡하는 말이

《어여뿔사 홍련아, 적막한 깊은 규중 너 홀로 남았으니 잔잉한 네 인생이 누를 의지하야 살아간단말가. 너를 두 고 죽는 나는 쓰라린 이 간장이 구비 구비 다 녹는다.》

말을 마치고 만경 창파 나는 듯이 뛰어 드니 가련하 다. 문득 물'결이 하늘에 닿으며 찬 바람이 일어나고 월광 이 무색하며 산중으로 대호 내달아 꾸짖어 가로되

《네 어미 무도하야 애매한 자식을 모해하야 죽이니 어 찌 천도 무심하시랴.》

이에 달려들어 장쇠 놈의 두 귀와 한 팔, 한 다리를 떼여 먹고 간대 없거늘 장쇠 기절하야 땅에 꺼꾸러지나 장화의 탔든 말이 크게 놀라 집으로 돌아오는지라.

흥녀 장쇠를 보내고 밤이 깊도록 아니 오매 가장 고이 히 여기더니 문득 장화의 탔든 말이 소리를 지르고 달아 오거늘 흥녀 생각하기를 장화를 죽게 한줄 알고 내달아 본즉 그말이 온몸에 땀을 흘리고 들어오되 사람은 없는지 라. 흥녀 크게 놀라 이에 노복을 불러 불을 밝히고 말 오 는 자취를 찾어가 보니 한곳에 장쇠가 거꾸러졌거늘 놀라

자세히 보니 한 팔 한 다리와 두 귀가 없고 피를 흘리고 불성인사 되였으매 모다 놀라 어찌 할 줄 모르더니 문득 향내 진동하며 냉풍이 소슬하매 고이히 여겨 살펴보니 향내 못 가운대로서 나는지라. 노복 등이 장쇠를 구하야 오니 그 어미 놀라 즉시 약을 먹이고. 상한 곳을 동여 주니 장쇠 비로소 정신을 차리는지라 흉녀 크게 기꺼 그 연고를 물으니 장쇠 전후 사연을 다 말하거늘 흉녀 더욱 원망하야 홍련을 마져 죽이려고 주야로 생각하더라.

이때 좌수 장쇠의 변을 보아 장화 애매히 죽은 줄을 깨닫고 한탄하야 슬허함을 마지 않든 중 홍련이 또한 가중사를 전연히 모르다가 집안이 요란함을 보고 가장 고이히 여겨 계모다려 그 연고를 물으니 흉녀 발연 대로하야 가로되

《장쇠 요꾀로운 네 형을 다리고 가다가 길에서 범을 만나 물려 병이 중하다.》

하거늘 홍련이 다시 사연을 물은대 흉녀 눈을 흘기며 가로되

《네 무슨 꾀로운 말을 이리 하는다.》

하고 떨치고 일어나거늘 홍련이 이렇 듯 박대함을 보고 가슴이 터지는 듯 하야 일신이 떨려 제 방으로 돌아와 형을 부르며 통곡하다가 홀연 잠이 들였더니 비몽사몽간에 물속에서 장화 황룡을 타고 북해로 향하거늘 홍련이 내달아 물으려 한즉 장화 본체 아니하는지라, 홍련이 울며 가로되

《형님은 어찌 나를 본 체 아니하시고 혼자 어대로 가나이까.》

하니 장화 눈물을 뿌리며 가로되

《이제는 내 몸이 길이 다른지라 내 옥황께 명을 받아 삼신산으로 약을 캐러 가매 길이 바쁘기로 정회를 베풀지 못하나 네 나를 무정함으로 여기지 말라. 내 장차 너를 다려가마.》

하며 수작할 지음에 홀연 장화의 탄 룡이 소리를 지르거늘 홍련이 놀라 깨달으니 침상일몽이라. 기운이 서늘하고 일신

에 땀이 나서 정신이 아득한지라. 이에 부친께 이 사연을 말씀하며 통곡하야 가로되

《오늘을 당하오매 소녀의 마음이 무엇을 잃은 듯하와 자연 슬프오니 형이 이번에 가매 필경 연고 있어 사람의 해를 입은가 하나이다.》

하고 실성 통곡하니 좌수 녀아의 말을 들으매 흉격이 막혀 한 말도 이루지 못하고 다만 눈물만 흘리거늘 흉녀 곁에 있다가 문득 변색하야 가로되

《어린 아희 무슨 군말을 하야 어른의 마음을 무단히 슬프게 하야 이렇 듯 상하게 하는다.》

하며 등을 밀어 내치거늘 홍련이 울며 나와 생각하되

《내 몽사를 여짜오매 부친은 슬퍼하시며 아모 말도 못하시고 허 씨는 변색하고 이렇 듯 구박하니 이는 반드시 이가운데 무슨 연고 있도다.》

하며 그 허실을 알려 하더니 하로는 흉녀가 나가고 없거늘 이에 장쇠를 불러 달래며 장화의 거취를 탐문하니 장쇠 감히 기이지 못하야 장화의 전후 사연을 토파하는지라, 그제야 홍련이 제형이 애매히 죽은 줄 알고 깜짝 놀라 기절하였다가 겨우 인사를 차려 형을 부르짖으며 가로되

《어여쁠사 형님이여, 불칙할사 흉녀로다. 잔잉한 우리 형님 이팔 청춘 꽃다운 시절에 불칙한 루명을 몸에 싣고 창파에 몸을 넌져 천추 원혼되였으니 뼈에 새긴 이 원한을 어찌 하야 풀어볼고. 참혹할사 우리형님, 가련한 이 동생을 적막한 공방에 외로이 남겨 두고 어대 가서 아니오시는가. 구천에 돌아간들 이 동생 그리워서 피눈물 지우실 제 구곡 간장이 다 녹았으리로다. 고왕 금래에 이런 지원 극통한 일이 또 어대 있으리오. 소소한 명천은 살피소서. 소녀 삼세에 여미를 잃고 형을 의지하야 지내옵더니 이 몸의 죄가 지중하와 모진 목숨이 외로이 남았다가 이런 변을 또 당하니 형과 같이 더러운 욕을 보지 말고 차라리 이내몸이 일즉 죽어 외로운 혼백이라도 형을 따라 지하에 놀고자 하나이다.》

말을 마치고 우무 반면하야 정신이 아득한지라. 아모리 형의 죽은 곳을 찾어가고자 하나 규중 처녀의 몸으로 문밖 길을 모르거든 어찌 그곳을 능히 찾아가리오, 침식을 절폐하고 주야로 한탄할뿐이리라.

하로는 청조 한 마리가 날아와 백화 만발한 사이로 오락 가락하거늘 홍련이 심중에 헤아리되,

《내 형님의 죽은 곳을 몰라 주야로 궁금하야 한이 되매 저 청조 비록 미물이나 저렇 듯 왕래하니 필경 나를 다려가려 옴이로다.》

하며 슬픈 정회를 진정하지 못하야 좌불 안석하더니 청조 간데 없거늘 마음이 서운하나 할일 없는지라. 날이 다시 밝으매 홍련이 또 청조 오기를 기다리나 종시 오지 아니하므로 슬픔을 이기지 못하야 종일 통곡하다가 이에 일모하매 창을 의지하고 혼자 생각하되

《이제 청조 아니와도 내 형의 죽은 곳을 찾아 가려니와 이 일을 부친께 말씀하면 못가게 하시리니 이 사연을 기록하야 두고 가리라.》

하고 인하야 지필을 내여 유서를 쓰니 그 글에 아뢰으되

《슬프다, 일즈기 모친을 리별하고 형제 서로 의지하야 세월을 보내옵더니 천만 의외에 형이 사람의 불칙한 모해를 입어 무죄히 몹쓸 루명을 쓰고 마침내 원혼이 되오니 어찌 슬프며 지원하지 아니하리오. 불초녀 홍련은 부친 슬하에 이미 십여년을 모셨다가 오늘날 가련한 형을 좇아 가오매 자금 이후로는 부친의 용모를 다시 뵈옵지 못하며 성음조차 들을 길이 없사오니 이런 일을 생각하오매 눈물이 앞을 가리와 흉격이 억색하온지라. 바라옵건대 부친은 불초녀를 생각지 말으시고 만수무강하옵소서.》

하였더라. 이때는 오경이라, 월색이 만정하고 청풍이 서래하더니 문득 청조 날아 와 나무에 앉으며 홍련을 보고 반기는 듯 지저귀거늘 홍련이 이르되

《네 비록 짐승이나 우리 형님의 있는 곳을 가르치러 왔으냐.》

그 청조 듣고 응하는 듯한지라. 홍련이 다시 가로되

《네 만일 나를 가르치러 왔거든 길을 인도하면 너를 따라 가리라.》

하니 청조 고개를 조아 응하는 듯하거늘 홍련이 가로되

《그리하면 네 잠간 머무르라, 함께 가자.》

하더니 유서를 벽상에 붙이고 방문을 나오며 일장 통곡하야 가로되

《가련하다. 내 이제 이집을 나가면 언제 다시 이 문전을 보리오.》

하며 청조를 따라갈새 수리를 다 못가서 동방이 밝는지라, 점점 나아가매 청산은 중중하고 장송은 울울한데 백조는 슬피울어 사람의 심회를 돋우더라 청조 한 곳에서 주저하거늘 홍련이 좌우를 살펴보니 물우의 오색 구름 자욱한 가운데로 슬픈 울음 소리 나며 홍련을 불러 가로되

《너는 무슨 죄로 천금 같이 귀중한 목숨을 속절 없이 이곳에 버리고자 하느뇨. 사람이 한 번 죽으매 다시 살지 못하나니 가련하다 홍련아, 세상 일을 난칙이라 이런 일 다시 생각지 말고 속히 돌아가 부모 봉양을 극진히 하고 성현 군자를 만나 유자 생녀하야 돌아가신 어머님 혼령을 위로하라.》

하거늘 홍련이 형의 소리인 줄 알고 급히 소리질러 불러 가로되

《형님은 전생에 무슨 죄로 나를 두고 이곳에 와 외로이 있나이꼬. 내 형님을 버리고 혼자 살 길이 없사오니 한 가지로 돌아다니고자 하나이다.》

하고 또 들으니 공중에서 울음 소리 그치지 아니하고 슬피 울거늘 홍련이 더욱 설어 정신을 차리지 못하다가 겨우 진정하야 하늘께 절하며 축수하야 가로되

《비나이다 비나이다, 빙옥 같은 우리 형님 천추에 몹쓸 무명 설워하야 주옵소서. 황천 후토는 이 홍련의 지원 극통한 한을 밝히 굽어 살피옵소서.》

하고 방성 대곡 슬피 울세 공중에서 홍련을 부르는 소리

에 더욱 비감하야 우수로 라상을 뷔어잡고 나는 듯이 물속에 뛰여드니 슬프고 애닯도다. 일광이 무색하고 그 후로는 물 우의 안개 자옥한 속으로 슬피 우는 소리 주야로 련속하야 계모의 모해로 애매히 죽음을 사설하니 이는 원근 사람을 다 알게 함이러라.

장화 형제의 애원한 한이 구천에 사모쳐 매양 설원하고자 하매 철산 부사 아문에 들어가 지원 극통한 원정을 아뢰려 하면 부사들이 놀라 기절하야 죽는지라. 이렇 듯이 철산 부사로 오는 사람은 도임한 이튿날이면 죽으므로 그 후로는 부사로 오는 사람이 없어 철산군은 자연 폐읍이 되였으며 련년이 흉년이 들어 사람이 아사지경에 이르니 백성들이 사방으로 헤여저 한 고을이 텅 비이게 된지라. 이러한 사연으로 여러 번 장게를 올리니 상이 크게 근심하사 조정에서 의론이 분분하더니 하로는 정 동호라 하는 사람이 부사로 가기를 자원하니 이는 성품이 강직하고 체모 정중한 사람이라. 상이 들으시고 인견하야 가로되

《철산 읍에 이상한 변이 있어 폐읍이 되였다 하매 가장 념려하더니 경이 이제 자원하니 섭히 다행하고 아름다우나 또한 근심이 되매 십분 조심하야 인민을 잘 안도하라.》

하시고 철산 부사를 제수하시니 부사 사은하고 물러나와 즉일 발행하야 고을에 도임하고 리방을 불러 물어 가로되

《내 들으니 네 고을에 관장이 도임한 후면 즉시 죽는다 하니 과연 옳으냐.》

리방이 여짜오되

《아뢰옵기 황송하오나 오륙년 이래로 등래마다 밤이면 비몽사몽간에 꿈을 깨닫지 못하옵시고 죽사오니 그 연고를 아옵지 못하나이다.》

하거늘 부사 듣기를 다하고 분부하야 가로되

《너이들은 밤에 불을 끄고 잠을 자지말며 고요히 있어 동정을 살피라.》

하니 리방이 청령하고 나아가거늘 부사 객사에 가 등촉을

212

밝히고 주역을 읽더니 밤이 깊은 후에 홀연히 찬 바람이
일어나며 정신이 아득하야 아모련 줄 모르더니 난대 없는
한 미인이 록의 홍상으로 완연히 들어와 절하거늘 부사
정신을 가다듬어 물어가로되

《너는 어떠한 녀자왔네 이 깊은 밤에 와 무슨 사정을
만하려 하는다.》

그 미인이 고개를 숙이고 몸을 일어 다시 절하야 가로되
《소녀는 이 고을에 사는 배 좌수의 딸 홍련이옵더니
소녀의 형 장화는 칠 세되옵고 소녀는 삼 세되는 해에
어미를 여의옵고 아비를 의지하야 세상을 보내옵더니 아
비 후처를 연으니 후처의 성품이 사오납고 시기 지극하
온 중 공교히 련하야 삽자를 낳으니 아비 혹하와 계모
의 참소를 신청하고 소녀의 형제를 박대 자심하오나 소
녀 형제는 그래도 어미라 계모 섬기기를 극진히 하오되,
박대와 시기는 날로 심하오니 이는 다름 아니오라 본대
소녀의 어미 재물이 많사와 노비 수천 구요 전답이 천
여 석이니 보화 거재두량이라. 소녀 형제 출가하오면 재
물을 다 가질가 하야 시기심을 품고 소녀 형제를 죽여
재물을 빼앗어 제 자식을 주고자 하와 주야로 모해할 뜻
을 두었는지라, 스사로 흉계를 내어 큰 쥐물 뒤하야 피
를 많이 바르고 락태한 형상을 만들어 형의 이불 밑에
넣고 아비를 속여 죄를 이룬 후에 거짓 외삼촌 접으로
보낸다 하고 불시에 말을 태워 그 아들 장쇠놈으로 하
여금 다려다가 못 가운대 넣어 죽였압기로 소녀 이 일
을 아옵고 지원 극통하와 스사로 생각하온즉 소녀 구차
히 살았다가 또 흉계에 빠질까 두려워 마침내 형의 빠
져 죽은 못에 빠져 죽었아오니 죽음은 설지 않사오나
이 불칙한 루명을 설원할 길이 없압기로 더욱 원통하와
등래마다 원통한 사연을 아뢰고자 하온즉 모다 놀타 죽
사오매 뼈에 맺힌 원한을 이루지 못하옵더니 이제 천행
으로 밝으신 사'도를 맞자와 감히 원통한 원정을 아뢰오
니 사'도는 소녀의 슲은 혼백을 어여삐 여기사 천추의

213

원한을 풀어 주옵시고 형의 루명을 벗겨주옵소서.》

말을 마치매 일어 하직하고 나가거늘 부사 고이히 여
겨 헤오되

《자초로 이런 일이 있어 폐읍이 되였도다.》

하고 이튿날 평명에 동헌에 나아가 좌기하고 리방을 불러
물어 가로되

《이 고을에 배 좌수라 하는 사람이 있느냐.》

《파연 배 좌수 있사외다.》

《좌수 전후취에 자식이 몇이나 있느니.》

《두 딸은 일즉 죽삽고 세 아들이 살아 있나이다.》

《두 딸은 어찌 하야 죽었다 하느뇨.》

《남의 일이옵기 자세히 아지 못하오나 대강 들사온즉
장녀는 무슨 죄 있어 련못에 빠저 죽은 후 그 동생이
있어 서로 우애하므로 주야 통곡하다가 필경 제 형을
좇아 역시 련못에 빠저 죽어 한가지로 원혼이 되여 날
마다 못가에 나와 앉어 울며 이르되 《계모의 모해를
입어 죽었다.》하고 허다한 설화를 하매 행인들이 듣고
눈물을 아니 흘리는 이 없다 하더이다.》

하거늘 부사 듣기를 다하고 즉시 관채를 놓아 분부하되

《배 좌수 부처를 잡아드리라.》

하니 관채 령을 듣고 경각에 잡아 왔는지라, 부사 이에
좌수다려 물어 가로되

《내 들으니 전처의 두 딸과 후처의 세 아들이 있다
하니 그러하냐.》

《그러하외다.》

《다 살었는고.》

《두 딸은 병들어 죽삽고 다만 세 아들만 살었나이다.》

《두 딸이 무슨 병으로 죽었는고 바른대로 아뢰면 죽기
를 면하려니와 그렇지 아니하면 장하에 죽으리라.》

좌수 얼굴이 흙빛이 되여 아모 말도 못하나 흉부 이
말을 듣고 크게 놀라 아뢰되

《안전에서 이미 아옵시고 묻삽는 바에 어찌 일호타도

214

기망하옴이 있사오리까. 전실에 두 딸이 있어 장성하옵
더니 장녀 실행하와 잉태하야 장차 누설하게 되였삽기
로 노복들도 모르게 약을 먹여 락태하였아오나 남은 실
로 이러한 줄을 모르옵고 계모의 모해인 줄 아올 듯 하
옵기 저를 불러 경계하되 〈네 죄는 죽어 아깝지 아니
하나 너를 죽이면 남이 나의 모해로 알겠기로 짐작하야
죄를 사하나니 차후는 다시 이러한 행실을 말고 마음을
닦으라, 만일 남이 알면 우리 집을 경멸히 여길것이니
그러하면 무슨 면목으로 사람을 대 하리오.〉하고 경계하
야 꾸짖었삽더니 저도 죄로 알고 스사로 부모 보기를
부끄려하야 밤에 나가 못에 빠져 죽었삽고 그 아우 홍
련이 또한 제형의 행실을 본받아 승야 도주한지 격년이
되였아오나 그 종적을 모를뿐 아니오라 량반의 자식이
실행하야 나갔다고 어찌 찾을 길이 있사오리까. 이러하므
로 나타나지 못하였나이다.〉

부사 듣기를 다하고 물어 가로되
〈네 말이 그러할진대 락태한 것을 가져오면 가히 알리라.〉
흉녀 대답하야 여짜오되
〈소녀의 골육이 아닌고로 이런 일을 당할 줄 알고 그
락태한 것을 섬섬 장지하였다 가져왔나이다.〉
하고 즉시 품속으로 내여 드리거늘 부사 본즉 락태한 것
이 분명한지라 이에 분부하되
〈말과 일이 방불하나 죽은지 오래되여 분명히 징첩이
없으매 내 생각하야 처치할 것이니 아직 물러있으라.〉
하고 방송하였더니 이날 밤에 혼령의 형제 완연히 부사 앞
에 나아 와 절하고 여짜오되
〈소녀 등이 천만 의외에 밝으신 사'도를 만나오매 소녀
형제의 루명을 설원할까 바라오더니 사'도 흉녀의 간특한
꾀에 빠지실 줄 어찌 알았아오리까.〉
하며 슬피 울다가 다시 여짜오되
〈일월 같이 밝으신 사'도는 깊이 통촉하옵소서. 예'날
에 순임금도 계모의 화를 입었다 하옵거니와 소녀의 각

215

골지롱은 삼척 동자라도 다 아옵는 바여늘 이제 사'도 간악한 계집의 말을 곧이 들으사 깨닫지 못하옵시니 어찌 애닯지 않사오리까. 바라건대 사'도는 흉녀를 다시 부르사 락태한 것을 올리라 하와 배를 가르고 보시면 반드시 통촉할 바 있사오리니 소녀 형제를 천만 궁칙이 여기사 법을 밝혀 주옵시고, 소녀의 아비는 본성이 착하와 어두운 탓으로 흉녀 간계에 빠져 흑백을 분변치 못함이오니 십분 용서하야 주옵시기를 바라나이다. 》

말을 마치고 홍련의 형제 일어 절하고 청학을 타고 반공에 솟아 가거늘 부사 그 말을 들으매 기어코 분명하야 자기가 흉녀에게 속음을 깨닫고 더욱 분노하야 날이 밝기를 기다려 평명에 좌기를 배풀고 좌수 부처를 성화 같이 잡아드려 다른 말은 묻지 아니하고 그 락태한 것을 바삐 드리라 하야 살펴본즉 락태가 아닌 줄 분명히 알지라 좌우를 명하야

《그 락태한 것을 배를 가르라.》

호령이 서리 같은지라, 좌우 청령하고 칼을 가져 배를 가르니 그 속에 쥐똥이 가득하거늘 허다한 관속들이 이를 보고 모다 흉녀의 간계를 알고 저마다 침을 배알어 꾸짖으며 홍련 형제의 애매히 죽음을 불상히 여겨 눈물을 흘리는지라, 부사 이를 보매 대로하야 큰 칼을 씨우고 소리를 높여 호령하야 가로되

《이 간특한 년아 네 천고의 불칙한 죄를 짓고도 방자히 공교한 말로 속이기로 내 생각하는 바 있어 방송하였거니와 이제 또한 무슨 말을 꾸며 발명코고자 하느냐. 네 국법을 가벼이 여기고 못할 짓을 행하야 무죄한 전실 자식을 죽였으니 그 연고를 바른대로 아뢰어 형벌의 괴로움을 받지 말라.》

좌수 이 광경을 보매 애매한 자식이 원통히 죽음을 뉘우치고 뉘우쳐 눈물을 흘리며 가로되

《소생의 무지한 죄는 성주 처분이어니와 비록 하방의 용렬한 우맹인들 어찌 사체를 모르리까. 전실 장 씨 가

장 현숙하더니 불상히 죽고 두 딸이 있아오매 **부녀** 서로 의지하와 위로하며 세월을 보내옵더니 후사를 아니보지 못하와 후처를 얻어 삼자를 났사오매 가장 기꺼하옵더니 하로는 소생이 내당에 들어간즉 흉녀 문득 발연변색하야 가로되 ⟨상공이 매양 장화를 세상에 없이 귀히 여기시더니 제 행실이 불칙하야 락태하였으니 들어가 보라.⟩하고 이불을 늘치옵기로 소생이 놀라 어두운 눈에 본즉 과연 락태한 것이 적실하오매 미련한 소견에 암연히 깨닫지 못하는 중 더욱 전처의 유언을 잊삽고 흉계에 빠져 죽을시 분명하오니 그 죄 만 번 죽어도 사양하지 아니 하나이다.⟩

말을 마치자 통곡하거늘 부사 곡성을 금하고 이에 흉녀를 형틀에 올려 매고 문초를 받으니 흉녀 매를 이기지 못하야 여짜오되

⟨소첩의 몸이 대대 거족으로 문중이 쇠잔하고 가세 탕진하든차 좌수 간청하므로 그 후처되오니 전질의 양녀 있으매 그 행동 거지 심히 아름답거늘 내 자식 같이 양육하야 이십에 이르러 제 행사 점점 불칙하야 백 말에 한 말도 듣지 아니하고 성실하지 못하온 일이 많사와 원망이 심하옵기는 때때 저이를 경계하고 개유하야 아모쪼록 사람이 되도록 하였삽더니 하로는 저이 형제의 비밀한 말을 우연히 엿듣고 보니 그 말이 과연 소첩의 매양 념려하든바와 같이 불칙한 일이온지라, 마음에 가장 놀랍고 분하오나 가부다려 이른즉 반드시 모해하는 줄로 아올지라 부득이 가부를 속이고 쥐를 잡아 피를 묻혀 장화의 이불 밑에 넣고 락태하였다 하야 소첩의 자식 장쇠에게 계교를 가르쳐 장화를 유인하야 련못에 넣어 죽였압더니 그 아우 홍련이 또한 화를 만날까 두려 승야 도주하였아오니 법대로 처분을 기다리려니와 첩의 아들 장쇠는 이 일로 천벌을 입어 이미 병신이 되였아오니 죄를 사하옵소서.⟩

장쇠 등 삼 형제 일시에 여짜오되

217

《소인 등은 다시 아뢸 말씀 없사오나 다만 늙은 부모를 대신하야 죽고자 바라옵나이다.》

하거늘 부사 좌수의 처와 장쇠 등의 초사를 듣고 일변 흉녀의 소위를 깨달으며 일변 장화 형제의 원통한 죽음을 불상히 여겨 가로되

《이 죄인은 여타자별하니 내 임의로 처치 못할지라.》

하고 감영에 보장한대 감사 이말을 듣고 크게 놀라 가로되

《이런 일은 고금에 없는일이라.》

하며 즉시 이 뜻으로 조정에 장계하였더니 상이 보시고 흉련의 형세를 가상히 여기사 하교하야 가로되

《흉녀의 죄상은 만만 불칙하니 흉녀는 릉지처참하야 후일을 징계하며 그 아들 장쇠는 교하야 죽이고 장화 형제의 혼백을 신원하야 비를 세워 표하야 주고 제 아비는 방송하라.》

하시니 감사 하교를 받자와 그대로 철산부에 관자하니 부사 관자를 드디여 즉시 좌기를 배풀고 흉녀는 릉지처참 회시하고 아들 장쇠는 교하야 죽이고 좌수는 뜰 아래 꿀리고 구짖어 가로되

《네 아모리 불명한들 어찌 그 흉녀의 간계를 깨닫지 못하고 애매한 자식을 죽였으매 마땅히 네 죄를 다스릴 것이로되 흉련 형제의 소원이 있고 또 하교 그러하시기로 네 죄를 특별히 사하노라.》

좌수 천은을 사례하고 두 아들을 거느리고 나가니라.

부사 친히 관속을 거느리고 장화 형제 죽은 못에 나아가 물을 치고 본즉 두 소저의 시체 옥평상에 자는 듯이 누웠으되 얼굴이 조곰도 변하지 아니하야 산 사람 같은지라, 부사가 보고 기이히 여겨 관곽을 갖초아 명산을 가려 안장하고 무덤 앞에 세자 길이의 비석을 세웠으니 그 비석에 새겼으되 《해동 조선국 평안도 철산군 배 무용의 딸 장화 홍련의 불망비》라 하였더라. 부사 장사를 마치고 돌아와 정사를 다스리더니 하로는 부사 몸이 곤하야 침석을 의지하야 조을새 문득 장화 형제 들어와 절하고 사례

하야 가로되

《소녀 등은 일월 같이 밝으신 사'도를 만나 떡에 사
모친 한을 푸옵고 또 해골가지 거두어 주옵시며 아비의
죄를 용서하야 주옵시니 그 은혜는 태산이 낮삽고 하해
가 열사온지라, 명명지중이라도 결초 보은하오리다. 미구에
관작이 돋으오리니 두고보옵소서.》

하고 간 대 없거늘 부사 놀라 깨달으니 침상 일몽이라.
몽사를 기록하야 그후 정험하야 보더니 과연 그날부터 차
차 승직하야 통제사에 이르니라.

배 좌수 나라의 처분으로 흥녀를 릉지하야 두 딸의
원혼을 위로하였으나 오히려 마음에 쾌함이 없고 오직 두
딸의 애매히 죽음을 주야로 슬퍼하야 그 형용이 보니는 듯
음성이 들리는 듯 거의 미칠 듯하야 다시 이 세상에서
부녀지의를 맺어 남은 한을 풀고자 매양 축원하는 중 녀
욱 집안에 조석 공양할 사람조차 없어 마음 둘 곳이 없
으므로 부득이 혼처를 구할새 향족 윤 광호의 딸을 장가
드니 나히 십팔 세요 용모 재질이 비상하고 성정이 또한
온순하야 자못 숙녀의 풍도가 있는지라, 좌수 크게 기꺼
금실이 자별하더니 하로는 좌수 외당에 있어 두 딸의 생
각이 간절하야 능히 잠을 이루지 못하고 전전반측할새 흘
연 장화의 형제 단장을 황홀히 차리고 완연히 들어와 절
하며 가로되

《소녀 팔자 기구하야 모친을 일쯔기 여의옵고 전생 업
원으로 모진 계모를 만나 마침내 애매한 루명을 쓰고
부친 슬하를 리별하오매 지원 극통하옴을 이기지 못하야
이 원정을 옥황 상제께 아뢰었더니 상제 통촉하야 가로사대
〈녀의 정상이 가긍하나 이 역시 녀의 팔자라, 누를 원
망하리오. 그러나 녀의 아비와 세상 인연이 미진하였으니
서로 원한을 풀라.〉하시고 물러가라 하시니 그 의향을
아지 못하나이다.》

하거늘 좌수 부잡고 반긴 지음에 닭소리에 놀라 깨다르니
무엇을 잃은 듯 어득 여광하야 섭신을 능히 진정ㅎ지 못

할레라.

후취 윤 씨 또한 일몽을 얻으니 선녀 구름으로 나려와 련꽃 두 송이를 주며 가로되

《이는 장화와 홍련이니 그 애매히 죽으매 옥제 불상히 여기사 부인께 접지하나니 귀히 길러 영화를 보라.》

하고 간 대 없거늘 윤 씨 깨여 보니 꽃송이 손에 쥐여 있고 향기 방안에 가득하거늘 크게 고이히 여겨 좌수를 청하야 몽사를 전하며

《장화 홍련이 어찌 된 사람이니이까.》

물으니 좌수 이 말을 듣고 꽃을 본즉 꽃이 넘놀며 반기는 듯 하는지라, 두 딸을 다시 만난 듯하야 눈물을 흘리고 딸의 전후 사연을 이른 후에,

《내 전일에 그러한 공사 있더니 오늘 부인이 또 그런 몽사를 얻으시니 이는 반드시 두 딸이 부인께 태여날 징조인가 하나이다.》

하며 서로 기꺼하야 꽃을 옥병에 꽂아 장 속에 넣어 두고 시시로 상대하야 사랑하니 슬픈 마음이 자연 사라지더라.

윤 씨 그달부터 태기 있어 십 삭이 되여가매 배부르기 유명하니 쌍태가 분명한지라, 달이 차매 몸이 피곤하야 침상에 의지하였더니 이윽고 순산하야 쌍태에 두 딸을 낳으니 좌수 밖에 있다가 급히 들어와 부인을 위로하며 산아를 본즉 용모와 기질이 옥으로 새긴 듯 꽃으로 모은 듯 짝이 없이 아름다워 그 련꽃과 같은지라, 좌수 부부 기꺼하야 그 꽃을 돌아보니 발써 간 대 없는지라. 가장 기이히 여겨 꽃이 반드시 화하야 녀아가 되였도다 하며 일흠을 다시 장화 홍련이라 하고 장중 보옥으로 기르더라.

세월이 어류하야 사오 세에 이르매 두 소저 골격이 비상하고 부모를 효성으로 받들더니 점점 자라 십오 세에 이르매 덕이 구비하고 재질이 또한 출중하므로 좌수 부부 사랑함이 비할 대 없어 그와 같은 배필을 구하고자 매파를 널리 놓았으되 마침내 합당한 곳이 없어 가장 근심하든 중 이때 평양에 리 연호라 하는 사람이 있으되 가산이

220

무거만이 있으나 다만 슬하에 일점 혈육이 없어 슲어하다가 늦게야 신령의 현몽을 얻고 쌍태에 아들 형제를 두었으니 일홈은 윤필, 윤석이라. 이제 나히 십륙 세요, 용모 화려하고 문필이 출중하야 도내의 딸 둔 사람들이 모다 탐하야 매파를 보내여 청혼하매 그 부모도 또한 자부를 선택하는데 심상흥지 않든 중 배 좌수의 딸 쌍동 형제가 비성히 특이함을 듣고 크게 기껴 혼인을 청하였더니 량가가 서로 합의하야 즉시 허락하고 택일하니 때는 추구월 망간이너라.

이때 천하 태평하고 나라에 경사 있어 과거를 보일새 윤필의 형제 방에 참여하야 장원 급제를 한지라, 상이 그 인재를 기특히 여기사 즉시 한림 학사를 제수하시니 한림 형제 사은하고 인하야 말미를 청하였더니 상이 허락하시매 한림 형제 바로 떠나 집으로 나려오니 리 공이 잔치를 배설하고 친척과 고구들을 청하야 즐길새 본관 수령이 각각 풍악과 포진을 보내고 감사와 서윤이 신래를 불리며 잔을 난와 치하하니 가문의 영화는 고금에 드물더라.

이러구리 혼일을 당하매 한림 형제 위의를 갖초고 풍악을 올리며 혼가에 이르러 례를 마치고 신부를 맞어 돌아와 구고께 현신하니 그 아름다운 태도는 가위 한쌍의 명주요, 두 날의 박옥이라, 부모 기꺼움을 측량흥지 못하더니 신부 형제 구고를 효성으로 받들고 군자를 승순하며 장화는 이 남 일 녀를 낳으니 장자는 문관으로 공경 재상이 되고, 차자는 무관으로 대장이 되었으며, 홍련은 이자를 두어 장자는 버슬이 정남에 이르고 차자는 학행이 높아 산림에 숨어 풍월로 벗을 삼고 금서를 즐기더라. 이리하므로 배 좌수는 구십이 되매 나라에서 특별히 좌찬성을 제수하시매 이것으로 여년을 마치고 윤 씨 또한 세상을 버리매 장화 형제 슬퍼하는지라, 한림 형제도 부모가 돌아가고 형제 한 집에 동거하야 자손을 거느리고 지내더니 장화 형제는 칠십 삼 세에 한가지로 죽고 한림 형제는 칠십 오 세에 죽으매 그 자손이 유자 생녀하야 복록을 누리며 자손이 창성하더라.

沈　淸傳.

〔解　說〕

《沈　淸傳》은 《春香傳》《與夫傳》과 함께 우리들의 代表的인 古典的 作品으로서 小說, 唱劇, 其他로 人民들 사이에 가장 널리 膾炙된 作品의 하나다.

《沈　淸傳》의 種類도 寫本, 板本을 合하여 十餘 種이 現傳하는바 國文 小說本으로서 여러 《심 청전》을 비롯하여 唱劇本 《沈 淸歌》 漢文本 《沈 淸傳》 等이 있음은 亦是 그의 廣汎한 讀者層이 있었음을 말하여 주고 있다.

《沈　淸傳》의 作者 및 出現 年代는 많은 說話 小說이 그러하 듯이 밝힐 수 없으나 文獻上에 나타난 것을 본다면 李朝 正祖~純祖代 사람인 秋齋 趙 秀三의 《紀異》게 傳奇叟가 있어 沈 淸等 傳奇를 읽은 事實을 記錄하고 있으며 李 裕元의 《林下筆記》에 있는 觀劇詩에

商船蝟集賽江神
天孝兒娘願賣身
贊貨能令參造化
取人活後開盲人

이라고 하여 《沈　淸傳》의 唱劇을 말하였고, 李 建昌의 《明美堂集》에도 唱劇 《沈　淸歌》에 對하여,

《靈光　裵喜根　伶人也　作沈淸歌　悲壯　感慨　近所罕有》

라고 靈光 才人인 裵 喜根이가 《沈淸歌》를 지은 事實을 傳함과 同時에,

裵伶一齣沈娘歌
四座無端喚奈何
楚岸帆同秋色遠
漢宮羅捲月明多
鼓聲驟急全疑雨
扇影低垂半欲波
休道笑啼皆幻境
百年幾向此中過

我且停盃爾且歌
良宵如此可奈何
用心休恨知心少
得意偏從失意多
冉冉高雲開翠嶂
亨亨華月濤金波
酒闌忽憶人間世
辛苦千山萬水過

의 二首 詩를 읊은 것을 볼 수 있다.

　　그리하여 以上의 文獻들에서도 說話로서의 《沈淸傳》이 小說을
거쳐 唱劇으로 大衆化된 過程을 짐작할 수 있으나 大體로 18
世紀 末葉까지 作品으로서 完成되었든 것으로 推定된다.

　　《沈淸傳》의 說話는 아주 오랜 예'날부터 내려오던 것으로서
《三國史記》의 《孝女知恩傳》도 沈淸의 孝行과 一脈 相通한 것이
있으며, 盲眼이 열린 說話는 佛家의 傳奇的 靈驗談에서 많이 찾
아 볼 수 있다.

　　그리하여 《沈淸傳》의 說話와 類似한 것은 全南 谷城郡 玉
果에 있는 聖德과 觀音寺의 緣起文 이다. 卽

　　忠淸道 大興縣에 元良이라는 盲人이 일찌기 喪妻하고서 洪莊
이라는 딸을 依支하여 生活하던 中, 하루는 밖에 나가서 弘法
寺의 중 性空을 만나서 눈도 열리고 所願成就하는 佛法 이야
기를 듣고 自己의 딸 洪莊을 팔아 施主하기로 하였다. 그리하
여 蘇良浦 岸頭에서 中國 船人을 만나 洪莊을 팔게 되었는데
船人들은 洪莊의 美貌를 보고서 中國 天子에게 올리었다. 晉惠
帝 永康 丁亥 五月 惠帝는 皇后를 여히고 새 皇后를 物色하
든 次에 洪莊을 皇后로 맞이하게 되었다. 그러나 皇后는 本國
의 아버지를 잊지 못하여 세작 배에 觀音을 실어 東國으로 띠
워 보낼 제 그가 漂着한 곳이 곧 玉果縣 聖德寺의 基址였다
는 것이며, 元良도 功德에 의하여 눈이 열리었다는 것이다.

　　그러나 이같은 佛家的 說話와 小說 《沈淸傳》이 크게 다른
점은 그의 思想的 內容에 있으니 《沈淸傳》은 비록 佛家的 說
話와 關聯되어 있다고 할찌라도 小說化 過程에 있어서 오히려
佛教의 誕妄함을 暴露하는 內容을 띰게 되였으며 作品은 始終 沈
淸의 高尙한 犧牲的 精神으로 一貫되고 있다.

《沈淸傳》의 背景으로서 黃州가 나오나 이는 黃海道 黃州라기 보다는 凡稱한 地名으로서 例하자면 桃花洞이니 武陵村이니 하는 것은 陶潛의 桃花源記에서 빌려온 洞名이며 夢雲寺도 黃州에 實地在의 절 이름이 아니다. 그리고 天子니 皇城이니 하는 것도 모두 中國에서 빌려온 것이나 이러한 것들은 說話의 傳奇的 內容에 따르는 敷衍이라고 할 것이다.

그리고 《沈淸傳》의 人物 其他에 있어서도 板本에 따라서 多少 差異가 있어 沈淸의 父親 沈鶴圭를 심팽구로, 母親 郭氏 夫人을 鄭氏 夫人으로 한 것이 있으며 沈淸을 沈靑으로 하여 그의 父親을 沈賢으로 한 것도 있다. 그러나 沈靑 沈賢 等은 잘못으로서 中國 明代 小說 《沈靑傳》과 混同하는데서 온 것이다. 또한 水宮 場面에서 沈淸의 前生을 말하는 것이나 沈奉事의 皇城行 場面 等에 있어서도 敍述의 差異點들이 있다. 그리하여 여기에서는 多少 故事와 漢詩句가 많을찌라도 內容이 充實하다고 하는 唱劇體의 沈淸傳을 收錄하였다.

심 청 전.

잠춘 화류 호시절에 초목 군생지물이 개유이 자락한대 춘풍 도리화개야하고 백화 만발하다. 춘수 만사택하고 하운이 다기봉이라. 간수는 잔잔하야 산곡 간으로 흘러 가고 푸른 언덕 우에난 학이 무리지어 와 왕래하고 황금 같은 피피리는 양류 간으로 날아들고 소상강 떼 기러기는 북천으로 날아 가고 락화는 유접 같고 유접은 락화 같이 펄펄 날리다가 림당수 흐르난 물에 힘없이 떠러지매 아름다운 봄소식이 소래를 따라 흔적없이 나려가는 곳은 황주 도화동이라. 심 학규라 하는 봉사 있으니 세대 잠영지족으로 성명이 자자하더니 가운이 령체하야 소년게 안맹하니 향꼭 간에 곤한 신세로도 강근지족이 없고 겸하야 안맹하니 뉘라서 대접할가마는 본이 량반의 후예로서 행실이 청렴 정직하고 지개 고상하야 일동 일정을 조곰도 경출히 아니하니 그 동리 눈뜬 사람은 모다 층찬하난 더이라. 그 안해 곽씨 부인 또한 현철하야 임사의 덕과 장강의 색과 목란의 절개와 례기 가례 내측편과 주남 소남 관저 시를 모를 것이 바이 없고 봉제사 접빈객과 린리에 화목하고 가장 공경 치산 범절 백접사 가감이라. 그러나 가세가 빈한하니 이제의 청렴이오 안자의 간난이라. 기구지업 바이 없어 일간두옥 단표자에 반소음수를 하난 터에 곽외에 편토 없고 랑에 노비 없어 가련한 곽 씨 부인 몸을 바려 품을 팔 제 삯 바느질 삯 빨래 삯질삼 삯 마전 염색하기, 혼상 대사 음식 설비, 술빚기, 떡찌기, 일년 삼백 륙십 일을 잠시라도 놀지 않고 품을 팔아 모으난대 품을 모아 돈이 되면 돈을 모아 량을 만들고, 량을 모아 관이되면 린근 동 사람 중에 착실한대 실수 없이 받아드려 춘추 시향 봉제사와 앞 못보난 가장 공경 시종이 여일하니 간난과 병신은 조금도 허물될 것 없고 상하면 사람들이 불어하고 층찬하난 소래에 재미있게 세월을 보내더라.

그러나 그와 같이 지내난 중에도 심 학규의 가삼에난 한 갓 억울한 한을 품은 것은 슬하에 일점 혈육이 없으므로 하로난 심 봉사가 마누라를 곁에 불러 앉히고

《여보 마누라, 거기앉어 내말삼 들려 보오. 사람이 세상에 나서 부부야 뉘 없을가마난 이목 구비 성한 사람도 불칙 계집을 얻어 불화 많거니와 마누라난 전생에 나와 무삼 은혜 있어 이생에 부부되야 앞 못 보난 가장 나를 한시 반 때 놀지 않고 불철주야 벌어 들여 어린 아해 받들 듯이 행여나 추워할가 배고파할가 의복 음식 때를 맞추어 지성으로 봉양하니 나난 편하다 하려니와 마누라 고생살이 도로혀 불안하니 괴로온 일 너머 많고 사난대로 사옵시다. 그러나 내 마음에 지원한 일이 있소. 우리가 년광이 사십이나 슬하에 일점 혈육이 없으니 조상 향화를 끊게 되니 죽어 황천에 돌아간들 무삼 면목으로 조상을 대하오며, 우리 량주 사후 신세 초총 장례 소대기며 년년 오난 기제사며 밥 한 그릇 물 한 목음 뉘라서 떠 놓리까. 병신 자식이라도 남녀간 낳아 보면 평생 한을 풀 듯하니 어찌하면 좋을는지. 명산대천에 정성이나 드려 보오.》

《예'글에 있난 말삼 불효 삼천에 무후위대라 하였으니

자식 두고 싶은 마음이야 뉘없사오리까. 소첩의 죄가 응당 내침즉 하오나 가군의 넓으신 덕으로 지금까지 보존하였으니 몸을 팔아 뼈를 간들 무삼 일을 못 하리까마난 가장의 정대하신 성정 의향을 알지 못하야 발설ㅎ지 못하였삽더니 몬저 말쌈하시니 무슨 일을 못 하리까. 지성껏 하오리다.》

이렇게 대답하고 그날부터 품을 팔아 모은 재물 왼갖 정성 다 드린다. 명산 대천 신령당 고묘총사 석왕사에 석불 보살 미륵님전 노귀마지 당 젓기와 칠성 불공 나한 불공 백일 산재 제석 불공 가사 시주 인등 시주 창호 시주신 중마지 다리적선 길닦이와 집에 들어 있난 날도 성주 조왕 터주제신 갖가지로 다 지내니 공든 탑이 무녀지며 힘든 나무 부러지랴. 갑자 사월 초 팔일날 꿈 하나를 얻었으니 이상 맹랑 괴이하다. 천지 명랑하고 서기 반공하며 오색 채운 두루더니 선인 옥녀 학을 타고 하늘로서 나려온다. 머리 위 화관이오 몸에난 하의로다. 월패를 느짓 차고 옥패 소래 쟁쟁하며 계화 가지 손에 들고 엄연히 나려와서 부인 앞에 재배하고 곁으로 오난 양이 뚜렷한 월궁 항아 달속으로 들어온 듯 남해 관음이 해중으로 돌아온 듯 심신이 황홀하야 진동ㅎ지 못할 적에 선녀의 고운 모양 애연히 여짜오대

《소녀난 다른 사람 아니오라 서왕모의 딸이러니 반도 진상 가는 길에 옥진 비자 잠간 만나 수작하옵다가 때가 조금 늦었기로 상제께 득죄하고 인간으로 정배하야 갈 바를 모르더니 태상 로군 후토 부인 제불 보살 석가님이 댁으로 지시하야 지금 찾아 왔사오니 어여삐 여기소서.》

하고 품에와 안키거날 곽 씨 부인 잠을 깨니 남가일몽이라. 량주 몽사를 의논하니 둘의 꿈이 한가지라. 태몽인 줄 짐작하고 마음에 희한하야 못내 기뻐 여기더니 그날부터 태기 있으니 신물의 힘이런가 하날이 도우심이런가. 부인의 정성이 지극하므로 하날이 과연 감동하심이러라.

곽 씨 부인 어진 범절 조심이 극진하여 좌불변하고
립불필하며 석부정 부좌하며 할부정 불식하고 이불청 음성
하고 목불시 사색하야 십삭을 고이 채이더니 하로는 해복
기미가 있어 부인이

《애고, 배야 애고, 허리야.》

몸저누워 앓으니 심 봉사 겁을 내여 이우'집을 찾아가서
친한 부인 다려다가 해산 구완 시켜볼 제 짚 한단 들여놓
고 새 사발 정한수를 소반상에 받쳐 놓고 좌불안석 급한마
음 순산하기 바랄 적에 향취가 진동하며 채운이 두루녀니
혼미 중에 탄생하니 선녀 같은 딸이로다. 우'집 부인 들
어와서 아기를 받은 후에 삼을 갈라 눕여놓고 밖으로 나
갔난대 곽 씨 부인 정신차려,

《여보시오 서방님, 순산은 하얐으나 남녀간에 무엇이오.》

심 봉사의 기쁜 마음 아기를 더듬어 살을 만저보아 한
참을 만지더니 웃으며 하난 말이

《아기 살을 만져보니 아마 아들은 아닌가보오.》

배태하기 전에는 배태나 하기 희망이오 배태한 후난
아달되기 희망하난 마음은 내외가 일반이라. 곽 씨 부인
설워하야

《만득으로 낳은 자식 딸이라니 절통하오.》

심 봉사 대답하되

《마누라 그 말 마오. 딸이 아들만 못하다 하되 아들도
잘못 두면 욕급선조할 것이오, 딸 자식도 잘 두면 못된
아들과 바꾸리까, 우리 이딸 고히 길러 례절 몬저 가라
치고 침선 방적 잘 가르쳐 요조 숙녀 좋은 배필 군자호
구 잘 가리여 금슬우지 즐기오고 종사우 진진하면 외손
봉사난 못하리까. 그런 말은 다시 마오.》

우'집부인 당부하야 첫 국밥을 얼른 지어 삼신상에 바
쳐 놓고 의관을 정히하고 두 무릎 공순히 꿇고 삼신께 두
손 합장 비난대,

《삼십 삼천 도솔천 이십 팔숙 신불제왕 령험하온 신령
님네 화위동심 하옵소서. 사십 후에 점지한 딸 십삭 고

히 거둬 순산을 시키시니 삼신님의 넓으신 덕 백골난망 잊으리까. 다만 목녀 딸이라도 오복을 점지하야 동방삭의 명을 주고 석숭의 복을 내려 대순증자 효행이며 반희의 재질이며 수복을 고루 태여 외 붓 듯 가지 붓 듯 잔 병없이 잘 자라나 일취월장 시킵소서.》

빌기를 마친 후 더운 국밥 떠다 놓고 산모를 먹인 후 심 봉사 다시 생각하니 비록 딸일망정 기쁘고 귀한 마암 비할데 없는지라, 눈으로 보든 못하고 손으로 더듬거리며 아기를 어르난대

《아가, 아가, 내 딸이야. 아달겸 내 딸이야. 금을 준들 너를 사며, 옥을 준들 너를 사랴. 어둥둥 내딸이야 열 소경의 한막대 분방 서안 옥등경 새벽 바람 사초롱 당기 끝에 진주 얼음궂에 잉어로구나. 어둥둥 내딸이야. 남전북 답 작만한들 이에서 더 좋으며, 산호 진주 얼었든들 이 에서 반가오랴. 표진강의 숙향이가 네가되야 태였나냐. 은하수 직녀성이 네가 되여 나려왔나. 어둥둥 내딸이야.》

심 학규난 이 같이 주야로 즐겨할제 정말로 반가운 마음으로 이러하니 산모의 섭섭한 마음도 위로되여 서로 즐겁기 측량 없더라.

슬프다, 세상사 애락이 수가 있고 사생이 명이 있난지 라, 운수소도에 가련한 꿈을 용서중지 않도다. 뜻밖에 곽 씨 부인 산후 별증이 일어나 호흡을 천촉하며 식음을 전 폐하고 정신이 없이 앓난데,

《애고 머리야 애고 허리야.》

하난 소래 심 봉사 겁을 내여 문의하야 약을 쓰고 경도 읽고 굿도 하고 백 가지로 서들어도 죽기로 든 병이라 인력으로 구할소냐. 심 봉사 기가 막혀 곽 씨 부인 곁에 앉어 전신을 만져보며,

《여보 여보시오 마누라, 정신차려 말을 하오. 식음을 전 폐하니 기허하야 이러하오. 삼신님께 탈이 되여 제석님의 탈이났나, 할일없이 죽게 되니 이것이 웬일이오. 만일 불 행 죽게 되면 눈어 둔 이놈 팔자 일가 친척 바이 없

어 혈혈 단신 이내몸이 올대 갈대 없어지니 그도 또한
원통한대 강보에 이 녀식을 어찌를 하잔말이오.》

　　곽 씨 부인 생각하니 자기의 앓난 병세 살지를 못할
줄 알고 봉사에게 유언한다. 가군의 손을 잡고 후유 한숨
걸게 쉬며,

　　《여보시오 서방님, 내 말삼 들어보오. 우리 부부 해로하
야 백년 동거 하잤드니 명한을 못 이기어 필경은 죽을
터니 죽난 나난 섭지 않으나 가군 신세 어이하리, 내 평
생 먹은 마음 앞 못보난 가장님을 내가 조심 범연하면
고생되기 섭겄기에 풍한서습 가리지 않고 남촌 북촌 품
을 팔아 밥도 받고 반찬 얻어 식은 밥은 내가 먹고
더운 밥은 가군 드려 주리지 않고 춥지 않게 극진 공
경하옵더니 천명이 이뿐인지 인연이 끄쳤난지 할일 없이
죽게 되니 내가 만일 죽게 되면 의복뒤를 뉘가 거두며
조석 공궤 뉘라 할까. 사고 무친 혈혈 단신 의탁할 곳
바이 없어 지팽막대 걸쳐 잡고 녀듬녀듬 다니다가 구령
에도 떨어지고 돌에도 채여 너머저 신세 자탄 우난 모
양 눈으로 보난 듯하고 기한을 못 이기어 가가 문전
다니면서 밥 좀 주오 슬픈 소리 귀에 쟁쟁 들리난 듯,
나 죽은 혼인들 참아 어찌 듣고 보며 주야 장천 기리
다가 사십 후에 나은 자식 젖 한 번도 못 먹이고 죽
단 말이 무삼일고. 어미 없난 어린 것을 뉘 젖 먹여
걸러 내며 춘하추동 사시절을 무엇 입혀 걸러내리, 이몸
아차 죽게 되면 멀고먼 황천'길을 눈물 가려 어이 가며,
앞이 막혀 어이 갈꼬. 여보시오 봉사님 저건너 김동지택
돈 열 량 맡겼으니 그 돈은 찾아다가 나 죽은 초상
시에 락락히 쓰압시고 항아리 넣은 량식 산미로 두었더
니 못다 먹고 죽어가니 출상이나 한 연후에 두고 량식
하압시고, 진 어사댁 괘대 한 벌 흉배에 학을 놓다 못다
놓고 보에 싸서 롱안에 넣었으니 남의 댁 중한 의복
나죽기 전 보내압고 뒤'말 귀덕 어미 나와 친한 사람이
니 내가 죽은 후라도 어린 아희 안고 가서 젖 좀 먹

여 달라 하면 괄시 아니 하오리다. 천행으로 저 자식이
죽지 않고 살아나서 제 발로 걸거들랑 앞을 세고 걸음
물어 내 묘 앞에 찾아와서 〈아가 이 무덤이 너의 모친
무덤이다〉 력력히 가르쳐서 모녀 상봉 시켜 주오. 천명
을 못 이기여 앞 못보난 가장에게 어린 자식 떼쳐두고
영결 종천 돌아가니 가군의 귀하신 몸 애통하야 상하
지 말고 천만 보존하옵소서. 차생에 미진한 한을 후생에
다시 만나 리별없이 살자.〉
하고 한숨 쉬고 돌아 누워 어린 애에게 낯을 대고 혀를 차며,
《천지도 무심하고 귀신도 야속하다. 네가 진작 생겼거
나 내가 조끔 너 살거나 너 낳자 나 죽으니 한량없난
구천지통 너로 하야 품게 되니 죽은 어미 산 자식이 생사
간에 무삼 죄냐, 아가 내 젖 망종 먹고 어서어서 잘
살어라.》
봉사다려
《아차, 내가 잊었소, 이애 일흠을랑 청이라 불러주오.
이애 주랴고 지은 굴레 진옥판 홍수울 진주드림 불여
달아 함속에 넣었으니 엎치락 뒤치락 하거들랑 나 본 듯
이 씌워 주오. 할말이 무궁하나 숨이 가뻐 못하겠소.》
말을 마치매 한숨겨워 부난 바람 삽삽 비풍 되여 있
고 눈물겨워 오난 비난 소소 세우 되였에라. 페기질 두세
번에 숨이 덜컥 끈쳤으니 곽 씨 부인은 이미 다시 이
세상 사람이 아니라. 슬프다 사람 수명을 하날이 어찌 돕
지 못하난고.
이때 심 봉사 안맹한 사람이라 죽은 줄 모르고 아즉도
살아 있난 줄 알고,
《여보 마누라, 병들면 다 죽을까, 그런 일 없나이다.
약방에가 문의하야 약지어 올것이니 부대 안심 하압소서.》
심 봉사 속속히 약을 지어 집으로 돌아와 화로에 불을
피우고 부채질 해 다려 내여 북포 수건에 얼른 짜 들고
들어오며,
《여보 마누라, 일어나 약을 자시오.》

하고 약그릇 곁에 놓고 부인을 일어앉히랴할 제 무서운 증이 나서 사지를 만져보니 수족은 다 느러지고 코밑 찬 김이 나니 봉사 비로소 부인이 죽은 줄 알고 실성 발광 하난듸,

《애고 마누라, 참으로 죽었는가.》

가슴을 꽝꽝 머리 탕탕 발 동동 구르면서 울며 부르 짖는다.

《여보시오 마누라. 그대 살고 나 죽으면 저 자식을 잘 키울걸 그대 죽고 내가 살아 저 자식을 어찌하며, 구구히 사난 살림 무엇 먹고 살아날까, 엄동 설한 북풍 불 제 무엇 입혀 길러내며 배고파 우난 자식 무엇 먹여 살려낼까, 평생 정한 뜻 사생 동거 하겠더니 염라국이 어더라고 나버리고 어대 갔소, 인제 가면 언제 올까 청 춘작반 호환향 봄을 따라 오라는가 마누라 가신 곳은 몇 만 리나 멀었관대 한번가면 못오난것가. 삼천 벽도 요지연에 서왕모를 따라갔나, 월궁 항아 짝이 되여 도약 하려 올라갔나. 황릉묘 이비 전에 회포 말을 하려 갔나.》

울다가 기막혀 목접이질 덜컥덜컥 치놓굴 내리둥굴 복롱절식 슬피 우니 이때 도화동 사람들이 이 말 듣고 남 녀 로소 없이 뉘아니 슬퍼하리. 동내서 공론하되

《곽 씨 부인 작고함도 지극히 불상하고 안맹한 심 봉 사 그 아니 불상한가, 우리 동리 백여 호에 십시 일반으 로 한 돈씩 추렴 놓아 현철한 곽 씨 부인 감장하야 주면 어떠하오.》

그말 한 번 나니 여출일구 응락하고, 출상을 하려할 제 불상한 곽 씨 부인 의금 관곽 정히하야 신전상두 대를 우 에 결관하야 내여 놓고 명정 공포 운아삽을 좌우로 갈라 세고 발인제 지낸 후에 상두를 운용할새 비록 가난한 초 상이라도 동내가 힘을 도와 진심껏 차렸으니 상두 치레 지 극히 훌란하더라. 남대단 휘장 백공단 채양에 초록 대단 전을 물러 남공단 드림에 홍부전 금자 박아 앞뒤 란간 황 금 장식 국화 물려 끌이웠다. 동서남북 청의 동자 머리에

231

쌍북 상토 좌우 란간 비껴 세고, 동에 청봉 서에 백봉 남에 적봉 북에 흑봉 한가온데 황봉 주홍 당사 벌매듭에 쇠코 물려 느리고 앞뒤에 청룡 새긴 벌매듭 늘이여서 무명 닷줄 상두'군은 두건 제복 행전까지 생포로 거들고서 상두를 얼메고 갈지 자로 운구한다.

《댕그랑 땡그랑 어화 넘차녀하.》

그때에 심 봉사난 어린 아해 강보에 싸 귀덕 어미에 맡겨 두고 제복을 얻어 입고 상두 뒤채 겹쳐 잡고 여광여취하야 겨우 부축해서 나아가면서,

《애고 여보 마누라, 날 바리고 어디 가나, 나도 갑세 나와 가. 만리라도 나와 갑세, 어찌 그리 무정한가. 자식도 귀츃지 않소 얼어서도 죽을 테오 굶어서도 죽을테니 날과 함께 가사이다.》

《어화 넘차녀하.》

심 봉사난 울고 부르기를 마지 아니하고 상두'군은 상두노래가 끊치지 아니한다.

《불상한 곽 씨 부인 행실도 음전ㅎ더니 불상히도 죽었고나, 어화 넘차 녀하. 북망산이 멀다 마소, 건녀산이 북망일세, 어화녀하 너하. 이 세상에 나온 사람 장생불사 못하야서 이 걸 한 번 당하지만 어화 넘차녀화 우리 마을 곽 씨 부인 칠십 향수 못하고서 오날 이걸 웬일인가, 어화 넘치녀화. 새벽 닭이 재처 우니 서산 경월 다 넘어가고 벽수비풍 슬슬 분다 어화 너하녀하.》

그럭저럭 건녀안산 돌아들어 향양지지 가리여서 깊이 안장한 연후에 평토제 지내난대 어동륙서 홍동백서 좌포우에 버려 놓고 축문을 읽을 적에 심 봉사가 근본 맹인이 아니라 이십 후 맹인이라, 속에 식자가 넉넉하므로 설은 원정 축을 지어 심 봉사가 읽난다.

《차호 부인, 차호 부인, 유차요조숙녀혜여 태명안지 옹옹이라. 기백년지 해로혜여 홀연물혜 혼귀로다. 유치자이 영세혜여 이하술이 양륙하리. 귀불귀혜 일거하니 무하시이 갱래로다. 락송추이 위가하야 여취수이 장외로다. 상음용혜

232

적막하니 차난견이 난문이라. 백양지외 월락하야 산혜적적
밤깊은 대 여추추이 유성하야 무슨 말을 하소한들 격유
현이 로수하야 그 뉘라서 위로하리. 후유 주과포혜 박전
이나 많이 먹고 돌아가오.》

축문을 다 읽더니 심 봉사 기가 막혀,

《여보시오 마누라, 나난 집으로 돌아가고 마누라난 에서
살고 으으.》

달려들어 봉분에가 엎드려서 통곡하며 하난 말이

《그대난 만사를 잊어바리고 섬섬한 산곡 중에 송백으
로 울울하고 두견이 벗이 되야 창오 야월 밝은 달에
화답가를 하랴난가, 내 신세 생각하니 개밥에 도토리오
평 잃은 매가 되니 누를 믿고 살거인가.》

봉분을 어루만저 실성 통곡 울음 우니 동중의 행객들
이 뉘 아니 설워하리, 심 봉사를 위로하며,

《마오마오 이리마오, 죽은 안해 생각말고 어린 자식 생
각하오.》

심 봉사 마지못하야 고분지통 진정하야 집으로 돌아올 제
심 봉사 정신차려 동중에 오신 손님 백배치사 하직하고
집으로 향하야 돌아가너라.

이때 심 봉사난 부인을 매장하야 공산 야월에 혼자
두고 허둥지둥 돌아오니 부엌은 적막하고 방은 텅 뷔였난
대 향내 그저 피여 있다. 횡뎡그렁 빈 방안에 벗 없이 혼자
앉어 온갖 슬픔 생각할 제 이우'집 귀덕 어미 사람 없난
동안에 아기를 가저가 보아주었다가 돌아와서 아기를 주고
가난지라. 심 봉사 아기를 받아 품에 안고 지리산 갈가마
귀 계발 풀어 더진 듯이 혼자 웃뚝 앉었으니 설음이 창
천한대 품안에 어린 아기 죄아처 울음 운다. 심 봉사 기가
막혀 아기를 달래난대,

《아가 아가 우지말라. 너의 모친 먼뎨 갔다. 락양 동촌
리화정에 숙랑자를 보러갔다, 황릉묘 이비한테 회포 말을
하러갔다. 너도 너의 모친 잃고 설음겨워 너 우나냐,
우지 말아 우지말아, 네 팔자가 얼마나 좋면 칠일만에 어

233

미 잃고 강보 중에 고생하리. 우지말아 우지말아, 해당
화 범나뷔야 꽃이 진다 설워말아. 명년 삼월 돌아오면
그 꽃 다시 피나니라. 우리 안해 가시난 대난 한 번
가면 못오신다. 어진 심덕 착한 행실 잊고 살긴 바이없다.
락일욕몰 현산서, 해가 져도 부인생각 파산야우 창추지
비 소래도 부인 생각, 세우청강 량량비하던 짝 잃은 외기
려기 명사 벽해 바라 보고 뚜룩껄국 소리하고 북천으로
향하난 양 내 마음 더욱 슳다. 네도 또한 임 잃고 임
찾어 가난 길가. 녀와 나와 비교하면 두 팔자 같고나.》
  이러구러 그날'밤 지낼 적에 아기난 기진하니 어둔 눈
이 더욱 침침하야 어찌할 줄 모르더니 동방이 밝아지며
우물가에 두레 소래 귀에 얼른 들리거날 날샌 줄 짐작하
고 문 펄떡 열며리고 우등퉁 밖에 나가,
  《우물가에 오신 부인 뉘신 줄은 모로나 칠일만에 어미
잃고 젖 못먹어 죽게 되니 이애 젖 좀 먹여 주오.》
  《나난 과연 젖이 없오마난 젖 있난 녀인네가 이 동내
많사오니 아기 안고 찾아가서 젖 좀 먹여 달라하면 뉘가
괄시하오리까.》
  심 봉사 그말 듣고 품속에 아기 안고 한손에 지팽이
짚고 더듬더듬 동내 가서 아희 있난 집을 물어 시비 안
에 들어서며 애걸복걸 비난 말이
  《이 댁이 뉘시온지 사를 말삼 있나니다.》
  그집 부인 밥을 하다 천방지방 나오면서 비감히 대답한다.
  《그 지낸 말은 다 아니하나 대처 어찌 고생 하시오며
어찌 오시니까.》
  심 봉사 눈물지며 목이 메여 하난 말이,
  《현철한 우리 안해 인섬으로 생각하나 눈어둔 나를 본
들 어미 없난 어린 것이 이 아니 불상하오. 댁집 귀한
아기 먹고 남은 젖 있거든 이애 젖 좀 먹여 주오.》
  동서남북 다니며 이렇듯 애걸하니 젖있난 녀인네가 목
석인들 아니 먹이며 도척인들 괄시하리, 칠월이라 류화절에
지심매고 쉬인여가

234

《이애 젖 좀 먹여 주오.》

백석청탄 시내'가에 빨래하다 쉬인어가

《이애 젖 좀 먹여 주오.》

근방의 부인네가 봉사근본 아는고로 한없이 궁측하야 아기 받아 젖을 먹여 봉사주며 하난 말이,

《여보시오 봉사님, 어려히 알지 말고 래일도 안고 오고, 모레도 안고 오면 이애 설마 굶기리까.》

《어질고 후덕하서 좋은 일을 하시오니 우리 동내 부인 댁들 세상에난 드므오니 비옵건대 여러 부인 수복강녕 하옵소서.》

백배 치하하고 아기를 품에 안고 집으로' 돌아와서 아기 배를 만져보며 혼자 말로,

《허허 내 딸 배불르다. 삼백 륙십일에 일생이만 하고지고, 이것이 뉘 덕이냐 동내 부인 덕이로다. 어서어서 잘 자라라, 너도 너의 모친 같이 현철하고 효행 있어 아비 귀염 뵈이여라. 어려서 고생하면 부귀 다남 하나니라.》

요 덮어 뉘어 놓고 아기 노난 사이사이 동양할제 마포 견대 두 동 지어 외어깨에 엇메고 지팽이 둘러 짚고 구붓하고 더듬더듬 이집 저집 단니면서 사철없이 동양하다. 한편에 쌀을 넣고 한편에 베를 얻어 주난대로 저축하고 한 달 륙장전 거두어 어린아해 암죽 거리 설당 홍합 사서 들고 더듬더듬 오난 양이 뉘아니 불상하리.

이렇듯 구걸하며 매월 삭망 소대기를 궐하지 않고 지내갈제 이때 심 청이난 장래 크게 될 사람이라. 천지 신명이 도와 주어 잔병없이 자라난대 세월이 여류하야 그 아해가 륙칠세 되야가니 소경 아비 손'길잡고 앞에 서서 인도하고 십여 세가 되야가니 얼굴이 일색이요, 효행이 출천이라. 소견이 능통하고 재조가 절등하야 부친전 조석 공양과 모친의 기제사를 지극히 공경하야 어룬을 압두하니 뉘 아니 층찬하랴. 세상에 덧없난 것은 세월이요 무정한 것은 가난이라, 심 청이 나이 십일 세에 가세 가련하고 로부가 궁병하니 어리고 약한 몸이 무엇을 의지하여 살리오.

하로난 심 청이 부친전에 여짜오되

《아바님 들조시오. 말 못하난 가마귀도 공림 저문 날에 반포할 줄알고 곽거라 하난 사람 부모전 효도하야 찬수 공경 극진할 제 삼사 세 된 어린 아해 부모반찬 먹이고자 산 자식을 기르랴고 량주 서로 의논하고 맹종은 효도하야 엄동 설한 죽순 얻어 부모 봉양하았으니 소녀 나이 십여 세라, 예'효자만 못할망정 감지공친 못하리까. 아버지 어두신 눈 험로한 길 다니시다 넘어저 상하기 쉽고 불피풍우 다니시면 병환날가 넘려오니 아버지난 오날부터 집안에 계시오면 소녀 혼자 밥을 빌어 조석 근심 더으리다.》

심 봉사 대소하야,

《네 말이 효녀로다. 인정은 그러하나 어린 너를 내 보내고 앉어 받아 먹난 마음 내가 어찌 편호겠나냐. 그린 말은 다시 말아.》

《아버지 그말 마오. 자로난 현인으로 백리부미 하야있고 예'날 제영이난 락양읍에 갇히 아비 몸을 팔아 속죄하니 그런 일을 생각하면 사람은 일반인대 이만 일을 못하리까. 너머 만류 마옵소서.》

심 봉사 옳게 여겨 허락하되

《효녀로다 내 딸이여, 네 말이 기특하니 아모려나 하렴으나.》

심 청이 그 날부터 밥을 빌러 나설 적에 원산에 해 비최고 앞마을 연기 나니 가련하다, 심 청이가 현베종의 우'다님 매고 깃만남은 현 저고리 자락 없난 청목 휘양 불상 없이 숙여 쓰고 뒤축 없난 현 짚신에 보선없어 발을 벗고 현 바가지 손에 들고 건너말 바라보니 천산조비 끊어지고 만경인종 바이없다. 북풍에 모긴 바람 살 쏘 듯이 불어 온다. 황혼에 가난 거동 눈 뿌리난 수풀 속에 외로히 날아 가난 어미 잃은 가마귀라. 엎걸음쳐 손을 불며 웅송구려 건너간다. 건너말 다달아서 이집 저집 밥을 빌제 부엌문안 들어서며 가련히 비난 말이

《모친 상사 하신 후에 안맹하신 우리 부친 공양할 길

없사오니 댁에 잡수시난대로 밥 한술만 주옵소서.》

보고 듣난 사람들이 마음이 감동하야 그릇밥 침채장을
아끼지 않고 덜어 주며,

《아가 어서 어한하고 많이 먹고 가거라.》

하난 말은 가련한 정에 감동되여 고마운 마음으로 하난 말
이라. 그러나 심 청이난

《치운 방에 늙은 부친 나 오기만 기다리니 나 혼자
먹사리까.》

하난 말은 또한 부친을 생각하난 지정에서 나음이려라. 이
렇게 얻은 밥이 두세 그릇 족한지라, 심 청이 급한 마음
속속히 돌아와서 싸리 문 밖에 당드하며,

《아버지 칩지 않소, 대단히 시장하시지요. 여러 집을 다
니자니 자연 지체되였습내다.》

심 봉사 딸 보내고 마음 놓지 못하다가 딸소리 반겨
듣고 문 펼떡 열고.

《애고 내 딸 너 오나냐.》

두 손목을 덤석 잡고.

《손시리지 아니하냐, 화로에 불쪼여라.》

하고 부모 마음은 자식 애끼난것 같이 간절한 것은 없는
터이라. 심 봉사 기가 막혀 흘적흘적 눈물지여

《애닯도다 내 딸 팔자야, 앞 못보고 구차하야 쓰지 못
할 이 목숨이 살면 무엇하자 하고 자식 고생 시키난고.》

심 청이 장한 효성 부친 위로하야

《아바지 설워 마오. 부모께 봉양하고 자식에게 효 받난
것이 천지에 떳떳하고 사체에 당연하니 너머 섭화 마음소서.》

이렇게 봉양할 제 춘하추동 사시절은 쉬일 날 없이 밥
을 빌고 나이 점점 자랄사록 침선 녀공으로 삯을 받아 부
친 공경을 여일히 하더라.

세월이 여류하야 심 청이 십오 세를 당하더니 얼굴이
국색이오, 효행이 출천한 중 재질이 비범하고 문필도 유여
하야 인의례지 삼강행실 백집사 가감하니 천생려질이라.
녀중에 군자요, 금중에 봉황이요, 화중에 모란이라. 상하 촌

사람들이 모친 계적하였다고 층찬이 자자하야 원근에 전파하니 하로난 월편 무릉촌 장 승상 부인이 심 청의 소문을 들으시고 시비를 보내어 심 소저를 청하거날 심 청이 그 말 듣고 부친전에 여짜오되,

《아바지 천만 의외에 장 승상 부인께서 시비에게 분부하야 소녀를 부르시니 시비와 함께 가오리까.》

《일부러 부르신다니 아니 가 될웁겠나냐. 어보아라 그 부인이 일국 재상 부인이니 조심하야 다녀오라.》

《아바지 소녀가 더디 다녀 오게 되면 기간 시장하실 터이니 진지상을 보와 타자 우에 놓았은즉 시장하거든 잡수시오. 수히 다녀 오리다. 》

하직하고 물러서서 시비를 따라갈 제 천연하고 단정하게 천천히 걸음 걸어 승상 문전 당도하니 문전에 드린 버들 오류춘색 자랑하고 담안에 기화요초 중향성을 열어논 듯 중문 안을 들어서니 전축이 웅장하고 장식도 화려하다. 중계에 다달으니 반백이 넘은 부인 의상이 단정하고 기부가 풍부하야 복록이 가득하다. 심 청을 반겨 보고 일어서 맞은 후에 심 청의 손을 잡고,

《네 파연 심 청인다. 듣던 말과 다름없다. 》

좌를 주어 앉힌 후에 자서히 살펴보니 별로 단장한 일 없이 천자봉용 국색이라. 염용하고 앉인 모양 백석 청탄 시내'가에 목욕하고 앉은 제비 사람보고 날랴는 듯 얼굴이 두렷하야 천심에 돋은 달이 수변에 비최난 듯 추파를 흘이 뜨니 새벽 비개인 하날 경경한 새'별 갈고 팔자청산 가난 눈섭 초생 편월 정신이요. 양협에 고흔 빛은 부용화 새로 핀 듯 단순 호치 말하난 양 롱산의 앵무로다.

《전신을 네 몰라도 분명한 선녀로다. 도화동에 적하하니 월궁개 노든 선녀 벗하나를 잃었도다. 무릉촌에 내가 있고 도화동에 네가 나서 무릉촌에 봄이 드니 도화동에 개화로다. 달천지지 정기하니 비범한 네로구나. 심 청아 말 들어라 승상은 기세하시고 아달은 삼사 형제나 형제 다 황성가 사환하고 다른 자식 손자 없다. 슬하에 말벗

238

없어 자나 깨나 깨나 자나 적적한 빈 방안에 대하나니 측불이라. 길고 긴 겨울 밤에 보난 것이 고서로다. 네 신세 생각하니 량반의 후예로서 저렇 닷이 빈곤하니 나의 수양딸이 되면 녀공도 숭상하고 문자도 학습하야 기출 같이 성취시켜 말년 자미 보자하니 너의 뜻이 어떠하냐.》

심 청이 여짜오되

《명도가 기구하와 저 낳은지 칠일만에 모친 세상 바리시고 안맹하신 늙은 부친 나를 안고 다니면서 동량젖을 언어 먹여 근근히 걸러내여 이만큼 되았난데 모친의 외형 모습 모로난 일 철천지한이되야 끊인 날이 없삽기로 내 부모를 생각하야 남의 부모 봉양하더니 오날날 승상 부인 존귀하신 처지로서 미천함을 불구하사 딸 삼으랴 하옵시니 어미를 다시 본 듯 반갑고도 황송하나 부인께 온 내 팔자난 영귀하나 안맹하신 우리 부친 사철 의복 조석 고양 뉘라서 하오리까. 길러 내신 부모 은덕 사람마다 있거니와 나난 더욱 부모 은혜 비할 대 없사오니 슬하를 일시라도 떠날 수가 없삽내다.》

목이 메여 말 못하고 눈물 흘러나려 옥면에 젖난 형용 춘풍 세우 도화가지 이슬에 잠기였다 점점이 떨어지듯 부인이 듣고 가상하야,

《네말이 과연 출천지효녀로다. 로혼한 이 늙은이 미쳐 생각지 못하였다.》

그렁저렁 날저므니 심 청이 일어서며 부인전에 여짜오대,

《부인의 덕택으로 종일토록 놀다 가니 영광이 무비오나 일력이 다하오니 제집으로 가겠나이다.》

부인이 련련하야 비단과 패물이며 량식을 후이 주어 시비 함께 보낼 적에,

《심 청아 말 들어라. 너난 나를 잊지말고 모녀간에 의를 두라.》

《부인의 어진 처분 루루 말삽 하옵시니 가르침을 받소리다.》

하즉하고 돌아오니라.

그때 심 봉사난 무릉촌에 딸 보내고 말벗 없이 혼자 앉어 딸 오기만 기다릴제 배난 고파 등에 붙고 방은 치워 소랭하고 잘새난 날아들고 먼대 절 쇠북 치니 날 저문줄 짐작하고 혼자 말로 자탄하되

《우리 딸 심 청이난 응당 수히 오련마난 무슨 일에 끌물하야 날저문 줄 모르난고. 부인이 잡고 아니놓나 풍설이 슬슬하니 몸이 치워 못오난가. 우리 딸 장한 효성 불피풍우 오련마난.》

새만 프루룩 날아가도

《심 청이 너 오나냐.》

락엽만 버썩해도

《심 청이 너오나냐.》

아모리 기대려도 적막 공산 일모도궁 인적이 바이 없다. 심 봉사 가깝하야 지팽 막대 걸더짚고 딸 오난대 마종간다. 더듬더듬 주춤주춤 시비 밖에 나가다가 빙판에 발이 빽끈거리난 개천물에 풍덩 뚝 떨어져 면상에 진흙이요 의복이 다 젓난다. 두눈을 번쩍이며 나오랴면 더 빠지고 사방 물이 출렁거려 물소래 요란하니 심 봉사 겁을 내여

《아모도 없소. 사람 살리시오.》

몸이 점점 깊이 빠져 허리 위 물이 도니

《아이고 나 죽난다.》

차차 물이 올라와서 목에 가즈런하니

《허푸푸, 아이고, 사람 죽소.》

아모리 소래한들 래인거객 끊쳤으니 뉘라서 견져 주랴.

그때 몽운사 화주승이 절을 중창하랴하고 권선문 둘러메고 시주집에 나려왔다 절을 찾아 올라갈 제 충충거려 가난 거동 얼굴은 형산 백옥 같고 눈은 소상강 물'결이라. 량귀가 축 처져 수수꽈을하얐난대 실굴갓 총감투 뒤를 눌러 흠벅 쓰고 단상 금관자 위에다 떡 붙여 백세포 큰 장삼 홍띠 눌러 띠고 구리 백통 은장도 고름에 느짓 차고 념주 목에 걸고 진주 팔개 팔에 걸고 소상반죽 열두 마대 쇠고리 길게 달아 첩첩 느려 꽂고 흐늘거려 올라간

다. 이 중이 어떤 중인고. 륙관대사 명을 받아 룡궁에 문
안가다 약주 취하게 먹고 춘풍 석교상 팔선녀 희롱하던 성
진이도 아니요 삭발은 도진세오 존염은 표장부라는 사명당
도 아니요, 몽운사 화주승이 시주집 내려왔다가 청산은 암
암하고 설월은 돌아올 제 석경 좁은 길로 흔들흔들 흐늘
거려 올라갈 제 풍편에 슬픈 소래 사람을 청하거날 이
중이 의심내여 이 울음이 웬울음. 마외역 저문날 양태진의
울음인가. 호기설곡 찬 바람에 소통국을 리별하던 소중랑의
울음인가. 이 소리가 웬소린고, 그곳을 찾아가니 어떤 사람
이 개천물에 떨어져 거의 죽게 되였거날 그 중이 깜작
놀라 굴갓 장삼 훨훨 벗어 되난대로 내버리고 짚었던 구
절 죽장 되난대로 내버려 던지고 행전다님 보선 벗고 고
두누비바지'가래 둘둘 말아 자감이에 딱 붙여 백로구어겨
으로 짐검짐검 들어가 심봉사 가는 허리 에후리쳐 담숙 안
아 에두룸이 메여차 밖에 앉힌 후에 자세 보니 전에보던
심봉사라.

《허허 이게 웬일이오.》

심봉사 정신차려

《나 살린 이 거 누구시오.》

《소승은 몽운사 화주승이올시다.》

《그렇지 활인지불이로곤. 죽은 사람 살려주니 은혜 백골
난망이요.》

그 중이 손잡고 심봉사를 인도하야 방안에 앉힌 후
젖은 의복 벗겨놓고 마른 의복 입힌 후에 물에 빠진 래
력을 물은즉 심봉사가 신세자탄하야 전후사 말을 하니
저중이 말하기를

《우리 절 부처님이 령험이 많으셔서 빌어 아니 되난
일 없고 구하면 응하시나니 부처님전 공양미 삼백 석을
시주로 올리압고 지성으로 빌으시면 생전에 눈을 떠서 천
지 만물 좋은 구경 완인되오리다.》

심봉사 그말 듣고 처지는 생각지 않고 눈뜬단 말만
반가워서

241

《여보소 대사 공양미 삼백 석을 권선문에 적어가소.》

저 중이 허허 웃고,

《적기난 적자오나 댁 가세를 둘러 삼백석을 주선할 길 없을 듯하오니다.》

심 봉사 화를 내여,

《여보소 대사가 사람을 몰라 보나보네. 어떤 실없은 사람이 령험하신 부처님껀 빈말을 헐 터인가. 눈도 못보고 앉인방이마자 되게, 사람을 너머 자미없이 여기난고. 당장 적어 그렇지 않으면 칼부림 날 터니.》

화주승이 허허 웃고 권선문에 올리기를 제일층 흥지에다
《심 학규 미 삼백 석》

이라 대서 특서 하더니 하직하고 간 연후에 심봉사 중 보내고 화 꺼진 뒤에 생각 하니 도로혀 후환이라. 홀자 자탄 하여

《내가 공을 드리랴다가 만약에 죄가 되면 이를 장차 어찌하잔 말까.》

묵은 근심 새 근심이 불 같이 일어나니 신세 자탄하야 통곡 하난 말이

《천지가 공번하사 별로 후박이 없건마난 이내 팔자 어이하야 형세없고 눈이 멀어 해달 같이 밝은 것을 분별할 수 전혀 없고 처자 같은 지정간에 대하야 못보난가. 우리 망처 살았으면 조석 근심 없을 터인대 다 커가난 딸 자식이 삼사 동리 품을 팔아 근근호구 하난중에 삼백 석이 어대 있어 호기있게 적어 놓고 백 가지로 헤아려도 방책이 없이 되니 이를 어찌 하잔말까. 도깨그릇 다 팔아도 한되 곡식 살것 없고 장롱함을 방매한들 단돈 닷량 싸지 않고 집이나 팔자 한들 비' 바람 못가리니 내라도 안살 테라. 내몸이나 팔자한들 눈 못보난 이 잡것 어내 누가 사 가리오. 어떤 사람 팔자 좋아 이목구비 완연하고 수족이 구비하야 곡식이 진진 재물이 녀녀 용지불갈 취지무금 그른 일이 없건마난 나난 혼자 무슨 죄로 이 물골이 되얐난가. 애고애고 서른지고.》

242

한참 이리 울며 을 제 이때 심청이 속속히 돌아와서 마른 방문 펄적 열고,

《아바지.》

부르더니 저의 부친 모양 보고 깜작 놀라 달겨들어,

《애고 이게 웬일이오. 나 오난가 마중ㅎ고저 문밖에 나오시다 이런 욕을 보시니까 벗으신 의복보니 물에 흠신 젖었으니 물에 빠져 욕보셨소. 애고 아버지 춥긴들 오작하며 분함인들 오작할까.》

승상댁 시비다려 방에 불을 때랄라고 초마를 걷어줘고 눈물을 씻으면서 얼풋 밥을 지어 부친 앞에 상을 놓고,

《아버지 진지 잡수시오.》

심 봉사 어쩐 곡절인지

《나 밥 아니 먹을난다.》

《어디 아파 그리시오. 소녀가 더디 오니까 재쳄하야 그리시오.》

《안일다.》

《무슨 근심 계시니까.》

《네 알 일 아니다.》

《아바지 그 무슨 말쌈이오 소녀난 아바지만 보고 사옵고 아바지께서난 소녀를 믿어 대소사를 의논ㅎ더니 오날날에 무슨 일로 너 알 일이 아니라니 소녀 비록 불효인들 말쌈을 속이시니 마음에 설사니다.》

하고 심 청이 흘적흘적 우니 심봉사가 깜작 놀라,

《아가 아가 우지 마라. 너 속일 리 없지마난 네가 만일 알고 보면 지극한 네 효성에 걱정이 되겠기로 진즉 발을 못하였다. 아까 내가 녀 오난가 문밖에 나가다가 개천물에 빠져서 거의 죽게 되였드니 몽운사 화주승이 나를 전저 살려 놓고 내 사정 물어보기 내 신세 생각하고 전후 말을 다했더니 그 중 듣고 말을 하되 몽운사 부처님이 령험하기 또 없으니 공양미 삼백 석을 불전 시주하면 생전에 눈떠서 완인이 된다기로 형세난 생각지 않고 화'김에 적었더니 도로혀 후회로다.》

243

심 청이 그 말 듣고 반겨 웃고 대답하되

《후회를 하옵시면 정성이 못되오니 아바지 어두신 눈 정녕 밝아 보이랴면 삼백 석을 아모조록 준비하여 보리이다.》

《네가 아모리 하자 한들 안빈락도 우리형세 단 백석은 할수있나.》

《아바지 그 말 마오 예'일을 생각하니 왕상은 고빙하야 얼음궁에 리어 얻고. 맹종은 읍죽하야 눈 가온대 죽순 나니 그런 일을 생각하면 출천 대효 사친지절 예'사람만 못하여도 지성이면 감천이라 아모 걱정 마옵소서.》

심 청이 부친의 말을 듣고 그날부터 후원을 정히 하고 황토로 단을 모아두고 좌우에 금줄 매고 정화수 한 동이를 소반 우에 받쳐 놓고 북두칠성 호반에 분향 재배한 연후에 두 무릎 공순히 꿇고 두손 합장 비는 말이,

《상천 일월 성신이며 하지 후토성황 사방지신 제천제불 석가여래 팔금강보살 소소응감하옵소서 하나님이 일월 두기 사람의 안목이라. 일월이 없사오면 무슨 분별 하오리까. 소녀 아비 두자생 이십후 안맹하야 시물을 못하오니 소녀 아비 허물을랑 이몸으로 대신하고 아비 눈을 밝게 하여 천생 연분 짝을 만나 오복을 갖게 주어 수부다남자를 점지하여 주옵소서.》

주야로 빌었더니 도화동 심 소저난 천신이 아난지라 흠향하옵시고 앞일을 인도하셨더라.

하로난 유모 귀덕어미가 오더니

《아가씨 이상한 일 보았나니다.》

《무슨 일이 이상하오.》

《어떠한 사람인지 십여명씩 다니면서 값은 고하간에 사오세 처녀를 사겠다 하고 다니니 그런 미친 놈들이 있소.》

심 청이 속마음에 반겨 듣고,

《여보 그말 진정이오. 정말로 그리되랴이면 그 다니난 사람 중에 로숙하고 점잔한 사람을 불러오되 말이 밖에 나지않게 조용히 다려오오.》

귀덕 어미 대답하고 과연 다려 왔난지라. 처음은 유

241

모 시켜 사람 사랴난 래력을 물은즉 그 사람 대답이,

《우리난 본대 황성 사람으로서 상고차로 배를 타고 만리 밖에 다니더니 배 갈 길에 림당수라 하난 물이 있어 변화 불측하여 자칫하면 몰사를 당하난대 십오 세 처녀를 제수넣고 제사를 지내면 수로 만리를 무사히 왕래하고 상사도 흥황하옵기로 상해가 원쑤로 사람 사랴 다니오니 몸을 팔 처녀 있사오면 값을 관계하지 않고 주겠나니다.》

심 청이 그제야 나서며,

《나난 본촌 사람으로 우리 부친 안맹하야 세상을 분별 못하기로 평생에 한이 되여 하나님전 축수하더니 몽운사 화주승이 공양미 삼백 석을 불전에 시주하면 눈을 떠서 보리라 하되 가세가 지빈하여 주선할 길 없삽기로 내 몸을 방매하여 발원하기 바라오니 나롤 삼이 어떠하오. 내 나이 십오 세라 그 아니 적당하오.》

선인이 그말 듣고 심 소저를 보더니 마음이 억색하야 다시 볼 정신없어 고개를 숙이고 묵묵히 섰다가,

《랑자 말쌈 들자오니 거룩하고 장한 효성 비할대 없삽내다.》 이렇 듯이 치하한 후에 저의 일이 긴한지라.

《그리하오.》

허락하니

《행선 날이 언제니까.》

《래월 십오일 행선하난 날이오니 그리 아옵소서.》

피차에 상약하고 그날에 선인들이 공양미 삼백석을 몽운사에 보냈더라. 심 소저난 귀덕 어미를 백 번이나 단속하야 말 못내게 한 연후에 집으로 들어와 부친전에 여짜오되

《아바지.》

《웨 그리나냐.》

《공양미 삼백 석을 몽운사로 올렸나니다.》

심봉사 깜짝 놀라서

《그게 어찐 말이냐. 삼백 석이 어디 있어 몽운사로 보냈어.》

심 청이 이 같은 효성으로 거짓말을 하야 부친을 속

일까마는 사세부득이라. 잠간숙여 여쭙난다.

《일전에 무릉촌 장 승상 대부인께서 소녀보고 말씀하기를 **수양딸** 노릇 하라하되 아바지 계시기로 허락아니 하얐난대 사세부득하야 이 말씀 사뢌더니 부인이 반겨 듣고 쌀 삼백석 주기로 몽운사로 보내옵고 **수양딸**로 팔렸내다.》

심봉사 물색 모르고 대소하며 즐겨한다.

《어허 그 일 잘 되였다. 언제다려 간다드냐. 》

《래월 십오일날 다려간다 하옵더다. 》

《네 게가 살더래도 **나** 살기 관계찮지, 어 참으로 잘 되였다.》

부녀 간에 이 같이 문답하고 부친 위로한후 심 청이 그 날부터 선인을 따라갈 일을 곰곰 생각하니 사람이 세상에 생겨나서 한때를 못보고 이팔청춘에 **죽을** 일과 안맹하신 부친 영결하고 죽을 일이 정신이 아득하야 일에도 뜻이 없어 식음을 전폐하고 시름없이 지내다가 다시 생각하야보니 엎클어진 그물이 되고 쏠아놓은 쌀이로다. 내 몸이 죽어놓면 춘하추동 사시절에 부친 의복 뉘라 다할까. 아즉 살아 있을 때에 아바지 사철 의복맞정 지어 드리리라 하고 춘추 의복과 하동 의복 보에 싸서 롱에 넣고 갓**망**건도 새로 사서 걸어 두고 행선날을 기다릴 제 하로'밤이 격한지라 밤은 점점 삼경인대 은하**수**난 기울어져 촉불이 희미할 제 **두** 무릎을 쪼구리고 아모리 생각한들 섭신을 난정이라. 부친의 벗은 보선 꿀이나망종 받으리라, 바늘에 실을 **꿰여** 손에 들고 하염없난 눈물이 간장에서 솟아올라 경경 **열열**하야 부친 귀에 들리지 않게 속으로 느껴 울며 부친의 낯에다가 얼굴도 가만히 대여보고 수족도 만지면서,

《오날'밤 뫼시며는 다시난 못볼 테지. 내가 한 번 죽어지면 여단수족 우리부친 누를 믿고 살으실까. 애닲도다 우리 부친 내가 철을 안 연후에 밥빌기를 하았더니 이제 **내몸 죽**게 되면 춘하추동 사시절을 동리 걸인이 되겠**구나**. **눈총인들** 오작하며 괄시인들 오작할까. 부친 곁에

내가 뫼셔 백세까지 공양하다가 리별을 당하야도 망극한 이 설음이 측량할 수 없을 터인데 하물며 생리별이 고금 천지간 또 있을까. 우리 부친 곤한 신세 적수 단신 살자한들 조석 공양 뉘라 하며 고생하다 죽사오면 또 어늬 자식 있어 미리 풀고 애통하며 초종장례 소대기며 년년 오난 기제사에 밥 한 그릇 물 한 그릇 뉘라서 차려놀까. 곱슬년의 팔자로다. 칠일만에 모친 잃고 부친마자 리별하니 이런 일도 또 있난가. 하양락일 수원리난 소롱국의 모자리별 변삽수유 소일인은 룡산에 형제 리별 정객관산 로기중 오히월녀 부부 리별 서출양관 무고인은 위성에 붕우 리별 그런 리별 만하야도 피차 살아 당한 리별 소식들을 날이 있고 만나볼 때 있었으나 우리 부녀된 이 리별은 내가 영영 죽어가니 어느 때 소식 알며 어느 날에 만나볼가. 돌아가신 우리 모친 황천으로 들어가고 나난 인제 죽게 되면 수궁으로 갈 터이니 수궁에 들어가서 모녀 상봉을 하자 한들 황천과 수궁 길이 수륙이 현수하니 만나볼 수 전혀 없내. 수궁에서 황천까지 몇 천리나 머다난지. 황천을 묻고 물어 불원천리 찾아간들 모친이 나를 어이 알며 나난 모친 어이 알리. 만일 알고 뫼옵난 날 부친 소식 묻자오면 무슨 말로 대답할꼬. 오날'밤 오경시를 합지에 머므르고 래일아침 돋난 해를 부상에 매였으면 하날 같은 우리 부친 더 한번 보려마난 밤가고 해돋난 일 게뉘 라서 막을손가.》

천지가 사정없어 이윽고 닭이 우니 심 청이가 기가 막혀,
《닭아. 닭아, 우지 말아. 반야진관에 맹상군이 아니온다. 네가 울면 날이 새고 날이 새면 나죽난다. 나 죽기난 설지 않으나 의지없난 우리 부친 어찌 잊고 가잔말까.》
밤새도록 셟이 울고 동방이 밝아오니 부친 진지 지으랴고 문을 열고 나서보니 발써 선인들이 시비 밖에 주저주저하며
《오날 행선 날이오니 수히 가게 하옵소서.》
심 청이가 그말 듣고 대 번에 두 눈에서 눈물이 빙빙 돌아 목이 메여 시비 밖에 나아가서,

《어보시오 선인네들, 오늘 행선 하난 줄은 내가 이미 알거니와 부친이 모르오니 잠간 지체하옵시면 불상하신 우리 부친 진지나 하야 상을 올려 잡순 후에 말쌈 여쭈옵고 떠나게 하오리다.》

선인이 가긍하야

《그리하오.》

허락하니 심 청이 들어와서 눈물 섞어 밥을 지어 부친 앞에 상을 올리고 아모조록 진지 많이 잡숫도록 하노라고 상머리에 마조앉어 자반도 뚝뚝 떼여 수저 우에 올려놓고 쌈도 싸서 입에 넣어

《아바지 진지 많이 잡수시오.》

《오냐 많이 먹으마, 오날은 별로 반찬이 매우 좋고나. 뉘집 제사 지냈나냐.》

심 청이난 기가 막혀 속으로만 느껴 울며 흘적흘적 소리나니 심 봉사 물색없이 귀밝은 체 말을 한다.

《아가 네 몸 아프냐. 감기가 들었나보구나. 오날이 며칠 이냐. 오날이 열닷새지 응.》

부녀 천륜이 중하니 몽조가 어찌 없을소냐. 심 봉사가 간밤꿈 이야기를 하되.

《간밤에 꿈을 꾸니 네가 큰 수레를 타고 한없이 가보이니 수레라 하난 것은 귀한 사람 타난 것이라, 아마도 오날 무릉촌 승상댁에서 너를 가마 태여 가려나보다.》

심 청이 들어보니 분명히 자기 죽을 꿈이로다. 속으로 슬픈 생각 가득하나 결으로난 아모조록 부친이 안심하도록

《그 꿈이 장이 좋소이다.》

대답하고 진지상 물려내고 담배 푸여 물린 후에 사당에 하즉 차로 세수를 정히 하고 눈물 흔적 없앤 후에 정한 의복 갈아 입고 후원에 돌아가서 사당문 가만히 열고 주과를 차려 놓고 통곡 재배 하즉할 제

《불효 녀식 심 청이난 부친 눈을 띄으랴고 남경 장사 선인들께 삼백 석에 몸이 팔려 림당수로 돌아가니 소녀가 죽드래도 부친의 눈 띄여 착한 부인 작배하야 아달

248

낳고 딸을 낳아 조상 향화 전하게 하오.》

이렇게 축원하고 문닫치며 우난 말이,

《소녀가 죽사오면 이 문을 뉘가 여닫으며 동지 한식 단오 추석 사명절이 온들 주과 포혜를 누가 다시 올리오며, 분향 재배 누가 할꼬. 조상에 복이 없어 이 지경이 되옵난지 불상한 우리 부친 무강근친족하고 앞 못보고 형세 없어 믿을 곳이 없이 되니 어찌 잊고 돌아갈까.》

우루루 나오더니 자기 부친 앉인 앞에 섰다 철석 주저앉어,

《아바지.》

부르더니 말 못하고 기절한다. 심 봉사 깜짝 놀라,

《아가 웬 일이냐. 봉사의 딸이라고 뉘가 정가하드냐. 이것이 회동하얐고나. 어쩐 일이냐 말 좀 하야라.》

심 청이 정신차려,

《아바지.》

《오냐.》

《내가 불효녀식으로 아바지를 속였소. 공양미 삼백 석을 누가 나를 주오리까 남경 장사 선인들께 삼백 석에 몸을 팔려 림당수 제수로 가기로 하와 오날 행선 날이 오니 나를 오날 망종 보오.》

사람이 슬픔이 극진하면 도로혀 가삼이 막히난 법이라, 심 봉사 하기가 막혀 놓으니 울음도 아니 나오고 질성을 하난대,

《애고 이게 웬 말이냐 응, 참말이냐 롱담이냐. 말 같지 아니하다. 나다려 묻지도 않고 네 마음대로 한단말가. 네가 살고 내 눈 뜨면 그난 응당 좋으려니와 네가 죽고 내 눈 뜨면 그게 무슨 말이 될랴. 너의 모친 너를 낳고 칠일만에 죽은 후에 눈조차 어둔 놈이 품안에 너를 안고 이집저집 다니면서 동양젖 얻어먹여 그만치나 자랐기로 한 시름 잊었더니 네 이게 웬 말이냐. 눈을 팔아 너를 살데 너를 팔아 눈을 산들 그 눈 해서 무엇할랴. 어떤놈의 팔자로서 안해 죽고 자식 잃고 사궁지수가 되</td>

249

단말가. 네 이 선인놈들아 장사도 좋거니와   사람 사다
제수병난대 어대서 보았나냐.   하나님의 어지심과 귀신의
밝은 마음 앙화가 없을소냐. 눈먼 놈의 무남 독녀 칠모
모난 어린 것을 나 모르게 유인하야 사단 말이 웬말이냐.
쌀도 싫고 돈도 싫고 눈 뜨기 내 다 싫다. 네 이 독
한 상놈들아 예'일을 모르나냐. 칠년 대한 가물 적에 사
람 잡아 빌랴 하니 탕임군 어진 마음 내가 지금 비난
바난 백성을 위함이라 사람 죽여 빌 양이면 내 몸으로
대신하리라. 몸으로 희생되야 전조단발 신영백모 상림들에
빌으시니 대우방수천리 그런 일도 있나니라. 차라리 내 몸
으로 대신 가면 어며하냐. 녀의놈들 나 죽여라.   평생에
맺힌 마음 죽기가 원이로다. 나 죽난다. 지금 내가 죽어
노면 네놈들이 무사할까. 무지한 강도놈들아 생 사람 죽
이며난 대전통편 들 있너라.》

훈모 장담 이를 갈며 죽기로 시작하니 심청이 부친을 붙들고
《아바지 이 일이 남의 탓이 아니오니 그리 마옵소서.》
부녀 서로 붙들고 뭉굴며 통곡하니 도화동 남녀 로소
뉘 아니 설어하리. 선인들 모다 운다.   그중에 한 사람이
발론하되
《여보시요, 명좌 령감. 출천 대효 심 소저난 의논도 말
려니와 심 봉사 저 량반이 참으로 불상하니 우리 선인
삼십여 명이 십시일반으로 저량반 평생신세   굶지 않고
벗지 않게 주선을 하야주세.》
하니 중 개왈
《그말이 옳다.》
하고 돈 삼백량 백미 백석 백목 마포 각한바리 동중으로
둘여놓며,
《삼백량은 논을 사서 착실한 사람 주어 도조로 작정하
고 백미 중 열닷 섬은 당년 량식 하게 하고 남겨지
팔십 여석은 년년 흩어 놓와 장리로 추심하면 량미가
풍족하니 그렇게 하옵시고 백목 마포 각 일태난 사철의
복 짓게 하소서.》

250

동창에서 의논하야.

《그리하라.》

하고 그 연유로 공문 내여 일동이 구일하게 구별하얐더라.

그때에 무릉 촌장 승 상부인께서 심 청이 몸을 팔려 렬당수로 간단 말을 그제야 들으시고 시비를 급히 불러,

《들으매 심 청이가 죽으러 간다 하니 생전에 건너와 서 나를 보고 가라 하고 급히 다리고 건너오라.》

시비 분부 듣고 심 청을 와서 보고 그 연유로 말을 하거늘 심 청이 시비 함께 무릉촌 건너가니 승상 부인 밖 에 나와 심 청의 손을 잡고 눈물지어 하난 말이

《너 이 무정한 사람아. 내가 너를 안 이후로 자식으로 여졌난데 너난 나를 잊었나냐. 내 말을 들어보니 부친 눈을 띄우라고 선인에게 몸을 팔려 죽으려 간다하니 효 성은 지극하나 네가 죽어 될 일이냐. 그리 일이 될양이 면 나한데 건너와서 이 연유를 말했으면 이 지경이 없 을 겄을 어찌 그리 무상하냐》

손 끄을고 들어가서 심 청을 앉인 후에,

《쌀 삼백석 줄 겄이니 선인 불러 도로 주고 망녕의 사 먹지 말아.》

심 청이 그 말 듣고 한참 생각다가 천연히 여쭈오대.

《당초 말쌈 못한 일을 후회한들 어찌하며 또한 몸이 위 친하여 정성을 닿자하면 남의 무명색한 재물을 바라리까.》 백미 삼백석을 도로 내준다한들 선인들도 림시 랑패 그도 또한 어렵삽고 사람이 남에게다 한 번 몸을 허락 하야 값을 받고 팔렸다가 수삭이 지낸 후에 차마 어찌 낯을 들고 무어이라 보오리가. 로친 두고 죽난 것이 이효 상효하난 줄은 모르난배 아니로되 천명이니 할일 없소. 부인의 높은 은혜와 여질고 착한 말쌈 죽어 황천에 돌 아가서 결초보은하오리다.》

승상 부인이 놀라와 심청을 살펴보니 기색이 엄숙하야 다시 권하지난 못하고 차마놓기 애석하야 통곡하야 하난 말이

《내가 너를 본 연후에 기출 같이 정을 두어 일시 일

각 뭇모아도 한이 되고 립립하야 어제으기 못하더니 누전에 네 몸이 죽으려 가난 것을 차마 보고 살 수 없다. 네가 잠간 지체하면 네 얼골 네 태도를 화공을 불러 그려두고 내 생전 볼 것이니 조꼼만 머물러라.》

시비를 급히 불러 일등 화공 불러 들여 승상 부인 분부하되

《보아라, 정신들여 심 소저 얼골 체격 상하 의복 입은 것과 수심겨워 우난 형용 차착 없이 잘 그리면 중상을 할 터이니 정신들여 잘 그리라.》

족자를 내여놓니 화공이 분부 듣고 **족**자포쇄하야 류탄을 손에 들고 심 소저를 똑똑이 **바라**본 후 이리저리 그린 후에 오색화필을 좌르룩 펼처 각색 단청 버려놓고 란초같이 풀은 머리 광채가 찬란하고 백옥 같은 수심 얼골 눈물 흔적 완연하고, 가난 허리 고은 수족 분명한 심 소저라. 훨훨 떨어노니 심 소저가 둘이 되다. 부인이 일어나서 우수로 심 청의 목을 안고 좌수로 화상을 어로만지며 롱곡하야 슬피 우니 심 청이 울며 여짜오대

《정령히 부인께서 전생에 내 부모니 오날날 물러가면 어늬 날에 뫼시리까. 소녀의 일점 수심 글 한수 지어내여 생인전에 올리오니 걸어두고 보시오면 증험 있으리다.》

부인이 반기 여겨 필연을 내여 놓니 화상족자상에 화제글 모양으로 붓을 들고 글을 쓸 제 눈물이 피가 되야 점점이 떨어지니 송이송이 꽃이 되야 향내가 날 듯하다. 그 글에 하였으되

《생기사귀 일몽간이라, 권정하필 루산산가, 세간에 최유단장처난 초록강남 인미환을.》

부인이 ﹑놀라시며

네 글이 진실로 신선의 글구니 이번에 가난 길 네 마음이 아니라 아마 천상에서 부름이로다.》

부인이 또한 주지 한축 끊어 내여 얼른써서 심 청 주니 그 글에 하였으되

《무단풍운 양래혼은 췌송명 화락해문이라. 적고인간을 천

필녀이어날 무고부녀단정이로다.》

심 소저 그글 받아 단단히 간수하고 눈물로 리별할 제 무릉촌 남녀 로소 뉘 아니 통곡하랴.

심 청이 건너오니 심 봉사 달려들어 심 청의 목을 안고 뛰놀며 - 통곡한다.

《나고 가자 나고 가. 혼자 가지 못하리라. 죽어도 같이 죽고 살아도 같이 살자. 나버리고 못가리라. 고기'밥이 되더라도 나와 너와 같이 되자.》

심청이 울음 울며,

《우리 부녀 천륜을 끊고 싶어 끊사오며 죽고 싶어 죽사리까마난 액회가 수에 있고 생사가 한이 있어 인자지 정 생각하면 떠날 날이 없아오나 천명이니 할일없소. 불효 녀식 심청이난 생각지 마옵시고 아바지 눈을 떠서 광명 천지 다시 보고 착한 사람 구혼하야 아달 낳고 딸 낳아 후사 전하게 하옵소서.》

심 봉사 펄적 뛰며,

《애고애고 그 말 말아 처자 있을 팔자 되면 이런 일이 있겠나냐. 나 바리고 못가리라. 》

심 청이 저의 부친을 동리 사람에게 붙들리어 앉혀 놓고 울면서 하난 말이

《동내 남녀 어룬네들 혈혈단신 우리 부친 죽으러 가난 몸이 동중만 믿사오니 깊이 생각하옵소서.》

하직하고 돌아서니 동리 남녀로소 없이 발구르며 통곡한다. 심 청이 울음 울며 선인을 따라갈 제, 끌리난 초마'자락 거듬거듬 안고 만수비봉 흘은 머리 귀밑에 와 드리웠고 피 같이 흐르난 눈물 옷깃에 사모친다. 정신없이 나가면서 전 년집 바라보며,

《김 동지댁 큰아기 너와 나와 동갑으로 격장 피차 크며 형제같이 정을 두어 백년이 다진ㅎ도록 인간 고락 사난 흥미 함께 보자 하였더니 나 이렇게 떠나가니 그도 또한 한이로다. 천명이 그뿐으로 나난 이미 죽거니와 의지없난 우리 부친 애통하야 상하실까 나 죽은 후라도 수궁

원혼 되겠으니 네가 나를 생각거든 불상하신 나의 부친 극진 대우하야다고. 앞'집 작은 아가 상침질 수놓기를 누와 함께 하랴나냐. 작년 오월 단오야에 추천하고 노던 일을 네가 그저 생각너냐. 금년 칠월 칠석야에 함께 결교하쟀더니 '이제난 허사로다. 나난 이미 위친하야 영결하고 가거니와 네가 나를 생각거든 불상한 우리 부친 나 부르고 애통하거든 네가 와서 위로해라. 너와 나와 사괴 봉정 네 부모가 내 부모요 내 부모가 네 부모라. 우리 생전 있을 제난 별로 혐이 없었으나 우리 부친 백세 후에 지부에 들어오셔 부녀 상봉 하난 날에 네 정성 내 알겠다.》

이렇 듯 하직할제 하나님이 아시면지 백일은 어대 가고 음운이 자욱하다. 이따감 비'방울이 눈물 같이 떨어지고 휘느러져 곱던 꽃이 이울고져 빛이 없고 청산에 섰난 초목 수색을 띠워 있고 록수에 드린 버들 내 근심을 도읍난듯. 우나니 저 피피리 너난 무슨 회포런가. 너의 깊은 한을 내가 알든 못하야도 통곡하난 내 심사를 네가 혹시 짐작할가. 뜻밖에 저 두견이 귀촉도 불여귀라. 야월강산 어따 두고 진정제송 단장성을 어이 사자 사로나냐. 네 아모리 가지우에 불여귀라 울건마난 값을 받고 팔린 몸이 다시 어찌 돌아오리. 바람에 날린 꽃이 낯에와 부딪치니 꽃을 들고 바라보며,

《약도춘풍 불해의하면 하인각취 송락화리요, 춘산에 지난 꽃이 지고싶어 지랴마난 바람에 떨어지니 네 마음이 아니오라, 박명 홍안 나의 신세 저 꽃과 같은 지라, 죽고 싶어 죽으랴마난 사세 부득이라 수원수구할것 없다.》

한 걸음에 눈물지고 두 걸음에 돌아보며 곰 떠나가니 명도 풍파가 일로부터 우험하다. 강두에 다달으니 선인들이 모여들어 배머리에 좌판 놓고 심 초저를 모셔올려 배장 안에 앉힌 후에 닻 감고 돛을 달아 소래하며 북을 둥둥 울리면서 지향 없이 떠나간다.

興夫傳.

〔解 說〕

《興夫傳》은 우리들의 代表的인 古典的 作品의 하나이다.

《興夫傳》은 爾餘의 많은 18 世紀 小說들과 같이 우리들의 民族的 說話를 小說化한 作品으로서 그의 特徵은 《沈淸傳》 其他 作品들이 一般 傳說에 依據한 것과는 달리 寓話的인 童話를 小說化한 데 있다.

여기에 《興夫傳》도 그 作家와 作品 出現 年代를 確定하기 困難하다. 그것은 오랜 예'날로부터 民族的 說話로 傳承되여 오던 寓話가 人民들의 口碑 또는 書寫를 通하여 漸次的인 小說化 過程을 밟았다고 보아지며 現傳하는 《興夫傳》이 完成되기는 18 世紀 末로부터 19 世紀 初에 걸친 期間으로 推定된다.

그리하여 小說에서 다시 唱劇으로 發展하면서 한層 많은 敷衍을 보았다고 할 것인바 文獻上에 보이는 것으로는 李 裕元의 觀劇詩로서 《嘉梧樂府》에

江南社雨燕飛來

瓠子如罌萬物胎.

一富一貧元有定

難兄難弟莫相猜

라고 《興夫傳》의 內容을 읊고 있다.

《興夫傳》은 板本의 種類가 많으며 作品名도 《興夫傳》 外에 《興甫와 乭甫》, 《燕의 脚》, 《놀부傳》 其他로 되여 그中 《興夫歌》와 《박打鈴》 等은 唱劇化 過程에서 나온 것이다.

《놀부와 흥부》의 說話도 오랜 歷史를 가진 우리들의 民族的 說話이나 또한 長久한 時日을 經過하는 過程에서 많은 潤色과 敷衍을 보게 되었다.

그리하여 小說 《興夫傳》은 心術 궂은 놀부와 心性이 착한 興夫가 제비의 박씨를 通하여 善惡의 果報를 받는 傳來의 說話에 依據하면서도 그의 內容과 形式은 벌써 單純한 寓話的 童話의 領域을 넘어서 豐富한 思想性과 藝術性을 담게 되었다.

特히 素朴한 童話的 人物들을 驅使하여 18 世紀 朝鮮의 社

會的 時代相을 寫實的으로 보여 주었으며, 諷刺 文學의 優秀한 傳統을 물려 준 깃은 小說《興夫傳》의 가장 特徵的인 것으로 된다.

따라서 興夫傳의 古典的 意義는 傳來의 寓話的인 說話보다도 人民들의 오랜 口碑的 創作 過程을 거쳐서 諷刺的 手法을 通하여 形象化된 그의 豊富한 思想性과 人民性에 있다.

卽《興夫傳》의 슈제트를 一貫하여 흐르고 있는 것은 作者의 高尙한 人道主義와 辛辣한 批判的 精神이니 그것은《興夫傳》으로 하여금 우리들이 자랑할 수 있는 代表的인 諷刺的 小說로 出現하게 하였다. 그것은《興夫傳》에 있어서 心術 궂은 놀부의 形象, 가난한 興夫의 살림살이, 놀부의 박타는 場面等에서 보는 바와 같이 모든 優秀한 諷刺 文學의 例에 따라 人民 生活에 對한 깊은 關心과 참다운 誠實性, 愛情等을 土台로 하여 씌여졌으며, 腐敗하고 醜惡한 一聯의 否定的 現象들에 對한 憎惡와 侮蔑, 嘲笑의 感情으로 씌여졌다.

여기에 실린《興夫傳》은 唱劇化 過程에서 이루어진 板本으로 內容이 가장 充實하다. 文體가 四四調의 律文體로 된 것은《판소리》에서 온 것이며, 또한 적지 않은 歌詞들이 들어 있다.

흥 부 전.

충청, 전라, 경상도 어름에 사는 연 생원이라는 사람이 아들 형제를 두었는데 형은 놀부요 아우는 흥부라. 한 어미 소생으로 현우가 관이하야, 흥부는 마음이 착하야 효행이 지극하고 동기 간에 우애 독실하되, 놀부는 오장이 달라 부모께 불효, 동기 간에 우애 없어 마음 쓰는 것이 괴상하였다. 이놈의 심술을 볼진대, 다른 사람은 오장 륙부로되 놀부는 오장 칠부였다. 어찌하야 그런고 하니 심술부하나이 더 하야 결간 옆에 가 붙어서 심술부가 한 번만 뒤집히면 심사를 피우는데 썩 야단스럽게 피웠다. 술 잘 먹고 욕 잘 하고 에테하고 싸흠 잘 하고 초상 난데 춤 추기, 불 불는데 부채질 하기, 해산한데 개잡기, 장에 가면 억매흥정, 우는 아이 똥 먹이기, 무죄한 놈 빰치기와 빗값에 계집 빼앗기, 늙은 영감 덜미 짚기, 아이밴 계집 배 차기며, 움물 밑에 똥누어놓기, 오려 논에 물 터놓기, 자친 밥에

256

흙 퍼붓기, 패는 곡식 이삭 빼기, 논두렁에 구멍 뚫기, 애호
박에 말뚝 박기, 꼽사등이 엎어 놓고 밟아 주기, 똥누는놈
주저앉히기, 안질방이 턱살 치기, 옹기 장사 작대 치기, 면
례하는데 떼감추기, 남의 량주 잠자는데 소리 지르기, 수절
과부 접탈하기, 통혼하는데 간혼 놀기, 만경 창파에 배밑 뚫
기, 목욕하는데 흙 뿌리기, 담붙은 놈 코침주기, 눈앓는놈
고초가루 넣기, 이 앓는놈 뺨치기, 어린아이 꼬집기와, 다 된
흥정 파의하기, 중놈 보면 대테 메기, 남의 제사에 닭 울
리기, 행길에 허공 파기, 비오는 날 장독 열기라. 이놈의
심사 이러하야 모과나무같이 뒤틀리고, 동풍 안개 속에 수
수'잎 같이 꼬인 놈이 무거불칙하되, 흥부는 그렇지 아니하
야 충후 인자한 마음으로 그형의 행사를 탄식하고 때로 간
하고저 하나 말하여야 쓸데없는고로 함구 무언하고 주면
먹고 시기면 일이나 공순히 하되 무거한 놀부 놈이 일분
회개함이 없으니 어찌아니 분통하랴. 놀부의 악한 마음 부
모의 물려준 재산 많은 전재와 남전 북답, 노비 우마를 혼
자 다 차지하고 아우 흥부를 구박하되 흥부의 어진 마음
조끔도 다름이 없더라.

이때 놀부는 세간 전답 다 차지하고 저 혼자 호의
호식하며, 제 부모 제사를 지내여도 제물은 아니 작만하고
대전으로 놓고 지내는데, 편 값이면 편 값이라 과실 값이면 과
실 값이라 각각 써서 버려놓고 제사를 철상 후에 하는 말이

《이번 제사에도 아니 쓰노라 아니 쓰노라 하였건만 황
초 값 오푼은 지정무처일세.》

하는 천하에 몹슬놈이, 하로는 생각하되 흥부의 가속을
내여쫓이면 량식도 많이 얻고 용처도 델할지라, 저의 부부
의논하고 흥부를 불러 이른 말이

《형제라 하는 것은 어려서는 같이 살되 실가를 갖춘
후는 각기 생애하야 사는 것이 떳떳한 법이니 너는 처자
를 데리고 나가 살라.》

흥부 깜짝 놀라 울며 가로되

《형제는 수족 같으니 우리 단 두 형제 각산하야 살

257

면 돈목지의 없으리니 형장은 다시 생각하옵소서.》

놀부 본대 집 한 간 변통하야 주고 나가란 것이 아니라, 전으로 배송내려 하다가 흥부의 착한 말을 들으니 불량한 심사 불일 듯하는지라. 눈을 부릅뜨고 팔뚝을 뽑내여 가로되

《이놈 흥부야, 잘살아도 내팔짜요 못살아도 내팔짜니 형을 어찌 길게 뜯어 먹고 매양 살려 하느냐. 잔말 말고 어서 나가거라.》

흥부의 어진 마음 생각하니 형의 심'법이 벌써 이러하니 만일 요란히 굴어 남이 알진대 형의 흉이 더 드러날지라. 잠자코 저의 방으로 돌아와 안해와 나갈 일을 의론하니 흥부 안해 또한 현숙한 부인이라 장부의 뜻을 받아 한 마디 원망이 없이 락루하며 하는 말이

《시아주버니께서 저리하나 나갈 길 전혀 없고 나가자 하니 방 한 구석이 없으니 어린 자식들과 어대로 가서 의지하리까.》

이령 저령 밤을 새우고 동방이 밝는지라, 놀부놈이 방 앞에 이르러 호통하되

《이놈 흥부야, 내 어제 일렀거든 어찌 하자고 아니 나가는다. 네 이제로 아니 나가면 난장 박살하야 내여 쫓으리라.》

이렇듯이 구박하니 일시를 어이 견디리오, 흥부 아무 대답 아니하고 안해와 어린것들을 다리고 지향없이 문을 나니 갈 바이 망연하고나. 건는 산 언덕 밑에 가서 움을 파고 모여 앉어 밤을 새우고 아모리 생각하야도 갈 곳은 없고, 좌지불천 이곳에 수간 모옥이라도 짓고 사는 수 박에 다른 변통은 없으니 집을 지려 할새 만첩 청산 들어가서 크나큰 대부동을 와르령 퉁탕 지끈동 베여내여 안'방 대청 중채, 사랑, 네모 번듯 입구 자로 짓고 선자 추녀, 말굽도리, 바리 바침, 내외 분합, 물퇴에 살미살창, 가로다지, 분벽 주란 고대 광실 짓는 것이 아니라, 낫 한 가락을 들게 갈아 지게에 꽂아 지고 묵은 밭이라면 쫓아 다니며

수수'대 뻥'대를 모조리 비여 질머지고 **돌아와서** 집을 짓
는데 비슷한 언덕에다 집터를 광이로 짜아 놓고, 집 한채
를 짓는다. 안'방, 대청, 행랑, 몸채를 말집으로 한나절에 지
어 필역하고 돌아보니 수수'대 반짐이 그저 남었구나. 안'방
을 불작시면 어찌 너르든지 누어 발을 뻗으면 발목이
벽 밖으로 나가니 착고 찬놈도 같고 방에서 **멋모르고** 일
어서면 모가지가 지붕 밖으로 나가니 휘주 잡기에 잡히어
칼 쓴 놈도 같고 잠'결에 기지개를 켜량이면 발은 마당
밖으로 나가고, 두 주먹은 두 벽으로 **나가고, 엉덩**이는 울
타리 밖으로 나가 동리 사람들이 출입시에 **거친**다고 이
궁덩이 불러 드리라는 소리에 깜짝 놀라 일어 **앉아 대성**
통꼭 하는 말이

《애고 답답 서름이야, 이 **노릇**을 어찌할고. 어떤 사람
팔짜 좋아 대광 보국 승록 대부, 삼공 륙경 되여 있어
고대 광실 좋은 집에 부귀、공명 누리면서 금의 옥식 쌓
여 있고 나같은 팔자 어이이리 곤궁하야 말만한 오막사리
에 일신을 난용하니 지붕마무에 빌이 뵈고 청천 한운 세
우시에 우대량이 방중이라. 문 밖에 세우 오면 방안은 굵
은 비 오고 앞문은 살이 없고 뒤'문은 외만남아 동지 섣
달 설한풍이 살쏘 듯이 들어오고, 어린 자식 젖달라고 자
란자식 밥달라니 차마 설어 못살겠다.》

형세는 이렇게 가난하되 밤농사는 잘하든지 어린 자식
은 년년이 생기여 충충이 나'살 먹으니 이녀석들은 이로
의복을 어찌하야 입히리오. 큰놈 적은놈 몸을 **못**가리고 한
구석에 우물우물하니 방문을 열어 보면 마치 미역감는 냇
가 같이 아이 어른이 벗고들 있는지라. 흥부 기가 막히여
옷 해 입힐 생각하니 백척 간두에 사흘에 한때도 먹어갈수
가 없거든 의복을 어찌 생의하리오. 주야로 궁리하되 계책
이 없더니 《옳다 수가 있다.》 하고 모도다 몰아다가 한방속
에 넣고 큰 명석한'잎 열어다가 구멍을 자식 수대로 뚫고
나려 씨워 놓으니 대강이만 콩나물 대강이처럼 내밀어 한녀석
이 똥을 누러 가량이면 여러 녀석들이 후배로 따라 가

259

고, 그중에도 왼갖 맛있는 음식은 제각기 찾는다.

한 녀석이 내달으며,

《애고 어머니 열구자탕에 국수 좀 말어 먹었으면.》

또 한녀석이 나오며,

《애고 나는 벙거지'골에 고기를 지지고 닭의알 좀 풀어 먹었으면.》

또 한 녀석이 나오며,

《애고 어머니, 나는 개장'국에 흰밥 좀 말어 먹었으면.》

또 한 녀석이 나오며,

《애고 어머니, 나는 무시루떡 좀 먹었으면.》

흥부 안해 기가 막히어 하는말이

《에그 이 녀석들아, 호박'국도 못얻어 먹으면서 왼갖 맛있는 음식은 다먹고저하니 어찌하잔말이냐.》

그 중에 한 녀석이 와락 뛰어 나오며,

《애고 어머니 나는 올부터 불두덩이 간질간질 가려우니 장가 좀 들었으면》

하고 이렇듯이 여러 자식들이 보채나 무엇을 먹여 살리잔 말고. '집안에 먹을것이라고는 싸래기 한 줌 없어 다 깨진 개상반은 네발을 춤추어 하늘만 축수하고 이 빠진 사발대접들은 시렁에 사흘 나흘 굴복하고 밥을 지어 먹자 하면 책력긴 줄 보아 갑자일이 되어야 솥에 쌀이 들어가고, 새양쥐 쌀알갱이를 엿으려고 밥낮 열 사흘을 분주하다가 다리에 가래롯이 나서 과종하고 앓는 소리 세 동리를 떠드니 어찌 아니 슬프랴.

《아가 아가 우지 말아, 아모리 젖을 달란들 무엇 먹고 젖이 나며, 밥을 아모리 달란들 어데서 쌀이 나랴.》

이처럼 달랠 제 마음 인후하여 청산 류수요 곤륜 백옥이라, 성덕을 본을 삼고 악한 일 멀리하며 물욕에 탐이 없고 주색에 무심한지라. 마음이 이러하니 부귀를 바랄소냐. 흥부 안해 이른 말이

《여보 아이아버지, 내 말씀 들어 보시오. 부질없이 청렴한 체 마오. 안자의 누항 단표 주린 염치 삼십에 조사

하고, 백이 숙제 주린 염치 수양산에 아사하니, 청무 소부 울었으매 부질없는 청렴 말고 저 자식들 살려 보사이다. 저 건너 아주버님 댁에 가서 쌀이 되나 돈이 되나 양단 간에 얻어 옵소.》

흥부 하는 말이

《형님 댁에 갔다가 보리나 타고오게.》

흥부 안해 착한 마음에 보리라 하니까 먹는 보리로만 알고 하는 말이

《여보, 배부른 소리 작작하오, 보리는 흉년 곡식이라, 느루먹기는 정말 쌀보다 낫습네다.》

흥부 하는 말이

《여보 마누라, 보리라니까 갈보리 봄'보리 늦'보리로 아나보오그려. 우리 형님이 음식끝을 불양이면 사촌을 몰라보고 가사목이나 무푸레 몽치로 함부로 치는 성품이니, 그런 보리를 어면 놈이 탄단 말인가.》

흥부 안해 하는 말이

《애고 이말이 웬 말이오. 상담에 이르기를 〈동량은 아니 준들 족박까지 깨치리까〉 맞으나 아니 맞으나 쏘아나 보다가 그만둡소.》

흥부 이말 듣고 마지못하야 형의 집으로 건너간다. 흥부 치장 차리고 가는 거동을 볼작시면 앞살 터진 헌 망건에 물레 줄로 당줄 달아 쓰고, 모자 빠진 헌 갓을 실로 총총 얽어 매여 죽영을 달아 쓰고, 깃만남은 중치막에 동강 동강 이은 솔띠로 흉복통 눌러 매고,' 떨어진 고의적삼 청올치로 다님매고 헌 집신 들메하고, 세살 부채 손에 들고 서흠들이 오망자루를 꽁무니에 비슥 차고 바람 맞인 병인처럼 비슥 비슥 건너 가서 놀부집 들어가며 전후 좌우 돌아보니 앞로적 뒤'로적 명의 로적, 쌀로적 담불담불 쌓았으니 흥부의 어진 마음 즐겁기 측량없건만, 놀부심사 무거하야 흥부 오는 싹을 보면 구박이 태심하는지라, 흥부 그 형을 보기도 전에 이 왕에 맞든 생각을 하니 겁이 절로 나서 일신을 떨며 공손히 마루 아래 서서 두 손'길을 마

주 잡고 절하며 문안하니, 다른 사람 같으면 와락 뛰여
나려와서 잡아 올리며, 형제 간에 마루 아래 문안이란 말
이 웬말이냐 하여 위로가 대단하련마는 놀부는 워낙 무도
한 놈이라, 흥부 온일이 전곡 간에 구걸하러 온 줄 알고
못본 체하다가 여러 번째야 묻는 말이

《네가 누구인고.》

흥부 기가 막히어 대답하되

《내가 흥부올시다.》

놀부 소리 질러 가로되

《흥부가 어떤 놈인가》

흥부 울며 하는 말이

《애고 형님 이 말씀이 웬 말씀이오. 마오 마오 그리
를 마오 비나이다 비나이다 형님전에 비나이다. 세끼를 굶
어 누은 자식 살려낼 길 전혀 없어 렴치를 불고하고 형
님 택에 왔사오니 동기지정을 고렴하시와 벼가 되나 쌀이
되나 량단간에 주옵시면 품을 판들 못갚으며, 일을 한들
공하리까 아무쪼록 동기 지정을 생각하야 죽는 목숨 살
려 주옵소서.》

이처럼 애걸하나 놀부 거동보소. 맹호 같이 날뛰며 모
진 눈을 부릅뜨고 끠올려 하는 말이

《너도 렴치없는 놈이로다. 내 말을 들어보라. 천불생 무
록지인이오, 지불생 무명지초라. 너는 어이하야 복이 없어 날
만 이리 보채는다. 잔말을 듣기 싫다.》

흥부 울며 하는 말이

《어린 자식을 데리고 굶다 못하야 형님 처분 바라자
고 불고렴치 왔사오니 량식이 만일 못되거든 돈 서돈만
주시오면 하로라도 살겠나이다.》

놀부 더욱 화를 내여 하는 말이

《이놈아 들어 보아라. 쌀이 많이 있다한들 너 주자고
섬을 헐며, 벼가 많이 있다한들 너 주자고 로적 헐며, 돈
이 많이 있다한들 너 주자고 쾌돈 헐며 가루 되나 주자
한들 너 주자고 대독에 가득한 걸 떠내며, 의복 가지나

주자한들 너 주자고 행랑 것불 벗기며, 찬 밥술이나 주자
한들 너 주자고 마루아래 청삽사리를 굶기며 지게미나 주
자한들 새끼낳은 돝을 굶기며 콩'섬이나 주자한들 큰 농우
가 네필이니 너를 주고 소 굶기랴. 렴치 없고 이면 없는
놈이로다.》

홍부 하는 말이

《아무리 그러하실지라도 죽는 동생 살려주오》.

놀부 화를 더럭 내어 벽력 같은 소래로 하인 마당쇠
를 부르니 마당쇠가,

《예》

하고 오거늘 놀부 분부하되

《이놈아 뒤'광문 열고 들어 가면 저편에 보리 쌓은
담불이 있지.》

이때 홍부는 그말 듣고 내심에 〈올다, 우리 형님이 보
리 말이나 주시려나보다〉하고 은근히 기꺼하더니, 놀부 놈이
마당쇠를 시켜 보리'섬 뒤에 하야 두었든 도끼'자루 묶음
을 내다 놓고 손에 맞는 대로 골라 잡더니 그만 달려들
어 홍부 뒤꼭지를 잔뜩 흠처 쥐고 몽둥이로 함부로 치는
데, 마치 손잰 승의 비질하 듯 상좌중의 법고 치듯 아조
탕탕 두드리니 홍부 울며 하는 말이

《애고 형님, 이것이 웬 일이오. 방약 무인 도척이도 이
에서는 성인이오, 무거불측 관숙이도 이에서는 군자로다.
우리 형제 어찌하야 이렇게 하오, 아니 주면 그만이시지
따리기는 무슨 일고. 애고 어머니 나죽소.》

놀부의 모진 마음 그래도 그치지 아니하고 지끈 지끈
함부로 치다가 제 기운에 못이기어 몽둥이를 내던지고 숨
을 헐떡이며,

《이놈 내눈 앞에 뵈지 말라.》

하고 사랑으로 분분히 들어가며 문을 버락 같이 닫치니,
이대 홍부는 어찌 맞었든지 일신이 느른하야 돌아갈 마
음 그지 없건만 그 중에도 형수나 보고 가려고 영금영
금 기어 부엌 근처로 가니, 놀부 안해가 마침 밥을 푸는

지라, 흥부가 매 맞은 것은 고사하고 여러 날 굶은 창자에 밥 냄새 맡더니 오장이 뒤집히여,

《애고 형수씨, 밥 한 술만 주오. 이 동생 좀 살려주오》.

하며 부엌으로 뛰여 들어가니 이년 또한 몹쓸년이라, 와락 돌아서며 하는 말이

《남녀가 유별한데 어대를 들어오노.》

하며 밥푸든 주걱으로 흥부의 바른 뺨을 지끈 따리니 흥부가 그 뺨 한번을 맞인 즉 두 눈에 불이 화끈하며 정신이 어찔하다가 뺨을 슬며시 만져 보니 밥이 불따귀에 붙었는지라, 일변 입으로 훔쳐 넣며 하는 말이

《아주머님은 뺨을 쳐도 먹여가며 치시니 감사한 말을 어찌 다 하오릿가, 수고스럽지마는 이 뺨마저 쳐주시오. 밥 좀 많이 붙은 주걱으로 그 밥 갖다가 아이들 구경이나 시키겠오.》

이 몹쓸년이 밥주걱은 놓고 부지깽이로 흥부를 흠씬 따려 놓으니 흥부 아프단 말도 못하고 할일 없이 통푹하며 돌아오니 천지가 망망하더라.

이때 흥부 안해는 우는 아이 젓물리고 큰아이 달래는 거동 매우 궁칙하다. 한 손으로 물레질을 왱왱하며,

《아가아가 우지 말아, 어제 저녁 김동지 집 보리 방아 찌어 주고 쌀 한되 얻어다가 녀의 들만 끓여 주고 우리 량주는 이때까지 잔입이라. 녀의 부친이 전너편 큰아버니 집에 가셨으니 돈이 되나 쌀이 되나 량단간에 얻어오면 밥도 짓고 국을 끓여 너도 먹고 나도 먹자. 우지 말아 우지 말아 아가 아가 우지 말아.》

아무리 달래여도 악치 듯 우는 자식 무엇 먹여 그치리오. 머리 우에 손을 얹고 두 눈이 뚫어질 듯이 기다릴 제 흥부 안해 거동보소. 깃만 남은 헌 저고리 다 떨어진 누비바지 앞만 남은 몽당 치마 떨쳐 입고, 목만 남은 헌 버선 뒤축 없는 짚신 끌고, 문밖에서 바자니며 어린 아이 달랠 적에, 흥부 오기를 칠년 대한에 대우를 기다리 듯, 구년 홍수에 볕'발 기다리 듯, 제갈 공명 칠성단에 동남

264

봉 기다리 듯, 강태공 위수변게 추 문왕 기다리 듯, 남
정 북벌에 명장 믿 듯, 어린 아이들 굿에 간 어미 기다
리 듯, 독수 공방에 유정 랑군 기다리 듯, 삼사 끼 굶
은 자식들 흥부 오기만 기다린다.

《어제 날은 수이 가더니 오늘 날은 어찌 이리 더디
가노. 무정 세월 약류파도 오늘 보니 헛말이로다.》

한창 이리 기다릴제 흥부는 매에 취하야 비를비틀 걸
어 오니 흥부 안해 마조 나가며,

《아기 아버지 다녀 오시오. 동기간이 좋은 게로세. 큰
댁에 가더니 술을 잔뜩 취해 오시는구려. 어서어서 들어가
세. 쌀이거든 밥을 짓고 돈이거든 저 건너 김 동지 집에
가서 한때라도 느루먹을 것을 팔아옵세.》

흥부 듣고 기가 막히어,

《자네 말은 풍년일세.》

흥부가 본대 동기간 우애가 극진한지라 차마 그 형의
행사를 바로 못하고 우애있는 말로 하는데,

《여보 마누라, 큰댁에를 간즉 형님과 형수씨가 나오며.
손을 잡고 인제야 오느냐 하며, 안으로 데리고 들어가더니
좋은 약주도 주고 더운 점심 지어 주며, 많이 먹으라 하
시며 형님께서는 돈 닷 량, 쌀 서 말 주시고, 형수씨는
돈 석 량 쌀 두 말을 주시며, 어서 건너가서 밥 지어
어린 것들 살리라 하시고, 하인 불러 지워 가라 하시기에,
하인은 그만두라 하고 내가 친히 짊어지고 큰댁에서 나서
서 큰 고개를 넘어오다가 도적놈을 만나 다 빼았기고
그저 왔네.》

하며 눈에서 눈물이 비오 듯하니 흥부 안해 생각에 시형
내외 마음을 짐작할지라.

《그만 두시오. 알겠오. 형님 속도 내가 알고 시아주버
니 속도 내가 아오. 돈 닷 량, 쌀 서 말이 무엇이오.
내게다 그런 말을 하시오.》

하며 자기 남편을 보니 류혈이 랑자하야 얼굴이 모다 붓
고, 왼몸을 만져보니 성한 곳이 바이 없으니 흥부 안해

265

기가 막히여 따에 펄석 추저않으며,

《애고, 이것이 웬 일인가. 가기 싫다하는 가장 내 말 어려워 가시더니, 저 모양이 웬 일이오. 팔자 그른 이 놈 슬년 가장 하나 못 섬기고, 이런 광경 당하게 하니, 잠시인들 살아 무엇하리. 모질고 악한 량반, 구산 같이 쌓인 곡식 누구 주자 아끼여서 저리 몹시 친단말고.》

흥부의 착한 마음 형의 말은 아니하고,

《여보 마누라, 슬히 마소, 가난 구제는 나라에서도 못한다 하니 형님인들 어찌 하시나, 우리 량주 품이나 팔아 살아가세.》

흥부 안해 응순하고 서로 나서 품을 판다. 용정하야 방아 찧기, 술'집에 가 술거르기, 초상난 집 제복 짓기, 가고 있는 집 그릇 닦기, 굿하는 집 떡만들기, 시궁발치 오줌 치기, 해빙하면 나물 캐기, 춘모 갈아 보리놓기, 원가지로 품을 팔고 흥부는 이월 동풍 가래질하기, 삼사월에 부침질하기, 일등 전답 무논 갈기, 이집 저집 이엉 엮이, 날 궂인 날 멍석 맷기, 시장갓에 나무 베기, 무곡 주인 역인 서기, 각읍 주인 삿길 가기, 술밥 먹고 말짐 싣기, 오푼 받고 마철 박기, 두 푼 받고 똥 재치기, 한 푼 받고 비배기, 식전이면 마당 쓸기, 이유'집 물 긷기, 전주 감영 돈'집 지기, 대구 감영 태전 지기, 원가지로 다하야도 굶기를 밥먹 듯하야 살 길이 없는지라.

하로는 생각다 못하야 읍내로 들어가서 환곡이나 한 섬 얻어먹으리라 자기 혼자 마음먹고,

《여보 마누라, 읍내 잠간 다녀오리이다.》

하고 행장을 차리는데 헙수룩한 봉두돌빈에 헌 망건을 눌러 쓰고 울근불근 살이 보이는 다 떨어진 고의적삼에 헌 행전을 무릎 밑에 높이 치고 양만 남은 헌 파립 죽령을 달아 쓰고, 노닥노닥 기은 중추막을 행세차로 떨쳐입고 뼘만한 곰방대를 손에 쥐고 어쑥비쑥 갈지 자로 걸어 읍내로 들어가 길청을 찾아 가니 리방이 상좌에 앉았거늘 흥부가 마루 우에 간신히 올라서며 죽어도 •반말로,

《리방 참 내가 왔지. 이사이 청중에 일이나 없으며 성주께서도 안녕하신지 내가 삼십리를 왔더니 허러가 뻣뻣하야 그저 앉자.》

하더니 곰방대에 담배를 담아 먹으랴 하더니 리방이 하는 말이

《연 생원 어찌 들어왔오.》

흥부 이른 말이

《환곡이나 좀 얻어먹자고 왔는데 처분이 어떠할는지.》

리방이 하는 말이,

《가난한 사람이 막중국곡을 어찌하자고 달라 할까. 그러나 연 생원 매 더러 맞어 보았오》.

흥부 이 말 듣고 겁을 내여 하는 말이

《매맞는 일은 웨 하야. 그런 말은 말고 환곡이나 좀 얻어주면 어린 자식들을 살리겠구면.》

리방이 하는 말이

《환곡을 얻지 말고 매를 맞으시오. 이 고을 김 부자를 어느놈이 영문에 무소를 하야 김 부자 압상관자 왔는데 김 부자는 마침 병이 나고 친척도 병이 있어 대신을 보내고져 하야 나를 보고 의론을 하니 연 생원이 김 부자의 대신 영문에 가서 매를 맞으면 그 삯으로 돈 삼십량 줄 터이오. 그 삼십 량은 예서 환을 내줄터이니 영문에가서 매를 대신 맞고 오는 것이 연 생원 마음에 어떠 하시오.》

흥부 이말이 반가워서 매맞기 어려운 생각은 아니하고,

《매는 몇도나 되겠소.》

《한 삼십도 될 터이지.》

흥부 하는 말이

《매 삼십도를 맞으면 돈 삼십 량을 다 나를 주나.》

《아무렴 그렇지, 매 한 개에 한 량씩이지.》

흥부 이말 듣고,

《여보 이런말 내지 마오. 우리 동내 피쇠 아비가 알면 발'등을 드디어 먼저 갈터이니 소문내지 말으시오.》

리방이 돈 닷량을 먼저 주고 영문에 가는 보고'장을

흥부 주며,

《어서 다녀 오시오. 내 편지 한장 갖다 영문 사령 주면 혹시 매를 쳐도 헐'장할 터이오. 또 김 부자가 뒤로 장청에 돈 백이나 보낼 터이니 념려 말고 어서 가오.》

흥부 어찌 좋든지 반말하든 사람이 벼란간에 존대가 한량 없다.

《여보, 리방님 다녀오리다.》

굽실굽실 하직한 후 위선 로자 닷 량 물려 차고 자기집으로 돌아오며 노래를 부르는데 돈타령을 한다. 멀즈기서부터 마누라를 부르며,

《여보 마누라, 돌아보아라. 예'날 리 선이는 금돈 쓰고, 한나라 관운장은 위'나라에 가셨을제 상마에 천금이오 하마에 백금을 말로 되여 드렸으되, 이러한 소장부는 읍내 한 번 꿈쩍하면 돈 삼십 량이 우수수 쏟아진다. 마누라야 거적문 열어라.》

흥부 안해 좋아라고 내달으며,

《돈 말이 웬말이오. 일수돈을 얻어왔오. 월수 파수을 얻어왔오. 오푼 달변 얻어왔오.》

흥부 하는 말이

《아니로세. 변전일수는 웨연겠나.》

《그러면 길에서 얻어왔오.》

흥부 하는 말이

《이 돈은 횡재나 다름 없는 돈일세.》

흥부 안해 하는 말이

《그러면 필경 길'가에서 얻어왔을 터이니 잃은 사람이 원통하지 아니 하겠오. 여보 아이 아버지 돈 얻든 길'가에 바삐갔다 놓고 돈'임자가 와서 찾거든 도로 주고 고맙다고 한 량이나 주든지 돈량을 주든지 그는 정당한 일이니 어서 가서 찾어 주오.》

흥부 이른 말이,

《마누라 말을 들으니 본받을 말이로세. 내 말을 들어보소. 내가 길'가에서 얻은 돈도 아니오 누가 나를 그저

268

준 돈도 아니라, 읍내를 불어가니 이 고을 김 부자를 어떤 놈이 얽어서 영문에 정하였는데 지금 김 부자는 앓고 누구든지 대신 가서 볼기 삼십 개만 맞고 오면 돈 삼십 량에 닷 량을 로자로 주니 그 아니 횡재인가. 감영에 가서 눈 꿈쩍하고 볼기 삼십 개만 맞었으면 돈 삼십량이 횡재 아닌가.》

흥부 안해 이 말 듣고 깜짝놀라 하는 말이

《여보시오 아이 아버지 매품 말이오. 남의 죄를 어찌 알고 대신이라니 웬 말이오. 살인죄에 범행했는지 강도죄에 범행했는지 기인취재 범하았는지 남의 죄를 어찌 알고. 만일 영문에 올라갔다 여러날 굶은 몸에 영문 곤장 맞게 되면 몇 안 맞어 죽을 터이니 어서가서 그일 파의하오. 마오 마오 가지 마오. 만일에 갈 터이거든 나를 죽여 묻고 가오, 나 곧 죽어 모르면 그는 응당 가려니와 살려 두고는 못 가리다. 가지 마오 가지마오, 제발 내 말대로 가지 마오. 만일 갔다가 매 맞어 죽게 되면 뭇 초상이 날 터이니 부대 내말 팔시 마오.》

이렇듯 강권하니 흥부가 옳게 듣기는 하나 돈 삼십량이 눈에 어른어른하며 볼기 몇만 맞었으면 그 돈 삼십량을 공돈 같이 쓸 생각에 마누라를 얼른다.

《여보 마누라 볼기 내력 들어 보오. 이 놈이 장원 급제 하야 초헌 우에 앉어 보며, 오영문 장신되여 좌마 우에 앉어 보며, 각읍 수령하야 동헌방에 앉어보며, 이 꼴 좌수 되였으니 향청 마루에 앉어보며, 이꼴 리방 되였으니 길청에 앉어 보며, 동리 좌상 되였으니 동리 상좌에 앉어 볼까. 슬데 없는 이 볼기짝 감영에를 올라가서 볼기 삼십 도만 맞었으면 돈 삼십량 생길 터이니, 열 량은 고기 사서 매맞은 소복하고, 열 량은 쌀을 팔아 집안 식구 포식하고, 열량은 소를 사서 이십 사삭 어우리 주었다가 그 소 팔아 맏아들 장가 들여 그 놈에게 아들 나면 우리게는 손자되니 그 아니 경사인가.》

흥부 안해 그말 듣고 생각하니 사리는 그러하나 이런

길은 못가나니 한사하고 말리거늘 흥부 역시 할 수 없어
영문에 갈 마음 속종으로만 혼자 먹고 겉으로는

《그리하소, 아니 가리. 짚신이나 삼아 신게 저 건너 김
동지네 가서 짚 한 단 얻어옵세.》

이렇게 속이고 영문으로 올라갈 때 마삯이나 타고 가
는 것이 아니라, 돈 삼십 량 한 목 받아 쓸 작정으로
하루 일백 칠십 리씩 걸어 며칠만에 영문에 다달으니 흥
부가 탁지후 영문 구경은 처음인데 어데가 어데인지 아지
못하고 삼문 앞에서 어정어정할 지음에 마침 사령 하나이
구복색을 하고 오락가락하거늘, 흥부 바라보다가 허허 웃고
하는 말이

《그 사람은 털갓 뒤에다 붉은 꼭지를 달고 다니네.》
하며 삼문 앞으로 들어가니 무수한 군노 사령 들이 여기
있고 저기 있어 방울이 떨령하고 긴 대답하는 소리 벽천
이 잦어졌다. 흥부 마음에 으슬으슬 하야지며 걱정을 하는 말이

《아마도 내가 저승에를 왔나보다. 아모리 생각을 하야
도 살아 갈 수 없는데, 집에서 마누라 말이 옳은 것을
고집하고 왔더니.》
하며, 한참 이리 후회할 때 방울이 떨령 긴 대답이 《예의》
하거늘 흥부 접결에 갓벗고 상루를 내밀며 군노 앞에를
들어가서,

《여보시오. 나 먼저 들어가게 하야 주시오.》
사령들 하는 말이

《웬 량반인지 미쳤소. 저리 가오.》

흥부 대답하는 말이

《여보시오. 사람을 놀리지 말고 어서 잡아 들이시오.》

사령 하는 말이

《댁이 누구인데 어찌해서 여기 왔오.》

흥부 하는 말이

《나는 우리 골 김 부자의 대신으로 매맞으러 온 사람
이 올시다.》

《그러면 댁이 보덕촌 사는 연 생원이오.》

《예. 그러하오이다.》

그 중에 도사령이 아래 사령들 보고,

《여보게 저 량반이 김 부자의 대신으로 왔으니 아래'방에 들어 앉히고 만일 추열을 하야 해를 칠지라도 아모쪼록 헐장하소. 우리 청에 편지와 돈 백량이 왔네.》

여러 사령들이 흥부를 위로할새 마침 청령 소리가 나며 무슨 행차가 삼문을 잡고 들어 오더니 이윽고 령이 나리는데,

《각도 각읍 죄인중 살인죄인 외에는 일체 방송하옵신다.》

하니 도사령이 나와서 하는 말아

《연 생원 일 잘되였오.》

흥부 하는 말이

《여보 매를 맞게 되였오.》

도사령 하는 말어

《무슨 죄인이든지 밖으로 다 방송하라 게시니 어서 집으로 가시오.》

흥부 락심하야 하는 말이

《여보시오. 나는 매만 맞어야 수가 있오. 매 하나에 한 량 씩 작정하고 왔는데 그 저 가면 랑패오》.

사령 하는 말이

《여보 연 생원 이번에 김 부자 일로 여기를 왔는데 매 아니 맞었다고 만일 돈을 아니 주거든 꼭 영문으로만 오면 우리가 어찌하든지 돈 백을 받아 줄 터이니 어서 가시오.》

흥부 할일없어 회정할새 향청 근처를 지나다가 환자 받는데서 매질하는 것을 보고 하는 말이

《거기는 매 풍년이 들었다마는.》

하면서 집으로 돌아오며, 신세 자탄을 하고, 로자 남은 돈 한량으로 떡을 사서 질머지고 집을 향하고 돌아가더라.

이때 흥부 안해는 가군이 감영에 간 줄 알고 후원에 단을 모고 정화수 걸어다가 단 우에 올려놓고 비는 말이

《비나이다, 을축생 연 씨 대주 남의 죄 대신으로 매맞

271

으러 갔사오니 하느님 어진 신명으로 무사히 다녀오기를 천만축수 비나이다.》

이렇듯이 정성드린 후에 방중으로 돌아와서 어린 자식 젖 물리고 혼자 앉어 우는 말이

《원쑤의 가난으로 하늘 같은 우리 가장 매품 말이 웬말인고, 불상하신 우리 가장 영문 곤장 맞었으면 돌아올 날 없을 터이오. 태장을 많이 맞고 장독 나서 누었는가. 개개고찰 매를 맞고 기운 없어 자진한가. 소식 몰라 어이 하나.》

이렇듯이 울음 울 때 흥부가 집으로 돌아오니 흥부 안해 반겨라고,

《아이아버지 다녀오시오. 백방으로 놓여오나. 태장 맞고 돌아오나. 형장 맞고 돌아오나. 상처가 어떠하오.》

흥부가 매 못맞고 그저 오는데 화가 나서 그 마누라를 여지없이 꾸짖는데,

《나더러 상처를 묻느니 네친정 하라비더러 물어라. 매 한개 못맞고 오는 사람더러 이년아 장처니 상처니 다 무엇이니.》

흥부 안해 이말 듣고,

《좋다. 좋다. 지화자 좋을시고. 매맞으러 갔든 랑군 매 안맞고 돌아오니 이런 경사가 또 있는가. 매 맞으러 영문 갈 제 그날부터 후원에 단을 모고 하느님께 빌었더니 하느님 덕택으로 백방되여 돌아오니 반가울사. 못먹고 주린 가장 영문 매를 맞었드면 속절없이 죽을거를 그저 오니 좋을시고.》

흥부 그 마누라 좋아하는 거동을 보고 기가 막히어 기쁜 마음 조금 없고 신세 생각이며 어린 자식 살릴 생각을 하니 비감한 심회가 복발하야 해연한 눈물아 비오듯하고, 무심중 롱곡이 나오며, 두 손으로 가슴을 꽝꽝 두드리니, 흥부 안해 그 모양을 보더니 기뻐하든 마음은 어데로 가고 비장한 마음이 다시 맹동하야 그 남편을 따라 울며 하는 말이

《우지 마오 우지 마오. 안연 같은 성인도 안빈 락도하여 있고, 부암에 담쌓든 부열이도 성군을 만나 부귀영화하여 있고 신야에 밭 갈든 이윤이도 성탕 같은 성군 만나 귀히 되고 한 장군 한 신이도 초년에 곤궁하다가 한 고조를 만나 원훈이 되였으니, 세상사를 어찌 측량하오리까.《천불능궁력색가라》 하였으니 우리도 마음만 옳게 먹고 부지런만 하였으면 좋은 때를 만날지 어찌 아오리까》.

흥부 그 말을 옳게 여겨 자란 신세만 할 지음에 마침 김 부자의 조카가 지나다가 흥부 왔단 말을 듣고 와서 찾아 보고 하는 말이

《자네가 주린 사람이 영문에 가서 그 매를 맞고 어찌 다녀왔나.》

흥부가 돈 받아 먹을라고 맞었노라 하려다가 마음이 본대 곧은 사람이라 이실직고로 하는 말이

《맞었으면 해롭지 아니할 것을 맞지를 못하였다네.》

김 씨가 그 말을 자세히 듣고 하는 말이

《자네가 마음은 착한 사람일세, 나도 어데서 들었네마는 무사히 오고야 돈 달랄 수가 있는가. 내가 마침 있는 돈이 칠팔 량 있으니 쌀말이나 사다 먹소.》

하고 가거늘 흥부가 그 사람 가는 것을 보고 혼자'말로,

《내가 매 한 개 아니 맞고 남의 돈을 공으로 먹으니, 렴치는 없거니와 열흘 굶어 군자 없다고 어찌할 수 있느냐.》

하고 일변 쌀 팔고 반찬 사서 며칠 살었으나 굶기는 또 그 터이라 어찌하면 좋으리오. 짚신 장사나 하야보겠다 하고 하는 말이

《여보 마누라, 저 건너 김 동지 집에 가서 짚 한 뭇만 얻어오소. 전답 없어 농사 못하고 미천 없어 장사 못하고 짚신 장사나 하야 보겠네.》

마누라 하는 말이

《아수면은 가끔가끔 얻어오고 또 어찌 말을 하오. 나는

가서 말할 렴치 없오.》

흥부 화를 내며,

《그만두소. 내 가오리.》

하고 그 길로 가서 김 동지를 찾으니 나오며,

《자네 어찌 왔노.》

흥부 대답하되

《수다 소솔이 차마 굶어 못살겠기로 짚신이나 삼아 팔자 하고 짚 한 뭇 얻으러 왔나이다.》

김 동지 듣고 하는 말이

《자네 불상도 하에, 형은 부자로되 자네는 저리 가난하니 어찌 아니 측은 할까.》

후면으로 돌아가 오려짚'동 풀어 놓고 한 뭇 두 뭇 작을 맞초아 내여 주니, 흥부 백배 사례하고 짚을 걸머지고 건너 와서 짚신 한 죽 삼아 지고 장에가 파니 겨우서 돈을 받은지라. 쌀 팔고 반찬 사 가지고 돌아와서 어린 자식 데리고 한 끼는 살았거니와 짚인들 매양 얻을소냐. 흥부 탄식하고 어린 자식을 어루만지며 통곡하니 흥부 안해 기가 막혀 또한 울며 하는 말이

《지빈무의 이내 형세 금옥 같이 애중 자식 헐벗기고 굶주리니 그아니 가련한가. 세상에 주린 사람 뉘라서 구원하며, 확철에 마른 고기 한 말 물로 뉘살리리. 이 세상에 답답한 일 가난 밖에 또 있는가. 수족을 다 끊지니 척 부인 서름이오 장신궁에 꽂이피니 반 첩여의 설음이오, 소상강 반죽되니 아황 녀영 서름이오, 마외역 저믄 날에 양귀비 설음이오, 락양 옥중 고생하든 숙 낭자의 설음인들 이 고생에 더할소냐.》

땅을 치며 우는 거동 차마 어찌 보리오. 흥부 우다가 그 마누라 경상 보고 일변 눈물을 거두고 위로하는 말이

《부불삼세요 빈불삼세는 예로부터 일렀나니 설마 삼대까지 곤난할까. 마음만 옳게 먹고 불의지사 아니하면 자연 신명이 도와 굶어 죽지 아니 하리니 울지말고 설어마소.》

이렇듯이 세월을 허송할새 그달 저달 다 보내고 춘삼월 호시철을 당하니 흥부가 이왕에 약간 식자는 있는지라, 수수'대로 지은 집에 립춘을 써 붙였으되, 겨을동 가을추'자 는 천지 간에, 좋을·호'자 봄춘 자 올래 자는 록음 방초 날비 자요, 우는 것은 짐승수 자, 나는 것은 새조 자요, 연비 여천 소리개연 자요, 오색이 찬란하다 꿩치 자, 야월 삼경 슬피 우는 두견성 자 쌍거 쌍래 제비연 자, 인간 만물 찾을심 자, 이집 저집 들입 자, 일월도 박식하고 음양도 상생하거든 하물며 인물인들 성식이 없을소냐. 삼월 삼일 다 다르니 소상강 떼기려기 가노라 하직하고, 강남서 나온 제비 왔노라 현신할 제, 고대 광실 다 버리고 비거 비래 넘노다가, 흥부를 보고 반겨라고 좋을호 자, 지저귀니, 흥부 제비를 보고 경계하는 말이

《고당 화각 많건마는 수수'대로 지은 집에 와서 네 집을 지었다가 오뉴 월 장마에 집이 만일 무녀지면, 그 아니 랑패되랴, 아모리 짐생일망정 나의 말을 신청하고 좋은 집을 찾어 가서 완실히 집을 짓고 새끼를 치려므나.》

이같이 경계하야도 저 제비 듣지 않고 흙을 물어다 집을 짓고 첫 새끼 겨오쳐 날기 공부 힘을 쓸새 힐지항지 사랑하더니 뜻 아니한 대망이 한놈 별안간 달라들어 제비 새끼를 몰수히 잡아 먹으니, 흥부 보고 깜짝 놀라 하는 말이

《흉악한 저 짐승아, 고량도 많건마는 무죄한 제비 새끼 몰수히 잡아 먹으니 악착하고 불상하다. 저 제비 대성 황제 나계시고 불식곡식 자라나서, 인간에 해가 없고 예'주인 찾어오니 제 뜻이 유정하되 제 새끼를 보전하지 못하고 일시에 다 죽이니 어찌 아니 기련하리 흉악한 저 짐승이 패공의 용천검에 적혈이 비등할 제 백제의 령혼인가 신장도 장할시고. 영주 광야 너른 뜰에 숙랑자의 해를 입든 풍사방의 대망인가. 머리도 흉악하다.》

일변 칼을 들어 그 짐승 잡으려 할 제 저 제비 새끼 한 마리가 공중으로 뚝떨어져 피를 흘리고 발발 떠는

지라 흥부가 이를 보고 펄적 뛰여 달라들어 제비 새끼를 두 손으로 곱게 들고 잔잉히 여겨 이른 말이

《불상하다 저 제비야. 은 왕 성 탕 은혜 입어 금수를 사랑하리.》

부러진 다리를 칠산 조기 껍질로 찬찬 감고,

《여보 마누라 당사실 한바람만 주소. 제비다리 동여매게.》

흥부 안해 시집올 때 가져 온 당사실을 급히 찾어 내여 주니 흥부 선듯 받아 제비 새끼 상한 다리를 곱게 곱게 감아 매여 찬 이슬에 얹어 두었더니 하로 지내고 이틀 지내고 섯여 일이 되더니 상한 다리 완구히 소생되여 비거비래 줄에 앉어 남남지성 우는 소리 지지위지지요 부지위부지 시지야니라. 우는소리 들어보니,

《예' 날에 여경이는 옥중에 갇혔을 때 까치가 기쁨을 보하고, 태상위상 범죄시에 참새 울어 복직하니, 내 아모리 미물이나 은혜 어찌 못갚으랴.》

동뎡실 떠서 날아갈 제 소상강 기러기는 왔노라 하고, 강남으로 가는 제비 가노라 하직한다.

강남 수천리를 훨훨 날아 가서 제비왕께 입시하니, 제비 왕이 물어 가로되

《경은 어찌하야 다리를 절며 들어오느냐.》

저 제비 여짜오되

《신의 부모가 조선에 나가 흥부의 집에 깃들였더니 뜻밖에 대망의 화를 입어 다리가 부러져 죽을 것을, 주인 흥부의 구합을 얻어 살아 왔아오니 흥부의 가난을 면하게 하야 주옵시면 소신이 그 은공을 만분지일이라도 갚을가 하나이다.》

제비왕이 이말 듣고 가로되

《불인인지심은 성인의 본정이니 흥부는 과시 어진 사람이라. 유공필보는 군자의 도리라. 그 은혜를 어찌 아니 갚으리오. 과인이 박 씨 하나를 주는 것이니 경이 가지고 나가 보은하라.》

제비 사은하고 물러 나가 그렁저렁 그해를 지내고 명

276

년 삼월을 당하니 모든 제비 나갈새 저 제비 거동보소.
제비왕께 하직하고 허공 중천 높이 떠서 박 씨를 입에
물고 너울너울 자주자주 바삐 날아 성도에 들어가 미감 부인
모시든 별궁 터 구경하고, 장판교 당도하야 장비의 호통하
든 곳을 구경하고, 적벽강 건너 올 때 소동과 노든 곳 구
경하고, 경화문 올라 앉어 연경 풍물 구경하고, 공중에 높
이 떠서 만리 장성 바삐 지나 산해관 구경하고, 묘동 칠
백리 봉황성 구경하고, 압록강 얼른 건너 의주 통군정
구경하고, 백마 산성 올라앉어 의주 성중 굽어 보고 그 길
로 평양감영 당도하야 모란봉 얼른 올라 보고, 대동강을
건너 서서 황주 병영 구경하고, 그 길로 훨훨 날아 송악
산 빈 터를 구경한 후 삼각산을 당도하니 명랑한 천봉
만악은 그림을 펴 놓은 듯. 종각 우에 올라 앉어 전후
좌우 각전시정이며 오고 가는 행인들과 각항물색을 구경하
고 남산을 올라가서 잠두를 구경하고 당'집 우에 올라 앉어
장안 성내 굽어보니, 즐비할사 천문 만호 보기도 장할시
고. 그 길로 남대문 밖 내달아 동작강을 건너 달아 바로
충청, 전라, 경상 삼도 어름 흥부집 동리를 찾어, 너울너울
넘노는 거동, 북해 흑룡이 여의주를 물고 채운 간에 넘노
는 듯, 단산의 어린 봉이 죽실을 물고 오동낡에 노니는
듯, 황금 같은 꾀꼬리가 춘색을 띠고 세류영에 왕래하 듯,
이리 기웃 저리 기웃 넘노는 거동, 흥부 안해 먼저 보고
반기며 하는 말이

《여보소 아이아버지, 전년에 왔든 제비가 입에 무엇을
물고 와서 저리 넘노니 어서나와 구경하오.》

흥부 즉시 나와 보고 심중에 이상히 여기더니 그 제
비 머리 우로 날아 들며 입에 물었든 것을 앞에다 떨구
니, 흥부 집어 들고 하는 말이

《여보 마누라 작년에 다리가 상하야 동여 주든 제비가
무엇을 물어 던지네그려. 누른 수가 금인가보에. 무슨 금
이 이 대지 가벼울가.》

흥부 안해 하는 말이

《그 가운대 누르스름한 것이 참말 금인가보오.》

흥부 하는 말이

《금이 어이 있을까. 예'날 초한건곤 분분시에 육출기계 진 평이가 범 아부를 잡으려고 황금 사만 근을 흘렸으니, 금이 어이 있으리오. 그러면 옥인가보오.》

흥부 하는 말이

《옥출곤강이라 하니 곤산에 불이 붙어 옥석이 다 탄 후에 간신히 남은 옥을 장 자방이 옥룽소를 맨들어 계명산 추야월에 슬피 불어 강동 팔천 자제를 다 흘어버렸으니 옥도 이게 아니로세.》

《그러면 야광주인가보오.》

《야광주도 세상에는 없나니 제 위왕이 위 혜왕의 십여 승 야광주를 깨쳤으니 야광주도 없느니.》

《그러면 유리 호박인가.》

《유리 호박 더욱 없나니, 주 세종이 탐장한새 당나라 당갈이가 유리 호박을 모다 술잔을 만들었으니 유리 호박이 어대있으리오.》

《그러면 쇠가보오.》

《쇠도 인제는 없나니 진 시황 위엄으로 구주의 쇠를 모아 금인 열 둘을 맨들었으니 쇠도 절종되었나니.》

《그리하면 대모 산호인가보오.》

《대모는 병풍이오 산호는 난간이라. 광리왕이 수정궁 지을 때에 수중 보화를 다 들였으니 대모 산호도 아니로세》.

《그러면 씨앗인가보오》.

흥부도 의혹하야 자세 보니 한가운대 글 석자를 썼는데 · 《보은박》이라 하얐거늘,

《아마도 이것이 박 씨로세. 수호의 배암도 구슬을 물어다가 살빈 은혜 갚았으니 보은하러 물어 온가. 뉘라서 주는 것을 흙이라도 금으로 알고, 돌이라도 옥으로 알고, 해라도 복으로 알자.》

하려니 고초일을 피하야서 동편 울 아래 터를 닦고 심었더니 이삼일에 싹이 나고 사오일에 순이 벋어 마디 마디

278

잎이 나고 줄기마다 꽃이 피어 박 네통이 열렸으니, 대동 강상 당두리선 같이 종로 인경 같이, 육관 대사 법고 같이 둥두렷이 달렸으니 흥부가 좋아라고 문자를 써서 하는 말이

《유월에 화락하니 칠월에 성실이라, 대자는 여항하고 소자는 여분하니 어찌아니 기쁠소냐, 여보소 아기 어머니 비단이 한끼라하니 한 통을 따서 속을랑은 지져먹고 바가지는 팔아다가 쌀을 팔아 밥을지어 먹어 보세.》

흥부 안해 하는 말이.

《그 박이 하도 유명하니 하로라도 더굼히어 쾌히 견실하거든 따서 봅세.》

이처럼 의논할 제 팔월 추석을 당하였는데 굶기를 시작하며 어린 자식들은,

《어머니 배고파 죽겠오, 밥 좀 주오. 열령쇠네 집에서는 허연 것을 눈덩이처럼 뭉쳐 놓고 손'바닥으로 부비여 가운데 구멍 파고 삶은 팥을 집어 넣어 두 귀가 뾰족뾰족하게 맨들어 소반에 놓읍데다. 그것이 무엇이오.》

어미 하는 말이

《그것이 송편인데, 추석날 하야 먹는 것이란다.》

또 한 녀석이 나오며,

《대갈쇠네 집에서는 추석에 쓰려고 검정쇠 새끼를 잡읍데다.》

흥부 마누라 웃으며,

《아마 돝을 잡든가보다.》

한참 이리할 제 흥부는 배가 고파 누었더니 흥부 마누라 치마 끈을 빠드드 졸라매고 목수의 집에 가서 톱 하나를 얻어다 놓고 굶어 누은 가장을 흔들흔들 깨이면서

《일어나오 일어나오, 박이나 한통 따서 박속이나 지져 먹읍시다.》

흥부 마지 못하야 일어나서 박을 따서 놓고 먹 줄을 반듯하게 맞친 후 량주 톱을 잡고 킨다.

《슬근슬근 톱질이야, 당기여 주소 톱질이야. 가난하다고

279

설어를 마소. 팔자 글러 가난, 사주 글러 가난, 벌지 못
하야 가난, 미련하야 가난, 산소 글러 가난, 미천없어 가
난한걸 한탄말소.》

흥부 안해 이른 말이

《산소 글러 가난하면 아주버님은 잘 살고 우리는 가
난한가. 장손만 잘되는 산소든가. 에여라 톱질이야. 슬근슬
근 다려주소. 북창 한월 성미파에 동자박도 가야로다. 당
하자손 만세영에 세간박도 가야로다. 이박 한통 타거들랑
금은 보패가 나옵소서.》

흥부 안해 화답하여 밀거니 다리거니 슬근슬근 룩 타
놓니 오색 채운이 일어나며 청의 동자 한쌍이 나오는지라.

흥부 깜짝놀라 하는 말이

《팔자가 그르더니 이것이 웬 일인고. 박속에서 사람 나
오는 것 보아라. 우리도 엄어먹을 수 없는데 식구는 잘
보태인다.》

그 동자 거동 보아라. 이는 봉래산 학 부르든 동자 아
니면 필경 천태산 약 캐든 동자로다. 좌수에 병을 들고 우
수에 대모반을 가져, 눈 우에 높이 들어 흥부전에 드리며
하는 말이

《은병에 넣은 것은 죽은 사람 혼을 불리 내는 환혼
주요, 옥병에 넣은 것은 앞 못보는 소경 눈뜨이는 개안
주요, 금전지에 봉한 것은 말 못하는 사람 말하게 하는
능연초와 꼽사등이 반신불수 절로 낫는 소생초와 귀머거
리 소리 듣는 총이초요. 이 보에 싸인 것은 룩용, 인
삼, 웅담, 주사 각종이오. 이 값을 의론하면 역만 량이
념사오니 매매하야 쓰옵소서.》

흥부 마음에 너무 황홀하야 연고를 물으려 한즉 동자
벌써 간대 없는지라. 흥부의 거동 보소. 춤을 추며.

《얼시고 좋을시고 좋다. 지화자 좋을시고. 세상사람 들어
보소. 박 속을 먹으려다 금시발복 되였고나. 인간 천지
우주간에 부자 장자들이 재물은 많다한들 이런 보배는
없을지니 날 같은 갖인부자 어데 또 있으리.》

흥부 안해 하는 말이

《우리 집에 약국을 벌렸으면 좋겠네》.

흥부 이른 말이

《약국을 신설하면 알 이가 누가 있어 약을 사러 올까. 내 마음에는 빠른 효험이 밥만 못하에》.

흥부 안해 이른 말이

《그도 그러하니 저 박에나 밥이 들었는지 또 켜봅세.》

하고 박 한통을 또 따다 놓고 켠다.

《슬근슬근 톱질이야, 당기여 주소 톱질이야. 우리집이 가난하기 삼남에 유명하더니 부자득명 만만 재물 일조에 얻었으니 어찌 아니 좋을소냐.》

흥부 안해 이른 말이

《아까 나온 약이 얼마나 되는가. 구구 좀 놓아 불까》.

흥부 하는 말이

《자네가 구구를 놓줄 아는가.》

흥부 안해 대답이

《주먹구구라도 맞었으면 좋지.》

하며 소리를 한다.

《구구 팔십 일광로는 적송자 찾아가고, 팔구 칠십 이태백은 채석강에 완월하고 칠구 륙십 삼청 선자 학을 타고 놀아있고 륙구 오십 사호선은 상산에 바둑 두고 오구 사십 오자서는 동문상에 눈을걸고 사구 삼십 륙수부는 보국 충성 갸륵하고 삼구 이십 칠륙구는 전국 적의 사절이오, 이구 십 팔진도는 제갈 량의 진법이오, 일구 구궁수는 하도 락서 그아닌가. 사만 오백 량아치나 되나보오.》

흥부 웃고,

《제법이로세.》

흥부는 홀구구로 대종없이 부르며 슬근슬근 톱질이야. 쓱싹 쿵콱 룩 탁 놓으니 박속으로 왼갖 세간이 다 나온다. 자개 함농 반다지며, 용장, 봉장, 귀뒤주, 쇄금들이 삼층장, 게자다리 웃결이며, 쌍룡 그린 빗접고비, 용두머리, 장목

비, 놋촉대, 백통 유기, 샛별 같은 요강 타구 그득히 버려 놓고, 운단 이불, 대단 요며, 원앙 금침 잣벼개를 반다지에 쌓아 놓고, 사랑 치레 더욱 좋다. 용목쾌상, 벼루'집, 화류 문갑, 각게수리, 용연벼루, 거북 연적, 대모 책상, 호박 필통 황홀하게 버려 놓고 서책을 쌓았으되 천자, 류합, 동몽선습, 사략, 통감, 론어, 맹자, 사전, 서전, 대학, 중용, 질질이 쌓아 놓고 그 곁에 순대모 안경, 화류 체경, 진묵 당묵, 순황모 무심필을 산호 필통에 꽂아 놓고 각색 지물이 또 나온다. 락꼭지, 별백지, 도철지, 간지, 주지, 피딱지, 갓모, 유삼, 유지, 식지, 다 나오며 또 피륙이 나온다. 길주 명천 가는 베, 회령 종성 고흔 베, 당포, 춘포, 육진포, 바리포, 사승포, 증산포, 가는 무명, 강진 해남 극세목, 고양 꽃발들 리 생원의 만딸 아기 보름만에 맞쳐내든 세목 관더차로 봉해 있고, 의성목, 안성목, 송도 야다리목이며 가는 모시, 굵은 모시, 일천 한산, 극세저며, 각색 비단 또 나온다. 일광단, 월광단, 서왕모 요지연에 진상하든 천도무늬 황홀하고, 적설이 만공산한데 절개 있는 송죽단, 등태산 소천하하든 공부자의 대단이오, 남양 초당 경좋은데 만고 지사 와룡단이 구역구역 나오고, 쓰기 좋은 양태문 매매 흥이 수갑사 인정있는 은조사요, 부귀 다남 복수단, 삼순 구식 궁호로다. 뚜두럭 꾸벅 말굽장단, 서부령 섭적 새발문, 뭉게뭉게 운문단, 만경 창파 조개단, 해주자주, 몽고 삼승, 모본단, 모초단, 접영, 영초, 관사, 길상사, 생수 삼팔, 왜사, 갑정, 생초, 춘사, 등물이 더럭더럭 나올 적에 흥부 안해 좋아라고 이리 뛰며 저리 뛰며 하는 말이

《불경단 펴련단아 꼭도 많이 나온다. 우리 한 풀이로 비단으로 다하야 입어 봅시다.》

비단 머리, 비단 댕기, 비단 가락지, 비단 귀개, 비단 저고리, 적삼, 치마, 바지, 속것, 고쟁이, 버선까지 비단으로 하야 놓으니 흥부 하는 말이

《여보 마누라, 나는 무엇을 하야 입을고.》

흥부 안해 하는 말이

《아기 아버지는 비단 갓, 비단 망건, 당줄 관자까지 모다 비단으로 하고 그것이 만일 부족하거든 비단으로 큼직하게 자루를 지어 나려 쓰시오.》

흥부 웃으며,

《숨막혀 죽으라고 그러나. 또 한 통을 타봅세.》

먹줄 쳐서 톱을 걸어 놓고,

《어이어라 톱질이야. 수인 씨는 불을 내여 교인화식 하야 있고 복희 씨는 그물 맺어 교인전어 하야있고 황제 씨는 백초를 맛보아서 약을 내고 잠총은 누에치기 시작하야 만인간 입히었고, 의적은 술을 내고 녀와 씨는 생황 내고, 채륜은 조희 내고, 몽령이는 붓 맨들고 그나마 천종 만물이 유지자의 창조함이니, 우리는 박 타는 재주를 창조하야봅세. 슬근슬근 당기어라.》

슬근슬근 쓱삭 룩 타 놓으니 순금 궤 하나에 금거북 자물쇠로 채였으되,

《흥부 개탁하라.》

하였거늘, 흥부 은근히 좋아라 하야 꿇어앉어 열고 보니 황금, 백금, 오금, 십상 좋은 천은이며 밀화, 호박, 산호, 금패, 진주, 주사, 사향, 룡뇌, 수은이 가득 찼거늘, 쏟아 놓면 여전히 가뜩가뜩 차고, 쏟고 나서 돌아보면 글로 하나 가뜩하니 흥부 내외가 좋아라 밥먹을 새 없이 밤낮 엿새를 불이 낳게 쏟고 보니 어언 간에 큰 장자가 되었고나. 흥부 너머 좋아라고 그 마누라더러 하는 말이

《이렇게 많흔 재물을 집이 협착하야 엇다가 두면 좋겠오. 우리 저 박 한 통 마저 타고 집이나 지어봅세.》

하고 한 통 남은 것을 마저 따다 놓고 흥을 내여 켠다.

《여봅소 마누라. 정신 차리고 힘써 다려주소. 슬근슬근 톱질이야. 우리일을 생각하니 엊그제가 꿈이로다. 남없이 고생타가 일조에 부가용이되니 어찌아니 즐거우리. 슬근슬근 톱질이야. 당기어주소 톱질이야.》

슬근슬근 룩 타놓으니 박속으로서 일등목수들과 각색 곡식이 나올 적에 목수 등은 위선 명당을 가려 터를 닦

고 집을 짓는데 안방, 대청, 행랑, 고'간, 선자 추녀, 말굽도리, 내외분합, 물림퇴와 살미살창, 가로다지 입구 자로 지어 놓고 앞뒤 동산에 기화 이초를 란만히 섞어 있고 양지에 방아 걸고 음지에 움물파고 문전에 버들심고 울 밖에 원두 놓고 안팎 고왕에 꼭식이 쌓였으니 동편 고에는 정조가 만석이오. 서편 고에는 백미가 오천석, 전후 고왕에는 두태 잡곡이 각 오천석이오 참깨 들깨가 삼천석이오 또 딴 로적한 것이 십여더미요, 돈이 이십만 구천 량이오 일용전 몇천 량은 침방 속에 들어 있고 왼갖 비단과 은금 보패는 다시 고에 쌓고 말'이 같은 사내종, 열쇠 같은 계집종, 앵무같은 아이종, 나며 들며 사환하고, 우적부리 자빡부리, 우적지적 실어 들여 앞뒤 뜰에 로적하고, 담불담불 쌓아 놓니 흥부 안해 좋아라고 춤을 추고 돌아다닌다. 흥부 이른 말이

《여봅소 마누라, 춤추기는 명일이 내무진이니 덤불 밑에 있는 박 한 통 마저 켜봅세.》

흥부 안해 하는 말이

《이 박을랑 켜지 마오.》

흥부 가로되

《내게 태인 복을 어찌 아니 켜리오. 잔말 말고 톱이나 다립소. 슬근슬근 톱질이야 당기어 주소 톱질이야.》

슬근슬근 룩 타놓니 박속으로 여화 일미인이 나오며 흥부에게 나버시 례수하거늘 흥부 대경하야 황급히 답례하고 하는 말이

《뉘시건대 내게다 절을 하시오.》

그 미인이 함교 함태 아리따이 대답하되

《나는 월궁 선녀로라.》

《어찌하야 내집에 와계시오.》

선녀 대답하되

《강남국 제비왕이 날더러 그대 부실이되라 하시기로 왔나이다.》

흥부 듣고 대희하나 흥부 안해 내색하고 하는 말이

《에그 잘되었다.. 우리가 전고에- 없는 간고를 겪다가 인
제 발복이 되었다고 저 끌을 누가 두고 본단말고. 내
언제부터 그 박은 켜지 말자 하였지.》

흥부 하는 말이

《렴려 마소. 조강지처를 괄시할까.》

하고 고대 광실 좋은 집에 처첩을 거느리고 향락으로
세월을 보내더라.

이 소문이 놀부의 귀에 가니 찢어 죽여도 죄가 남을
놈의 심술이 제 아우 잘되였단 말을 듣고 생각하되,

《이 놈이 도적질을 하였나 별안간 부자가 되었다니. 내
가서 욱대기면 반 가산은 뺏어 오리라.》

하고 벼락 같이 건너가 흥부 문전 다달어 보니 집 치레
도 보든바 처음이오, 고대 광실 높은 집에 네귀마다 풍경
소리. 이를 보고 심술이 탱중하야 《이놈의 주제에 맹랑하
고 외람하다. 추녀 끝에 풍경 달고 이것들이 다 어태로 도
적질 갔나보다.》 소리를 벽력 같이 지르되

《이놈 흥부야.》

이때 마침 흥부는 출타하고 흥부 안해 혼자 있다가 종
년을 불러 이르되

《밖에 손님이 와 계신가보니 나가 보아라.》

앵무 같은 녀하인이 대답하고 맵시가 똑똑 듣는 태도
로 대문턱에 나가서,

《어데 계신 손님이오니까.》

놀부 놈이 평생에 그런 모양은 처음 본지라 기가 차서,
《소인 문안드리오. 그러나 이집 주인 놈은 어대 갔나이까.》

저 계집 무안하야 쫓겨 들어와서 고하되,

《어대서 기이한 광객이 왔습데다. 댁 생원님더러는 그
놈 저놈 하고 생비를 보고는 문안을 드리며 전수히 트
집 바탈이옵데다.》

흥부 안해 의심하야 묻는 말이
《그 량반 모양이 어떠하더냐.》

종년이 대답하되

《머리는 부엉이 대가리 같고 수리 눈에 왜가리 주둥이, 맹꽁이 목아지, 체격으로 욕심과 심술이 더적더적 하옵데다.》

흥부 안해 듣더니,

《요란스럽다. 짖거리지 말아.》

하며 일변 옷끈을 곤처 매고 급히 맞아들여 례수하고 보이니 놀부놈은 괴춤에다 손을 넣고 뻣뻣이 서서 답례도 아니하고 보더니 비단옷 호사한 것이 심술이나서 **한다**는 말이

《**영문** 기생으로 맵시 내고 거들거리네.》

흥부 안해 들은 척 아니하고,

《이사이 혼솔이 편안들 하시오니가.》

이놈의 대답이 트집이나 잡듯이,

《평안치 아니하면 어이 할 터이오.》

흥부 안해 유공불급하야 일변 모란석 비단'요를 내여 깔며,

《이리로 앉으시오.》

이놈이 옮기여 앉다가 부러 미끄러지는 체 하더니 칼을 빼여 장판'방을 득득하며,

《에 미끄러워. 그대로 두었다가는 사람 상하겠군.》

부벽 글씨를 알아보는 듯이,

《웬 부벽에 달은 저리 많이 그려 붙쳤을가.》

화계의 화초를 보고,

《저 꽃을 당장 피게할려면 동나무 서너 단만 들여놓고 불을 지르면 단번 환하게 핍니다. 저 학두루미다리가 너머 길어 못쓰겠으니 한 마디 분지르게 이리 잡아오오.》

기침을 칵하며 가래침 한덩이를 벽에다 탁 배알으니 흥부 안해 보다가 하는 말이

《성천 놋타구, 광주 사타구, 의주 당타구, 동래 왜타구, 갖초 놓였는데 침을 웨 벽에다 뱉으십니가.》

놀부 하는 말이

《우리는 본대 눈에 보이는대로 아무대나 뻴소.》

흥부 안해 차집을 불러,

《점심 진지 차려 드리여라.》

놀부 이른 말이

《아무 집이든지 계집이 너머 덩벙이면 집안이 망하는 법이였다. 아모려나 반찬과 밥을 정하게 맛 있게 많이 차려 오렸다.》

윈집안이 별성 행차나 든 듯이 쌀을 희게 쓸어 질도 되도 아니하게 지여 놓고, 벙거지꼴 녀비아니, 염통산적 겻 드리고 란젓, 굴젓, 소라젓, 아감젓 갖초 놓고 수육, 편육, 이회, 육회, 초장, 게자, 각기 놓고 각색 채소, 장볶이, 석박지, 동치미녀 기름진 암소 가리 잔칼질하야 석쇠에서 끓는 대로 번차레 바꾸어 놓고 암치 약포 대화를 보푸러서 곁드리고, 숭어구이, 전복채를 갖초갖초 차려 놓고, 은수저, 은주전자, 은잔대, 반주를 따뜻이 데여 각상에 바쳐들고 앵무 같은 어른 종, 아이 종이 눈섭 우에 공손히 들어 앞에 갖다 놓고 전갈 비슷이,

《마님께서 졸지에 진지를 차리느라고 찬수가 변변하지 못하다고 하옵서요.》

놀부가 생전에 이런 밥상은 처음 받아 보매 먹을 마음은 없고 밥상을 깨 두드려야 마음에 시원할 터인고로 수저를 들고 밥상을 탁탁 치며,

《이 그릇은 얼마 주고, 또 이 그릇은 얼마나 주었소. 사발이 너머 크고 대접이 헤넓브러지고 종자는 너머 적고 접시는 바라져야 좋지.》

하며 함부로 두드리니 흥부 안해 보다가,

《당화기는 성이 말라 자칫해도 록록 터지니 너머치지 마옵소서.》

놀부놈 화를 내여,

《이 밥 아니 먹었으면 고만이지요.》

하며 발로 밥상을 탁 치니 상'발은 부러지고, 종자는 둥굴고, 접시는 폭삭, 사발은 뎔격, 수저는 떵그렁, 국물은 주

르르, 장판'방 네 구석에 이리 저리 흐르니, 흥부 안해 이른 말이

《아주버님 들으시오. 불평한 마음이 계시거든 사람을 치시지 밥상을 치십니까.》

부러진 상'발 깨여진 그릇, 흐르는 국물, 마른 음식, 다 긁어담고 걸레 수건으로 모도다 씻어 내며,

《밥이 어떻게 중한 것이라고 밥상을 치셨오. 밥이라 하는 것이 나라에 오르면 수라요, 량반이 잡수면 진지요 하인이 먹으면 입시요, 제배가 먹으면 밥이오, 제사에는 진메이니 얼마나 중한가요. 동내가 알고 보면 손도가 싸고, 관가에서 알면 불기가 싸고, 감영에서 알면 귀양도 싸오.》

놀부 하는 말이

《손도를 맞어도 형의 대신 아우가 맞을 것이오, 불기를 맞어도 형의 대신 아우가 맞을 것이오, 귀양을 가도 아우나 조카놈이 대신 갈 것이니 나는 아모 걱정 없오.》

한참 이리할 제 흥부가 들어 오더니 제형에게 공손히 엎쳐 보이며,

《형님 행차하셨습니까.》

하며 일변 눈물을 떨어트리니 이놈 하는 말이

《녀 뉘 흥부 보았느냐. 이놈 눈깔 보기 싫다.》

흥부 하인 불러 분부하되,

《큰 생원님 잡수실 것 다시 차려오너라.》

놀부 떨떠리고 하는 말이

《이놈 네가 요사이는 밤'이슬을 맞는다·하는고나.》

흥부 어이 없어 대답하되

《밤'이슬이 무엇이오.》

놀부 꾸짖어 가로되

《밤'이슬 맞고 다니며 도적질을 얼마나 하였느냐.》

흥부 놀라 대답하되

《형님 이말씀이 웬 말씀이오.》

전후사를 세세히 고하니, 놀부 이른 말이,

288

《이러하면 네집 구경을 자세 하자.》

흥부 데리고 돌아 다니며 보더니, 그 부요한 거동을 보고 심중에 거염이 불붙듯 할차 월궁 선녀 또 나와 보이거늘, 놀부놈 하는 말이

《이는 어떤 부인이냐.》

흥부 대답하되

《이는 내 첩이올시다.》

놀부 골을 내여 하는 말이

《압다 이놈, 첩이라니 부랑지설 말고 내게로나 보내여라.》

흥부 대답하되

《이 미인은 강남 제비왕께서 주신 바요 이왕 내게 몸을 흐적시켰으니 형님께로 보내는 것은 망발이올시다.》

놀부 가로되

《그는 그러하거니와 저기 휘황 찬란한 장은 이름이 무엇이뇨.》

흥부 대답하되

《그것은 화초장이 올시다.》

《그것은 네게 당치 아니하니 내게로 보내여라.》

《에그, 이것은 미쳐 손도 대보지 못했나이다.》

《압다 이놈아 내것이 네것이오 네것이 내것이오, 네계집이 내계집이오 내계집이 네계집이니 무슨 관계가 있으랴마는 계집은 못하겠다 하니 화초장이나 보내여라. 만일 그도 못하겠다 하면 왼집에다 불을 싸놓으리라.》

흥부 가로되

《그러면 하인 시켜 보내오리이다.》

《네놈에게 무슨 하인이 있으리오. 이리 내놓아라. 내가 질빵걸어 지고 가리라.》

흥부 할일 없어 질빵 걸어 주니 이놈이 우'옷을 벗어 척척 접어 장 우에다 얹더니 질머지고 제집으로 오다가, 화초장 이름을 잊어버리고 다시 흥부집으로 가서,

《이놈아 장 이름이 무엇이냐.》

흥부 나와,

《화초장이올시다.》

놀부놈이 다시 질머지고 이름을 잊을가 념려하야 화초
장 장 장 장 하면서 오다가 개천을 만나 건너갈 제 또 잊
어버리고 생각하되,

《아차 아차 무슨 장이라든가, 간장 초장 송장도 아니오.》
이처럼 중얼대며 제집안으로 들어가니 놀부 계집이 내달으며,

《그것이 무엇이오.》

《이것 모릅나.》

《과연 아지는 못하나 참 좋기도 하오 그려.》

놀부 가로되

《진정 모르나.》

놀부 계집 하는 말이

《저 건너 량반의 댁에 저런 장이 있는데 화초장이라 하
옵데다.》

놀부 가로되

《옳지 화초장이지.》

놀부 계집 욕심은 제 서방보다 한층 더하야 좋은 것
을 보면 기절을 일수 하고, 장에 갔다가 물건 놓인 것을
보든가 돈 세는 것을 보다가 죽어 엎드져 업혀 와서 석
달에야 일어나는 위인이라, 어찌 욕심이 많든지 남의 혼인
구경을 가면 신부의 새 금침을 덮고 밤을 내여야 앓들
아니하는 년이라 화초장을 보더니 수선 시초를 차리는데,

《얼시고 곱기도 하다. 우리 남편이 복인이지. 어디를 가
면 그저 올리 만무하지, 수저 같은 것을 보면 행전 귀
롱에 질러오거나, 화저 부삽 같은 것은 괴춤에 넣어온
다. 종발을 갓모자에 넣어온다 강아지를 소매에 넣어온다
허행은 않거니와 가든중 제일일세. 어대서 가저왔읍나.》

놀부 대답하되

《그것을 곧 알양이면 이리와서 듣소.》
하더니,

《에그 분하여라. 흥부놈이 부자가 되였데.》

놀부 계집이 바싹 다가앉으며,

《어떻게 부자가 되였단 말이오. 도적질을 한것이지.》

놀부 이른 말이

《작년에 제비 한 쌍이 흥부의 집에와서 집을 짓고 새끼를 첬는데 대망이가 다 잡아 먹고 한 놈이 날아가다가 떨어져 다리가 부러진 것을 흥부가 동여 주었더니 올'봄에 그 제비가 은혜를 갚노라고 박씨 하나를 물어다 준 것을 심었더니 박 네 통이 열리어 탄즉 보물을 무수히 얻어 부자가 되였다데. 우리도 제비다리 부러진 것 하나 만났으면 그 아니 좋겠슴나.》

하고 그해 동지 섣달부터 제비를 기다린다. 그물 막대 둘러 메고 제비를 후리러 나간다. 한곳에 다다르니 날'짐승 하나이 떠오거늘 놀부 하는 말이

《제비가 이제야 온다.》

하고 그물을 들어 잡으려 하니 제비가 아니요 태백산 갈가마귀 차돌도 못얻어먹고 주려 청천에 높이 떠서 갈곡갈곡 울고 가니 놀부 눈을 멀겋게 뜨고 바라보다가 할일 없이 돌아다니면서 제비를 몰아 들이려 하나 제비 오는 싹이 아조 없으니 성화 발광하거늘 그중에 어떤 놈이 놀부를 속이려고 놀부더러 이른 말이

《제비를 아모리 기다린들 제비 있는 곳도 모르고 어찌 기다리오. 제비싹 일수 보는 사람이 있으니 데리고 다니면 수이알리라.》

하거늘 놀부 듣고 대희하야 제비 한 마리 보는데 이십량씩 정하고 높은 산에 올라 제비싹을 바라 보더니 그 사람이 놀부더러 하는 말이

《제비 한 마리가 강남서 먼저 나오니 불구에 자네 집으로 올 터이니 우선 한마리 값만 먼저 내소.》

놀부 대희하야 이십 량을 준 후 또 한참 바라보다가 놀부더러 이른 말이

《제비 한 마리가 또 날아오니 이도 자네집으로 나오는 제비로세.》

놀부놈이 제비 나온다는 말만 반가워 달라는대로 값을

291

주고 그렁저렁 동지 섣달 다 지내고 춘절이 돌아오니 놀부놈의 거동 보소. 제비를 후리려 나간다. 복희 씨 맺인 그물을 후로쳐 둘러메고 제비만 후리러 나간다. 이어차 저 제비야 백운을 무릅쓰고 흑운을 박차고 나간다.

《녀는 어대로 가려느냐. 내집으로만 들어오소.》

허다한 제비 중에 팔자 사나운 제비 하나이 놀부집에 이르러 의막하고 흙과 검불을 물어다 집을 짓고 알을 낳서 안을 적에 놀부놈이 주야로 제비 앞에 대령하야 가끔 가끔 만져보니 알이 다 곯고 다만 한 개가 남아 새끼를 까매 때가 가고 날이 가니 그 새끼 점점 자라 날기를 공부하나 대망이를 주야로 기다려도 형영이 없는 지라. 놀부놈이 민민 답답하야 배암 하나 몰려 갈제 삯군 섭여 명을 데리고 두루 다니며 능구리, 살무사, 흑구령이, 독구령이, 무좌수, 살배암, 율무기 되는대로 몰려하고 며칠을 다녀도 도마배암 하나 못보고 집으로 오는 걸에 해포묵은 까치독사 홍두깨만한 놈이 있거늘 놀부가 보고,

《얼시고 이짐승아 내집으로 들어가서 제비집으로만 스르르 지나가면 제비 새끼 떨어지는 날 나는 부자되는 것이니 네 은혜를 내라서 짚되 병아리 한 못 겨란 열개 한 번에 내여줄것이니 쉬 들어 가자.》

그 독사가 독이 나서 물려고 혀만 늘름늘름하니 놀부가 발을 내민대 배암이 성을 내여 놀부의 발'가락을 따 물어 떼는지라 놀부가 입을 따 벌리며 애고 하더니 눈이 어둡고 정신이 아득하야 일변 집으로 들어와 침을 맞고 석우황을 바르니 모진 놈이라 죽지 않고 살아나서 제가 대망인체 하고 제비새끼를 잡아 나리여 두 발목을 찌끈동 부지르고 제가 깜짝 놀라는 체하며 이른 말이

《불상하다,. 이 제비야. 어떤 몹쓸 대망이가 와서 네다리를 부르질렀노. 가련하고 불상하다.》

이렇듯이 경계하고 흥부와같이 칠산 조기껍질로 부러진 다리를 싸고 청울치로 찬찬 동여놓되 이놈은 워낙 무지한 놈이라 제비 다리를 동이되 굽게 못동이고 마치 오강

사공의 닻줄 감 듯 룸모 얼레에 연'줄 감 듯, 각전시정 통비단 감 듯 청청 동여 제비집에 얹어 두었더니, 그 제비 간신히 살아나서 구월 구일을 당하매 모든 제비 들어갈 제 다리 부러진 저 제비 놀부집을 떠나간다. 반공중에 높이 떠서 가노라 하직할 제,

《원쑤 같은 놀부야, 명년 삼월에 나아와서 다리 분지른 은혜를 갚으리니 조히조히 잘있거라. 지지위 지지.》 라 울고 돌아가 제비왕께 현신하니 이때 제비왕이 각처 제비를 점고할새 다리저는 제비보고,

《녀는 어찌하야 다리를 저는다.》

그 제비 아뢰되

《거년에 폐하께서 웬 박 씨를 내보내사 흥부가 부자 된 연고로 그 형 놀부놈이 신을 생으로 잡아 여차여차히 하와 생병신이 되였사오니 이 원쑤를 갚어 주옵소서.》

제비왕이 듣고 대노하야 가로되

《이놈이 불의의 재물이 많아 전답과 전곡이 진진하되 착한 동생을 구제치 아니하니 이는 오륜에 벗어난 놈으로 또한 심사가 불량하니 그저 두지 못할지라. 네 원쑤를 갚어 주리니 이 박 씨를 갖다 주라.》

제비 바라다 보니 한편에 금자로 썼으되 《보수박》이라 하였거늘 그 제비 사은하고 나와 명년 삼월을 기다려서 박 씨를 입에 물고 강남서 떠나 청천에 붕녕실 높이 떠서 밤낮으로 날아와 놀부집을 바라고 너울너울 넘놀거늘 놀부놈이 제비를 보고 이른 말이

《유신하다 저 제비야 어데갔다 인제 오느냐, 소식 적적 망연하더니 모춘 삼월 좋은 때에 날 찾어 돌아오니 한량없이 반갑도다.》

저 제비 박 씨 물고 이리저리 넘놀거늘 풀밭에 나려지면 잃을가 겁이 나서 삿갓을 제쳐 들고 좇아 가니 저 제비 박 씨를 떨어트리는데 놀부놈이 좋아라고 두손으로 접어들고, 자세 보니 한 치나 되는 박 씨에 글자를 썼으되 《보수박》이라 두렷이 썼으나 무식한 놈이 어찌 알리오.

다만 은혜 갚을 박 씨라고 회회 락락하야 좋은 날 가리여 동편 처마 아래 거름 놓고 심었더니 사오일이 지난 후에 박 나무가 나더니, 그 날로 순이 돋고 삼일만에 덩굴이 벋는데 줄기는 배 돛대 만하고 박'잎은 고리짝 만씩하게 사방으로 얼크러져 동내집을 다 덮으니, 놀부 동내로 다니며,

《상중하 남녀 로소들은 내 말을 들으시오. 내 박순 다치지 마시오. 집이 무너지면 새로 지어 주고, 기물이 깨여지면 십동 갑으로 값을 쳐 주고, 박 속에서 비단이 나오면 배자 감, 휘양 감을 줄 것이니 박넌출만 다치지 마시오.》

이 박넌출이 별로히 무성하야 마디마디 잎이오 줄기마다 꽃이 피어 박 십여 통이 열렸으되 크기가 만경 창파의 당두리선 같이, 백운대 돌바위 같이 주렁주렁 열렸고나. 놀부 대희하야 저의 계집과 의논하는 말이

《흥부는 박 네통가지고 부자가 되였으니 우리는 박 십여 통이 열려 있으니 그 박을 다 타게 되면 천하 장자 되여 의돈이를 결채에 들이고, 석숭이를 잡아다가 부릴 것이니 만승 천자를 부러워 할가.》

이처럼 좋아하며 그 박 굴기만 굴지계일하야 기다릴 제 하로가 이틀석 포집어 가지 않는 것을 한하더니 그렁저렁 하삼삭 다 지나고 팔구월을 당하니 십여 통 박이 하나 썩는 것도 없이 개개 쇠몽치처럼 굳었고나. ………

☆

☆ ☆

春 香 傳.

〔解 說〕.

《春香傳》은 過去 우리 文學遺産 가운데서도 가장 高貴한 古典的 作品의 하나이다. 그러나 春香傳은 人民 創作에 基礎를 둔 18世紀의 많은 古典的 作品들과 같이, 그 作家가 밝혀지지 않은, 따라서 그의 正確한 出現 年代를 밝힐 수 없는 그러한 作品으로 남아 있다.

이제 오늘까지 考證된 一般的 見解에 依한다면, 大體로 《春香傳》은 18 世紀 以前부터 巷間에 口傳되고 傳寫되여 오던 說話가 오랜 時日을 두고 여러 사람들의 입과 손을 거치는 過程에서 더욱 敷衍되고 潤色되여 18 世紀 末葉에서 19 世紀 初에 걸쳐 完成된 것으로 看做된다. 따라서 《春香傳》은 決코 어떤 한 作家에 依하여 特定한 年代에 産出되였다기 보다는 相當히 오랜 期間을 두고 여러 사람들의 손으로 이루어진 것이며, 그의 時代的 背景은 李朝 封建 社會의 內部的 瓦解 過程이 表面化하고 人民 鬪爭이 激昻한 時期로서 特徵的이다.

그리하여 《春香傳》과 같은 古典的 傑作이 李朝 封建 社會의 葛藤과 鬪爭이 激化한 歷史的 時期를 背景으로 하여 産出되였다는 것이 偶然한 일이 아니다.

《春香傳》에 關한 文獻을 든다면, 무엇보다도 紫霞 申 緯(1769----1845)가 1826 年(一純祖 26年)에 觀劇詩 12 首를 지었는데 거기에는

春香扮得眼波秋

扇影衣紋不自由

何物龍鍾李御史

至今占斷劇風流

라 하여 唱劇 《春香傳》을 말하고 있으며, 또한 申 紫霞와 同時代人인 玉山 張 之琬의 《廣寒樓詩》에도

十年振觸南州夢

一曲春香淚滿巾

이라고 春香歌에 對한 詩를 읊고 있다.

그러나 唱劇《春香傳》에 對하여는 純祖代의 사람인 趙 在三의 《松南雜識》에 春陽打詠이라 하여 아래와 같이 詳細히 쓰고 있다.

《古樂府 無此調而打扇長詠故 俗謂打詠(中略) 我國倡優 俗謂唱夫 亦曰廣帶 以春陽打詠 爲第一調而湖南諺傳 南原府使子李道令 眄 童妓春陽 後爲李道令守節 新使卓宗立 殺之 好事者 哀之 演其 義爲打詠 以雪春陽之寃 彰春陽之節云 即蟲盡曲之意也

라 하여 唱劇調 春香 打令 뿐만 아니라 《春香傳》의 傳說에까지 言及하고 있다.

그리고 橘山 李 裕元(1814—1888)의 《林下筆記》에 唱劇《春香 傳》을 본 이야기를 쓰고 있을 뿐만 아니라 亦是 그의 《嘉梧 樂府》에

廣寒五月綠陽垂

娘子鞦韆隆香絲

手折一枝橋上贈

風流御史不勝悲

라고 觀劇詩를 읊었으며, 奉化 縣監 尹 達善(—1818年生)은 唱劇 春香傳을 엮어 長篇의 《廣寒樓 樂府》를 내놓았다.

以上과 같이 《春香傳》에 關한 文獻上의 反映도 比較的 많은 것이 事實이나, 그의 板本, 寫本들도 어느 小說보다도 多種多樣하다.

即 國文本으로 所謂 京版本 《춘향전》, 全州 土版本 《렬녀춘 향수절가》와 《소춘향가》를 비롯하여 《고본 춘향전》(新文舘版),《언 문 춘향전》, 그리고 新小說의 氾濫과 함께 나온 《獄中花》,《獄 中香》,《獄中 佳人》,《烏鵲橋》 其他가 있으며, 漢文本으로 《水山 廣 寒樓記》,《漢文 春香傳》 等이 있어, 모두 十數種에 達하며, 또한 巷間에 돌아다니는 여러 寫本들 中에도 貴重한 것이 많다.

版本들 中에서 京版本이 全州 土版本과 함께 가장 오랜 것 으로 認定되나, 京版本은 內容이 貧弱하며 《고본 춘향전》의 臺本 으로 된 寫本은 優秀한 것임에 틀림없으나 新文舘에서 刊行할 때에 지나치게 加筆한 結果 古本 《春香傳》으로서의 面目을 찾기 어렵다. 全州 土版 《렬녀 춘향 수절가》는 大槪 19 世紀 初葉에 刊行되였던 것으로 小說 《春香傳》이 唱劇化의 過程을 밟게 된 時期의 産物로 보인다. 即 《렬녀 춘향 수절가》는 그 表題에서도 看取할 수 있는 바와 같이, 唱劇本으로서 小說 《春香傳》을 唱劇 調로 潤色한 것이다. 現在 우리들이 가지고 있는 《春香傳》 가운 데서 古典的 價値가 가장 豐富하다. 그리하여 여기에서도 《렬녀

춘향 수절가》를 原本으로 하였다.

《春香傳》도 傳來의 說話에 基礎한 作品으로서 《春香傳》의 創作的 모리브에 關하여는 여러 異說들이 있으나, 우에서 引用한 趙 在三의 《松南雜識》에 있는 것과 같이, 南原에는 寃死한 春香의 伸寃을 위하여 《春香傳》을 지었다는 逸話와 함께 春香의 伸寃을 위한 巫堂들의 《살푸리》가 傳하며 春香을 위한 祠堂까지 現存하고 있다.

여기에 《春香傳》이 다른 口碑 傳說을 小說化한 《沈淸傳》, 《興夫傳》 等과 明確히 區別된 點은 비록 다같이 傳來의 說話에 創作的 모리브를 두었다고 할지라도 《沈淸傳》 같은 것은 어디까지나 그 傳說의 줄거리를 타고 敷衍시킨데 不過하나, 春香傳에 있어서는 이와는 달리 全혀 創作的인 手法을 쓰고 있다. 그리하여 小說 《春香傳》은 그의 作品構成 人物 形象等에 있어서 說話가 가지는 傳奇的 性格을 벗어나서 산 現實에 土臺를 두었으며 따라서 寫實主義的 作品으로서 特徵化되고 있다.

《春香傳》은 이 같이 寫實主義的 手法에 依하여 李朝 封建 社會 末期의 社會的 歷史的 過程을 正當하게 反映하고 있는바, 거기에는 中世紀的 小說 一般이 가지고 있는 幻想的 奇蹟的 要素를 거의 찾아 볼 수 없으며, 그 點에 있어서 바로 封建的 地殼을 뚫고 近代에의 關門을 두드리는 그러한 位置에 놓인 作品으로 된다.

그러므로 《春香傳》이 朝鮮 文學史 上에서 차지하는 意義는 巨大한 것이며, 特히 그의 積極的인 主題와 함께 祖國의 歷史와 文化에 對한 自覺과 矜持를 表示한 優秀한 民族的 形式, 그리고 劇的 集中化에 依한 卓越한 藝術的 形象性 等은 우리들의 자랑할 수 있는 古典的 模範으로 된다.

춘 향 전.

〔전 략〕.

이 때 뜻밖에 방자나와

《도련님 사'도께옵서 부릅시오.》

도령님 들어가니 사'도 말씀하시되

《여바라 서울서 동부 승지 교지가 내려왔다. 나는 문부 사정하고 갈 것이니 너는 내행을 배행하야 명일로

297

며나거라.》

도령님 부교 듣고 일변은 반갑고 일변은 춘향을 생각하니 흥중이 답답하야 사지에 맥이 풀리고 간장이 녹는듯, 두눈으로 더운 눈물이 펼펼 솟아 옥면을 적시거늘 사'또 보시고,

《너, 웨 우느니, 내가 남원을 일생 살 줄로 알았더냐. 내직으로 승차되니 섭섭이 생각 말고 금일부텀 치행 등절을 급히 치려 명일 오전으로 떠나거라.》

게우 대답하고 물러나와 내아에 들어가 사람이 무론 상 중 하고 모친께난 허물이 적은 지라, 춘향의 말을 울며 청하다가 꾸종만 실컷 듣고 춘향의 집을 나오는듸, 설음은 기가 막히나, 로상에서 울 수 없어 참고 나오는듸, 속에서 무부장 끓 듯하는지라. 춘향 문전 당도하니, 통채 건대기 채 보채 왈칵 쏟아져 놓니

《업푸업푸 어허.》

춘향이 깜짝 놀래여 왈칵 뛰여 내달아

《애고 이게 웬 일이오. 안으로 들어가시더니 꾸종을 들으셨소. 로상에 오시다 무삼 분함 당하겼소. 서울서 무슨 기별이 왔다더니 중복을 입어겼소. 점잔하신 도련님이 이것이 웬 일이오.》

춘향이 도령님 목을 담숙 안고 초매'자락을 거더잡고 옥안의 흐르난 눈물 이리 씻고 저리 씻으면서

《우지마오, 우지마오.》

도령님 기가 막혀 울음이란게 말리난 사람이 있으면 더 우는 것이였다. 춘향이 화를내여,

《여보 도련님 아굴지 보기 싫소. 그만 울고 래력 말이나 하오.》

《사'도께옵서 동부 승지 하 계신다.》

춘향이 좋와하여,

댁의 경사요, 그래서 그러면 웨 운단 말이오.》

《너를 바리고 갈 터이니 내 아니 답답하냐.》

《언제는 남원 땅에서 평생 살으실 줄로 알었겼土.

298

날과 어찌 함께 가기를 바래리오. 도련님 먼저 올라 가시면 나는 예서 팔 것 팔고 추후에 올라갈 것이니 아무 걱정 말으시오. 내 말대로 하였으면 군속잖고 좋을 것이요. 내가 올라가드라도 도련님 큰댁으로 가서 살 수 없을 것이니 큰댁 가까이 조그만한 집 방이나 두엇 되면 족하오니, 렴탐하여 사 두소서. 우리 권구 가너래도 공밥 먹지 아니할 터이니 그렁저렁 지내다가 도련님 날만 믿고 장개 아니 갈 수 있소. 부귀 영총 재상가의 요조 숙녀 가리여서 혼정 신성 할지라도 아주 잊든 마옵소서. 도련님 과거하야 벼살 높아 외방가면 신래마다 치행할 제 마마로 내세우면 무삼 말이 되오리까. 그리 알아 조처하오.》

《그게 이를 말이냐. 사정이 그렇기로 네 말을 사'도께난 못 여쭈고 대부인전 여짜오니 꾸종이 대단하시며, 량반의 자식이 부형 따라 하향에 왔다 화방 작첩하야 다려간단 말이 전정에도 고이하고, 조정에 들어 벼살도 못한다더구나. 불가불 리별이 될 밖에 수 없다.》

춘향이 이 말을 듣더니 고닥기 발연 변색이 되며 요두 전목으로 붉으락 프르락, 눈을 간잔조름하게 뜨고, 눈'섭이 꼿꼿하여지면서 코가 발심발심하며, 이를 쁘도독 쁘도독 갈며 온몸을 쑤순'잎 틀 듯하며, 매 꽁 치난 듯하고 앉더니

《허허, 이게 웬 말이오.》

왈칵 뛰여 달려들어 초매'자락도 와드득 좌르욱 찢어바리며, 머리도 와드득 쥐여 뜯어 싹싹 비벼, 도령님 앞우다 던지면서

《무엇이 어쩌고 어쩨요. 이것도 쓸듸 없다.》

명경 체경 산호 죽절을 두루처 방문 밖에 탕탕 부드치며 발도 동동 굴러 손벽 치고 돌아 앉아 자탄가로 우난 말이

《서방 없난 춘향이가 세간살이 무엇하며 단장하여 뉘 눈에 뵈일꼬 몹쓸년의 팔자로다. 이팔 청춘 젊은 것이 리별될 줄 어찌 알랴. 부질없은 이내 몸을 허망하신 말쌈으로 전정 신세 바렸구나. 애고애고 내 신세야.》

천연히 돌아앉어,

《여보 도련님 인제 막 하신 말씀 참말이오 롱말이오.
우리 둘이 처음 만나 백년 언약 맺을 적에 대부인
사'도께옵서 시기시던 일이오니까. 빙자가 웬 일이오, 광
한루서 잠간 보고 내집에 찾아 왔게 침침 무인 야
삼사경에 도련님은 저기 앉고 춘향 나는 여기 앉어, 날
다려 하신 말씀 구망부려 친망이요, 신망부려 천망이라
고 전년 오월 단오야에 내 손'길 부어잡고 우둥퉁퉁 밖
에 나와 당중에 우뚝 서서 경경히 맑은 하날 만번이나
가르치며 만번이나 맹세하기로 내 정녕 믿었더니 말경에
가실 때는 툭 떼여 바리시니, 이팔 청춘 젊은 것이 랑
군 없이 어찌살꼬. 침침 공방 추야장에 시름 상사 어
이할꼬, 애고애고 내 신세야 모지도다 모지도다 도련님이
모지도다. 독하도다 독하도다 서울 량반 독하도다. 원쑤로
다. 원쑤로다 존비 귀천 원쑤로다. 천하에 다정한 게
부부유별 하건만 이렇덧 독한 량반이 세상에 또 있을까.
애고애고 내 일이야, 여보 도련님, 춘향몸이 천하다고 함부
로 바려서도 그만인 줄 아지마오. 첩지박명 춘향이가 식
불감 밥못 먹고, 침불안 잠 못 자면 며칠이나 살 뜻하
오. 상사로 병이 들어 애통하다 죽거드면, 애원한 내 혼
신 원귀가 될 것이니 존중하신 도련님이 근들 아니 재
앙이오. 사람의 대접을 그리 마오. 인물 거천 하는 법이
그런 법 웨 있을꼬. 죽고지거 죽고지거, 애고애고 설룬지거.》
한참 이리 자진하야 설이 울 제, 춘향모는 물색도 모르고,

《애고 저것들 또 사랑쌈 났구나, 어, 참 아니꼽다. 눈'구
석 쌍가래톳 설일 많이 볼네.》

하고 아모리 들어도 울음이 장차 길구나. 하던 일을
밀쳐 놓고, 춘향 방 영창 밖으로 가만가만 들어가며 아무
리 들어도 리별이로구나.

《허허 이것 별일 났다.》

두손벽 땅땅 마조 치며,

《허허, 동내 사람 다 들어보오. 오늘날로 우리집에 사

탐물 죽십네.》

이갓 마루 섭적 올라 영창 문을 뚜다리며 우루룩 달
며들어 주먹으로 겨누면서

《이년, 이년, 썩 죽거라. 살어서 쓸 대 없다. 녀 죽은
신체라도 저 량반이 지고가게. 저 량반 올라가면 뉘 간
장을 녹일나냐, 이년 이년, 말 듣거라. 내 일상 이르기를
후회되기 쉽느니라. 도도한 마음 먹지 말고 며염 사람
가리여서 형세지체 네와 같고 재주 인물이 모도 네와
같안 봉황의 짝을 얻어 내 앞우 노난 양을 내안목으
보았으면, 너도 좋고 나도 좋제. 마음이 도고하야 남과
별로 다르더니 잘되고 잘 되였다.》

두손'벽 꽝꽝 마조 치면서 도령님 앞에 달려들어

《날과 말좀 하여 봅시다. 내딸 춘향을 바리고 간다하
니 무삼 죄로 그러시오. 춘향이 도령님 모신 제가 준일
년 되얐으되 행실이 그르던가 례절이 그르던가, 침선이
그르던가, 언어가 불순하던가, 잡시런 행실 가져 로류장화
음란하던가, 무엇이 그르던가, 이 봉변이 웬 일인가. 군자
숙녀 바리난 법 칠거지악 아니며는 못 바리난 줄 모르
난가. 내 딸 춘향 어린 것을 밤낮으로 사랑할 제 안고
서고 눕고 지며, 백년 삼만 륙천 일에 며나시지 마자
하고 주야 장천 어루더니, 말경에 가실 제는 뚝 떼여
바리시니 양류 천만산들 가는 춘풍 어이하며, 락화 락엽
되거드면 어느나부가 다시올까. 백옥 같은 내 딸 춘향
화용신도 부득이 세월이 장차 늙어져 홍안이 백수되면
시호시호 부재래라. 다시 젊던 못하나니, 무슨 죄가 진중
하야 허송 백년 하오리까. 도령님 가신 후에 내 딸 춘
향 임 기를 제 월정명 야심경에 첩첩 수심 어린 것이
가장 생각 절로 나서 초당전 화계상 담부 피여 입우다
물고, 이리 저리 다니다가 불꽃 같안 시름 상사 흉중으로
솟아나, 손 들어 눈물 씻고 후유 한숨 길게 쉬고 북편을
가르치며 한양 계신 도령님도 날과 같이 기루신지 무정
하야 아조 잊고, 일장 편지 아니 하신가. 긴 한숨으 들

난 눈물 옥안 홍상 다 적시고 제의 방으로 들어가서 의
복도 아니 벗고 외로운 배개 우에 벽만 안고 돌아 누
이 주야 장탄 우난 것은 병 아니고 무엇이오. 시름 상
사 깊이 든 병 내 구하지 못하고서 원통히 죽거드면 칠
십 당년 늙은 것이 딸 잃고 사위 잃고 태백산 같'가무
개 게발 물어다 던지 닷이 혈혈 단신 이내 몸이 뉘을
믿고 사잔말꼬. 남못 할 일 그리 마오. 애고애고 서문지고.
못하지요 몇사람 신세를 마치랴고 아니 다려가오. 도련
님 대가리가 둘 돋쳤소 애고 무서라 이 쇠뭉뭉아. 》
    왈칵 뛰여 달려드니 이말 만일 사'도께 들어가면 큰
야단이 나겠거던,
    《여보소 장모, 춘향만 다려갔으면 그만 두었네그례. 》
    《아니 다려가고 견데빌까. 》
    《너머 것세우지말고 여기앉어 말줌듣소. 춘향을 다려간
대도 가매 쌍교 말을 태여 가자하니 필경에 이 말이
날 것인즉 달리는 변통할 수 없고 내이 기가맥히난 중
에 꾀 한나를 생각하고 있네마는 이 말이 입밖으 내서
는 량반 망신만 하난게 아니라 우리 선조 량반이 모도
망신을 할 말이로시.》
    《무슨 말이 그리 찾든 말이 있단 말인가.》
    《래일 내행이 나오실 제 내행 뒤에 사당이 나올 터니
배행은 내가 하겠네.》
    《그래서요.》
    《그만하면 알제.》
    《나는 그 말 모르겠소.》
    《신주는 모셔내여 내 창옷 소매에다 모시고 춘향은
요여에다 태와 갈 밖으 수가 없네. 걱정 말고 념려 말소.》
    춘향이 그 말 듣고 도련님을 물그럼이 바래더니,
    《마소 어마니, 도련님 너머 조르지마소. 우리 모녀 평
생 신세 도련님 장중에 매였으니 알어하라 당부나 하
오. 이번은 아마도 리별할 밖으 수가 없네. 이왕에 리별
이 될바는 가시난 도련님을 웨 조르리까마는 우선 가깝

302

하여 그러하제. 내팔자야, 어마니 건는빙으로 기웁소서. 래일은 리별이 될 련가보. 애고애고 내신세야. 리별을 어찌할꼬. 여보 도련님.》

《웨야.》

《여보 참으로 리별을 할터요.》

촉불을 도도키고 둘이 서로 마조 않어 갈 일을 생각하고 보낼 일을 생각하니 정신이 아득 한숨질 눈물계워 경경 오열하야 얼골도 대여 보고 수족도 만져보며

《날 볼 날이 몇 밤이오. 애달라 나쁜 수작 오날'밤이 망종이니 내의 섭운 원정 들어 보오. 년 근륙순 내의 모친 일가 친척 바이 없고 다만 독녀 나한나라. 도련님께 의탁하야 영귀할까 바랬더니, 조물이 시기하고 귀신이 작해하야 이 지경이 되얐고나. 애고애고 내일이야, 도련님 올라가면 나는 뉘을 믿고 사오리까, 천수 만한 내의 회포 주야 생각 어이하리. 리화 도화 만발할 제 수변 행락 어이하며, 황국 단풍 늦어갈 제 고절 릉상 어이할꼬. 독숙 공방 긴긴밤에 전전반칙 어이 하리. 쉬나니 한숨이요 뿌리나니 눈물이라. 적막 강산 달 밝은 밤에 두견성을 어이하리. 상풍 고절 만리 변에 짝 찾난 저 홍안성을 뉘라서 금하오며, 춘하추동사시절에 첩첩이 싸인 경물 보난 것도 수심이요 들난 것도 수심이라.》

애고애고 설이 울 제 리도령 이른 말이

《춘향아 우지 마라 부수소관 첩재오라 소관의 부수들과 오'나라 정부들도 동서임 기루워서 귀중 심처 늙어 있고 정객관산 로기중에 관산의 정객이며, 록수부용 채련녀도 부부 신정 극중ㅎ다가 추월강산 적막한듸 련을 캐여 상사하니 나 올라간 뒤라도 창전에 명월ㅎ거든 천리 상사 부대 마라. 너을 두고 가는 내가 일일 평분 십 이 시를 년들어이 무심하랴. 우지마라 우지마라.》

춘향이 또 우는 말이

《도련님 올라가면 행화 춘풍 거리거리 취하난 게 장신주요 청루 미색 집집마다 보시나니 미색이요, 처처에

풍악 소래 간 곳마다 화월이라, 호색하신 도련님이 주야 호강 놀으실 제 날 같안 하방 천첩이야 손톱만치나 생각 하오리까. 애고애고 내일이야.》

《춘향아 우지 마라. 한양성 남북촌에 옥야가인 많건마는 귀중 섬처 깊은 정 너밖으 없었으니 내 아무리 대장분들 일각이나 잊을소냐.》

서로 피차 기가 막혀 련련 리별 못 떠날지라.

도령님 모시고 갈 후배 사령이 나올 적에 헐떡헐떡 들어오며,

《도련님 어서 행차하옵소서. 안으서 야단났소. 사'도께 옵서 도련님이 어대 가셨느냐 하옵기에, 소인이 여짭기를 노던 친고 작별 차로 문밖에 잠간 나가겼노라 하였 사오니, 어서 행차하옵소서.》

《말 대령 하였나냐.》

《말 마참 대령하였소.》

백마욕거장시하고 청아석별견의로다. 말은 가자고 네 굽을 치난데 춘향은 마루 아래 툭 떨어져 도령님 다리를 부여잡고

《날 죽이고 가면 가지, 살리고는 못가느니.》

말 못하고 기절하니 춘향모 달려들어,

《상단아 찬물 어서 떠오너라. 차를 다려 약 갈아라. 네 이 몹쓸 년아, 늙은 어미 어쩔라고 몸을 이리 상하느냐.》

춘향이 정신차려

《애고 가깝하여라.》

《춘향의모 기가 막혀

《여보 도련님 남의 생대 같은 자식을 이 지경이 웬 일이요. 절곡한 우리 춘향 애통하여 죽거드면 혈혈 단신 이내 신세 뉘를 믿고 사잔말꼬.》

도령님 어이없어.

《이뷔 춘향아, 네가 이게 웬 일이냐. 나를 영영 안 보랴냐. 하량락일 수운기는 소통국의 모자 리별, 정객관산 로기중에 오회월녀 부부 리별, 편삽수유 소일인은 룡산의 형제 리별, 서출양관 무고인은 위성의 붕우 리별 그런

804

리별만 하여도 소식 들을 때가 있고, 생면할 날이 있었으니, 내가 이제 올라가서 장원 급제 출신하야 너를 다려갈 것이니 우지 말고 잘 있거라. 울음을 너머 울면 눈도 붓고 목도 쉬고 골머리도 아프나라. 돍이라도 망두석은 천만년이 지내 가도 광석될 줄 몰라 있고, 낡이라도 상사목은 창 밖에 우뚝 서서 일년 춘절 다 지내도 잎이 필 줄 몰라 있고 병이라도 회심병은 오매불망 죽나니라. 네가 나를 보랴거든 설워 말고 잘 있거라.》

춘향이 할길 없어,

《여보 도련님 내 손에 술이나 망종 잡수시오. 행찬 없이 가실진댄 내의 찬합 갈마다가 숙소참 잘'자리에 날 본 듯이 잡수시오. 상단아 찬합 술'병 내오너라.》

춘향이 일배주 가득 부어 눈물 섞어 드리면서 하는 말이

《한양성 가시난 걸에 강수 청청 푸르거던 원함정을 생각하고, 천시 가절 때가 되여 세우가 분분하거던 로상 행인 욕단혼이라. 마상에 곤핍하야 병이 날까 념려오니 방초 우초 저문 날에 일찍 들어 주무시고, 아침날 풍우상에 늦게야 떠나시며, 한 채찍 천리마에 모실 사람 없사오니 부대부대 천금 귀체 시사안보하옵소서. 록수 진경도에 평안히 행차하옵시고, 일자 음신 들사이다. 종종편지나 하옵소서.》

도령님 하는 말이

《소식 들기 걱정 말아. 요지에 서황모도 주목왕을 만나랴고 일쌍 청조 자래하여 수천리 먼먼 길에 소식 전송하여 있고, 한 무제 중랑장은 상림원 군부전에 일척 금서 호왔으니, 백안 청조 없을망정 남원 인편 없을소냐. 설어 말고 잘 있거라.》

말을 타고 하직하니, 춘향 기가 막혀 하는 말이

《우리 도련님이 가네 가네 하여도 거짓말로 알았더니, 말 타고 돌아서니 참으로 가는구나.》

춘향이가 마부 불러,

《마부야 내가 문 밖에 나설 수가 없난터니 말을 붙들어 잠간 지체하여서라. 도련님께 한 말씀만 여쭐난다.》

춘향이 내달아,

《여보 도련님 인제 가시면 언제나 오시랴오. 사절 소식
끊어질 절 보내나니 아조 영절, 록죽 창송 백이 숙제 만
고 충절, 천산에 조비절, 와병에 인사절, 죽절, 송절, 춘하
추동 사시절, 끊어져 단절, 분절, 해절, 도련님은 날 바리고
박절히 가시니 속절없는 내의 정절, 독수 공방 수절할
제 어느 때에 과절할꼬. 첩의 원정 실픈 고절, 주야 생각
미절할 제 부대 소식 돈절마오.》

대문 밖에 꺼꾸러저 섬섬한 두 손'길로 땅을 꽝꽝 치며,

《애고애고 내신세야.》

애고 일성 하는 소리 황해산만 풍소색이요, 정기무광
일색박이라. 엎더지며 자빠질 제 서운찮게 가량이면 몇날
며칠 될줄 모를네라. 도령님 타신 말은 준마가편 이 아니
냐, 도령님 락루하고 후'기약을 당부하고 말을 채쳐 가는
양은 광풍에 편운일네라.

이때 춘향이 할일없어 자든 침방으로들어가서

《상단아 주렴걷고 안석 밑에 벼개 놓고 문 달어라. 도련
님을 생시는 만나보기 망연하니 잠이나 들면 꿈에 만나보자.
예로부터 이르기를 꿈에 와 보이난 님은 신이 없다고 일렀건만
답답이 기를진댄 꿈 아니면 어이 보리. 꿈아 꿈아, 네 오너
라. 수심 첩첩 한이 되여 몽불성에 어이하랴. 애고애고 내일이
야, 인간 리별 만사 중에 독숙 공방 어이하리. 상사 불견
내의 신정 게 뉘라서 알어주리. 미친 마음 이렁저렁 허틀어진
근심 후리쳐 다 바리고, 자나 누나, 먹고 깨나 님 못 보
와 가슴 답답. 어린 양기 고은 소리 귀에 쟁쟁, 보고
지거 보고지거 님의 얼골 보고지거, 듣고지거 듣고지거
님의 소리 듣고지거. 전생에 무삼 원쑤로 우리들이
생겨나서 기린 상사 한태 만나 잊지마자 처음 맹서,
죽지 말고 한태 있어 백년 기약 맺은 맹서 천금 주옥
꿈 밖이요, 세사 일관 관계하랴. 근원 흘러 물이 되고
깊고 깊고 다시 깊고, 사랑 뫼와 뫼가 되여 높고 높고
다시 높아 끊어질 줄 모르거던, 무너질 줄어이 알리. 귀

신이 작해하고 조물이 시기로다. 일조 랑군 리별하니 어느 날에 만나보리. 천수 만한 가득하여, 끝끝이 느끼워라. 옥안 운빈 공로한이 일월이 무정이라, 오동 추야 달 밝은 밤은 어이 그리 더듸 새며, 록음 방초 비낀 곳에 해는 어이 더듸 갈고. 이 상사 알으시면 님도 나를 기루련만 독숙 공방 홀로 누워 다만 한숨 벗이 되고 구곡 간장 구비 썩어 솟아나니 눈물이라. 눈물 뫼와 바다 되고 한숨지어 청풍 되면 일엽주 무어 타고 한양 랑군 찾으련만 어이 그리 못 보난고, 우후 명월 달 밝은 때 설심 도군 느끼오니 소연한 꿈이로다. 현야월 두우성은 님 계신 곳 비치련만 심중에 앉인 수심 나 혼자뿐이로다. 야색 창망한데 경경히 비치난게 창외의 형화로다. 밤은 깊어 삼경인데 앉았은들 님이 올까 누웠은들 잠이오랴. 님도 잠도 아니 온다 이 일을 어이하리. 아매도 원쑤로다. 홍진 비래 고진 감래 예로부터 있건마는 기달림도 적지 않고 기룬 제도 오래건만 일촌 간장 구부구부 맺힌 한을 님 아니면 뉘라 풀꼬. 명천은 하감하사 수이 보게 하옵소서. 미진 인정 다시 만나 백발이 다 진토록 리별없이 살고지거. 묻노라 록수 청산 우리님 초췌 행색 애연히 리별 후에 소식조차 돈절하다. 인비목석 아닐진대 님도 응당 느끼리라. 애고애고 내 신세야.》

앙천 자탄에 세월을 보내는데 이때 도령님은 올라갈 제 숙소마다 잠 못 이뤄 보고지거 내의 사랑 보고지거. 주야 불망 우리 사랑 날 보내고 기룬 마음, 속히 만나 풀으리라. 일구 월심 굳게 먹고 등과 외방 바래더라.

이때 수삭만에 신관사'도 났으되, 자하'골 변 학도라 하는 량반이 오난듸, 문필도 유여하고, 인물 풍채 활달하고, 풍류 속에 달통하야 외입 속이 녀녀하되, 한갖 흠이 성정 괴팍한 중에 사'정을 겸하야 혹시 실덕도 하고 오결하는 일이 간다고로 세상에 아는 사람은 다 고집 불통 이라 하겠다.

신연 하인 현신할 제 사령 등 현신이요. 리방이요, 감생이요, 수배요

《리방 부르라.》

《리방이요.》

《그새 너의 골에 일이나 없느냐.》

《예, 아직 무고합내다.》

《네, 골 관노가 삼남에 제일이라제.》

《예, 부림직하옵내다.》

《또 네 골에 춘향이란 계집이 매우 일색이라지.》

《예.》

《잘 있냐.》

《무고하옵내다.》

《남원이 예서 몇린고.》

《륙백 삼십리로소이다.》

마음이 바쁜지라,

《급히 치행하라.》

신연 하인 물러나와,

《우리 골에 일이 났다.》

이때 신관 사'도 출행날을 급히 받아 도임 차로 나려올 제 위의도 장할시고, 구름 같은 별련 독교 좌우 청장 떡 벌리고 좌우편 부측 급창 물색 진한 모수 철의 백주 전대 고물 느려 엇비시기 눌러매고 대모 관자 룡영 갓을 이매 눌러 숙여 쓰고 청장줄 겸쳐 잡고

《에라 물러섰다 나이거라.》

혼금이 지엄하고 좌우 구종 진 정마에 뒤채 잽이 섬쩌라, 퇴인 한 쌍 착전립에 행차 배행 뒤를 딸코 수백 감생 공방이며 신연 리방 가선하다. 노자 한 쌍 사령 한 쌍 일산 보종 전배하야 대로 변에 갈라 서고 백방 수주 일산 복판 랍 수주 선을 물러 주석 고리 얼른얼른 호기 있게 내려올 제 전후에 혼금소리 백운이 담담이라. 전주에 득달하야 경기전 객사 연명하고, 영문에 잠간 다녀 좁은 목 썩 내달아 만마관 노구 바우 넘어 입실 얼뜬 지내여 오수 들려 중화하고, 직일 도임할 제 천총이 령솔하고 륙방 하인 청도 도로 들어올 제 청도 한 쌍, 홍문기 한 쌍. 주작 남동각 남서각, 홍초 남문 한 쌍, 청룡 동남각 서남

각 남초 한 쌍 현무 북동각 북서각, 흑초 홍문 한쌍 동
서 순시 한 쌍 령기 한 쌍 집사 한 쌍 기패관 한 쌍
군노 열 두 쌍, 좌우가 요란하다. 행군 취타 풍악 소리
성동에 진동하고, 삼현 륙각 권마성은 원근에 랑자하다. 광
한루에 보전하야 개복하고, 객사에 연명 차로 나메 라고
들어갈 새 백성소시 엄숙하게 보이랴고, 눈을 벼랑 궁글궁
글 객사에 연명하고 동헌에 좌기하고, 도임' 상을 잡순 후
　《행수 문안이요.》
　행수 군관 집례 받고 륙방 관속 현신 받고, 사'도 분
부하되,
　《수노 불러 기생 점고하라.》
　호장이 분부 듣고 기생 안책 들여 놓고, 호명을 차례
로 부르난듸 날낱이 글귀로 부르넌 것이었다.
　《우후 동산 명월이.》
　명월이가 들어를 오난듸 라군 자락을 거듬거듬 걷어다
가 세요 흉당에 딱 붙이고 아장아장 걸어 들어를 오더니,
　《점고 맞고 나오.》
　《여주축수 애산춘에 량편낮만 고운 춘색이 이아니냐
도홍이.》
　도홍이가 들어를 오난듸 홍상 자락을 걷어 안고 아장
아장 조촘 걸어 들어를 오더니,
　《점고 맞고 나오.》
　《단산에 저 봉이 짝을 잃고 벽오동에 깃들이니 산수지령
이요 비충지정이라. 기불탁속 군은 절개 만수 문전 채봉이.》
　채봉이가 들어오난듸 라군을 두른 허리 맵씨 있게 걸
어 안고 련보를 정이 옮겨 아장 걸어 들어와,
　《점고 맞고 좌부진퇴로 나오.》
　《청정지련 부개절에 묻노라 저련화 어여쁘고 고운태도
화중 군자 련심이.》
　련심이가 들어오난듸 라상을 걷어 안고 타말 수혜 끌
면서 아장 걸어 가만가만 들어오더니,
　《좌부진퇴로 나오.》

《화씨 같이 밝은 달 벽해에 들었나니 형산 백옥 명옥이.》

　명옥이가 들어오난듸 기하상 고운 퇴도 리행이 진중한
태 아장 걸어 가만가만 들어오더니,

《점고 맞고 좌부진퇴로 나오.》

《운담 풍경 근오천에 양류 편금에 앵앵이.》

　앵앵이가 들어오난듸 홍상 자락을 예후리쳐 세요 흉당
에 딱 붙이고 아장 걸어 가만가만 들어오더니,

《점고 맞고 좌부진퇴로 나오.》

　사'도 분부하되,

《자주 부르라.》

《예.》

　호장이 분부 듣고 녀자 화두로 부르난듸

《광한전 높은 집에 헌도하던 고운 선배 반기보니 계향이.》

《예 등대하였소.》

《송하의 저 동자야 묻노라 선생 소식 수첩 청산에
운심이.》

《예, 등대하였소.》

《월궁에 높이 올라 계화를 꺾어 애절이.》

《예, 등대하와소.》

《차문주가 하처재오 목동요지 행화.》

《예, 등대하였소.》

《아미 산월 반륜추 영입 평강에 강선이.》

《예, 등대하였소.》

《오동 복판 거문고 타고 나니 탄금이.》

《예, 등대하였소.》

《팔월 부용 군자용은 만당 추수 홍련이.》

《예, 등대하였소.》

《주홍 당사 갖인 매답 차고나니 금낭이.》

《예, 등대하였소.》

　사'도 분부하되

《한숨에 열 두서넛씩 부르라.》

　호장이 분부 듣고 사조 부르난듸

《양대선 월중선 화중선이.》

《예, 등대하였소.》

《금선이, 금옥이, 금련이.》

《예 등대하였소.》

《롱옥이, 란옥이, 홍옥이.》

《예, 등대하였소.》

《바람 맞인 락춘이.》

《예, 등대 들어를 가오.》

락춘이가 들어를 오난듸 제가 잔뜩 맵씨 있게 들어
오난 체하고 들어오난듸 시면한단 말은 듣고 이마 빡에
시작하야 귀뒤까지 딱 재치고 분성적 한단 말은 들었던가
개분 석량 일곱 돈어치를 무지금하고 사다가 성갈에 회칠
하 듯 반죽하야 온 낯에다 맥질하고 들어오난듸, 키난 사
그내 장승만헌 년이 초매'자락을 훨씬 추워다 터 밑에 딱
붙이고 무논에 곤이 걸음으로 절룩 껑중껑중 엉금엉금
들어오더니

《점고 맞고 나오.》

연연이 고운 기생 그 중에 많컨마는 사'도 께읍서는
근본 춘향의 말을 높이 들었난지라 아무리 들으시되 춘향
일흠 없난지라, 사'도 수노 불러 묻는 말이

《기생 점고 다되여도 춘향은 안 부르니 웬기냐.》

수노 여짜오되,

《춘향모는 기생이되 춘향은 기생이 아녑내다.》

사'도 문왈

《춘향이가 기생이 아니면 어찌 규중에 있는 아희 이
름이 높이 난다.》

수노 여짜오되

《근본 기생의 딸이옵고 먹색이 장한고로 권문 세족 량
반네와 일등 재사 한량들과 내려오신 등내마닥 구경하고
자 간청하되 춘향모녀 불청하기로 량반 상하 물론하고 액
내지간 소인 등도 십년 일득 대면하되 언어 수작 없삽
더니, 천정하신 연분인지 구관 사'도 자제 퇴 도련님과

811

백년 기약 맺사옵고 도련님 가실 때에 입장 후에 다려
가마 당부하고 춘향이도 그리 알고 수절하여 있삽내다.》
　사'도 분을 내여
　《이놈 무식한 상놈인들, 그게 어떠한 량반이라고 엄부시
하요 미장전 도련님이 하방에 작첩하야 사자 할꼬. 이놈
다시는 그런 말을 입 밖에 내여서는 죄를 면하지 못하
리라. 이무 내가 저 하나를 보랴다가 못 보고 그저 말
랴. 잔말 말고 불러 오라.》
　춘향을 부르란 청령이 나는되 리방 호장이 여짜오되,
　《춘향이가 기생도 아닐뿐 아니오라 구등 사'도 자제
도련님과 맹약이 중하온데 년치는 부동이나 동반의 분의
로 부르라기 사'도 정치가 손상할까 저어하옵내다.》
　사'도 대로하여
　《만일 춘향을 시각 지체하다가는 공형 이하로 각청 두
목을 일병태가할 것이니 빨리 대령 못 시킬까.》
　류방이 소동 각청 두목이 넋을 잃어
　《김 번수야 리 번수야, 이런 별일이 또있나냐. 불쌍하
다 춘향 정절 가련하게 되기 쉽다. 사'도 분부 지엄하니
어서가자 바삐가자.》
　사령 관노 뒤섞여서 춘향 문전 당도하니, 이때 춘향이
는 사령이 오난지 모르고 주야로 도령님만 생각하여 우는
데, 망칙한 환을 당하려거던 소래가 화평할 수 있으며 한
때라도 공방살이할 계집아희라, 목청에 청성이 끼여 자연
설픈 애원성이 되야, 보고 듣는 사람의 섬장인들 아니 상
할소냐. 님 기뤄 설운 마음 식불감 밥 못 먹어 침불안석
잠 못 자고 도령님 생각 적상되여 피골이 모도 다 상련
이라. 양기가 쇠진하야 진양조란 울음 되여
　《갈까부다 갈까부다 님을따라 갈까부다, 천리라도 갈까
부다 만리라도 갈까부다, 풍우도 쉬여 넘고 날진 수진
해동창 보래매도 쉬여 넘난 고봉정상 동선령 고개라도
님이 와 날 찾으면 나는 발벗어 손에 들고 나는 아니
쉬여가제 한양 계신 우리 랑군 날과 같이 기루난가. 무

312

정하야 아조 잊고 내의 사랑 옮겨다가 다른 님을 고이난가.》

한참 이리 설이 울 제 사령 등이 춘향의 애원성을 듣고 인비목석 아니여던 감심아니 될수있냐. 륙천 마듸 사대삭신이 탁수 춘빙 얼음 녹 듯 타 풀리여 대체 이아니 참 불상하냐.

《이애 오입한 자식덜이 저런 계집을 추앙 못하며는 사람이 아니로다.》

이때에 재촉 사령 나오면서 오느냐 웨난 소리에 춘향이 깜짝 놀래여 문틈으로 내다 보니 사령 군노 나왔구나.

《아차차 잊었네, 오날이 기삼일 점고라하더니 무삼 야단이 났나부다.》

밀창문 열다리며

《허허, 번수님네 이리오소 이리오소. 오시기 뜻밖이네. 이번 신연'길에 로독이나 아니나며, 사'또 정체 어떠하며, 구관댁에 가겨시며 도련님 편지 한장도 아니하던가. 내가 전일은 량반을 모시기로 이목이 번거하고 도련님 정체 유달라서 모르난 체 하였건만 마음조차 없을손가. 들어가새 들어가새.》

김 번수며 리 번수며 여러 번수 손을 잡고 제방에 앉힌 후에 상단이 불러

《주반상 들여라.》

취하도록 먹인 후에 궤문 열고 돈 닷량을 내여 놓며,

《여러 번수님네, 가시다가 술이나 잡숫고 가옵셔, 뒤'말 없게 하여주소.》

사령 등이 약주를 취하야 하는 말이

《돈이라니 당찬지않다. 우리가 돈 바래고 네게 왔냐.》
하며

《듸려놓와라 김 번수야.》

《네가 차라, 불가ㅎ다마는 잃수나 다 옳으냐.》

돈 받아 차고 흐늘흐늘 들어갈 제 행수 기생이 나온다. 행수 기생이 나오며 두손'벽 땅땅 마조 치면서,

《여바라 춘향아, 말들거라. 너만한 정절은 나도 있고 너만한 수절은 나도 있다. 비라는 정절이 웨있오며, 내라는 수절이 웨있나냐. 정절부인 애기씨 수절부인 애기씨, 조고만한 너 하나로 망연하야 륙방이 소동 각청 두목이 다 죽어난다. 어서가자 바삐가자.》

춘향이 할수 없어 수절하던 그태도로 대문 밖 썩 나서며,

《성님 성님, 행수성님, 사람의 팔제를 그리 마소. 게타는 대대 행수며, 내라야 대대 춘향인가. 인생 일사 도무사지 한번 죽제 두번죽나.》

이리 비틀 저리 비틀 동헌에 들어가

《춘향이 대령하였소.》

사'도 보시고 대희하야

《춘향일시 분명하다. 대상으로 오르거라.》

춘향이 상방에 올라가 염슬 단좌 뿐이로다. 사'도이 대혹하야

《척방에 가 회계 나리님을 오시래라.》

회계 생원이 들어오넌 것이였다. 사'도 대희하야,

《자네 보게, 저게 춘향일세. 하 그년 매우 예쁜되.》

《잘 생겼소. 사'도께서 서울 계질 때부텀 춘향 춘향 하시더니 한 번 귀경할만 하오.》

사'도 웃으며,

《자네 중신하겠나.》

이윽히 앉았더니,

《사'도이 당초에 춘향을 불르시지 말고 매과를 보내여 보시난게 옳은 것을 일이 좀 경이 되얐소마는 이무 불렀으니 아매도 혼사할 밖에 수가 없소.》

사'도 대회하며 춘향다러 분부하되

《오날부텀 몸단장 정이하고 수청으로 거행하라.》

《사'도 분부 황송하나, 일부 동사 바래오니 분부 시행 못하겠소.》

사'도 우어 왈

《미재미재라, 계집이로다. 내가 친첩 연녀로다. 네 집절
군은 마음 어찌그리 어여쁘냐. 당연한 말이로다. 그러나
리 수재는 경성 사태부의 자제로서 명문 귀족 사위가
되였으니 일시 사랑으로 잠깐 로류 장화하던 너를 일분
생각하겠느냐. 너는 근본 절행 있어 전수 일절하였다가
홍안이 락조되고 백발이 난수하면 무정 세월 약류파를
탄식할 제 불상하고 가련한게 너 아니면 뉘가 기랴. 네
아무리, 수절한들 멸녀 표양 뉘가 하랴 그는 다 바려두
고 네 골 관장에게 매임이 옳으냐. 동자놈에게 매인게
옳으냐. 네가 말을 좀 하여라.》

춘향이 여짜오되

《충불사이군이요 멸불경이부절을 본받고자 하옵난되, 수
차 분부 이러하니 생불여사이옵고 멸불경이부오니 처분대
로 하옵소서.》

이때 회계 나리가 썩 하는 말이

《네 여봐라, 어 그년 요망한 년이로고, 부사의 일생 소
원 천하에 일색이라, 네 여러 번 새양할 게 무엇이냐.
사'도께옵서 너를 추앙하여 하시난 말쌈이제. 너 같은 참
기배게 수절이 무엇이며, 정절이 무엇인다. 구관은 전송하
고 신관사'도 영접함이 법정에 당연하고 사례에도 당당
허거든 고이한말 내지말고 너의 같은 천기배게 충멸 이
자 웨있이리.》

이때 춘향이 하 기가 막혀 천연이 앉아 엿자오되

《충효 멸녀 상하 있소. 자상이 듣조시오. 기생으로 말
합시다. 충효 멸녀 없다 하니 날날이 아뢰리다. 해서 기
생 롱선이는 동선령에 죽어 있고, 서천 기생 아회로되
칠거 학문 들어 있고, 진주 기생 론개는 우리 나라 충
별로서 충멸문에 모셔 놓고, 천추 행사 하여 있고, 청주
기생 화월이난 삼충각에 올라 있고, 평양 기생 월선이도
충멸문에 들어 있고, 안동 기생 일거홍은 생멸녀문 지은
후에 정경 가자있사 오니 기생 해폐 마옵소서.》

춘향 다시 사'도 전에 여짜오되

《당초에 리 수재 만날 때의 태산 서해 굳은 마음 소첩의 일심 정절 맹분 같은 용맹인들 첩의 마음 빼여내지 못할 터요, 소진 장의 구변인들 첩의 마음 옮겨 가지 못할 터요, 공명 선생 높은 재조 동남 풍은 빌었으되 일편 단심 소녀 마음 굴복지 못하리다. 기산의 허유난 부촉수요거천하고, 서산의 백숙 량인은 불식 주속하였으니 만일 허유 없었으면 고도지사 뉘가 하며, 만일 백이 숙제 없었으면 란신 적자 많아리다. 첩신이 수천한 계집인들 허유 백숙을 모르이까. 사람의 첩이되야 배부 기가 하는 법이 배살하난 관장님네 망국 부주 갈사오니 처분 대로 하옵소서.》

사'도 대로하야,

《이년 들어라, 모반 대역 하난 죄는 룽지처참하여 있고, 조롱 관장하는 죄난 제서률에 률 쎄 있고 거역 관장 하난죄는 엄형 정배하느니라. 죽노라 설어 마라.》

춘향이 포악하되,

《유부녀 겁탈하난 것은 죄 아니고 무엇이오.》

사'도 기가 막혀 어찌 분하시던지 연상을 두다릴 제 탕건이 벗어지고 상토 고가 탁풀리고, 대마디에 목이 쉬여

《이년 잡아 내리라.》

호령하니 끌방의 수청 통인

《예.》

하고 달려들어 춘향의 머리채를 주루루 끄어내며

《급창.》

《예.》

《이년 잡아내리라.》

춘향이 떨치며,

《놓와라.》

중계에 나려가니 급창이 달려들어

《요년 요년 어뎌하신 존전이라고 대답이 그려하고 살기를 바랠소냐.》

대뜰아래 내리치니 맹호 같은 군노 사령 벌떼 같이

달려들어 감태 같은 춘향의 머리채를 전전 시절 연실 감 듯 배'사공의 닻줄 감듯, 사월 팔일 등대 감 듯 휘휘친친 감어 쥐고 동당이쳐 엎지르니 불상하다 춘향 신세 백옥 같은 고은 몸이 륙자백이로 엎더졌구나. 좌우 라졸 늘어서 서 롱장 곤장 현장이며 주장 집고

《아뢰라 형리 대령하라.》

《예, 숙에라 형리요.》

사'도 분이 어찌 났던지 벌벌 떨며 기가 막혀 허푸 허푸하며,

《여보와라 그년에게 다짐이 웨 있으리. 묻도 말고 동 틀에 올려매고 정치를 부수고 물'고장을 올리라.》

춘향을 동틀에 올려 매고 사정이 거동봐라, 형장이며 매장이며 곤장이며 한 아람담쑥 안어다가 형틀 아래 좌르 륵 부듯치난 소래 춘향이 정신이 혼미한다. 집장 사령 거 동봐라, 이놈도 잡고 능청능청 저놈도 잡고서 능청능청 등 심 좋고 빳빳하고 잘부러지난놈 골라 잡고 오른 어깨 벗어 메고 형장 집고 대상 청령 기다릴 제,

《분부 뫼와라, 네 그년을 사정두고 헐장하여서난 당정 에 명을 바칠 것이니 각별히 매우 치라.》

집장 사령 여짜오되

《사'도 분부 지엄한듸 저만한 년을 무삼 사정 두오리까, 이년 다리를 까딱 말라. 만일 요동하다가는 뼈 부러지리라.》

호통하고 들어서서 금장 소리 발맞추어 서면서 가만히 하는 말이

《한두 개만 견듸소. 어쩔 수가 없네, 요다리는 요리 틀 고 저 다리는 저리 틀소.》

《매우 치라.》

《예잇, 때리요.》

딱 붙이니 부러진 형장 가비는 푸루루 날라 공중에 빙빙 솟아 상방 대뜰 아래 떨어지고 춘향이는 아모쪼록 아픈대를 참으랴고 이를 복복 갈며 고개만 빙빙 두르면서,

《애고 이게 웬 일이여.》

곤장 태장 치난데는 사령이 서서 한나 둘 세건마는 형
장버텀은 법장이라, 형리와 통인이 닭쌈하는 모양으로 마조
엎데서 한나 치면 한나 굿고 둘 치면 둘 굿고, 무식하고
돈 없는 놈, 술'집 바람'벽에 술'값 굿 듯 그어 놓니 한
일자가 되았구나 춘향이는 제절로 설음계워 맞으면서 우난데,

《일편 단심 군은 마음 일부 종사 뜻이오니 일개 형
벌 치운신들 일년시 다 못가서 일각인들 변하리까.》

이때 남원부 한량이며 남녀 로소 없이 뫼와 구경할
제 좌우의 한량들이

《모지구나 모지구나, 우리 꿀 원님이 모지구나. 저런 형
벌이 웨 있으며, 저런 매질이 웨 있을까. 집장 사령놈
눈익혀 두어라. 삼문 밖 나오면 급살을 주리라.》

보고 듣난 사람이야 뉘가 아니 락루하랴. 두채 날 딱
불이니,

《이부절을 아웁난듸 불경 이부 이내마음 이래 맞고 영
죽어도 리 도령은 못 잊겄소.》

새채 낱을 딱 불이니,

《삼종지례 지중한 법, 삼강 오륜 알었으니, 삼치 형문
정배를 갈지라도 삼천동 우리 랑군 리 도령은 못잊겄소.》

네채 날을 딱 불이니

《사대부 사'도님은 사면 공사 살피잖고 우력 공사 힘
을 쓰니 사십 팔방 남원 백성 원망함을 모르시오. 사지
를 가른대도 사생 동거 우리 랑군 사생 간에 못잊겄소.》

다섯 날채 딱 불이니,

《오륜 륜기 끊지잖고 부부 유별 오행으로 맺인 연분
올올이 찢어낸들 오매 불망 우리 랑군 온전히 생각나
네. 오동 추야 밝은 달은 님계신듸 보련마는 오늘이나
편지 올까, 래일이나 기별 올까 무죄한 이내 몸이 악사
할일 없사오니, 오경자수 마옵소서, 애고애고 내 신세야.》

여섯 날채 딱 불이니,

《륙륙은 삼십 륙으로 날날이 고찰하여 륙만 번 죽인
대도 륙천 마듸 어린 사랑 맺힌 마음 변할 수 전이 없소.》

일곱 낱을 딱 붙이니,

《칠거지악 범하였소 칠거지악 아니여든 칠개 형문 웬일이오, 칠척금 드는 칼로 동동이 장글러서 이제 바삐 죽여주오. 치라하는 저 형방아 칠 때마닥 고찰마소. 칠보 홍안 나 죽겠네.》

야닯채 낱 딱 붙이니

《팔자 좋은 춘향 몸이 팔도 방백 수령 중에 제일 명관 만났구나. 팔도 방백 수령님네 치민하러 나려왔제 악형하러 나려왔소.》

아홉 낱채 딱 붙이니

《구곡 간장 구부 썩어 이내 눈물 구년지수 되겠구나. 구구 청산 장송베여 정강선 무어 타고 한양 성중 급히 가서 구중 궁궐 성상전에 구구 원정 주달하고, 구정뜰에 물러나와 삼천동을 찾아가서 우리 사랑 반기 만나 구비 구비 맺힌 마음 저근 듯 풀련마는.》

열채 낱을 딱 붙이니

《십생구사 할지라도 팔십 년 정한 뜻을 십만 번 죽인데도 가망없고 무가내지, 십륙 세 어린 춘향 장하 원귀 가련하오.》

열 치고는 짐작할 줄 알었더니 열 다섯채 딱 붙이니

《십오야 밝은 달은 믜구름에 묻혀 있고, 서울 계신 우리 랑군 삼천동에 묻혔으니, 달아 달아 보느냐 님계신 곳 나는 어이 못 보는고.》

스물 치고 짐작할까 여겼더니 스물다섯 딱 붙이니

《이십 오현 탄야월에 불승청원 저기러기 너 가는듸 어듸매냐. 가는 길에 한양성 찾아 들어 삼천동 우리 님께 내 말 부대 전해다고. 내의 형상 자시 보고 부대부대 잊지 말라. 삼십삼천 어린마음 옥황전에 아뢰고저.》

옥같은 춘향몸에 솟나니 류혈이요 흐르나니 눈물이라. 피눈물 한태흘려 무릉 도원 홍류수라. 춘향이 점점 포악하는 말이

《소녀를 이리 말고 살지룽지하여 아조 박살 죽여 주면

사후 원조라는 새가되야 초혼조 함께 울어 적막 공산
달 밝은 밤에 우리 리 도련님 잠든 후 파몽이나 하
여 지다.》

말못하고 기절하니 엎졌던 형방 퇴인 고개 들어 눈물
씻고 매질하던 저 사령도 눈물 씻고 돌아서며,

《사람의 자식은 못하겠네.》

좌우의 구경하난 사람과 거행하는 관속들이 눈물 씻고
돌아서며,

《춘향이 매맞는 거동 사람 자식은 못보겠다. 모지도다
모지도다 춘향 정절이 모지도다. 출천 렬녀로다.》

남녀 로소 없이 서로 락루하며 돌아설 제 사'돈들 좋
을 리가 있으랴.

《네 이년 관정에 발악하고 맞으니 좋은 게 무엇이냐.
일후에 또 그런 거역관장할까.》

반생 반사 저 춘향이 점점 포악하는 말이

《여보 사'도 들으시오. 일녀포한 부지생사 어이 그리 모
르시오. 계집의 곡 한마음 오류월 서리칩네. 혼비 중천
다니다가 우리 성군 좌정 하에 이 원정을 아뢰오면 사'돈
들 무사할까, 덕분에 죽여 주오.》

사'도 기가 막혀

《허허 그년 말 못할 년이고. 큰칼 씌워 하옥하라.》
하니 큰칼씌워 인봉하야 사정이 등에 업고 삼문 밖 나올
제 기생들이 나오며

《애고 서울'집아 정신 차리게. 애고 불상하여라.》

사지를 만지며 약을 갈아 듸루며 서로 보고 락루할
제 이때 키 크고 속 없난 락춘이가 들어오며

《열시고 절시고 좋을시고, 우리 남원도 현판 감이 생
겼구나.》

왈칵 달려들어

《애고 서울'집아 불상하여라.》

이리 야단할 제 춘향의 모가 이말을 듣고 정신없이
들어오더니 춘향의 목을 안고

320

《애고 이게 웬 일이냐. 죄는 무삼 죄며 매는 무삼 매냐. 장청의 집사님네 절청의 리 방님, 내딸 무삼이 죄요. 장군'방 두목덜아, 집장하던 사정이도 무슨 원쑤 맺혔더냐. 애고애고 내 일이야, 칠십 당년 늙은 것이 의지없이 되얐구나. 무남 독녀 내딸 춘향 규중에 은근히 길러내어 밤낮으로 서책만 놓고 내칙편 공부 일삼으며 날보고 하는 말이 마오마오 설워마오. 아달 없다 설워마오. 외손 봉사 못하리까, 어미에게 지극 정성 객거한 맹종인들 내 딸보단 더할손가. 자식 사랑 하난 법이 상중하가 다를손가. 이내 마음 둘 데 없네. 가삼에 불이 붙어 한숨이 연기로다. 김 번수야, 리 번수야, 우'령이 지엄하다고 이대지 몹씨 쳤느냐. 애고 내딸 장처보소. 빙설 같은 두 다리에 연지같은 피 비쳤네. 명문가 귀중부야 눈 먼 딸도 원하더라. 그런데 가 못생기고 기생 월매 딸이되야 이 정색이 웬 일이냐. 춘향아, 정신차려라, 애고애고 내 신세야.》 하며

《상단아, 삼문 밖에 가서 삯군 둘만 사 오너라. 서울 쌍급주 보낼난다.》

춘향이 쌍급주 보낸단 말을 듣고

《어마니 마오, 그게 무삼 말쌈이오. 만일 급주가 서울 올라가서 도련님이 보시며는 층층 시하에 어찌할 줄 몰라 심사 울적하야 병이되면 근들아니 훼절이오. 그런 말쌈 말으시고 옥으로 가사이다.》

사정이 등에 업혀 옥으로 들어갈 제 상단이는 칼머리 들고 춘향모는 뒤를 따라 옥문 전 당도하야

《옥형방 문을 열소.》

옥형방도 잠들었나, 옥중에 들어가서 옥방 형상 불작시면 부서진 죽창 틈에 살 쏘나니 바람이요, 무너진 헌벽이며, 헌자리 벼룩 빈대 만신을 침노한다.

이때 춘향이 옥'방에서 장탄가로 우든 것이였다.

《이내 죄가 무삼 죄냐, 국곡 투식 아니거던 엄형 중장 무삼일꼬. 살인 죄인 아니여든 항쇄 족쇄 웬 일이며, 음

양 도적 아니여든 이 형벌이 웬 일인고. 삼강수는 연수
되야 청천일장지에 내의 설음 원정지여, 옥황전에 올리고
저, 랑군 기뤄 가삼 답답 불이 붙네. 한숨이 바람되야
붙난 불을 더붙이니 속절없이 나 죽겄네. 홀로 있는 저
국화는 높은 절개 거룩하다. 눈속의 청송은 천고절을 지
컸구나. 푸른 솔은 날과 같고 누런 국화 랑군 같이 슬
픈 생각 뿌리나니 눈물이요, 적시나니 한숨이라. 한숨은
청풍 삼고 눈물은 세우 삼아 청풍이 세우를 몰아다가
불거니 뿌리거니 님의 생각을 깨우고저, 견우 직녀성은
칠석 상봉 하올적에 은하수 막혔으되 실기한 일 없었건
만 우리 랑군 계신 곳에 무삼 물이 막혔난지 소식조차
못 듣난고. 살아 이리 기루나니 아조 죽어 잊고지거, 차
라리 이몸 죽어 공산에 두견이 되야 리화 월백 삼경야
에 슬피 울어 랑군 귀에 들리고저. 청강에 원앙되야 짝
을 불러 다니면서 다정하고 유정함을 님의 눈에 보이고
저 삼춘에 호접되야 향기 묻은 두나래로 춘광을 자랑하
여 랑군 옷에 붙고지거. 청천에 명월되야 밤 당하면 돋
아올라, 명명어 밝은 빛을 님의 얼골에 비치고저, 이내
간장 썩난 피로 님의 화상 그려 내여 방문 앞에 족자
삼아 걸어 두고 들며 나며 보고지거. 수절 정절 절대
가인 참혹하게 되았구나. 문채 좋은 형산 백옥 진퇴 중
에 묻혔난 듯 향기로운 상산초가 잡풀 속에 섞였난 듯
오동 속에 노든 봉황 형극 속에 길 되린듯, 자고로 성
현네도 무죄하고 궂겠이니 요순 우탕 인군네도 걸주의
포악으로 함진옥에 갇혔더니 도로 뇌야 성군 되시고 명
덕 치민 주 문왕도 상주의 해를 입어 유리옥에 갇혔더
니 도로 뇌야 성군되고, 만고성현 공부자도 양호의 얼을
입어 광야에 갇혔더니 도로 뇌야 대성 되시니 이런 일
로 볼작시면 죄 없난 이내 몸도 살아나서 세상 구경
다시할까. 답답하고 원통하다. 날 살릴이 뉘 있을까. 서
울 계신 우리 랑군 벼살 길로 나려와 이렇 닷이 죽어
갈 제 내 목숨을 못살린가. 하운은 다기봉하니 산이 높

아 못오던가. 금강산 상상봉이 평지 되거든 오랴신가. 애
고애고 내 일이야.》

축창문을 열다리니 명정월색은 방안에 든다마는 어린
것이 홀로 앉어 달다려 묻는 말이

《저 달아, 보느냐. 님 계신데 명기 빌려라 나도 보게
야. 우리 님이 누웠더냐 앉았더냐. 보는대로만 네가 일러
내의 수심 풀어다고.》

애고애고 섧이 울다 홀연히 잠이 드니 비몽사몽간에
호접이 장주 되고, 장주가 호접 되야 세우 같이 남
은 혼백 바람인 듯 구름인 듯 한곳을 당도하니 천공 지활하
고 산명 수려한데 은은한 죽림 간에 일층 화각이 반공에
잠겼거늘 대체 귀신 다니난 법은 배풍 어기하고, 승천 입지
하니, 침상 편시 춘몽 중에 행진 강남 수천리라, 전면을
살펴보니 황금 대자로 《만고 정렬 황릉지묘》라 두렷이 붙
였거늘, 심신이 황홀하야 배회하더니 천연한 랑자 서이 나
오난듸 석 숭의 애첩 록주 등롱을 들고, 진주 기생 몬개,
평양 기생 월선이라. 춘향을 인도하야 내당에 들어가니 당
상에 백의한 두 부인이 옥수를 들어 청하거늘 춘향이 사
양하되

《진세간 천첩이 어찌 황릉묘를 오르리까.》

부인이 기특히 여겨 재삼 청하거늘 사양하지 못하야
올라가니 좌를 주어 앉힌 후에

《네가 춘향인다. 기특하도다. 일전에 조회차로 요지연에
올라가니 네말이 랑자중기로 간절히 보고 싶어 너를 청
하였으니 심히 불안하도다.》

춘향이 재배 주왈

《첩이 비록 무식하나 고서를 보옵고 사후에나 존안을
뵈올까 하였더니 이렇듯 황릉묘에 모시니 황공비감하
여이다.》

상군 부인 말씀하되

《우리 성군 대순씨가 남순수하시다가 창오산에 붕하시니
속절없는 이 두 몸이 소상 죽림에 피눈물을 뿌려 놓니

가지마닥 알롱알롱 잎'잎이 원한이라. 창오산봉 상수절이라
야 죽상지루 내가밀을 천추에 깊은 한을 하소할곳 없었
더니 네 절행 기특ㅎ기로 녀다려 말하노라. 송건 기천년에
청백은 어느매며, 오현금 남풍시를 이제까지 전하더냐.》

이렇듯이 말쌈할 제 어뗘한 부인

《춘향아 나는 진루명월 옥소성에 화선하던 롱옥일다. 소
사의 안해로서 진화산 리별 후에 승룡비거 한이되야 옥
소로 원을 풀 제 곡종비거 부지처하니 산하 벽도 춘
자개라.》

이러할 제 또 한 부인 말쌈하되

《나는 한 궁녀 소군이라. 호지에 오거하니 일부 청총
뿐이로다. 마상비파 한 곡조에 화도 성식 춘풍면이요 환
패 공귀 월야혼이라. 어찌 아니 원통하랴.》

한참 이려할 제 음풍이 일어나며 촛불이 펼렁펼렁하며
무엇이 촛불 앞에 달려들거늘 춘향이 놀래여 살펴보니 사
람도 아니요 귀신도 아닌데 의의한 가운데 곡성이 랑자하며,

《여봐라 춘향아 네가 나를 모르리라. 나는 넌고 하니
한 고조 안해 척 부인이로다. 우리 황제 룽비 후에 려
후의 독한 솜씨 내의 수족 끊어 내여 두귀에다 불지르
고 두 눈 빼여 암약 먹여 칙간 속에 넣었으니 천추에
깊은 한을 어느때나 풀어보랴.》

이리 울제 상군 부인 말쌈하되

《이곳이라 하는 데가 유명이 로수하고 향오 자별하니
오래 류ㅎ지 못할지라.》

녀동 불러 하직할 새 동방 질솔성은 시르렁, 일쌍 호
접은 펼펼, 춘향이 깜짝 놀래 깨여 보니 꿈이로다. 수심
걱정 밤을 셀 제 기러기 울고 가니 일편 서강 달에 행
안 남비 네 아니냐 밤은 깊어 삼경이요, 궂인 비는 퍼붓
는 데 돗채비 뺙뺙, 밤'새 소리 붓붓, 문풍지는 펼렁펼렁,
귀신이 우난듸 란장맞아 죽은 귀신 형장 맞아 죽은 귀신
결령 치사 대롱대롱, 목매 달아 죽은 귀신 사방에서 우난
듸 귀곡성이 랑자로다. 방안이며 추녀 끝이며 마루 아래서

노 애고애고 귀신 소리에 잠들 길이 전혀없다. 춘향이가
처음에는 귀신 소리에 정신이 없이 지내더니 여러 번을
들어나니 파겁이 되야, 청성 굿거리 삼재비 세악 소리로
알고 들으며,

《이 몹쓸 귀신들아 나를 잡아 갈라거든 조르지나 말
려무나. 엄급급여률령 사과.》

진언치고 앉았을 때 옥 밖으로 봉사 하나 지내가되
서울 봉사 갈을 진대 《문수하오.》 웨련마는 시골 봉사라
《문복하오.》 하며 외고가니 춘향이 듣고

《여보 어마니 저 봉사 좀 불러주오.》

춘향모 봉사를 부르난듸

《여보 저기 가는 봉사님.》

불러 놓니 봉사 대답하되

《게 뉘기, 게 뉘기니.》

《춘향의 모요.》

《어찌 찾나.》

《우리 춘향이가 옥 중에서 봉사님을 잠간 오시라 하오.》

봉사 한 번 웃으면서,

《날 찾기 의외로세, 가제.》

봉사 옥으로 갈 제 춘향의 모 봉사의 지팽이를 잡고
길을 인도할 제

《봉사님 이리 오시오. 이것은 돌다리요 이것은 개천이
요. 조심하여 건네시요.》

앞에 개천이 있어 뛰여 볼까 무한히 버르다가 뛰난듸
봉사의 뛰염이란 멀리 뛰던 못하고 올라가기만 한길이나
올라가는 것이였다. 멀리 뛴단 것이 한가운데가 풍덩 빠져
놓았난듸 기어 나오려고 짚난 게 개똥을 짚었제.

《어풀사, 이게 정녕 똥이제.》

손을 들어 말아 보니 묵은 쌀밥 먹고 썩은 놈이로고.
손을 내 뿌린 게 모진 돌에다가 부듯치니 어찌 아프던지
입에다가 훌 쓸어 넣고 우난듸 먼눈에서 눈물이 뚝뚝
떨어지며

《애고애고 내 팔자야 조고만한 개천을 못건네고 이 봉변을 당하였으니 수원수구 뉘다려 하리, 내 신세를 생각하니 천지 만물을 불견이라, 주야를 내가 알랴 사시를 짐작하며 춘절을 당해 온들 도리 화개 내가 알며 추절이 당해 온들 황국 단풍 어찌 알며, 부모를 내 아느냐, 처자를 내 아느냐 친구 벗님을 내아느냐. 세상 천지 일월 성신과 후박 장단을 모르고 밤중 같이 지내다가 이 지경이 되얐구나. 진소위 소경이 그르냐 개천이 그르냐 소경이 그를 제 아조 생긴 개천이 그르랴, 애고애고.》

설이 우니 춘향의 모 위로하되

《고만 우시오.》

봉사를 목욕시켜 옥으로 들어가니 춘향이 반기면서

《애고 봉사님 어서 오오.》

봉사 그중에 춘향이가 일색이란 말은 듣고 반가하며

《음성을 들으니 춘향 각씬가부다.》

《예 기옵네다.》

《내가 발쎄 와서 자내를 한 번이나 볼 터로되 빈즉다사라, 못오고 청하여 왔으니 연사가 아니로세.》

《그럴 리가 있소. 안맹하옵고 로래에 기력이 어떠하시오.》

《내 념려는 말게 대체 나를 어찌 청하였나.》

《예 다름 아니라, 간밤에 흉몽을 하얐삽기로 해몽도 하고, 우리 서방님이 어느 때나 나를 찾을까 길흉 여부 점을 하랴고 청하였소.》

《그러제.》

봉사 점을 하난듸,

《정 이래세 유상천 경이축축왈 천하언재시리요 지하언재시리요마는 고지즉 응허시느니 신기령이시니 감이순통언하소서. 망지소고와 망석궐의를 유심유령이 망지소보하야 약가약비를 생명 고지즉 응허시느니 복회 문왕 무왕 주곡 공자 오대 성현이 설이천 안정 사맹 성문 십철 제갈 공명 선생 리 순풍 소 강절 정 명도 정 이천 주 렴 계 주 회암 엄 군평 사마 군실 귀곡 손 빈 진 회이

왕 부사 류 훈장 제대선생은 명찰 명시하읍소서. 마의
도사 구천 선녀 륙경 륙갑 신장어 년월 일시 사주 공
조배패 동자척패 동남허공유감 여왕봉가 복사달뇌 상화육
신 무차보양 원사강림언하소서. 전라 좌도 남원 부 천변리
거하는 임자생 곤명 멸녀 성 춘향이 하월 하일에 방사
옥중하오며 서울 삼천동 거하난 리 몽룡은 하일 하시
에 도차 분부하오리까. 복걸 첨신은 신명 소시하읍소서.》
산통을 철겅철겅 흔드더니,

《어디 보자, 일이 삼사 오륙칠 허허 좋다. 상괘로고. 칠
간산이로구나. 어유 피망허니 소적 대성이라. 예'날 주 무
왕이 버슬할 제 이 패를 얻어 금의 환향하얐으니 어찌
아니 좋을손가. 천리 상지하니 친인이 유면이라, 자내 서
방님이 불원간에 나려와서 평생 한을 풀겄네. 걱정마소,
참 좋거든.》

춘향이 대답하되

《말대로 그러하면 오직 좋사오리까. 간밤 꿈 해몽이나
좀 하여주읍소서.》

《어듸 자상히 말을 하소.》

《단장하든 채경이 깨져보이고, 창전의 앵도 꽃이 떨어
져 보이고 문 우에 허수애비 달려 뵈고, 태산이 무녀지
고, 바다 물이 말라 뵈이니, 나 죽을 꿈 아니요.》

봉사 이윽히 생각하다가 량구에 왈

《그 꿈 장이 좋다. 화락하니 능성실이요, 파경하니 기무
성가. 능히 열매가 열어야 꽃이 떨어지고, 거울이 깨여질
땐 소리가 없을손가. 문상에 현우인하니 만인이 개앙시
라, 문 위에 허수애비 달렸으면 사람마닥 우러러 볼 것
이요, 해갈하니 룡안견이요, 산붕허니 지택평이라, 바다가
마르면 룡의 얼굴을 능히 볼 것이요 산이 무녀지면 평
지가 될 것이라. 좋다 쌍가매 탈 꿈이로세 걱정 마소.
머지 않네.》

한참 이리 수작할 제 뜻밖에 가마귀가 옥담에 와 앉
더니 까옥까옥 울거늘 춘향이 손을 들어 《후여》 날리며,

《방정맞은 가마귀야, 나를 잡어 갈라거든 조르기나 말려므나.》

봉사가 이 말을 듣더니

《가만 있소. 그 가마귀가 가옥가옥 그렇게 울제.》

《예 그래요.》

《좋다, 좋다, 가 자는 아름다울 가 자요, 옥 자는 집옥 자라. 아름답고 좋은 일이 불원간에 돌아와서 평생에 맺힌 한을 풀것이니 조금도 걱정마소. 지금은 복채 천량을 준대도 아니 받어 갈 것이니 두고 보고 영귀하게 되는 때에 괄세나 부대 마소. 나 돌아가네.》

《예 평안히 가옵시고, 후일 상봉하옵시다.》

춘향이 장탄 수심으로 세월을 보내니라.

이때 한양성 도령님은 주야로 시서 백가어를 숙독하얐으니 글로난 리 백이요 글씨는 왕 희지라, 국가에 경사 있어 태평과를 뵈이실새 서책을 품에 품고 장중에 들어가 좌우를 둘러보니 역조 창생 허다 선배 일시에 숙배한다. 여악 풍류 청아성에 앵무새가 춤을 춘다. 대제학 택출하야 어제를 내리시니 도승지 모셔내여 홍장 우에 걸어놓니 글'제에 하였으되 춘당 춘색이 고금동이라, 뚜렷이 걸었거늘 리 도령 글'제를 살펴보니 익히 보던 배라. 시제를 펼쳐 놓고 해제를 생각하야 룡지연에 먹을 갈아 당황모 무심필을 반중동 덥벅 풀어 왕 희지 필법으로 조 맹부 체를 받아 일필 휘지 선장하니 상시관이 글을 보고 자자이 비점이요 구구이 관주로다. 룡사 비등하고 평사 락안이라, 금세에 대재로다. 금방에 일홈을 불러 어주 삼배 권하신 후 장원 급제 휘장이라. 신래의 진퇴 나올 적에 머리에는 어사화요 몸에난 앵삼이라. 허리에는 학대로다, 삼일 유가 한 연후에 산소에 소분하고 전하께 숙배하니 전하께옵서 친히 불러 보신후에

《경의 재조 조정에 으뜸이라.》

하시고 도승지 입시하사 전라도 어사를 제수하시니 평생의 소원이라. 수의 마패 유척을 내주시니 전하께 하직하

고 본댁으로 나갈 제 철관 풍채는 심산 맹호 같은지라. 부모전 하직하고 전라도 행할새 남대문밖 썩나서서 서리 중방 역졸들을 거나리고 청파 역말 잡아 타고 칠패 팔패 배다리 얼른 넘어 밥전 거리 지내 동작이를 얼풋 건너 남태령을 넘어, 과천읍에 중화하고, 사그내 미력당이 수원 숙소하고, 대황교 떡전 거리 진개울중밀 진위읍에 중화하고, 칠원 소사 애고 다리 성환역에 숙소하고, 상류천 새술 막 천안읍에 중화하고, 삼거리 도리터 김제역 말 갈아타고 신구 덕명을 얼른 지나 원터에 숙소하고 팔풍정, 화란, 광정, 모란, 공주, 금강을 건너 금영에 중화하고, 높은 행길 소개문 어미널티 경천에 숙소하고, 로성 풋개, 사다리, 은진, 간치당이, 황화정, 장애미 고개, 려산 읍에 숙소참하고, 이튿날 서리 중방 불러 분부하되,

《전라도 초입 려산이라, 막중 국사 거행불명직 죽기를 면흥지 못하리라。》

추상 같이 호령하며 서리 불러 분부하되

《너는 좌도로 들어 진산, 금산, 무주, 룡담, 진안, 장수, 운봉, 구례로 이 팔읍을 수행하여 아모 날 남원 읍에로 대령하고, 자 중방 역졸 네의 등은 우도로 룡안, 함열, 림피, 옥구, 김제, 만경, 고부, 부안, 흥덕, 고창, 장성, 령광, 무장, 무안, 함평으로 순행하야 아모 날 남원읍으로 대령하고。》

종사 불러

《익산, 금구, 태인, 정읍, 순창, 옥과, 광주, 라주, 창평, 담양, 동복, 화순, 강진, 령암, 장흥, 보성, 흥양, 락안, 순천, 곡성으로 순행하여 아모 날 남원읍으로 대령하라。》

분부하여 각기 분발하신 후에 어사'도 행장을 채리난 의 모양 보소, 숫사람을 속이랴고 모자없는 헌 파립에 버려 줄 총총 매여 초사 갓끈 달아 쓰고 당만 남은 헌망 건에 잡풀 관자 노끈 당줄 달아 쓰고 으뭉하게 헌 도복에 무명실 떠를 흉중에 둘러 매고 살만 남은 헌 부채에 솔'방울 선추 달어 일광을 가리고 나려올 제 통새 암상

329

이 축소하고, 한내, 주엽쟁이, 가린내, 싱금정, 구경하고 숩정
이 공북루 서문을 열른 지내 남문에 올라 사방을 둘러
보니, 서호 강남 여기로다. 기린토월이며 한벽청연 남고모종
견지망월 다가사우 덕진채련 비포락안 위봉폭포 완산 팔경
을 다 구경하고 차차로 암행하여 나려올 제 각읍 수령들
이 어사 났단 말을 듣고 민정을 가다듬고 전 공사를 녑
려할 제 하인인들 편하리오. 리방 호장 실혼하고, 공사 회
계하는 형방 서리 얼른하면 도망 차로 신발하고, 수다한
각청상이 넋을 잃어 분주할 제, 이때 어사'도난 임실 구
화'들 근처를 당도하니, 차시 마참 농절이라, 농부들이 농부
가하며 이러할 제 야단이었다.

《어여로 상사뒤요, 천리 건곤 태평시에 도덕 높은 우
리 성군 강구 연월 동요 듣던 요임'군 성덕이라. 어여로
상사뒤요. 순'임군 높은 성덕으로 내신 성기 력산에 밭을
갈고 어려러 상사뒤요. 신농씨 내신따부 천추 만대 유전
하니 어이 아니 높으던가. 어여로 상사뒤요. 하우 씨 어
진 임군 구년 홍수 다사리고 어여라 상사뒤요. 은왕 성
탕 어진 임군 대한 칠년 당하였네. 어여라 상사뒤요. 이
농사를 지어내여 우리 성군 공세 후에 남은 곡식 장
만하야 앙사부모 아니하며, 하육처자 아니할까. 어여라 상
사뒤요. 백초를 섬어 사시를 짐작하니 유신한 게 백초로
다. 어여라 상사뒤요. 청운 공명 좋은 호강이 이를 당할
소냐. 어여라 상사뒤요. 남전 북답 기경하야 함포 고복 하
여 보세. 어녈녈 상사뒤요.》

한참 이리할 제 어사'도 주령 짚고 이만하고 서서 농
부가를 구경하다가
《거기는 대풍이로고.》
또 한편을 바라보니 이상한 일이 있다. 중썰한 로인들
이 걸걸이 피와서서 등걸밭을 이루난듸 갈명덕 숙여 쓰고
소시랑 손에 들고 백발가를 부르난듸,
《등장가자 등장가자, 하날님전 등장가량이면 무슨 말을
하실 런지 늙은이는 죽지말고 젊은사람 늙지말게 하나님

330

전에 등장가세. 원쑤로다 원쑤로다 백발이 원쑤로다. 오는 백발 막으랴고 우수에 도치 들고 좌수에 가시 들고 오는 백발 뚜다리며 가는 홍안 걸어 당겨 정사로 결박하야 단단히 졸라 매되 가는 홍안 절로 가고 백발은 시시로 돌아와 귀밑에 살잡히고 검은 머리 백발 되니 조여 청사 모성설이라, 무정한 게 세월이라, 소년 행락 깊은들 왕왕이 달라 가니 이 아니 광음인가, 천금준마 잡아 타고 장안대도 달리고쳐. 만고 강산 좋은 경개 다시 한 번 보고지거. 절대 가인 곁에 두고 백만 교태 놓고지거. 화조 월석 사시 가경 눈 어둡고 귀가 먹어 볼 수 없고 들을 수 없어 할일없난 일이로세. 슬프다. 우리 벗님 어대로 가겠난고. 구추 단풍 잎 진 듯이 선아선아 떨어지고 새벽 하늘 별 진듯이 삼오 삼오 스러지니 가는 길이 어듸멘고, 어여로 가래질이야, 아마도 우리 인생 일장 춘몽인가 하노라.》

한참 이리할 제 한 농부 썩 나서며

《담부 먹세 담부먹세.》

갈멍덕 숙여 쓰고 두녁에 나오더니 곱'돌조대 넌짓 들어 공무니 더듬더니 가죽 쌈지 빼여 놓고 담배에 세우침을 발어 엄지가락이 자빠라지게 비빗비빗 단단이 넣어 겻'불을 뒤져 놓고 화로에 푹 질러 담부를 먹난듸 농군이라 하는 것이 대가 빡빡하면 쥐새끼소리가 나것다. 량 불태기가 오목오목 코'굼기가 발씸발씸 연기가 훌훌 나게 피여 물고 나서니, 어사'도 반말하기는 공성이 났제.

《저 농부 말 좀 들어 보면 좋겠구만.》

《무삼 말.》

《이골 춘향이가 본관에 수청들어 뢰물을 많이 받아 먹고 만정에 작폐한단 말이 옳은지.》

저 농부 열불내여

《에가 어대 삽나.》

《아무듸 사든지.》

《아무듸 사든지라니, 게난 눈콩알 귀콩알이 없나 지금

춘향이는 수청 아니 든다고 형장 맞고 갇혔으니 창가에 그런 렬녀 세상에 드문지라. 옥설 같은 춘향 몸에 자내 같은 동냥치가 루설을 시치다는 빌어 먹도 못하고 굶어 뒤여지리. 올라 간 이도령인지 삼도령인지 그놈의 자식은 일거 후 무소식하니 인사가 그렇고는 벼슬은커니와 내촛도 못하제.》

《어, 그게 무슨 말이꼬.》

《웨 어찌 됩나.》

《되기야 어찌 되랴마는 남의 말로 구섭을 너며 고약히 하난고.》

《자내가 철모르난 말을 하매 그러제.》

수작을 파하고 돌아서며

《허허 망신이로고. 자, 농부네들 일하오.》

《예.》

하직하고 한모롱이를 돌아드니 아히 하나 오난듸 주령 막대 그으면서 시조 절반 새살 절반 섞어 하되,

《오날이 며칠인고 천리'길 한양성을 며칠 걸어 올라가랴. 조 자룡의 월강하던 천총마가 있거드면 금일로 가련마는 불상하다 춘향이난 리 서방을 생각하야 옥중에 갇히여서 명제경각 불상하다. 몹쓸 량반 리 서방은 일거 소식 돈절하니 량반의 도리는 그러한가.》

어사'도 그말 듣고

《이애 어대 있늬.》

《남원읍에 사오.》

《어대를 가늬.》

《서울 가오.》

《무삼 일로 가늬.》

《춘향의 편지 갖고 구관댁에 가오.》

《이애 그 편지 좀 보잤구나.》

《그 량반 철모르는 량반이네.》

《웬 소리꼬.》

《글쎄 들어 보오. 남의 편지 보기도 어렵거든 항 남

의 내간을 보잤단 말이오.》

《이애 들어라. 행인이 림발우개봉이란 말이 있나니라. 좀 보면 관계하냐.》

《그 량반 불끝은 숭악하구만 문자 속은 기룩하오. 열 풋 보고 주오.》

《호로자식이고.》

편지 받어 떼여 보니 사연에 하였으되

《일차 리별 후 성식이 격조하니 도련님 시봉체후 만안하옵신지 원절복모하옵내다. 첩첩 춘향은 장대 로상에 관봉 치패하고 명재경각이라. 지어사경에 혼사황릉지묘하야 출몰 귀관하니 첩신이 수유만사나 단지 멸불이경이요. 첩지사생과 로모 형상이 부지하경이오니 서방님 심량처지하옵소서.》

편지 끝에 하였으되

《기세하시군별첩고 자기동혈우동주나 광풍반야우여설하니 하위 남원옥중태라.》

혈서로 하였난듸 명사 락안 기러기 격으로 그저 룩룩 찍은 것이 모도다 애고로다.

어사 보더니 눈물이 듣거니 맷거니 방울 방울이 떨어지니 저아히 하는 말이

《남의 편지 보고 웨 우시오.》

《어따, 이애, 남의 편지라도 서문 사연을 보니 자연 눈물이 나는구나.》

《여보 인정 있는 체하고 남의 편지 눈물묻어 찌여지오 그 편지 한장 값이 열닷량이오. 편지 값 물어내오.》

《어봐라 리 동령이 날과 죽마고우 친고로서 하향에 볼 일이 있어 날과 함께 나려오다가 완영에 들렸으니 래일 남원으로 만나자 언약하였다. 나를 따라가 있다가 그 량반을 뵈와라.》

그아히 반색하며

《서울을 저건네로 알으시요.》

하며 달려들어

《편지 내오.》

상지할 제 옷 앞'자락을 잡고 힐난하며 살펴보니 명주 전대를 허리에 둘렀난되 제기 접시 같은 것이 들었거늘 물려나며,

《이것 어디서 났소, 찬 바람이 나오.》

《이놈 만일 천기 루설하여서는 성명을 보전하지 못하리라.》

당부하고 남원으로 들어올 제 박석틔를 올라서서 사면을 둘러 보니 산도 예 보던 산이요, 물도 예 보던 물이라. 남문 밖 썩내달아 광한루야 잘있더냐, 오작교야 무사하냐, 객사 청청 류색신은 나구 매고 노던 되뇨, 청운 락수 맑은 물은 내 발씻던 청계수라, 록수 진경 너른 길은 왕래하든 예'길이요, 오작교 다리 밑에 빨래하는 녀인들은 계집아히 섞여 앉어

《야야.》

《웨야.》

《애고애고 불상하더라 춘향이가 불상하더라. 모지더라 모지더라 우리 골 사'도가 모지더라. 절개 높은 춘향이를 위력 겁탈 하려한들 철석 같은 춘향 마음 죽난 것을 세아릴까. 무정하더라 무정하더라 리 도령이 무정하더라.》

저의끼리 공론하며 추저추저 빨래하는 모양은 영양 공주 란양 공주 진 채봉, 계 섬월, 백 릉파, 적 경홍, 심 뇨연, 가 춘운도 갈다마는 양 소유가 없었으니 뉘를 찾아 왔었는고. 어사'도 루에 올라 자상이 살펴 보니 석양은 재 서하고 숙조는 루림할 제, 저건네 양류목은 우리 춘향 근되매고 오락가락 노던양은 어제 본 듯 반갑도다. 동편을 바래보니 장림 섭처 록림 간에 춘향집이 저기로다. 저 안에 내동원은 예 보던 고면이요, 석벽에 험한 옥은 우리 춘향 우니난 듯 불상하고 가긍하다.

일락서산 황혼 시에 춘향 문전 당도하니 행랑은 무너지고 몸채는 피를 벗었는되 예 보던 벽오동은 수풀 속에 우뚝 서서 바람을 못 이기여 추례하고 서 있거늘 단장

밑에 백두룸은 함부로 다니다가 개 한틔 물렸난지 깃도 빠지고 달명을 정금 껄룩 뚜루룩 울음 울고 비창 전 누른 개는 기운없이 조으다가 구면객을 몰라 보고 꽝꽝 짖고 내달으니

《요개야 짖지 말아 주인 같은 손님이다. 네의 주인 어대 가고 네가 나와 반기느냐.》

중문을 바래 보니 내손으로 쓴글자가 충성충 자 완연하녀니 가운대충 자는 어대 가고 마음심 자만 남어 있고, 와룡 장자 립춘서는 동남풍에 펄렁펄렁 이내 수심 도와낸다. 그렁저렁 들어 가니 내정은 적막한듸 춘향모 거동 보소. 미음 솥에 불넣으며

《애고애고 내일이야, 모지도다 모지도다 리 서방이 모지도다. 위경 내딸 아조 잊어 소식조차 돈절하네. 애고애고 설은지거 상단아 이리 와 불넣어라.》
하고 나오더니 울안 개울 물에 흰머리 감어 빗고 정화수 한 동우를 단하에 바쳐놓고 북지하여 축원하되

《천지지신 일월 성신은 화위동심하옵소서. 다만 독녀 춘향이를 금쪽 같이 걸러 내여 외손 봉사 바랬더니 무죄한 매를 맞고 옥중에 갇혔으니 살린 길이 없삽내다. 천지지신은 감동하사 한양성 리 몽룡을 청운에 높이 올려 내딸 춘향 살려지다.》
빌기를 다한 후에
《상단아 담부 한 대 붙여다구.》
춘향의모 받아 물고 후유 한숨 눈물질 제
이때 어사 춘향모 정성 보고
《내의 벼슬한 게 선영 음덕으로 알었더니 우리 장모 덕이로다.》
하고

《그안에 뉘 있나.》
《뉘시요.》
《내로세.》
《내라니, 뉘신가.》

어사 들어가며

《리 서방일세.》

《리 서방이라니 옳제. 리 풍헌 아들 리 서방인가.》

《허허 장모 망령이로세. 나를 몰라.》

《자네가 뉘기요.》

《사위는 백년지객이라 하였으니 어찌 나를 모르난가.》

춘향의 모 반가하야

《애고애고 이게 웬일인고 어데 갔다 인제 와 풍세대 작하더니 바람'결에 풍겨온가 봉운 기봉하더니 구름 속에 싸여 온가. 춘향의 소식 듣고 살리랴고 와 계신가. 어서어서 들어가세.》

손을 잡고 들어가서 촛'불 앞에 앉혀놓고 자서이 살펴보니 걸인 중에는 상걸인이 되얐구나. 춘향의 모 기가막혀

《이게 웬일이요. 량반이 그릇됨이 형언할 수 없네.》

《그때 올라가서 벼슬'길 끊어지고 탕진가산하야 부친께서는 학장질 가시고 모친은 친가로 가시고 다 각기 갈리여서 나는 춘향에게 나려와서 돈 천이나 얻어갈까 하였더니 와서 보니 량가 리력 말 아닐세.》

춘향의모 이말 듣고 기가막혀

《무정한 이사람아, 일차 리별후로 소식 없었으니 그런 인사가 있으며, 후긴지 바랬더니 일이 잘되얐소. 쏘와 논 살이되고 엎지러진 물이 되야 수원 수구를 할까마는 내 딸 춘향 어쩔랍나.》

화'김에 달려들어 코를 물어뗄라 하니

《내 탓이제, 코 탓인가 장모가 나를 몰라보네. 하날이 무심하대도 풍운 조화와 뢰성전기난 있나니.》

춘향모 기가차서

《량반이 그릇되매 갈롱조차 들었구나.》

어사 짐짓 춘향모의 하는 거동을 보랴하고

《시장하여 내 죽겠네, 날 밥 한 술 주소.》

춘향모 밥달라는 말을 듣고

《밥 없네.》

336

어찌 밥없을꼬마는 화'김에 하는 말이였다.

이때 상단이 저의 아씨 야단 소리에 가슴이 우둔우둔 정신이 월렁월렁 정처없이 들어가서 가만이 살펴보니 전의 서방님이 와겼구나 어찌 반갑던지 우루룩 들어가서

《상단이 문안이요. 대감님 문안이 어떠하옵시며 대부인 기후 안녕하옵시며, 서방님께서도 원로에 평안히 행차하시니까?》

《오냐 고상이 어떠하냐》.

《소녀 몸은 무탈하옵내다. 아씨 아씨 큰아씨, 마오 마오 그리 마오. 멀고 먼 천리'길에 뉘 보라고 와겼관대 이 괄세가 웬 일이요. 애기씨가 알으시면 지레 야단이 날 것이니 너머 괄세 마옵소서.》

부엌으로 들어가더니 먹던 밥에 풋고초절이, 짐채 양념 넣고, 단간장에 랭수 가득 떠서 모반에 받쳐 드리면서

《더운 진지 할 동안에 시장하신데 우선 요기하옵소서.》

어사'도 반기하며 《밥아, 너 본 제 오래로구나》 여러 가지를 한태다가 붓더니 숟가락 댈 것 없이 손으로 뒤져서 한편으로 몰아치더니 마'바람에 게눈 감추 듯하난구나. 춘향모 하는 말이

《얼씨고 밥 빌어먹기난 공성이 났구나.》

이때 상단이는 저의 애기씨 신세를 생각하여 크게 우든 못하고 체읍하여 우는 말이

《어찌 할그냐, 어찌 할그냐, 도덕 높은 우리 애기씨를 어찌하여 살리시랴오. 어쨌그나요. 어쨌그나요.》

실성으로 우는 양을 어사'도 보시더니 기가 막혀

《여봐라 상단아, 우지마라 우지마라, 너의 아기씨가 설마 살지 죽을소냐. 행실이 지극하면 사는 날이 있나니라.》

춘향모 듣더니

《애고 량반이라고 오기는 있어서, 대체 자네가 웨 저 모양인가.》

상단이 하는 말이

《우리 큰아씨 하는 말을 조금도 괘렴 마옵소서. 나 만

337

하야 로망한 중에 이 일을 당해 놓니 화'김에 하는 반을 일분인들 노하리까. 더운 진지 잡수시오.》

어사'도 밥상 받고 생각하니, 분기 탱천하야 마음이 울적, 오장이 월렁월렁, 석반이 맛이 없어

《상단이 상물려라.》

담부'대 툭툭 털며

《여소 장모, 춘향이 나 좀 보와야제》.

《그러지오 서방님이 춘향을 아니 보와서야 인정이라 하오리까.》

상단이 여짜오되

《지금은 문을 닫었으니 바래치거딘 가사이다.》

이때 마침 바래를 뎅뎅 치는구나. 상단이는 미음상 이고 등롱 들고 어사'도는 뒤를 따라 옥문'간 당도하니 인적이 고요하고 사정이도 간곳없네.

이때 춘향이 비몽사몽 간에 서방님이 오셨난듸 머리에 난 금관이요 몸에난 홍삼이라. 상사 일념에 목을 안고 만단 정회하는 차라

《춘향아.》

부른들 대답이 있을소냐. 어사'도 하는 말여

《크게 한 번 불러보오.》

《모르는 말쌈이요. 예서 동현이 마조치난듸 소리가 크게 나면 사'도 렴문할 것이니 잠간 지체하옵소셔》.

《무에 어때 렴문이 무엇인고 내가 부를 게 가만 있소. 춘향아.》

부르난 소리에 깜짝 놀래여 일어나며

《허허 이 목'소리 잠'결인가 꿈'결인가 그 목'소리고 이하다.》

어사'도 기가 막혀

《내가 왔다고 말을 하소.》

《왔단 말을 하거드면 기절 락담할 것이니 가만이 계옵소셔.》

춘향이 저의 모친 음성 듣고 깜짝 놀래여

《어마니 어찌 와겼소. 몹쓸 딸 자식을 생각하와 천방지방 다니다가 락상하기 쉽소. 일후랑은 오실라 마읍소서.》

《날랑은 념려말고 정신을 차리여라. 왔다.》

《오다니 뉘가 와요.》

《그저 왔다.》

《가깝하여 나 죽겄소. 일러주오 꿈가온대 님을 만나 만단 정회하였더니 혹시 서방님께서 기별 왔소. 인제 오신단 소식 왔소. 벼슬띄고 나려 온단 로문왔소. 애고 답답하여라.》

《너의 서방인지 남방인지 걸인 하나이 나려왔다.》

《허허, 이게 웬 말인가. 서방님이 오시다니 몽중에 보던 님을 생시에 보단말까.》

문틈으로 손을 잡고 말 못하고 기색하며,

《애고 이게 뉘기시요. 아마도 꿈이로다. 상사불견 기룬 님을 이리 수이 만날손가. 이제 죽어 한이 없네. 어찌 그리 무정한가. 박명하다 내의 모녀 서방님 리별 후에 자나 누나 님기루어 일구월심 한일느니, 내 신세 이리되야 매에 감겨 죽게 되니 날살리라 와겨시오.》

한참 이리 반기다가 님의 형상 자시 보니 어찌 아니 한심하랴.

《여보 서방님 내 몸 하나 죽는 것은 서룬 마음 없소마는 서방님 이 지경이 웬 일이요.》

《오냐 춘향아. 설어 말아 인명이 재천인 듸 설만들 죽을소냐.》

춘향이 저의 모친 불러

《한양성 서방님을 칠년 대한 가문 날 갈민대우 기두린들 날과 같이 자진하던가. 심은 남이 꺾어지고 공든 탑이 무너지네. 가련하다. 이내 신세 할일없이 되얐구나. 어마님 나 죽은 후에라도 원이나 없게 하여 주읍소서. 나 입던 비단 장옷 봉장안에 들었으니 그옷 내여 팔아다가 한산 세저 바꾸어서 물색 곱게 도포 짓고 백 방사 주진 초매불 되는대로 팔아다가 관 망건 신발 사드리고,》

질병 천은 밀화 장도 옥지환이 함'속에 들었으니, 그것
도 팔아다가 한삼 고의 불초찮게 하여 주오. 금명간 죽
을 년이 세간 두어 무엇할까. 롱장 봉장 뼈다지를 되는
대로 팔아다가 별찬 진지 대접하오. 나 죽은 후에라도
나 없다 말으시고 날 본 닷이 섬기소셔.》

《서방님 내말쌈 들으시요. 래일이 본관사'도 생신이라,
취중에 주망나면 나를 올려 칠 것이니 형문 맞은 다리,
장독이 났으니, 수족인들 놀릴손가. 만수우환 허트러진 머리
이령저령 걷어 얹고 이리 비틀 저리 비틀 들어가서 장폐하여
죽거들란 삯군인 체 달려들어 둘러 업고 우리 둘이 처음
만나 노든 부용당의 적막하고 요적한 듸 뉘여 놓고 서
방님 손소 렴습하되, 내의 혼백 위로하여 입은 옷 벗기
지 말고 양지 끝에 묻었다가 서방님 귀히 되여 청운에
오르거던 일시도 둘라 말고 륙진 장포 개렴하야 조촐한
생예 우에 덩글렇게 질은 후에 북망 산천 찾어 갈 제
앞남산 뒤'남산 다 바리고 한양으로 올려다가 선산발치에
묻어 주고 비문에 새기기를 〈수절원사 춘향지묘〉라 여덟자
만 새겨주오. 망부석이 아니될까. 서산에 지는 해는 래일
다시 오련마는, 불상한 춘향이는 한번 가면 어느때 다시
올까. 신원이나 하여 주오. 애고애고 내 신세야 불쌍한
내의 모친 나를 잃고 가산을 탕진하면, 할일없이 걸인되
야 이집 저집 결식다가, 언덕 밑에 조속조속 조을면서
자진하여 죽거드면 지리산 갈'가마귀 두 날개를 떡 벌이
고 두덩질 날아들어 까옥까옥 두 눈을 다 파 먹은들
어느 자식있어 〈후여〉하고 날려 주리.》

애고애고 설이 울 제 어사'도

《우지 말아. 하날이 무너져도 솟아날 굼이가 있나니라.
네가 나를 어찌 알고 이렇닷이 설어하냐.》

작별하고 춘향 집으로 돌아왔제. 춘향이난 어둠침침 야
삼경에 서방님을 번개 같이 얼른 보고 옥방에 홀로 앉어
탄식하는 말이

《명천은 사람을 내일 제 별로 후박이 없건마는 내의

310

신세 무삼 죄로 이팔 청춘에 님 보내고 모진 목숨
살아, 이 형문 이 형장 무삼일꾜. 옥중 고생 삼사 삭에
밤낮없이 님오시기만 바랬더니, 이제난 님의 얼골 보았으
니, 광채없이 되었구나. 죽어 황천에 돌아간들 제왕전에
무삼말을 자랑하리.》

애고애고 설이 울 제 자진하야 반생반사 하는구나.

어사'도 춘향집에 나와서 그날' 밤을 새려하고 문안 문밖
렴문할 새 길청에가 들으니, 리방 승발 불러 하는말이
《여보소, 들으니 수읫도가 새문 밖 리 씨라더니 아까
삼경에 등롱불 키어 들고 춘향모 앞세 우고 폐의 파관
한 손님이 아매도 수상하니, 래일 본관 잔치 끝에 일섭을
구별하여 생탈없이 섭분 조심하소.》

어사 그말 듣고
《그놈들 알기는 아난듸.》

하고 또 장청에 가 들으니 행수 군관 거동보소,
《여러 군관님네 아까 옥거리 바장이난 걸인 질로 고
이하테. 아매도 분명 어산 듯하니 용모 파기 내여 놓고
자상이 보소.》

어사'도 듣고
《그놈들 개개여신이로다.》

하고 현사에 가 들으니 호장 역시 그리한다. 륙방 렴문
다한 후에 춘향 집 돌아와서 그밤을 다 샜난 후에 이
튿날 조사 끝에 근읍 수령이 모와든다. 운봉 영장, 구
례, 곡성, 순창, 옥과. 진안, 장수원님이 차례로 모와든다. 좌
편에 행수 군관, 우편에 청령사령, 한가온대 본관은 주인이
되야 하인 불러 분부하되
《관청색 불러 다담을 올리라. 육고자 불러 큰 소를 잡
고, 례방 불러 고인을 대령하고, 승방 불러 채일을 대령
하라. 사령 불러 잡인을 금하라.》

이렇닷이 요란할 제 기치 군물이며 륙각 풍류 반공에
떠 있고, 록의 홍상 기생들은 백수 라삼 높이 들어 춤을

추고, 자야자 둥덩실 하는소리 어사'도 마음이 심란
하구나.

《여봐라 사령들아, 네의 원전에 여쭈어라. 먼듸 있난 걸
인이 좋은 잔채에 당하였으니 주회 좀 얻어먹자고 여
쭈어라.》

저사령 거동 보소.

《어듸 량반이간듸 우리 안전님 걸인 혼금하니 그런 말
은 내도 마오.》

등 밀쳐내니 여찌 아니 명관인가. 운봉이 그 거동을
보고 본관에게 청하는 말이

《저 걸인이 의관은 람루하나 량반의 후옌 듯하니 말
석에 앉히고 술잔이나 먹여 보냄이 어떠하뇨.》

본관 하는 말이

《운봉 소견대로 하오마는.》

하니 많은 소래 훗입맛이 사납겄다. 어사 속으로 《오냐 도
적질은 내가 하마. 오래는 네가 져라.》 운봉이 분부하야

《저 량반 돕시래라.》

어사'도 들어가 단좌하야 좌우를 살펴보니 당상의 모든 수
령 다담을 앞에 놓고 진양조가 양양할 제 어사'도 상을
보니 어찌 아니 통분하랴. 모 떨어진 개상판에 닥채저붐
콩나물 깍대기, 묵걸이 한 사발 놓았구나. 상을 발'길로 탁 차
넌지며 운봉의 갈비를 직신

《갈비 한대 먹고지거.》

《다라도 잡수시요.》

하고 운봉이 하는 말이

《이러한 잔채에 풍류로만 놀아서는 맛이 적사오니 차운
한 수썩 하여 보면 어떠하오.》

그 말이 옳다 하니, 운봉이 운을 낼 제 높을고 자
기름고 자 두자를 내여 놓고 차례로 운을 달 제 어사'도
하는 말이

《걸인도 여려서 추구 권이나 읽었더니 좋은 잔채 당
하여서 주회를 포식하고 그저 가기 무렵하니, 차운 한

수 하사어며.》

운봉이 반겨 듣고 필연을 내여 주니 좌중이 다 못하
야 글 두귀를 지었으되, 민정을 생각하고 본관 정체를 생
각하야 지었겠다.

《금준미주는 천인혈이요

옥반가효는 만성고라

촉루락시 민루락이요

가성고처 원성고라.》

이 글뜻은 금동우의 아름다운 술은 일만 백성의 피요,
옥소반의 아름다운 안주는 일만 백성의 기름이라. 초'불 눈
물 떨어질 때 백성 눈물 떨어지고, 노래'소리 높은 곳에
원망소리 높았더라. 이렇닷이 지었으되 본관은 몰라보고 운
봉이 글을 보며 내념에

《업풀사 일이 났다.》

이때 어사'도 하직하고 간 연후에 공형 불러 분부하되

《야야, 일이 났다.》

공방 불러 보전 단속, 병방 불러 역마 단속, 관청색 불
러 다담 단속, 옥형리 불러 죄인 단속, 집사 불러 형구
단속, 형방 불러 문부 단속, 사령 불러 합번 단속, 한참이
리 요란할 제 물색없난 저 본관이

《여보 운봉은 어대를 다니시요.》

《소피하고 들어오오.》

본관이 분부하되

《춘향을 급히 울리라고 주광이 난다.》

이때에 어사'도 군호할 제 서리 보고 눈을 주니, 서리
중방 거동 보소. 역졸 불러 단속할 제 이리 가며 수군,
저리 가며 수군수군. 서리 역졸 거동 보소. 외울망건 공
단 쌔기 새패립 눌러 쓰고, 석자 감발 새 짚신에 한삼
고의 산뜻 입고 륙모 방치 록피 끈을 손목에 걸어 쥐고
에서 번듯 제서 번듯 남원읍이 우군우군, 청파 역졸 거동
보소. 달 같은 마패를 해별 같이 번듯 들어

《암행어사 출도야.》

웨난 소래 강산이 무너지고 천지가 뒤눕난 듯, 초목 금순들 아니 떨랴. 남문에서 《출도야》, 북문에서 《출도야》, 동서문 출도 소리 청천에 진동하고 공형들라 웨난 쇼래 륙방이 넋을 잃어

《공형이요.》

등채로 후닥닥

《애고중다 공방공방.》

공방이 보전 들고 들어 오며

《안할라는 공방을 하라더니 저불 속에 어찌 들랴.》

등채로 후닥닥

《애고 박터졌네.》

좌수 별감 넋을 잃고 리방 호장 질혼하고 삼색 라졸 분주하네. 모든 수령 도망할 제 거동 보소. 인궤 잃고 과절 들고, 병부 잃고 송편 들고, 탕건 잃고 용수 쓰고, 갓 잃고 소반 쓰고, 칼'집 쥐고 오줌뉘기, 부서지니 거문고요 깨지나니 북장고라. 본관이 똥을 싸고 멍석궁이 새앙쥐 눈 뜨 듯하고 내아로 들어가서

《어 추워라, 문 들어온다. 바람 닫어라. 물마른다 목 듸려라.》

관청색은 상을 잃고 문짝이고 내달으니 서리 역졸 달려들어 휘닥닥

《애고 나 죽네.》

이때 수외 사'도 분부하되

《이 골은 대감이 좌정하시던 골이라 현화를 금하고 객사로 사처하라. 좌정 후에 본관은 봉고 파직하라.》

분부하니 본관은 봉고 파직이요, 사대문에 방 붙이고 옥 형리 불러 분부하되

《네 골 옥수를 다 올리라.》

호령하니 죄인을 올리거늘 다 각각 문죄 후에 무죄자 방송할 새

《저 계집은 무엇인다.》

형리 여짜오되

《기생 월매 딸이온듸 관정에 포악한 죄로 옥중에 있삽내다.》

《무삼 쳔다.》

형리 아뢰대

《본관 사'도 수청으로 불렀더니, 수절이라 정절이라 수청 아니 들랴 하고 관청에 포악한 춘향이로소이다.》

어사'도 분부하되

《너만 년이 수절한다고 관정 포악하였으니 살기를 바랠 소냐. 죽어 마땅하되 내 수청도 거역할까.》

춘향이 기가 막혀

《내려오는 관장마다 개개이 명관이로고나 수의 사'도 들조시요. 층암 절벽 높은 바우 바람 분들 무녀지며, 청송 록죽 푸른 낡이 눈이 온들 변하리까, 그런 분부 마웁시고 어서 바삐 쥑여 주오.》

하며

《상단아, 서방님 어대 계신가 보와라. 어제'밤에 옥문' 간에 와겼을 제 천만 당부 하였더니 어대를 가셨난지 나 죽난 줄 모르난가.》

어사'도 분부하되

《얼골 들어 나를 보라.》

하시니 춘향이 고개 들어 대상을 살펴보니 걸객으로 왔던 랑군 어사'도로 두렷이 앉었구나. 반 웃음 반 울음에

《얼시구나 좋을씨고. 어사 랑군 좋을씨고, 남편읍내 추절 들어 떨어지게 되았더니, 객사에 봄이 들어 리화 춘풍 날 살린다. 꿈이냐 생시냐, 꿈을 깰까 념려로다.》

한참 이리 즐길 적에 춘향모 들어와서 갓없이 즐겨하난 말을 어찌 다 설화하랴. 춘향의 높은 절개 광채 있게 되였으니, 어찌 아니 좋을손가.

어사'도 남원 공사 닦은 후에 춘향 모녀와 상단이를 서울로 치행할 제 위의 찬란하니 세상 사람들이 뉘가 아니 칭찬하랴. 이때 춘향이 남원을 하직할 새 영귀하게 되았건만 고향을 리별하니 일희 일비가 아니되랴.

《놓고 자년 부용당아, 너 부대 잘있거라. 광한루 오
작교며, 영주각도 잘있거라. 춘초는 년년록하되 왕손은 귀
불귀라. 날로 두고 이롬이라, 다 각기 리별할 제 만세무
량하옵소셔. 다시 보긴 망연이라.》

이때 어사'도는 좌우도 순읍하야 민정을 살핀 후에 서
울로 올라가 어전에 숙배하니 삼당상 입시하사 문부를
사정 후에, 상이 대찬하시고 즉시 리조참의 대사성을 봉하
시고, 춘향으로 정렬 부인을 봉하시니 사은 숙배하고 물러
나와 부모전에 뵈온대 성은을 축사하시더라. 이때 리판 호
판 좌우 령상 다 지내고 퇴사 후에 정렬 부인으로 더불
어 백년 동락할 새 정렬 부인게 삼남 이녀를 두었으니
개개이 총명하야 그 부친을 압두하고 계계 승승하야 적거
일품으로 만세 유전하녀라.

☆
☆　☆

註 釋.

주 석.

출전의 략칭은 다음과 같다.

(홍) 홍 길동전	(장) 장끼전
(전) 전 우치전	(장화) 장화 홍련전
(임) 임진록	(심) 심청전
(박) 박 씨 부인전	(흥) 흥부전
(사) 사 씨 남정기	(춘) 춘향전
(토) 토끼전	

ㄱ.

가군(家君)―남편을 말함. (전)

가사목―가시목과 같음. 가시목은 각두과(殼斗科)에 속하는 가랑나무의 일종. 하목(欅木). (홍)

가정(嘉靖)―명(明)나라 세종(世宗)때의 년호 1522∼1566년간. (임)

각게수리―몸에 쓰는 물건을 넣는 설합이 많이 달린 궤. 개께수리라고도 한다. (홍)

각설(却說)―중세 소설에서 이야기를 풀어가다가 국면을 바꿔야 할 때 서두에 내는 말. (홍, 임)

각읍 주인(各邑主人)―(1), 예'날 각 부, 군, 현(府, 郡, 縣) 사이를 왕복하던 사정(使丁). (2), 예'날 각읍(各邑)을 전문적으로 상대하는 객주(客主)집. (홍)

각전 시정(各廛市井)―각종의 상점과 저자 거리. (홍)

간다고(間多故)로―간간 많은 고로. (춘)

갈멍덕―갈(芦)이란 풀로 만든 삿갓. (춘)

갈민대우(渴民待雨)―가물 때 농민이 비를 가다리는 것. (춘)

감열한 이―부자(富者). (전)

감영(監營)―예'날 각도(各道)의 장관(長官)인 감사(監司)가 있는 곳. (춘, 장, 흥, 홍)

감태―물'속에 자라는 풀 이름. 물 흐르는 데 길게 뻗친 검 푸른 풀.(춘)

강굴(降屈)―몸을 낮추어 굴하는 것.(홍)

강근지친(强近之親)―아주 가까운 친척.(심)(사)

강림도령―하늘에서 내려온 전설적인 도령(道令). 도술을 잘 부렸다.(전)

강수원합정(江樹遠含情)―중국 송 지문(宋之問)의 시'구. 강'가의 나무가 멀리 리별하는 정을 머금고 있다는 뜻.(춘)

강 엄(江淹)의 화필(畵筆)―강엄은 중국 남북조(南北朝) 때 사람. 문장가(文章家)이며 예릉후(醴陵侯)를 봉하였다. 꿈에 오색(五色)의 화필(畵筆)을 얻었는데 그 붓을 곽 박(郭璞)이란 사람에게 돌려준 뒤로는 좋은 글이 나오지 않았다고 한다.(토)

강 태공(姜太公)―성은 강(姜), 씨(氏)는 려(呂) 이름은 상(尙)이다. 태공망(太公望)이라고도 한다. 망(望)은 그의 자(字)이며, 태공(太公)은 추칭(追稱)이다. 중국 주(周)나라의 어진 재상인데 처음 위수(渭水)'가에서 낚시질을 하고 있다가 주 문왕(周文王)에게 등용되었다.(홍, 로, 장)

개개고찰(個個考察)―태형(笞刑)을 할 때에 형리(刑吏)에게 당부하여 몹시 때리게 하는 것.(홍)

개개복초(箇箇服招)―낱낱이 문초하는대로 승인하는 것.(전)

개렴(改殮)―개장(改葬)할 때 렴습하는 것.(춘)

개밥에 도토리―개밥에 도토리를 넣어 주면 먹지 않고 이리 저리 굴리기만 한다. 쓸모 없이 이리 저리 걸거치기만 하는데 비유한 말.(심)

개상반―상(床)다리가 개 발 모양으로 된 밥'상, 아주 허술한 둥근 소반을 말함.(춘)

객관(客舘)―손님을 머므르게 하는 집.(로)

객사청청류색신(客舍靑靑柳色新)―중국 왕 유(王維)의 송원이사 안서(送元二使安西)의 시의 구절. 비가 온 뒤에 객사의 푸른 버들 빛이 한층 새롭다는 뜻.(춘, 심, 장)

거사(擧士)―사당(寺黨)의 모가비. 사당은 가무(歌舞)와 매음(賣淫)을 하며 순회하는 것을 직업적으로 하는 집단.(임)

거화(炬火)―홰'불.(임)

격자―극자(屐子), 나막신.(임)

결교(乞巧)―칠석(七夕)날 녀자들이 질삼과 바느질의 재조가 있으라고 직녀성(織女星)에게 비는 것.(심)

348

겨뜨리다―한 그릇에 두 가지 음식 이상을 담는 것. (홍, 토)

견권지정(繾綣之情)―서로 떨어지지 않고 사랑하는 정의. (홍)

결령치사(結領致死)―목을 매여 죽이는 것. (춘)

결승천리지재(決勝千里之才)―높은 계략으로써 멀리 천리 밖의 싸움을 이기게 하는 재조. (토)

겹마기―녀자의 례복(禮服)의 웃옷. (장)

경강선(京江船)―서울 다니는 배를 말함. (춘)

경경(耿耿)―불 빛이 깜박깜박 명멸(明滅)하는 형용. 또는 마음에 걸리는 것이 있어 편안하지 못하는 모양. (춘, 심)

경경열열(哽哽咽咽)―훌적 훌적 흐느껴 우는 모양. (심)

경경오열(耿耿嗚咽)―경경은 마음에 걸리는 것이 있어 잠을 이루지 못하는 형용이며 오열은 흐느껴 우는 것을 말함. (심)

경기전(慶基殿)―리왕조의 태조 리 성계(李成桂)를 위해 둔 전각(殿閣)으로서 전주(全州)에 있다. (춘)

경사(京師)―왕도(王都) 즉 서울. (홍)

경완(驚惋)―놀라서 한탄하는 것. (전)

경천위지(經天緯地)―경륜(經綸)이 큰 것을 말함. 즉 비범한 재조의 형용. (토)

고각함성(鼓角喊聲)―북과 고동을 울리며 고함을 지르는 것. (임)

고굉지신(股肱之臣)―팔다리 역할을 하는 중추적인 신하. (박)

고락기―별안간, 금방, 전라도 방언으로는 고락시라고 한다. (춘)

고량(膏粱)―기름지고 맛 있는 음식, 고량 진미. (홍)

고묘총사(古廟叢祠)―낡은 신사(神祠)집들을 말함. (심)

고분지통(叩盆之痛)―동이를 두드리는 슬픔. 아내의 죽은 슬픔을 말한다. (심)

고인(鼓人)―풍악(風樂)을 전업하는 사람. (춘)

고절릉상(高節凌霜)―높은 절개가 찬 서리에도 꺾기지 **않는** 것. 가을 국화를 두고 형용하는 말. (춘)

고초일(枯焦日)―예'날 력세(曆歲)에 고초일에 씨앗을 **심으면** 말라버리고 싹이 나지 않는다 하여 피하는 날. (홍)

곡종비거부지처(曲終飛去不知處)―중국 당(唐)나라 허 혼(許渾)의 시'구. 롱옥(弄玉)의 고사(故事)를 두고 읊은 것으로서 간곡을 마치고 날아가니 간 곳을 알 수 없다는 뜻. (춘)

곤장(棍杖)―강도, 절도, 군물 침범자들의 볼기를 때리는 형구(刑具). (춘)

349

공공씨(共工氏)―대'정 씨(大庭氏)와 싸우다가 불주산(不周山)에 머리가 부딪쳐 하늘의 한 쪽이 기울어졌다는 전설적인 임금. (토)

공부자(孔夫子) 진채지액(陳蔡之厄)―중국 공자(孔子)가 여러 나라들 순회하다가 진채의 땅에서 포쉬되여 량식이 끊어져 크게 곤 남을 받은 일을 말함. (토)

공성이 났다―리력이 났다는 뜻. (춘)

공양(供養)―공궤(供饋)하는 것, 절'간(寺)에서는 식사(食事)를 의미함. (장)

공양미(供養米)―부처에게 공양하는 쌀. (심)

공형(公兄)―호장(戶長), 리방(吏房), 수형리(首刑吏)의 3 공형을 말함. (춘)

교인전어(敎人佃漁)―중국 고대 복희 씨(伏羲氏)가 농업(農業)과 어업(漁業)하기를 가르친 것을 말함. 전(佃)은 밭 다루는 것과 어(漁)는 고기 잡이 하는 것을 가르침. (홍)

교인화식(敎人火食)―중국 고대 수인 씨(燧人氏)가 화식(火食)하는 것을 가르친 것을 말함. 화식은 날것으로 먹는 것이 아니라 불에 굽거나 삶아서 먹는 것. (홍, 토)

교지(敎旨)―사품(四品)이상의 관직에 대한 사령(辭令). 왕지(王旨), 관교(官敎)와 같음. (홍, 토)

과인(寡人)―덕(德)이 적은 사람이란 뜻으로 임금이 자기를 말 할 때 과인이라고 함 . (토, 홍, 박)

곽외(廓外)―성 밖에, 즉 들을 말함. (심)

곽 자의(郭子儀)―중국 당(唐)나라 때 사람, 분양왕(汾陽王)을 봉하였기 때문에 곽 분양으로도 불린다. 당나라 현종(玄宗) 때로부터 4대를 섬기였으며 집안 사람이 30명, 여덟 아들과 일곱 사위가 모두 출세하였다. 83 세에 죽었는데 손자들이 수십 명이라 인사를 하여도 분잡할 수 없어 그저 고개만 끄덕거렸다고 전한다. (홍)

관백(關白)―천하의 정사를 관여하고 듣는 것. 일본(日本)에서는 천황 밑에 있는 최고의 벼슬. (임)

관영(貫盈)―길고 가득 찼다는 것. (홍)

관운장(關雲長)―1 권의《관공소상》을 참조. (임)

관자(關子)―관문(關文)과 같다. 상급 관청으로부터 하급 관청에 발송하는 공문서. (홍, 정화)

관저시(關雎詩)―《시경(詩經)》의 주남(周南)의 시 이름으로 주

문왕(周文王)과 그 부인의 덕(德)을 칭송한 것. (심)

관주(貫珠)―글을 고누는데 아주 잘된 곳에 동그라미를 치는 것. (춘)

관청색(官廳色)―지방 관아에서 수령(守令)의 음식을 맡아 보는 아전. (춘)

광야(匡野)―공자(孔子)가 광인(匡人)들에게 욕을 보았다는 곳. (춘)

광풍(狂風)의 편운(片雲)―아주 세차게 부는 바람에 날리는 한 조각 구름. 빨리 달리는 형용. (춘)

구궁(九宮)―역서(曆書)에 하늘의 성좌(星座)를 따라 구궁(九宮)을 나눔. (홍)

구년홍수(九年洪水)―중국 하우(夏禹) 시절에 9년간 큰 물이 졌는데 우(禹)'임금이 잘 다스렸다고 한다. (홍, 토)

구등사'도(舊等使道)―구관사'도(舊官使道)와 같음. (춘)

구맹불여심맹(口盟不如心盟) 심맹불여천맹(心盟不如天盟)―입으로 맹세하는 것이 마음으로 맹세하는 것만 못하고 마음으로 맹세하는 것이 하늘을 두고 맹세하는 것만 못하다는 뜻. (춘)

구무밥―구메밥, 옥(獄)에 갇힌 사람에게 구멍으로 들여 주는 밥. (토)

구복색(具服色)―의식(儀式)에 따르는 의장(衣裝)을 갖춘 것. (홍)

구성유취(口生乳臭)―입에 젖 비린 내가 나는 것. 아직도 어리단 말. (토)

구정(九鼎)―중국 고대 하우(夏禹) 시대에 구주(九州)의 금을 모아서 만든 아홉 개의 가마. 9만 명의 힘으로 겨우 끌 수 있었다고 하여 대단히 무거운 것의 형용으로 쓰인다. (임)

구족(九族)―보통 고조(高祖)로부터 현손(玄孫)까지를 말함. 즉 고조부(高祖父), 증조부(曾祖父), 조부(祖父), 부(父), 자기(自己), 자(子), 손(孫), 증손(曾孫), 현손(玄孫). (장)

구주(九州)―중국을 말함. 고대 중국은 구주(九州)로 나누었다. (임)

구천지통(九泉之痛)―구천은 황천(黃泉)과 같음. 죽는 슬픔을 형용한 것. (심, 장)

국곡루식(國穀偸食)―나라 곡식을 도적해 먹는 것. (춘)

국구(國舅)―왕비의 부친, 즉 왕의 장인. (박)

국문(鞠問)―흉한 죄인을 왕이 국청(鞠廳)에서 심문하는 것.

국청은 반역죄 기타의 중죄인의 심문을 위하여 림시로 만든 취조 장소. (홍, 전)

군자가기이기방(君子可欺以其方)—군자는 그 리치가 닿는 방도로써 한다면 속힐 수 있다는 뜻. (토)

군장(軍裝)—군복. (임)

굴지계일(屈指計日)—손'가락을 꼽아가며 날수를 기다리는 것. (홍)

궁노수(弓弩手)—활과 쇠뇌를 쓰는 군사. (전)

권마성(勸馬聲)—말을 모는 소리. (춘)

권선문(勸善文)—권선장(勸善帳)이라고도 한다. 불가(佛家)에서 시주(施主)를 적어 넣는 책. (심)

금강초(金剛草)—불로초(不老草)와 같은 장생(長生)의 풀, 또한 담배 이름으로 좋은 것을 금강초라고 한다. (토)

금방(金榜)—과거에 급제하면 금색으로 방(榜)을 써붙이는비 과거에 급제하는 것을 금방에 이름을 올린다고함. (춘)

금부(禁府)—의금부(義禁府)의 략칭 왕명으로 정치범, 패륜(悖倫)뛰인을 체포 감금 취조하는 관청. (홍. 전, 사)

금사망(金絲蟒)—금빛 실 모양을 한 배암. (전)

금성천리(金城千里)—아주 견고한 성(城)이 천리나 둘러 있는 것. (홍)

금정(金井)—금정틀. 묘자리를 팔 때 그 길이와 넓이를 측정하는비 쓰는 정자형(井字形)의 나무틀. (장)

금패(錦貝)—황색 투명한 호박(琥珀)의 일종. (토)

기경상천(騎鯨上天)—고래를 타고 하늘로 올라가는 것. 중국 리 태백(李太白)의 이야기. (장)

기구지엽(箕裘之業)—부조(父祖) 전래의 유엽(遺業), 유산(遺産). (심).

기민(饑民)—주린 백성. (임)

기복출사(朞服出仕)—돐이의 상복(喪服)을 마치고 벼슬에 나가는 것. (박)

기불탁속(飢不啄粟)—주려도 곡식을 먹지 않는 것. 봉황이란 새가 그와 같이 한다고 전한다. (홍)

기산(箕山)—중국 하남성(河南省)에 있는 산으로 소부(巢父)와 허유(許由)가 은거하던 산이라고 전한다. (춘, 토)

기삼일점고(其三日點考)—지방 수명(守令)이 도임한 삼 일만에 부하를 점고하는 것. (춘)

기생 점고(妓生點考)—지방 관원이 도임한 삼 일만에 행하는 기생 점고. 점고는 점을 찍어 가며 사람의 수를 세는 것. (춘)

기생 안책(妓生案冊)—기생 이름과 생년월일, 본적 등을 적은 책. (춘)

기인취재(欺人取財)—남을 속여서 재물을 편취하는 것. (춘)

기출(己出)—자기몸에서 나온 자식. (심)

기치 방색(旗幟方色)—각 방위마다 세운 군기(軍旗). (임)

기화요초(琪花瑤草)—아름다운 꽃. (토, 심, 흥)

길청(吉廳)—질청, 에'날 리방(吏房)이 사무 보는 곳. (흥)

ㄴ.

나래(拿來)—잡아 오는 것. (전)

나메—람여(藍輿), 의자와 같은 뚜껑 없는 작은 가마. (춘)

나수(拿囚)—잡아 가두는 것. (흥)

날호여—천천이. (사)

남남지성(喃喃之聲)—제비 기타의 새 지저귀는 소리. (흥)

남두성(南斗星)—남쪽에 있는 별 이름. 사람의 수명과 복록을 맡았다는 별. (전)

남순수(南巡狩)—순임금(舜帝)이 남쪽을 순행한 것을 말함. 순수(巡狩)는 천자가 제후국(諸侯國)을 순행하는 것을 말함. (춘)

남양초당(南陽草堂)—남양(南陽)은 제갈 량(諸葛亮)의 살던 지명. 중국 삼국 시대 류 비(劉備)가 제갈 량을 맞이하기 위하여 세 번이나 이 초당을 방문하였다고 한다. (토)

남혼녀가(男婚女嫁)—남자는 장가 가고 녀자는 시집가는 것. (장)

남두편배(納頭遍拜)—굴복하여 두루 절하는 것. 사실은 납두변배로 읽어야 할 것이다. (전)

내외분합(內外分閤)—안팎으로 있는 분합, 분합은 대청 앞에 드리운 네짝의 창살문. (흥)

내행(內行)—부인네들의 행차를 말함. (춘)

너비아니—쇠고기를 얇고 너붓하게 지미여 여러 가지 약념을 하여 구은 것. (흥)

녀와씨(女媧氏)—중국 고대 전설적 제왕의 이름. 복희 씨(伏羲氏)의 동모매(同母妹)라고 하며 피리를 창제하였다고 한다. (토)

ㄷ.

다담상(茶啖床)—지방 관아에서 감사(監司)나 사신(使臣) 기타 관원들을 접대하는 가장 잘 차린 음식. (춘)

닥채저붐—닥나무(楮)로 만든 저'가락. (춘)

단망(單望)—관원을 선정하여 결재를 받게 될 때 후보자가 더 없이 단 한 사람인 것을 말함. (토)

단산(丹山)—중국 《산해경》(山海經)이란 책에 나오는 산 이름. 원래는 단혈산(丹穴山)인데 그 곳에는 금과 옥이 많으며 닭과 같은 새가 있어 이름을 봉황(鳳凰)이라고 한다. (홍)

단삼(短衫)—적삼. (홍)

담불—(1)곡식 무더기, (2)도끼'자루 묶음 같은 나무'단. (홍)

담불담불—높이 쌓아 놓은 곡식을 담불이라고 하며 또 벼 백 석(百石)을 담불이라고 한다. 따라서 담불담불은 곡식의 많은 무더기를 형용한 것이다. (홍)

당두리선—당도리선, 보통 배보다 약간 큰 운조선(運漕船). 대동강에 있는 배로 알려진다. (홍)

당묵(唐墨)—중국산의 먹. (홍)

당수복(唐壽福)백통대—중국서 나는 백통으로 만든 담배'대로서 수복(壽福)이란 글자를 새긴것. (토)

당줄—당끈, 망근의 끈. (홍)

당하자손만세영(堂下子孫萬世榮)—집안 자손이 만세나 가도록 번영하는 것. (홍)

대광보국 숭록대부(大匡輔國崇祿大夫)—정 일품(正一品)의 종친(宗親), 의빈(儀賓), 문무관(文武官)에게 주는 직계(職階). (춘, 박)

대모 관자(玳瑁貫子)—대모로 만든 관자. 관자는 망건 줄을 꿰는 작은 고리인데 대모나 옥 같은 것으로 장식하여 관직(官職), 품위(品位)의 표식을 삼았다. (춘)

대부등(大不等)—아주 썩 큰 나무. (홍)

대부인(大夫人)—남의 어머니에 대한 존칭. (춘)

대상청령(臺上聽令)—웃'사람의 명령을 듣는 것. (춘)

대우방수천리(大雨方垂千里)—큰 비가 바야흐로 천리나 드리우다. (심)

대장경(大藏經)—불교의 경전(經典)을 총칭하여 말한 것. 경(經), 률(律), 론(論)의 삼장(三藏)을 망라한 불교 경전의 총서(叢

書). (토)

대자 여항. 소자 여분(大者如缸小者如盆)—큰 놈은 항아리만하고 작은 놈은 동이만 하다. (홍)

대전(代錢)—물건 대신에 돈으로 주는 것. (홍)

대증투제(對症投劑)—병 증세에 대응하여 약을 쓰는 것. (토)

대학(大學)—공자의 제자 증삼(曾參)의 저술. 유교 사서(四書)의 하나. (홍)

도원결의(桃園結義)—중국 삼국 시대(三國時代) 서촉(西蜀) 류비(劉備)가 한(漢)나라 종실(宗室)을 이으려고 거사하려 할 때 관우(關羽)와 장비(張飛)와 도원에서 결의형제(結義兄弟)를 맺었다고 삼국지 연의(三國誌演義)에 있다. (임)

도략(韜略)—륙도 삼략(六韜三略)을 생략한 말. (홍)

돈목지의(敦睦之義)—우애하고 화목하는 의리. (홍)

동몽선습(童蒙先習)—16 세기 리조 중종(中宗)때 사람으로 박세무(朴世茂)의 찬술한 책. 처음 유교의 오륜(五倫)을 간단히 서술하고 뒤에 중국과 조선의 력대 세계(歷代世系)를 기록하여 예'날 서당에서 《천자문》을 끝내고 읽던 교재다. (홍)

도부수(刀斧手)—큰 칼과 도끼를 쓰는 병졸. (홍)

도임상(到任床)—지방 관원이 도임하였을 때 대접하는 성찬으로 차린 음식. (춘)

도척(盜跖)—중국 춘추 시대(春秋時代) 공자와 같은 시기에 살았던 큰 도적의 이름. 《장자》(莊子)란 책에는 류 하혜(柳下惠)의 아우가 도척이라고 함. (심, 홍)

도화(桃禍)살—재앙을 일으키는 살. (장)

도화서(圖畵署)—리왕조에서는 중앙 정부에 도화서(圖畵署)란 관제를 두어 화공(畵工) 일을 보게 하였는바 그의 소임에는 별제(別提)를 두었다. (토)

동반(同班)—같은 반렬(班列). (춘)

동부승지(同副承旨)—리왕조의 승정원(承政院)에 속한 관직의 하나로 정 삼품(正三品)의 벼슬. 공방(工房) 관계를 맡아 본다. (춘)

동심결(同心結)—두 코를 내서 매는 매듭. 혼례의 페백(幣帛)에 쓰는 실 매듭이 그것이다. (사)

돌올(突兀)—높이 내민 모양. (전)

동자박—밥 짓는데 쓰는 박. (홍)

도침지(搗砧紙)—방맹이로 두드려 광택을 낸 종이. (홍)

동물—형물과 같음. (춘)

동호(董狐)—중국 주대(周代) 진(晉)나라의 사관(史官). 공자(孔子)가 량사(良史)라고 하였다. (토)

두우성(杜宇聲)—두우는 두견(杜鵑). 두견새의 우는 소리. (춘)

둔갑법(遁甲法)—귀신을 부리는 술법으로서 몸을 감추는 것을 둔갑 장신(遁甲藏身)이라고 함. (홍)

들메—메투리나 집신이 벗어지지 않도록 뒤축에서 앞으로 끈을 매는 것. (홍)

등과외방(登科外方)—과거(科擧)에 급제하여 외직(外職)으로 나가는 것. (춘)

등극(登極)—왕위에 오르는 것. 즉위(即位)와 같음. 극(極)은 북극(北極)으로서 중성(衆星)의 향하는 곳이라하야 임금의 자리에 비유한다. (홍)

등내(等內)—관원의 재직 중(在職中)을 말함. (춘)

등장(等狀)—청원하는 것. 하소연을 하는 것. (춘)

등태산소천하(登泰山小天下)—예'날 중국 공자(孔子)가 태산(泰山)에 올라 시야를 넓혔다는 기록이 있다. (홍)

ㄹ.

라말수혜(羅襪繡鞋)—고운 버선에 수 놓은 신발. (춘)

락송추이위가(樂松楸而爲家)—소나무와 가래나무를 즐겨하여 집을 삼았다. 묘자리에 둘러 심은 나무를 말함. (심)

락일욕몰현산서(落日欲沒峴山西)—《양양가》(襄陽歌)의 첫 구절. 해가 서쪽 산 마루로 진다는 형용. (심)

란신적자(亂臣賊子)—나라를 어지럽게 하는 신하와 부모를 몰라 보는 패륜의 자식. (춘)

랑장(亂杖)—형장(刑杖)을 쓸 때 몹시 란타하는 것. (춘)

래두사(來頭事)—앞으로 닥쳐 올 일. 즉 장래를 말함. (홍)

낭중취물(囊中取物)—주머니 속에서 물건을 꺼내는 것. 따라서 아주 쉽게 할 수 있는 일을 두고 말함. (홍)

래인거객(來人居客)—오는 사람과 가는 손, 즉 래왕하는 사람을 말함. (심)

량안(量案)—전답(田畓)의 소재지, 번호, 위치, 형상, 면적, 등급 소유주 등을 기록한 장부(帳簿). (장)

량초(糧草)—군량(軍糧)과 마초(馬草). (홍, 임)

려막(廬幕)—묘자리 곁에 상제가 있는 처소. (흥)

려력(膂力)—힘. (임)

렴문(廉問)—렴탐하여 묻는 것. (춘)

렴문(廉聞)—렴탐하여 듣는 것. (춘)

례수(禮數)—주객(主客)이 서로 만나보는 례절. (흥)

려후(呂后)—이름은 치(雉). 한 고조(漢高祖)의 부인으로 혜제(惠帝)를 낳았다. 한 고조 죽은 뒤 국권을 장악하고 권세를 부렸으며 척부인(戚夫人)을 가두고 인체(人彘—사람돼지)를 만들어 독한 일을 많이 하였다. (춘)

렴습(殮襲)—죽은 시체를 씻고 수의(壽衣)를 입히고 홑'이불을 덮는 것. 소렴(小殮) 대렴(大殮)이 있다. (춘)

렴슬 단좌(斂膝端坐)—옷을 바르게 하고 단정히 앉는것. (춘)

령기(令旗)—에'날 군기(軍旗)의 하나로 군령(軍令)을 전하는 기. 령자(令字)가 씌여 있다. (임)

령연(靈筵)—령좌(靈座), 집상(執喪) 중에 신주(神主) 또는 혼백(魂帛)을 모셔 둔 곳. (임)

령좌(領座)—령위(領位), 부락이나 집단의 우두머리. (심)

령체(零滯)—령락하고 침체한 것. (심)

로문(路文)—관원이 도착할 일자(日字)를 미리 기별하는 것. (춘, 흥)

로적(露積)—곡식을 창고에다 넣는 것이 아니라 밖에다 쌓은 무더기. (흥)

로혼(老昏)—늙어서 혼미(昏迷)한 것. (심)

록수부용채련녀(綠水芙蓉採蓮女)—푸른 물에 련、캐는 녀인들이 여기 저기 있는 형용. (춘)

록수진경도(綠樹秦京道) 청운락수교(靑雲洛水橋)—중국 송 지문(宋之問)의 조발소주(早發韶州)의 시에 있는 시'구, 푸른 나무는 진(秦)나라 서울로 가는 길에 늘어 섰는데 푸른 구름은 락수교 우에 비껴 있다는 뜻. 당시 진(秦)나라 서울은 락양(洛陽)이였으며 락수교는 그곳에 있는 다리다. (춘)

록주(綠珠)—석숭(石崇)의 애첩(愛妾). 손 수(孫秀)란 자가 탐을 내여 석숭을 모함하게 될 제 록주는 다락에서 몸을 던져 죽었다. (춘)

론어(論語)—공자(孔子)가 그 제자 기타와 문답하고 또 제자들 상호간의 언행을 기록한 책으로 유교사서(儒敎四書)의 하나. (흥)

857

롱산(隴山)의 앵무—중국 롱산에 있는 앵무새, 롱산앵무능언어 (隴山鸚鵡能言語)란 글이 있다. (심)

롱옥(弄玉)—중국 진 목공(秦穆公)의 딸이며 소사(蕭史)의 안해. 소사가 롱소를 잘 불었는데 롱옥이 또한 롱소를 배워 봉명곡(鳳鳴曲)을 지어 부으니 봉황이 와서 춤을 추었다. 소사가 용을 타고 올라 갔는데 롱옥은 한로 아침 봉을 타고 뒤 따라 갔다고 전하여 신선으로 알려져 있다. (춘)

롱뇌(龍腦)—동 인도(東印度) 지방에서 나는 롱뇌수(龍腦樹)의 줄거리에서 취하는 약재(藥材). (홍)

롱루(龍淚)—임금의 눈물을 만합. (사)

롱목쾌상—롱목으로 만든 쾌상. 쾌상은 벼루'집 기타 물건을 넣어 두는 작은 궤와 같은 책상. (홍)

롱사비등(龍蛇飛騰)—롱이 하늘로 날아 오르는 격(格). 글씨를 두고 형용한 것. (춘)

롱산(龍山)의 형제 리별(兄弟離別)—롱산(龍山)은 중국 호남성 영순부(湖南省永順府)에 있는 땅 이름. 왕 유(王維)의 시에 롱산음 (龍山吟)이란 시가 있다. 롱산에서 형제의 리별을 설어하는 것을 말함. (춘, 심)

롱자일표(龍姿日標)당태종(唐太宗)—중국 당 태종(一李世民)의 형상이 룡의 자태에 해의 표식이 있었다고 한다. (토)

뢰고함성(雷鼓喊聲)—뢰고를 치며 고함치는 소리. 뢰고(雷鼓)는 검은 칠을 한 큰 북으로 천제(天祭)를 지낼 적에 쓴다. (임)

루대청덕(累代淸德)—조상들이 여러 대(代)에 걸쳐서 쌓은 청렴한 덕. (홍)

루항단표(陋巷簞瓢)—안자(顏子)가 무추한 거리에 살면서 도시락 밥과 바가지 물로 생활하면서도 도(道)를 즐기였다는 고사(故事)에서 나온 것으로 가난한 생활을 말합. (홍, 토)

류류상종(類類相從)—동류끼리 상종하는 것. (장)

류엽전(柳葉箭)—화살의 일종으로서 버들'잎 모양으로 된 것. (임)

룡준룡안(隆準龍顏)—코가 높고 룡의 얼굴로 생긴 것. 중국 한 고조(漢高祖)의 얼굴이 그러했다고 한다. (토)

류탄(柳炭)—스케취하는데 쓰는 버들 숯. (심, 토)

류합(類合)—초보적인 한자(漢字)를 분류하여 묶은 책. 15 세기 중엽 조선의 학자인 서 거정(徐居正)의 편찬으로 알려진다. (홍)

류화절(流火節)—음력 7월을 만합. 7월이면 심성(心星)이 서

쪽으로 내려간다는 데서 온 말. (심)

륙관대사(六觀大師)―김 만중의 소설 《구운몽》(九雲夢)에 나오는 도승(道僧). (심)

륙궁비빈(六宮妃嬪)―왕비와 궁녀들. 륙궁(六宮)은 궁중의 정침 (正寢) 1 궁과 연침(燕寢) 5 궁을 말함. (전)

륙도삼략(六韜三略)―중국 고대의 병서(兵書)의 일종. 륙도는 문도(文韜), 무도(武韜), 룡도(龍韜), 호도(虎韜), 표도(豹韜), 견도 (犬韜)이며; 삼략은 상략(上略), 중략(中略), 하략(下略)을 말함. (홍)

륙모얼레―나무 오리로 네 기둥을 맞추고 가운데에 륙모진 자 루를 박아 실을 감아서 날리는데 쓰는 기구; 얼레는 보통 실테 를 감아내는 둥근 틀을 말함. (홍)

륙방관속(六房官屬)―예'날 지방 관아에 둔 행정 기구로 리방 (吏房), 호방(戶房), 례방(禮房), 병방(兵房), 형방(刑房), 공방(工房) 에 딸린 리속(吏屬)들. (춘)

륙방하인(六房下人)―륙방에 매인 사령 기타의 하인. (춘)

륙 수부(陸秀夫)―중국 송(宋)나라 사람으로 익왕(益王)과 위왕 (衛王)을 섬기여 충의를 다하였다. 왕이 원군(元軍)에게 쫓기여 온주(溫州), 복주(福州)로 파천하였음에도 불구하고 그를 쫓아서 극진히 섬기였으며 마침내 적의 침입을 받자 자기 처자를 먼저 바다 가운데 루신하게 하고 자기도 왕을 업고 바다로 뛰여 들 어 끝까지 굴하지 않았다. (홍)

륙진장포(六鎭長布)―함경도 륙진(六鎭) 즉 경원(慶源), 회령(會 寧), 경성(鏡城), 온성(穩城), 경흥(慶興), 부령(富寧) 등지에서 나는 마포. 길이가 길고 질이 좋다. (춘)

륙처사(陸處士)―중국 당(唐)나라 륙 구몽(陸龜蒙)을 말함. 장 사(長沙)사람으로 고사(高士)이며 저술이 많다. (토)

륙출기계(六出奇計)―중국 초한(楚漢) 시절 진 평(陳平)에 관 한 이야기로 그는 여섯번 기요한 술책을 써서 성공하였는데 뇌 물로 금을 주어 초나라의 항우(項羽)와 범증(范增)을 리간시키는 데 성공하였다. (홍)

릉장(稜杖)―우에는 쇠를 박고 아래에는 창끝을 박은 형구(刑 具). (춘)

릉지처참(陵遲處斬)―팔, 다리, 목, 몸둥이를 각기 잘라 갖은 고 통을 주어 죽이는 극형. (極刑). (춘, 장화)

리매망량(魑魅魍魎)―도깨비. (임)

리 선(李善)—중국 한(漢)나라 육양(淯陽) 사람. 처음 리 원(李元)의 집 종이였는데 리 원의 가족이 모두 질병으로 죽고 리 속(李續)이란 어린애만 남게 되였다. 다른 노복들은 어린애를 죽이고 그 재물을 나눠 가지려고 하였으나 리 선이는 어린 주인을 업고 달아나 그를 구출하였다. 그뒤 리 선이는 크게 등용되여 남태수(南太守)가 되였다. (홍)

리 순풍(李淳風)—중국 당(唐)나라 태사령(太史令), 역학(易學)과 력세(曆歲)에 정통하여 법상서(法象書) 7 편을 저술하였다. 점술(占術)의 대가(大家)로 전한다. (로)

리 좌거(李左車)—중국 초한(楚漢)시대 사람. 처음 조(趙)나라에 출사하여 광무군(廣武君)을 봉하였다. 한 신(韓信)이가 조나라를 칠 때 진 여(陳餘)에게 헌책(獻策)하였으나 듣지 않으므로 조나라는 망하고 리 좌거도 붙들리게 되였다. 그러나 한 신은 그를 스승으로 삼고 기타 나라들을 칠 계획을 듣고저 할 때 패군지장(敗軍之將)으로서 이야기 할 것이 없다고 사양하였다. 그러나 한 신이 리 좌거의 계책을 들어 연(燕), 제(濟)를 쳐서 항복 받았다. (로)

리행(履行)—여기에서는 걸음 걸이의 뜻으로 사용되였다. (춘)

립춘서(立春書)—립춘(立春)날에 대문 또는 문 우에 경사 있으란 글을 써 붙이는 글씨. (춘)

림당수(臨堂水)—전설적인 아주 험난한 바다'물, 황해도 서해안(西海岸)에도 그렇게 부르는 곳이 있다. (심)

ㅁ.

마상립군(馬上立軍)—말을 잘 타는 군사 즉 말 우에서 설 수 있는 군사. (임)

마외역(馬嵬驛)—중국 당(唐)나라 안 록산(安祿山)의 란리에 당 현종(唐玄宗)이 양 귀비(楊貴妃)를 데리고 마외역까지 달아와서 신하들의 권고에 못이겨 양 귀비를 버리였는바 양 귀비는 여기에서 죽었다. (심, 홍)

마패(馬牌)—대소 관원들이 출장할 때 역마(驛馬)를 내는 표(票)로 쓰던 동그란 동패(銅牌), 한 면에 말을 새겨 그 말의 수효에 따라 역마를 내 준다. (춘)

막중(莫重)—비할 나위 없이 귀중한. (춘, 임)

만사무석(萬死無惜)—만 번 죽어도 아깝지 않은 것. (홍, 전, 토)

만선두리—에'날 관복(官服)을 입을 때 머리로부터 목 뒤에 까지 덮는 일종의 방한구(防寒具). (장)

만승천자(萬乘天子)—중국 주(周)나라 시대에 천자는 병거(兵車) 만량(萬輛)을 내게 되였다. 따라서 병거 만량을 내는 임금으로 여러 제후국(諸侯國)을 거느리는 천자를 말함. (토)

말굽도리—말굽(馬蹄) 모양으로 만든 도리. 도리는 퇴를 물리는데 기둥 우에 비긴 횡목(橫木). (홍)

말 미—휴가(休暇). (홍)

망국부주(忘國負主)—나라를 잊고 임금을 저바리는 것. (춘)

망두석—망주석(望柱石). 무덤 앞에 세우는 한 쌍의 돌 기둥. 화표석(華表石)이라고도 한다. (춘, 박)

망명도생(亡命圖生)—당국의 체포를 피하여 숨어서 사는 것. (홍)

망부석(望夫石)—에'날 수자리 살러 나간 남편의 돌아오기를 기다리다가 돌이 되였다는 전설에서 온 것. (춘)

맹 분(孟賁)—중국 고대의 용사(勇士), 성으로 소 뿔을 뺐다고 한다. (춘)

망야(罔夜)—철야(徹夜)하는 것. (임)

맹자(孟子)—맹자(孟子)가 지은 7 편 14 권의 책으로 유교 사서(儒敎四書)의 하나. (홍)

만조(滿朝)—만조 백관(滿朝百官)의 준 말. 모든 신하들. (박, 토)

맹 종(孟宗)—중국 삼국 시대 효자. 그 어머니가 겨울에 죽순(竹筍)을 먹고자 하므로 겨울에 대숲에 가 울었더니 죽순이 나왔다고 한다. (춘, 심)

망풍귀순(望風歸順)—풍성(風聲)만 바라 보고서 귀순하는 것. (홍)

면관돈수(免冠頓首)—갓을 벗고 머리를 땅에 닿게 하는 것. 우'사람에게 공순하게 사죄하는 형상. (홍)

면례(緬禮)—묘(墓)를 옮기여 개장(改葬)하는 것. (홍)

명도(命途)가 기구(崎嶇)—운명이 기구하다는 뜻. (심)

명패(命牌)—명 자(命字)를 새긴 붉은 칠한 목패(木牌)로서 왕명(王命)에 의하여 관원을 부르는 표식. (임)

명일래무진(明日來無盡)—래일이 또 잇대여 있어 끝이 없는것. 시일이 얼마든지 많이 있다는 뜻. (홍)

명천(明天)은 하감(下鑑)하사—밝은 하늘은 나려 살피시여. 명천은 모든 것을 다 알고 있다는 소위 전지 전능(全知全能)의 하느님을 말함. (춘, 심)

모수 철익—모시로 만든 철익, 철익(天翼)은 길이가 길고 허리에 주름이 잡힌 예'날 공복(公服)의 하나. (춘)

모반대역(謀叛大逆)—왕실(王室)을 뒤집고 국권을 잡으려고 꾀하는 죄. (춘)

모본단(摸本緞)—품질이 좋고 광택 있는 무늬의 비단. (홍)

모자—갓(笠)의 우로 솟은 고. (홍)

모초단(毛綃緞)—날은 가늘고 씨는 굵게 하여 짠 비단. (홍)

목란(木蘭)의 절개—중국 고대의 효녀(孝女). 자기 어버지 대신 남복(男服)을 입고 12 년 동안 수자리를 살고 돌아왔는데 그가 녀자인 줄 몰랐다고 한다. (토)

목접이질—목을 갑자기 떨어뜨리며 죽는 것. (심)

몽고삼승(蒙古三升)—몽고에서 나는 무명의 일종. (홍)

몽 념(蒙恬)—중국 진(秦)나라 사람으로 진 시황(秦始皇) 밑에서 30 만의 군사를 거느리고 유명한 만리 장성(萬里長城)을 쌓은 사람으로서 또한 처음으로 붓(筆)을 만들었다고 한다. (홍)

몽백(蒙白)—몽상(蒙喪), 상복(喪服)을 입는 것. (임)

무거불칙(無據不測)—경우에 틀리고 상례를 벗어나는 행동을 하는 것. (홍)

무곡주인(貿穀主人)—예'날 곡식을 무역하는 전방 주인. (홍)

무논에 곤이 걸음—무논은 질펀한 논, 곤이는 유수류(游水類)의 새로서 기러기보다 크며 흰 거위 같다. 그리하여 진 논에 껑충껑충 걷는 곤이 걸음을 말함. (춘)

무단풍우야래흔(無斷風雨夜來痕)

최송명화락해문(催送名花落海門)

적고인간천필념(積苦人間天必念)

무고부녀단정은(無辜父女斷情恩)

무단한 바람'비가 밤 사이에 와 이름 난 꽃을 바다에 떨어지게 재촉한다. 그러나 고생을 많이 한 인간은 반드시 생각할 것인데 무고한 부녀가 서로 그 은의를 끊는고나. (심)

무망중(無望中)—뜻밖에. (장화)

무면(無麪)지배—부족이 나매. 축이 나는 것을 말함. (전)

문방사우(文房四友)—지(紙), 필(筆), 묵(墨), 연(硯)을 말함. (토)

무산선녀(巫山仙女)—무산(巫山)은 중국 사천성(泗川省)에 있는 무협(巫峽), 거기에 12 봉(峯)이 있는데 봉하에 신묘(神廟)가 있다. 예'날 선왕(先王)이 고당(高堂)에 놀아 낮잠을 자다가 꿈에 무산의 선녀를 만나 자리를 같이 하였는바 선녀가 떠나며 말하기를 자기는 양대(陽台) 아래에 아침 저녁으로 구름이 되여 있노라고 하여 그후 보니 과연 말과 같았다. 그리하여 사당을 세우고 조운묘(朝雲廟)라고 불렀다. (로)

무이생불(無異生佛)―생불(生佛)과 다름이 없는 것. (임)

무정세월약류파(無情歲月若流波)―무정한 세월이 흐르는 물결과 같이 덧없다는 뜻. (춘, 홍)

무칙천후(武則天后)―무 소의(武 昭儀), 중국 당 고종(唐高宗)의 부인, 소의(昭儀)로 있으면서 고종의 총애를 받아 왕황후(王皇后)를 내 쫓고 황후의 자리에 올랐다. 고종이 죽은 뒤 중종(中宗)과 예종(睿宗)의 수렴 청정(垂簾聽政)을 하였으나 이를 페(廢)하고 스스로 제위(帝位)에 나아가 국호(國號)를 주(周)라 하고 무칙천 황제(武則天皇帝)라 청하였다. 뒤에 중종(中宗)이 복위하여 이를 페(廢)하였다. (사)

묵묵반향(默默半晌)―잠잠하게 한참 동안 있다가. (홍, 로)

문수(問數)―문복(問卜)과 같음, 점을 치는 것. (춘)

물고장을 올리다―죄인을 목을 매여 죽이는 것. (춘)

물림퇴―퇴를 물려낸 것, 퇴는 퇴'마루. (홍)

미감부인(麋甘夫人)―중국 삼국시대 촉왕(蜀王) 류 비(劉備)의 두 부인으로서 미 부인(麋夫人)과 감 부인(甘夫人)을 말함. (홍, 임)

미녕(靡寧)―편안하지 못한 것, 즉 건강이 나'쁜 것. (로)

ㅂ.

바래―파루(罷漏)를 말함. 5경(更) 3점에 성문(城門)의 개통을 알리는 인경 소리. (춘)

바리포―함경도에서 나는 고은 베, 한 필이 바리에 들어갈 수 있다. (홍)

바장이난―바장이는, 어정어정 걸어 다니는 형용. (춘)

박랑사중(博浪沙中) 저격시황(狙擊始皇)―중국 춘추 전국 시대 장 량(張良)이가 력사(力士)를 시켜 진 시황(秦始皇)을 저격하게 하였는데 박랑사(博浪沙)에서 저격하였으나 진 시황은 맞지 않고 다른 사람이 맞았다. (장)

박식(薄蝕)―해나 달이 그 빛을 가리는 것, 즉 일식(日蝕)이나 월식(月蝕)을 말함. (홍).

박전(薄奠)―아무 것도 잘 차린 것 없는 제수(祭需). (심)

반 고(班固)의 사필(史筆)—반 고는 중국 후한(後漢) 시대의 학자이며 력사가, 그의 아버지의 《한서》(漢書)를 완성하였다. (토)

반고씨(盤古氏)—중국 전설에 처음으로 천지를 창조하였다는 임금. (토)

반소음수(飯蔬飮水)—나물밥 먹고 물 마시고. 즉 가난한 살림의 형용. (심) ·

반 첩여(班婕妤)—중국 한(漢)나라 성제궁(成帝宮)에 선입된 궁녀, 라조 월 기황(左曹越騎況)의 딸로서 미인이였다. 그러나 조 비연(趙飛燕)이란 궁녀의 롱간으로 태후(太后)가 있는 장신궁(長信宮)에 유폐되였다. (춘, 홍)

반포(反哺)—가마귀 새끼가 자라서 어미에게 모이를 먹이는 것. 그리하여 가마귀를 반포조(反哺鳥) 또는 효조(孝鳥)라고 한다. (심)

반 혜희(班惠姬)의 재질—반 혜희의 이름은 반 소(班昭), 중국 후한(後漢) 반 초(班超), 반 고(班固)의 누이. 조 세숙(曹世叔)에게 출가하였으나 조 세숙이 죽은 뒤 화제(和帝)에게 불려 황후(皇后)의 스승이 되였고 《녀계 7 장》(女戒七章)을 짓고 반 고(班固)의 사서(史書)를 완성하였다. (심)

발마(撥馬)—중요한 문서를 변지(邊地)에 체송(遞送)하는데 승용(乘用)으로 낸 역마(驛馬). (임)

발연 변색(勃然變色)—돌연히 얼굴 빛을 변하는 것. 즉 갑자기 성을 낼 때 얼굴 빛이 달라지는 것을 말함. (춘)

발차(發差)—죄인을 잡기 위하여 사람을 파견하는 것. (홍)

발천(發闡)—개발 천명하는 것. (토)

방사(方士)—방기지사(方技之士), 신선술(神仙術)을 수득(修得)한 사람. (임)

방성(房星)—이십 팔 수(二十八宿)의 하나로 동남 쪽에 있는 별, 거마(車馬)를 맡은 별이라고 한다. (토)

방송(放送)—죄인을 석방하는 것. (홍)

방자—저주(詛呪), 신불(神佛)에게 빌어서 원함이 있는 사람에게 재앙을 주게 하는 것. (사)

방포(放砲)—군중의 군호(軍號)로서 공포(空砲)를 쏘는 것. (임, 박)

배부기가(背夫棄家)—남편을 배반하고 집을 버리는 것. (춘)

배산림수(背山臨水)—뒤에는 산을 등지고 앞에는 물을 림(臨)하고 있는 것. (토)

배송(拜送)—마마(천연두) 한지 열 사흘만에 별성(別星) 마마를 전송하는 것. (홍)

배판(排判)—배렬하고 갈라 놓는 것. (장)

배풍어기(排風御氣)—바람을 막고 기운을 제어하는 것. (춘)

배행(陪行)—모시고 가는 것. (춘)

백년지객(百年之客)—백년의 손. 즉 사위를 말함. (춘)

백로구어격(白鷺求魚格)—백로가 물고기 잡는 격. 걸음 걸이가 징검징검 걷는 형용을 말함. (심)

백리해(百里奚)—중국 주(周)나라 때 사람으로 우공(虞公)에게 7년 동안 출사하였으나 등용되지 못하고 또 그 망할 것을 알고 진(秦)나라로 가서 소를 먹이였다. 마침 진 목공(秦穆公)이 그의 어진 것을 알고 상경(上卿)을 삼았다. 정승된지 7년에 진국으로 하여금 패권을 잡게 하였다. (토)

백마욕거장시(白馬欲去長嘶) 청아석별견의(青娥惜別牽衣)—흰 말은 가고자하여 길게 우는데 젊은 녀인은 리별을 섫어하여 옷자락을 끌어다닌다는 뜻. (춘)

백면대이(白面大耳) 송태조(宋太祖)—중국 송태조는 얼굴이 희고 귀가 컸다고 한다. (토)

백숙량인(伯叔兩人)—백이(伯夷)와 숙제(叔齊)를 말함. (춘)

백석청탄(白石淸灘)—흰 돌과 맑은 여울 물. (심)

백안청조(白雁青鳥)—흰 기러기와 파랑새, 둘이 다 소식을 전하는 새로 전하여 진다. (춘)

백이 숙제(伯夷 叔齊)—중국 은(殷)나라 때 고죽국(孤竹國)의 두 왕자, 은 나라 주왕(紂王)이 포악하여 주(周)나라 무왕(武王)이 이를 정복하고 천하를 다스릴 때 백이와 숙제는 수양산(首陽山)에 숨어서 고사리를 캐 먹다가 굶어 죽었다. 그의 충의와 절개로 이름을 후세에 전하였다. (춘, 홍, 토)

백제(白帝)—한 고조(漢高祖)가 일찌기 못 가운데 있는 대망을 만나 룡천검(龍泉劍)으로 베여 죽였더니 한 로파가 나타나 울며 말하기를 적제(赤帝)의 자손이 나의 아들인 백제를 죽였다고 한 설화가 있다. (홍)

백주 전대(白紬纏帶)—흰 명주로 만든 전대. (춘)

백집사가감(百執事可堪)—일백 가지 모든 일을 다 잘 한다는 뜻. (심)

백호(白虎)—오행(五行)의 방위를 말하는 것으로 서쪽을 말

함. (춘, 토)

백홍(白虹)이 관일(貫日)—흰 무지개가 해를 꿰는 것. 전설에 병란(兵亂)이 있을 징조라고 한다. (임)

번수(番首)—관아에 번(番)을 드는 사령을 말함. (춘)

벌매듭—주머니 끈을 장식하는 매듭과 같이 고를 내여 벌 모양을 한 매듭. (심)

범려(范蠡)—범 상국(范相國). 범 소백(范少伯)으로 불린다. 중국 춘추 전국 시대 초(楚)나라 사람으로 월왕 구천(越王句踐)을 도와 오왕 부차(吳王夫差)를 멸하고 월나라 상(相)이 되었으나 그만두고 돌아가 치산(治産)을 많이 하여 세상에서 도주공(陶朱公)이라 불렸다. (토)

범수(范雎)—중국 주대(周代)사람. 처음 제(齊)나라에 출사(出仕)하였다가 수가(須賈)의 무소(誣訴)를 입어 갈비가 부러지게 맞고 거짓 죽었다가 진(秦)나라로 도망와 장록(張祿)이라 이름을 고치고 상(相)이 되였다. 그 후 채 택(蔡澤)에게 상의 자리를 내 주었다. (토)

범승(凡僧)—보통 중. (임)

범 아부(范亞夫)—이름은 범 증(范增). 중국 초한(楚漢)시절에 초나라 항우(項羽)와 모사(謀士)로서 지혜가 많았으나 진 평(陳平)의 리간책(離間策)으로 항우가 그를 의심하여 범 증은 마침내 항우 곁을 떠나고 말았으며 등창에 걸려 죽었다. (홍)

법고(法鼓)—불당(佛堂)에서 치는 작은 북. (홍)

법장(法杖)—법에 등록되는 형장(刑杖). (춘)

벙거지골—전골, 전골 만드는 그릇이 벙거지 모양을 하고 있으므로 그렇게 부른다. (홍)

별성행차(別星行次)—임금의 명령을 받들어 간 사신(使臣)의 행차. (홍)

별장(別將)—산성(山城) 나루(津) 소도(小島) 등을 수비하는 일을 맡은 관직. (임)

별주부(鼈主簿)—자라를 의인화(擬人化)하여 관직을 붙인 것. 주부(主簿)는 종 륙품(從六品)의 벼슬. (토)

병부(兵符)—발병부(發兵符). 발병(發兵)의 표. (춘)

병입고항(病入膏肓)—병이 고항에 들다. 고항(膏肓)은 심장 아래 횡격막(橫隔膜) 우에 있는 부분으로서 한방의(漢方醫)들이 약도 침도 닿지 않는 곳이라고 하여 병이 고항에 들면 낫지 못하는

것으로 말한다. 그리하여 나을수 없는 병을 말함. (춘)

병정량족(兵精糧足)—군사가 훈련되여 강하고 군량이 풍족한 것. (홍)

보리타다—못매를 맞는 것. 보리는 도끼 자루와 같은 몽둥이의 단을 말하며 그것으로 못매질을 당하는 것을 보리탄다고 한다. (홍)

보천지하 막비왕토(普天之下 莫非王土) 솔토지빈 막비왕신(率土之濱 莫非王臣)—하늘 아래 땅이 모두 왕의 땅이매 나라 안의 백성이 모두 왕의 신하라는 뜻으로 예'날의 군주 정치(君主政治)를 합리화시키던 말. (홍)

보화거재두량(寶貨車載斗量)—보화가 많아서 수레로 싣고 말로 셀 정도라는 것. (장화)

봉고파직(封庫罷職)—관고(官庫)를 인봉(印封)하고 관직을 파면시키는 것. (춘)

봉두돌빈(蓬頭突鬢)—머리가 쑥 대강이가 되여 헙수룩한 것. (홍)

봉작(封爵)—관작(官爵)을 봉하는 것. (홍)

봉조하(奉朝賀)—종 이품(從二品)의 관원이 치사(致仕)한 뒤 임명되는 직명. 삼자함(三字銜)이라고도 한다. 종신 봉록(終身俸祿)을 받는 의식 때에만 출사한다. (박)

부로휴유(扶老携幼)—늙은이를 부축하고 어린애를 이끄는 것. (임)

부벽(付璧)—벽 우에 붙인 글씨. 또는 그림. (홍)

부생모육지은(父生母育之恩)—아버지가 낳고 어머니가 키워준 은덕. (심, 홍)

부수소관첩재오(夫戍蕭關妾在吳)—중국 왕 가(王駕)의 시구. 남편은 멀리 소관(一요새지 이름)에 가서 수자리 살고 자기는 오나라 땅에 있다는 뜻. (춘)

부 열(傳說)—중국 은(殷)나라의 어진 재상. 처음 부암(傳巖)이란 땅에서 담을 쌓고 있었는데 고종에게 발견되여 크게 등용되였다. (종, 토)

부원군(府院君)—왕비의 부친 또는 정 일품의 공신에게 주는 관작(官爵) 이름. (홍)

부작—부적(符籍)에서 온 말. 불교, 도교 기타 잡신교(雜神敎)에서 사용하는 기이한 모양의 글자. (전)

부집존장(父執尊丈)—자기 아버지의 친구로서 아버지의 나이와 상사한 존장을 말함. (토)

부축 급창(及唱)—관원이 행차할 때 좌우에서 부축하여 **주는** 하인. 급창은 예'날 군아(郡衙)에서 부리는 하인. (춘)

부춘산 엄 자릉(富春山 嚴子陵)—중국 한(漢)나라 광무제(光武帝) 때 사람, 이름은 엄 광(嚴光). 일찌기 광무(光武)와 동학(同學)의 관계에 있어 광무제는 엄 자릉을 간의대부(間議大夫)의 높은 벼슬을 시켰으나 엄 자릉은 광무와 함께 자면서 발을 임금의 배우에 엱고 또 벼슬을 마다하여 부춘산에 돌아와 발을 갈고 동강칠리탄(桐江七里灘)에 낚시질로 여생을 보냈다. (토)

부침질—논과 밭에 씨를 뿌리는 것. (흥)

부품고습(父稟母襲)—아버지와 어머니를 닮는 것. (흥)

북창한월성미파(北窓寒月城微波)—북창에 비치는 새벽 달이 가는 물'결을 이는 것. (흥)

분기탱천(忿氣撑天)—분한 생각이 하늘에 치미는 것. (춘)

분방서안(粉房書案)—희게 분벽(粉壁)을 한 방안의 책상. (섭)

분벽주란(粉壁朱欄)—희칠한 벽과 붉게 단청을 한 란간. (흥)

불목한이—절에서 밥을 짓고 물을 긷는 사나이. (흥)

불수다언(不須多言)—많은 말을 그만두고, 잔말 말고의 뜻. (임)

불식주속(不食周粟)—백이 숙제(伯夷 叔齊)가 주(周)나라 곡식을 먹지 않았다는 것을 말함. (장, 춘)

불인인지심(不忍人之心)—남에게 참아 하지 못하는 마음. 즉 어진 마음. 자비심을 말함. (흥)

불효삼천(不孝三千)에 무후위대(無後爲大)—불효한 일이 삼천 가지나 되나 그 중에서도 자식이 없어 후사(後嗣)를 끊는 것이 가장 큰 불효라는 뜻. (섭)

비점(批點)—글을 고르는데 잘 된 곳에 붉은 점을 찍는 것. (춘)

비충지정(飛虫之精)—날'짐승 가운데 가장 우두머리 가는 명물. (춘)

뺑대—쑥대, 쑥에서 줄기가 길어난 것. (흥)

人.

사그내 장승—사그내(沙斤)는 경기도(京畿道) 군포(軍浦)와 수원(水原) 사이에 있는 지명으로 그곳에 있는 장승이 크기로 유명하다. 장승(長桩)은 예'날 도정표(道里標)로서 동구(洞口) 같은 데 천하 대장군(天下大將軍)이라고 쓴 나무 패. (춘)

사대삭신—사람의 지체(肢體). 사대 륙신과 같음. (춘)

사략(史略)―〈십팔사략〉(十八史略)의 략칭. 중국 원(元)나라 증선지(曾先之)의 지은 십팔사 적록(十八史 摘錄)이다. 종래의 십칠사(十七史)에 송사(宋史)를 가한 것으로 초학자들의 학습독본이였다. (흥)

사명당(泗溟堂)―유정(惟政). 속성(俗姓)은 임 씨(任氏). 임진조국 전쟁 시기의 승병장(僧兵將). (심, 임)

사문(赦文)―죄를 용서하는 글월. (흥)

사병벽곡(謝病辟穀)―병이 있다고 관직을 사퇴하고 화식(火食)을 하지 않고 속세를 떠나는 것. 예'날 중국 장 량(張良)이가 그리하여 선선을 좇았다는 이야기가 있다. (장)

사상정장(泗上亭長)―사상 땅의 정장, 낮은 벼슬인바 한고조(漢高祖)가 출세하기 전에 이를 지냈다. (토)

사승포(四升布)―너 새 베. (흥)

사정(司丁)―옥(獄)사정을 말함. 옥지키는 사람. (춘)

사직(社稷)―나라에서 모신 토신(土神)과 곡신(穀神). 따라서 국가를 말함. (임)

사해룡왕(四海龍王)―동서남북 네 바다를 지키는 룡신(龍神)으로서 동해는 광연왕(廣淵王), 남해는 광리왕(廣利王), 서해는 광덕왕(廣德王), 북해는 광택왕(廣澤王)이라고 한다. (토)

사호선(四皓仙)―상산사호(商山四皓), 중국 한 고조(漢高祖)시절에 나와서 벼슬하기를 마다하고 상산(商山)에 숨었던 동원공(東園公), 기리계(綺里季), 하황공(夏黃公), 록리 선생(甪里先生)의 네 로인. 모두 수염과 눈섭이 희여서 사호(四皓)라고 불렀다. (토)

삭발 도진세(削髮 逃塵世) 존엽 표장부(存鬚 表丈夫)―사명당(泗溟堂)의 시. 머리를 깎은 것은 속세(俗世)를 떠나자 함이오 수염을 남겨 둔 것은 사내 장부임을 표상하려는 것이다. (심)

삯마전―남의 빨래품을 드는 것. (심)

산곽(產藿)―해산하고서 먹는 미역. (토)

산군(山君)―호랑이를 말함. (토)

산미(產米)―해산할 때 먹으려는 쌀. (심)

산수지령(山水之靈)―산과 물의 명물(靈物). (춘)

산역(山役)―묘지(墓地)를 수축하는 일. (흥)

산채(山寨)―산에 목책(木柵)을 둘러 방위하는 것. (전)

살미살창―포'가지를 짷아 사이를 떼여서 나란히 박아 만든 창. (흥)

369

살벌지성(殺伐之聲)——아주 흉급하여 아우성치는 소리. (임)

살부채——종이는 다 떨어지고 살만 남은 부채. (홍)

삼각수(三角鬚)——삼각 모양으로 된 수염, 중국 관운장(關雲長) 수염이 그렇다하여 미염공(美髥公)이라 한다. (임)

삼공륙경(三公六卿)——삼태륙경(三台六卿)과 같음. 즉 조선에서는 령의정, 좌의정, 우의정의 삼정승과 륙조(六曹)의 판서(判書)를 가리킴. (춘, 장)

삼광(三光)——일, 월, 성신(日月星辰)을 말함. (토)

삼당상(三堂上)——예'날 륙조(六曹)의 판서(判書), 참판(參判), 참의(參議)를 말함. 당상(堂上)은 통정 대부(通政大夫), 명선 대부(明善大夫), 봉순 대부(奉順大夫), 절충 장군(折衝將軍) 이상의 관직을 말함. (춘)

삼모장(三菱杖)——죄인을 치는 삼각봉(三角棒). (장)

삼문(三門)——관아 앞에 있는 정문(正門)과 그 좌우의 동엽문(東夾門), 서엽문(西夾門)을 말함. (춘)

삼신(三神)——출산(出産)을 맡은 귀신, 삼시랑. (심)

삼신산(三神山)——봉래(蓬萊), 방장(方丈), 영주(瀛洲)를 삼신산이라 하며 이 산들은 발해(渤海)가운데 있어 거기에는 신선과 함께 불사약(不死藥)이 있다고 전한다. 우리 나라에서는 금강산을 봉래(蓬萊), 지리산을 방장(方丈), 한라산을 영주(瀛洲)라고 일컬어 왔다. (임. 토)

삼십삼천도솔천(三十三天兜率天)——불교에서 말하는 것으로 수미산(須彌山)의 네 봉오리 우에 있는 각 팔천(八天)과 중앙에서 이를 통솔하는 제석천(帝釋天). (심)

삼일유가(三日遊街)——과거에 급제한 자가 3일 동안 좌주(座主), 선배, 친척들을 방문하는 것을 말함. (춘)

삼장법사(三藏法師)——당(唐)나라 고승(高僧) 현장(玄奘)을 말함. 서역(西域)을 거쳐 인도에 가서 대장경(大藏經)을 가져 왔다. (토)

삼족(三族)——아버지와 어머니 및 안해의 족속. (전)

삼종지례(三從之禮)——봉건 제도하에서 부녀자에게 강요한 유교적 명에로서 녀자가 출가하기 전에는 아버지를 좇고, 출가(出嫁)한 뒤에는 남편을 좇고, 남편이 죽은 후에는 아들을 좇아야 한다는 것. (심)

삼천갑자(三千甲子) 동방삭(東方朔)——자(字)는 만청(曼倩), 중국 한(漢)나라 광무제 때 사람, 금마문상시중(金馬門常侍中)을 지냈는며 해학(諧謔) 골계(滑稽)로 유명하며 또한 직간(直諫)을 잘 하였다. 그러나 《한무 고사》(漢武故事)에 난쟁이를 헌납하였는데 난쟁이가 동방삭을 가리키며 이 사람이 서왕모의 심은 복숭아—3 천 년만에 한 번식 열매가 여는—를 세 번이나 홈쳐 먹었다고 말하였다고 씄다. 그리하여 동방삭을 삼천 갑자를 살았다고 말하여 아주 수명이 긴 대표적 인물로 전해 왔다. (토)

삼팔—삼팔주(三八紬). 중국 삼동 지방에서 나는 명주의 일종. (홍)

삼현륙각(三絃六角)—조선 음악에 북 장고, 해금, 대평 . 소(합쌍), 피리 등으로 한조가 된 것. (춘)

상극(相克)—음양(陰陽)이 서로 상극하는 것. 상생(相生)의 반대. (토)

상군부인(湘君夫人)—요'임금(堯帝)의 딸이며 순임금(舜帝)의 두 부인인 아황 녀영(娥皇 女英)을 말함. 순임금이 창오산(蒼梧山)에 죽자 동정호—상수(湘水)에 빠져 상수의 신(神)이 되였다. (춘,홍심, 토)

상패(上卦)—점패(卜卦)가운데 제일 좋은 패. (춘)

상림원(上林苑)—중국 천자의 어원(御苑), 진 시황(秦始皇) 때 위수(渭水) 남쪽에다 만들었다. (춘)

상부(喪夫)살—남편을 사별(死別)하는 살. 살(煞)은 재앙을 말함. (장)

상생(相生)—소위 오행(五行)에 음(陰)과 양(陽)이 서로 응하고 돕는 것. 상극(相克)의 반대. (토)

상식(上食)—상제(喪制) 집에서 조석으로 령좌(靈座)에 올리는 음식. (심)

상주(商紂)—상(商)나라 주왕(紂王), 상(商)은 은(殷)나라와 같음. 주왕은 포악한 중국 고대의 임금으로 주 무왕(周武王)에게 토벌되였다. (토)

생기사귀일몽간(生寄死歸一夢間)
련정하필루산산(眷情何必淚刪刪)
세간최유단장처(世間最有斷腸處)
초록강남인미환(草綠江南人未還)

사는 것과 죽는 것이 한 꿈 사이인데 련연한 정에 눈물을 흘릴 것은 무엇인가, 다만 세상에 가장 애끓는 것은 봄풀이 푸른 강남에 사람이 다시 돌아 오지 않는 것이다. (심)

생수—생소(生素). 갑사(甲紗)의 일종. (홍)

생초(生綃)—생사(生糸)로 짠 깁의 일종. **(홍)**

생황(笙簧)—관악의 일종. (홍)

서(犀)띠—일품 이상의 관원이 띠는 관대. 서각(犀角)으로 만든 장식물이 붙어 있다. (홍)

서산(西山)—산 이름으로 중국의 수양산(首陽山)을 말함. **(춘)**

서왕모(西王母)—중국의 예'신선. 《서양잡조》(西陽雜俎)에 서왕모의 성이 후(候)라 하였고 《목천자전》(穆天子傳)에는 주 목왕(周穆王)이 신선을 좋아 하였는데 서왕모를 요지(瑤地)우에서 만났다고 하였다. (심)

서전(書傳)—《서경》(書經), 상서(尙書)의 주석으로 중국 고대 우, 하, 상, 주, (虞夏商周)의 정교를 기록한 것. 유교 오경(五經)의 하나. (홍)

서출양관무고인(西出陽關無故人)—왕 유(王維)의 송원이사안서(送元二使安西)란 시의 한 구절, 서쪽 양관을 나서면 낯익은 친구가 없다는 뜻. (춘)

서 화담(徐花潭)—이름은 서 경덕(徐敬德), 1489~1546 년간 사람으로 조선의 유명한 유학자이며 특히 리기설(理氣說)이 유명하다. (전)

석부정불좌(席不正不座) 할부정불식(割不正不食)—어린애 밴 부인의 몸 가짐으로 자리가 반듯하지 않으면 앉지 않고 음식물을 반듯하게 벤 것이 아니면 먹지 않는다. (심)

석 숭(石崇)—중국 진(晋)나라 사람, 자(字)는 계륜(季倫), 석포(石苞)의 아들로 부모의 유산을 받지 않았으나 형주(荊州) 자사(刺史)가 되여 항해(航海)로 거부(巨富)가 되였다. 귀척왕(貴戚王) 개상수(愷湯琇)와 사치함을 다루어 갖은 보화를 자랑하였다. 그러나 뒤에 손 수(孫秀)의 참소를 입어 몰리였으며 그의 첩 록주(綠珠)도 죽고 말았다. (홍, 심)

석우황—석웅황(石雄黃), 계관석(鷄冠石)이 분해하여 되는 광물. 웅황이란 약으로 쓰인다. (홍)

선단(仙丹)—선약(仙藥), 선인(仙人)이 만들었다는 불로 장생의 환약. (토)

선미련 후실기—처음에는 미련하여 못하고 뒤에 알고 하려 할 때에는 이미 때를 놓치고 마는 것. (장)

선사자(善射者)—활을 잘 쏘는 사람. (임)

선자추녀—선자를 박아서 끝이 부챗살 모양으로 된 추녀. (홍)

선장(先場)—과거에 첫째로 시험 답안을 바치고 나오는 것. (춘)

선전관(宣傳官)—선전관청의 관직. 왕을 시위(侍衞)하고 왕의 출가(出駕) 때 취타(吹打)를 주하고 또 사졸들을 지휘 호령하는 관직. (전)

선참후계(先斬後啓)—먼저 죄인을 목벤 다음에 그 전말을 왕에게 장제하는 것. (홍)

선화당(宣化堂)—예'날 감영(監營)에서 감사(監司)가 거처하는 곳. (홍)

선혜당상(宣惠堂上)—선혜청 제조(宣惠廳提調)를 가리킴. 선혜청은 대동미(大同米) 기타 납세(納稅)의 미곡, 포전(布錢) 등의 출납을 관할하는 관청. 혜당이라고도 한다. (홍)

세간박—살림하는데 쓰는 박. (홍)

세류영(細柳營)—지금 협서성(陝西省) 함양현(咸陽縣) 西南에 細柳倉이라는 땅이 있는데 이곳에 한나라 周亞夫가 둔영하고 있었다. 여기에서는 장군이 둔영하고 있는 곳이라는 뜻으로 씌였다. (홍)

세사일관(世事一款)—세상 일이 모두. (춘)

세요흉당(細腰胸膛)—가는 허리와 가슴의 한복판. (춘)

세자사(世子師)—세자 시강원(世子侍講院)의 사부(師傅), 정 일품의 벼슬. (박)

소 강절(邵康節)—이름은 소 옹(邵雍), 중국 송(宋)나라의 유학자. 역학(易學)에 정통하였다. (토)

소년경박자(少年輕薄子)—체모를 돌보지 않는 경박한 소년을 달함. (홍)

소대기(小大朞)—소상(小祥)과 대상(大祥)을 말함. (심)

소 동파(蘇東坡)—중국 송(宋)나라의 유명한 문인. 이름은 소식(蘇軾)으로 동파는 그 호(號), 그의 전후 《적벽부》(前后赤壁賦)가 유명하다. (홍)

소 무(蘇武)—중국 한 무제(漢武帝) 때 사람. 흉노(匈奴)에게 사신으로 갔다가 억류되여 18 년만에 귀국하였다. 흉노에게 있으면서 기러기 다리에 백서(帛書)를 써서 붙여 한 궁실에 전한 것으로 유명하며 그의 흉노 녀자에게서 난 아들 소 통국(蘇通國)과 리별한 것이 이야기되고 있다. (소 통국은 후에 데려 왔다). 소 무는 중랑장(中郎將)을 지냈기에 소 중랑이라고도 하며 또 그 사(字)가 자경(子卿)이므로 자경(子卿)이라고도 부른다. (춘,심,토)

소분(掃墳)—성묘(省墓)하는 것. (춘)

소진 장의(蘇秦 張儀)—중국 춘추 전국 시대(春秋戰國時代)의 유
명한 두 유세가(遊說家)로서 합종련횡(合從連衡)을 유세한 책사(策
士). (사, 토)

소 통국(蘇通國)—중국 한(漢)나라 소무(蘇武)의 아들, 소무가
북쪽 흉노(匈奴)에게 볼모로 가 있을 때 흉노 녀자에게서 난 아
들이다. 소 무가 한나라에 돌아올 제 더려 오지 못 하고 뒤에
한나라 조정에서 금과 비단을 보내여 속신(贖身)하고서 통국을 더
려 왔다. 선제(宣帝) 때에 랑관(郎官)으로 임명되였다. (춘)

속발관(束髮冠)—상토관. (홍)

손도—오륜(五倫)에 벗어난 행실이 있는 사람을 그 고을에서
쫓아 내는 것. (홍)

손사(遜辭)—겸손하여 하는 말. (전)

송도야다리목—개성(開城) 야다리(橐駝橋)에서 나는 무명. (홍)

송락(松絡)—중들이 쓰는 갓모. (홍)

쇤네—소인을. 비천한 녀자가 존귀한 사람 앞에 자기를 가리
키는 말. (홍)

수노(首奴)—우두머리 가는 관노. (춘)

수라—왕이 먹는 밥을 존칭한 말. (홍)

수배(首陪)—관원을 모시고 따라 다니는 으뜸가는 리속(吏
屬) 또는 군관, 사령. (춘)

수부(水府)—수궁(水宮), 룡궁(龍宮)과 같음. (토)

수석금병(繡席錦屛)—수놓은 자리와 비단 병풍. (전)

수수과슬(垂手過膝)—손이 무릎 아래에 까지 길게 드리운 것.(심)

수인씨(燧人氏)—중국 고대의 전설적인 제왕의 이름. 부시를 쳐
서 불을 내여 백성들에게 화식(火食)하는 법을 처음으로 가르쳤다
고 한다. (홍, 토)

수의(繡衣)—어사(御史)가 입는 관복, 암행 어사는 수의를 입
기에 수의 사'도라고 한다. (춘)

수죄(數罪)—죄목(罪目)을 낱낱이 들어 다스리는 것. (박)

수할치—매사냥하는 사냥'군. (토)

수혜자(繡鞋子)—수 놓은 신발. (임)

숙랑자(淑娘子)—소설 《숙향전》(淑香傳)의 녀주인공, 어려서 부
모를 리별하고 가진 풍파를 겪었으나 재상의 아들 리 선(李仙)
과 기연(奇緣)을 맺고 다시 부모를 찾았다. (홍)

374

숙배(肅拜)—임금을 향하야 절하는 것. (춘)

숙살지기(肅殺之氣)—쓸쓸한 가을 기운. (임)

숙설(熟設)—음식물을 조리(調理)하는 것. (전)

숙소참(宿所站)—관원이 출장할 때 숙박하는 집. 참(站)은 역참(驛站)의 준 말로서 에'날 역마(驛馬)를 교대하던 곳. (춘)

숙수(熟手)—음식물을 만드는 사람. (전)

숙숙(叔叔)—원래는 숙부(叔父)를 숙숙이라고 한다. 그러나 때로는 숙모도 숙숙이라고 한다. (사)

순황모무심필(純黃毛無心筆)—족제비 털로 만든 심을 넣지 않은 붓. (홍, 토)

승도(僧桃)—신두 복사. 작고 털이 없는 복숭아. (전)

승란굴기(乘亂蹶起)—란시(亂時)를 타서 가문(家門)을 일으키는 것. (임)

승야도주(乘夜逃走)—밤의 어둠을 타서 도망하는 것. (임)

승전(承傳)—왕지(王旨)를 전달하는 것. 또는 왕지를 전달하는 승전 선전관(承傳宣傳官)이나 승전색(承傳色)을 략칭한 것. (임)

승정원(承政院)—정원(政院), 왕의 명령을 출납(出納)하는 관청. 거기에는 도승지(都承旨), 승지(承旨) 기타의 관원이 있다.

시면—에'날 부녀들이 얼굴을 단장할 때 실을 부비여 얼굴의 잔털을 뽑는 것. (춘)

시사안보(是事安保)—안보시사(安保是事). 오로지 몸을 평안히 보존하라는 뜻. (춘)

시장(柴場)갓—땔 나무를 파는 곳. (홍)

시전(詩傳)—《시경》(詩經). 공자(孔子)가 선정한 고시(古詩) 3백 11편 유교 오경(五經)의 하나. (홍)

시호(豺虎)—이리와 호랑이. 극악한 사람에게 비유한다. (자)

시호(諡號)—선왕(先王)의 공덕을 찬양하는 아름다운 호. 또는 재상 유현(儒賢)의 죽은 후에 그 행적(行蹟)을 가상하여 왕으로부터 주는 칭호. (박)

식불감 침불안(食不甘 寢不安)—음식을 먹어도 맛이 없고 잠을 자도 편안ㅎ지 않는 것. (춘)

신칙(申飭)—단단히 일러서 경계하는 것. (홍)

신래(新來)—에'날 과거 보일 때 문과(文科)에 급제하여 새로이 임관된 자를 달함. (장화)

신래(新來)마마—문과에 급제하여 새로 임관되여 가는 자의

칩. 마마(媽媽)는 신분이 높은 부인에 대한 존칭으로도 쓰이나, 또한 첩(妾)의 존칭으로 쓰인다. (춘)

신릉군(信陵君)—중국 전국 시대 위소왕의 아들. 신릉군을 봉하였다. 이름은 위 무기(魏無忌). 식객(食客)이 3 천명이나 되었다. 진(秦)과 싸우는데 전공(戰功)이 많았으나 진(秦)의 리간 정책으로 위왕에게서 버림을 받자 병이라하여 관직을 떠나 술속에 파묻혔다. 4년만에 술병으로 죽었다. (표)

신병(神兵)—도술가들이 말하는 갑주(甲胄)를 입은 귀신. (전)

신연(新延)—새로이 감사(監司)나 수령(守令)이 나게 되면 그 고을 리속(吏屬)과 장교들이 감사나 수령 있는 곳에까지 가서 마중하여 오는 것. (춘)

실굴갓—실로 엮은 굴갓. 굴갓은 중들이 쓰는 갓. (심)

쌍급주(雙急走)—급주(急走)는 급한 보도를 전하는 인편. 따라서 쌍급주는 인편을 둘을 노아 보다 급하게 전하는 것을 말함. (춘)

ㅇ.

아감젓—생선의 아가미로 담근 젓. (홍)

아난존자(阿難尊者)—석가(釋迦)의 제자이며 석가와 종형제 간(從兄弟間). (표)

아미산월반륜추(峨眉山月半輪秋), 영입평강강수류(影入平羌江水流)—중국 리 백(李白)의 시'구. 아미산 우에 반달이 걸린 가을. 그림자가 평강 강물 흐르는데 들었다는 뜻. (춘)

아장(亞將)—다음 가는 장수, 부지휘관(副指揮官)을 말함. (임)

안산(案山)—집자리 또는 묘(墓)자리의 정면으로 상응하는 산. (심)

안서(安徐)—용서(容恕)하는 것. (임)

안자(顏子)—이름은 안 연(顏淵) 또는 안 회(顏回). 공자의 수제자로 두항 단표(陋巷簞瓢)로 지내면서도 도(道)를 즐겼으며 삼십에 죽었다. (홍, 심)

안전(案前)—하리(下吏)나 백성들이 관원에 대하여 쓰는 존칭어. (춘, 장화)

알성과(謁聖科)—알성(謁聖) 후에 보이는 과거(科擧). 알성은 왕이 문묘(文廟)에 참배하는 것. (장)

압령(押領)—죄인을 붙들어 데리고 가는 것. (홍)

압상관자(押上關子)—압상(押上)은 하급 관청에서 상급 관청에 려인을 보내는 것. 관자(關子)는 관문(關文)과 같은 말로서 상급 관청에서 하급 관청에 보내는 공문서. (흥)

압약(瘖藥)—먹으면 벙어리가 되는 약. (춘)

앙사부모(仰事父母)—하육처자(下育妻子)—우로 부모를 섬기고 아래로 처자를 기르는 것. (춘)

앙천자탄(仰天自嘆)—하늘을 우러러 스스로 탄식하는 것. (춘)

앞살—망건 앞부분의 말총으로 비교적 성글게 얽은 곳을 말함. (흥)

애내곡(欸乃曲)—배 저을 때 부르는 노래 배따라기. (로)

애총목—어린 소나무. (장)

액내지간(額內之間)—한 동아리에 든 사람들 사이. (춘)

앵삼(鶯衫)—년소한 사람이 과거에 급제하면 입는 황색의 례복. (춘)

야야(爺爺)—아버지. (흥)

약도춘풍불해의(若到春風不解衣) 하인각취송락화(何因却吹送落花) —만일 봄'바람이 옷을 끌르지 않았다면 무엇 때문에 락화를 불어 보내겠는가. (심)

약포(藥脯)—쇠고기를 얇게 저미어 포를 떠서 약념을 하여 말린 것. (흥)

양—갓(笠)의 고를 바쳐서 옆으로 둥글게 두른 부분. (흥)

양계(陽界)—인간 세상을 말함. (로)

양 귀비(楊貴妃)—중국 당(唐)나라 현종(玄宗)의 총애한 희첩으로서 미인으로 유명하다. 양 태진(楊太眞)이라고도 한다. (흥)

양노(佯怒)—거짓 성내는 것. (전)

양류편금(楊柳片金)—버들'가지 사이에 누런 꾀꼬리를 두고 형용한 것. (춘)

양 봉래(楊蓬萊)—이름은 양 사언(楊士彦). 봉래는 그 호(號), 1517~1584년간 사람으로 시서(詩書)에 능하고 조선의 대표적인 도가(道家)의 한 사람으로 친다. (전)

양 소유(楊少游)—김 만중(金萬重)의 소설 구운몽(九雲夢)의 주인공. 그의 전신(前身)은 성진(性眞). (춘)

약수삼천리(弱水三千里)—중국 전설에 선경(仙境)에 있다는 내'물로, 기러기 털이라도 가라 앉아 건널 수 없다고 한다. (로)

양양가(陽陽歌)—가곡(歌曲) 이름. 리조 가사(歌詞)로 《청구 영

언(青丘永言)에 실려 있다. (토)

양초 일초(洋草 日草)―담배 이름. 즉 서양서 나는 담배 일본서 나는 담배. (토)

양호(陽虎)―중국 공자(孔子)와 같은 시기의 로(魯)나라 사람. 광인(匡人)을 몹시 학대하였다. 때문에 공자가 광(匡)이란 땅을 지낼 때 외모(外貌)가 양호와 류사하므로 광인들이 붙들어 가둔 적이 있다. (춘)

어고(御庫)―임금의 창고. 국고(國庫). (전)

어두귀면지졸(魚頭鬼面之卒)―아주 무뢰(無賴)한 잡탕의 무리를 말함. (박)

어사화(御賜花)―과거에 급제한 자에게 임금이 주는 종이로 만든 꽃. (춘, 장)

어악풍류(御樂風流)―궁정 임금 앞에서 하는 풍악. (춘)

어유피망(魚游披網)―고기가 그물을 헤치는 것. (춘)

어제(御題)―과거 보일 때 임금이 낸 글 제목. (춘)

어주축수애산춘(漁舟逐水愛山春)―중국 왕 유(王維)의 시에 있는 구절. 고기잡이 배가 물을 좇아 갈수록 산에 봄 경치가 아름답다는 뜻. (춘)

억색(臆塞)―억울하여 가슴이 막히는 것. (장화)

억하심장(抑何心腸)―무슨 심술로서의 뜻. 심술을 나쁘게 쓸 때 말함. (토)

언즉시야(言則是也)―말인즉 옳다는 뜻. (토)

언파(言罷)에―말을 다 마치고서. (홍)

엄급급여률령 사과(唵急急如律令 娑婆)―귀신을 물리치는 주문(呪文). (춘)

여반장(如反掌)―손'바닥을 뒤집는 것과 같은 쉽다는 형용. (토)

여의주(如意珠)―여의보주(如意寶珠)의 준 말로서 불교에서 말하는 령묘한 구슬 이름. 즉 이 구슬을 가지면 무엇이나 뜻대로 이루어진다고 하며 룡(龍)의 입에 물린 그림이 많다. (임, 홍)

여추추이유성(如啾啾而有聲)―음산한 비방을 드리 듯하여 소리가 있는듯 하다. (심)

여타자별(與他自別)―다른 것과 더불어 스스로 구별된다. 특별히 중요한 것. (장화).

역률강상(逆律綱常)―삼강(三綱)과 오상(五常)에 거슬리는 것. (춘)

역인(役人)―예'날 관아(官衙)나 전(廛)같은데 메여서 운반하

는 일에 종사하는 일'군. (홍)

연경(燕京)—오늘의 북경(北京)을 말함. (임, 홍)

연명(延命)—감사나 수령(守令)이 부임할 때 궐패(闕牌) 앞에서 왕명을 선포하는 의식. (춘)

연비려천(鳶飛戾天)—소리개가 하늘을 빙빙 도는 것. 《시경》(詩經)에 《연비려천 어약우연(魚躍于淵)》이라 하여 하늘에 소리개와 물에 고기와 같이 만물이 다 자연 법칙에 따라 움직이며 제각기 그 락(樂)을 얻고 있다고 말하였다. (홍)

열구자탕(悅口子湯)—열구자(悅口子)를 넣고 끓인 국물. 즉 어육(魚肉)과 채소 외에 석이, 표고, 실백, 으능 기타를 넣어 끓인 음식을 말함. (홍)

염통산적—소의 염통을 양념하여 교챙이에 꿰여서 구은 음식. (홍)

영초(影綃)—생사(生糸)로 잔 겹은 집의 일종. (홍)

오강(五江)사공—한강(漢江)의 배'사공을 말함. 오강(五江)은 한강의 술기로서 서울 부근의 한강. 룡산, 마포, 지호(支湖), 서호(西湖)를 말함. (홍)

오금(烏金)—적동(赤銅)을 말함. 조각(彫刻)에 쓰인다. (홍)

오기—남에게 지지 않으며 양심을 가지는 것(춘)

오려논(早稻田)—일직 익는 벼를 심은 논. (홍)

오망자루—작은 자루를 말함. (홍)

오영문(五營門)—오군문(五軍門)과 같음. 즉 훈련 도감(訓練都監). 금위영(禁衛營), 어영청(御營廳), 수위영(守衛營), 총융청(摠戎廳)을 말함. (홍)

오음륙률(五音六律)—오음(五音)은 궁(宮), 상(商), 각(角), 치(徵), 우(羽)의 기본 음률. 륙률(六律)은 황종(黃鍾), 태족(太簇), 고선(姑洗), 유빈(蕤賓), 이칙(夷則), 무역(亡射) 등으로 모두 양성(陽聲)에 속한다. (전)

오자서(伍子胥)—이름은 오운(伍員). 그의 부형이 중국 전국시대 초 평왕(楚平王)에게 피살되므로 오(吳)나라로 달아나 초나라를 쳐 원쑤를 갚고 다시 오왕 부차(吳王夫差)를 도와 월왕 구천(越王勾踐)을 파하였으나 오왕에게 참소한 자가 있어 버림을 받고 비장한 죽음을 하였으며 오왕도 그후 월나라에게 망하고 말았다. (홍)

오합지졸(烏合之卒)—훈련을 받지 못한 군졸을 말함. (임)

오행(五行)―음양설(陰陽說)에서 말하는 우주의 기본 요소로서 수(水) 화(火) 금(金) 목(木) 토(土)를 말함. (로)

오현금 남풍시(五絃琴 南風詩)―공자(孔子) 《가어》(家語)란 책에 순임금(舜帝)이 오현금을 타며 남풍시를 노래 불렀다고 하였으며, 악서(樂書)에도 순임금이 남풍시를 노래 부르며 천하를 다 스렸다고 하였다. 그 남풍시는 다음과 같다.

《南風之薰兮　可以解吾民之慍兮

南風之時兮　可以阜吾民之財兮》 (춘, 토)

오호삼강(五湖三江)―중국에서 말하는 것으로 5호는 번양호(鄱陽湖), 청초호(靑草湖), 동정호(洞庭湖), 단양호(丹陽湖), 태호(太湖); 3강은 오송강(吳松江), 전당강(錢塘江), 포양강(浦陽江). (토)

오희월녀(吳姬越女)―중국 오(吳)나라 녀자와 월(越)나라 녀자. (춘)

옥관자(玉貫子)―옥으로 만든 관자. (장)

옥당(玉堂)―홍문관(弘文館)의 별칭. 또한 홍문관의 부제학(副提學) 이하의 관원의 자리도 옥당이라 함. 홍문관은 경적(經籍)에 관한 사무를 장악하고 관청으로서 이 관청 벼슬은 가문(家門)이 뛰어난 량반이고 명망이 있는 사람들로 임명되는 것이 준례가 되여 옥당관(玉堂官)이라면 중세 《조선》에 있어서 부러워하는 벼슬자리였다. (홍)

옥등경(玉燈檠)―옥으로 만든 등경, 등경은 등잔을 걸어 놓는 제구. (심)

옥수기린(玉樹麒麟)―풍채가 잘나고 어진 사람을 말함. (박)

옥안운빈공로한(玉顔雲鬢空老恨)―옥 같은 얼굴과 윤택나는 검은 머리의 젊은 녀인이 헛되이 늙는 것을 한탄하는 뜻. 미인이 혼자서 늙는 것을 형용하는 말. (춘)

옥액경장(玉液瓊漿)―선가(仙家)에서 말하는 먹으면 장생(長生)한다는 액즙(液汁). (토)

옥진비자(玉眞妃子)―도가(道家)에서 말하는 녀자 신선의 이름. (심)

옥출곤강(玉出崑崗)―곤강은 중국 곤륜산(崑崙山)으로 거기에서 나는 옥을 말함. 《서경》(書經)에 《곤강에 불이 나서 옥과 돌이 함께 탔다》고 전한다. (홍)

옥홀(玉笏)―옥으로 만든 수홀(手笏), 홀(笏)은 국왕 이하 관원들이 그의 직분에 따라 옥, 상아 기타로 만든 길이 2척 6

존 넓이 2촌 가량 되는 물건으로 보통 관대에 꽂았다가 무엇을 가리키거나 받아서 적는데 쓴다. (전)

옹비(甕鼻)―코를 막는 것. (전)

와룡장자(臥龍障子)―장자 문의 한 종류. (춘)

와병인사절(臥病人事絶)―중국 송 지문(宋之問)의 시구. 병석에 누워 있으니 응당 가져야할 인사를 갖추지 못한다는 뜻. (춘)

완산팔경(完山八景)―완산은 전주(全州)의 옛'이름. 완산 팔경은 기린토월(麒麟吐月), 한벽청연(寒碧靑烟), 남고모종(南固暮鍾), 곤지망월(坤止望月), 다가사후(多佳射候), 덕진채련(德津採蓮), 비비락안(飛飛落雁), 위봉폭포(威鳳瀑布) 등이다. (춘)

완영(完營)―전주(全州) 감영(監營), 전주의 고호(古號)가 완산(完山)이기에 그렇게 부름. (춘)

왕굴(枉屈)―왕림(枉臨). 타인의 방문하는 것을 존칭하여 하는 말. (박)

왕존장(王尊長)―조부(祖父)와 동년배의 존장. (로)

외(椳)―새벽에다 흙을 바르기 위하여 가는 나무가지나 수수'대로 엮은 것. 또한 문(門)'살도 외라고 한다. (홍)

외방(外方)―중앙에 대하여 외지를 말함. 따라서 중앙 관청의 관직을 내직(內職)이라 한데 대하여 지방 관직을 외직(外職)이라 하고, 외방 잔다면 지방 관원으로 부임하는 것을 가리킨다. (춘)

요구(腰鉤)―허리 띠에 달린 갈구리. (전)

요두전목(搖頭轉目)―머리를 흔들고 눈은 이리 저리 굴리는 것. 아주 노하였을 때 하는 형용. (춘)

요얼(妖孽)―악귀(惡鬼)의 재앙. (전)

요여(腰輿)―사람이 죽으면 시체를 매장하고 그 혼백만은 모셔다가 제청 또는 사당에 신주로 모시는데 그 혼백이나 신주를 모시는 작은 가마(小輿)를 말함. (춘)

요요작작(夭夭灼灼)―화초가 곱고 란만한 형용. (박)

요지연(瑤地宴)―중국 전설에 선녀(仙女) 서왕모(西王母)가 있다는 곳으로 거기에는 궁궐이 있고 잔치를 베풀었다. (로, 심, 홍)

욕급선조(辱及先祖)―자손이 잘못하여 욕이 선조에 까지 미치는 것. (심)

용모파기(容貌疤記)―사람의 얼굴 특징을 기록한 문건. 죄인 수사(搜査)에 쓰던 것. (춘)

용정(舂精)―곡식을 찧는 것. (홍)

용지불갈 취지무금(用之不渴 取之無禁)―얼마든지 써도 다함이 없고 얼마든지 취하여도 금할 이가 없다. 소 동파(蘇東坡)의 《적벽부》(赤壁賦)에 《청풍명월》을 두고 한말. (심)

우격부리―우격뿌리. 안으로 구부려진 뿔이 난 소(牛). (흥)

우익(羽翼)―날개. 협조하는 보호자를 말함. (전, 임)

운담풍경근오천(雲淡風輕近午天)―중국 정명도(程明道)의 시'구. 구름은 담담하고 바람은 가벼워 한낮이 가깝다는 뜻. (춘)

운아삽(雲亞翣)―상여 내 갈 때 령구(靈柩)의 앞뒤에서 들고 가는 亞자를 쓴 관자. (심)

운종룡(雲從龍) 풍종호(風從虎)―구름은 룡을 따르고 바람은 범을 따른다. (장)

웃기―음식의 우를 장식하는 것. (토)

위성(渭城)의 붕우리별(朋友離別)―위성(渭城)은 중국 섬서성(陝西省) 장안현(長安縣) 서쪽에 있는 함양(咸陽)이다. 왕 유(王維)의 시에 원이(元二)가 안서(安西)에 사절(使節)로 가는 것을 송별한 시가 있다. 따라서 위성에서 친우의 리별을 설어하는 것을 말함. (흥, 임)

원억(冤抑)―원통하고 억울한 것. (사)

월수(月收)―본전(本錢)에 변리(邊利)를 얹어서 다달이 갚는 돈. (흥)

유공불급(唯恐不急)―아직도 미치지 못할까 두려워 하는 것.(흥)

유궁후(有窮后) 예(羿)의 부인―항아(姮娥)를 말함. 중국 전설에 예(羿)가 서왕모(西王母)에게 불로불사(不老不死)의 선약을 얻었는데 그의 부인 항아(姮娥)는 이것을 훔쳐 가지고 월궁으로 도망하였다고 한다. (토)

유리옥(羑里獄)―유리(羑里)는 중국 하남성(河南省) 탕음현(湯陰縣)에 있는 지명. 상 주(商紂)가 주 문왕(周文王)을 이곳에 가두었다. (춘)

유명로주(幽明路殊)―저승과 이승의 길이 서로 다르다. (춘)

유사(有司)―소임을 맡은 관리. (전)

유소씨(有巢氏)―중국 상고 시대의 제왕명. 처음으로 집 짓는 것을 가르쳤다고 한다. (토)

유심한산(幽深閒散)―그윽하고 깊고 한가한 것. 인물을 형용하는 말. (전)

유약창해(有若滄海)―넓고 깊은 바다 같다는 뜻. (임)

유여(有餘)―녀녀한 것. 잘 한다는 뜻. (춘)

유자생녀(有子生女)―아들 낳고 딸 낳고. (장)

유자칠인 막위모심(有子七人莫爲母心)―자식이 일곱이 있어도 과부된 어머니의 마음을 몰라 준다는 뜻. (장)

유척(鍮尺)―진유(眞鍮)로 만든 표준척(標準尺). 지방의 부정한 도량형기(度量衡器)를 검사하는 데 사용한다. (춘)

육고자(肉庫子)―지방 관아(官衙)에 쇠고기를 바치는 관노(官奴). (춘)

윤필지자(潤筆之資)―글쎄나 그림을 그리는 밑천. (로)

은린옥척(銀鱗玉尺)―희고 큰 물'고기를 말함. (장)

은왕성탕(殷王成湯)―중국 고대 은(殷)나라의 어진 임금으로 일컫는 탕왕(湯王)을 말함. 成은 姓이다. (춘, 심, 흥)

은조사(銀條紗)―중국서 나는 사(紗). 사(紗)는 생견(生絹)으로 짠 여름 옷 감. (흥)

의금관곽(衣衾棺槨)―죽은 사람에게 입히는 옷과 덮는 이불. 그리고 관(棺)을 말함. (심)

의돈(猗頓)―중국 춘추(春秋) 전국 시대 노(魯)나라의 궁한 선비였는데 소금을 만들어 팔아서 부자가 되였다. 그의 호화로움은 왕과 다를 것이 없었다고 전한다. (흥)

의막(依幕)―림시로 거처를 하게 되는 것. (흥)

의윤(依允)―신하가 말한 사연을 왕이 그대로 비준 허락하는 것. (흥)

의자왕(義慈王)―백제(百濟) 30대 왕. (임)

의적(儀狄)―술 빚기를 처음 시작하였다는 사람. (흥)

이면(耳面)―체면(体面). (춘)

이불청음성(耳不聽淫聲) 목불시사색(目不視邪色)―어린애 밴 부인의 몸가짐으로 음란한 소리를 듣지 않으며, 정당하지 못한 색을 보지 않는 것. (심)

이비절(二妃節)―예'날 중국 고대의 순(舜)임금의 두 부인 아황, 녀영(娥皇 女英)이가 순임금의 죽음을 슬퍼하여 동정호에 빠져 죽은 절조를 말함. (춘)

이십오현탄야월(二十五弦彈夜月) 불승청원각비래(不勝淸怨却飛來)――중국 전 기(錢起)의 시'구, 예'날 순임금이 타던 거문고 소리가 들리는 달'밤에 그의 원혼(怨魂)을 이기지 못하여 기러기가 문득 날아온다는 뜻. (춘)

이십팔수(二十八宿)—중국 고대의 성학(星學)에서 말하는 천체(天体)의 성좌(星座), 즉 각(角), 항(亢), 저(氐), 방(房), 심(心), 미(尾), 기(箕), 두(斗), 우(牛), 녀(女), 허(虛), 위(危), 실(室), 벽(壁), 규(奎), 루(婁), 위(胃), 묘(昴), 필(畢), 자(觜), 삼(參), 정(井), 귀(鬼), 류(柳), 성(星), 장(張), 익(翼), 진(軫). (심)

이윤(伊尹)—중국 상(商)나라의 어진 재상. 처음 신야(莘野)란 들에서 밭을 갈고 있었는데 탕왕(湯王)이 세 번 불러서 비로소 출사하였다. (홍, 토)

이효상효(以孝傷孝)—효도하느라고 하는 짓이 한편으로 부모의 마음을 걱정하게 하는 것. (심)

인등시주(引燈施主)—부처 앞에 켜는 등유(燈油) 또는 초(燭)를 시주하는 것. (심)

인황씨(人皇氏)—중국 상고 시대 상상적인 제왕, 지황씨 다음 임금. (토)

일병태가(一並笞加)—모조리 매를 때리는 것. (춘)

일부청총(一坏靑塚)—한줌 흙의 푸른 무덤. (춘)

일부토(一坏土)—한줌 흙. (토)

일산보종(日傘步從)—관원의 의장(儀仗) 때 일산을 받치고 가는 역졸. 일산은 관원들의 의장 때 받는 대가 걸고 천으로 만든 우산. 그 색(色)에 따라서 등급이 있다. (춘)

일수(日收)—돈—본전(本錢)과 변리(邊利)를 일정한 날자에 배당하여 날마다 무는 고리대금. (홍)

일인지하 만인지상(一人之下萬人之上)—한 사람의 아래요 일만 사람의 우. 즉 영의정(領議政)을 말함. (박)

일척금서(一尺錦書)—한 자나 되는 비단에 쓴 글월, 백서(帛書)를 기러기가 전했다는 소무(蘇武)의 고사(故事)에서 온 말. (춘)

입시—음식을 대강 먹는 것. 낮은 사람이 쓰는 말. (홍)

입장후(入丈後)—장가 든 뒤에. (춘)

잉첩(媵妾)—예'날 시집가는 녀자가 데리고 가는 시녀로서 첩을 삼는 것. (홍)

ㅈ.

자로(子路)—공자의 제자. 부모에게 효도하여 백리 밖에서 쌀을 지고 와서 봉양하였다. (심)

자문(咨文)—관청 문서. (홍)

자문이사(自刎而死)―스스로 목을 찔러 죽는 것. (장)

자상천답(自相踐踏)―서로 짓밟는 것. (박)

자작지얼(自作之孽)―스스로 만든 얼. 얼은 화(禍)를 입는 것. (사)

자탄가(自嘆歌)―자기 신세를 스스로 한탄하여 부르는 노래. (춘)

잔입―아침에 일어나서 아직 아무것도 먹지 아니한 입. (흥)

잠두(蠶頭)―서울 남산(南山)의 누에 머리 같이 생긴 곳. (흥)

잠총(蠶叢)―옛'날 중국의 촉왕(蜀王)의 선조의 이름. 양잠(養蠶)을 처음 시작하였다고 한다. (흥)

잣박부리―자빡뿔이, 우로 뻗친 뿔이 난 소(牛). (흥)

장 건(張騫)―중국 한(漢)나라 무제(武帝) 때 사람. 대월씨국(大月氏國)에 사절로 갔다가 흉노(匈奴)에게 붙들려 고생하고 13년만에 돌아왔다. 이로써 한(漢)나라가 서역(西域)에 알리여져 그 후 교통이 빈번하게 되였다. (토)

장계(狀啓)―감사 또는 임금에게서 특명을 받은 관원이 임금에게 친서(親書)를 올리는 것. (흥)

장대(將臺)―성(城) 보루(保壘) 기타에 쌓은 석대(石臺), 지휘자가 여기에 올라 지휘한다. (전, 임)

장독(杖毒)―매 맞은 독기(毒氣). (춘, 장화)

장 량(張良)―장 자방(張子房). 중국 초한(楚漢) 시절에 한 패공(漢沛公) 밑에 있던 책사(策士). 일찌기 퉁소 불기를 배웠고 또 도사(道士)에게서 병서(兵書)를 얻었다. 공을 세운 뒤 벼슬을 높이 주었으나 마다하고 신선 적송자(赤松子)를 따르겠다고 하며 벽곡(辟穀)을 하였다고 한다. (흥, 장)

장령(將令)―대장의 명령. (임)

장목―꿩의 꽁지 털. (장)

장목비―꿩의 꽁지 털로 만든 비(箒). (흥)

장 비(張飛)―중국 삼국 시대 촉(蜀)나라 류 비(劉備)의 장수. 자(字)는 익덕(翼德)으로 관운장(關雲長)과 더불어 용맹이 월등하였다. (흥)

장 사군(張使君)―장 한(張翰), 중국 진(晋)나라 사람으로 글을 잘 하였다. 사마씨(司馬氏)의 골육상쟁하는 것을 보고 전란(戰亂)이 있을 것을 짐작하여 강동(江東)으로 돌아왔다. (토)

장성(將星)―북두(北斗)의 제 2성, 하괴성(河魁星). 살벌(殺伐)을 맡은 별이라고 한다. (임, 장)

장손(長孫)―맏 손자. 지손(支孫)의 반대. (흥)

장우단탄(長吁短嘆)──끊임없이 한탄하는 형용. (장화)

장주(莊周)──중국 전국 시대 몽(蒙)이란 땅에 난 사람, 후세에 남화진인(南華眞人)으로 불리웠으며 로자(老子)의 도교(道敎)를 계승하여 장자(莊子)를 찬술하였는바 《장자제물론》(莊子齊物論)에 그가 꿈에 나비가 되었다고 한 기록이 있다. (춘)

장청(將廳)──예'날 장교(將校)들이 모여 일 보는 곳. (춘)

장판교(長板橋)──중국 삼국 시대에 류비(劉備)의 명장. 장비(張飛)가 위(魏)나라 조 조(曹操)와 싸우던 곳. (홍)

장폐(杖斃)──매 맞아 죽는 것. (춘)

장하원귀(杖下寃鬼)──매를 맞고 원통하게 죽은 귀신. (춘)

쟁(錚)──꽹가리. (전)

저희(沮戱)──방해하는 것. (토)

적벽강(赤壁江)──중국 황강현(黃岡縣) 성외에 있는 적비기(赤鼻磯), 소 동파(蘇東坡)가 이곳을 중국 삼국 시대 주 유(周瑜)와 제갈 량(諸葛亮)이 조 조(曹操)와 싸워 이긴 적벽으로 잘 못알고 《적벽부》(赤壁賦)를 지었다. 삼국 시대 적벽 대전(赤壁大戰)의 장소는 호북성(湖北省) 가어현(嘉魚縣)에 있다. (춘)

전 단(田單)──중국 주대(周代) 제(齊)나라 사람. 연(燕)나라가 제나라를 쳐 거의 빼앗기게 될 때 전 단이 장군이 되여 5천 마리의 소를 몰아 연나라를 격파하였다. (임)

전라좌도(全羅左道)──이전에는 전라도를 좌도(左道)와 우도(右道)로 나누었는데 우도는 서해안(西海岸) 지대이며 좌도는 산간부 지대. (춘)

전조단발(剪爪斷髮) 신영백모(身嬰白茅)──손톱과 머리를 베고 몸에 흰 떠를 두른 것. 예'날 탕(湯) 임금이 기우제(祈雨祭) 지낼 적에 이 같이 하였다는 것이다. (심)

전지(傳旨)──임금의 지시를 전달하는 것. (전, 임)

전후수말(前後首末)──처음부터 마감 까지의 사연. (전)

접영──다소 까슬 까슬한 비단의 일종. 이불'감으로 많이 쓰인다. (홍)

정가──업수이 여기는 것. (심)

정객관산로기중(征客關山路幾重)──중국 왕 발(王勃)의 채련곡(採蓮曲)에 있는 시'구. 먼 걸 떠난 손의 험한 관산 길이 몇 겹이나 되는고의 뜻. (춘)

정경가자(貞敬加資)──정경(貞敬)은 정 종 일품관(正從一品官)의 부인에게 주는 직품, 가자(加資)는 정 삼품(正三品) 통정 대부(通政大夫) 이상의 품계(品階)에 올리는 것을 말함. (춘)

정사(精舍)—도(道)를 닦는 집. (전)

정저와(井底蛙)—우물속 개구리. 세상 밖을 모르는 것을 형용한 말. (임)

정치를 부수다—앞 정갱이를 부수는 것. (춘)

제 배(儕輩)—동배(同輩) 일반을 말함. (홍)

제갈 량(諸葛亮)—제갈 공명(諸葛孔明) 와룡 선생(臥龍先生) 등으로 불린다. 중국 삼국 시대 촉(蜀)나라 류 비(劉備)의 모사(謀士). (토, 장)

제수(除授)—추천에 의한 절차를 밟지 않고 왕이 직접 관원을 임명하는 것. (춘, 홍, 박)

제서률(制書律)—예'날 법전(法典)인 대명률(大明律)에 들어 있는 각종의 제서률을 의미하며, 그것은 임금이 특히 직접 결재한 중요한 것들이다. (춘)

제영(緹縈)—중국 한무제(漢文帝)때의 효녀(孝女). 그의 아버지 순 우의(淳于意)가 유명한 의원(醫員)이였는데 형벌에 처하게 되여 구원해 줄 자식 없음을 한탄하였는데 그 딸 제영이가 임금에게 상소하여 자기 몸을 관비(官婢)로 팔고 아버지의 죄를 속(贖)해 달라고 하여 임금이 그 죄를 감하여 주었다. (심)

조맹보체(趙孟頫体)—조맹보는 중국 송(宋)나라 때의 유명한 화가(畵家)이며 시인, 따라서 그의 필체를 말함. (춘)

조물(造物)—조물주(造物主)를 말함. 만물을 생성하는 우주의 주재자를 가리킴. (춘)

조새—조사(曹司). 관리의 직사(職司)를 조사라 하고, 또 하급 관리를 조사라고도 한다. (전)

조여청사모성설(朝如靑絲暮成雪)—아침에 푸르던 것이 저녁에는 하얗게 되였다는 것으로 인생의 청춘이 속절없이 늙는 것을 형용한 말. (춘)

조요(照耀)—밝게 비치는 것. (홍, 심)

조주사인 여선문(潮州士人 余善文)—중국 구우(瞿佑)의 《전등신화》(剪燈新話)에 나오는 인물로 룡궁에 가서 상량문(上樑文)을 지어 주고 많은 보물을 얻어 왔다는 사람. (토)

좌마(坐馬)—장수가 타는 말. (홍)

종묘(宗廟)—력대의 신주(神主)를 안치(安置)한 왕실의 사당.

따라서 왕실을 말함. (임)

존전(尊前)―높은 어른의 앞. (춘)

좌부진퇴(坐俯進退)―앉은 걸음으로 허리를 구부려 진퇴하는 것, 예'날 관원 앞에서 리속(吏屬), 사령(使令)들이 하는 짓. (춘)

좌불변(坐不邊) 립불필(立不蹕)―어린애 밴 부인의 몸가짐을 말한 것으로 가장 자리에 앉지 않으며, 발돋움해서 서지 않는 것. (심)

좌수(座首)―지방 수령(守令)을 보좌하고 자문(諮問)에 응하는

• 향청(鄕廳)의 우두머리. (장화)

좌우구종(左右驅從)―관원의 행차 때 따르는 좌우의 구종. 구종은 관원에게 딸린 하인. (춘)

좌우청장(左右靑帳)―좌우에 내린 푸른 포장. 예'날 관원들의 행차 때에 쓰이였다. (춘)

좌지불천(座地不遷)―살던 곳을 떠나가지 않는 것. (홍)

주과포혜(酒果脯醯)―술, 과실, 포, 식혜 등 제사 음식을 말함. (심, 장)

주궁패궐(朱宮貝闕)―붉은 칠로 장식한 궁전과 자개로 장식한 대궐. 룡궁의 집을 말함. (토)

주사야탁(晝思夜度)―밤낮으로 생각하는 것. (토)

주선랑(酒仙郞)―술을 만드는 선랑(仙郞). 선랑은 신선. (전)

주작(朱雀)―오행(五行)의 방위를 말하는 것으로 남쪽을 말함. (춘, 토)

주장(朱杖)―붉은 칠을 한 몽둥이로 군기(軍器)의 하나. (춘)

죽영(竹纓)―가는 대를 짤막 짤막하게 꿰여서 만든 갓끈. (춘)

준마가편(駿馬加鞭)―잘 달리는 좋은 말에 다시 채찍을 가한다는 뜻. (춘)

중군(中軍)―각 군영(軍營)의 대장(大將), 또는 병사(兵使)의 다음 가는 장관직(將官職). (임, 박)

중랑장(中郞將)―소 무(蘇武). (춘)

중복(重服)―상복(喪服)을 입는데 9개월 이상 복을 입는 복제를 중복이라고 함. (춘)

중서군(中書君)―붓(筆)의 아칭(雅稱). (토)

중·용(中庸)―공자의 손자인 자사(子思)의 저술. 유교 사서(四書)의 하나. (홍)

중치막―큰 창옷. 소매가 넓고 베폭으로 된 남자의 웃옷의

388

하나. (춘)

중향성(衆香城)—화초가 만발한 형용. 불교에서 온 말. (심)

중설한—입어도 점잖한 형용. (춘)

증산포(甑山布)—평안도 증산(甑山)에서 나는 베. (흥)

지기(志氣)를 펴다—의지와 기개를 펴는 것. (임)

지부왕(地府王)—저승의 왕. 즉 렴라대왕(閻羅大王). (흥)

지술(地術)—땅의 길흉(吉凶)을 점치는 술법. 지술하는 사람을 풍수(風水)라고 한다. (흥)

지영(祇迎)—왕이 출가(出駕)할 때 여러 관원들이 배송하는 것을 지송(祇送)이라하고, 국왕이 돌아올 때 마중하는 것을 지영(祇迎)이라고 한다. (흥)

지원(至冤)한—지극히 원통한. (장화).

지지위지지 부지위부지 시지야(知之爲知之 不知爲不知 是知也)—아는 것을 안다 하고 모르는 것을 모른다고 하는 것이 참으로 아는 것이다. 속담에 제비의 지저귀는 소리가 그렇게 발음 된다고 의작(擬作)한 것이다. (흥)

지징무처(指徵無處)—조세(租稅)나 빗을 물어야할 사람이 죽거나 도주하여 징수할 방도가 없는 것. (흥)

지황씨(地皇氏)—중국 상고 시대 상상적인 제왕명, 천황씨 다음 임금. (토)

진메—제'메, 제사에 쓰는 밥. (흥)

진묵(眞墨)—참먹. (토)

진양조(晋陽調)—혹은 진양조(盡陽調)로도 쓴다. 판소리의 조(調)의 하나로서 가장 느린 조(調)를 말함. (춘)

진어(進御)—임금의 의식(衣食)을 말함. (토)

진언(眞言)을 념(念)한다—주문(呪文)을 외우는 것. (전, 흥)

진위장군(振威將軍)—조선에서는 정사품(正四品)의 무관. (임)

진퇴(塵堆)—티끌, 속세를 말함. (심)

진 평(陳平)—중국 초한(楚漢) 시절에 한 패공 류 방(漢沛公 劉邦)을 도와 초나라를 평정하고 마감에 좌승상(左丞相)이 되였다. 특히 항우(項羽)와 싸울 제 여섯번 기계(奇計)를 써서 성공한 것으로 유명하다. (흥)

진하(陳賀)—경사 있을 때 백관(百官)이 임금에게 하례를 드리는 것. (전)

ㅊ.

차돌—차돌박이 양지머리, 뼈에 붙은 희고 단단한 쇠고기.(홍)

차문주가하처재(借問酒家何處在) 목동요지행화촌(牧童遙指杏花村) —중국 두 목(杜牧)의 《청명시》(淸明詩)의 한 구절. 술집이 어디 있느냐고 물으니, 소먹이는 아이가 멀리 행화촌을 가리키더라는 뜻. (춘)

차설(且說)—또 한. 이야기에, 중세 소설에 흔히 쓰이는 말로서 이야기의 한 서술을 끝내고 다른 이야기를 잇대기 위하여 쓴다. (홍, 임)

차운(次韻)—남의 시운(詩韻)에 따라서 시를 짓는 것. 따라서 같은 운자(韻字)를 내여 놓고 시를 짓는 것을 말함. (춘)

차집—집안 살림을 맡아 보는 녀자. (홍)

차착(差錯)없이—차이와 착오가 없이. (심)

차출(差出)—관원을 임명하는 것. (임)

차호부인(嗟呼夫人)—슬프다 부인이여!(심)

착급(着急)—심히 급한 것. (전)

착전립(着氈笠)—벙거지를 쓴 것. (춘)

창오산(蒼梧山)—중국 호남성(湖南省)에 있는 산으로서 구의산(九嶷山)이라고도 함. 순임금(舜帝)이 이 산에서 죽었다고 한다. (춘, 심)

창오산붕상수절(蒼梧山崩湘水絶) 죽상지루내가멸(竹上之淚乃可滅) —아황 녀영(娥皇 女英)의 피눈물을 뿌려 소상반죽(瀟湘斑竹)이 되였다는 전설이 있는바 창오산이 무너지고 소상강 물이 말라야 대'잎 우에 아롱진 눈물 자국이 없어질 것이라는 뜻. (춘)

창옷—소창옷. 두루마기와 비슷한 긴 웃옷으로 겨드랑 밑을 꿰매지 않은 옷. 큰 창옷(—중치막) 밑에 껴입는다. (춘)

채 륜(蔡倫)—중국 후한(後漢) 사람으로 처음으로 종이를 만들었다고 한다. (홍, 토)

채석강(采石江)—중국 당도(當塗) 북쪽 30리에 있으며 사람들이 그곳에서 채석(採石)을 하기 때문에 그렇게 붙렀다. 이곳에서 당(唐)나라 시인 리 태백(李太白)이 최 종지(崔宗之)란 사람과 배를 타고 놀았다. (홍)

채 택(蔡澤)—중국 전국 시대 사람. 일찌기 관상(觀相)을 보여 부귀는 하나 43세 밖에 수를 못한다고 들었다. 그는 진(秦)나라

에 들어가 응후(應候)의 대신 정승이 되였다. (토)

책력긴줄—에전 력세(曆歲)책에는 오행(五行)으로 일진을 보아 무슨 날은 무엇을 하는데 좋은 날(吉日)이라고 일일이 밝혀 있다. 따라서 책력의 긴 줄은 그것이 많이 적혀 있는 날로서 특별히 좋은 날을 의미함. (홍)

책책(嘖嘖)—몹시 추어 올리는 것. (토)

천리상지(千里相知)—천리를 떨어져 있으면서도 서로 통하는 친한 사이. (춘)

천리오추마(千里烏騅馬)—하루에 천리씩 달리는 검은 털에 흰 털이 섞긴 좋은 말, 예'날 중국 항우(項羽)가 탔던 말. (전)

천방백계(千方百計)—천백 가지의 계책. (토)

천부지국(天府之國)—땅이 비옥하여 ·물산이 풍부한 나라. (홍)

척부인(戚夫人)—중국 한 고조(漢高祖)의 애첩(愛妾)으로 조왕 여의(趙王如意)를 낳았으나 한 고조가 죽은 뒤 그 부인 려후(呂后)가 여의(如意)를 죽이고 다시 척 부인의 귀, 눈, 손, 발을 베여 내여 인체(人彘—사람 돼지)를 만들었다. (춘)

천불능궁력색가(天不能窮力穡家)—하늘도 힘써 농사하는 집을 빈궁하게 할 수 없다는 뜻. 색(穡)은 곡식을 거두어 들이는 것. (홍)

천불생무록지인(天不生無祿之人) 지불생무명지초(地不生無名之草)—하늘은 록(一봉급)을 받지 않는 사람을 내지 않고 땅은 이름 없는 풀을 내지 않는다. 즉 누구나 사람은 일정한 직업과 생계를 가진다는 뜻. (홍)

천붕지통(天崩之痛)—하늘이 무너지는 아픔. 즉 부모가 죽는 슬픔을 비유하여 말한 것. (박)

천살(天煞)—흉성(凶星)의 이름. 천살을 맞는다는 것은 천벌을 받는다는 뜻. (홍)

천산조비절(千山鳥飛絕) 만경인종멸(萬徑人蹤滅)—중국 당(唐)나라 류 종원(柳宗元)의 시구. 겨울에 풍설(風雪)이 가득 쌓여 일천 산에는 새 나는 것이 끊지고, 일만 결에는 사람의 발자취가 없다는 뜻. (심, 춘)

천아성(天鵝聲)—이변(異變)이 생겼을 때 병졸을 집합시키기 위하여 부는 고동 소리. (임)

천앙(天殃)—하늘서 주는 재앙. (홍)

천은(天銀)—아주 품질이 좋은 은. (홍)

천자(千字)—천자문(千字文). 중국 량(梁)나라 주 흥사(周興嗣)가

편찬한 사언고시(四言古詩). 2백50구로 된 자수(字數) 1천자의 책으로 처음 한문을 배우는데 사용되었다. 주 흥사가 하룻밤에 이글을 짓고 머리가 희였다고 하여 백수문(白首文)이라고도 한다. (홍)

천지지신(天祇地神)—하늘과 땅의 귀신. (심. 장화)

천총(千摠)—예'날 군영(軍營)의 장관직(將官職)의 하나. (춘)

청도(淸道)—예'날 큰 행차가 있을 때 도로 청소를 감시하는 것. (춘)

청도기(淸道旗)—청도 때에 선두에 내 세우는 군기(軍旗). (춘)

청려장(靑藜杖)—뗑아대로 만든 막대. (토)

청룡(靑龍)—오행(五行)의 방위를 말하는 것으로 동쪽을 말함. (춘, 홍, 토)

청명시절우분분(淸明時節雨紛紛) 로상행인욕단혼(路上行人欲斷魂)—중국 두 목(杜牧)의 청명시(淸明詩)에 있는 시'구, 청명 때를 당하여 가는 비가 분분히 오니 길 가는 나그네가 더욱 쓸쓸하여 마음 둘 곳이 없다는 뜻. (춘)

청병사신(請兵使臣)—구원병(救援兵)을 청하러 간 사신. (임)

청아성(淸雅聲)—맑고 전아한 소리. (춘)

청울치—청미나 칡의 속 껍질로 꼰 노. (홍)

청조(靑鳥)—소식을 전하는 새로서 중국 전설에 서왕모(西王母)의 곁에 있다는 새. (장화)

청춘작반호환향(靑春作伴好還鄕)—중국 두 보(杜甫)의 시'구. 청춘을 벗을 삼아 즐거이 고향에 돌아가는 뜻. (심)

청파(聽罷)에—다 듣고 나서. (홍)

초목군생지물(草木群生之物) 개유이자락(皆有以自樂)—초목의 온갖 생물들이 모두 함께 스스로 즐기는 것. (심, 토)

초사(招辭)—죄인을 문초할 때 하는 죄인의 진술. (전)

초종범절(初終凡節)—초상을 치루는 모든 절차. 초종은 사람이 죽은 뒤 졸곡(卒哭)—삼우제(三虞祭)를 마칠 때까지를 말함. (홍)

초췌행색(憔悴行色)—고민하여 여윈 모습. (춘)

초패왕(楚覇王)—항우(項羽). 중국 진(秦)나라 말년에 항 적(項籍)의 뒤를 이어 천하를 한 패공(漢沛公)과 다루었으나 력발산 기개세(力拔山氣蓋世)하던 그의 용맹으로도 결국 해하(垓下)에서 패배하여 사랑하던 우미인(虞美人)과 한탄하여 자살하였다. (홍,토)

초헌(軺軒)—예'날 종 이품(從二品)이상의 관원이 타던 승교(乘轎). (홍. 홍)

초헌관(初獻官)—제사 지낼 때 초헌(初獻), 아헌(亞獻), 종헌(終獻), 첨작(添酌)등 네 번 술을 부어 올리고 절을 하는바 초헌을 맡은 소임을 말함. (장)

촉비(觸鼻)—냄새가 코를 찌르는 것. (전)

촉혼조(蜀魂鳥)—두견새. 촉(蜀)나라 망제(望帝)의 넋이 화하여 두견새가 되였다고 전한다. (춘)

총감루—말총으로 짠 감루. (심)

총사우진진(螽斯羽振振)—《시경》(詩經)에 있는 말로 총사는 메뚜기의 일종. 그의 번식이 많아서 자손이 많은데 비유한 것. (심)

최복(衰服)—상복(喪服)과 같다. (홍)

추관(推官)—중국의 벼슬 이름. 당(唐)나라에서는 관찰사(觀察使), 절도사(節度使) 밑에 있는 관직으로 송(宋) 이후에는 제주(諸州)에 두어 주로 형벌을 맡아 보았다. (사)

추구—《취구》(聚句). 한시'구(漢詩句)를 모은 책 이름. 《천자》(千字)를 떼고서 배우는 정도의 초보적인 책. (춘)

추수(推數)—장래의 운수를 미루어 아는 것. (토)

추열(推閱)—죄인을 심문하는 것. (홍)

춘당대(春塘臺)—서울 창덕궁(昌德宮) 안에 있는 무대. (춘,장)

춘면곡(春眠曲)—가곡(歌曲)이름. 리조 가사(歌辭)로 《청구영언》(靑丘永言)에 실려 있다. (토)

춘모(春牟)—봄'보리. (홍)

춘수만사택(春水滿四澤) 하운다기봉(夏雲多奇峰)—당시(唐詩). 봄물은 네 못에 가득하고 여름 구름은 기이한 봉우리가 많다는 뜻. (토)

춘추시향(春秋時享)—봄 가을로 묘에 가서 지내는 제사. 고조(高祖)까지는 집에서 제지내고 그 이상가는 원조(遠祖)의 묘에 제를 지내는 것을 말함. (심)

춘치자명(春雉自鳴)—봄 꿩이 스스로 우는 것. 묻지도 않는 것을 스스로 다 말하는 것에 비유하여 쓴다. (장)

춘포(春布)—강원도에서 나는 고운 배. (홍)

춘풍도리화개야(春風桃李花開夜)—중국 당시(唐詩)에 《춘풍도리화개야》《추우오동엽락시》(秋雨梧桐葉落時)라고 있는바 봄'바람에 복숭아와 오얏 꽃이 밤에 피단는 뜻. (심, 토)

출거(黜去)—내 쫓아 보내는 것. (사)

출몰귀관(出沒鬼關)—거의 죽게된 형용으로서 저승을 왔다 갔다 한

다는 뜻. (춘)

출반주왈(出班奏曰)—반렬가운데서 나와 아뢰여 가로되. 반렬(班列)은 임금 앞에 동반 서반(東班西班)으로 나누어 차례로 서 있는 것을 말함. (홍, 임)

충불사이군(忠不事二君) 렬불경이부(烈不更二夫)—충신은 두 임금을 섬기지 아니 하고, 렬녀는 두 남편을 섬기지 않는다는 절조를 말함. (춘)

치도곤(治盜棍)—곤장(棍杖)의 하나로 또적한 려인을 다스리는 형구(刑具). (장)

치사(致仕)—낫이 늙어서 벼슬을 그만 두는것. (박)

치우(蚩尤)—중국 상고 시대 황제(黃帝) 때의 제후(諸候). 구려(九黎)의 왕이였다고도 한다. 황제(黃帝)를 반대하는 란(亂)을 일으켰다가 탁록야(涿鹿野)의 싸움에서 패하야 사로잡혀 죽었다. (홍)

치입대수위합(雉入大水爲蛤)—꿩이 바다에 들어가 조개가 된다는 뜻. 조선의 전설에 그런 말이 있다. (장)

치제(致祭)—제사를 지내는 것. 왕이 대관(代官)을 보내여 제사 지내게 하는 것을 말한다. (홍)

친국(親鞫)—왕이 친히 국문(鞫問)하는 것. (홍, 전)

친압(親押)—사이가 친근한 것. 특히 남녀간의 육체 관계를 두고 하는 말. (홍)

친인(親人)이 유면(有面)—친한 사람을 대하게 되는 것. (춘)

칠년대한(七年大旱)—중국 은(殷)나라 탕왕(湯王) 때에 7년간을 가물었는데 탕왕이 비를 빌어 잘 다스렸다고 한다. (홍)

칠보홍안(七寶紅顏)—칠보 족두리를 쓰고 단장한 고운 얼굴. (춘)

칠산—칠산바다. 전라 북도 군산(群山)앞 서해(西海)를 말함. 조기의 명산지. (홍)

침상편시춘몽중(枕上片時春夢中) 행진강남수천리(行盡江南數千里)—중국 잠 참(岑參)의 시구. 베개 우에 잠간 봄꿈을 꾸는 동안 강남 수천리를 다 다녔다는 뜻. (춘)

침선(針線)—바느질. (춘, 심)

칭가유무(稱家有無)형세대로—집안형세대로, 즉 있으면 있고 없으면 없는 대로의 뜻. (장)

ㅋ—ㅌ.

쾌(快)'돈—관(貫)'돈과 같음. 천(千)'잎을 한 묶음으로 꿴

것. (홍)

탐식몰신(貪食沒身)―먹는 것을 탐내다가 몸을 망치는 것. (장)

탑전설화(榻前說話)―임금 앞에서 진행되는 이야기. (홍)

태명안지옹옹(迨鳴雁之雝雝)―《시경》(詩經)에 있는 구절. 녀자의 시집가는 것을 형용한 것. (심, 장)

태백성(太白星)―금성(金星). (임)

태사관(太史官)―나라의 법규와 기록을 맡은 관직. (토)

태상로군(太上老君)―중국 고대 로자(老子)를 말함. 도가(道家)의 조종(祖宗)으로 내세우는 사람. (심)

태위(太尉)―예'날 중국 관제에 임금에게 주품하는 관원. (전)

태화궁(太華宮)―도가(道家)에서 말하는 천상에 있다는 선궁(仙宮). (전)

통감(通鑑)―자치통감(資治通鑑)의 략칭. 중국 사마 광(司馬光)이 지은 주 무렬왕(周武烈王)으로부터 당후 오대(唐後五代)에 이르는 사기(史記), 전부 2백 94권. (홍)

통부(通訃)―부음(訃音)을 알리는 것. 부고(訃告). (홍)

통영 갓(統營笠)―경상 남도(慶尙南道) 통영(統營)에서 나는 갓. 테가 넓은 것으로 유명하다. (춘)

ㅍ.

파겁(破怯)―겁을 집어 먹지 않게 된 것. (춘)

파산야우창추지(巴山夜雨唱秋至)―파산의 밤'비에 가을이 왔다는 뜻. (심)

파수(波收)―닷새마다 본전과 변리를 갚는 빚. (홍)

파측(叵測)―측량할 수 없는 예상하지 못한. (전)

판옥선(板屋船)―배 우에 판자 집을 엮은 전선(戰船). (임)

팔패(八卦)―중국 상고 복희(伏羲) 시대에 룡마(龍馬)에 실려 나온 하도(河圖)가 근본이 되였다는 여덟 가지 패, 즉 건(乾), 감(坎), 태(兌), 리(离), 진(震), 손(巽), 간(艮), 곤(坤) 등으로서 만물의 변화 생성을 상징한 것. 그리하여 팔패는 《주역》(周易)의 기본이 되고 자연 현상이나 사회 현상의 숨은 법칙을 알아내는 점패(占卦)로서 동양적인 점술(占術)로 내려왔다. (토)

팔진도(八陣圖)―중국의 병법에 예로부터 손자(孫子), 오기(吳起) 제갈 량(諸葛亮) 등의 팔진법(八陣法)이 전하고 있는바 팔진은 여덟 가지 진을 치는 전법. (홍)

패강월(浿江月)―기생 이름. 다른 문헌에는 계 월향(桂月香)으로 되여 있다. (임)

패공(沛公)―한 패공(漢沛公) 한 고조(漢高祖) 유 방(劉邦)을 말함. (홍, 토)

패초(牌招)―승정원(承政院) 승지(承旨)가 왕명을 받아서 신하를 부르는 것. 명 자(命字)를 쓴 주패(朱牌)에 그 성명을 써서 사령을 시켜 전달하게 한다. (토)

폐기(肺氣)질―딸꾹질, 애역(呃逆). (심)

평사락안(平沙落雁)―기러기가 모래 우에 내려 앉는 격(格). 글씨를 두고 형용한 것. (춘)

편삽수유소일인(遍揷茱萸少一人)―중국 왕 유(王維)의 《구일억산 동형제》(九日憶山東兄弟)의 시에 있는 구절로 자기가 객지에 나와 있기 때문에 집 형제간들이 수유를 머리에 꽂고 노는 사람이 한 사람 적어졌다는 뜻. 수유는 약재(藥材)로서 그것을 머리에 꽂으면 사기(邪氣)를 덜어버린다고 한다. (춘)

편전(片箭)―단소(短小)한 화살, 아기살. (임)

포락(炮烙)하는 형벌―달군 쇠로 당근질하는 형벌. (임)

표문(表文)―왕에게 올리는 글월. (홍, 박)

풍도지옥(豐都地獄)―지옥 가운데 풍도성(豐都城)이 있다. (홍, 전)

풍마우불상급(風馬牛不相及)―수놈과 암놈이 서로 즐기려 한다 하더라도 말과 소는 서로 미치지 못한다는 뜻. 즉 서로 아무런 관계도 없다는 뜻으로 쓰임. (토)

피륙―옷감으로 되는 포목. 주단(綢緞)의 총칭. (홍)

피지(皮紙)―닥(楮)의 껍질 찌끼로 만든 품질이 나쁜 종이. (홍)

ㅎ.

하도락서(河圖洛書)―하도(河圖)는 중국 고대 복희(伏羲) 시절에 황하(黃河)에서 나온 룡마(龍馬)의 등에 실려 있던 그림으로 주역(周易)의 팔괘(八卦)의 근본이 되고, 락서(洛書)는 우(禹)'임금 시절에 락수에서 나온 신구(神龜)의 등에 있었다는 글씨로서 《서경》(書經)에 있는 홍범 구주(洪範九疇)의 근본이 되였다고 한다. 홍범 구주는 국가를 다스리는데 아홉 가지의 큰 조목. (장)

하량락일수운기(河梁落日愁雲起)―하량 땅에 해가 지니 근심이 구름일 듯 일어난다는 뜻. 하량(河梁)은 중국 한(漢)나라 소 무(蘇武)와 리 능(李陵)의 작별하던 땅으로서 그후 송별하는 장소

를 통칭하여 항량이라고 쓰게 되였다. (춘)

하리니―나을(治癒) 것이니. (토)

하이시니―시키시니. 임명하시니. (춘, 토, 임)

하향(遐鄕)―먼 시골. 서울 중앙에서 멀리 떨어진 시골을 말함. (춘)

학대(鶴帶)―학을 그린 허리 띠. 학의 수효에 따라 관직의 품위가 다름. (춘)

학창의(鶴氅衣)―학의 덜로 만든 옷으로 신선이 입는다고 한다. (춘)

한고조(漢高祖)―성명은 류 방(劉邦), 초나라(楚) 항 우(項羽)와 천하를 다투어 중국을 통일하고 한(漢)나라를 세운 임금. (토, 흥)

한 궁녀 소군(漢宮女昭君)―왕 소군(王昭君), 전한 원제(前漢元帝)의 궁녀로서 이름은 장(嬙)이며 소군(昭君)은 그의 자(字), 흉노(匈奴)에게 볼모로 시집가 호지(胡地)에 있으면서 원제(元帝)를 원망하여 원사가(怨思歌)를 짓고 죽었다. (춘)

한 무제(漢武帝)―중국 한(漢)나라 7대 임금. 흉노(匈奴)와 싸웠고 글을 잘하여 《추풍사》(秋風辭)가 있다. 일찌기 신선 안기생(安期生)을 찾아 보려고 하였으며, 백량대(栢梁台)를 짓고 승로반(承露盤)에 이슬을 받아 선약(仙藥)을 구하였다고 한다. (장)

한산석경(寒山石徑)―중국 두 목(杜牧)의 《산행》(山行) 시에 《원상한산석경사》(遠上寒山石徑斜)라고 하는 구절이 있다. 한산(寒山)은 중국 강소성(江蘇省) 소주부(蘇州府)에 있는 산. 석경(石徑)은 돌'길. (로)

한 신(韓信)―중국 한(漢)나라를 세운 공신. 회음(淮陰)사람으로 어려서 곤궁하여 빨래하는 표모에게 밥을 얻어 자랐다. 처음 초(楚)나라 항 우(項羽)에게 있으면서 여러 가지 책략을 진언하였으나 항 우가 듣지 않으므로 한(漢)나라 류 방(劉邦)에게 돌아와 명장으로서 한나라의 천하를 이루게 하는 데 대공을 세웠다. (흥)

함거(轞車)―죄인을 호송(護送)하는 수레. (흥)

합번(合番)―중대한 일이 있을 때 관속(官屬)들이 모여 숙직하는 것. (춘)

항쇄족쇄(項鎖足鎖)―목에 씌우는 칼과 발에 채우는 차고. (춘)

항오자별(行伍自別)―항오가 스스로 구별된다. 항오는 줄 지어 진 대오를 말함. (춘)

해주자주(海州紫紬)—황해도 해주에서 나는 명주. (홍)

해참(駭慚)—아주 놀랍고 부끄러운 것. (전)

행관(行關)—하급 관청에 공문서를 보내는 것. (홍)

행군취타(行軍吹打)—예'날 행군할 때 걸 군악으로 나팔 고동 등을 부는 것. (춘)

행수(行首)—우뜸 가는 사람. 두목. 우두머리. (홍. 춘)

행인림발우개봉(行人臨發又開封)—중국 장 적(張籍)의 추사(秋思) 란 시에 있는 구절. 집에 편지를 쓴 사람이 길을 떠나려다가 다시 편지에 써 넣을 사연이 있어 또 봉투를 떼는 것. (춘)

행찬(行饌)—먼 길을 떠날 때 려행하는 동안 먹기 위하여 따로 마련하여 가지고 가는 반찬. (춘)

향양지지(向陽之地)—동(東) 남(南)을 향한 땅. 즉 양지(陽地)를 말함. (심)

향온(香醞)—향내가 나고 잘 괸 술. (전)

향청(鄕廳)—예'날 좌수(座首), 별감(別監)들이 있는 곳. (춘, 홍, 장화)

허 유(許由)—중국 요(堯)'임금 시대의 높은 선비, 요제(堯帝) 가 천하를 그에게 맡기려고 하니 더러운 말을 들었다고 하여 영천(穎川)에 가 귀를 씻고 소부(巢父)와 더불어 기산(箕山)에 숨었다고 전한다. (춘, 토)

허참(許參)—예'날 관청에 처음 부임되여 온 자—신래(新來)—가 부임하자 구관(舊官)들에게 한턱을 내는것. 그리고 다시 50일을 지나서 한턱 내는것을 면신(免新)이라고 한다. (전)

혈장(歇杖)—장형(杖刑)을 형식적으로만 행하는 것. (홍)

현무(玄武)—방위를 말하는 것으로 북쪽을 말함. (춘, 토)

현사(縣舍)—호장(戶長)이 있는 청사. (춘)

현신(現身)—아래'사람이 우'사람에게 처음으로 뵈읍는 것. (춘)

혈혈단신(子子單身)—일가 친족이 없는 아주 외로운 홀몸을 말함. (춘, 심)

호궤(犒饋)—군사들에게 음식물을 많이 주어 그의 수고를 위로하는 것. 호군(犒軍)이라고도 함. (홍, 임)

혼불부신(魂不附身)—혼이 나가서 몸에 붙지 않는것. 정신이 나갔다는 뜻. (임)

호상(犒賞)—군사를 호궤(犒饋)하고 상을 주는 것. (임)

호상소임(護喪所任)—호상은 초상(初喪)때 일체의 일을 주관하

398

는 일. (장)

혼금(閽禁)—잡인(雜人)의 출입을 금하는 것. (춘)

혼정신성(昏定晨省)—저녁에 자리를 보고 새벽에 문안을 드리는 것. 아침 저녁으로 부모를 모시고 섬기는 것을 말함. (춘)

홍삼(紅衫)—예'날 조회(朝會) 때에 입는 례복의 웃옷. (춘)

홍장(紅粧)—꽃이 피여 붉게 단장한 것. (토)

화도성식춘풍면(畵圖省識春風面) 환패공귀월야혼(環佩空歸月夜魂)—중국 두보(杜甫)의 명비촌(明妃村)이란 시에 있는 구절. 그림에는 춘풍 같은 낯을 살펴 알 수 있고 환패(環佩)에 부질없이 달'밤에 혼이 돌아온다는 뜻. (춘)

화방작첩(華房作妾)—기생'집에 첩을 둔다는 뜻. (춘)

화설(話說)—이야기에나 예'날 소설의 서두에 쓰던 말. (홍, 전, 임)

화씨(和氏)—유명한 형산(荊山) 백옥(白玉)을 캐낸 변화(卞和)를 말함. (춘)

화용신(華容身)—꽃과 같이 아름다운 얼굴과 몸을 말함. (춘)

화위동심(化爲同心)—합치여서 한 마음이 되는 것. (춘, 심)

화주승(化主僧)—시주(施主)를 받는 중. (심)

화충(華蟲)—꿩(雉)을 말함. (장)

확철(涸轍)—수레바퀴 자리에 괸 아주 적은 물을 말함. (홍)

환(換)—환전(換錢)의 준 말. 오늘의 위체(爲替)나 행표(行票)와 같은 것. (춘)

환곡(還穀)—보통 환자(還上)라고 한다. 리왕조 시대 나라에서 사창(社倉)에 곡식을 저장하여 두고 봄에는 곡식을 대부하고 가을에는 수납하였는바 인민을 진휼(賑恤)한다는 명목으로 시작한 것이나 실제에 있어서는 국가적으로 된 고리대적(高利貸的) 착취였다. 이 곡식을 환곡 또는 환자라고 한다. (홍)

환자(還上)—환곡(還穀)과 같음. (홍)

환형단(幻形丹)—먹으면 형체를 변하는 환약. (진)

활달(豁達)—군색하지 않고 툭트인 것. (춘)

활빈당(活貧黨)—가난한 사람들을 구제하는 단체. 전하는 말에 활빈당에는 홍 길동 패와 남감영 패가 있었다고 한다. (홍)

황건력사(黃巾力士)—누런 수건을 머리에 쓴 장사를 도술가(道術家)의 용언으로서 힘이 장사인 신장(神將)을 말함. (홍)

황망전도(慌忙顚倒)—당황하여 정신을 못 차리는 형용. (임)

황애산만풍소색(黃埃散漫風蕭索) 정기무광일색박(旌旗無光日色薄)

—중국 백 거이(白居易)——백 락천(白樂天)의 장한가(長恨歌)에 있는 시'구, 누런 먼지가 날아서 흩어지고 바람이 쓸쓸하니 정기가 빛이 없고 해'빛까지 희미하다는 뜻. 정기(旌旗)는 기'발을 말함. (춘)

황제(黃帝)—중국 고대 전설적 제왕의 이름, 성은 헌원 씨(軒轅氏). 삼황(三皇)의 하나. (홍, 토)

황천후토(皇天后土)—하늘과 땅의 귀신. (심)

후배사령(後陪使令)—예'날 관원이 행차할 때 앞 뒤로 리속과 사령들이 따르는데 전배(前陪)는 안내를 하고 후배 사령은 관원을 모시고 따라다닌다. (춘)

취주잡기(醉酒雜技)—술 주정하고 놀음하는 것. 예'날 이 같은 짓들을 취체하여 처벌하였다. (홍)

흠신이각(欠伸而覺)—하품하고 기지개를 하고 깨는 것. (임)

흥진비래(興盡悲來) 고진감래(苦盡甘來)—즐거운 일이 다하면 슬픈 일이 오고 괴로운 일이 다하면 즐거운 일이 오는 것. (홍)

희출망외(喜出望外)—예상 밖의 기쁨에 날뛰는 형용. (토)

힐지항지(頡之頏之)—제비가 우로 솟았다가 아래로 내려갔다가 하는 거동을 말함. (홍)

☆

☆   ☆

집사자 김 재하 신 영길 편수 안 문구

조선문학강독 ②

1999년 10월 25일 인쇄
1999년 11월   5일 발행

편 찬   조선문학강좌
발 행   교육도서출판사
영 인   한국문화사
133-112 서울시 성동구 성수1가 2동 13-156
전화 464-7708, 3409-4488
팩스 499-0846
등록 제2-1276호

정가 15,000원

ISBN   89-7735-672-5 93810